Klaus Kordon

Monsun oder Der weiße Tiger

Klaus Kordon

Monsun oder Der weiße Tiger

Roman

BELTZ & Gelberg

Klaus Kordon, geboren 1943 in Berlin, war Transport- und Lagerarbeiter, studierte dann Volkswirtschaft und unternahm als Exportkaufmann Reisen nach Afrika und Asien, insbesondere nach Indien. Heute lebt er als freier Schriftsteller in Berlin. Im Programm Beltz & Gelberg erschienen u. a.: *Ein Trümmersommer*, *Die roten Matrosen oder Ein vergessener Winter* (Zürcher Kinderbuchpreis ›La vache qui lit‹, Preis der Leseratten), *Mit dem Rücken zur Wand* (Preis der Leseratten) und *Frank guck in die Luft* (Preis der Leseratten).

Klaus Kordon hat zwei weitere Bücher über Indien geschrieben: *Mottha und Bawani* und *Wie Spucke im Sand. Monsun oder Der weiße Tiger* wurde mit dem Friedrich-Gerstäcker-Preis und mit dem Preis der Leseratten ausgezeichnet.

Lektorat Cornelia Krutz-Arnold

6. Auflage, 32.–34. Tsd., 1991

Programm Beltz & Gelberg, Weinheim

Einband von Peter Knorr
Gesamtherstellung Druckhaus Beltz, 6944 Hemsbach
Printed in Germany
ISBN 3 407 80025 8

1. Teil: Bombay – Marine Drive

Ein grauer Morgen

Gopu erwacht. Die Mutter kniet neben ihm. »Es ist Zeit«, sagt sie. Gopu kann die Mutter in dem dunklen Raum nur undeutlich erkennen. »Gleich«, flüstert er und dreht sich auf den Bauch. Er kann noch nicht aufstehen, er muß an den Traum denken, den er geträumt hat: Er lag in der Hütte des Großvaters, der weißhaarige Mann mit dem locker um den Kopf geschlungenen roten Turban erzählte von einem Hirten, der eine in ein Lamm verzauberte Prinzessin nicht erkannt hatte.
Ein seltsamer Traum! Was hatte er zu bedeuten?
»Gopu!« Die Mutter beugt sich so dicht über Gopu, daß er ihren Atem spürt. Er wickelt sich aus der Decke und richtet sich auf. Er muß leise sein, er darf die Geschwister nicht wecken. Wachen sie auf, schlafen sie nicht wieder ein, tollen herum und stören den Schlaf des Vaters.
Gopu ist es gewöhnt, als erster aufzustehen, er kennt den Weg durch das dunkle Zimmer, weiß, wo die Geschwister liegen, stößt keines an beim Darüberhinwegsteigen. An diesem Morgen ist er unachtsam, sein Fuß berührt Sridams Matte. Der Bruder erwacht und richtet sich schlaftrunken auf. Gopu legt ihm die Hand auf den Mund: »Sei still! Schlaf weiter!«
Jedes andere der Geschwister hätte dem großen Bruder gehorcht, nicht aber Sridam, der in allem so flink ist und keinen Respekt kennt. Sridam will aufstehen, will mit Gopu hinaus in den Hof,

Gopu muß ihn an den Schultern packen und niederdrücken. »Wenn du nicht liegenbleibst, erzähle ich dir nicht, was ich geträumt habe.«
»Was hast du denn geträumt?«
»Ein Märchen.«
Da gehorcht Sridam. Märchen und Geschichten begeistern ihn. Er erfindet selbst welche, meist sehr lustige, mit denen er die ganze Familie erheitert.
Gopu tritt auf den Hof hinaus. Es ist ein grauer Morgen, ein Morgen, wie er Mitte Februar üblich ist. Ihn fröstelt, er schlägt die Arme über die nackte Brust und geht langsam über den Hof. Vor der Toilette bleibt er stehen und lauscht. Er hat Glück, von den Nachbarn ist niemand zu sehen, er ist der einzige, der sich erleichtern will. Er betritt den Raum, läßt die Hose runter und hockt sich hin. Daß man die Toilette für sich alleine hat, ist der einzige Vorteil, wenn man früh aufsteht.
Dieser Traum! Und der Großvater! Er sah aus, als lebte er noch. Dabei war er doch schon zwei Jahre tot. Der Vater und er besuchten ihn, als er im Sterben lag. Sie sind mit dem Bus gefahren – bisher seine einzige Busfahrt, deshalb wird er diesen Tag nie vergessen. An der Endstation stiegen sie aus und gingen zu Fuß weiter, bis sie das Dorf erreichten, aus dem die Familie stammt. Sie saßen an des Großvaters Sterbelager und sahen auf den schweigsamen alten Mann mit dem eingefallenen Gesicht herunter.
»Gopu!«
Die Mutter ruft, daß es über den Hof schallt. Sie weiß, Gopu will sich vor den Nachbarn nicht blamieren, jetzt wird er sich beeilen. Als Gopu den Hof wieder betritt, steht die Mutter schon an der Pumpe. Sie lächelt. »Nun komm schon!«
Die Mutter pumpt. Gopu spritzt sich etwas von dem kalten Wasser ins Gesicht, dann hält er den Kopf unter den Wasserstrahl, läßt sich das Wasser über Nacken, Rücken und Brust laufen. Er

prustet, taucht kurz auf und seift sich den Kopf ein. Dann spült er ihn unter der Pumpe ab. Er fährt sich mit den Händen über Gesicht und Haar und greift nach dem Handtuch, das die Mutter ihm hinhält. Er trocknet sich ab, legt sich das Handtuch um die Schultern und setzt sich auf die Bank neben der Tür. Dort nimmt er den bereitliegenden Kamm und kämmt sich das dichte, nasse Haar.

Die Mutter läßt sich neben Gopu nieder und reicht ihm den Maisbrei. Gopu greift mit der rechten Hand in den dicken Brei und beginnt zu essen. Er ißt langsam, er hat morgens nicht den richtigen Hunger. Außerdem ist da noch immer der Traum. »Die Herde war groß und der Besitzer streng«, erzählte der Großvater, »der Hirte hatte zu tun, die Tiere beisammenzuhalten. Er wußte nicht, daß eines seiner Lämmer in Wahrheit eine Prinzessin war, wie sollte er sie da herausfinden?« Gopu sieht das bekümmerte Gesicht des Großvaters vor sich, hört ihn weitererzählen: Wie die Prinzessin darunter litt, von dem Hirten nicht erkannt zu werden, wie ein Wolf in die Herde einfiel und die Prinzessin riß, wie das Lamm im Tode zur Prinzessin wurde, wie der Wolf, der sah, was er angerichtet hatte, floh und wie der Hirte schwermütig wurde, als er die Prinzessin fand.

»Iß, Junge, iß!« Die Mutter setzt Gopus Hand wieder in Bewegung.

Gopu gehorcht. Eigentlich hat er mit seinen dreizehn Jahren es nicht nötig, sich wie ein Säugling behandeln zu lassen, doch er versteht die Mutter. Bora starb an einer Krankheit, die er bekam, weil er nicht genug zu essen gehabt hatte. Es muß sehr schlimm für Mutter gewesen sein, ihren ältesten Sohn nicht durchgebracht zu haben.

Gopu ißt, bis er nicht mehr kann. Dann stellt er den Napf auf die Bank, wäscht sich unter der Pumpe die Hände und begibt sich in den Wohnraum zurück. Er hört die Schlafgeräusche der Geschwister, das vertraute Schmatzen des kleinen Rabi, das Stöhnen der ältesten Schwester Odini und tastet sich vorwärts.

Sridam greift nach Gopus Fuß. Er versucht, eine Balgerei zu beginnen. Gopu ermahnt ihn, still zu sein. Sridam macht Gopu auf das Schnarchen des Vaters aufmerksam. Es klinge wie das Grunzen der schwarzen Ferkel in Ghopals Tierhandlung, sagt er. Da muß Gopu lachen. Er preßt den Kopf in Sridams Decke, um das Lachen zu ersticken, dann nimmt er das Holztablett, das weiße Tuch und das Hemd und geht auf den Hof zurück. Er legt das Tablett und das Tuch auf die Bank und zieht das Hemd über. Er knöpft es nicht zu, es ist zu eng, die Nähte würden platzen. Die Mutter sieht ihm zu, seufzt, nimmt den Napf mit dem Maisbrei und deckt ihn ab.

Gopu küßt die Mutter auf die Wange, ergreift Tablett und Tuch und verläßt den Hof durch das niedrige Holztürchen, auf dem die Namen der acht Familien stehen, deren Wohnräume an den Hof grenzen. Er ist spät dran, und so muß er den Weg, den er sonst mit Gauri und Jagdish zusammen geht, allein gehen. Aber heute ist ihm das recht. Er geht den Weg seit vier Jahren, die Beine benötigen den Kopf nicht, der Kopf kann weiter dem Traum nachhängen, kann versuchen, das Geträumte zu deuten: Der Hirt hatte sein Glück nicht erkannt; wollte der Großvater, daß sein Enkel besser achtgab? Erwartet ihn ein Glück?

Der Verkehr nimmt zu, die Autos hupen sich die Straße frei. Gopu muß sich beeilen, will er nicht den Start des ersten Motorschiffes versäumen. In einer halben Stunde muß er vor dem Gateway sitzen, Pans* ausrufen, die Pans aber muß er zuvor im Ladengeschäft der Familie Patel abholen.

Gopu beginnt zu laufen. Das Falten und Würzen der Pans ist eine Kunst, und die Familie Patel ist berühmt dafür, diese Kunst meisterhaft zu beherrschen. Sie würzt die Betelnüsse nicht nur

* Unbekannte Ausdrücke werden am Ende des Buches erklärt.

mit gebranntem Kalk und Limonensaft, sondern auch mit dem Aroma der Schraubenbaumblüte und anderen, geheimgehaltenen Zutaten. Alle Panverkäufer möchten für die Familie Patel arbeiten. Deshalb darf er nicht zu spät kommen. Wer zu spät kommt, macht weniger Umsatz, wer weniger Umsatz macht, ist ein schlechter Verkäufer, schlechte Verkäufer aber beschäftigt die Familie Patel nicht.

Gopu ist kein schlechter Verkäufer. Morgens sitzt er vor dem Gateway, danach, bis zum Einbruch der Dunkelheit, am Chowpatti-Strand. »Paaans! Pans aus dem Hause Patel! Paaans!« lautet sein Ruf.

Das Verkaufen von Pans ist keine besonders interessante Arbeit, aber welche Arbeit ist schon interessant? Was die Geschwister machen, ist nicht besser, eher schlechter. Odini putzt Gemüse, ihre Hände sind rot aufgesprungen, Abend für Abend muß sie sie eincremen. Die Creme kostet fast mehr, als sie verdient. Jagganath, der älteste der jüngeren Brüder, arbeitet in einer Fischbraterei, er schuppt Fische und stinkt. Sridam läuft mit einem Kasten voller Bürsten über den Basar und putzt Ausländern die Schuhe. Wäre er nicht so pfiffig, würde auch er kaum etwas verdienen. Er, Gopu, verdient wenigstens gut. Pans kauen die Leute zu jeder Tageszeit: vor dem Essen, nach dem Essen, bei der Arbeit, beim Spazierengehen, in den Garküchen und Restaurants und zu Hause. Er selbst mag keine Pans, sie schmecken bitter, färben die Zähne schwarz und die Spucke rot, der Vater aber kaut gern Pans. Sie erfrischen ihn und fördern die Verdauung, sagt er.

Das Spiegelgeschäft! Gopu bleibt stehen. Ist er mit Gauri und Jagdish unterwegs, stehen sie zu dritt vor dem Schaufenster mit den Spiegeln, fahren sich durchs Haar und schneiden Fratzen. Heute ist er allein. Er schiebt sich das schwarzbraune Haar aus der Stirn, das er ebenso wie den schmalen Kopf mit der nur wenig gebogenen Nase vom Vater geerbt hat, und grinst sich an:

Die Mutter hat recht, er kann mit seinem Aussehen zufrieden sein.
Neben dem Spiegelgeschäft ist ein Uhrengeschäft. Gopu sieht auf die große Uhr über dem Eingang, erschrickt und beginnt erneut zu laufen. In zwanzig Minuten legt das erste Motorschiff ab: Er muß vor dem Gateway sitzen, bevor die Passagiere an Bord gehen. Gopu biegt in die Straße ein, in der sich das Ladengeschäft der Familie Patel befindet - und bleibt stehen: Eine Schlange Menschen steht vor dem Geschäft, alles Pan-Verkäufer, die Ware übernehmen. Damit hatte er nicht gerechnet. Widerwillig begibt er sich an das Ende der Schlange. Er sieht es kommen: Das erste Motorschiff wird auslaufen, ohne daß er seinen Platz eingenommen hat. Die Männer, Frauen und Kinder vor Gopu schweigen. Auch Gopu schweigt. Jeder ist jedermanns Konkurrent, und mit Konkurrenten hat man nur Ärger. Gopu muß an Birindi denken, der eines Morgens vor dem Gateway saß. Wäre Bhombal, der Bücherverkäufer, nicht gewesen, er hätte den größeren und stärkeren Birindi nicht wegbekommen.
Es dauert lange, aber dann zählt Frau Patel auch Gopu einhundert der silberglänzenden Pans auf das Tablett. Danach notiert sie Stückzahl und Namen in eine Spalte des großen Buches, das auf dem Ladentisch liegt. Am Abend wird Gopu die nicht verkauften Pans zurückbringen und die verkauften abrechnen. Den Gewinn, zwei, drei oder vier Rupien*, wird er dem Vater geben, wie Jagganath, Odini und Sridam es auch tun. Der Vater legt das Geld zu dem, was er verdient; es ist auch so nicht genug, aber es erleichtert das Leben.
»Du bist spät dran«, sagt Frau Patel. Gopu seufzt nur, nimmt das Tablett und deckt das Tuch über die Pans. Er muß den Empfang der Ware nicht quittieren, Frau Patel fürchtet nicht, einer der Verkäufer könne mit dem Erlös der Ware verschwinden: Für einhundert Pans setzt niemand seine Stellung aufs Spiel.

Vor dem Gateway

Das Tablett unter dem Arm, geht Gopu durch das Geschäftsviertel der Stadt. Das erste Motorschiff ist weg, er muß sich nicht mehr beeilen; er hat Zeit, den Händlern zuzusehen, die ihre Stände aufbauen und frische Ware auslegen. Dann aber hat er das Gateway erreicht, das »Tor zu Indien«, wie der ehemalige Übersee-Schiffsbahnhof aus gelbem Basaltgestein noch immer genannt wird, obwohl die großen Passagierschiffe schon lange am Ballard Pier, auf der anderen Seite der Landzunge, anlegen und vom Gateway aus nur die kleinen Motorschiffe starten, die die Touristen zur Insel Gharapuri übersetzen. Er drängelt sich durch die Ausflügler hindurch, die dem Tor mit den vier Türmen auf dem Dach entgegeneilen, stellt das Tablett zwischen der steinernen Umfassung der Kaianlage und dem linken Seitentor ab, beugt sich über die halbhohe Mauer und sieht auf das Meer hinaus. Das erste Motorschiff ist kaum noch zu erkennen, soviel Abstand hat es schon gewonnen. Das zweite, das direkt an der zum Wasser führenden Steintreppe festgemacht hat, legt gerade ab. Hellgekleidete Menschen winken zum Ufer hin. Er hat also auch das zweite Schiff verpaßt! Gopu wendet sich nach links. Wie zum Trost liegen dort, in einer kleinen Bucht, drei weitere, einsteigebereite Schiffe.
Gopu läßt die Schiffe Schiffe sein, hockt sich hinter das Tablett und beginnt mit dem Anpreisen der Ware. »Paaans! Pans aus dem Hause Patel! Paaans!«
Bhombal, der Bücherverkäufer, hört Gopus Ruf. Erst winkt er, dann erhebt er sich aus dem Hocksitz und überläßt seiner kleinen Schwester Kehmi die Bewachung der unterhalb des Reiterdenkmals auf dem Pflaster ausgebreiteten Bücher. Gopu kennt die beiden schon lange. Bhombal, der alte Bücher und Schriften kauft

und wiederverkauft, ist ein guter Geschäftsmann, von ihm hat er viel gelernt.
»Namasté*!« Bhombal legt grüßend die Hände zusammen. Sein bis in die Kinnwinkel reichender Schnurrbart wird breiter und breiter: »Nicht aus der Decke gefunden, was?« Er hockt sich neben Gopu hin, nimmt ein Pan vom Tablett, steckt es in den Mund, kaut und wiegt besorgt den Kopf. »So wirst du nie ein reicher Mann.«
Gopu tippt mit dem Zeigefinger auf die Erde. Er muß Bhombal daran erinnern, daß er das Pan zu bezahlen hat. Jedesmal tut Bhombal überrascht, aber er meint es nicht ernst. »Heute läuft alles schief«, sagt Gopu, während er Bhombal herausgibt.
»Was schiefläuft, muß man geradebiegen«, erwidert Bhombal altklug. Er will noch etwas sagen, kommt aber nicht dazu. Kehmi winkt. Ein Kunde beugt sich über die ausgelegten Bücher. Bhombal springt auf, läuft über die Straße und nähert sich dem Mann. Er ergreift das Buch, für das sich der Mann interessiert, und schlägt es so dicht vor dessen Gesicht auf, daß der Kunde erschreckt zurückfährt.
Gopu lacht: Das ist Bhombal, wie er leibt und lebt! Dann schaut er sich um, es ist ein sonniger Tag geworden. Alle, die vor dem Gateway ihren Geschäften nachgehen, sind da: Harin, der Obstverkäufer, Makkhu, der stets von ausländischen Touristen umlagerte Schlangenbeschwörer, Bihu, der rechts vom großen Tor Eis und Bratfisch verkauft, Radani, der Süßwaren- und Souvenirhändler vor dem King-George-Denkmal, und Sidwar, der Barbier, der seine Kunden am Straßenrand einseift und rasiert oder ihnen die Haare schneidet. Da sie keine Konkurrenten sind, gibt es keinen Streit, niemand schnappt einem anderen die Kundschaft weg. Im Moment allerdings sind nur Makkhu, Bhombal und Sidwar beschäftigt. Gopu erhebt sich aus seinem Hocksitz und schaut auf die Anlegestelle hinunter.

An der Kaimauer hängen ausrangierte Autoreifen, an den Längsseiten der Schiffe ebenfalls. Bei starkem Seegang schlagen die Schiffe gegeneinander oder an die Kaimauer, die Reifen schützen sie vor Beschädigungen.

Die »King George« läuft ein. Gopu verfolgt ihre Fahrt. Die »King George« ist das einzige Schiff, auf dem er einmal fuhr - vor drei Jahren, als Onkel Kamal seinen jährlichen Besuch in der Heimat abstattete. Sie setzten damals auch auf Gharapuri über, auf die Insel, die die Ausländer Elephanta nennen, weil dort die riesige, aus Stein gehauene Elefantenfigur stand, die jetzt im Victoria-Park steht. Sie standen an Deck und sahen das Gateway kleiner und kleiner werden. Onkel Kamal rauchte eine Zigarette und erzählte von jenem Tag, als der letzte englische Besatzungssoldat durch dieses Tor indischen Boden verließ. Onkel Kamal war zu der Zeit ein Junge gewesen, noch nicht einmal so alt wie Gopu, aber er wird nie vergessen, wie er dabeigestanden und gejubelt hatte. Der Onkel sagte, man müsse stolz sein auf diesen Tag, auch wenn danach nicht alles so geworden ist, wie es hätte werden können. Gopu fragte den Onkel, was die Engländer in Indien gewollt hätten. Der Onkel erwiderte: »Unsere Bodenschätze, unsere Plantagen, unsere Arbeitskraft.« Er dachte nach und fügte hinzu: »Gute Untertanen wollten sie aus uns machen, nicht aber gute Menschen; Diener und Angestellte sollten wir sein, nicht aber unsere eigenen Herren.«

Gopu denkt gern an dieses Gespräch mit dem Onkel. Es war kein Gespräch wie zwischen einem Erwachsenen und einem Kind, es war wie zwischen Gleichwertigen. Als Gopu fragte, warum es denn nicht so geworden wäre, wie es hätte werden können, und wer daran die Schuld trüge, antwortete der Onkel ernst: »Wir waren zu lange gute Diener. Es ist nicht leicht, sein Schicksal selbst zu bestimmen, wenn man es nicht gelernt hat.«

Auch auf der Insel war es schön. Gopu wanderte mit dem Onkel

über die dichtbewachsenen Hügel, jagte den Onkel durch die Körbe und Bündel der im Grase ruhenden oder ebenfalls fröhlich spielenden Männer, Frauen und Kinder hindurch und stand mit ihm neben der alten englischen Kanone auf dem Plateau hoch über der See. Sie sahen den im Wind dahingleitenden Vögeln nach, aßen eingelegten Kürbis und Sirupkuchen. Satt lagen sie danach im Gras, und der Onkel erzählte von Delhi, der Stadt, in der er lebt und arbeitet. Von der Arbeit als Drucker erzählte er und davon, wie eine Zeitung gemacht wird. Bis er müde wurde und einschlief. Nachmittags besuchten sie die Tempelhöhlen im Fels des Berges, begaben sich zur Anlegestelle zurück, standen auf dem heimwärts tuckernden Schiff und schwiegen.
»Paaans! Pans aus dem Hause Patel! Paaans!«
Das ist Bhombal. Er sitzt, die Beine übereinandergeschlagen, auf Gopus Platz und ahmt dessen Ruf nach.
Gopu läßt sich neben Bhombal nieder. Bhombal hält ihm drei Rupien unter die Nase. Dafür hat er dem Kunden das Buch verkauft - ein Buch, das er für eine halbe Rupie erwarb. Gopu bewundert Bhombal. Er ist überzeugt, hätte Bhombal ein vernünftiges Grundkapital, würde ein großer Mann aus ihm werden.
Bhombal ist der gleichen Meinung: »Einmal so richtig Glück haben, ein einziges Mal, und ich hätte ausgesorgt für immer.«
Glück! Gopu denkt an seinen Traum. Seine Stimmung hat sich gebessert, aber daran, daß der Großvater einen Traum benutzte, um ihm ein Glück zu verkünden, glaubt er nicht mehr.
»Bitte, ein Pan!« Ein Mädchen steht vor Gopu, ein sehr schönes, erwachsenes Mädchen in einem taubenblauen, mit Gold- und Silberfäden durchwirkten Seidensari*.
Gopu hält dem Mädchen sein Tablett hin. Das Mädchen wählt sorgfältig, ihre großen ovalen Augen überprüfen jedes Pan. Gopu hat Zeit, sie sich anzusehen. Das lange schwarze, zu einem Zopf gebundene Haar glänzt in der Sonne, auf der hohen dunklen Stirn

trägt sie den roten Punkt der Hindufrauen*, an den Ohren Ringe, um die Fuß- und Handgelenke goldene Spangen, der linke Nasenflügel ist mit einem kleinen Edelstein verziert.
»Dieses nehme ich.« Das Mädchen lächelt Gopu mit ihren weißen, wie Perlen aneinandergereihten Zähnen an. Ihr Hindi* klingt fremdartig.
Gopu nennt den Preis. Dann nimmt er das Geld entgegen und will dem Mädchen herausgeben, doch das Mädchen hat sich bereits entfernt. An ihrer Stelle steht ein Junge in einer langen Hose und einem weißen, ärmellosen Pullover über dem blauen Hemd. Der Junge ist genauso dunkel und schwarzhaarig wie das Mädchen. Gopu will dem Jungen das Geld geben, es ist deutlich: der Junge und das Mädchen gehören zusammen. Der Junge aber winkt ab, sieht Gopu an und lächelt.
Gopu steckt das Geld ein und bedankt sich. Dann muß er lachen. Der Junge sieht lustig aus, sein Kopf ist rund wie eine Kugel, die breite Nase ist eine richtige Stupsnase, und die großen runden Augen gucken, als hätten sie noch nie einen Panverkäufer gesehen.
Dem Jungen gefällt es, daß Gopu lacht. Vorsichtig lacht er mit, dann fragt er Gopu etwas.
Gopu schüttelt den Kopf. Er spricht nur Hindi und Marathi und ein ganz klein wenig Gujerati*, die Sprache des Jungen versteht er nicht.
»Bapti!« Eine füllige Frau in einem grünen Sari und mit einem roten Schal um die Schultern ruft den Jungen. Der Junge zuckt die Achseln, lächelt Gopu und Bhombal noch einmal zu und geht.
»Südinder«, meint Bhombal, der die ganze Zeit geschwiegen hatte, so beeindruckt war er von dem Mädchen und dem Jungen. »Hast du die Spangen des Mädchens gesehen?« fragt er Gopu. »Eine Geldfamilie.«

Gopu sieht der Frau, dem Mädchen und dem Jungen nach. Der Vater sagt, die Südinder wären reicher als die Menschen im Norden oder Osten des Landes, sie hätten kaum Dürreperioden, und auch das Hochwasser schade ihnen nur selten.
Eine Rupie gab ihm das Mädchen, vierzig Paise kostet das Pan, also hat er ein Extra* von sechzig Paise. Wenn das das Glück war, auf das ihn sein Traum hinweisen wollte, war es ein sehr kleines, ein eines Traumes nicht würdiges Glück.
Die Sirene! Das letzte Motorschiff ist klar zum Auslaufen. Bhombal erhebt sich. »Also dann – bis morgen!« Er legt die Hände zusammen, verneigt sich und geht über die Straße. Gopu sieht ihm nach, schaut zu, wie Bhombal und Kehmi die Bücher zusammenpacken, um sich in die City zu begeben. Dann steht auch er auf, beugt sich über die steinerne Umfassung und sieht auf das Schiff hinunter. Es ist die »King George«. Noch einmal heult die Sirene, dann legt das Schiff ab.
Gopu sieht der »King George« nach, bis sie nur noch ein heller Fleck ist, dann nimmt er sein Tablett, bedeckt die Pans mit dem Tuch und macht sich auf den Weg zum Chowpatti-Strand. Langsam geht er die Apollo Pier Road entlang, überquert die Colaba Road und geht am Wellington-Brunnen vorüber.
Vor dem Brunnen stehen die Frau und der Junge aus dem Süden. Das Mädchen macht ein Foto von den beiden. Der Junge blinzelt Gopu zu. Das Mädchen dreht sich herum, sieht Gopu, läßt das Fotografieren sein und kommt auf ihn zu. »Deine Pans sind sehr gut«, sagt sie. Sie hebt das Tuch hoch, wählt ein neues Pan und legt eine Rupie auf das Tablett. Dann geht sie zu dem Jungen und der Frau zurück.
Gopu geht weiter. Das nennt er ein Geschäft: nur drei Pans verkauft, aber zweimal sechzig Paise Extra!

Das Prasat

Es ist Mittag, die Sonne steht hoch. Vom Meer kommt ein böiger Wind, er spielt mit dem Sand und fährt ins Haar. Gopu mag den Seewind. Er schmeckt nach Salz und erfrischt. Kommt der Wind über die Hügel in die Stadt und den Hafen, riecht er nach Benzin und Auspuffgasen.
Gopu sitzt zwischen all den Verkaufsständen des Chowpatti-Strandes, die die verschiedensten Imbisse und Getränke anbieten. Nur wenig Einheimische und noch weniger Touristen sind zu sehen. Die Fremden, das weiß Gopu, sitzen um diese Zeit beim Essen oder liegen in den sonnenbeschirmten Liegestühlen der Hotels und schlafen. Die Fremden aber interessieren ihn nicht, die kauen keine Pans; probieren sie sie doch, kaufen sie sie nicht bei einem Straßenverkäufer.
Gopu geht um das Tablett herum und schaut auf das Meer hinaus. Einige arabische Dhows* nutzen den Südwestwind, segeln dem Hafen entgegen. Sie kommen vom Persischen Golf oder aus Ostafrika. Sie bringen Waren über das Meer, auch Schmuggelgut: amerikanische und englische Zigaretten, Seife, Parfüm, Uhren, Schokolade. Die Schmuggler leben gut. Voriges Jahr noch wollte er ein Schmuggler werden, viel Geld verdienen, die Eltern und die Geschwister einkleiden und zum Essen ausführen. In einer heißen Nacht, als die Moskitos Odini und ihn nicht schlafen ließen, erzählte er der Schwester davon. Der Vater schlief ebenfalls nicht, er fuhr hoch und schimpfte: Wenn sein ältester Sohn die Familie ins Unglück stürzen, ein Verbrecher werden würde, würde er ihn eigenhändig der Polizei ausliefern.
Gopu wendet den Kopf nach rechts. Hinter den Hochhäusern liegt der Malabar Hill. Dort wohnen die Reichen. Er war einmal

mit dem Vater dort. Vom Malabar Hill aus kann man die ganze Stadt übersehen.
Gopu wendet erneut den Kopf und sieht den Strand entlang. Am Wasser steht der Junge vom Gateway, der Südinder. Er ist allein, das Mädchen und die Frau sind nicht bei ihm. Er trägt noch immer den weißen Pullover, obwohl es bereits viel zu warm dafür ist. Die lange Hose hat er hochgekrempelt, damit die Wellen seine Füße umspülen können, die Schuhe trägt er in der Hand.
Auch der Junge sieht Gopu. Gopu weiß nicht, ob er ihn erkennt. Vorsichtshalber springt er über das Tablett und hockt sich hin.
Der Junge ist reich, reiche Jungen machen Gopu verlegen. Der Vater sagt, man müsse Achtung vor den Reichen haben; wären sie nicht so tüchtig, wären sie auch nicht so reich. Gopu kann nicht glauben, daß die reichen Jungen soviel tüchtiger sind als er. Die reichen Jungen können lesen und schreiben, aber arbeiten sie zwölf, dreizehn oder vierzehn Stunden am Tag wie er und Odini, wie Sridam und Jagganath, wie Gauri und Jagdish? Sind sie so klug wie Bhombal? Es schmerzt, ständig der Unterlegene zu sein, und deshalb geht Gopu den reichen Jungen lieber aus dem Weg.
Der Junge mit den hochgekrempelten Hosenbeinen setzt sich in Bewegung, der Sand bleibt an seinen nassen Füßen haften. Dann steht er vor Gopu und lächelt ihn an. Er erkennt Gopu wieder, weiß, daß der ihn nicht verstehen kann, deshalb überlegt er und fragt schließlich: »Do you speak English?«
Gopu spricht kein Englisch, er zeigt auf die Pans und verzieht fragend das Gesicht.
Der Junge schüttelt den Kopf.
Dann eben nicht! denkt Gopu. Was will der Junge von ihm, wenn er nicht einmal ein Pan kauft.
Der Junge zeigt auf Bhagwans Getränkestand, sagt etwas und winkt. Als Gopu nicht versteht, tippt er ihm mit dem Finger vor

die Brust und macht eine Bewegung, als wolle er das Tablett aufheben. Dann zeigt er wieder auf Bhagwans Getränkestand.
Er soll mitgehen. Einen Moment zögert Gopu, aber dann legt er das Tuch über die Pans, nimmt das Tablett und steht auf.
Der Junge geht vorneweg, dreht sich aber immer wieder zu Gopu um, als fürchte er, Gopu könne es sich anders überlegen. Gopu ist größer als der Junge und mindestens ein Jahr älter, das verleiht ihm Sicherheit.
Bhagwan kennt den Jungen bereits, er war Kunde bei ihm. Er spricht mit dem Jungen in der fremden Sprache. Gopu ist verwirrt. Wenn der Junge schon etwas getrunken hat, wenn er und Bhagwan sogar miteinander reden können, wozu ist er dann mitgegangen?
»Kokosmilch, Limonade, Sodawasser?« Bhagwan grinst Gopu an. »Der Junge aus Madras lädt dich ein, du kannst dir bestellen, was du willst.«
Gopu mag Bhagwan nicht. Bhagwan ist ein Angeber, er hat den Stand von seinem Vater übernommen, tut aber so, als hätte er es durch eigenen Fleiß so weit gebracht. Er grinst, als sei er es und nicht der Junge, der ihn zu Limonade einlädt.
Gopu hat schon oft vor Bhagwans Stand gestanden und die roten, grünen und gelben Limonadenflaschen betrachtet, getrunken aber hat er noch keine. Jetzt, da er die Wahl hat, wählt er die grüne Sorte, grün ist seine Lieblingsfarbe.
Der Junge aus Madras wählt ebenfalls die grüne Limonade. Während Bhagwan die Flaschen öffnet, fragt der Junge ihn, wie Gopu heiße. Bhagwan beantwortet die Frage, dann sagt er Gopu, daß der Junge aus Madras Bapti heißt.
Gopu erinnert sich, so rief die Mutter den Jungen vor dem Gateway. »Wie kommt es, daß du mit ihm reden kannst?« fragt er Bhagwan. Madras liegt im Lande Tamil Nadu, dort sprechen die Menschen Tamil*.

»Meine Mutter ist aus Madras«, erklärt Bhagwan stolz. Er will noch etwas sagen, aber der Junge unterbricht ihn. Er tippt sich vor die Brust und sagt: »Bapti Chandrahas.« Er spricht überdeutlich und wiederholt: »Bapti Chandrahas.«
Gopu weist auf sich und sagt ebenso deutlich: »Gopu Advani.«
Bhagwan stellt die Flaschen mit den Strohhalmen vor die beiden Jungen hin und erzählt von Madras. Er weiß von seiner Mutter, wie es in dieser weitentfernten Stadt aussieht. »Madras ist groß und grün«, sagt er und lacht: »So grün wie die Limonade.«
»Wie alt ist Bapti?« fragt Gopu. Er wagt nicht zu trinken, bevor nicht auch der Junge den Strohhalm in den Mund nimmt. Der aber denkt nicht ans Trinken, er hält die Flasche in der Hand und sieht Gopu neugierig an.
»Zwölf«, übersetzt Bhagwan die Antwort des Jungen.
Gopu sagt, daß er dreizehn ist, aber das beeindruckt Bapti nicht. Er erzählt, daß sein Vater Geschäftsmann ist und eine Fabrik besitzt, in der Kleider genäht werden, und daß Frauen in aller Welt diese Kleider tragen, sogar in Amerika. Die Geschäfte des Vaters, so erklärt der Junge aus Madras, sind der Grund für den Aufenthalt in Bombay.
Fast ehrfürchtig übersetzt Bhagwan Baptis Worte.
»Übermorgen fliegen wir nach Delhi, aber nächste Woche kommen wir noch einmal zurück nach Bombay«, berichtet Bapti weiter.
»Ich habe einen Onkel in Delhi«, sagt Gopu leise. Aber das übersetzt Bhagwan erst gar nicht.
Bapti trinkt, und auch Gopu darf nun an dem Strohhalm ziehen. Die Limonade schmeckt köstlich. Gopu zieht und zieht, bis die Flasche leer ist, bis nur noch ein saugendes Geräusch zu hören ist. Bapti bestellt zwei weitere Flaschen Limonade. Er zeigt auf die roten Flaschen und sieht Gopu an. Gopu nickt*.
Wieder trinken die beiden Jungen. Diesmal trinkt Gopu langsam,

er will möglichst lange etwas von der Limonade haben. Er überlegt, womit er Bapti imponieren könne. Der Großvater fällt ihm ein. Der Großvater war in seiner Jugend Elefantenreiter. Er stand Wache vor dem Gouverneurs-Palast, trug eine prächtige Uniform und saß auf dem mächtigsten Elefanten.

Auch der Großvater beeindruckt Bapti nicht. Er fragt, ob man mit dem Verkauf von Pans viel Geld verdienen könne. Bhagwan lacht beim Übersetzen. Auch Gopu lacht. Wie kann man so dumm sein und denken, mit dem Verkauf von Pans viel Geld verdienen zu können!

Bapti lacht mit, und da merkt Gopu, daß dieser Junge gar nicht so dumm ist, wie er sich gibt, daß er nur fragte, um Interesse zu bezeugen. Das Gefühl der Verlegenheit stellt sich wieder ein.

»Was ist dein Vater?« fragt Bapti.

»Liftboy in einem Hotel«, läßt Gopu Bhagwan antworten.

»In welchem Hotel?«

»Excelsior.«

»Da wohnen wir. Das schließt übermorgen.«

Gopu nickt. Seit Tagen versucht der Vater, in einem anderen Hotel eine Anstellung zu finden, bisher hat es noch nicht geklappt. Aber der Vater ist zuversichtlich, er sagt, er sei seit fast zehn Jahren Liftboy, in den Hotels kenne man ihn. Trotzdem, ganz so sicher scheint er nicht zu sein: Warum sonst geht er neuerdings so oft in den Tempel, um Shiva* Opfergaben zu bringen?

»Was verdient ein Liftboy?« fragt Bapti.

»Der Verdienst ist gering. Das Extra macht es«, antwortet Gopu.

»Ich werde deinem Vater ein großes Extra geben.«

Gopu kraust die Stirn. Dieser Bapti scherzt. Ein Extra ist ein Trinkgeld, ein großes Extra ein sehr großes Trinkgeld.

Bapti greift in die Hosentasche und befördert einen Fünfzig-Rupien-Schein ans Tageslicht. »Ist das genug?«

Bhagwan wendet keinen Blick von dem Geldschein. Auch Gopu

gelingt es nicht, die Augen abzuwenden. Fünfzig Rupien! Dafür muß er mehr als zwei Wochen lang jeden Tag zwölf Stunden Pans verkaufen.
Bapti hält Gopu den Fünfzig-Rupien-Schein hin: »Hier! Für dich!«
Gopu streckt die Hand aus, zögert und hält inne. Sicher zieht der Junge die Hand weg, wenn er nach dem Schein greift.
Bapti drückt Gopu den Schein in die Hand. »Nimm das Geld! Es ist ein Prasat*.«
Gopu nimmt den Schein und steckt ihn weg. Er sieht Bapti dabei nicht an.
Bapti bedankt sich für die Annahme des Geschenkes. Dann sagt er: »Wenn du willst, können wir uns morgen wieder hier treffen. Dann bringe ich mehr Geld mit.«
Bhagwan richtet sich ruckartig auf. »Kriegst du auch keinen Ärger?« fragt er den Jungen.
Bapti pustet sich die Haare aus der Stirn. »Mein Vater hat nur mich, ich bin sein einziger Sohn«, erwidert er, als sei damit alles erklärt.
»Und wer war das Mädchen heute vormittag?« fragt Gopu.
»Ayesha, meine Schwester. Sie ist nett, aber sie zählt nicht, Vater wird sie bald verheiraten.«
»Nur zwei Kinder!« Bhagwan lacht. Er ist erst vierundzwanzig und hat bereits drei.
Auch Gopu schüttelt den Kopf. Alle Jungen, die er kennt, haben eine Menge Geschwister, Gauri sogar vierzehn.
Bapti gießt den Rest seiner Limonade in den Sand. Er sagt, er könne nicht mehr, schlägt sich mit der flachen Hand auf den Bauch und rülpst; es klingt wie ein Knall. Da Bhagwan und Gopu lachen, wiederholt er das noch einige Male. Dann bezahlt er, legt die Hände zum Gruß aneinander, sagt, daß er am nächsten Tag zur gleichen Zeit wieder am Strand sein wird, und geht.

Gopu und Bhagwan sehen dem Jungen hinterher. Bhagwan kann es noch immer nicht fassen. »Ein Glück hast du!« sagt er ein um das andere Mal.
Gopu greift in die Hosentasche, fühlt den Geldschein und glaubt erst jetzt, daß die fünfzig Rupien tatsächlich ihm gehören.
Zweimal sechzig Paise Extra, zwei Limonaden – und nun fünfzig Rupien! Der Traum hatte nicht gelogen.

Der Junge vom Strand

Die Schuhe in der Hand, läuft Bapti über die sechsspurige Fahrbahn der Marine Drive, der Autostraße längs der Küste. In ihm hüpft es, und er hüpft mit. Dieser Gopu! Das hatte er gleich gesehen, daß der in Ordnung ist; schon vor dem Gateway, als Ayesha ihn auf den Jungen hinter dem Tablett aufmerksam machte. Sie meinte, der Junge hätte zwar sehr ernste Augen, aber er sehe gut aus, wäre ein echter Marathe*. Das aber war nicht der Grund, weshalb er den Jungen vor dem Gateway so lange angestarrt hatte, die Ähnlichkeit mit Nari war es gewesen. Dieser Gopu sieht aus wie Nari, ist nur ein wenig heller und natürlich größer.
Ein langanhaltendes Hupen, ein Reifenquietschen! Bapti läßt die Schuhe fallen, macht einen Satz vorwärts, landet auf dem Bürgersteig und dreht sich um: Ein großer roter Doppelstockbus bremst, einem Taxi gelingt es nur mühsam, rechtzeitig hinter dem Bus zum Stehen zu kommen. Der Taxifahrer steigt aus und beschimpft den Busfahrer, der aber starrt Bapti an, als sei er gerade erst aus einem Traum erwacht.
Bapti geht auf die Fahrbahn zurück, hebt die Schuhe auf und geht an dem unbeweglich in seinem Bus sitzenden Busfahrer vorbei auf den Hoteleingang zu. Der Hotelportier verneigt sich höflich. Erst als Bapti an ihm vorüber ist, sieht er den Busfahrer an und zuckt die Achseln.
Bapti beachtet den Portier nicht. Er ist es gewohnt, daß das Personal in den Hotels freundlich zu ihm ist. Vor jedem Hotel steht ein solcher Mann in Uniform, würdevoll und wichtigtuerisch den Passanten gegenüber, sich vor den Gästen für das kleinste Extra tausendmal verneigend.
Bapti geht durch die Hotelhalle, am Empfang vorüber, in das

Restaurant. Dort wird der Vater sitzen, die Mutter und Ayesha neben sich.
Der Vater feiert Abschied vom »Excelsior«. Jeden Mittag sitzt er im Restaurant herum, ißt, trinkt, starrt die goldverzierten Wände mit den dicken Stofftapeten an und schwätzt mit den Kellnern englisch. Das Personal in den Hotels mag den Vater. Der Vater lacht darüber. Für Geld mag jeder jeden, sagt er.
Da sitzt der Vater. Die Fensterecke ist sein Stammplatz. Die Zeitung auf den Knien, den Kopf mit dem angegrauten, krausen Haar und der fleischigen, stark gebogenen Nase nach links gewandt spricht er mit dem Kellner. Der Kellner steht leicht nach vorn geneigt hinter ihm und lauscht jedem Wort.
Die Mutter sitzt links vom Vater. Sie schaut durch das Fenster auf das schattige Gärtchen hinaus.
Ayesha sitzt dem Vater gegenüber. Bapti sieht nur ihren Rücken mit dem langen Zopf, ihr Gesicht sieht er nicht. Dennoch weiß er, daß Ayesha blicklos vor sich hinträumt, weder den Vater noch die Mutter anschaut. Der Vater hat sie mit dem Sohn eines Geschäftsfreundes, einem Brahmanen*, verlobt. Der junge Mann heißt Bihari, ist sehr zurückhaltend, beinahe scheu. Die Mitgift, die der Vater zahlen muß, ist hoch, aber nicht zu hoch, und Ayesha ist standesgemäß untergebracht; deshalb ist der Vater so zufrieden.
Bapti setzt sich auf den freien Stuhl zwischen dem Vater und Ayesha. Die dunklen Augen der Mutter sehen ihn prüfend an.
»Wo warst du so lange?«
»Am Strand.«
»Hast du Hunger?«
»Nein.«
»Möchtest du einen Pudding?«
»Nein!« Baptis Stimme klingt abweisend. So spricht der Vater mit der Mutter, wenn er ein Thema nicht weiter erörtern will; so muß man, das sieht Bapti täglich, mit Frauen reden, will man sie zum

Schweigen bringen. Auch, wenn sie einem leid tun, wie die Mutter, die ihn sehr gern hat und so freundlich ist. Als sie jung war, war sie eines der schönsten Mädchen in ganz Tamil Nadu, deshalb hatte der Vater sie trotz der geringen Mitgift geheiratet, jetzt ist sie dick wie alle Frauen ihres Alters, die nicht Hunger leiden müssen, dick wie Ayesha es sein wird, ist sie erst Frau und Mutter.

Bapti lächelt Ayesha zu. Die Schwester lächelt zurück. Bapti fallen des Vaters Worte ein: Je schöner die Braut, desto geringer die Mitgift. Wäre es so, wie der Vater behauptet, dürfte er für Ayesha überhaupt keine Mitgift bezahlen.

Der Vater erzählt dem Kellner, daß er beinahe das »Excelsior« gekauft hätte. Aus purer Sentimentalität. Dann aber habe er nachgedacht und sei vernünftig geworden: »Ein Geschäft muß ein Geschäft sein, sonst ist es keines.« Der Vater lacht und bedeutet dem Kellner, daß er gehen dürfe. Der Kellner verneigt sich und geht. Der Vater trinkt von dem kleinen, starken Kaffee, den er nach jedem Essen trinkt, und sieht dann Bapti an. »Hast du dich amüsiert?« fragt er.

Bapti nickt. Damit aber ist es nicht getan, der Vater erwartet stets etwas Besonderes von ihm. Bapti überlegt, was er noch tun oder sagen könne. Als ihm nichts Besseres einfällt, nimmt er die schmutzigen Schuhe und stellt sie auf den Tisch. »Die taugen nichts, die lassen Sand durch.« Er dreht einen der Schuhe um und läßt den Sand auf die weiße Tischdecke rieseln.

»Nimm die Schuhe vom Tisch!« Die Mutter schaut sich um. Dann schimpft sie, Bapti solle sich gefälligst benehmen. Der Vater aber lacht: »Ein Spaß! Nur ein Spaß!«

»Das ist kein Spaß! Das ist dumm und frech.« Die Mutter dringt darauf, daß Bapti die Schuhe vom Tisch nimmt. Bapti gehorcht. Das ärgert den Vater: »Wozu bezahle ich die Leute? Dürfen wir nicht einmal eine Tischdecke schmutzig machen?« Der Vater guckt die Mutter an, als sei sie ihm lästig. Er mag es nicht, wenn Frauen sich einmischen. Die Mutter sieht den Blick und schweigt. Das mag der Vater auch nicht. Er sagt, Bapti wäre auf dem Wege, ein Mann zu werden, die Mutter solle das nun endlich zur Kenntnis nehmen.

»Ein Mann stellt keine Schuhe auf den Tisch, schon gar nicht in einem Restaurant.« Die Mutter sagt das leise, so, als wolle sie dem Vater nicht mehr widersprechen, als antworte sie nur, weil er eine Antwort erwartet. Der Vater hält der Mutter einen Vortrag. Ein Mann sei, wer das Geld verdiene, sagt er. Bapti werde eines Tages die Geschäfte führen und die Arbeit leisten, deshalb sei es ratsam, ihm schon jetzt eine gewisse Achtung entgegenzubringen.

Als von der Mutter keine erneute Widerrede kommt, wendet sich der Vater an Bapti. »Hast du Bekanntschaften gemacht?«

Der Vater fragt nicht, um sich mit Bapti zu unterhalten, er fragt, um der Mutter noch einmal zu zeigen, daß er sich jetzt mit seinem Sohn unterhält und nicht mit ihr. Bapti antwortet nur unlustig, erzählt dann aber von Gopu und gerät in Fahrt. Er erzählt mehr, als er vorhatte, und dann kommt ihm eine Idee, eine so unerhörte Idee, daß ihm ganz heiß wird. Hatte der Vater ihm nicht versprochen, mit vierzehn bekomme er seinen eigenen Boy? Er ist noch nicht vierzehn, aber muß man vierzehn sein, um einen eigenen Boy zu haben? Wozu zwei Jahre warten? Herren entscheiden selbst, sagt der Vater, nur Diener warten ab, was andere für richtig halten.

»Ich habe den Jungen eingestellt«, sagt Bapti, »als meinen Boy.« Dann hält er die Luft an.

Die Augen der Mutter werden immer größer, immer runder. Auch Ayesha sieht fragend auf. »Du kennst ihn«, erklärt Bapti der Schwester. »Es ist der Panverkäufer vom Gateway.«

Ayesha überlegt, dann hellt sich ihr Gesicht auf. »Der ist nett«, sagt sie leise.

Der Vater hat nicht zugehört. In dem Moment, in dem Bapti von Gopus Anstellung berichtete, streckte er die Hand mit der Zigarre aus. Der Kellner kam sofort und gab dem Vater Feuer. Nun raucht er gedankenverloren.

»Er kann in dem Gartenzimmer schlafen.« Bapti fragt nicht, ob der Vater einverstanden ist. Wer nicht fragt, kann kein Nein zu hören bekommen. Auch das ist ein ständiger Spruch des Vaters.

»Wer?«

Der Vater ist aufmerksam geworden, Bapti kann wiederholen, ausführlich schildern, wie er Gopu kennenlernte und was für ein tüchtiger Bursche der Panverkäufer ist. Erst jetzt, als er zum zweiten Mal berichtet, malt er sich aus, wie das wäre, den Jungen vom Strand als Boy zu haben. Aus dem Spaß, dem Spiel, aus seiner Laune wird Ernst. Mit Gopu als Boy wäre er nicht mehr allein.

»Und du hast diesen Jungen eingestellt?« fragt der Vater halb ärgerlich, halb belustigt, als Bapti seinen Bericht beendet hat.

»Du hast mir einen Boy versprochen«, antwortet Bapti.

»In zwei Jahren«, ergänzt der Vater.

»In zwei Jahren ist er weg«, sagt Bapti, »dann hat ihn ein anderer.«

Ayesha sieht den Bruder an. »Dieser Panverkäufer ist wirklich ein bemerkenswerter Bursche«, sagt sie. »Aus dem wird mal was, kommt er in die richtigen Hände.«

»Und woher weißt du das?« Der Vater lacht.

»Das fühle ich.« Ayesha wird rot.

»Aber er kann doch sicher weder lesen noch schreiben.« Der Vater winkt ab. »Ich mag es nicht, wenn das Personal sich nicht einmal etwas notieren kann.«

»Er kann lesen und schreiben«, lügt Bapti. Doch er weiß: Seine Idee war keine gute Idee, er hätte gar nicht erst damit anfangen sollen.

»Er kann nicht lesen und schreiben«, sagt die Mutter, die sich in Baptis Gesicht auskennt. »Er kann sicher nicht einmal Tamil.«

»Er könnte es lernen«, erwidert Bapti. Es geht ihm nur noch darum, nicht aufzugeben. Die Mutter hat recht: Was soll er mit einem Boy, mit dem er sich nicht einmal unterhalten kann?
»Es gibt Jungen«, sagt da der Vater auf einmal, »die lernen schnell. Manch einer war in seiner Jugend ein Analphabet und wurde doch ein großer Mann.«
In Bapti erwacht neue Hoffnung. »Am Strand gibt es einen Getränkeverkäufer, der spricht Tamil, er könnte es ihn lehren, bis wir aus Delhi zurück sind.«
»Und Raj könnte ihm Lesen und Schreiben beibringen«, ergänzt Ayesha.
»Wäre es nicht einfacher, in Madras einen Jungen zu suchen?« fragt die Mutter. »Einen, der all das mitbringt, was dieser hier erst lernen muß.«
»Sei still!« fährt Bapti auf. Die Mutter soll ihm nicht immer wieder alles kaputtmachen.
Den Vater kümmert nicht, was die Mutter einzuwenden hat. »Stell mir den Jungen morgen vor«, sagt er. Dann nimmt er die Zeitung von den Knien, raucht und liest.
Bapti sieht die Mutter an. Sie nestelt ihr Taschentuch heraus, fährt sich damit über den Mund, betupft die Augenwinkel. Es ist schlimm: Der Vater ist für Gopu, weil die Mutter dagegen ist.
Nach dem Essen geht die Familie Chandrahas schlafen. Der Kellner in der weißen Jacke steht am Ausgang des Restaurants. Herr Chandrahas greift in die Tasche seines Hemdes und steckt dem Kellner ein Extra zu. Der Kellner verneigt sich und bleibt in dieser Haltung, bis die Familie an ihm vorüber ist.
Auch Bapti muß in sein Zimmer. Der Vater achtet streng darauf, daß die Mittagsruhe eingehalten wird. Nur wer abends frisch ist, kann den Tag nutzen, sagt er.
Der Rufknopf vor der Fahrstuhltür leuchtet. »Lift kommt« steht darauf. Die Familie wartet. Der Vater geht ungeduldig auf und ab

und drückt immer wieder den Knopf: Der Knopf kündigt weiter das Kommen des Liftes an, der Lift aber kommt nicht.
»Ist der Fahrstuhl schon ausgebaut?« ruft der Vater ärgerlich in Richtung Empfang. Der Mann hinter dem Schalter verneigt sich und schickt einen Boy. Der kommt, drückt auf den Knopf, zwei, drei Sekunden vergehen, dann wird die Fahrstuhltür geöffnet und zwei Boys beginnen, eine Vielzahl von Gepäckstücken auszuladen. Auch der Liftboy hilft. Der Vater gibt dem Boy, der erfolgreicher war als er, ein kleines Extra. Den Liftboy, dem er die Warterei anlastet, sieht er unwillig an.
Der Liftboy ist Gopus Vater, das sieht Bapti sofort. Das gleiche hellhäutige, schmale Gesicht, die gleichen in die Stirn fallenden schwarzbraunen Haare, der gleiche ernste Blick.
Endlich ist der Fahrstuhl geräumt. Der Vater, die Mutter, Ayesha und Bapti betreten die Kabine, der Liftboy schließt die Tür, drückt den Schalthebel nach unten, der Fahrstuhl ruckt an.
Bapti erinnert sich: Es war dieser Liftboy, mit dem der Vater gestern ein Gespräch führte. Der Vater sprach englisch, der Liftboy nickte ständig und sagte: »Yes, Sir«, obwohl er sicher kaum ein Wort verstand.
Diesmal spricht der Vater nicht mit dem Liftboy. Der Mann in der nicht mehr neuen Uniform, die ihn noch schmaler erscheinen läßt, als er ohnehin ist, kehrt dem Vater den Rücken zu, starrt unverwandt die Tür an, als müsse er die Stockwerke zählen. Neben dem Schalthebel ist ein Bild des Gottes Shiva befestigt: Shiva auf dem Tigerfell. Geschmückt mit Totenköpfen und Schlangen meditiert der Gott im eisigen Himalaya.
Der Fahrstuhl hält. Der Liftboy öffnet die Tür und verneigt sich. Der Vater geht an ihm vorbei, ohne ihm ein Extra zu geben. Die Mutter, Ayesha und Bapti folgen.
Bapti geht in sein Zimmer und wartet zwei, drei Minuten. Als er sicher ist, daß die Eltern die Tür hinter sich geschlossen haben,

geht er auf den Flur zurück und drückt den Fahrstuhlknopf. Der Knopf leuchtet auf, der Fahrstuhl kommt. Der Liftboy öffnet die Tür. Einen Moment lang ist er erstaunt, Bapti schon wiederzusehen, dann aber verneigt er sich und weist auf die leere Kabine.
Bapti betritt die Kabine nicht. Er gibt dem Liftboy einen Zehn-Rupien-Schein und sagt leise: »Gopu.«
»Gopu?« Der Liftboy hält den Geldschein in der Hand, als wisse er nichts damit anzufangen.
Bapti erklärt dem Mann in seinem einfachsten Englisch, daß das Geld für ihn, für Gopus Vater sei, daß Gopu bereits Geld bekommen habe.
Der Liftboy versteht die Worte, aber er weiß nicht, was sie bedeuten sollen. Schließlich aber lächelt er, bedankt sich und schließt die Tür: Der Fahrstuhl ist ins Erdgeschoß gerufen worden.

Gopus Glück

Der Vater besieht sich den Geldschein genau. Er ist mißtrauisch, einmal hat ihm ein Gast ein Extra gereicht, das ihm nichts als Ärger einbrachte. Der Schein war falsch, der Gast ein Betrüger. Dieser Schein ist echt: Gopu sieht es mit Erleichterung.
»Und den hat dir ein Junge geschenkt?« Die Mutter hält den kleinen Rabi auf dem Schoß. Rabi lutscht an einem Stück Zuckerrohr. Seine Nase läuft, alle Augenblicke muß die Mutter sie putzen. Jetzt vergißt sie es, der Rotz läuft Rabi über den Mund und vermischt sich mit dem Speichel.
Die Mutter fürchtet, Gopu könne den Schein gestohlen haben; es ist zu unwahrscheinlich, daß ihm ein Junge aus heiterem Himmel heraus ein solches Prasat macht. Gopu hat Verständnis für das Mißtrauen der Mutter. Daß sie ihm zutraut, den Schein gestohlen zu haben, beweist nur, daß sie es auch sich selbst zutraut.
Der Vater beseitigt die Zweifel der Mutter: »Ich kenne diesen Jungen. Es ist eine sehr reiche Familie aus Madras. Der Vater des Jungen gab mir kein Extra, ich hatte ihn zu lange warten lassen, der Junge aber kam und gab mir zehn Rupien.« Der Vater zieht einen mehrfach zusammengefalteten Geldschein aus der Hemdtasche, glättet ihn und legt ihn auf den Fünfzig-Rupien-Schein.
»Der heutige Tag ist ein Glückstag«, sagt der Vater. »Shiva meint es gut mit uns.«
Nun kann Gopu nicht mehr an sich halten, er erzählt von seinem Traum. Die Geschwister, die dabeisitzen, lauschen, nur Rabi schmatzt weiter an seinem Zuckerrohr herum. Sridam ist ein wenig böse, er hatte sich gedacht, Gopu erzähle ihm den Traum allein: auf der Bank im Hof, zu zweit auf einer Matte oder während eines Abendspazierganges um den Häuserblock. Um seinem

Ärger Luft zu machen, sticht er Jagganath mit dem Zeigefinger in die Seite. Der ältere Bruder schreit auf. Der Vater hat Sridams Bewegung gesehen und wirft ihm einen strengen Blick zu.
Gopu hat seine Erzählung beendet. Er sieht den Vater erwartungsvoll an.
»Ein seltsamer Traum!« wundert sich der Vater. »Ein verstecktes Glück, das nicht erkannt wurde?« Er schüttelt den Kopf: »Davon habe ich noch nie gehört, darüber muß ich nachdenken.«
Die Kinder verstummen. Wenn der Vater nachdenkt, wagt es niemand, ihn zu stören. In seinem bequemen weißen Dhoti* und dem karierten Hemd sitzt er da und stützt das Kinn auf die Faust, als wolle er allen zeigen, wie es aussieht, wenn einer nachdenkt.
Gopu muß an den Jungen aus Madras denken. Der Vater und dieser Bapti haben sich gesehen. Er versucht, sich den Vater in der Uniform eines Liftboys vorzustellen; es gelingt ihm nicht. Zu Hause trägt der Vater nur den Dhoti, geht er aus, zieht er die graue Hose an.
Der Vater und Onkel Kamal sehen sich nicht ähnlich. Onkel Kamal ist groß und kräftig, der Vater eher klein und schmal. Gopu hat die Figur des Onkels und das Gesicht des Vaters geerbt. Bei Sridam ist das umgekehrt, deshalb nannten ihn die Kinder früher »Breit wie hoch«.
So unterschiedlich der Vater und der Onkel aussehen, so unterschiedlich sehen sie die Welt. Sitzen sie beieinander, streiten sie sich. Gopu kann sich nicht erinnern, daß die beiden jemals einer Meinung gewesen wären; vielleicht macht es deshalb soviel Spaß, den beiden zuzuhören, wenn sie abends im Hof sitzen und Neera* trinken. Einmal sprachen die beiden Männer über die vielen Millionen Armen im Land. Der Vater meinte, dem wäre nur abzuhelfen, wenn alle alles teilten. Der Onkel war anderer Ansicht. »Das wäre zwei Minuten Regen in der Wüste«, sagte er. »Soviele Reiche gibt es nicht, um all die Armen satt zu bekommen. Was wir brau-

chen, ist eine andere Wirtschaft, andere Organisationsformen.« Ein anderes Mal stritten sie über den Mittelstand. »Die sehen die Armut im Lande einfach nicht, verkriechen sich in ihr kleines Glück wie eine Viper unter den Stein«, sagte der Onkel. Als der Vater böse fragte, wohin er, Kamal Advani, denn gehöre, lachte der Onkel: »Na, wohin schon? Zum Mittelstand! Das ist es ja!«
Anfangs verstand Gopu die Gespräche der beiden nicht. Der Onkel sagte, er hasse den Mittelstand, aber jeder, der eine Arbeit hat, gehört zum Mittelstand. Durfte man etwas hassen, was gut ist? Später verstand Gopu den Onkel besser. Er hat recht, wenn er sagt, der Mittelstand wage aus Angst, die Stellung zu verlieren, nicht einmal, den Blick zu heben. Man muß nicht besonders klug sein, um das zu erkennen. Des Vaters Antwort, nicht den Blick zu heben wäre besser, als erhobenen Hauptes auf der Straße zu liegen und die Familie verhungern zu lassen, ist nicht falsch, gefällt Gopu aber nicht: Es ist kein schöner Gedanke, sein Lebtag lang Angst haben zu müssen.
Am heftigsten streiten der Onkel und der Vater, wenn es um die Religion geht. Wie alle gläubigen Hindus ist der Vater gegen alle Gewalt; weil er keine getöteten Tiere essen will, ißt er vegetarisch. Ißt er doch einmal frischen Meeresfisch, wie viele Bombayer es tun, hat er lange Zeit ein schlechtes Gewissen. Der Onkel ißt Fleisch. Er lacht den Vater aus: »Ohne Gewalt bewegst du nichts, nicht einmal dich selbst. Und steckst du im Dreck, kommt kein Gott und zieht dich heraus.« Das kann der Vater nicht hören. Sagt der Onkel so etwas, steht er auf und schimpft. Er war als junger Mann in Varanasi, um die heiligen Stätten zu sehen und im heiligen Wasser des Ganges seine Seele zu reinigen. Sein ganzes Geld hatte er für diese Pilgerfahrt ausgegeben. Die Religion ist ihm zu ernst, als daß er es zuließe, daß der Onkel sich darüber lustig macht.
Gopus Blick fällt auf das Heiligenbild in der Pudscha*-Ecke.

Jeden Morgen vor Sonnenaufgang kniet der Vater vor dem durch ein Lämpchen beleuchteten Shiva-Bild nieder, erst dann geht er über den Hof, um seine Notdurft zu verrichten. Dann wäscht er sich und spricht erst danach - von allem Unreinen gesäubert - sein Morgengebet. Mittags kniet er vor dem Shiva-Bild in seinem Fahrstuhl, abends betet er erneut zu Hause. Der Vater übertreibt nicht, die Riten, die er einhält, beinhalten nur die notwendigsten Pflichten eines gläubigen Hindus, diese Pflichten aber nimmt er ernst. Gopu seufzt. Er hat Glück, daß er vor dem Vater aufsteht und er ihn deshalb nicht beobachten kann, sonst müßte auch er jeden Morgen beten.

»Woran denkst du?« Der Vater sieht Gopu an.

»An nichts.« Gopu wird rot und senkt den Kopf. Immer wenn er daran denkt, daß ihm die Ansichten des Onkels mehr liegen als die des Vaters und daß er nie den Wunsch des Vaters erfüllen wird, eines Tages ebenfalls nach Varanasi zu reisen, um im Wasser des Ganges zu baden, schämt er sich. Indem er für den Onkel ist, schlägt er sich auf die Seite des allzeit Begünstigten. Der Großvater, der wie die ganze Familie der Kaste* der Kriegerischen Bauern angehörte, hatte das Geld, das er als Sergeant bei den Elefantenreitern verdient hatte, für seinen ältesten Sohn aufbewahrt, um ihm den Besuch einer Schule zu ermöglichen. Das Geld aber hatte nicht gelangt, nach seiner Entlassung vom Militär war der Großvater nur noch Pächter eines kleinen Stück Landes gewesen, hatte kaum etwas verdient und sogar Mühe gehabt, die Pacht aufzubringen. Da war der Vater, als zweitältester Sohn, in die Stadt gegangen und hatte dazuverdient. Nur so konnte Onkel Kamal die Schule beenden, nur Vaters Verdienst ermöglichte es ihm, einen Beruf zu erlernen. Onkel Kamal erwähnt das immer wieder. Trotz der unterschiedlichen Anschauungen mögen sich die beiden Brüder.

Als Gopu den Kopf wieder hebt, sieht ihn der Vater noch immer

an. »Dein Traum hat eine tiefere Bedeutung«, sagt er, »dieses Geldgeschenk allein kann es nicht sein. Es geht um ein großes, einmaliges, nicht um ein kleines, kurzfristiges Glück.«
Ein großes Glück? Die Kinder sehen Gopu neugierig an. Gopu wird verlegen. Was soll das für ein Glück sein? Und warum soll ausgerechnet ihm ein Glück widerfahren?
»Du mußt uns alles über diesen Jungen erzählen«, sagt der Vater, »vielleicht wissen wir dann, was es mit deinem Traum auf sich hat.«
»Ja! Erzähle!« Odini und Bidiya, die beiden Schwestern rechts und links von Gopu, rücken an den Bruder heran. Bidiya, die Vierjährige, legt den Kopf in seinen Schoß. Auch Rabi will auf Gopu zukriechen. Die Mutter erwischt ihn an seinem Hemd, putzt ihm die Nase und nimmt ihm das völlig zerknautschte Stück Zuckerrohr aus der Hand. Rabi will weinen, aber der Vater legt den Finger vor den Mund. Da läßt Rabi das Weinen: was der Vater nicht will, das tut er nicht.
Gopu berichtet vom Gateway, wie er den Jungen das erste Mal sah, dann vom Wellington-Brunnen, als der Junge ihm zublinzelte, und schließlich von der Begegnung am Strand. Von den beiden Limonaden, die der Junge ihm spendierte, erzählt er und noch einmal von dem Geldschein, den dieser Bapti ihm zusteckte. Er schildert Bhagwans neidisches Gesicht, und er gibt wieder, was Bapti über seinen Vater sagte.
»Zwei Limonaden!« Odini blickt verträumt vor sich hin. »Wie die wohl geschmeckt haben?«
»Ach, hättest du uns doch einen Mund voll mitgebracht!« Sridam reibt sich die Augen, als wäre er todunglücklich. In Wahrheit aber lacht er, und die Familie lacht mit. Alle gönnen sie Gopu die Limonade, auch wenn sie gerne davon gekostet hätten.
Der Vater denkt ein Weilchen nach, dann zuckt er die Achseln; er weiß noch immer nicht, wie er Gopus Traum mit der Familie aus

Madras in Übereinklang bringen soll. Schließlich bittet er die Mutter, das Essen aufzutragen.
In die Kinder kommt Bewegung, eines nach dem anderen verlassen sie die Strohmatten und gehen in den abendlich dunklen Hof hinaus, um sich unter der Pumpe die Hände zu waschen. Dann setzen sie sich in der Mitte des Raumes im Kreis auf. Die Mutter bringt die Schüssel mit dem Linsenbrei und sagt dem Vater, daß das Kilo Linsen nun schon fünf Rupien koste, in der nächsten Zeit würde es häufiger Reis oder Pferdebohnen geben. Und die Milch für Rabi würde auch immer teurer, die sei schon nicht mehr zu bezahlen. Der Vater nickt schweigend, dann greift er in die Schüssel. Die Kinder folgen seinem Beispiel. Nur Rabi darf noch nicht selbst zugreifen, die Mutter füttert ihn.
Während des Essens denkt der Vater noch immer nach, Gopus Traum geht ihm nicht aus dem Kopf. Einmal hält er beim Essen inne und sagt, diese Familie aus Madras erwecke nicht den Eindruck, als wolle sie andere glücklich machen. Ein anderes Mal: Der Vater des Jungen gehöre zu jenen Gästen, die sich leutselig geben, die, wenn alles in Ordnung ist, so tun, als wären Gast und Liftboy gleichrangig. Er bevorzuge Gäste, die Abstand hielten; das sei ihm lieber, als eingewiegt zu werden in dem Gedanken, ebenbürtig zu sein, im nächsten Moment aber heruntergeputzt zu werden, als sei man ein Harijan*. Er achte tüchtige Menschen, die es zu etwas gebracht hätten, diese aber sollten nicht vergessen, daß Shiva ihnen ihre Tüchtigkeit geschenkt habe und daß sie, wenn sie das vergäßen, im nächsten Leben zu den Ärmsten der Armen zählen würden.
»Nein!« Der Vater unterbricht zum dritten Mal seine Mahlzeit. »Diese Familie gefällt mir nicht, und deshalb weiß ich nicht, was sie mit Gopus Glück zu tun haben soll.«
»Und der Geldschein?« Für die Mutter sind fünfzig Rupien Glück genug.

Der Vater wehrt den Einwand ab: »Fünfzig Rupien sind viel, aber nicht genug für Shiva, sich der Mühe zu unterziehen, Gopu einen Traum zu schicken.« Shiva ist des Vaters Lieblingsgott, er zweifelt nicht daran, daß er es war, der Gopu den Traum vom Großvater schickte. Shiva ist für alles verantwortlich, was in einem Leben geschieht, sagt er oft, und wenn er ihm in diesem Leben eine untergeordnete Rolle zugewiesen hat, dann weil er in seinem früheren Leben eine Sünde auf sich lud, für die er nun büßen müsse. Will Shiva es, wird er in seinem nächsten Leben für seine bereitwillige Buße belohnt werden.

Der Vater beendet die Mahlzeit, steht auf, nimmt ein Pan aus dem bereitstehenden Kästchen und geht auf den Hof. Das Pan, das er kaut, ist keines von denen, die Gopu verkauft, es ist ein einfaches, sehr billiges Pan.

Die Mutter setzt Rabi neben Odini ab und greift in die Schüssel. Erst jetzt, nachdem der Vater gegessen hat, ißt sie. Es ist eine alte Sitte, daß die Frauen nach den Männern essen. Der Vater besteht nicht darauf, aber während des gemeinsamen Essens füttert die Mutter stets das jüngste Kind, und so ißt sie noch immer erst dann, wenn der Vater mit seinem Pan auf dem Hof sitzt.

Als der Vater wieder hereinkommt, hat die Mutter ihr Mahl beendet. Rabi liegt auf seiner Matte und schläft, Sridam ärgert Jagganath, Gopu malt sich die Wiederbegegnung mit Bapti aus, Bidiya liegt neben ihm und bettet ihren Kopf in seinen Schoß. Die Mutter fragt den Vater nach dem Ergebnis der heutigen Stellensuche. Sie fragt erst jetzt, weil sie dem Vater nicht zeigen will, wie sehr sie sich ängstigt. Einmal erwartete sie ihn auf dem Hof und fragte ihn nach dem Erfolg seiner Bemühungen. Der Vater, müde von seinem Marsch von Hotel zu Hotel, schimpfte die Mutter aus. Er werde Auskunft geben, wenn es ihm paßt, sagte er. Seitdem wartet die Mutter, bis der Vater von sich aus das Thema anschneidet. Heute aber dauert ihr das zu lange.

»Noch hat es nicht geklappt«, antwortet der Vater. Er kraust dabei die Stirn, er spricht nicht gern darüber. Aber dann sieht er die Angst im Gesicht der Mutter, eine Angst, die sie beim besten Willen nicht verheimlichen kann. Er wird erst barsch. Die Mutter solle nur nicht heulen, sagt er. Dann wird er weich: Sie solle Shiva vertrauen, Shiva wisse, wie alles kommt.
Die Mutter unterdrückt die Tränen, die gegen ihren Willen fließen wollen. Sie bewundert den Vater. Selbst in jenen Tagen, als der Vater keine Arbeit hatte, als sie hungern mußten und Bora starb, bewunderte sie ihn. Sie kommt aus einer sehr armen Landarbeiterfamilie, arbeitete ihre ganze Kindheit hindurch auf einer Obstplantage. Daß der Sohn eines Sergeanten der Elefantenreiter um ihre Hand anhielt, war eine große Ehre für die Familie, auch wenn es nur der zweite Sohn war. Sie erzählte den Kindern oft von der Nacht, die auf des Vaters Antrag folgte: Wie sie in der Hütte lag und nicht schlafen konnte, wie sie vor Aufregung, von einem Mann aus einer höheren Kaste geheiratet zu werden, Fieber bekam.
Der Vater legt sich auf seine Matte und schließt die Augen. Die Kinder sind still, sie lieben und achten den Vater, der sie nie straft, der selbst den größten Missetaten in Ruhe und ohne Schläge auf den Grund geht. Sogar Sridam, der noch immer auf dem armen Jagganath herumhackt, beherrscht sich. Ganz leise flüstert er dem schweigsamen Bruder ins Ohr: »Du stinkst nicht nur wie ein Fisch, du bist auch stumm wie ein Fisch.«
Sridams Vergleich, den dennoch alle hören, macht, daß Odini, die sich gerade die roten, schmerzenden Hände eincremt, laut losprustet. Auch Bidiya lacht und vergräbt den Kopf noch tiefer in Gopus Schoß. Und Rabi, der nichts verstanden hat, erwacht und kräht laut los, als protestiere er dagegen, daß man solch lustige Dinge ohne ihn behandelt.
Der Vater richtet sich auf. »Wenn der Junge tatsächlich wieder-

kommt«, sagt er zu Gopu, »und er fragt dich etwas Wichtiges, sage nicht ja und nicht nein, lege mir die Frage vor. Hörst du?«
Gopu nickt ernst. Der Vater denkt also immer noch über seinen Traum nach.
»Gibt er dir wieder Geld, nimm es«, fährt der Vater fort, »diese Familie hat mehr als genug.«
Da lächelt Gopu. Darauf hätte ihn der Vater nicht hinweisen müssen.
Die Mutter hebt warnend den Zeigefinger: »Aber bestiehl ihn nicht. Auch wenn ihm das Geld aus der Hosentasche heraushängt.«
»Ein Advani stiehlt nicht«, sagt der Vater und läßt den Blick schweifen. Nur Sridam wird rot und senkt den Kopf.

Ein Freund

Bapti liegt im Bett. Er hat die Klimaanlage abgestellt, nun ist es warm und still im Zimmer. Wie von fern her dringen die Verkehrsgeräusche durch das geschlossene Fenster.
Das mit dem Boy gestern war eine komische Sache. Die Idee kam ihm, als hätte sie ihm jemand zugeflüstert. Dabei hatte gar keine Aussicht bestanden, daß der Vater seinen Wunsch erfüllen würde: Ein Boy, der weder schreiben noch lesen noch englisch oder Tamil kann! Hätte die Mutter nichts gesagt, wäre es bei des Vaters Ablehnung geblieben.
Bapti dreht sich auf den Bauch und zieht sich die dünne Bettdecke über den Kopf. Schreiben und lesen muß sein Boy nicht können, Tamil muß Gopu können - oder er Hindi. Ayesha spricht Hindi, an ihrer Schule wurde es neben Englisch gelehrt, an seiner bisher noch nicht. Herr Jagadeesan sagte, nicht nur die Regierung, auch das Volk von Tamil Nadu wehre sich gegen die fremde Staatssprache.
Ayesha gefällt, daß dieser Gopu gut aussieht, daß er ernste Augen hat und eine helle Haut, doch was gefällt ihm an dem Jungen vom Strand? Ist es nur die Ähnlichkeit mit Nari? Oder ist es die ruhige Art des Panverkäufers, seine Natürlichkeit? Das hat er gesehen, daß dieser Gopu rot wird, wenn er verlegen ist, daß man es ihm ansieht, wenn er sich schämt; er hat ein offenes Gesicht. Und er ist kein Hinternkriecher, keiner von denen, die ihm die Füße küssen, nur weil der Vater reich ist.
Er will gar keinen Boy, er will einen Freund - das ist es! Bapti dreht sich zurück, liegt auf dem Rücken und starrt an die Decke.
Nie hat er einen Freund gehabt, nicht einen einzigen! Es gibt viele Jungen in der Straße, in der er wohnt, aber keiner dieser Jungen

wollte je sein Freund sein. Und ausgerechnet Nari, der ihm am besten gefiel, verhielt sich besonders abweisend. Anfangs verstand er das nicht, er machte den Jungen Geschenke, war immer freundlich zu ihnen, doch die Jungen wandten sich ab, wenn sie ihn kommen sahen. Es gab auch andere Jungen, Jungen wie den dicken Moara, die sich nicht abwandten, die sich anbiederten, doch die waren langweilig, zählten nicht, gehörten nicht zu Naris Clique.

War er so schlecht? Konnte er nicht gut klettern? War er kein guter Tennisspieler? Bapti wußte nicht, weshalb die Jungen um Nari nichts von ihm wissen wollten. Raj, der Sekretär des Vaters, war es, der es ihm eines Tages sagte: »Die Grundstücke und Häuser, in denen die Eltern der Jungen wohnen, gehören deinem Vater. Die Väter zahlen Pacht und Miete an deinen Vater.«

»Was hat das mit mir zu tun?« fragte Bapti den Sekretär.

»Du bist deines Vaters Sohn«, antwortete Raj ernst.

Bapti wirft die Bettdecke von sich. Er ist nun hellwach. Des Vaters Sohn! Er hatte Raj verstanden – und er hatte ihn nicht verstanden. Verstanden hatte er, daß der eine Teil der Jungen ihn mied, weil ihre Väter an seinen Vater zahlen mußten, und daß der andere Teil ihm aus dem gleichen Grund in den Hintern kroch. Nicht verstanden hatte er, warum der eine Teil so reagierte und der andere anders – und warum er für des Vaters Geschäfte büßen mußte. Dann hörte er zufällig eine Unterredung mit an. Naris Vater wollte dem Vater das Haus und auch das Grundstück abkaufen, um nicht die jedes Jahr teurer werdende Miete zahlen zu müssen. Der Vater lehnte einen Verkauf ab: Miete und Pacht brächten auf die Dauer mehr ein. Naris Vater erklärte, dann würde er, obwohl seine Familie an dieser Gegend hing, fortziehen, sich anderswo ein Haus kaufen. Der Vater lächelte nur. Er finde genug andere Interessenten, sagte er. Naris Vater verließ unverrichteter Dinge das Haus, zog aber nicht fort. Er, Bapti, war dem Vater böse. Aus-

gerechnet Naris Vater mußte der Vater einen Wunsch abschlagen! Konnte er nicht eine Ausnahme machen? Der Vater lehnte ab: »Eine Ausnahme? Wo es um viel Geld geht, gibt es keine Ausnahme.«
Er lief dem Vater davon, warf sich im Garten in des Vaters selbstangelegte Blumenbeete und trommelte mit den Fäusten darin herum. Wenn der Vater ihm nicht gönnte, was ihm Spaß machte, sollte der Vater auch nicht haben, was dem Vater Spaß machte. Bip, der Koch, hob ihn auf, nahm ihn mit in die Küche und gab ihm Pudding zu essen.
Wenige Tage nach dem Vorfall mit Naris Vater nahm der Vater ihn mit nach Kanchipuram. Zum Seidenkauf. Er wollte, daß sein Sohn sah, wie seine Einkäufer mit den Webern verhandelten, wie sie stritten, um jede Rupie feilschten; wollte, daß er sah, was hinter dem Geld steckte. Zwei Seideneinkäufer des Vaters waren mit dabei. Auf der Hinfahrt waren sie lustig, sie veränderten sich erst, als sie die Stuben der Weber betraten. Hochmütig, ohne ein einziges Lächeln, verhandelten sie mit den Männern, deren Frauen und Kinder hinter den Handwebstühlen saßen. Die Weber versuchten, höhere Preise für den Stoff herauszuschlagen, die Einkäufer sagten, die Zeiten wären schlecht, sie könnten nicht soviel zahlen wie bisher.
Die Einkäufer logen. Die Geschäftslage war gut, der Vater hatte es wenige Tage zuvor selbst gesagt. Die Weber aber wußten, daß der Vater Herr Chandrahas persönlich war, deshalb sahen sie, wenn sie sprachen, nicht die Einkäufer, sondern den Vater an. Einer der Weber fiel sogar vor dem Vater auf die Knie. Seine Frau sei krank, sagte er, sie könne ihm bei der Arbeit nicht helfen, die Preise aber wären zu niedrig, er wisse nicht, wie er seine Familie durchbringen solle. Ob er nicht dieses eine Mal einen besseren Preis bekommen könne? Der Vater tat, als ginge ihn die Preisverhandlung nichts an, und verwies auf die Einkäufer, die lächelnd den Kopf

schüttelten. Er hätte doch genügend Kinder, erklärten sie dem Weber, die könnten doch helfen. Die Kinder wären zu jung, erwiderte der Weber. Da sah er, Bapti, den Vater bittend an. Der Weber bemerkte den Blick und wandte sich an ihn: »Bitte, junger Herr«, sagte er, »helfen Sie uns.« Der Vater wurde ärgerlich, wies die Einkäufer an, mehr zu zahlen, und verließ das Haus. »Du zeigst zuviel Gefühl!« sagte er. »Wenn du jedesmal eine Ausnahme machen willst, bist du bald bankrott. Ich habe dich mitgenommen, damit du siehst, wie hart das Geld verdient wird, nicht, damit du bei jedem, der vor dir auf die Knie fällt, weich wirst.« Der Vater war richtig wütend, Bapti mußte warten, bis die Wut sich gelegt hatte, dann aber fragte er ihn: »Warum hast du gesagt, du bist nicht zuständig?«

»Weil ein Angestellter nein sagen kann, ohne hartherzig zu sein, der Inhaber einer Firma kann das nicht«, erwiderte der Vater.

Während der Vater in einem der Tempel Kanchipurams ein Gebet sprach, dachte er über den Vater nach. Andere Gläubige beten zu ihren Lieblingsgöttern, um so Brahma, dem Hauptgott, aus dem alle anderen Götter hervorgingen, nahezukommen, der Vater betet direkt zu Brahma, der Vater macht keine Umwege. Der Vater ist stolz darauf, immer direkt zu sein. In Kanchipuram aber war er nicht direkt, da machte er einen Umweg, den über die beiden Einkäufer.

Zu Hause angekommen, nahm der Vater ihn mit in das Arbeitszimmer und sprach über Geschäftsprinzipien und Ausnahmen: »Nicht die eine Ausnahme ist schlecht, schlecht ist, daß es nicht bei einer Ausnahme bleibt. Der Weber, dem wir heute mehr zahlten, wird überall herumprahlen, wie klug er verhandelt hat. Das nächste Mal werden alle Weber hartnäckiger verhandeln.«

»Aber wenn sie doch so arm sind?«

»Arm!« Der Vater stand auf und ging im Zimmer auf und ab. »Es gibt Arme und Reiche, Erfolglose und Erfolgreiche, das ist nun

mal so. Mit dem, was wir dem Weber mehr gezahlt haben, haben wir ihn nicht reich gemacht. Er wird immer arm sein, wird immer feilschen. Wir aber feilschen zurück. Wir müssen es tun: ich, weil ich die Firma erhalten möchte, die Einkäufer, weil sie ihre Stellung behalten möchten.« Der Vater sprach, als verteidige er sich. Zum Schluß kam er auch auf die Vermietung und Verpachtung der Häuser und Grundstücke zu sprechen. Er rechnete vor, wieviele Rupien diese in zwanzig, dreißig Jahren einbringen würden: »Geld kann gestohlen, kann über Nacht wertlos werden – Häuser und Grundstücke sind Sicherheiten für ein ganzes Leben; für mein Leben, für dein Leben, für das Leben deines Sohnes.«
Bapti steht auf, tritt an das Fenster und schaut auf die Marine Drive herab. In beiden Richtungen fahren Autos, Taxen, Busse. Ab und zu gerät der Verkehr ins Stocken.
Nach jenem Gespräch mit dem Vater dachte er nach. Der Gedanke, daß er keine Angst haben mußte, eines Tages arm zu sein, gefiel ihm. Und dann war da noch etwas: Eines Tages würde Nari, der ihn auslacht und abfahren läßt, als sei er der letzte, mit dem ein Nari sich einläßt, an ihn Pacht und Miete zahlen müssen. Dann hatte er es in der Hand, großzügig zu sein oder nicht. Dann würde Nari ihn bitten müssen, wie Naris Vater den Vater bat. Dann würde Nari seine hochnäsige Haltung aufgeben müssen. Und er würde Nari abfahren lassen. Wenn das mit diesem Gopu klappt, kann er Nari jetzt schon abfahren lassen, kann er ihm zeigen, daß er ihn und seine Freunde nicht nötig hat.
Und wenn der Panverkäufer nicht sein Boy werden will? Wer sagt ihm, daß er Gopu so gefällt wie Gopu ihm? Bapti läuft durch das Zimmer und sucht etwas, das er Gopu schenken kann, ein neues, ein schöneres Prasat. Doch er findet nichts, nur Geld. Er nimmt das Geld und steckt es in die Hose, die er anziehen wird. Dann geht er an den Kühlschrank, nimmt sich eine Cola heraus, öffnet sie und trinkt.

An jenem Tag, an dem der Vater von seinen Geschäften sprach, sprach er auch von Amerika, dem Land, in dem die Frauen Chandrahas-Kleider tragen und in dem sein Sohn eines Tages studieren wird. »Dann wirst du auch Freunde haben«, sagte der Vater. »Wer Geld hat, hat auch Freunde.«
Freunde von der Art der Hinternkriecher! Damals sah er keinen Grund, sich auf Amerika zu freuen! Klappt das mit Gopu, hat er einen Grund, sich zu freuen. Dann wird er nicht allein nach Amerika gehen, er wird Gopu mitnehmen, ihm alles zeigen: die Wolkenkratzer, die Prärie, die Cowboys auf den Rodeos. Er muß Gopu das sagen, es gibt keinen Jungen, der nicht gerne einmal nach Amerika möchte.
An der Tür wird geklopft: Ayesha.
Bapti springt auf. »Ich komme!« ruft er. Er läuft ins Bad, öffnet den Wasserhahn, läßt sich das Wasser in die Hände laufen und spritzt es sich ins Gesicht. Dann putzt er sich die Zähne, spült sich den Mund ab, zieht sich an und kämmt sich das feuchte, wellige Haar. Beim Kämmen pfeift er vor sich hin, ein richtig gutes Gefühl ist in ihm.

Bihari

Ayesha sitzt am fertig gedeckten Frühstückstisch. Als sie den Bruder kommen sieht, lächelt sie. »Du bist ja so aufgeregt.«
Bapti setzt sich zu ihr. Er ist aufgeregt, er kann die Entscheidung des Vaters über Gopu kaum noch erwarten, und er fürchtet sich: Was, wenn der Vater nein sagt? Was, wenn er Gopu nicht wiederfindet? Wäre es nicht besser, gleich zum Gateway zu laufen, um den Panverkäufer dort zu treffen?
Als wollten sie Baptis Ungeduld noch verstärken, kommen die Eltern später als üblich. Der Vater hat telefoniert. Da er am Vormittag in Geschäften unterwegs ist, sagt er, habe er für die Familie die Besichtigung der Hängenden Gärten oberhalb des Malabar Hill organisiert. Bihari, Ayeshas Bräutigam, werde die Mutter, Ayesha und Bapti auf den Hügel fahren und alles Sehenswerte zeigen.
Ayesha errötet, die Mutter lächelt, der Vater grinst. Für einen Augenblick vergißt Bapti Gopu. Er hat diesen Bihari zwar schon gesehen, aber noch nicht mit ihm gesprochen. Werden sein zukünftiger Schwager und er sich verstehen?
Das Frühstück zieht sich in die Länge. Der Vater liest die Morgenzeitung, die Mutter studiert die wenigen Gäste, die ebenfalls ihr Frühstück einnehmen. Dann kommt Bihari. Er trägt eine helle Hose, ein dunkelblaues Jackett und ein weißes, offenstehendes Hemd. Er ist hübsch, aber schüchtern. Er begrüßt erst den Vater, dann die Mutter und Bapti, dann Ayesha. Er legt die Hände zusammen und sieht an, wen er begrüßt, nur Ayesha wagt er nicht anzusehen.
Der Vater legt die Zeitung beiseite und erklärt, er müsse jetzt gehen. Dann läßt er Bihari mit der Mutter, Ayesha und Bapti

allein. Die Mutter lädt Bihari ein, Platz zu nehmen. Sie spricht englisch mit ihm. Bihari antwortet wohlerzogen. Ab und zu huscht ein verlegenes Lächeln über sein Gesicht.
In Biharis Wagen sitzt Bapti auf dem Beifahrersitz, die Mutter und Ayesha auf den hinteren Sitzen. Bihari erklärt die Straßen und Sehenswürdigkeiten. Einmal lächelt er Bapti zu. Diesmal ist es kein verlegenes Lächeln, mehr ein Jungenlächeln, eines, das verbündet.
Bapti dreht sich zu Ayesha um und fragt auf Tamil: »Warum sprichst du nicht mit ihm? Wozu kannst du Hindi?«
Bihari hat das Wort »Hindi« verstanden, Ayesha wird rot und zischt: »Sei still!«
Bapti wendet sich an Bihari. »Gefällt dir meine Schwester?« fragt er auf englisch.
Die Mutter ist empört: »So etwas fragt man nicht!«
»Sie ist sehr schön!« Bihari konzentriert sich auf den Verkehr. Er lächelt nicht mehr.
Auf dem Malabar Hill angelangt, steigen Bihari, die Mutter, Ayesha und Bapti aus und gehen zu Fuß weiter. Sie sind nicht die einzigen, die die Spazierwege entlangwandern und die Kunstgärten bewundern. Bapti allerdings interessieren die beschnittenen Hecken und Sträucher nicht, er dreht den Gärten, der Mutter, Ayesha und Bihari den Rücken zu und schaut auf die Bucht, den Hafen und die Inseln vor der Küste hinunter. Das Meer ist sehr blau, nur einzelne, im Wind dahintreibende Wölkchen sind zu sehen.
Baptis Blick tastet sich die Marine Drive entlang. Dort hinten, links des grauen, stark befahrenen Bandes ist das Gateway, dort sitzt Gopu. Wenn er wieder zu Hause ist, wird er Gopu die Ostküste zeigen. Gegen den dreizehn Kilometer langen Sandstrand längs der Marina ist der Chowpatti-Strand, dieses graugelbe Dreieck, nur ein Sandkasten. Er wird mit Gopu den Cooum-Fluß

entlangwandern, wird mit ihm im Volkspark spazierengehen, sie werden sich unterhalten, Eis essen, lustig sein. Es durchströmt Bapti heiß. Er heftet seine Augen auf den Punkt in der Ferne, der das Gateway sein muß. Könnte er fliegen, würde er sich in die Lüfte erheben und die Marine Drive entlangfliegen. Er würde das Gateway umkreisen und Gopu zuwinken. Er würde ...

»Bapti!«

Die Mutter, Ayesha und Bihari sind weit voraus. Bapti folgt den dreien. Wenn es doch nur erst Mittag wäre!

Ayesha spricht noch immer nicht mit Bihari. Auch Bihari gibt sich keine Mühe, mit Ayesha ein Gespräch zu beginnen. Was er zeigt und erklärt, zeigt und erklärt er der Mutter. Ayesha steht dabei und hört zu. Baptis Meinung über den zukünftigen Schwager verschlechtert sich.

Als Bihari die Mutter, Ayesha und Bapti vor dem Hotel absetzt, lädt die Mutter ihn ein, an der Bar etwas Erfrischendes zu sich zu nehmen. Bihari bedankt sich höflich, sagt aber, er müsse dringend in das Büro des Vaters zurück, eine wichtige Arbeit erwarte ihn. Die Mutter zeigt Verständnis. Das Geschäft gehe vor, sagt sie. Doch als Bihari davonfährt, schaut sie ihm nachdenklich hinterher.

Ayesha zieht sich den Schal vor das Gesicht, geht an den Empfang und verlangt den Schlüssel. Dann geht sie zum Fahrstuhl. Auch die Mutter und Bapti nehmen ihre Schlüssel entgegen. Die Mutter ist sehr ernst. Sie steht neben Ayesha vor dem Fahrstuhl und blickt die Tochter nicht an.

Bapti möchte der Schwester etwas Tröstendes sagen, doch es fällt ihm nichts Vernünftiges ein.

Der Fahrstuhl kommt, die Tür wird geöffnet, der Liftboy - es ist Gopus Vater - verneigt sich. Während sie nach oben fahren, lächelt der Liftboy Bapti an. Bapti erwidert das Lächeln nicht, ihm ist nicht danach zumute. Er muß an Ayeshas Bräutigam denken.

Wie blitzartig er verschwand! Wie erleichtert er war, Mutter, Ayesha und ihn loszuwerden! Mag Bihari Ayesha nicht?

Der Fahrstuhl hält, der Liftboy öffnet die Tür. Bapti entschließt sich nun doch, Gopus Vater anzulächeln, doch jetzt lächelt der Liftboy nicht zurück.

Das Angebot

Gopu sitzt hinter seinem Tablett. Er wartet auf Bapti. Er denkt an nichts anderes, während er sein »Paaans! Pans aus dem Hause Patel! Paaans!« erklingen läßt. Er hat gelernt, sich nicht allzuviele Hoffnungen zu machen, um nicht enttäuscht zu werden, trotzdem späht er den Strand entlang und mustert die Spaziergänger eingehender als üblich. Auch Bhagwan hält Ausschau nach dem Jungen im weißen Pullover. Immer wieder kommt er hinter seinem Stand hervor, stellt sich zu Gopu, spricht mit ihm über dieses und jenes und läßt den Blick schweifen.
Ein Pfiff! Gopu fährt herum. Da steht Bapti. Breitbeinig steht er vor dem Denkmal des Volkshelden Tilak und schwenkt die Arme.
Gopu steht auf, Bapti läuft. Dann stehen sie einander gegenüber, sehen sich an und lächeln. Bapti zieht einige Geldscheine aus der Hosentasche und gibt sie Gopu.
Gopu starrt auf das Geld in seiner Hand. Ist das für ihn? Es sind mehr als hundert Rupien.
Bapti lacht über Gopus Gesicht, zeigt auf Bhagwans Getränkestand und schickt sich an, vorauszugehen. Er will Gopu zeigen, daß er es eilig hat, daß er ihm etwas Wichtiges mitteilen will.
Gopu steckt das Geld in die Hosentasche, nimmt das Tablett mit den Pans auf und folgt Bapti.
Bhagwan ist ärgerlich. Da hat er nun so lange Ausschau gehalten, und in dem einzigen Moment, in dem er nicht aufpaßte, kam der Junge aus Madras.
»Rote, grüne, gelbe Limonade?«
Gopu zeigt auf die grüne Limonade. Bapti auch.
Bhagwan stellt die Flaschen mit den Strohhalmen vor die Jungen hin und wischt hinter seiner Theke herum.

»Sage ihm, daß ich eine Stellung für ihn habe, die mehr einbringt als der Verkauf von Pans«, bittet Bapti Bhagwan. »Sage ihm, daß ich ihn zum Boy haben möchte.«
Bhagwan wollte dieses Mal nicht umsonst den Dolmetscher spielen, wollte nicht wieder zusehen, wie Gopu einen Fünfzig-Rupien-Schein einsteckt und er nur ein lausiges Extra bekommt. Als er Baptis Eröffnung hört, vergißt er das. Eine Stellung für Gopu? Gopu Boy in einem so reichen Haus? Hat er richtig gehört?
»Was hat er gesagt?« fragt Gopu neugierig.
»Übersetze!« fordert Bapti.
Bhagwan zuckt die Achseln und übersetzt.
Bapti wartet, bis Bhagwan fertig ist, dann sagt er, mit seinem Vater habe er bereits gesprochen, der Vater wolle Gopu nach dem Mittagessen sehen.
Wieder übersetzt Bhagwan. Gopu hängt an seinen Lippen. Was dieser Bapti sagt, ist so ungeheuerlich, so unwahrscheinlich, daß er an Bhagwans Tamil-Kenntnissen zweifelt. Als Bhagwan aber dann die Worte wiederholt und dabei ein Gesicht macht, als hätte er einen Gott getroffen, weiß Gopu, daß kein Irrtum vorliegt, daß dies das Glück ist, das ihm sein Traum verkündete.
»Weißt du, was das heißt?« fragt Bhagwan Gopu. »Das heißt, du wirst Madras sehen, wirst dort leben, wirst eine Uniform bekommen, Geld verdienen. Wenn du auf deine Herrschaft hörst, hast du ausgesorgt – ein Leben lang!« Bhagwans Stimme schwankt zwischen Neid und Bewunderung.
»Sage ihm, daß er mein Freund sein soll«, bittet Bapti Bhagwan.
Bhagwan übersetzt. Gopu läßt die Worte in sich nachklingen: Boy eines reichen Jungen, Freund eines reichen Jungen! Onkel Kamal sagt, Wunder gäbe es nur in Märchen, nicht im Leben.
Bapti legt Gopu die Hand auf die Schulter und redet auf ihn ein; er hat vergessen, daß Gopu ihn nicht versteht.
»Ich kann nicht Tamil.«

»Bhagwan wird es dich lehren«, sagt Bapti und blickt den Getränkeverkäufer an, damit der versteht und übersetzt.
Bhagwan begreift, er nutzt die Gelegenheit: »Wenn du es bezahlst?«
Bapti geht auf Gopu zu und zieht ihm das Geld, das er ihm gab, aus der Hosentasche. »Ist das genug?« fragt er Bhagwan.
Bhagwan nickt verblüfft. Mit so vielen Rupien hatte er nicht gerechnet.
Bapti gibt dem Getränkeverkäufer das Geld und bittet ihn, Gopu zu sagen, daß er neues bekommt.
Bhagwan läßt die Geldscheine verschwinden. »Das ist meine Bezahlung«, klärt er Gopu auf. »Ich werde dich Tamil lehren. Du bekommst neues Geld. Außerdem wirst du bald viel mehr Geld verdienen, wirst in einem Haus leben, in dem Geld nichts ist.«
»Und wenn ich nicht mitgehe? Mein Vater ...«
»Dein Vater wird dich küssen und beglückwünschen.« Bhagwan lacht. »So eine Chance bekommst du nie wieder. Du bist wahrhaftig ein Liebling der Götter.«
»Ich kann weder lesen noch schreiben.« Gopu ist verwirrt. Er bezweifelt nicht, daß es ein Glück ist, Boy eines reichen Jungen zu werden, er weiß nur nicht, ob er sich dieses Glück wünschen soll. Und dann: Wird der Vater ihn tatsächlich küssen und beglückwünschen? Sagte er nicht gestern, diese Familie gefalle ihm nicht?
»Er kann nicht lesen, nicht schreiben!« lacht Bhagwan noch immer. Er sagt es auf Tamil, und er fügt hinzu: »Als ob ein Boy lesen und schreiben können muß!«
Das Lachen des Limonadenverkäufers gefällt Bapti nicht. »Er wird Lesen und Schreiben lernen«, sagt er, »er wird mein Sekretär werden. Wir werden nach Amerika gehen, die ganze Welt werden wir bereisen.«
Bhagwan stellt das Lachen ein: »So habe ich das nicht gemeint.« Zu Gopu aber sagt er: »Nach Amerika will er mit dir, sein Sekretär

sollst du werden, sogar Lesen und Schreiben sollst du lernen. Sieh dich vor, vielleicht ist er nur ein reicher Spinner! Bevor sein Vater nicht mit dir gesprochen hat, glaube ihm kein Wort.«
»Wie soll ich seinen Vater verstehen?« Gopu ist es auf einmal, als wäre es besser gewesen, er hätte Bapti nie kennengelernt.
»Vielleicht spricht der Vater Hindi.« Bhagwan zuckt die Achseln.
»Bist du nie zur Schule gegangen?« fragte Bapti.
Bhagwan übersetzt die Frage. Gopu schüttelt den Kopf. Viele Kinder seiner Kaste gehen zur Schule, er aber mußte seit jeher mitverdienen.
Auch Bhagwan schüttelt den Kopf: »Sie haben die Schulgeldfreiheit, aber wie soll das gehen – fünf Jahre Schule? Mit einem Sohn, meinetwegen, aber mit drei, vier, fünf, sechs? Wer soll die ernähren? Und was wäre, wenn alle, die dürfen, zur Schule gingen? Gibt es etwa genug Schulen, genug Lehrer?«
»Ich gehe nicht gern zur Schule«, sagt Bapti. Er möchte Gopu etwas sagen, was eine Gemeinsamkeit zwischen ihnen herstellt.
Bhagwan schüttelt den Kopf: »Die nicht zur Schule dürfen, die möchten, und die dürfen, die möchten nicht. Das Leben macht alles falsch.« Er lacht.
Bapti lacht nicht. Er sieht Bhagwan böse an.
Gopu hat nicht zugehört, er denkt nach: Was wird der Vater sagen, wenn er von diesem Angebot erfährt? Oder hat Bhagwan recht und spinnt dieser Bapti nur? Und darf man das tun, Geld verschenken und es dann wieder fortnehmen?
Bapti erzählt von Madras. Bhagwan übersetzt, doch Gopu hört noch immer nicht zu. Ein einziger Satz dringt durch seine Gedanken hindurch: der von dem großen Haus mit den vielen Zimmern, von dem eines ihm gehören wird.
Ein großes Haus mit vielen Zimmern! Wie oft hatte er versucht, sich ein solches Haus vorzustellen, sich auszumalen, wie die Reichen leben. Solange er sich erinnern kann, leben Vater, Mutter,

die Geschwister und er in diesem einen Raum in der Altstadt. In diesem Raum schlafen, kochen, essen sie. Die Reichen haben für alles verschiedene Räume, haben Bäder und eigene Toiletten.
»Ein Zimmer für mich?«
»Ein Zimmer, ein Bett, ein Schrank, ein Tisch, ein Stuhl!« Bapti findet das ulkig, daß das Zimmer einen solchen Eindruck auf Gopu macht. Es ist zwar nicht allgemein üblich, daß das Dienstpersonal eigene Zimmer hat, im Hause Chandrahas aber gibt es das nicht, daß zwei oder drei Boys zusammen schlafen. Und Gopu wird mehr sein als ein Boy.
Bapti bezahlt die Limonade und nimmt Gopus Arm. »Jetzt müssen wir gehen. Nach dem Essen schläft mein Vater.«
Gopu geht nicht gern mit. Er war noch nie in dem Hotel, in dem der Vater arbeitet. Doch er darf Baptis Angebot nicht ablehnen, bevor er mit dem Vater gesprochen hat. Und er kann Baptis Angebot nicht ernst nehmen, solange er nicht weiß, ob Baptis Vater mit ihm einverstanden ist. Es bleibt ihm nichts weiter übrig, als Bhagwan zu bitten, das Tablett mit den Pans aufzubewahren, und Bapti zu folgen.
Bhagwan sieht den beiden Jungen nach. Als sie außer Sicht sind, zieht er das Geld, das Bapti ihm gab, aus der Tasche und zählt es. Als er fertig ist, pfeift er zufrieden.
Bapti und Gopu überqueren die Marine Drive. Vor dem Hotel zögert Gopu. Er wagt nicht weiterzugehen. Der Hotelportier in der Uniform mit den silberglänzenden Kordeln sieht von Gopu zu Bapti und zurück. Bapti faßt Gopus Arm fester und zieht ihn vorwärts. Gopu stemmt sich dagegen. Er will nicht. Angst überkommt ihn. Was wird der Vater sagen, wenn er ihn im Hotel sieht? Was sagen all die reichen Leute? Am liebsten würde er aufwachen und erleichtert feststellen, alles nur geträumt zu haben. Aber er wacht nicht auf, er träumt nicht, und Bapti läßt seinen Arm nicht los.

Dann gehen Bapti und Gopu durch die Hotelhalle. Hinter einer Barriere steht ein Mann. Mißbilligend betrachtet er Gopu und gibt einem Boy ein Zeichen, den Jungen aus der Hotelhalle zu entfernen, dann sieht er Bapti und gibt dem Boy zu verstehen, daß er an seinem Platz neben der Tür stehenbleiben soll.
Gopu schaut sich um. Das Hotel ist so, wie der Vater es beschrieben hat: überall Säulen, überall Gold und Bilder. In dicken, lederbezogenen Sesseln sitzen die Gäste und flüstern miteinander. Gopu würde es auch nicht wagen, in diesem Hotel laut zu reden.
Bapti zieht Gopu weiter. Sie durchqueren einen Raum mit weiteren, diesmal stoffüberzogenen Sesseln und kunstvoll verzierten gepolsterten Bänken und betreten das Restaurant: viele leere Tische, blütenweiße Tischdecken, blitzende Messer und Gabeln, funkelnde Gläser. Nur an drei Tischen sitzen Gäste. Auf einen dieser Tische steuert Bapti zu.
Gopu erkennt die Frau vom Gateway, dann auch das Mädchen. Er wird langsamer und bleibt schließlich stehen. Bapti geht an den Tisch heran, zeigt auf Gopu und sagt etwas zu dem Mann.
Baptis Vater betrachtet Gopu abschätzend. Auch die Frau und das Mädchen sehen zu ihm hin. Dann hebt Baptis Vater die Hand und winkt ihm. Gopu tritt näher und verneigt sich tief. Zu spät fallen ihm Onkel Kamals Worte ein: Höflich sein heißt nicht katzbuckeln! Er schämt sich und richtet sich auf.
Baptis Vater sieht Gopu noch immer an. Er läßt den Blick auf ihm ruhen, als wolle er in kürzester Zeit alles über ihn erfahren. Als er den Blick abwendet, sieht er nicht unzufrieden aus.
Baptis Mutter ist nicht mit ihm einverstanden. Das spürt Gopu. Sie fragt ihn etwas. Gopu wird es heiß, er versteht sie nicht. Baptis Vater kommt ihm zu Hilfe. Auf Hindi will er wissen, ob Gopu gerne Baptis Boy werden wolle. Gopu antwortet, es sei eine Ehre. Baptis Vater nickt vor sich hin. Dann fragt er Gopu, welcher Kaste er angehöre.

»Den Kriegerischen Bauern«, antwortet Gopu.
»Na, immerhin!« Baptis Vater gibt Bapti ein Zeichen des Einverständnisses, dann wendet er sich ab. Bapti bleibt bei ihm und fragt etwas. Sein Vater antwortet. Dann sagt Bapti noch etwas. Diesmal zückt sein Vater die Brieftasche und gibt ihm einen Einhundert-Rupien-Schein.
Bapti nimmt den Schein und gibt Gopu zu verstehen, daß er sich verabschieden soll. Dann schiebt er ihn in Richtung Ausgang. In dem Raum mit den gepolsterten Bänken bleibt er stehen, legt Gopu beide Hände auf die Schultern und sprudelt etwas heraus, was Gopu nicht versteht.
Als die beiden Jungen durch die Vorhalle gehen, öffnet sich seitlich von ihnen eine Tür. Gopu blickt hin. Ausländer kommen durch diese Tür - und hinter den Ausländern steht der Vater. Er trägt eine Uniform, steht in einem erleuchteten Kasten und erscheint ihm fremd.
Auch der Vater sieht Gopu. Er steht lange stumm da, dann summt es in dem Kasten. Der Vater schließt die Tür, Gopu hört, wie der Kasten sich entfernt.
Die Jungen verlassen das Hotel. Schweigend gehen sie über die Straße und durch den Sand des Strandes auf Bhagwans Getränkestand zu. Bhagwan bedient einen Kunden, sie müssen warten.
Bapti gibt Gopu den Einhundert-Rupien-Schein, den er von seinem Vater bekommen hat: die Entschädigung für das Geld, das er ihm wieder abnahm, um es Bhagwan zu geben.
Endlich hat Bhagwan Zeit. Er übersetzt, was Bapti sagt: »Sein Vater ist einverstanden. Zweihundert Rupien im Monat erhältst du, dazu Essen, Kleidung und Unterkunft.«
»Was muß ich tun - als Boy?«
»Nicht viel«, sagt Bapti. »Wir haben schon einen Boy und auch ein Mädchen. Du bist nur für mich da.«

»Sei nicht dumm!« sagt Bhagwan zu Gopu. »Dein Vater wird sich freuen. Du kannst viel für die Familie tun.«
Baptis Augen glänzen. »Eine Woche nur«, sagt er, »dann bin ich aus Delhi zurück und nehme dich mit.«

Auf dem Hof

Es ist Abend. Die Fenster und Türen der gegenüberliegenden Wohnräume und auch die Erwachsenen und Kinder, die vor den Türen sitzen, sich leise unterhalten und in die Dämmerung hinausschauen, sind nur noch undeutlich zu erkennen. Gopu und Jagganath sitzen auf der Bank im Hof und schweigen. Ab und zu dringt ein leiser Ausruf des Erstaunens, ein Lachen oder auch ein Schimpfwort zu ihnen hinüber. Die beiden muntert das nicht auf. Gopu wartet auf den Vater, der wieder einmal von Hotel zu Hotel zieht und sich vorstellt. Er hatte noch keine Gelegenheit, mit dem Vater zu sprechen, er weiß nicht, ob der Vater böse ist, weil er mit Bapti im Hotel war. Es drängt ihn, mit dem Vater zu reden, ihm die einhundert Rupien zu geben und zu fragen, was er tun soll. Doch der Vater kommt und kommt nicht.
Jagganath ahnt, daß der Junge aus Madras wieder am Strand war. Er möchte wissen, ob Gopu wieder Geld bekommen hat oder ob es sich gezeigt hat, was es mit Gopus Glück auf sich hat. Aber er fragt nicht. Er sitzt da, riecht nach Fisch und Bratfett und ist ernst wie immer.
Auch die Mutter ist neugierig. Immer wieder heften sich ihre Augen in Gopus Gesicht fest, lassen es nicht aus, bis er unwillig die Stirn kraust: Es hat keinen Sinn, der Mutter oder Jagganath von Baptis Angebot zu berichten. Die Mutter würde erschrecken, vielleicht sogar weinen, Jagganath würde große Augen machen und noch schweigsamer werden.
Aus dem Wohnraum dringen Geräusche. Bidiya und Odini streiten über die bessere Methode, Rabi unter die Pumpe zu locken. Rabi weint, er wäscht sich nicht gern. Odini, die keine Tränen sehen kann, redet tröstend auf den kleinen Bruder ein. Bidiya ist

nicht für die behutsame Art, sie packt den sich wehrenden Rabi und schleppt ihn auf den Hof. Odini protestiert hinterdrein.
»Wo bleibt nur Sridam?« Die Mutter übernimmt den zappelnden Rabi. Sridam gelingt es jedesmal, Rabi unter die Pumpe zu locken, jeden Abend ersinnt er einen neuen Trick. Weder Gopu noch Jagganath wissen, wo Sridam bleibt. Sridam kommt oft erst spät. Die bevorstehende Nacht ist die Nacht des Gottes Shiva, die Shivrati-Nacht. In dieser Nacht wird nicht geschlafen und am Tag davor auch nicht gegessen. Weshalb sollte der Bruder pünktlich sein? Sicher hat er eine »Gelegenheit« ausgekundschaftet, steht mit seinem Freund Mahin und dem Kasten voller Bürsten vor irgendeinem Restaurant und macht das große Geld.
Mit der linken Hand hält die Mutter Rabi fest, mit der rechten pumpt sie Wasser. Rabi schreit, strampelt, schlägt um sich. Gauris Mutter kommt über den Hof. Sie geht an die Pumpe, damit die Mutter beide Hände frei hat. Die Mutter seift Rabi ein, spült ihm die Seife fort und trocknet ihn ab. Die ganze Zeit schreit Rabi. Erst als Gauris Mutter ihm den Kittel überstreift und »Sei brav, mein Lämmchen, sei brav!« flüstert, verstummt er. Gopu muß daran denken, daß Gauris Mutter fünfzehn Kinder hat und daß der Raum, in dem Gauris Eltern und Geschwister wohnen und schlafen, nicht größer ist als der, den er, seine Eltern und seine Geschwister bewohnen. Einmal fragte er Gauri, wie die siebzehn Personen in dem Raum Platz finden. »Wie schon?« fragte Gauri zurück. »Tagsüber sind nur die Kleinen da, und nachts liegen wir alle nebeneinander – Hintern an Hintern.« Gauri lachte, wie er immer über alles lacht. In Wahrheit aber gibt es nichts zu lachen: Die siebzehn Personen liegen auf zehn Matten, mehr sind nicht unterzubringen.
Ein eigenes Zimmer, sagte Bapti. Ein eigenes Zimmer in einem großen Haus, in dem jeder ein eigenes Zimmer hat! Gopu schüttelt den Kopf: »Unvorstellbar!«

»Was ist?« Jagganath hofft, daß Gopu nun doch noch irgend etwas erzählen wird. Doch Gopu schüttelt nur erneut den Kopf und schweigt weiter. Die Frauen haben Rabi genug getröstet. Sie setzen ihn auf der Erde ab. Rabi wieselt zwischen den Frauen hindurch in den Wohnraum hinein, wo Odini ihn empfängt und in ihren Armen birgt. Die beiden Frauen stehen beieinander, lachen und schwatzen ein bißchen.
Es ist nun völlig dunkel auf dem Hof, nur schwach schimmert das Licht durch die Fenster der Wohnräume, nur vereinzelt durchbricht ein Flüstern oder Lachen die Stille. Ab und zu kehrt jemand heim, bleibt vor Gopu und Jagganath stehen, sagt ein paar Worte und geht dann weiter, um vor der nächsten Tür erneut kurz stehenzubleiben. Gopu mag diese Abendstimmung, mag sie noch mehr an normalen Abenden, wenn die Gerüche nach Reis, Gemüse und Fisch, die aus den Wohnräumen dringen, über den Hof wabern und sich vermischen. Es ist schön, den müden Gliedern Ruhe zu gönnen, den langen Tag im Hof zu beenden. Jagganath empfindet das ebenso, kann es nur nicht so zeigen, das spürt Gopu, und deshalb legt er den Arm um die Schultern des Bruders, als wolle er sich für sein langes Schweigen entschuldigen. Jagganath schmiegt sich an ihn. Nun sitzen sie, wie es unter Brüdern oder Freunden üblich ist, sie haben sich gern und zeigen es.
Im nahegelegenen Mahalakshmi-Tempel werden die Gongs geschlagen, ertönt bald darauf Musik. Büffelhorn, Zimbel, Flöte und Trommel unterscheidet Gopu. Als er noch klein war, nahm ihn der Vater einmal mit in den Tempel und erklärte ihm die einzelnen Instrumente.
Die Musik verstummt, Gesang ertönt. Gopu verläßt die Bank. Der Vater wird jetzt nicht kommen, er wird einen Tempel betreten und Shiva um Schutz anflehen, wird ihn bitten, bei Brahma, dem allumfassenden, ewigen, allgegenwärtigen Gott für ihn einzutreten.

Auch Jagganath erhebt sich. Gemeinsam mit Gopu betritt er den Wohnraum.
Rabi spielt mit dem Wagen aus Holz, den Gopu ihm bastelte. Er will, daß Gopu mitspielt. Als Gopu keine Lust zeigt, beginnt er einen Ringkampf mit ihm, bis die Mutter kommt und ihn von dem großen Bruder fortzieht.
Gopu schämt sich. Die Mutter hat bemerkt, wie lästig ihm der Kleine war. Sie bemerkt immer alles.
Gopu stützt den Kopf in die Hände und beobachtet die Mutter durch die Finger hindurch. In ihrem groben weißen Baumwollsari sitzt sie auf ihrer Matte und tröstet den hungrigen Rabi, der nicht einsehen will, daß auch er fasten muß.
Die Mutter kommt nicht zur Ruhe. Ständig ist sie im Zimmer oder auf dem Hof zugange. Sie steht als erste auf und legt sich als letzte nieder, sie kocht und putzt, näht und flickt. Sie hat ständig zu tun, aber nie ist sie unfreundlich wie Jagdishs Mutter oder weint, daß es über den Hof zu hören ist, wie Frau Seshasayee. Nachmittags geht sie an den Steinstrand die Wäsche waschen. Rabi und Bidiya nimmt sie mit. Die Schwester hilft ihr, und Rabi sieht zu, wie sie die nasse Wäsche auf die Steine klatscht, bis sie sauber ist und sie sie im Meer spülen kann. Den ganzen Weg hin und zurück trägt sie die schwere Wäsche allein, Bidiya hält Rabi an der Hand, gibt acht, daß der kleine Junge nicht hinter ihnen zurückbleibt.
Denkt Gopu an die Mutter, denkt er stets auch an den einen Tag, den er nie vergessen wird: der Tag, an dem Rabi geboren wurde. Der Vater hatte Spätdienst und war nicht zu Hause, nur er und die Geschwister waren anwesend. Die Mutter schickte nach Gauris Mutter. Gauris Mutter kam und wies die Geschwister in den Hof. Er mußte bleiben, mußte der Nachbarin zur Hand gehen. Er erlebte die Geburt, die Schreie und Tränen der Mutter, er sah, wie sie dunkelrot wurde, wie ihr der Schweiß auf der Stirn stand, wie sie das glitschige, blaurote Wesen mit dem großen Kopf zwischen

ihren Beinen herauspreßte. Er hatte Angst um die Mutter, und er war erstaunt: Er hatte nicht gewußt, daß eine Geburt für die Gebärende eine solche Qual war. Achtmal hatte die Mutter diese Qual auf sich genommen, zweimal umsonst: ein Mädchen starb gleich nach der Geburt, Bora, ihr erstes Kind, in jener Zeit des Hungers.

Gopu fällt es schwer, die Mutter weiter anzusehen. Rabi wird nicht ihr letztes Kind gewesen sein, dazu ist sie zu jung. Wird er, wenn sie wieder leiden muß, bei ihr sein? Am Tage nach Rabis Geburt, als die Mutter sich von ihrem Lager erhob und ihren Pflichten nachkam, sagte er ihr, welche Angst er um sie gehabt hatte und daß er sie nun noch lieber habe als zuvor. Die Mutter küßte und streichelte ihn, er mußte weinen, ohne zu wissen, warum. Jetzt ist ihm wieder danach zumute.

Shivas Wille

Der Vater kniet vor dem Bilde Shivas und zündet ein Räucherstäbchen an. Gopu, Sridam, Jagganath und auch der kleine Rabi knien neben dem Vater. Die Mutter, Odini und Bidiya sitzen auf Odinis Matte und schauen zu, der Gottesdienst ist Männersache. Der Vater spricht das Gebet vor, die drei großen Jungen wiederholen es:

»Du bist mir mein Schatz,
Du bist meine Zier,
Du bist mein Alles,
Du bist der Eine,
der alles Gute wirkt in mir.«

Während er betet, schaut Gopu den fünfköpfigen Gott auf dem Bild an. Onkel Kamal sagt, die Religionen würden Indien an das Mittelalter fesseln, es gäbe kein anderes Land, das so viele Religionen hätte. Er aber kniet neben dem Vater und betet zu Shiva, nur um den Willen des Vaters zu erfüllen.

Nach dem Gottesdienst geht der Vater in den Hof. Er winkt Gopu, ihm zu folgen, wartet, bis der Sohn sich neben ihm auf der Bank niedergelassen hat, und fragt dann: »Was hast du im Hotel gemacht?«

Erst jetzt darf Gopu berichten. Als der Vater schweigsam und müde nach Hause kam, wollte er nichts hören, bevor seine Söhne und er Shiva nicht um Schutz angefleht hatten. Nun aber hört er zu, nimmt, als Gopu seinen Bericht beendet hat, den Geldschein und sieht ihn lange an. Dann faltet er ihn sorgfältig und steckt ihn ein.

Gopu wartet einige Zeit, dann senkt er enttäuscht den Kopf.

Müßte der Vater nicht sagen, das käme gar nicht in Frage, daß er Baptis Boy wird? Müßte er nicht, wie so oft in all den Jahren zuvor, von der Zeit nach seinem Tod erzählen, von der Verantwortung, die ein ältester Sohn dann zu tragen hat?
Der Vater steht auf und geht in den Wohnraum, um noch einmal vor dem Bild Shivas niederzuknien. Gopu lehnt sich zurück und lauscht dem leiser gewordenen Gesang, der aus dem Tempel kommt. Es hört sich an, als käme der Gesang nicht aus einem Gebäude, sondern direkt aus der Nacht.
Wird er Abschied nehmen müssen von diesem Hof, dieser Straße, der Stadt, in der er aufgewachsen ist?
Der Vater kommt zurück. Er legt den Arm um Gopus Schulter. Gopu zuckt zusammen: Er wird nach Madras gehen, der Vater braucht nichts mehr zu sagen.
Gopu hat schon lange nicht mehr richtig geweint, jetzt weint er; er gibt sich keine Mühe, die Tränen zu unterdrücken. Eine tiefe Traurigkeit ist in ihm. Was ist das für ein Glück, das solchen Schmerz bereitet? Der Vater streichelt Gopus Schulter, als könne er damit den Schmerz lindern.
Ein Bettler taumelt in den Hof. Er ist ausgehungert, zu schwach, um stehen zu können. »Erbarmen!« fleht er. »Habt Erbarmen!«
Der Vater gibt ihm zwanzig Paise. »Ich habe die Stellung verloren«, entschuldigt er sich für den geringen Betrag. »Ich finde keine neue, ich muß meinen ältesten Sohn fortschicken.«
Der Bettler verharrt einen Moment, dann murmelt er etwas vor sich hin und taumelt zurück auf die Straße.
Gopu schaut dem Bettler nach, obwohl der schon lange nicht mehr zu sehen ist: Der Vater hat eingestanden, keine neue Stelle finden zu können!
»Den alten Hotels bin ich zu alt«, sagt der Vater, ohne Gopu anzublicken, »in den neuen benötigen sie keine Liftboys.« Der Vater zögert, fährt dann aber fort: »Ich suche schon lange keine

Stelle als Liftboy mehr, ich biete mich an, alles zu tun: Gepäck tragen, Zimmer reinigen, Getränke servieren. Ich verlange keinen bestimmten Lohn, ich sage, ich nehme, was man mir gibt. Sie wollen mich trotzdem nicht.«
Der Vater steht auf und atmet tief die Nachtluft ein. »Es muß ein großes Unrecht gewesen sein, das ich in meinem früheren Leben begangen habe. Weshalb sonst vergilt Shiva es mir mit einer Strafe, die vor allem euch trifft?« In seiner Stimme liegt Bitterkeit. Als reue ihn diese Bitterkeit, legt der Vater Gopu die Hand auf den Kopf und sagt: »Wir wollen nicht undankbar sein. Mich straft Shiva, dich belohnt er; er ist gerecht. So wie die Familie unter meiner Strafe mitzuleiden hat, so hat sie Anteil an deinem Lohn.«
Gopu senkt den Kopf. Wie gern hätte er mit Onkel Kamal über alles das gesprochen.
»Denk an deinen Traum!« Der Vater spürt Gopus Zweifel. »Es waren günstige Vorzeichen, unter denen du diesen Jungen kennenlerntest. Und es ist kein Zufall, daß dir dieser Junge ausgerechnet heute, am Tag des Gottes Shiva, ein solches Angebot macht.«
Gopu steht auf und lehnt den Kopf an des Vaters Brust.
»Es ist ein großes Glück«, sagt der Vater bewegt. Aber dann gibt er zu: »Weniger für dich, mehr für uns.«
Gopu schluchzt. Er hat es ja gewußt, dieses Glück ist nicht sein Glück; es ist ein Glück, das er nicht von sich weisen kann, aber es ist nicht sein Glück.
»Komm!« Der Vater nimmt Gopus Hand und verläßt mit ihm den Hof.
Die Straßen sind dunkel, kaum ein Licht ist zu sehen. Vor den Türen und Zäunen hocken Männer und unterhalten sich. Wortfetzen dringen an Gopus Ohr. Manchmal leuchtet die Glut einer Zigarette auf, zeigt sekundenlang ein fremdes Gesicht. Wo will der Vater hin? Was will er ihm zeigen?

Obdachlose! Der Vater will mit ihm in die Gegend, in der die Obdachlosen leben. Gopu zögert, bleibt stehen. Er will sie nicht sehen, die zerlumpten Gestalten, die Kinder mit den Greisengesichtern, die Frauen mit den tief in den Höhlen liegenden, stumpfen Augen, die Männer, deren Blicke nach innen gerichtet sind, als käme all ihr Leid aus ihrem Körper. Er hat sie schon oft gesehen, all diese Menschen mit den hervorstehenden Rippen, den Armen wie Stäbe, Menschen, denen Haarausfall und Muskelschwund das Aussehen von Skeletten verleiht; es ist nicht nötig, daß der Vater sie ihm zeigt, nur um ihm klarzumachen, weshalb es keine andere Möglichkeit gibt, als ihn nach Madras zu schicken.

»Komm!« Der Vater nimmt Gopus Hand. »Ich will nicht nur dir, ich will auch mir beweisen, daß Shiva gut daran tat, dir die Chance zu geben, die Familie ernähren zu können.«

Gopu geht langsam neben dem Vater her. Der Vater leidet unter seinem Entschluß, ihn fortzuschicken; der Vater liebt ihn.

Dann sehen der Vater und Gopu die ersten Obdachlosen. Sie liegen auf der Straße, eine Zeitung oder keine Zeitung unter sich. Wie Kehricht liegen sie da, gekrümmt oder ausgestreckt, allein, zu zweit oder in Familien. Es sind Kinder, Erwachsene, Greise. Sie sind müde, aber sie schlafen nicht: Es ist Shivrati – auch für sie. Vorsichtig schreiten der Vater und Gopu zwischen den Leibern hindurch. Gopu kann keines der Gesichter erkennen, dazu ist es zu dunkel, aber ihm ist, als sähe er sie, die ungewaschenen Kinder mit dem verfilzten Haar, den Geschwüren im Gesicht und am Körper. Er trifft sie oft, wenn sie über den Strand oder durch die Straßen streifen. Sieht er sie, verspürt er kein Mitleid, nur Angst. Es ist die Angst, angebettelt zu werden und nichts geben zu können, es ist die Angst, eines Tages selbst obdachlos zu sein. Obdachlos zu sein ist eine von Shiva auferlegte Strafe, sagen die Leute, wen sie trifft, der muß sie ertragen. Und sie sagen, die

Obdachlosen sollen sich an Reiche und Ausländer halten, sollen niemanden anbetteln, der nicht weiß, ob er nicht bald zu ihnen gehört.

Gopu zählt die Menschen nicht, zwischen denen der Vater und er hindurchgehen. Es sind mehr als hundert, die in dieser Straße nächtigen, mehr als tausend in diesem Bezirk, hunderttausend in Bombay, Millionen im ganzen Land. Die Zahl ist nicht wichtig, wichtig ist nur eines: nie dazugehören müssen.

Der Vater muß ähnliches denken, er wird schneller, geht um einen Häuserblock herum, atmet erst auf, als sie das Geschäftsviertel erreicht haben. Hier liegen nur wenige Menschen. Sie liegen in den Ecken und Winkeln, stören kaum.

»Sie leiden jetzt und werden im nächsten Leben für all ihr Leid belohnt«, sagt der Vater nach dem langen Schweigen. »Nur wenige werden von der endlosen Kette der Wiedergeburten ausgenommen. Das sind die Erleuchteten, die die ewige Glückseligkeit erreicht haben. Die anderen müssen immer wieder daran denken, daß sie nicht nur einmal leben, müssen Sorge tragen, daß es ihnen im nächsten Leben nicht ergeht wie jenen Unglückseligen.«

»Sind die Obdachlosen alles Harijans?« fragt Gopu.

»Früher war das so«, antwortet der Vater. »Da waren nur die Parias, die Unberührbaren, die nun Harijans heißen, obdachlos, da war es nicht möglich, daß ein Mitglied unserer Kaste obdachlos werden konnte. Heute kann ein Harijan alles werden, wenn er tüchtig ist und die Götter ihm beistehen, aber genausogut kann es passieren, daß ein Kriegerischer Bauer oder sogar ein Brahmane obdachlos wird.«

»Ist es denn nicht gut, daß die Kasten nicht mehr so streng getrennt sind?« Gopu denkt an das, was Onkel Kamal sagte, daß die neue Zeit die Menschen verschiedener Kasten dazu zwingt, miteinander umzugehen, daß es immer öfter passiert, daß ein Harijan Vorgesetzter eines Brahmanen wird, daß einer nicht mehr sein

Leben lang Friseur sein muß, nur weil sein Vater der Kaste der Friseure angehörte, und daß es dumm ist, wenn sich sogar die Töpfer in zwei Kasten aufteilen: in die, die die Töpferscheibe linksherum und in die, die sie rechtsherum drehen.
»Die Trennung gibt es noch«, lächelt der Vater, der weiß, woher Gopu sein Wissen bezieht. »Der Harijan und der Brahmane arbeiten zwar zusammen, außerhalb des Arbeitsplatzes aber kennen sie sich nicht.« Als Gopu schweigt, fährt der Vater fort: »Ich bin kein Freund des Kastensystems, bin nicht dafür, daß in vielen Dörfern die Unberührbaren noch immer unberührbar sind, daß sie sich in abgesonderten Brunnen waschen müssen und daß sie für jedes kleine Vergehen viel härter bestraft werden als die Mitglieder anderer Kasten.«
Davon hat Gopu gehört. In einigen Dörfern wurden Harijans für Obstdiebstähle hingerichtet. Die Mörder wurden verfolgt und bestraft, dennoch geschieht es immer wieder.
»Nein, dafür bin ich nicht«, wiederholt der Vater. »Ich bin aber auch nicht dafür, daß alle Grenzen verwischt werden. Und glaube mir, auch die Harijans wollen das nicht; sie wollen nicht um den Lohn gebracht werden, der ihnen in ihrem nächsten Leben das Leid vergütet.«
Des Vaters Worte erinnern Gopu an den kleinen, halbverhungert durch das Hafenviertel torkelnden Hund, den er als Vierjähriger mit nach Hause brachte. Die Mutter schüttelte nur den Kopf, der Vater aber nahm ihm den Hund ab und brachte ihn nach draußen. Er weinte und sagte, ohne ihn würde der Hund sterben. Der Vater erzählte ihm daraufhin die Sage vom weißen Tiger, in den der Tod sich von Zeit zu Zeit verwandele, um über die Erde zu streifen und zu sehen, was reif zum Sterben sei. Alles Überfällige würde er schlagen, um es zu erlösen. Vielleicht wäre es auch für den kleinen Hund gut, fiele er endlich dem weißen Tiger in die Klauen.
Damals war es das erste Mal, daß der Vater vom weißen Tiger

erzählte, doch dann tat er es öfter. Trafen sie einen verunglückten Vogel, sprach der Vater vom weißen Tiger, der ihn bald holen würde, sahen sie kranke, leidende Menschen, meinte der Vater, der weiße Tiger solle sich nicht soviel Zeit lassen. Es ging so weit, daß Gopu Angst bekam, wenn er im Dunkeln durch die Straßen ging, versuchte er aber, sich das Tier mit den gelben Augen vorzustellen, gelang es ihm nicht.

Warum spricht der Vater jetzt nicht vom weißen Tiger? Wäre es nicht die Aufgabe des Todes, die Obdachlosen möglichst schnell zu erlösen? Ist der Tiger in des Vaters Sage ein fauler oder ein gleichgültiger Tiger? Gopu sieht den Vater von der Seite her an. Hat er die Sage vom weißen Tiger nur erfunden? Und wenn er sie erfunden hat, wen wollte er damit trösten? Ihn, Gopu, oder sich selbst?

Gopu hat viele Fragen, doch er stellt sie nicht; er geht still neben dem Vater durch die Gassen der Innenstadt. Aus den Tempeln mit den bunten Fassaden dringt Gesang, vor den Häusern, auf den Holzbalkonen oder in den geschnitzten Erkern sitzen Leute und unterhalten sich.

Gopu und der Vater schweigen, bis Gopu doch eine Frage stellt: »Wie ist das mit Onkel Kamal und dir? Sind die Kriegerischen Bauern noch eure Brüder*?« Er fragt das, weil der Vater einmal sagte, daß die Mitglieder der Kasten sich untereinander helfen würden. Wenn das richtig ist, wie kann es dann passieren, daß die Obdachlosen, die keine Harijans sind, von ihren Brüdern im Stich gelassen werden?

Der Vater bleibt stehen, sein ein wenig gebeugter Rücken strafft sich. »Ich weiß, warum du fragst. Nein, verlassen kann man sich auf die Brüder in den Kasten nicht mehr. Das war, als ich jung war. Heute sieht jeder zu, daß es ihn nicht trifft. Trotzdem: Ich bin ein Kriegerischer Bauer, wie meine Vorfahren es waren und wie auch du Zeit deines Lebens einer sein wirst. Ob ich Liftboy oder

Gepäckträger bin, nie werde ich zur Kaste der Handlanger gehören.« Er verstummt und sagt dann, während er langsam weitergeht: »Es ist wichtig, daß man weiß, wo man hingehört.«
Gopu nimmt des Vaters Hand. Es war gut, daß sie den Spaziergang unternommen haben. Wenn ihm der Vater auch nur gezeigt hatte, was er ohnehin kannte, so ist ihm eines doch sehr deutlich geworden: Solange die Eltern und Geschwister eine Wohnung haben, geht es ihnen nicht schlecht. Und daß das so bleibt, dafür muß er sorgen.
Der Vater schlägt den Weg nach Hause ein. Er ist noch immer in Gedanken. Einmal schüttelt er den Kopf: »Mein Bruder Kamal glaubt nicht an ein nächstes Leben, glaubt nicht an den Sinn irgendeiner der überlieferten Ordnungen. Hätte er recht, welch ein Unrecht erlebten wir da täglich!«
Der Vater erwartet keine Antwort. Langsam und in Gedanken versunken geht er weiter, bis sie den Hof erreicht haben.
Die Mutter hat Tee bereitstehen. Gopu, der Vater und die Geschwister setzen sich um die Teekanne herum. Die Mutter füllt die Schälchen und verteilt den Zucker.
Der Tee ist heiß und aromatisch. Gopu trinkt und schaut sich um: Sridam scherzt mit Odini, Bidiya ist schon wieder dabei, den Kopf in seinen Schoß sinken zu lassen, Rabi, der eine verstopfte Nase hat, schnarcht, Jagganath aber sieht den Vater an, als erwarte er eine Erklärung.
Da sagt der Vater es auch schon: »Ich werde keine Stellung mehr finden, ich bin zu alt. Es ist ein Geschenk Shivas, daß Gopu eine Stellung gefunden hat.«
»Eine Stellung? Für Gopu?« Die Mutter braucht Zeit, um des Vaters Worte richtig zu verstehen. Dann fragt sie bestürzt: »Und du?«
»Ich bin am Ende«, erklärt der Vater, »Gopu ist am Anfang. Er wird die Familie nicht im Stich lassen.«

»Was für eine Stellung?« Die Mutter und die Geschwister sehen Gopu an.
»Er wird Boy in einem großen Haus in Madras.«
»In Madras!« Die Mutter schlägt die Hände vor das Gesicht, als wolle sie ihren Aufschrei ersticken.
»In Madras«, bestätigt der Vater. »Es ist Shivas Wille.«

Kalter Marmor

Der große amerikanische Wagen fährt durch ein Industriegebiet. Bapti sitzt neben dem weißuniformierten Chauffeur und schaut in den feuchtkalten Morgen hinaus: flache, hellgestrichene Bauten, dazu Lagerhallen und Schornsteine - weiter nichts! Er seufzt und lehnt sich in den Sitz zurück. Er wäre lieber nicht mitgefahren, wäre im Hotel geblieben, hätte sich zugedeckt. In Bombay konnte er die Wärme des Südens noch ahnen, hier in Delhi, im Norden des Landes, verspürt er keine Wärme mehr. Die Nächte sind klar und kalt, als befände man sich auf einem Berg über den Wolken, der Morgen ist keine Erlösung, so grau und trostlos begrüßt er den Erwachenden.
Und nun die Fahrt in das zweihundert Kilometer entfernte Agra! Die Mutter will Ayesha und ihm das Taj Mahal zeigen. Sie schwärmt von diesem über dreihundert Jahre alten Grabmal, das sie vor zehn Jahren das letzte Mal sah. Der Vater fährt mit, weil er nichts Besseres zu tun hat.
»Ist dir kalt?« fragt die Mutter.
Bapti antwortet nicht. Seitdem sie in Delhi sind, ist er aus dem Frieren nicht herausgekommen. Die Mutter weiß das.
»Im Norden kommt der Sommer spät.« Der Vater gähnt, tippt dem Chauffeur auf die Schulter und zeigt auf die Heizung. Der Chauffeur schiebt den Temperaturregler nach rechts, das Gebläse setzt ein, es dauert nicht lange und es ist warm im Auto. Zu warm! Bapti legt den Kopf an die kühle Fensterscheibe. Rechts der Straße liegen Betonröhren, eine Kanalisation wird gebaut. Die Röhren sind bewohnt, Obdachlose haben sich in ihnen eingerichtet. Einige haben Decken vor die Öffnungen gehängt, andere nicht. Bapti schaut nach vorn: weites, flaches Land liegt vor ihnen. In

den Bäumen rechts und links der Straße krächzen Papageien. Manchmal fliegen die grüngefiederten Vögel über die Straße. Sie fliegen sehr niedrig, aber der Chauffeur bremst nicht. Er lacht nur. Einmal überholen sie einen Arbeitselefanten, der Bauer hinter den Ohren muß das alte und müde Tier antreiben. Meist aber überholen sie nur LKW, fahrende oder am Straßenrand liegengebliebene.
Der Vater schnarcht leise. Bapti dreht sich um. Auch die Mutter hält die Augen geschlossen. Ayesha lächelt und legt den Zeigefinger vor den Mund. Bapti lächelt zurück. Er hat Ayesha sehr lieb, es ist schade, daß sie ein Mädchen ist, daß sie diesen Bihari heiraten und er sie dann nur noch selten sehen wird. Wäre Ayesha ein Junge, ein großer Bruder ... Wie oft malte er sich aus, er und sein großer Bruder gingen an Nari und Naris Freunden vorüber, ohne sie auch nur anzusehen! Es waren Träume, Wunschträume, denen stets ein bitteres Erwachen folgte. Jetzt wird er nicht mehr träumen müssen, jetzt hat er Gopu: keinen Bruder, aber einen Freund. Bapti bekommt feuchte Augen. Er haßt dieses Weiche in sich, das dafür sorgt, daß er immer so leicht heult, aber er kann nichts dagegen tun.
Die Fahrt nimmt kein Ende. Es ist langweilig, immer nur zu fahren und außer liegengebliebenen LKW, totgefahrenen Schlangen, grünen Papageien, Plantagenarbeitern auf Fahrrädern und ab und zu einem Elefanten oder Lastkamel nichts zu sehen. Dazu die Hitze im Wagen und die Vormittagssonne, die durch die Frontscheibe dringt. Die Augenlider werden schwer, im Kopf summt es – Bapti schläft ein. Als er erwacht, fährt der Wagen zwischen roten Sandsteingebäuden, Erfrischungsläden, Fotohandlungen und Souvenirgeschäften hindurch. Sie sind in Agra, die Mutter verkündet es. Sie erinnert sich der Zeit vor zehn Jahren, als der Vater und sie das letzte Mal hier waren, und ist glücklich, daß sich seither kaum etwas verändert hat.

Auf einem Parkplatz hält der Chauffeur. Die Eltern, Ayesha und Bapti steigen aus. Die Mutter erklärt dem Chauffeur, daß sie seine Führung nicht benötigen, der Vater gibt ihm ein Extra: Er soll irgendwo einkehren, sich erfrischen. Dann durchschreiten die Eltern das Tor aus Stein und Marmor. Bapti folgt ihnen steif. Die Mutter bleibt andächtig stehen, nimmt Ayeshas Hand und weist auf das im Sonnenlicht weißglänzende, kuppelförmige Bauwerk mit den vier Minaretten: »Ist das nicht schön?«
Ayesha ist beeindruckt. Bapti erkennt es an ihrem Lächeln; so lächelt sie immer, wenn sie etwas sehr Schönes sieht. Er ist nicht beeindruckt. Das Grabmal erscheint ihm kalt.
Die Eltern gehen zwischen Blumenbeeten und kunstvoll beschnittenen Bäumen hindurch, an Wasserkanälen und Fontänen vorüber. Die Mutter weiß nicht, was sie zuerst bewundern soll. Vor dem Grabmal ziehen die Eltern und Ayesha die Schuhe aus und stellen sie in die Reihe der Schuhe, die bereits dort stehen. Bapti folgt ihrem Beispiel. Dann betreten sie das Grabmal und wandern in der achteckigen Halle herum. Die Mutter legt die Finger auf die Marmorfläche mit den eingelegten Halbedelsteinen, fährt mit dem Zeigefinger die Koraninschrift* entlang, findet immer schönere Blumen- und Rankenreliefs. Danach geht sie in die Krypta hinunter und steht vor dem Grab der Mumtaz Mahal. Mit leiser Stimme erzählt sie die Geschichte der Lieblingsfrau Shah Jahans, die dem Shah vierzehn Kinder schenkte, bei der Geburt des vierzehnten starb und von ihrem Mann dieses Grabmal gebaut bekam. Es ist nicht die Geschichte, die Bapti aufmerken läßt, es ist der Unterton in Mutters Stimme, dieses seltsame Vibrieren, als die Mutter erzählt, daß Mumtaz von ihrem Mann nicht nur sehr geliebt wurde, sondern auch dessen Vertraute und Ratgeberin gewesen war.
Auch Ayesha bemerkt den Unterton in der Stimme der Mutter, sie hakt sich bei ihr ein.

Der Vater erzählt von den über zwanzigtausend Bildhauern und Steinmetzen, die Jahan aus vielen Ländern der Erde holen ließ, um dieses Bauwerk in zweiundzwanzig Jahren errichten zu lassen. Er spricht von den unermeßlichen Werten, von der Zahl der Edelsteine und Halbedelsteine, die verarbeitet wurden.
Die Mutter hört nicht zu, wie abwesend fährt sie mit der Hand über die Blumenornamente und Arabesken hin. Sie zeigt Bapti die Stellen, in denen die neunundneunzig Namen Allahs eingearbeitet sind.
Der Vater nickt: »Künstler sind sie, die Mohammedaner*, das muß man ihnen lassen. Aber sonst.« Er macht eine wegwerfende Handbewegung. »Jahrhundertelang haben sie unseren Glauben unterdrückt, haben ihre Religion als die wahre gepriesen; noch heute haben sie kein Verständnis für uns. Als ich Kind war, mordeten sie die Kühe in den Straßen und warfen sie uns Hindus vor die Türen.«
Die Mutter hebt die Hände: »Nicht hier! Bitte!«
Der Vater winkt ab. »Sie sind unsere Feinde – hier und überall.«
Es geht um die Heiligen Kühe. Bapti weiß Bescheid, darüber steht fast jeden Tag etwas in der Zeitung. Die Moslems essen Rindfleisch und wollen die Kühe schlachten, die Hindus verehren die Kuh als lebens- und nahrungsspendende Mutter. Der Streit zwischen den beiden Religionen führt in manchen Fällen bis zum Totschlag. Der Vater sagt, man müsse die Moslems dazu zwingen, die Kühe unangetastet zu lassen. Ritt nicht Shiva auf Nandi, dem göttlichen Stier? Und ist Krishna*, der freundlichste aller Götter, nicht Kuhhirte gewesen? Bapti weiß nicht, ob der Vater recht hat. Wenn er aber recht hat, wieso bewundern die Eltern dann dieses Bauwerk der Moslems? Wieso stehen sie vor dem Grab einer Mohammedanerin?
Es ist kühl in der Krypta, der Marmor nimmt keine Wärme auf

und gibt keine ab. Bapti muß daran denken, daß es schon seit über dreihundert Jahren so kühl hier unten ist. Ihn fröstelt.
Endlich verlassen die Eltern die Krypta. Sie gehen zurück an das Tageslicht, ziehen die Schuhe an, wandern um das Grabmal herum, bleiben an der Rückseite stehen und schauen auf den Jamuna-Fluß hinunter, der hier nur wenig Wasser führt. Die Mutter zeigt auf das Rote Fort, das nur wenige hundert Meter entfernt liegt und in dem Jahans Sohn den Vater gefangenhielt. Von dem achteckigen Turm aus betrachtete Jahan das Grabmal seiner geliebten Mumtaz.
Bapti sieht nicht hin, er hört auch nicht zu. Er träumt, er laufe den Bombayer Strand entlang, suche Gopu und könne den Jungen nicht finden. Die Hitzewelle, die in ihm aufsteigt, ist so stark, daß die Mutter über sein rotes Gesicht erschrickt: »Was ist mit dir?«
»Nichts!« sagt Bapti.
»Er wird Hunger haben, was sonst?« Kunstgenüsse und Besichtigungen von Bauwerken hätten ihn in Baptis Alter auch nicht satt gemacht, sagt der Vater.
Die Mutter hat es plötzlich sehr eilig. Bapti an der Hand geht sie zum Parkplatz zurück und weckt den Chauffeur, der sich auf den beiden Vordersitzen ausgestreckt hat und schläft. Noch ehe der Vater und Ayesha heran sind, sagt sie, der Chauffeur möge sie zum Essen ins »Laurie's« bringen.
Der Chauffeur wartet, bis auch Ayesha und der Vater eingestiegen sind, dann fährt er los.
Der Vater ist überrascht. »Wohin fahren Sie uns?«
Der Chauffeur nimmt das Gas weg. Auch er ist überrascht. »Ins ›Laurie's‹.«
Der Vater sieht die Mutter an. »Ist gut«, bedeutet er dem Chauffeur.
Das »Laurie's« ist ein altes, im Kolonialstil erbautes Hotel. Die Mutter freut sich, es wiederzusehen. »Zweimal haben der Vater

und ich darin gewohnt«, sagt sie, »während unserer Hochzeitsreise und vor zehn Jahren.«
Der Vater sagt nichts.
Nach dem Essen fühlt Bapti sich besser. Er friert nicht und er schwitzt auch nicht mehr. Er sagt das der Mutter, die sich sorgt. Doch bald darauf bereut er seine Worte, denn nun möchte die Mutter erst am Abend nach Delhi zurückfahren. Sie möchte Ayesha die Gelegenheit bieten, das Taj Mahal im Mondschein zu sehen. Sie lacht und spricht davon, daß eigentlich Bihari dabei sein müßte: das Taj Mahal zu zweit im Licht des Mondes gesehen verspreche ewige Liebe. Ayesha errötet und schweigt.
Bapti begehrt auf: »Mir ist nicht gut, ich möchte nicht erst in der Nacht zurückfahren.«
»Denk an deine Schwester!« mahnt die Mutter.
»Möchtest du noch bleiben?« fragt Bapti Ayesha. Die Schwester nickt. Da schweigt Bapti. Ayesha bleibt, um die Mutter nicht zu enttäuschen: Die Mutter möchte bleiben, ihretwegen aber würde der Vater keine verspätete Rückfahrt in Kauf nehmen.
Am Abend sitzen sie dann auf dem Dach des Großen Tores und schauen zu dem im Mondlicht matt schimmernden Mausoleum hinüber. Ist es der leichte Wind, der vom Fluß herüberweht, oder ist es das kalte, weiße Gebäude? Bapti friert wieder. Er wünscht sich weg, und je dringender er sich wegwünscht, desto mehr friert er. Bis ihm die Zähne klappern. Da endlich erheben sich die Eltern, befühlen seine Stirn und stellen fest, daß er Fieber hat.
»Du mit deinem Mondlicht!« schimpft der Vater die Mutter aus. »Denkst du, ich weiß nicht, daß wir deinetwegen geblieben sind? Was versprichst du dir davon?«
Die Mutter zieht den Schal vor das Gesicht. In Bapti steigt Wut auf. »Ich friere schon den ganzen Tag«, schreit er, »ich friere überhaupt immer, seit wir in Delhi sind. Mit heute abend hat das überhaupt nichts zu tun.«

Weder der Vater noch die Mutter erwidern etwas darauf. Sie streben dem Parkplatz entgegen und verfrachten Bapti auf den Rücksitz. Diesmal nimmt der Vater neben dem Fahrer Platz.
Zwischen der Mutter und Ayesha ist es warm. Bapti lehnt den Kopf an die Brust der Mutter und schläft ein. Als er erwacht, fahren sie bereits durch den Industriebezirk. Es gibt nichts zu sehen, außer der schwarzen Nacht und das Flackern der vielen kleinen Feuerchen vor den Betonröhren der Obdachlosen.
Im Hotel angekommen, bringt die Mutter Bapti sogleich ins Bett und ruft den Hotelarzt. Der Arzt sagt, Bapti sei stark erkältet, er schlage vor, den Rückflug nach Bombay um einen Tag zu verschieben.
Bapti richtet sich auf und schreit den Arzt an, das käme gar nicht in Frage. Dann weint er und bittet die Mutter, nicht auf den Arzt zu hören. Die Mutter verspricht ihm das. Sie läßt sich von dem Arzt ein Medikament geben, flößt es Bapti ein und verabschiedet den Arzt.
Bapti spürt, wie er müde wird. Es ist angenehm, dazuliegen, an nichts mehr denken zu müssen, müder und müder zu werden, in den Schlaf hinüberzugleiten. Die Mutter sitzt in der schwach beleuchteten Sesselecke und sieht zu ihm hin. Sie wird bei ihm bleiben, die ganze Nacht; sie ist froh, daß sie bei ihm bleiben kann.

Auf dem Basar

Bhagwan ist kein guter Lehrer. Er wird leicht ungeduldig und er mag es nicht, wenn Gopu ihn nach Wörtern fragt, die er nicht kennt. Auch Gopu wird ungeduldig: Seit einer Woche lernt er nun, und doch reicht sein Tamil zu kaum mehr als zu wenigen einfachen Redewendungen. Spricht er die fremde Sprache, so hört sich das wie Rabis Gestammel an. Wäre nicht dieser Junge, die Stellung in Madras, Gopu hätte die Lernerei längst aufgegeben. Jedoch: Ohne Tamil keine Anstellung - ohne Anstellung kein Geld für die Familie.

Bhagwan spricht Gopu die Worte vor, Gopu spricht sie nach – immer wieder. Er kann sie nicht aufschreiben, er muß sie im Kopf behalten, deshalb wiederholt er sie, bis er heiser ist, bis ihm die eigene Zunge fremd, überflüssig, ja störend vorkommt. Geht er am Abend nach Hause, sitzt er auf der Bank im Hof und schweigt. In seinem Kopf aber lernt er weiter: Was er sehen und greifen kann, bezeichnet er mit den fremden Namen. Er kann es nicht abstellen, selbst im Schlaf, im Traum lernt er Tamil.

Dann ist der Tag heran, an dem Gopu beim Erwachen weiß: Morgen kommt Bapti. Er liegt da und versucht, nicht daran zu denken, aber da ist die Angst in ihm, die Angst vor Bapti, der ihn erwartungsvoll ansehen wird: Kannst du nun Tamil oder nicht?

Es ist noch zu früh, Gopu aber kann nicht liegenbleiben, er muß aufstehen, muß auf den Hof hinaus.

Beim Waschen unter der Pumpe wünscht Gopu, Bapti käme nie zurück. Dann wäre es nicht seine Schuld, wenn er die Stellung nicht bekommt. Aber schon über dem Maisbrei schilt er sich einen schlechten ältesten Sohn.

Jagganath, der nun als erster aufsteht, stellt seinen Napf zur Seite,

geht in den Wohnraum und kommt mit dem Tablett und dem Tuch zurück. Jetzt geht er jeden Morgen den Weg zum Ladengeschäft der Patels. Gopus Blick folgt dem Bruder. Er beobachtet, wie Gauri und Jagdish Jagganath in die Mitte nehmen. Sie machen Jagganath Mut, der jeden Morgen so verzagt beginnt, als sei der vor ihm liegende Tag sein letzter. Er hat sich nicht darüber gefreut, die Arbeit in der Fischbraterei aufgeben zu dürfen. In der Fischbraterei erledigte er, was ihm aufgetragen wurde, nun muß er verkaufen, Pans ausrufen, ist sein eigener Herr mit eigener Verantwortung.
Gopu stellt den Napf beiseite. Es war ein Risiko, Jagganaths Stelle aufzugeben, nur weil mit den Pans mehr Geld zu verdienen ist als mit der Arbeit in der Fischbraterei. Der Vater hat so entschieden, um ihm Zeit zu geben, die fremde Sprache zu erlernen. Der Vater war sich bewußt: Kommt die Familie aus Madras nicht zurück, ist Jagganath ohne Arbeit, dann muß er, Gopu, zurück hinter das Tablett. Er hat trotzdem so entschieden. Hätte Shiva seinem ältesten Sohn diesen Traum geschickt, wenn es ihm nicht ernst gewesen wäre?
Gopu sitzt noch einige Zeit in Gedanken versunken da, dann schaut er zur Mutter herein, um sich zu verabschieden. Die Mutter ist damit beschäftigt, Odinis Hände einzureiben. Bei jeder Berührung zuckt die Schwester zusammen, ihre Hände sehen schlimm aus. Sie ist unglücklich, doch sie spricht nicht über die Schmerzen, nur im Schlaf, da stöhnt sie.
Gopu verläßt den Hof. Er kann das nicht mit ansehen, kann des Vaters Entscheidung nicht verstehen. Warum hat er nicht Odini hinter das Tablett mit den Pans gesetzt? Odini ist längst nicht so scheu wie Jagganath, und auf den Mund gefallen ist sie auch nicht. Er hatte mit dem Vater über Odini und Jagganath geredet, hatte vorgeschlagen, der Schwester das Pansgeschäft zu übergeben. Doch der Vater war fest geblieben: der jeweils älteste Sohn im

Haus bekommt die verantwortungsvollste Arbeit, auch wenn es der Familie zum Nachteil gereicht.
Gopu geht langsam. Es bringt nichts ein, zu früh am Strand zu sein. Bevor Bhagwan den Stand nicht völlig in Ordnung hat, beginnt er nicht mit dem Unterricht. Bewirtet er einen Kunden, unterrichtet er ebenfalls nicht, dann schaut er dem Kunden beim Trinken zu. Er nennt das, sich um die Kundschaft kümmern.
Ein Kino! Gopu bleibt stehen und betrachtet die bunten Plakate und Bilder in den Schaukästen. Es ist ein indischer Film, er spielt im Süden. Das Meer ist blau, der Strand gelb, der Dschungel grün. Fast wie in einem Märchenland. Gopu kann sich nicht vorstellen, in dieser Landschaft zu leben. Er findet einen Stein und geht, den Stein mit dem Fuß vor sich herschiebend, weiter. Bhagwan muß seinen Stand schon lange eröffnet haben, Gopu trödelt absichtlich. Aber so langsam er auch geht, es dauert nicht lange und er steht wieder vor dem Getränkestand und wiederholt all die Wörter, die er gelernt hat. Bhagwan hat ebenfalls keine Lust, er zeigt sich zufrieden. Gopu spreche schon recht gut Tamil, sagt er.
Gopu denkt daran, daß er nur noch einen Tag Zeit hat. Er gibt sich besondere Mühe, hängt an Bhagwans Mund, als könne er dem immer mehr, immer neue Wörter entlocken und als könne er alle diese Wörter auch im Kopf behalten. Bhagwan wird unwirsch: Gopu soll nicht übertreiben, sonst lernt er überhaupt nichts.
Bhagwan hat recht. Je krampfhafter Gopu sich bemüht, desto weniger behält er. Als Jagganath vom Gateway kommt, sich hinter dem Tablett niederläßt und so leise, als wolle er niemanden stören, die Pans auszurufen beginnt, hat Gopu einen Grund gefunden, den Unterricht zu beenden. Er läßt Bhagwan stehen, geht auf den Bruder zu und schimpft ihn aus: »Du sitzt nicht zu deinem Vergnügen hier!« Er schiebt Jagganath beiseite und läßt seine Stimme erschallen: »Paaans! Pans aus dem Hause Patel! Paaans!«

Jagganath stehen die Tränen in den Augen. Er ist ein schlechter Verkäufer, er weiß es. Wenn er vor dem Gateway sitzt, verkauft er fast gar nichts. Dort hat Gopu ihn nicht unter Kontrolle, dort ruft er noch leiser. Bhombal schüttelt nur den Kopf, wenn er ihn sieht, und Kehmi setzt sich zu ihm und unterhält sich mit ihm, weil er ihr leid tut.
Gopus Zorn legt sich. Er ist ungerecht. Wie kann er etwas von Jagganath verlangen, was Jagganath nicht kann? Hat er nicht selbst dem Vater gesagt, der Bruder könne nichts dafür, kein Talent zum Verkaufen zu haben? Gopu legt den Arm um Jagganath, tröstet ihn und geht zurück zu Bhagwan. Aber Bhagwan sagt, jetzt habe er keine Zeit. Gopu entgegnet nichts. Er setzt sich zu Jagganath und ruft gemeinsam mit dem Bruder die Ware aus. Er zürnt Bhagwan nicht, Bhagwan ist nicht sein Freund.
Bis zum späten Nachmittag sitzt Gopu neben Jagganath und verkauft. Es macht ihm Spaß. Er zeigt dem Bruder noch einmal alle Kniffe, die er beherrschen muß, um das Publikum davon zu überzeugen, daß Patels Pans wirklich ganz außergewöhnlich gute Pans sind. Jagganath ist wißbegierig, er versucht zu lernen, es dem Bruder nachzumachen, doch sein Eifer ist aufgesetzt, so wenig echt, daß er kaum Erfolg hat. Gopu zuckt die Achseln und geht. Es hilft alles nichts, Jagganath ist nun einmal kein Verkäufer, der Vater wird es eines Tages einsehen.
Gopu geht auf den Basar, geht Gauri und Jagdish besuchen. Er mag den Basar. Als er noch keine Pans verkaufte, mischte er sich oft in das bunte Treiben in und um der riesigen Halle des Crawfort-Marktes herum. Die Gerüche, die Rufe der Händler, das laute Feilschen - vor dem Gateway und auch am Strand ist längst nicht soviel los. Wären die Verdienstmöglichkeiten nicht so gering, hätte auch er seine Pans auf dem Basar feilgeboten. Die Hausfrauen, die auf dem Basar einkaufen, kaufen zwar größere Stückzahlen an Pans, sind aber nicht gewillt zu bezahlen, was die Aus-

flügler bezahlen. Deshalb ist der Basar für Panverkäufer kein Geschäft.
Gopu bekommt einen Stoß in die Seite. Er fährt herum. Mahin und Sridam sind es. Sie laufen an ihm vorüber und lachen. Sridam trägt den Kasten mit den Bürsten, Mahin nichts – was Mahin benötigt, um Geld zu verdienen, produziert er im Hals und im Mund. Gopu hat Zeit, er macht sich den Spaß und folgt den beiden Jungen durch die belebten Gassen. Mahin und Sridam sehen sich nach Kunden um. Nicht lange und sie haben einen Kunden, einen Ausländer mit sehr sauberen, schwarzglänzenden Schuhen. Mahin nähert sich dem Fremden unauffällig, benützt eine günstige Gelegenheit und spuckt ihm auf den Schuh. Nicht jeder kann spucken wie der ewig heisere Mahin. Mahin hat den Hals ständig voller Schleim, es kommt von irgendeiner Krankheit.
Der Fremde bemerkt Mahin nicht. Langsam geht er weiter. Jetzt folgt Sridams Auftritt. Mit seinem Kasten voller Bürsten, Lappen und Schuhcreme kommt er dem Fremden entgegen, stutzt, bleibt stehen und weist den Mann auf den beschmutzten Schuh hin. Der Fremde sieht an sich herunter, verzieht das Gesicht und ist einverstanden, daß Sridam ihm den Schuh reinigt. Sridam kniet sich hin und beginnt seine Arbeit. Er putzt auch gleich den zweiten Schuh. Dann erhebt er sich, sieht auf die Schuhe herunter, ist noch nicht zufrieden, will noch einmal loslegen. Dem Fremden aber reicht es nun; um Sridam loszuwerden, gibt er ihm mehr Rupien als nötig. Sridam aber geht nicht. Er steht vor dem Fremden, grinst und deutet auf das Päckchen Zigaretten, das der Mann in der offenen Brusttasche trägt. Der Fremde sagt etwas und droht mit dem Finger. Sridam schneidet ein komisch-trauriges Gesicht. Er ist ein guter Schauspieler. Der Fremde lacht und hält ihm die Packung hin. Sridam greift zu, zwei, drei, vier Zigaretten fischt er heraus, erst als er merkt, daß es dem Fremden zuviel wird, hält er inne, bedankt sich und läuft davon.

Gopu trifft Mahin und Sridam, wie sie zwischen zwei Ständen sitzen und sich für das gute Geschäft belohnen: Sie rauchen jeder eine der ergatterten Zigaretten. Gopu setzt sich dazu. Sridam lächelt verlegen und hält Gopu eine Zigarette hin. Gopu nimmt sie. Wären es nicht seine letzten Tage in Bombay, hätte er mit Sridam geschimpft. Der Vater hat das Rauchen verboten. Rauchen koste Geld und sei ungesund, sagt er. Er schimpft auf die Obdachlosen, die sich für das erbettelte Geld lieber Zigaretten als etwas zum Essen kaufen. Geschenkte Zigaretten aber kann man verkaufen und so den Verdienst erhöhen.

Sridam zeigt stolz, was der Fremde ihm gegeben hat: fünf Rupien. Gopu schüttelt nur den Kopf. Dafür mußte er länger als einen Tag Pans verkaufen. Früher wurmte es ihn oft, daß Sridam und Mahin mit ihrem Trick mehr verdienten als er mit seiner Arbeit, jetzt ist er froh, einen Jungen wie Sridam bei den Eltern zu wissen.

Als Gopu aufgeraucht hat, drückt er mit den Fingern die Glut der Zigarette aus und gibt Mahin die Kippe. Mahin sammelt Zigarettenreste, um sich daraus neue Zigaretten zu drehen. Dann versetzt Gopu, bevor er geht, Sridam einen Katzenkopf. »Du Hund!« sagt er. Sridam lacht stolz. »Du Hund!« ist eine Auszeichnung.

Gopu durchquert zwei weitere der Gassen und betritt dann die riesige Halle mit den zahlreichen Verkaufsständen der Obst-, Gemüse-, Fisch- und Fleischhändler. Die Gerüche und das Stimmengewirr umfangen ihn. Er schiebt sich zwischen den Menschen hindurch, bleibt hier und dort stehen, um das Gefeilsche um einen Fisch oder ein Huhn mit anzuhören. Dann hört er Jagdishs tiefe Stimme: »Mangos! Erntefrische Mangos! Zart und süß, fruchtig und saftig!«

Jagdish ist vierzehn, er hat den Stimmbruch bereits hinter sich. Er ruft die Mangos aus, als hätte er sie erst diesen Morgen persönlich gepflückt. Dabei hätte er dafür gar keine Zeit, er steht jeden Tag dreizehn bis vierzehn Stunden hinter seinem Stand.

»Na? Was Neues von deinem Millionär?« Jagdish hält Gopus neue Stellung für ein riesiges Glück. Er verdient zehn Rupien am Tag, das sind fast zweihundertundfünfzig im Monat. Soviel verdient Gopu in Madras nicht, aber Gopu bekommt freie Unterkunft und Verpflegung. Und: Welch eine Unterkunft, welch eine Verpflegung! Für Jagdish steht fest: Gopu hat das Geschäft seines Lebens gemacht. Daß er Tamil lernen muß, einem anderen Jungen dienen wird? Job ist Job, nichts ist umsonst im Leben.
Eine Frau tritt an den Stand heran. Jagdish gibt ihr ein Stück von dem rotgoldenen Fruchtfleisch zu kosten und macht laut »Mmmhhh«, als spüre er selbst die schwere Süße der saftigen Frucht auf seiner Zunge. Er schielt dabei zu Gopu hin und kneift ein Auge zu. Gopu schaut noch einige Zeit zu, dann geht er weiter.
Gauri arbeitet an keinem Stand, Gauri hat nur einen Berg Bananen vor sich. Er preist sie lauthals an, aber seine Stimme klingt nicht so selbstsicher, so überzeugend wie Jagdishs. Außerdem ist sie heller. Dazu kommt, daß er erkältet ist, die Nase läuft. Die Kunden sehen das und gehen vorüber. Der Chef wird schimpfen, wenn er kommt und abrechnet. Gauri zuckt die Achseln. Was soll er machen? Er ist oft erkältet, er ist kleiner und schwächer als andere Jungen seines Alters, und er verdient auch weniger. Sein Chef sagt, eine halbe Portion kauft er nicht als ganze. Gauri nimmt das hin. Als Säugling war er so schwächlich, daß alle dachten, er überlebe nicht. Deshalb sagt er, es sei besser, eine halbe Portion zu sein als gar keine. Mit seinem Chef ist er zufrieden, solange der ihn nicht entläßt.
Auch Gauri beneidet Gopu um sein Glück. »In Madras ist es viel wärmer als hier«, sagt er und zieht die Nase hoch. Er weiß das, weil er einen Onkel hat, der jedesmal, wenn er ihn sieht, sagt, einer wie Gauri gehöre in den Süden, in die Wärme.
Was Gauri am meisten imponiert, ist das mit dem eigenen Zim-

mer. »Jede Nacht für sich allein«, strahlt er, »keiner, der dich stört, wenn du mal nachdenken willst - das muß herrlich sein.«
Gopu freut sich nicht mehr auf das Alleinsein. Er hat sogar ein wenig Angst davor, er war noch nie nachts allein.
Eine Zeitlang verfolgt Gopu Gauris vergebliches Bemühen, doch noch einige Bananen zu verkaufen, dann geht er. Der Basar macht ihm keinen Spaß mehr.
Er wird Gauri und Jagdish vermissen, er wird den Basar vermissen, das Gateway, Bhombal, Kehmi und all die anderen Händler. Er wird sogar Bhagwan vermissen.

Die Uniform

Das Flugzeug rollt aus, die Motoren werden abgestellt, die Gangway wird herangefahren. Die Passagiere erheben sich, verlassen die Maschine und besteigen den bereitstehenden Bus. Auch Bapti. Er erlebt alles wie in einem Traum, er hat noch immer Fieber. Vor dem Flughafen steht Bihari. Seine Eltern sind bei ihm. Biharis Vater begrüßt erst die Eltern, dann Ayesha. Er spricht englisch und preist Ayeshas Schönheit, als sehe er sie zum ersten Mal. Ayesha schaut verlegen zur Seite. Bihari lächelt wie er an jenem Morgen lächelte, als er die Mutter, Ayesha und Bapti zum Malabar Hill fuhr.

Das Gepäck wird gebracht. Die Gepäckträger verladen es in die beiden bereitstehenden Autos. Eines chauffiert Bihari, das andere ein Angestellter der Familie. Bapti setzt sich zu den beiden Männern, die in dem Wagen des Angestellten Platz nehmen.

Der Weg vom Flughafen zu dem Hotel am Strand von Juhu ist kürzer als der in die Innenstadt. Juhu aber liegt im Norden Bombays, Bapti kommt Gopu nicht näher. Das stimmt ihn traurig. Er wußte, daß er Gopu nicht sofort sehen würde, aber er hatte sich darauf eingestellt, ihm näher zu kommen. Nun fährt er von ihm fort.

Das Hotel, vor dem die beiden Wagen halten, heißt »Sun and Sand«. Es liegt am Strand, und außer Sonne und Sand, Palmen und einem Swimmingpool ist nicht viel zu sehen. Biharis Vater sagt, es gäbe schönere, nicht so überlaufene Ausflugsorte, die aber wären zu weit von der City entfernt. Der Vater ist zufrieden. Er hatte Biharis Vater gebeten, ein Hotel außerhalb der Innenstadt auszuwählen; in ein anderes City-Hotel als das »Excelsior« wollte er nicht.

Das Abendessen wird gemeinsam mit Bihari und Biharis Eltern eingenommen. Der Vater sagt dem Kellner, er solle sich Mühe geben, dann komme er wieder. Biharis Vater lacht. Es wird viel gelacht an diesem Abend. Die beiden Männer, seit vielen Jahren Geschäftspartner, freuen sich, nun bald auch verwandt miteinander zu sein. Ayesha und Bihari lächeln nur selten. Die beiden Frauen hören zu und flüstern manchmal miteinander. Bapti verspürt den Wunsch, ins Bett zu gehen, die lange Nacht möglichst schnell hinter sich zu bringen. Da seine Stirn noch immer heiß ist, erlaubt ihm der Vater, sich aus der Runde zu entfernen.
Dann liegt Bapti im Bett. Aber so müde er ist, er kann nicht schlafen. Er fragt sich, ob Gopu nun tatsächlich Tamil kann, und er malt sich ihr Wiedersehen aus. Er sieht Bilder und Szenen, die in der Zukunft spielen, und immer ist Gopu neben ihm. Als er endlich einschläft, träumt er: Er und Gopu spielen Tennis. Gopu trägt einen weißen Tennisdreß und spielt sehr gut, nur ganz knapp verliert er. Nari steht dabei und will mitspielen. Gopu und er lachen Nari aus.
Obwohl er nur wenig geschlafen hat, ist Bapti am Morgen hellwach. Er wäscht und kämmt sich und zieht sich an, noch bevor Ayesha klopft. Beim Frühstück kann er es kaum aushalten, unruhig rutscht er auf seinem Stuhl hin und her. Der Vater, müde von der vergangenen Nacht, frühstückt besonders langsam. Dann schimpft er mit dem Kellner. Das Omelett ist kalt. Der Kellner wechselt es aus. Der Vater sagt, mit dem »Excelsior« könne es das »Sun and Sand« nicht aufnehmen.
Es dauert unerträglich lange, bis der Vater auch die Zeitung gelesen hat. Dann aber erhebt er sich und bestellt ein Taxi. Er muß in die Stadt und nimmt Ayesha und Bapti mit. Ayesha soll für Gopu eine passende Kleidung aussuchen. Die Mutter bleibt zurück. Sie hat Kopfschmerzen und legt sich noch einmal hin.
In die Innenstadt sind es einundzwanzig Kilometer. Der Vater, der

sich bei dem Hotelportier erkundigt hat, sitzt vorn im Taxi, hält den schwarzen Aktenkoffer auf den Knien und schüttelt den Kopf: Daß es so weit ist, hätte Biharis Vater ihm sagen müssen; dann wäre er doch lieber in der Innenstadt abgestiegen.
Baptis Ungeduld wächst. Was ist, wenn er Gopu nicht antrifft? Bisher wollte noch niemand sein Freund sein, weshalb sollte Gopu sein Freund werden wollen? Dann fällt ihm ein, daß Gopu arm ist. Das beruhigt ihn. Notfalls muß der Vater Gopu mehr Geld anbieten.
Das Taxi hält in der Nähe des Gateway. Es ist schönes Wetter, viele Ausflügler sind unterwegs. Bapti schiebt sich durch die Menschen hindurch. Es kümmert ihn nicht, ob Ayesha ihn aus den Augen verliert oder nicht. Er läuft auf die halbhohe Mauer neben dem linken Seitentor zu – und bleibt stehen: Vor der Mauer sitzt ein Junge. Der Junge sitzt hinter einem Tablett mit Pans – aber er ist nicht Gopu.
Bapti schaut sich um. Hat Gopu den Platz gewechselt? Er sucht und sucht, Gopu aber ist nicht zu sehen. Bapti geht näher an den Panverkäufer heran. Das Tablett! Er erkennt es wieder – es ist Gopus Tablett!
Der Junge hinter dem Tablett sieht Bapti fragend an. Bapti schüttelt den Kopf, er möchte kein Pan. Dann fragt er: »Gopu?« Der Junge merkt auf, sagt etwas. Bapti versteht ihn nicht. In seiner Angst wird er wütend, tippt auf das Tablett, das zweifelsfrei Gopu gehört, und wiederholt laut: »Gopu! Gopu! Gopu!« Da springt der Junge auf. Er zeigt nach Norden. »Chowpatti«, sagt er. »Gopu – Chowpatti! Bhagwan!«
Bapti läuft los. Ayesha, die ihn endlich gefunden hat, hält ihn fest. »Er ist bei Bhagwan, er lernt Tamil«, strahlt Bapti. Die Angst ist gewichen. Gopu lernt Tamil! Nun ist alles gut, wird alles gut.
Ayesha hat keine Lust, die drei Kilometer zum Chowpatti-Strand zu Fuß zurückzulegen. Sie sieht sich nach einem Taxi um. Es ist

keines zu sehen. Bapti kann und will nicht warten. Er geht zu Fuß, läuft, kommt außer Atem, macht eine Pause, verfällt wieder in den Laufschritt. Dann sieht er den blauen Getränkestand. Ein Junge steht davor, ein Junge in kurzen Hosen und einem zu engen, offenen Hemd: Gopu. Bapti läuft durch den Sand, stürzt, rappelt sich auf und läuft weiter. Dann steht er vor Gopu, strahlt und sagt: »Da bin ich!« Er sagt es auf Tamil und wartet.
Gopu zögert. Dann aber fragt er, was er auswendig gelernt hat: »Wie geht es dir? Wie war die Reise? War es sehr kalt in Delhi?«
Bapti möchte jubeln, Gopu umarmen oder irgend etwas anderes tun, um seine Begeisterung auszudrücken. Gopu kann Tamil, hat in einer einzigen Woche Tamil gelernt! Er redet auf Gopu ein, sagt ihm, wie sehr er diesen Tag erwartet hat und wie langweilig es in Delhi und Agra war. Doch dann bemerkt er, daß dafür Gopus Tamil noch nicht ausreicht. Er schweigt, nimmt Gopus Arm und drückt ihn.
Ayesha kommt durch den Sand. Sie begrüßt Gopu und lächelt, als sie sieht, wie der Junge bei der Erwiderung ihres Grußes errötet.
Bhagwan berichtet von Gopus Lernerfolgen. Er erzählt, wieviel Mühe er sich gegeben hat und daß es nicht einfach war, Gopu in einer so kurzen Zeit eine fremde Sprache beizubringen. Letztendlich aber habe es doch geklappt, Gopus Tamil könne sich sehen lassen.
Gopu senkt den Kopf. Als er den Kopf wieder hebt, blinzelt Ayesha ihm zu: Sie durchschaut Bhagwans Prahlerei. Gopu spürt, wie er schon wieder errötet.
Bapti bestellt für sich und Gopu grüne Limonade, für Ayesha Kokosmilch. Dann erzählt er Gopu, daß Ayesha und er anschließend mit ihm auf den Basar gehen werden, Kleidung kaufen.

Bapti und Gopu trinken ihre Limonade, Ayesha ihre Kokosmilch. Dann bezahlt Ayesha und gibt Bhagwan ein großes Extra. Sie sieht, daß es Bhagwan zu klein ist, und verzieht spöttisch die Mundwinkel. Zu dritt gehen die beiden Jungen und das Mädchen durch den Sand und überqueren die Marine Drive. Ayesha sieht mit Verwunderung, wie still und zufrieden der Bruder ist. Als er Gopus Hand nimmt, wird sie ernst. Es ist üblich, daß Freunde sich anfassen, aber darf Bapti so weit gehen? Ein Boy bleibt ein Boy, auch wenn er noch so sympathisch ist.

Gopu will direkt zum Textilbasar, will es vermeiden, über den Crawford Markt zu gehen, von Gauri und Jagdish gesehen zu werden. Ayesha aber sagt, sie hätte von der Halle gehört, sie würde sie gern sehen. Es bleibt Gopu nichts weiter übrig, als der Anordnung zu folgen.

Vor dem Halleneingang stehen Sridam und Mahin. Sie sehen Gopu und sperren Mund und Augen auf. Gopu lächelt Sridam zu, wagt aber nicht, Bapti und Ayesha darauf hinzuweisen, daß der kleine Schuhputzer sein Bruder ist.

In der Halle gefällt es Ayesha. Sie geht von einem Stand zum anderen, kauft hier etwas und da etwas. Bei Jagdish kauft sie zwei Mangos. Gopu nickt Jagdish heimlich zu; Jagdish bemerkt es nicht, er sieht nur Bapti und Ayesha.

An Gauris Bananenberg geht Ayesha achtlos vorüber. Gauri aber kommt hinter dem Berg hervor, sieht Bapti neugierig an und fragt Gopu: »Ist es soweit? Wann fliegst du?«

Bapti kraust die Stirn. Er geht weiter, als gäbe es Gauri nicht. Gopu wagt nicht, dem Freund zu antworten. Er macht eine Handbewegung, die nur Gauri sieht und die soviel besagt wie: Später! Dann folgt er Bapti.

»War das dein Freund?« fragt Bapti.

»Ja.« Gopu weiß, daß Gauri ihnen nachschaut, er kommt sich wie ein Verräter vor.

»Er gefällt mir nicht.«
»Mir gefällt er«, erwidert Gopu auf Hindi – und wird rot: Er ist ein Feigling.
Bapti schweigt. Er kann sich denken, was Gopu sagte.
Ayesha bemerkt die Verstimmung. Bapti tut ihr leid, er muß noch viel lernen, um zu wissen, wie man mit einem Boy umgeht. Sie übergibt Gopu die Tüte mit dem Obst und fordert ihn auf, sie auf den Textilbasar zu führen.
Die Gassen des Textilbasars sind nicht schmaler als die Gassen der Messing- und Kupferschmiede, aber die Kleider und Jacken, Hosen und Hemden, die vor den Buden und Geschäften hängen, verleihen den Passanten das Gefühl, sich in besonders engen Straßen zu befinden. Von links und rechts kommen die Verkäufer, die in Ayesha eine zahlungskräftige Kundin wittern, und zeigen her, was sie anzubieten haben. Ayesha überläßt es Bapti, seinen Boy einzukleiden. Bapti schüttelt meist nur den Kopf, er hat eine feste Vorstellung von dem, was Gopu tragen soll. Nur in wenigen Fällen kommt es zu einer Anprobe.
Gopu ist froh, daß er nicht gefragt wird. Hätte Bapti ihn gefragt, er hätte nicht gewußt, was er auswählen soll. Die Kleidung, die er anprobiert, ist so schön, der Stoff so gut,daß er nicht entscheiden könnte, was besser ist.
Als der Einkauf beendet ist, trägt Gopu drei Plastiktüten. In der einen ist eine beigefarbene Hose, in einer anderen ein beigefarbenes Hemd, Strümpfe und Unterwäsche, in der dritten sind Sandalen. Es ist seine Uniform. Was man im Dienst trägt, ist eine Uniform.
Um nicht wieder über den Obstbasar zu müssen, schlägt Gopu einen anderen Rückweg ein.
Auf dem Jhaveri-Basar, dem Basar der Goldschmiede und Edelsteinhändler, wird Ayesha angesprochen. Wunderschönen Schmuck will man ihr zeigen, sie solle nur einmal schauen.

Ayesha lacht nur. Einmal aber bleibt sie stehen und betrachtet eine Auslage. Der Händler wühlt in seinem Schmuck herum, redet auf Ayesha ein, zeigt ihr dieses und jenes Stück, von dem er sich, wie er sagt, nur ungern trennt.
Ayesha gibt sich uninteressiert, der Händler aber merkt, daß da ein Ring ist, der ihr gefällt. Er gebe ihn ihr für viertausend Rupien, sagt er. Gopu glaubt, daß Ayesha nun den Kopf schütteln und weitergehen wird, Ayesha aber sagt: »Zweitausend!« Der Händler legt den Ring wieder weg. Er wolle sich nicht ruinieren, sagt er, er sehe wohl, daß er es nicht mit Ausländern zu tun habe, er habe ihr keinen überhöhten Preis genannt. Er macht ein beleidigtes Gesicht.
»Dann nicht!« Ayesha geht weiter.
Der Händler kommt ihr nach: »Dreitausendfünfhundert! Weil meine Mutter auch aus dem Süden stammt.«
»Was geht mich deine Mutter an!« Ayesha duzt den Händler, erniedrigt ihn – und hat Erfolg.
»Dreitausend! Mehr kann ich nicht nachlassen. Mein Geschäft ist neu, ich muß abzahlen, habe die Ware auf Kredit gekauft.«
»Zweitausendzweihundert.« Ayesha greift in ihre Börse.
»Zweitausendfünfhundert!« Der Händler schließt die Augen, als sei das sein Todesurteil.
»Zweitausendzweihundert!« Ayesha schließt ihre Börse wieder, zuckt die Achseln und schickt sich an weiterzugehen.
»Zweitausenddreihundert! Bitte schön!« Der Händler nimmt den Ring und will ihn Ayesha auf den Finger stecken.
Ayesha zieht die Hand weg. »Zweitausendzweihundert!«
»Zweitausendzweihundert!« Der Händler gibt auf.
Ayesha streckt dem Händler die Hand hin. Der jammert noch einige Zeit, daß er nun das Geschäft schließen müsse, aber einem so schönen Mädchen nichts abschlagen könne. Dann steckt er das Geld ein und macht ein zufriedenes Gesicht.

Gopu ist nun noch stiller. Aus den Augenwinkeln beobachtet er die Geschwister. Ayesha geht weiter, als habe sich nichts Besonderes ereignet, Bapti hat der auf Hindi getätigte Handel eher gelangweilt als interessiert.
An der Marine Drive winkt Ayesha einem Taxi. Als es hält, steigt sie ein. Bapti nimmt Gopu die Tüten ab. Gopu bekomme die Sachen wieder, wenn sie gemeinsam abreisen, sagt er. Der Vater hat es so verlangt. Er sagte, es könne sein, daß der Panverkäufer ansonsten mit den Sachen verschwindet. Bapti glaubt das nicht, aber es gibt Dinge, in die der Vater sich nicht hineinreden läßt; dazu gehört alles, was mit Geld zu tun hat.
Gopu hat auch gar nicht damit gerechnet, die Uniform behalten zu dürfen. Auch der Vater durfte seine Uniform nur im Hotel tragen. Wenn er traurig ist, so hat das einen anderen Grund.
Bapti möchte Gopu zum Abschied gern noch etwas sagen, aber er weiß nicht, was. So sagt er nur, daß Gopu sich tags darauf gegen zehn Uhr vor dem »Sun and Sand« einfinden soll, gegen Mittag fliege die Maschine. Er lächelt ihm noch einmal zu und steigt zu Ayesha in den Wagen.
Der Wagen fährt an. Bapti schaut aus dem Rückfenster, sieht Gopu am Straßenrand stehen und dem Taxi nachschauen.
»Nicht zufrieden?« Ayesha legt den Arm um Baptis Schultern.
Bapti schüttelt den Kopf. Es kann ja oder nein heißen – er weiß es nicht.

Die Tigerfalle

Die Mutter steht an der Pumpe und spült das Geschirr. Gauris Mutter und deren älteste Tochter stehen dabei, helfen und warten darauf, daß die Pumpe frei wird. Es wird geredet, gescherzt, gelacht. Doch dann verstummen die drei: Gopu kommt über den Hof. Ohne die Mutter anzusehen und ohne ein Wort zu sagen, geht er an den drei Wäscherinnen vorüber.

Es ist zu früh, um nach Hause zu kommen, ohne eine Erklärung abzugeben. Gopu weiß das, aber er bringt es nicht fertig, unter den Augen von Gauris Mutter und deren Tochter mit der Mutter zu reden. Er betritt den Wohnraum, stolpert über Rabi, der vor der Tür herumkriecht, und schimpft Bidiya aus, die, anstatt auf den kleinen Bruder aufzupassen, auf ihrer Matte liegt und träumt. Er schimpft heftiger als nötig: In ihm ist etwas, das sich Luft machen muß. Rabi starrt den großen Bruder mit weit aufgerissenen Augen an, dann weint er. Gopu kommt zur Besinnung. Er nimmt Rabi auf den Arm, sagt, daß er nicht mehr böse ist, streichelt und beruhigt auch Bidiya. Dann legt er sich auf seine Matte.

Shivas Wille, sagte der Vater. Shiva ist gerecht! Ist das gerecht, wenn ein Mädchen wie Ayesha sich in drei Minuten einen Ring kauft, der soviel kostet wie Odini in einem ganzen Jahr nicht verdient? War das gerecht, wie Bapti Gauri behandelte?

Gopu springt auf und beginnt auf und ab zu laufen. Er sieht Gauris fragendes Gesicht vor sich, und er sieht sich mit einer Handbewegung an dem Freund vorübergehen. Warum tat er das? Aus Gehorsam? Ist er denn schon Baptis Boy?

Gopu geht schneller. Rabi und Bidiya sitzen beieinander und sehen ihm neugierig zu.

Nie wieder wird er reden können, wann und mit wem er will. Er wird nicht mehr sein eigener Herr sein, Bapti wird sein Herr sein; Bapti wird befehlen, er wird gehorchen. Es wird nicht nur zehn oder zwölf Stunden am Tag so sein, es wird immer so sein, von früh bis spät, und wenn Bapti es so will, auch in der Nacht.

Die Mutter betritt den Raum. Ihr Blick streift Gopu nur kurz. Sie stellt den Korb mit der Wäsche ab und beginnt mit den Vorbereitungen für ein Reisgericht.

Gopu bleibt neben der Mutter stehen und schaut ihr zu. Er erzählt von der Uniform und berichtet, daß der heutige Tag sein letzter im Kreise der Familie ist. Er beißt sich auf die Unterlippe, er will nicht weinen.

Die Mutter hält in ihrer Arbeit inne, sie steht ganz steif. Gopu wirft die Arme um den Hals der Mutter und birgt den Kopf an ihrer Brust, wie er es als kleiner Junge tat. Rabi und Bidiya kriechen noch enger zusammen, sie dürfen jetzt nicht stören.

Die Mutter steht lange so stumm und steif, dann beginnt sie Gopu zu wiegen, als sei er tatsächlich noch ein kleiner Junge. Nach einiger Zeit sagt sie: »Wir dürften dieses Opfer nicht annehmen – aber was sollen wir tun?«

Nichts sollen die Eltern tun, nur zeigen, daß sie ihn liebhaben. Die Liebe der Eltern und der Geschwister, die wird er benötigen, wenn er allein ist, allein in einem fremden Haus, allein unter fremden Menschen, ohne eigenen Willen und ohne Zärtlichkeit. Gopu preßt sich noch enger an die Mutter. Er will ihre Nähe spüren, will etwas mitnehmen. Dann läßt er von der Mutter ab und hilft ihr bei der Zubereitung des Abendessens. Das hat er noch nie getan, heute tut er es, und die Mutter läßt es geschehen, als wäre es ein ganz normaler Vorgang.

Nach und nach treffen die Geschwister ein. Jagganath kommt als erster. Er stellt das Tablett in die Ecke und sieht Gopu neugierig an. Ob der Junge, der vor dem Gateway nach ihm fragte, dieser Bapti aus Madras war? Gopu nickt nur. Sridam, der kurz darauf

eintrifft, fragt nicht. Er stellt den Kasten mit den Bürsten neben das Tablett und ist ganz still. Das ist ungewöhnlich. Gopu stößt ihm in die Seite: »Schlechtes Geschäft heute?«
Sridam schüttelt nur den Kopf. Dann sagt er so leise, daß es kaum zu verstehen ist: »Da wirst du uns bald vergessen, unter so reichen Leuten.«
Die Idee, daß eines der Geschwister eine solche Vermutung äußern könnte, ist Gopu nicht gekommen. »Was, meinst du, ist ein Boy?« fragt er Sridam. Und er beantwortet sich die Frage selbst: »Ein Boy ist dazu da, die Arbeit zu erledigen, die die reichen Leute nicht selbst tun wollen. Denkst du, das macht Spaß?«
Sridam atmet auf. So ist das also! Dann wird Gopu ihn ja vielleicht doch nicht vergessen.
Odini kommt als letzte. Als sie Gopus Neuigkeiten erfährt, legt sie den Arm um die Hüfte der Mutter und lehnt sich an sie, als suche sie Schutz. Bidiya, die sich bis jetzt zurückgehalten hat, läuft auf Gopu zu und legt sich neben ihm nieder, ihren Kopf in seinem Schoß.
Die nun einsetzende Stille wird mit der Zeit unerträglich. Das Hantieren der Mutter mit dem Geschirr beseitigt die Stille nicht, sie verstärkt sie. Gopu möchte die Geschwister trösten. Was aber soll er sagen? Soll er sagen, er käme bald wieder? Er weiß ja nicht einmal, ob er überhaupt jemals wiederkommt. Soll er ihnen versprechen, sie zu besuchen? Ein Boy bekommt keinen Urlaub. Außerdem: Die Reisekosten Madras - Bombay, hin und zurück, würden die je übrigbleiben?
Mitten in die Stille hinein betritt der Vater den Raum. Er sieht die Gesichter der Kinder und weiß Bescheid. Er setzt sich, streckt die vom Laufen müden Beine aus, sitzt da und schweigt. Der Vater hat sich verändert. Er geht nicht mehr in die Hotels, er war den Personalchefs zuletzt nicht nur zu alt, er sah ihnen auch zu traurig

aus. Er erwecke Mitleid, sagten sie, das schade dem Ruf des Hauses. Deshalb sucht der Vater nun eine Arbeit, bei der es egal ist, ob er fröhlich oder traurig aussieht. Gopu versteht die Personalchefs nicht. Wie kann einer fröhlich aussehen, der keine Arbeit hat, der sich die Füße wund läuft, um Arbeit zu bekommen? Hat der Vater Arbeit, ist er nicht traurig.
Gopu sprach mit dem Vater darüber. Der Vater behandelt ihn seit jener Nacht, als sie den gemeinsamen Spaziergang unternahmen, wie einen Erwachsenen. Er gab ihm Hinweise für sein eigenes Arbeitsleben. Er solle auf die Neider achtgeben, sagte er: »Sie tun alles, um deine Stelle zu bekommen. Notfalls erklären sie sich bereit, für weniger Geld zu arbeiten. Ist Herr Chandrahas nicht zufrieden mit dir, entläßt er dich - oder er zahlt dir weniger.«
Gopu will sich das merken, obwohl ihm eine andere Gefahr mehr Sorgen bereitet: Was ist, wenn Bapti die Lust an ihm verliert? Er ist sich klar darüber, daß von allen Chandrahas nur Bapti an ihm interessiert ist.
Ohne vom Vater dazu aufgefordert werden zu müssen, beginnt Gopu seinen Bericht über die Wiederbegegnung mit Bapti. Vom Kauf der Uniform berichtet er und von Baptis Aufforderung, am nächsten Tag um zehn Uhr vor dem »Sun and Sand« zu sein. Ayeshas Ring und auch die Szene mit Gauri erwähnt er nicht.
Lange Zeit schweigt der Vater. Dann sagt er leise: »Ich bringe dich mit dem Bus nach Juhu.«
Gopu nickt nur. Dazu gibt es nichts zu sagen.
»Ich kenne niemanden, der schon in Madras war«, sagt der Vater dann, »schon gar nicht mit dem Flugzeug.«
Bidiya beginnt zu weinen: »Und wenn es herunterfällt?«
»Dann ist es unten!« Der Vater lacht, er will die Stimmung verbessern, will Gopu Mut machen. »Alle unsere Gäste kamen geflogen, um die halbe Welt herum kamen sie, da ist doch heute nichts mehr dabei.«

»Ich habe keine Angst vor dem Fliegen«, sagt Gopu.
Der Vater steht auf, geht an den kleinen Schrank unter dem Fenster und nimmt ein Kästchen heraus. Es ist ein kunstvoll verziertes Kästchen, das der Großvater einst aus Mangoholz schnitzte. Der Vater gibt Gopu das Kästchen. »Ich habe mich erkundigt, eine Eisenbahnfahrkarte dritter Klasse von Madras nach Bombay kostet vierundsechzig Rupien. Von deinem ersten Lohn nimmst du achtzig, legst sie in dieses Kästchen und vergräbst es. Es muß eine Stelle sein, die du leicht wiederfindest und von der du sicher bist, daß niemand anders auf die Idee kommt, dort zu graben. Du darfst das Geld nicht anrühren«, fährt der Vater fort, »du mußt vergessen, daß du es besitzt. Wenn du die Stellung verlierst, gräbst du das Kästchen aus, kaufst dir eine Fahrkarte und kehrst zu uns zurück.«
Gopu kann nicht sprechen, etwas sitzt ihm im Hals. Macht er den Mund auf, muß er schluchzen.
»Ich weiß, daß du eines Tages zu uns zurückkehrst«, sagt der Vater. »Wir lieben dich und freuen uns auf diesen Tag. Trotzdem bitten wir dich, alles zu tun, um die Stellung nicht zu verlieren; verlierst du sie, wissen wir, daß es nicht deine Schuld war.« Er stockt, Rührung überkommt ihn, dann aber sagt er, und die Stimme klingt fest wie zuvor: »Verlierst du die Stellung, mußt du zu uns zurückkehren. Auch in deinem Interesse. Arm sein ist schwer, allein sein ist schwer – beides zusammen ist zu schwer.«
Die Mutter läßt den Reis stehen und läuft auf den Hof. Der Vater tut, als habe er das nicht bemerkt. Er erklärt Gopu noch einmal, wie er das Geld überweisen soll. Er kann es ihm nicht aufschreiben, und selbst wenn er es könnte, so könnte Gopu es doch nicht lesen. Gopu muß es auswendig lernen, wie er die fremde Sprache auswendig lernte.
Als er fertig ist, fragt der Vater Gopu ab.
Gopu hat ein gutes Gedächtnis, der Vater ist zufrieden. »Das erste

Mal schickst du nur einhundertzwanzig Rupien. Noch können wir es verkraften.«
Die Mutter kommt zurück. Sie macht sich am Herd zu schaffen und trägt dann den Reis auf.
Das Essen verläuft schweigsam. Nur Sridam seufzt ab und zu.
Nachts liegt Gopu wach. Er kann nicht schlafen. Irgendwann aber schläft er doch ein. Er schläft unruhig. Er träumt, er laufe durch einen südlichen Dschungel. Es ist Nacht, er läuft und läuft und stolpert über eine Wurzel. Er möchte liegenbleiben, die Geräusche rings um ihn aber jagen ihn wieder hoch. Er weiß nicht, wie er in den Dschungel geriet, und er weiß nicht, wohin er läuft. Dann sieht er Lichter. Ein Dorf! Er läuft auf das Dorf zu, unter seinen Füßen kracht es - er fällt.
Gopu fährt auf. Sein Herz klopft, seine Stirn ist schweißnaß. Er hat geträumt, er stürze in eine Tigerfalle. Gopu legt sich zurück und schließt die Augen. Dann öffnet er sie wieder. Er hat etwas gehört, ein Geflüster. Es ist die Stimme des Vaters. Er schläft nicht, er beredet etwas mit der Mutter. Was er sagt, ist nicht zu verstehen.
Gopu lauscht einige Zeit, dann schläft er wieder ein - und träumt weiter. Er sitzt auf dem Boden der Tigerfalle und schaut in die Höhe. Er sieht ein kreisrundes Stück sternenübersäten Himmel, weiter nichts. Wo ist er? Welches Dorf war das? Gibt es im Süden noch so viele Tiger, daß die Bauern sich vor ihnen schützen müssen? Gopu steht auf und betastet die Wände der Grube. Sie sind glatt, die Erde ist weich, keine Wurzel, die er packen könnte, um sich herauszuziehen. Er wird warten müssen. Der Tiger jagt vor Sonnenuntergang, und in der Nacht, bevor die ersten Sonnenstrahlen nicht zu sehen sind, wird niemand nachschauen kommen. Was aber macht er, wenn auch dann niemand nachschauen kommt? Oder wenn ein Tier zu ihm hineinfällt? Eine Schlange oder ein Raubtier?

Gopu wälzt sich auf seiner Matte hin und her. Doch er wacht nicht auf. Der Vater sitzt am Rande der Grube, schaut zu ihm hinunter und sagt, die Falle sei angelegt worden, um den weißen Tiger zu fangen. Die Dörfler wären dumm, sie wüßten nicht, daß man den Tod nicht fangen könne. Gopu bittet den Vater, ihn herauszuholen. »Das geht nicht«, sagt der Vater, »die Grube ist zu tief.« Gopu fleht den Vater an, ein Seil zu holen, da er sonst in dieser Grube sterben müsse, sowie sich die erste Schlange zu ihm verirrt. Das Sterben sei nicht schlimm, antwortet der Vater, nur wer den Tod erlebe, lebe neu. Dann sagt er, Shiva habe es so gewollt, daß er in diese Falle gestürzt sei, jetzt müsse er abwarten, wie Shiva weiterentscheide: ob er ihm heraushelfe oder eine Schlange schicke. Gopu will den Vater bitten, die Grube zu bewachen, sich nähernde Tiere zu verscheuchen, doch der Vater legt die Hände zusammen, verneigt sich und ist fort. Gopu ruft den Vater, ruft, bis ihm die Stimme versagt. Dann legt er den Kopf auf die Knie.

Es beginnt zu regnen, dicke Tropfen klatschen auf Gopu nieder. Er hebt den Kopf und läßt sich das Wasser über das Gesicht rinnen.

Wird er ertrinken? Das Wasser steigt an, es versickert nicht. Gopu ist sicher, Shiva will, daß er in dieser Grube ertrinkt. Das Wasser steht ihm bis zum Hals, er aber bleibt sitzen, steht nicht auf.

»Schwimm, Gopu!« ertönt plötzlich eine Stimme über ihm. Gopu hebt den Kopf. Am Rande der Tigerfalle steht Onkel Kamal und beugt sich zu ihm herunter. Gopu steht auf, wartet, bis ihm das Wasser bis zur Brust reicht, und beginnt zu schwimmen. Immer im Kreis schwimmt er, bis das Wasser den Rand der Grube erreicht hat. Gopu packt eine Wurzel und zieht sich aus der Grube. Schweratmend schaut er sich um: Der Onkel ist fort.

Gopu erwacht. Es ist noch früh, das Licht, das durch die Türritzen dringt, ist grau. Er kann nicht wieder einschlafen, verschränkt die

Arme unter dem Kopf, sieht zur Tür und beobachtet, wie das Grau heller wird.
Dann kommt der Vater. »Du bist wach?«
»Ja.«
»Hast du etwas geträumt?«
»Nein.« Gopu möchte nicht, daß der Vater den Traum dieser Nacht deutet.
Der Vater glaubt ihm nicht, aber er lächelt.
Gewaschen und gekämmt sitzt Gopu auf der Bank im Hof und ißt sein Abschiedsmahl. Es ist ein Früchtereis. Er sitzt zwischen Bidiya und Sridam, Jagganath und Odini. Die Eltern stehen dabei und sehen zu.
Nach dem Essen geht Gopu zu Gauri und Jagdish, um sich zu verabschieden.
Die Freunde lächeln traurig.
Als Gopu zurückkommt, ist Jagganath bereits fertig. Mit dem Tablett unter dem Arm sieht er ihm entgegen. Gopu umarmt und küßt den Bruder und schaut dem Davongehenden hinterher.
Danach geht Sridam. Er spitzt den Mund, versucht zu pfeifen, wirft dann aber die Arme um Gopu und heult los. Bidiya und Rabi, der aufgewacht ist und mitbekommen hat, daß dieser Morgen kein gewöhnlicher Morgen ist, klammern sich ebenfalls an Gopu. Sridam löst sich. Es ist ihm peinlich, daß er sich benommen hat wie die beiden Kleinen. Er küßt Gopu und geht, ohne sich noch einmal umzudrehen, davon.
Bidiya und Rabi hängen an Gopu, bis die Mutter kommt und sie ausschimpft. So große Kinder sollten sich nicht so haben, sagt sie, Gopu komme doch bald wieder. Bidiya glaubt der Mutter nicht, nur der barsche Ton bringt sie dazu, von Gopu abzulassen. Rabi aber ist schon wieder guter Laune. Es gibt keinen Grund zum Weinen mehr, also lacht er.
Odini lächelt tapfer, als sie sich verabschiedet. Weinen bringt dem

Abschiednehmenden Unglück, sie will nicht, daß Gopu ihretwegen unglücklich wird.
Dann sitzt Gopu auf dem nun still gewordenen Hof auf der Bank und schaut sich um, als wolle er sich alle Einzelheiten einprägen, bis der Vater kommt und sagt, es wäre Zeit, sich auf den Weg zu machen. Der Vater trägt die lange graue Hose und ein frisch gebügeltes Hemd, ein Zeichen dafür, daß er dem Weg, den sie gemeinsam gehen werden, eine besondere Bedeutung zumißt.
Die Mutter - Rabi auf dem Arm, die weinende Bidiya an der Hand - begleitet Gopu bis auf die Straße. Dort küßt sie ihn und erfleht den Segen der Götter auf ihn herab.
Danach gehen der Vater und Gopu die Straße entlang. Sie winden sich durch den Verkehr zur Bushaltestelle hindurch und besteigen den bereitstehenden Bus. Die ganze Zeit über schweigen sie. Es ist alles gesagt.

Der Boy

Noch bevor Ayesha an die Tür klopft, ist Bapti angezogen. Er geht an den Strand hinunter, setzt sich auf eine Bank und schaut auf das Meer hinaus. Dann wandert er um das Hotel herum.

Der gestrige Tag, das Wiedersehen mit Gopu! Erst war er voller Vorfreude, dann verdarb der Basar alles. Er hätte Gopu mit dem Bananenverkäufer sprechen lassen sollen; Gopu wird diesen Jungen nicht wiedersehen, seine Angst war unnötig.

Beim Frühstück trinkt Bapti nur Saft, er bekommt nichts hinunter.

Der Vater beauftragt Ayesha, sich um den neuen Boy zu kümmern. »Ein Boy ist ein Boy«, sagt er. »Gute Boys muß man sich erziehen. Von Anfang an! Beißt der Hund seinen Herrn, ist nicht der Hund schuld, sondern der Herr, der den Hund falsch erzogen hat.«

Nach dem Frühstück steht Bapti am Fenster seines Zimmers, schaut die Straße entlang und wartet auf Gopu. Als Gopu dann kommt, ist er nicht allein, sein Vater ist bei ihm. Bapti tritt etwas zurück und beobachtet die beiden.

Einige Meter vor dem Hotel bleiben Gopu und sein Vater stehen. Der Mann zieht den Jungen an sich. Sie nehmen Abschied. Die Szene gefällt Bapti, doch dann wird er ungeduldig: Es ist bereits nach zehn Uhr.

Endlich geht Gopus Vater, ohne sich noch einmal umzuschauen. Bapti wartet darauf, daß Gopu sich dem Hotel zuwendet, Gopu aber steht und schaut in die Richtung, in der sein Vater davongegangen ist. Er hält ein Kästchen in der Hand, sein einziges Gepäck.

Bapti läuft aus dem Zimmer. Er wartet nicht auf den Lift, sondern

springt zwei, drei Stufen auf einmal nehmend die Treppe hinunter. Durch die Hotelhalle hindurch läuft er ins Freie.
Gopu schaut noch immer in die Richtung, in der sein Vater davongegangen ist. Erst als Bapti heran ist, wendet er sich um.
Bapti nimmt Gopus Hand. »Komm«, sagt er leise.
Die beiden Jungen betreten das Hotel und gehen durch die Hotelhalle zum Lift. Gopu folgt Bapti wie mechanisch. Es interessiert ihn nicht, ob der Mann hinter dem Empfangsschalter ihm mißtrauisch nachblickt oder nicht.
Dann kommt der Lift. Es ist einer der Fahrstühle, die die Gäste selber bedienen müssen. Bapti drückt auf einen Knopf, die Tür schließt sich, der Fahrstuhl fährt. Bapti möchte Gopu Mut machen, möchte ihn anlächeln oder ihm zunicken, möchte ihm zeigen, daß er Verständnis dafür hat, daß Gopu sich fremd fühlt, doch Gopu sieht ihn nicht an.
In Baptis Zimmer angekommen, reißt Gopu die Augen auf. Ein Zimmer mit einem Bett, einem Schreibtisch, einem Couchtisch, zwei Sesseln, einem Bad und sogar einem Telefon hat er noch nicht gesehen.
Bapti grinst, greift zum Telefonhörer, wählt eine Nummer und bestellt zwei Portionen Eis.
Gopu wird immer verlegener. Wie selbstverständlich Bapti telefoniert! Wie gut er Englisch spricht! Hat der Vater doch recht, sind die Reichen reich, weil sie tüchtiger sind?
Bapti öffnet den Schrank, nimmt die Tüten mit Gopus Kleidern heraus und legt sie auf das Bett. »Zieh dich um«, sagt er.
Gopu stellt das Kästchen auf den Tisch und beginnt sich umzuziehen. Als er fertig ist, weist Bapti auf die abgelegten Kleider. Gopu bückt sich, ergreift Hose und Hemd und hält sie in der Hand. Unschlüssig sieht er Bapti an.
»Wirf es fort!« Bapti zeigt auf den Papierkorb.
Gopu zögert. Die Sachen sind es nicht wert, aufgehoben zu wer-

den, als Baptis Boy wird er sie sowieso nicht tragen dürfen, außerdem sind sie ihm zu eng. Und doch: Ist er denn noch er selbst, in diesen fremden, steifen Sachen, ohne diese Hose, dieses Hemd?
Bapti zieht die Stirn kraus. Gopu will die alten Klamotten doch nicht etwa mitnehmen? Der Vater würde nie erlauben, daß so etwas Abgerissenes in sein Haus kommt. Er nimmt Gopu Hose, Hemd und Wäsche aus der Hand und wirft alles fort. Dann geht er ins Bad und wäscht sich die Hände. Die Hose und das Hemd waren sauber, trotzdem hat er das Gefühl, etwas Schmutziges angefaßt zu haben.
Gopu nimmt das Kästchen vom Tisch. Er hält es fest. Irgend etwas muß ihm gehören.
Bapti kommt aus dem Bad, sieht Gopu stehen und schüttelt den Kopf: »Was wolltest du mit den alten Sachen?«
Gopu antwortet nicht. Er hält das Kästchen in der Hand und schaut zur Erde nieder. Er wünscht sich weg, wünscht sich zu Vater und Mutter, zu den Geschwistern, zu Gauri und Jagdish, vor das Gateway, an den Strand.
Bapti nimmt Gopus Arm und zieht ihn vor den großen Spiegel über dem Schreibtisch. Gopu starrt den Jungen im Spiegel an. Ist er das? Der Junge im Spiegel trägt eine lange, glattgebügelte Hose, ein neues, sportliches Hemd, Strümpfe und Sandalen, sieht aus, als käme er aus reichem Haus. Das also ist aus ihm geworden!
Bapti lacht über Gopus erstauntes Gesicht: »Na, siehst du! Was solltest du noch mit dem alten Plunder!«
An der Tür wird geläutet. Bapti öffnet. Ein Kellner betritt das Zimmer. Er trägt ein Tablett, auf dem Tablett stehen zwei Riesenportionen Eis mit Früchten und Waffeln und bunten Fähnchen aus Papier. Gopus Augen werden kugelrund. Bapti gibt dem Kellner ein Extra und weist Gopu an, in einem der Sessel Platz zu nehmen.

Vorsichtig läßt Gopu sich nieder. Er spürt die Federung und geht mehrmals in dem Sessel hoch und runter. Als Bapti lacht, lächelt er vorsichtig mit. Dann streicht er sich die Hosen glatt und wartet, bis Bapti den ersten Löffel Eis in den Mund schiebt. Danach ißt er auch. Anfangs langsam, dann schneller werdend, zum Schluß schlingt er das köstliche Eis herunter. Bapti lacht schon wieder: »Wie ein halbverhungerter Wasserbüffel.«
Gopu stockt, entschließt sich aber dann mitzulachen.
Es klopft. Bapti bedeutet Gopu, die Tür zu öffnen. Gopu erhebt sich. Er fühlt sich voll; er hat gegessen, ohne Hunger zu haben. In der Tür steht Ayesha. »Namasté«, grüßt sie, die Hände zusammenlegend. Gopu erwidert den Gruß und bleibt an der Tür stehen.
Ayesha setzt sich auf Baptis Bett und lächelt: Gopus Mund ist eisverschmiert. Gopu errötet, geht ins Bad, öffnet vorsichtig den Wasserhahn und spült sich das Gesicht ab. Als er ins Zimmer zurückkommt, liegt ein Koffer auf dem Tisch. Ayesha winkt ihn zu sich und zeigt ihm, wie Baptis Hosen und Hemden zusammengelegt, wie die Strümpfe zusammengerollt und die Wäscheteile im Koffer verstaut werden. Gopu gibt sich Mühe, es Ayesha recht zu machen. Er lernt schnell, er ist sehr geschickt, er sieht es dem Mädchen an, daß sie nicht unzufrieden mit ihm ist.
Als die Koffer gepackt sind, fahren zwei Wagen vor. Ein grauhaariger Herr sitzt in einem der Wagen. Er begrüßt Herrn Chandrahas überschwenglich. Ayesha weist Gopu an, erst Baptis und ihr Gepäck, danach auch das Gepäck ihrer Eltern zu den Wagen zu schaffen. Gopu packt die schweren Koffer und will sie die Treppe hinuntertragen, doch Bapti, der Gopu begleitet, schüttelt den Kopf. Er drückt auf den Fahrstuhlknopf und fährt Gopu und die Koffer mit dem Lift in die Halle. Er wartet, bis Gopu zurück ist, und fährt ihn wieder nach oben. »Heute bin ich dein Liftboy«, grinst er.

Dann sind alle Koffer verstaut. Die beiden Chauffeure öffnen die Wagentüren. Herr und Frau Chandrahas steigen zu dem grauhaarigen Herrn in den vorderen Wagen, Ayesha, Bapti und Gopu in den hinteren. Die Wagen fahren durch Straßen und Gegenden, die Gopu noch nie zuvor gesehen hat. Es ist das erste Mal, daß er in einem solchen Auto sitzt, und er weiß nicht, was interessanter ist, das Auto oder die fremden Straßen.

Vor dem Flughafen wird der Verkehr dichter. Taxen, Busse und Privatwagen bedrängen sich. Der Wagen, in dem Ayesha, Bapti und Gopu sitzen, hält zwischen all den anderen, und wie auf die anderen Wagen, so stürzen sich auch auf diesen drei, vier, fünf Gepäckträger. Ayesha schickt drei wieder weg. Gopu soll tragen helfen, sagt sie. Gopu ergreift zwei Koffer, es sind die größten. Die beiden übriggebliebenen Gepäckträger grinsen.

Das Flughafengebäude ist voller Menschen. Die Menschen rufen, winken, lachen, sind aufgeregt. Wer fliegt, ist reich. Daß es so viele Reiche gibt, hätte Gopu nicht gedacht. Doch er sieht und denkt alles wie durch einen Schleier; die Koffer sind schwer, er darf den Anschluß nicht verlieren.

Herr und Frau Chandrahas laufen von einem Schalter zum anderen. Bapti dreht sich ab und zu nach Gopu um. Er kann Gopu nicht helfen, der schwitzt, der sich abmüht, der so dumm war, sich ausgerechnet die größten Koffer zu schnappen. Ayesha wollte doch nur, daß Gopu etwas tut, damit der Vater zufrieden ist.

Das Kästchen aus Mangoholz steckt in Gopus Hemd, bei jeder Bewegung rutscht es hin und her und reibt an der Haut. Gopu packt die Koffer fester, er darf nicht schon am ersten Tag versagen.

Endlich bleibt Herr Chandrahas vor einem der Schalter stehen. Gopu stellt die Koffer ab und besieht sich seine Hände. Die Koffergriffe haben schwielige Eindrücke hinterlassen. Ehe er sich versieht, ergreifen die Gepäckträger die Koffer und stellen sie auf ein Podest. Herr Chandrahas gibt ihnen je ein Extra.

Das Podest ist eine Waage, die Koffer werden gewogen. Eine Frau trägt etwas in die Heftchen ein, die Herr Chandrahas ihr reicht, und gibt die Heftchen zusammen mit je einer grünen Karte zurück. Herr und Frau Chandrahas, Ayesha und Bapti gehen ein Stück weiter, um sich in roten Sesseln niederzulassen. Gopu bleibt unschlüssig stehen, erst als Bapti ihn auffordert, setzt er sich dazu.

Es dauert nicht lange, dann wird über einen Lautsprecher der Flug nach Madras aufgerufen. Die Familie Chandrahas erhebt sich wieder. Auch Gopu steht auf und geht hinter Bapti her. In einer Kabine tastet ein Mann seinen Körper ab und findet das Kästchen. Es ist leer – bis auf zwei Fotografien.

Gopu betrachtet die Fotografien genauso neugierig wie der Kontrolleur. Der Vater hat sie heimlich in das Kästchen getan. Auf der einen der beiden Fotografien sitzen der Vater und die Mutter auf der Bank vor dem Haus, blicken den Betrachter ernst und würdig an, auf der anderen sind die Geschwister zu sehen, sie stehen um die Pumpe herum und lachen; bis auf Jagganath, der guckt eher mißtrauisch.

»Deine Familie?« fragt der Kontrolleur.

Gopu nickt.

»Und jetzt gehst du nach Madras?«

Gopu beißt die Zähne zusammen.

Der Kontrolleur schaut Gopu stumm an, dann gibt er ihm das Kästchen zurück. »Viel Glück!«

2. Teil: Das Haus der Chandrahas

Das Gartenzimmer

Die Motoren dröhnen auf, langsam rollt die Maschine über das Flugfeld. Die Stewardessen schreiten durch die Reihen und überprüfen, ob alle Passagiere angeschnallt sind. Gopu schaut durch das kleine, ovale Fenster. Er sitzt in einem Flugzeug, einem richtigen Flugzeug! Er kann kaum glauben, daß das wirklich er ist, dieser gutangezogene Junge, der neben Bapti sitzt, als wäre es das Selbstverständlichste von der Welt, von Bombay nach Madras zu fliegen.
Es rüttelt, die Tragflächen wippen, das Flugzeug wird schneller und schneller, das weite Feld fliegt vorbei - und versinkt. Gopu sieht den Flughafen und die Straße, die sie entlanggefahren sind. Ein ganz seltsames Gefühl ergreift von ihm Besitz: Er ist in der Luft, er fliegt! Wieviele Jungen heben jetzt den Kopf, um dem Flugzeug nachzuschauen! Vielleicht auch Jagganath am Strand, Sridam auf dem Basar oder Bhombal in der City. Was würden sie sagen, wüßten sie, daß er in der Maschine sitzt?
Bapti sieht nicht hinaus, er hat Gopu den Fensterplatz überlassen; Fliegen ist für ihn nichts Neues. Nun beobachtet er den Jungen, der zum ersten Mal fliegt, grinst über dessen mal ängstliches, mal erstauntes, mal strahlendes Gesicht, bis das Essen serviert wird.
Gopu muß den Blick von den Bergen, Waldungen und Steppen, von der graubraunen, manchmal graugelben Landschaft unter

ihm abwenden. Bapti klappt ihm den Tisch herunter, die Stewardeß stellt ein fremdartiges, kaltes Essen vor ihn hin. Er kostet – und langt zu. Als er fertig ist, muß er lächeln: Wenn der Vater wüßte, daß er Hühnerfleisch gegessen hat!

Satt wie lange nicht mehr, schaut Gopu dann wieder aus dem Fenster. Doch nun ist keine Landschaft mehr zu sehen, ein einziges Feld dicker, watteartiger Wolken ist unter ihnen. So muß der Schnee aussehen, den es im Norden des Landes geben soll.

Nicht ganz zwei Stunden fliegt die Maschine, dann ertönt ein elektrischer Gong, und eine Schrift leuchtet auf. Bapti bedeutet Gopu, sich wieder anzuschnallen; das Flugzeug setzt zur Landung an. Minutenlang sieht Gopu nichts als grauweißen Nebel. Dann sind sie durch die Wolken hindurch, fliegen niedriger. Und auf einmal ist auch wieder die Sonne da, taucht die grüne Landschaft in ein mildes Gelb. Gopu erkennt Palmen, Bananen-, Mango- und Nußbäume und das zarte Grün junger Reisfelder, er sieht Straßen, Häuser und Hütten. Dann die Landebahn! Die Maschine setzt auf und rollt aus.

»Wir sind da«, freut sich Bapti.

Gopu wäre gern weitergeflogen, geflogen und geflogen, ohne je anzukommen. In der Luft fühlte er sich sicher, in der Luft war Bapti ein Junge wie er, genauso auf den Piloten angewiesen, genauso fremd. Jetzt ist ihm wie vor dem Flug: Er weiß nicht, was ihn erwartet.

Die Luft ist so warm und feucht, daß Gopu auf der Gangway stehenbleibt. Bapti schiebt ihn weiter. Er zieht seinen Pullover aus und strahlt: »Jetzt hat die Friererei ein Ende.«

Ein Bus bringt die Passagiere vom Flugzeug zum Flughafengebäude. Nicht nur Bapti, auch Frau Chandrahas und Ayesha lachen gelöst. Herr Chandrahas grinst freundlich.

Vor dem Flughafen steht ein Mann in langer schwarzer Hose und weißem Hemd. Er trägt einen weißen Turban und einen straff nach hinten gekämmten Vollbart. Als er die Familie Chandrahas kommen sieht, tritt er auf sie zu und verneigt sich. Herr Chandrahas legt ihm eine Hand auf den Arm und beginnt sogleich eine Unterhaltung mit ihm.

»Das ist Raj, Vaters Sekretär«, erklärt Bapti Gopu, »ein Sikh* aus Srinagar.«

Gopu hilft den beiden Chauffeuren, das Gepäck zu verladen. Dann sitzt er neben dem Sekretär im Auto und studiert den etwa fünfzigjährigen Mann. Rajs Haut ist dunkel und von vielen Fältchen durchzogen, das ist selten für einen Nordinder.

Der Sekretär bemerkt Gopus Blick. Er wendet sich ihm zu und sieht ihn aufmerksam an.

Gopu schaut aus dem Fenster. Die Sikhs lassen sich weder Bart- noch Kopfhaar schneiden, weiß er vom Vater, sie verknoten die Haare auf dem Hinterkopf und tragen ständig einen Turban. Vor vielen hundert Jahren waren sie gegen jede Gewalt, als aber die Mohammedaner sie verfolgten, wehrten sie sich. Sie brannten die Orte nieder, in denen die Moslems lebten, und brachten viele ihrer Feinde um. Onkel Kamal lobte die Sikhs, weil sie großen Anteil an der Befreiung des Landes von der Fremdherrschaft haben und die besten Hockeyspieler stellen, der Vater, weil sie nicht trinken, nicht rauchen, auf Luxus verzichten und ehrlich sind. »Wenn du niemandem trauen kannst, suche einen Sikh«, sagte er, »ein Sikh belügt dich nie.«

Die Landschaft, durch die der Wagen fährt, gefällt Gopu. Der Süden ist tatsächlich bunter, schöner und reicher als der Westen.

Der Wagen hält vor einem Tor. Der Chauffeur hupt, das Tor öffnet sich. Ein älterer Mann in einer weißen Uniform kommt auf die Straße gelaufen. »Das ist Topur«, erklärt Bapti.

Topur öffnet die Heckklappe und beginnt, das Gepäck auszuladen. Raj geht mit Herrn Chandrahas, der dem nachfolgenden

Wagen entsteigt, in das Haus. Frau Chandrahas und Ayesha folgen den Männern. Bapti winkt Gopu und läuft ebenfalls auf das große weiße Haus zu, das durch das Tor zu sehen ist. Gopu zögert, dann hilft er dem alten Boy. Der Mann mit dem grauen Haarkranz um die Glatze erledigt alles im Laufschritt, und als Gopu die großen Koffer ins Haus tragen will, nimmt er sie ihm ab und trägt sie schwankend, aber rasch ins Haus.

»Gopu!« Bapti steht vor der Tür des weißen Hauses und winkt. Gopu ergreift zwei Taschen und geht auf das Haus zu.

»Laß die Taschen stehen!« sagt Bapti. »Dafür haben wir Topur.« Er ordnet an, daß der alte Boy, der gerade wieder aus dem Haus kommt, die Taschen übernimmt. Zu Gopu sagt er: »Ich zeige dir dein Zimmer«, und geht vor ihm her.

Es ist ein großes Haus, das die Familie Chandrahas bewohnt. Es besitzt einen ausgebauten Keller, ein Parterre mit einem riesigen Salon, einen ersten Stock, einen zweiten Stock und ein Dachgeschoß. Überall sind Türen, die zu irgendwelchen Räumen führen. Die Flure und Treppen sind mit Teppichen ausgelegt, die jeden Schritt dämpfen, und als Bapti Gopu die Räumlichkeiten erklärt, klingt seine Stimme seltsam würdig.

Gopus Zimmer liegt im Keller. Aber der Keller ist nur von der Vorderseite des Hauses aus gesehen ein Keller, hinten grenzt er an den sich sanft neigenden, hügeligen Garten, der eigentlich ein Park ist, ein Park mit einem Fischteich, mit Bäumen, Bänken, Korbstühlen und Sonnenschirmen. Und mit Blumen, Blumen über Blumen, in allen Farben.

Gopus Zimmer heiße im ganzen Haus das Gartenzimmer, erklärt Bapti. »Früher schlief ein alter Mann darin, Vaters erster Sekretär. Vater entließ ihn nicht, er blieb bei uns, bis er starb. Seitdem steht das Zimmer leer.«

Nur zögernd betritt Gopu den Raum, der sein Zimmer werden soll. Es ist alles so, wie Bapti es schilderte: ein Bett – sogar mit

Moskitonetz –, ein Schrank, ein Schreibtisch, ein Sessel. Das Zimmer ist geweißt, an den Wänden hängen bunte Götterbilder. »Der Alte hat zum Schluß den ganzen Tag gebetet, jeden Abend um sechs hat er eine halbe Stunde gesungen«, erzählt Bapti.
Das Zimmer besitzt zwei Türen, eine führt zum Garten, die andere in den Kellerflur. Bapti öffnet die Flurtür. »Nicht weit von hier ist die Küche. Kannst du sie riechen?«
Gopu nickt. Es riecht gut.
Bapti schließt die Tür und setzt sich auf das Bett. »Das schönste an dem Zimmer ist, daß man ruckzuck im Garten ist, daß man das Haus verlassen kann, ohne gesehen zu werden.« Er grinst. »Wäre es nicht so klein, hätte ich das Zimmer genommen.«
Klein? Dieses Zimmer klein? Gopu weiß nicht, ob Bapti scherzt oder nicht. »Und wo schläft Topur?« fragt er.
»Unter dem Dach.« Bapti steht auf und tritt vor Gopu hin. »Vergiß nicht, mit dem hast du nichts zu tun! Du bist kein Hausboy, du bist einzig und allein für mich da!«
Zum Schluß geht Bapti mit Gopu in die Küche. »Bip ist ein toller Koch«, sagt er, »der beste, den es gibt.«
Ob Bip ein guter Koch ist, kann Gopu nicht beurteilen, aber daß der dicke, pausbäckige Mann ein sympathischer Mensch ist, sieht er gleich. Der Vater sagte, dicke Köche wären Märchenfiguren, die Köche in den Hotels wären dünn, ausgemergelt, magenkrank. Vielleicht ist dieser Bip eine Märchenfigur.
Der Koch ist nicht allein in der Küche. Ein Mädchen in einem buntbedruckten Seidensari steht am Herd und bereitet Tee. Sie begrüßt Gopu höflich, sieht ihn einen Moment lang groß an und wendet sich dann ab. Sie ist nicht so alt wie Ayesha und auch nicht so hübsch. Sie hat ein eher herbes Gesicht, mit einer geraden Nase und einem ein wenig fliehenden Kinn.
»Das ist Rissa, Bips Tochter«, erklärt Bapti, »unser Serviermädchen.«

Spielzeug oder Besen

Gopu sitzt in der Tür seines Zimmers. Die Ellenbogen auf die Knie, den Kopf in die Hände gestützt und den Rücken an den Türrahmen gelehnt, schaut er in den Garten hinaus, betrachtet die grünlichweißen Dolden der Blüten des Mangobaumes vor der Tür, verfolgt die sich über Büsche, Bäume und Blumenbeete rasch ausbreitende Dämmerung. Er hört das Summen der Moskitos über dem Fischteich und denkt an die Eltern und Geschwister in Bombay. Was sie jetzt wohl tun? Ob sie an ihn denken? Ihm ist schwer zumute. Der Flug war schön, das weiße Haus, die vielen Zimmer, die Einrichtungsgegenstände beeindrucken ihn, trotzdem: Nie war er so allein.

An der Tür klopft es. Gopu springt auf. Ist das Bapti? Bapti hat ihm befohlen, auf ihn zu warten.

Es ist nicht Bapti, es ist Rissa, die Tochter des Kochs. Sie trägt ein Tablett, geht an Gopu vorüber und stellt es auf dem Tisch ab. In dem dunklen Zimmer sieht Gopu das Mädchen nur als Schatten. Er darf kein Licht einschalten, will er den Raum nicht voller Moskitos haben.

»Was ist das?«

»Das Abendessen.«

»Muß ich allein essen?«

Rissa zuckt die Achseln. »Mir wurde gesagt, ich soll das Essen in dein Zimmer tragen.«

Gopu läßt sich vor dem Tablett nieder. Es sind viele schöne Dinge darauf, selbst im Dunkeln kann er das erkennen, aber er hat keinen Appetit, ist noch satt von dem Essen im Flugzeug.

Rissa beobachtet ihn, dann sagt sie: »Ich habe gehört, wie der junge Herr mit seinem Vater sprach. Herr Chandrahas wollte, daß

du in der Küche ißt, mit Topur, meinem Vater und mir. Der junge Herr verlangte, daß du allein ißt.«
Gopu zuckt die Achseln. Er weiß nicht, was das bedeuten soll.
»Wenn du mir wieder zu essen bringst«, sagt er dann, »bring nicht so viel, ich bin kein Elefant.«
»Mein Vater ist Brahmane«, sagt Rissa. »Was der kocht, darf jeder essen.[1] Außerdem hat es bisher noch jedem geschmeckt.«
Gopu ißt ein wenig von dem tatsächlich sehr wohlschmeckenden Gericht und setzt sich dann wieder in die Tür. Kurz darauf kommt Bapti und nimmt Gopu mit in den Garten hinaus. Sie setzen sich auf eine Bank und schweigen. Bapti ist unzufrieden. Gopu spürt das, deshalb sagt er nichts, sondern wartet, bis Bapti das Gespräch beginnt.
»Ich will nicht, daß sie einen zweiten Topur aus dir machen«, sagt Bapti endlich. »Ich will dich zum Freund. Gehörst du zum Personal, kannst du nicht mein Freund sein.«
»Aber es macht keinen Spaß, alleine zu essen«, entgegnet Gopu leise. Ein so reicher Junge und er Freunde? Das kann er nicht ernst nehmen. Er hat auch gar nichts dagegen, zum Personal zu gehören. Wohin sollte er sonst gehören?
»Raj ißt auch alleine«, erwidert Bapti. »Ißt du mit dem Personal, gehörst du zum Personal. Willst du etwas Besonderes sein, darfst du dich nicht gemein machen.«
Gopu schweigt. Es hat keinen Sinn, Bapti zu antworten, daß er gar nichts Besonderes sein will, Bapti würde das nicht verstehen.
Bapti erzählt von seinen Plänen. Er vertraut Gopu an, daß er eines Tages sein Sekretär, sein Raj, werden soll.
Was findet Bapti an ihm? Weshalb hat er ausgerechnet mit ihm solche Pläne? Gopu denkt daran, daß die Gefahr, Bapti könne

1 Köche sind in Indien meist Brahmanen, da immer noch viele Angehörige höherer Kasten nichts essen, was Angehörige niederer Kasten zubereitet haben. Der Überlieferung nach würde das eine geistige Verunreinigung bedeuten.

eines Tages die Lust an ihm verlieren, viel größer und bedrückender ist, als er sie sich vorstellte.
»Kannst du Fahrrad fahren?«
Gopu erwacht aus seinen Gedanken. »Nein.«
»Morgen früh bringe ich es dir bei«, sagt Bapti. »Du kannst Ayeshas Rad nehmen, auf einem Mädchenfahrrad lernt es sich leichter.«
»Mußt du nicht zur Schule?«
Der Gedanke an die Schule behagt Bapti nicht. »Morgen noch nicht.« Er steht auf und geht auf das Gartenzimmer zu. Im Zimmer verabschiedet er sich von Gopu, der ihm folgte. »Bis morgen«, sagt er.
»Bis morgen«, erwidert Gopu.
Als Bapti fort ist, setzt Gopu sich wieder in die Tür. Nun ist es tiefschwarze Nacht, der Himmel ist voll von Sternen. Sehen die Eltern zu Hause den gleichen Himmel? Sitzen Sridam und Jagganath auf der Bank im Hof? Sucht Bidiya einen Schoß, in den sie ihren Kopf legen kann? Ist Odini traurig? Er denkt an die beiden Fotografien. Wann haben die Eltern die Fotos machen lassen? Er steht auf, öffnet das Kästchen, das auf dem Tisch steht, nimmt die Fotografien heraus und geht vor die Tür. Er will die Bilder betrachten, die vertrauten Gesichter sehen, doch das Licht des Mondes reicht nicht aus, um Einzelheiten zu erkennen.
Die Nacht verläuft unruhig. Gopu ist kein Bett gewöhnt, immer wieder wacht er auf. Er schilt sich, undankbar zu sein, sich über das weiche Bett, das eigene Zimmer nicht zu freuen, doch die Einsamkeit, die ihn bedrückt, ist stärker.
Noch ehe das Tageslicht vom Garten Besitz ergriffen hat, ist Gopu wach. Er geht mit seinen Kleidern in den Raum, der zugleich Toilette und Waschraum des Personals ist. Er wäscht sich und zieht sich an. Zurück in seinem Zimmer, setzt er sich in die Tür und schaut in den Garten hinaus, sieht zu, wie der Tag erwacht.

Als die Tür, die zum Flur hinausführt, geöffnet wird, fährt Gopu herum. Es ist Raj. »Ich wollte dich wecken«, sagt er.

»Ich bin schon wach.«

»Das sehe ich«, lächelt der Sekretär. Dann sagt er: »Komm mit! Ich zeige dir das Haus.«

Gopu folgt Raj durch die Gänge und Flure. Er wagt es nicht, dem Sekretär zu sagen, daß Bapti ihm bereits das Haus zeigte. Raj aber zeigt ihm das Haus nicht nur, er erklärt auch, was ein Boy beachten muß, welche Räume er betreten darf und welche nicht. Er warnt ihn: »Betrete nie ein Zimmer der Familie, wenn du nicht dazu aufgefordert wirst. Bringst du etwas, bleibe vor der Tür stehen. Ruft man dich hinein, blicke dich nicht um, erledige, was zu erledigen ist, und gehe.«

Auf der Treppe treffen sie Topur. Er ist dabei, das Geländer zu reinigen. Er sieht nicht auf, als Raj und Gopu an ihm vorübergehen. »Hast du Fragen«, sagt Raj, »und ich bin nicht im Haus, dann geh zu Topur. Er ist seit über zwanzig Jahren hier, er weiß Bescheid.«

»Ich glaube, er mag mich nicht«, sagt Gopu leise.

»Das liegt nicht an ihm. Er weiß nicht, wozu du eingestellt worden bist. Er hat Angst, man entläßt ihn, weil er alt ist.«

Gopu will etwas sagen, aber Raj legt ihm die Hand auf die Schulter.

»Ich habe ihm gesagt, daß er sich nicht ängstigen muß. Er wird die Angst trotzdem erst dann verlieren, wenn er sieht, daß du nicht sein Nachfolger bist.«

Raj führt Gopu auch in den Garten. Er zeigt ihm die Blumenbeete, die Herr Chandrahas eigenhändig anlegte. Er weist Gopu darauf hin, daß die Blumen von niemandem berührt werden dürfen. »Blumen sind Herrn Chandrahas Hobby, da läßt er niemanden ran, keinen Gärtner, keinen Boy, keinen Sekretär.«

Gopu schaut sich im Garten um. Sein Kästchen, wo soll er es vergraben?
Bapti hat Raj und Gopu vom Fenster aus gesehen. Noch im Nachthemd kommt er in den Garten gelaufen. Raj verneigt sich grüßend. Sein Gesicht bleibt unbeweglich.
»Komm mit«, sagt Bapti zu Gopu.
Gopu sieht Raj an, doch der verzieht keine Miene.
»Komm mit!« wiederholt Bapti. Seine Stimme klingt drohend. Da geht Gopu mit. Er folgt Bapti bis in dessen Zimmer.
»Was wollte Raj von dir?«
»Er hat mir das Haus gezeigt.«
»Aber ich habe dir doch schon das Haus gezeigt?«
Gopu zuckt die Achseln.
»Warte hier.« Bapti geht ins Bad, wäscht sich, kommt zurück, zieht sich an und kämmt sich. Dann geht er mit Gopu in die Küche. Das Frühstück für die Familie steht auf einem Tablett bereit. Bapti nimmt sich Obst aus einer Schale, gibt auch Gopu etwas und geht mit ihm durch den Keller.
In einem Verschlag stehen zwei Fahrräder. Bapti nimmt eines und weist Gopu an, das andere zu nehmen. Dann schieben sie die Räder durch den Flur und den Vorgarten vor das Haus.
Die Straße vor dem Haus ist unbelebt. Kein Auto ist zu sehen. Bapti läßt Gopu sein Rad besteigen, hält es am Sattel fest und sagt ihm, er solle treten. Gopu folgt der Anweisung. Das Rad schwankt, aber Bapti läuft mit und hält es fest. »Schneller!« ruft er. Gopu fährt schneller. Bapti läuft noch eine Zeitlang mit, dann läßt er den Sattel los – Gopu fährt allein. Es geht gut, bis Gopu absteigen will, da fällt er mit dem Rad um.
Bapti lacht. Dann wiederholt er das Spiel. Er übt so lange mit Gopu, bis der immer sicherer wird und schließlich einigermaßen radfahren kann. Dann besteigt auch Bapti sein Rad und fährt vor Gopu her. Die ganze Gegend fahren sie ab. Gopu hätte sich gerne

etwas umgesehen, aber das Radfahren läßt ihm keine Zeit dazu. Er bekommt nur mit, daß sich alle Häuser dieser Gegend ähneln, alle sind sie weiß, sehr neu und durch Zäune, Vorgärten und manchmal auch Mauern von der Straße abgeschirmt.
Einmal fahren die beiden Jungen dicht an einem etwas größeren Haus vorbei. »Das ist meine Schule«, sagt Bapti und verzieht das Gesicht zu einem komischen Grinsen.
Als Bapti und Gopu von ihrer Tour zurückkommen, ist es Mittag. Die Sonne steht im Zenit, es ist sehr heiß. Erhitzt stellen sie die Fahrräder neben dem Haus ab. »Ruh dich aus«, sagt Bapti, »am Nachmittag machen wir weiter.«
Gopu geht in den Waschraum und macht sich frisch. Dann will er in sein Zimmer. Auf dem Flur trifft er Rissa. »Soll ich dir dein Essen bringen oder kommst du in die Küche?« fragt sie ihn.
Gopu zögert: »Was ist angeordnet worden?«
»Nichts!« sagt das Mädchen. »Wenn du willst, bringe ich dir dein Essen.«
Gopu überlegt einen Moment, dann entscheidet er: »Ich esse in der Küche.« In der Küche sitzen Bip und Topur. Als Rissa mit Gopu eintritt, verstummt Topur.
Gopu nimmt an dem Tisch Platz, und Rissa stellt Essen vor ihn hin. Gopu sieht Topur an und versucht ein zaghaftes Lächeln. Der alte Boy aber verzieht keine Miene. Still ißt er weiter und geht, als er fertig ist, ohne ein Wort zu sagen aus der Küche.
»Mach dir nichts daraus«, sagt Bip. »Wenn er erst einmal weiß, wofür man dich eingestellt hat, ist er ganz anders.«
»Bapti sagt, ich wäre nur für ihn da.«
Bip und Rissa sehen sich an: Gopu hat den jungen Herrn Bapti genannt!
»Bist du sein Spielzeug?« Rissa lacht.
»Na und wenn schon?« Bip breitet vergnügt die Arme aus. »Besser ein Spielzeug als ein Besen.«

Gopu ißt schweigend. Er möchte nicht Baptis Spielzeug sein, er möchte niemandes Spielzeug sein.
Nach dem Essen geht Gopu in sein Zimmer und setzt sich in die Tür. Der Garten liegt in der prallen Sonne. Schmetterlinge flattern träge über die Wiese, ein Papagei hüpft in den Zweigen einer Fächerpalme auf und ab.
Bapti kommt, als die größte Hitze vorüber ist. Er trägt kurze Jeans und ein weißes T-Shirt mit einem bunten Supermann-Bild auf der Brust. Er geht mit Gopu vor das Haus, sie besteigen die Räder und fahren die Straße entlang. Diesesmal fährt Bapti nicht spazieren, diesesmal hat er ein Ziel.
Das Ziel ist der Tennisplatz. Bapti fährt direkt auf den rotbraunen Platz mit den weißen Linien und Netzen zu. Er lehnt sich mit dem Rad an den mannshohen Drahtzaun, der den Platz von der Straße trennt, und sieht zu den weißgekleideten Jungen und Mädchen hinüber, die die Bälle mit ihren Schlägern hin und her schlagen. Gopu hat noch nie bei einem Tennisspiel zugeschaut. Was er sieht, gefällt ihm.
»Kannst du Tennis spielen?« fragt Bapti.
Die Frage ist so dumm, so unüberlegt, daß Gopu nicht weiß, ob Bapti überhaupt eine Antwort erwartet. Dann sagt er: »Nein.«
»Du wirst es lernen.« Bapti sagt dies mit einer Bestimmtheit, die Gopu aufhorchen läßt. Was hat Bapti davon, wenn er Tennis spielen kann? Warum spielt er nicht mit den Jungen auf dem Platz?
Bapti stößt sich vom Zaun ab und fährt weiter. Jetzt ist es eine Spazierfahrt. Er fährt langsam, läßt ab und zu einmal Gopu vornweg fahren und erklärt ihm die Verkehrsregeln.
An der Marina, dem mehrere Kilometer langen Sandstrand längs der Küste, steigt Bapti vom Rad. Er winkt einem Jungen und verspricht ihm eine Rupie, wenn er auf die Räder aufpaßt. Der Junge ist einverstanden und hockt sich zwischen die beiden Räder in den Sand.

Bapti und Gopu sind nicht die einzigen Besucher am Strand. Frauen und Männer, Kinder und Greise sitzen in der angenehm milden Nachmittagssonne, picknicken und schauen auf das Meer hinaus. Die beiden Jungen ziehen die Sandalen aus, nehmen sie in die Hand und waten durch das Wasser.
Bapti ist sehr nachdenklich. Einmal sagt er: »Du mußt Tennisspielen lernen.« Er sagt es mehr zu sich als zu Gopu, danach aber nimmt er Gopus Hand und bekräftigt seine Worte: »Du mußt unbedingt Tennisspielen lernen!«

Die Ohrfeige

Der Klassenraum ist leer. Bapti setzt sich auf seinen Platz und legt die Bücher auf den Tisch. Dann wartet er. Er ist absichtlich so früh gekommen, es ist ihm lieber, er sieht die Jungen einen nach dem anderen die Klasse betreten, als daß er die Klasse betritt und all die Jungen ihm entgegensehen. Der erste, der kommt, ist der dicke Moara. Das erleichtert Bapti die Wiederkehr. Moara ist einer von den Hinternkriechern, an dem kann er sich festhalten.

Moara begrüßt Bapti überschwenglich. Er fragt ihn aus, will wissen, wie es in Bombay war und in Delhi, und ist stolz und beeindruckt, als Bapti ihm vor der dann fast vollzählig versammelten Klasse vom Taj Mahal erzählt. Danach fragt er neugierig: »Wer war der Junge, mit dem du gestern auf dem Tennisplatz warst?«

»Ein Freund«, erwidert Bapti laut und deutlich.

»Wo wohnt er? Wer sind seine Eltern?«

»Er wohnt bei uns. Er ist ein Verwandter aus Bombay«, lügt Bapti. Wie soll er sonst glaubhaft machen, daß er einen Freund hat, der im Haus des Vaters wohnt?

Nari, der inzwischen auch gekommen ist, lacht. »Das konnte man sehen, daß der Verwandtschaft ist! Wie ein Affe hockte der Herr aus Bombay auf dem Rad.«

Bapti wird rot. »Warte nur, bis der Affe aus dir eine Baumratte macht!«

»Da gehören zwei dazu.« Nari winkt ab und wendet sich seinen Freunden zu.

Bapti ballt die Fäuste. Einmal Nari eins auswischen! Ein einziges Mal Naris Überheblichkeit einen Dämpfer verpassen! Während des ganzen Unterrichts und auch auf dem Heimweg denkt er daran.

Zu Hause ist es still, die Mutter und Ayesha sind in der Stadt, der Vater ist in der Firma. Bapti sucht Gopu. Er findet ihn in der Küche, auf den Knien, beim Wischen des Fußbodens. Als Gopu Bapti sieht, steht er auf. Den Wischlappen in der Hand, entschuldigt er sich: »Raj hat es so angeordnet.«
Bapti geht in sein Zimmer und wirft sich aufs Bett. Er liegt da und starrt an die Decke. Dann hört er die Mutter und Ayesha vom Einkaufen zuückkommen, hört sie mit Raj sprechen, hört Ayesha lachen.
Beim Essen fragt die Mutter, wie es in der Schule gewesen war.
»Beschissen«, gibt Bapti Auskunft.
Die Mutter läßt den Löffel in die Suppe sinken. »Wie sprichst du mit mir?«
Bapti wird der Antwort enthoben. Der Vater kommt, grüßt gedankenverloren und läßt sich am Tisch nieder. Rissa bedient ihn. Die Mutter und Ayesha senken die Köpfe.
Bevor die Mutter nach dem Weggang des Vaters das Wort an ihn richten kann, steht Bapti auf, geht in sein Zimmer und schließt die Tür hinter sich ab. Kurze Zeit später wird an der Tür geklinkt: »Bapti! Bitte, mach auf!«
Es ist Ayesha. Bapti öffnet die Tür und läßt die Schwester ein, dann schließt er hinter ihr ab.
»Weshalb verschließt du die Tür?«
»Ich will meine Ruhe haben.«
Ayesha blickt den Bruder nachdenklich an, dann läßt sie sich auf dem Fensterbrett neben Baptis Schreibtisch nieder. »Der Vater sagt, Gopu müßte feste Aufgaben übertragen bekommen.«
»Die hat er schon übertragen bekommen«, entgegnet Bapti böse. »Er wischt die Küche.«
»Das gehört zu den Aufgaben eines Boys«, meint Ayesha. »Was du ihm bisher beigebracht hast, muß er nicht unbedingt können.«
»Ich habe mir keinen Boy gewünscht, damit der in der Küche

herumputzt.« Bapti wirft sich auf die Couch und preßt den Kopf in das Kissen. Wenn einer der Jungen in der Klasse Gopu arbeiten sieht, wenn die Klasse entdeckt, daß Gopu ein Boy und kein »verwandter Freund« ist, kann er einpacken.

»Du hast dir keinen Boy, du hast dir einen Freund gewünscht«, sagt Ayesha leise. Sie setzt sich zu Bapti und fährt ihm über das Haar. »Einen Freund kann man nicht ›einstellen‹, einstellen kann man nur einen Boy.«

»Laß mich in Ruhe!« Bapti schiebt Ayeshas Hand weg. Denkt die Schwester, das weiß er nicht selber? Hält sie ihn für so dumm?

Ayesha seufzt. »Du bist ein Dickkopf!« Dann steht sie auf und sagt: »Aber du wirst dich nicht durchsetzen, du wirst nur darunter leiden.«

Ayesha dreht den Schlüssel im Schloß herum und geht. Sie schließt die Tür so leise, daß Bapti sich erst überzeugt, ob sie auch wirklich gegangen ist, bevor er sich auf den Rücken dreht und die Hände unter dem Kopf verschränkt.

Natürlich wollte er einen Freund und keinen Boy! Kann das niemand verstehen? Wozu benötigte er wohl einen Diener? Er will einen Freund, um den Nari und seine Clique ihn beneidet, einen Jungen, mit dem er etwas anfangen kann, keinen Boy, der ihm die Schuhe putzt. Die werden sowieso geputzt.

Bapti steht auf und geht in den Keller. Dort ist es still, kein Geräusch ist zu hören. Leise geht er durch den Flur zum Gartenzimmer und öffnet die Tür. Das Zimmer ist leer, Gopu ist noch in der Küche. Bapti geht zur Küchentür und lauscht. Er hört Stimmen. Einen Moment zögert er, dann öffnet er die Tür.

Bip, Rissa und Gopu, die mit allerlei Arbeiten beschäftigt sind, sehen auf und verstummen.

»Komm mit«, sagt Bapti ernst.

Gopu trocknet sich die vom Geschirrspülen feuchten Hände ab und folgt Bapti. Bapti geht mit ihm in das Gartenzimmer und läßt

sich in dem Sessel nieder. »Daß du arbeiten mußt, kann ich nicht verhindern«, sagt er. »Aber tu mir den Gefallen und laß dich dabei nicht vor dem Haus sehen.«
Gopu versteht nicht. »Warum?« fragt er schließlich.
»Das ist meine Sache.« Bapti steht auf und schaut durch die offene Tür in den Garten hinaus.
»Aber wenn Raj sagt ...« Gopu verstummt. Was soll das? Nicht vor dem Haus arbeiten! Als ob er sich aussuchen könnte, wo er arbeiten möchte.
Bapti errät Gopus Gedanken. Und er schämt sich. Was er von Gopu verlangt, ist Blödsinn, der reinste Blödsinn! Aber nun kann er nicht mehr zurück. Er dreht sich um und sieht Gopu streng an. »Du hast gehört, was ich gesagt habe. Richte dich danach!« sagt er. Dann geht er an dem verdutzten Jungen vorüber aus dem Zimmer. Er geht in sein Zimmer, schließt erneut hinter sich ab und legt sich wieder auf sein Bett.
Er ist unglücklich und unzufrieden. Das mit dem Boy war keine gute Idee gewesen, daß weiß er nun. Nicht nur, daß einer, der ein Boy ist, nicht sein Freund sein darf, da ist noch etwas anderes: Hat man einen Untergebenen, muß man sich überlegen, was man sagt, darf man sich nicht blamieren, wie er sich blamiert hat mit seinem »Nicht vor dem Haus arbeiten.«
Den ganzen Nachmittag über liegt Bapti auf dem Bett und denkt nach. Gegen Abend nähern sich Schritte der Tür. Es ist der Vater. Er klopft und verlangt: »Mach sofort auf!«
Bapti dreht den Schlüssel herum.
Der Vater tritt ein. »Was soll das?« Er weist auf die Tür.
Bapti setzt sich auf sein Bett.
»Denkst du, du tust dem Jungen einen Gefallen damit, wenn du ihn für dich alleine haben willst? Du kannst ihn nicht den ganzen Tag beschäftigen, du kannst ihn nichts lehren, du mußt zur Schule, mußt Aufgaben machen.« Der Vater wandert im Zimmer

auf und ab. »So wie du Gopu behandelst, muß er sich ja einbilden, er gehöre zu uns, zu den Chandrahas. Ob er das Erwachen aus diesem Traum verkraftet?« Der Vater zuckt die Achseln. »Ich glaube es nicht.«

Der Vater bleibt vor Bapti stehen. »Ich habe mit Raj gesprochen, vormittags wird der Junge in der Küche arbeiten, nachmittags darfst du ihn zur Arbeit einsetzen. Hast du keine Arbeit für ihn, wird Raj ihn beschäftigen. Du kennst Raj, du weißt, er wird ihn nicht schlecht behandeln.«

Als Bapti noch immer keine Einsicht zeigt, sagt der Vater: »Folgst du nicht, schicke ich den Jungen nach Bombay zurück.«

Da steht Bapti auf. »Schick ihn zurück, ich will ihn nicht.«

Der Vater schlägt Bapti ins Gesicht und verläßt stumm das Zimmer.

Bapti setzt sich an den Schreibtisch, legt den Kopf auf die Arme und weint. Er hat die Ohrfeige verdient.

Ein gutes Ende?

Bapti läßt sich nicht mehr sehen, nicht am Abend, nicht am nächsten Tag, nicht an den Tagen danach. Gopu hat ein komisches Gefühl, wenn er an ihn denkt. Aber viel Zeit zum Nachdenken hat er nicht, Raj hat ihm seine Aufgaben genannt: Vormittags Aushilfe in der Küche, nachmittags die Erledigung von Arbeiten innerhalb und außerhalb des Hauses. Sollte der junge Herr Wünsche haben, hätten diese selbstverständlich Vorrang, sagte der Sekretär und lächelte ein wenig. Es war nicht mehr als ein flüchtiger Hauch in den Augenwinkeln, aber Gopu hatte verstanden: Raj hatte sich gegen Bapti durchgesetzt.

Gopu ist froh, daß er seinen Platz gefunden hat, daß er weiß, was von ihm erwartet wird. Er kann sich darauf einstellen, wird als Boy behandelt und fühlt sich als ein solcher. Er muß daran denken, wie der Vater davon sprach, nicht abwechselnd erhöht und erniedrigt werden zu wollen, sondern daß er sich einen festen Platz, ein festes Ansehen wünsche. Jetzt kann er den Vater verstehen.

Die Arbeit ist nicht leicht, vor allem aber ist sie ungewohnt. Als Panverkäufer hockte Gopu den ganzen Tag hinter dem Tablett, nun ist er den ganzen Tag auf den Beinen. Vormittags wäscht er ab, wischt auf, putzt Gemüse und geht Bip zur Hand, nachmittags muß er mal den Vorgarten harken, mal die Wege reinigen, mal den Zaun waschen. Ab und zu erteilt Raj ihm auch den Auftrag, Topur zu helfen. Der alte Boy, der nun weiß, daß Gopu ihn nicht ersetzen soll, ist anfangs brummig, beobachtet Gopu nur. Als sie einmal gemeinsam den Kellerflur wischen, bietet er Gopu eine Zigarette an. Gopu bedankt sich, lehnt aber ab. Das gefällt Topur. »Gewöhne es dir nicht erst an«, sagt er, »es bringt nichts ein und

kostet Geld.« Als Gopu erwidert, das hätte auch sein Vater sagen können, freut sich der alte Boy, der nie eine eigene Familie oder Kinder hatte. Er erzählt Gopu, daß er in Gopus Alter gewesen sei, als er seine erste Stellung antrat.
»Würdest du wieder Boy werden, wenn du noch in meinem Alter wärst?« fragt Gopu, weiter wischend, während Topur raucht.
Topur muß nicht lange überlegen. »Nein«, sagt er und schüttelt heftig den Kopf, »Boy würde ich nicht noch einmal werden.«
»Aber es geht dir doch gut«, wundert sich Gopu.
»Es geht mir gut«, bestätigt Topur. »Aber ist das ein Leben, immer allein und ständig nur für andere da zu sein?«
Gopu wagt es lange nicht, eines Tages aber, als Topur eine Steckdose repariert und er zuschaut, fragt er: »Wenn du nicht gerne Boy bist, warum hattest du Angst, daß ich dir die Stellung wegnehmen könnte?«
»Weil es zu spät ist«, erwidert Topur. »Wäre ich jung, würde ich kein Boy mehr sein wollen, jetzt aber bin ich froh, es bleiben zu dürfen.«
Darüber denkt Gopu nach. Wird er, wenn er ein alter Mann ist, genauso reden? Er bekommt Angst und scheucht die Gedanken fort: Er ist hier, weil er die Familie ernähren muß, nicht, weil er es sich gewünscht hat.
Die Mahlzeiten nimmt Gopu mit Topur, Bip und Rissa gemeinsam ein. Bip ist sehr neugierig. Jedesmal hat er neue Fragen; er will alles über Bombay und Gopus Familie wissen. Gopu erzählt bereitwillig. Es macht ihm Spaß, von den Eltern, von Sridam, Jagganath, Odini, Bidiya und Rabi zu berichten.
Abends sitzt Gopu auf seinem Platz in der Tür seines Zimmers und denkt über den zurückliegenden Tag nach. Das hat er sich angewöhnt. Es macht ihm Spaß, alle Geschehnisse an sich vorüberziehen zu lassen, über bestimmte Worte, die gesprochen wurden, in Ruhe nachzudenken.

Bevor Gopu einschläft, denkt er an die Eltern und Geschwister, das hält er für seine Pflicht. Er will ja auch, daß an ihn gedacht wird.

Gopu lernt viel in diesen Tagen, am meisten jedoch lernt er von Bip. Der stets gutgelaunte Koch, der oft bereits singend oder pfeifend in der Küche herumfuhrwerkt, wenn Gopu erst den Waschraum betritt, kennt eine Vielzahl Rezepte, kocht in einem Monat nie zweimal das gleiche Gericht. Gopu lernt, wie man bitteren Kürbis in Zwiebeln brät, wie Paradiesfisch gegart wird, wie man Reiskuchen bäckt und wie Mangoscheiben in Essig eingelegt werden. Er erfährt, wie man Marmelade einkocht und wie Quittengelee angefertigt wird. Er hilft Bip bei der Zubereitung von Joghurt und beim Backen der knusprigen, orangegoldenen Jelabis und Jehangiris*. Einmal darf er unter Bips Anleitung einen Reispudding zubereiten. Bip erklärt ihm, wieviel Milch, wieviel geraspelte Mandeln, wieviel Zucker und Rosinen notwendig sind; es wird der beste Pudding, den Gopu je gegessen hat.

Eines Tages erfährt Gopu auch Bip und Rissas Geschichte. Bip stammt aus Bengalen. Als er sechzehn war, starben seine Eltern an den Folgen einer Epidemie. Er fand Arbeit bei einem Chapatti*-Bäcker. Der Bäcker war alt und zittrig, hatte viel mit sich und seinen Krankheiten zu tun, und die Tochter des Bäckers war zu jung, um allein den Stand zu bewirtschaften. Bip erlernte das Chapatti-Backen und verliebte sich in die Tochter. Als der Fladenbäcker starb, heirateten die beiden jungen Leute. Ihr Glück dauerte an, bis Bips Frau bei der Geburt des ersten Kindes starb. Das Kind war Rissa.

Als Rissa drei Jahre alt war, verwüstete ein Orkan den Nordosten des Landes, auch der Stand des Fladenbäckers wurde zerstört. Eine Hungersnot setzte ein. Bip packte zusammen, was an Gerätschaften erhalten geblieben war, nahm Rissa an die Hand und machte sich auf den Weg nach Süden. Immer an der Küste entlang wanderten sie. Sie waren nicht die einzigen, und so gelang es ihm, sich und Rissa mit dem Verkauf von Chapattis durchzubringen. Es waren Monate, die sie unterwegs waren. In Madras hatte Bip Glück. Ein Landsmann aus Kalkutta kaufte ihm einen Fladen ab. Der Landsmann war Küchenchef in einem Hotel und suchte einen Fladenbäcker. Bips Fladen schmeckten ihm, er stellte ihn ein. Bip gefiel die Arbeit in der Küche, er wurde ein richtiger Koch, ein sehr guter dazu: Die Gäste wurden immer zahlreicher. Der Küchenchef sparte nicht mit Lob, und der Direktor des Hotels erhöhte Bips Gehalt. Einen Nachteil aber hatte die Arbeit im Hotel: Bip war den ganzen Tag und die halbe Nacht nicht zu Hause, Rissa wuchs heran, und er hatte nichts von ihr. Deshalb willigte er ein, als Herr Chandrahas, der ein häufiger Gast in dem Hotel-Restaurant war, ihm anbot, sein Koch zu werden. In einem Hotel gibt es mehr Abwechslung für einen Koch als in einem Privathaushalt, doch Bip dachte an Rissa und daran, daß er sie bei den Chandrahas um sich haben würde, daß sie vielleicht eines Tages im Hause Chandrahas ebenfalls eine Stellung finden könnte, und nahm das Angebot an.

»Würdest du es wieder annehmen?« fragt Gopu, in Erinnerung an Topurs Antwort.

»Ja«, sagt Bip. »Wir haben es nicht bereut. Wir haben beide eine Stellung, Rissa hat die Schule besuchen dürfen, und ich bin Herr in meiner Küche. Was wollen wir mehr?«

Gopu muß lachen, Bips Geschichte hörte sich ulkig an, Bips Tamil ist noch schlechter als seines. Bip lacht mit. Er gibt sich keine Mühe mit der fremden Sprache. »Ich spreche mit dem Gaumen«, sagt er oft, »nicht mit der Zunge.«

Rissa, die die Geschichte ebenfalls mit anhörte, aber die ganze Zeit geschwiegen hatte, schaut Gopu an, als ihr Vater für einen Moment aus der Küche ist. »Die Geschichte hat dir gefallen, was?«

»Ja«, antworter Gopu, »sie hat ein gutes Ende.«
Rissa senkt den Kopf. »Das weiß man noch nicht.« Dann aber lächelt sie. »Ich höre die Geschichte auch gern.«
Am Nachmittag des gleichen Tages weißt Gopu mit Kalk die Randsteine des Weges durch den Vorgarten. Mitten in der Arbeit ist ihm, als sähe ihn jemand an. Als er den Kopf hebt, sieht er einen Jungen vor dem Zaun stehen und ihm zusehen. Da der Junge lächelt, lächelt auch Gopu. Doch dann erinnert er sich an Baptis Anweisung, nicht im Vorgarten zu arbeiten, und wird ernst: Hat das was mit diesem Jungen zu tun?
Das Lächeln des Jungen wird zu einem Grinsen. Er dreht sich um und geht, die Hände in den Taschen, über die Straße. Bevor er in dem gegenüberliegenden Haus verschwindet, dreht er sich noch einmal um und verabschiedet sich von Gopu, indem er sich übertrieben höflich verneigt.

Holi Hai!

Nari hat Gopu im Vorgarten arbeiten sehen, er erzählt es überall herum: Gopu ist ein Boy, kein Verwandter. Die Jungen in der Klasse lachen, machen Bemerkungen, spotten. Bapti zieht den Kopf ein, hört nichts, sieht nichts.

Am schlimmsten ist es in den Pausen, dann ist kein Lehrer da, auf den die Jungen Rücksicht nehmen müssen, dann steigern sie sich in ihrem Spott, bis es nicht mehr zu ertragen ist. Um einen Wall zu haben, hinter dem er sich verstecken kann, nimmt Bapti Bücher mit in die Schule. Ertönt das Pausenzeichen, schlägt er eines auf und liest darin. Anfangs täuschte er das Lesen nur vor, jetzt liest er wirklich. Die Bücher lenken ab, führen fort, aus der Schule hinaus, in eine andere Welt hinein. Den lesenden Bapti lassen die Jungen links liegen. Nur die Hinternkriecher bleiben an ihm dran. Als das mit Gopu herauskam, lachten sie mit den anderen mit, jetzt nähern sie sich ihm wieder. Allen voran der dicke Moara. In jeder Pause kommt er, setzt sich auf den freien Platz neben Bapti und schimpft auf Nari. Bapti geht nicht darauf ein; Moaras Unterstützung hat er nicht nötig.

Die Nachmittage allein im Zimmer sind langweilig. Bapti erledigt seine Schulaufgaben besonders sorgfältig. Wenn er fertig ist, stehen zwei Möglichkeiten zur Wahl: lesen oder nachdenken. Das Lesen erinnert Bapti an die Schulpausen, das Nachdenken ist ihm verleidet. Er kann denken, was er will, er landet immer bei Gopu. Es ist nicht Gopus Schuld, daß sich die Hoffnungen, die er hegte, nicht erfüllten, trotzdem: hätte er Gopu nicht kennengelernt, wäre er nicht enttäuscht worden.

Manchmal hört Bapti Gopus Stimme. Er hört ihn sich mit Topur

im Vorgarten unterhalten, er hört ihn gemeinsam mit Bip lachen. Das versetzt ihm jedesmal einen Stich.
Eines Nachmittags hält Bapti es in seinem Zimmer nicht mehr aus. Vorsichtig geht er durch den Flur und klopft an Ayeshas Tür. Die Schwester sitzt am Fenster und liest. Sie lächelt, als Baptis Kopf in der Tür erscheint. Bapti setzt sich zu ihr und sieht die Schwester an. »Was liest du?«
»Tagore*«, sagt die Schwester und hält Bapti den Buchrücken hin.
»Eine Liebesgeschichte?«
Ayesha nickt. »Einer der Helden heißt Bihari.«
Bapti hat keine Lust, über Ayesha und Bihari zu reden. »Morgen ist der Holi*-Tag«, sagt er, »freust du dich?«
Der Holi-Tag ist der lustigste Tag des Jahres, er ist der Tag der Farbe, des Tanzes und des Gesangs. Das Holi-Fest ist ein religiöses Fest, aber es hat noch eine andere Bedeutung: Die bösen Geister des alten Jahres werden vertrieben, das neue Jahr wird begrüßt. In den Jahren zuvor freute Bapti sich auf diesen Tag, in diesem Jahr will keine Freude aufkommen.
Auch Ayesha freut sich nicht auf das bevorstehende Fest, aber das hat andere Gründe. Warum Bapti sich nicht freut, kann sie sich denken. Deshalb legt sie den Arm um den Bruder und sagt, er solle Gopu als das akzeptieren, was er ist und sein will: »Ein Boy, der für uns arbeitet und Geld dafür bekommt.«
Bapti birgt den Kopf in der Halsbeuge der Schwester und schweigt. Die Geschwister sitzen lange so beisammen, bis Bapti fühlt, daß nicht nur er sich an Ayesha, daß auch Ayesha sich an ihm festhält. »Sag doch dem Vater, daß du Bihari nicht magst«, bittet er sie. Ayesha läßt Bapti los. »Sie haben ja den Hochzeitstermin schon festgelegt«, sagt sie leise. Und nach einigem Zögern: »Es ist ja nicht so, daß ich Bihari nicht mag. Er ist sehr nett, auch seine Eltern sind nett, nur ... ich liebe ihn eben nicht.«
»Der Vater würde dich nie zwingen, einen Mann zu heiraten, den

du nicht liebst«, dringt Bapti in die Schwester. Doch Ayesha bleibt fest: »Es gibt so viele Zwänge, schüttelt man den einen ab, gerät man in den anderen.«
»Es gibt Jungen und Mädchen, die suchen sich aus, wen sie heiraten«, widerspricht Bapti. Moaras Bruder heiratete ein Mädchen, mit dem seine Eltern nicht einverstanden waren. Jetzt hat seine Frau ein Kind, und seine Eltern sind stolz auf den Enkel.
»Moaras Bruder ist ein Mann, ich bin ein Mädchen«, sagt Ayesha. Dann schweigt sie. Bapti kann sagen, was er will, Ayesha antwortet nicht. Da geht er. Er geht in den Keller, schaut erst in das Gartenzimmer, dann in die Küche. Gopu ist nicht da, nur Bip und Rissa sehen ihm entgegen. Auf seine Frage hin sagt Bip, daß Gopu mit Raj in der Stadt sei, er bekomme eine zweite Uniform. Bapti nickt. Er weiß Bescheid. Für den morgigen Festtag hat der Vater Gäste eingeladen, drei englische Einkäufer. Gopu und Topur sollen Rissa beim Servieren helfen.
Abends im Bett denkt Bapti an den vor ihm liegenden Tag. Er will das Holi-Fest mit Gopu gemeinsam begehen, will ihn wenigstens ab und zu - und sei es auch nur im Haus - für sich haben.
Am Morgen darauf begegnen sich Bapti und Gopu auf der Treppe. Bapti will Gopu auf den Nachmittag hinweisen, will ihn bitten, sich bereitzuhalten, aber dann sieht er Rissa dem Vater das Frühstück bringen und neugierig gucken - und schweigt.
In der Schule herrscht eine ausgelassene Stimmung, Herr Jagadeesan veranstaltet einen Kavi Sammelan, einen Dichter-Wettstreit. Viele der Jungen haben sich seit Wochen darauf vorbereitet. Sie treten in den Ring der im Grase sitzenden Schüler und tragen selbstverfaßte Gedichte vor. Einige der Gedichte sind lustig, andere ernst. Naris Gedicht ist ernst, es handelt von einem altersschwachen Tiger, der von einer Gruppe Jäger verfolgt und erlegt wird, und von der Prahlsucht der Jäger. Das Gedicht gefällt Herrn Jagadeesan. Es gefällt auch Bapti, obwohl er es sich nicht

eingestehen will. Doch den Sieger bestimmt nicht Herr Jagadeesan, den bestimmen die zuhörenden Kinder, und denen gefällt das Gedicht über den dicken Frosch, der sich einbildet, ein Haifisch zu sein und die Leute ins Bein zwackt, besser. Der Junge, der gesiegt hat, bekommt einen Preis.
Bapti hat kein Gedicht gemacht. Ihm hätten die Jungen nie den Preis zugesprochen. Als Herr Jagadeesan die Klasse entläßt, stürmt er davon. Er hat es eilig, er muß in die Stadt, bunten Puder kaufen. Die Stadt ist voller Menschen. Sie tanzen, lachen, singen, veranstalten Umzüge. Bapti lacht über die lustigen Männer und Frauen, die sich und auch ihn mit farbigem Wasser und buntem Puder überschütten; er lacht sogar, als ein Mädchen von einem Balkon herab einen halben Eimer rotes Wasser über ihn ausschüttet. Das Wasser läuft an ihm herunter, er aber ruft dem Mädchen ein freundliches »Holi Hai!« zu.
Bapti kauft mehrere Tütchen mit farbigem Pulver, verstaut sie in der Schultasche und macht sich auf den Heimweg. Im Haus angekommen, wirft er einen raschen Blick in den Salon, in dem der Vater, die Mutter und Ayesha sich mit den englischen Gästen unterhalten, schleicht vorbei und geht in den Keller.
Im Keller riecht es nach Tandoori-Huhn, einem mit Curry und Pilzen im Lehmofen gebackenen Geflügelgericht, von dem die Ausländer schwärmen. Gopu kommt aus der Küchentür. Er trägt das Tablett mit den Vorspeisen. Er bleibt stehen, sieht Bapti an und grinst. Bapti erinnert sich der roten Farbe, in die das Mädchen ihn tauchte, und grinst ebenfalls. »Servierst du?« Eine klügere Frage fällt ihm nicht ein.
Gopu nickt und geht, als Bapti nichts weiter sagt, an ihm vorüber. »Sie warten«, entschuldigt er sich. Bapti geht hinter Gopu her. Als er an der offenen Salontür vorbeikommt, sieht ihn der Vater. Er steht auf, kommt heraus und fängt ihn auf der Treppe ab. »Wasch dich und zieh dich um«, bestimmt er, »ich will dich vorstellen.«

Bapti seufzt ergeben. Immer wenn ausländische Gäste im Haus sind, führt der Vater ihn vor, strahlt zufrieden, wenn die Englischkenntnisse seines Sohnes gelobt werden, und sagt: »Das ist die Generation, die unser Land vorwärtsbringt. Wenn nicht die, wer dann?«

Die Gäste sind höflich und erwidern stets, es sei schon viel besser geworden. Sie lügen, der Vater weiß es, die Gäste wissen es, und doch hört der Vater es gern.

Bapti bekommt den Platz neben dem jüngsten der Männer zugewiesen. Ob er schon in Europa war, fragt der ihn. Vielleicht sogar in London? Bapti bejaht beide Fragen, fügt aber hinzu, es habe ihm nicht besonders gut gefallen.

Das Gespräch am Tisch stockt, alle wollen wissen, warum es Bapti nicht gefallen habe. »Zu laut, zu kalt, zu grau«, antwortet Bapti und erntet beifälliges Gelächter von seiten der Engländer.

Der junge Mann hat nur Augen für Ayesha. Nachdem er noch einige Worte mit Bapti gewechselt hat, wendet er sich abwechselnd an die Schwester und die Mutter. Bapti ist das recht, er schaut Gopu zu, der unter Rajs Anleitung die Teller auswechselt. Bapti kennt Rajs Gesicht, er sieht, wie zufrieden der Sekretär mit Gopu ist. Die Mutter lebt auf. Auch das beobachtet Bapti bei jedem ausländischen Besuch. Die Ausländer reden mit ihr, nehmen ernst, was sie sagt. Anfangs machte sie das unsicher, jetzt aber gefällt es ihr. Sie redet mehr, als dem Vater lieb ist.

Das Tandoori-Huhn wird allseits gelobt. Der junge Mann neben Bapti bittet Ayesha um das Rezept. Ayesha errötet und verweist den jungen Mann an Raj. Raj verspricht, sich das Rezept vom Koch geben zu lassen.

Der Vater lacht: »Man nehme zuallererst einen Lehmofen, dazu indische Gewürze und einen indischen Koch ...«

Die Gäste stimmen in das Lachen ein, sie sagen, so wie es aussehe, werde Ralph – so heißt der junge Mann – in Indien bleiben.

Zum Nachtisch gibt es mit Zucker bestreute, eisgekühlte Melone. Gopu serviert, Rissa und Topur stehen abseits und schauen zu. Als Gopu fertig ist, nickt Raj ihm zu.
Nach dem Essen trinken die Gäste Whisky. Sie werden immer lustiger, bis Ralph zu Ayesha sagt, er werde diesen Tag und besonders sie nie vergessen. Die Mutter blickt erstaunt, Ayesha wird rot. Die beiden älteren Engländer erheben sich und bedanken sich für die Bewirtung. Sie nehmen den Vater beiseite und entschuldigen ihren jüngeren Landsmann, der die Sitten und Gebräuche des Landes nicht kenne. Der Vater lacht: Man lebe doch nicht mehr im Mittelalter, die Herren sollten nur bald wiederkommen.
Als der Vater und die Mutter die Gäste hinausbegleiten, bleiben Bapti und Ayesha am Tisch zurück. »Heirate doch einen Ausländer«, schlägt Bapti vor. Es soll ein Scherz sein, doch Ayesha erhebt sich so heftig, daß der Stuhl, auf dem sie saß, umfällt – Rissa, die das leergegessene Geschirr abräumt, direkt vor die Füße. Das Mädchen stolpert und muß sich an der Wand abstützen. Das Tablett mit dem Geschirr poltert zu Boden, das Geschirr zerspringt in tausend Stücke.
Sekundenlang starren beide Mädchen auf die Scherben, dann hebt Ayesha die Hand: »Paß doch auf, du ...!« Doch sie schlägt Rissa nicht. Ohne den Satz zu Ende zu sprechen, rot vor Zorn und Scham, läuft sie an dem ebenfalls erröteten Mädchen vorbei aus dem Salon.
Was hat Ayesha gegen Rissa? Es gab eine Zeit, da kümmerte sich Ayesha viel um die Tochter des Kochs, da half sie ihr sogar bei den Schulaufgaben. Seit kurzem schilt sie sie bei jeder Gelegenheit. Sie schilt sie und schämt sich. Wofür schämt sie sich?
Bapti geht in sein Zimmer. Vorläufig hat Gopu mit Abräumen und Geschirrspülen zu tun. Er nimmt die Tütchen mit dem bunten Puder, geht ins Bad, schüttet einen Teil des Inhalts der Tüt-

chen in die Zahnputzgläser und läßt Wasser in die Gläser laufen. Mit dem Stiel seiner Zahnbürste rührt er in der Flüssigkeit herum, bis das Pulver sich aufgelöst hat. Er lacht leise: Gopu wird Augen machen!

Spät am Nachmittag geht Bapti mit den Gläsern und Tütchen in den Keller. Er geht vorsichtig, er will nichts verschütten, und er will nicht, daß Gopu ihn kommen hört.

Das Gartenzimmer ist leer, in der Küche aber wird gelacht. Bapti stellt die Gläser und Tütchen in einer Nische ab und lauscht. Ein Kreischen! Das ist Rissa. Jetzt ein lautes Lachen: Gopu. Bapti geht vorsichtig zur Küche vor. Die Tür steht offen, doch die drei in der Küche sehen ihn nicht, sie sind damit beschäftigt, sich gegenseitig mit gefärbtem Wasser zu bespritzen. Rissa trieft vor Rot und Grün und Blau, Gopu sieht aus wie ein Clown, so bunt ist er. Er bespritzt Rissa, die von ihrem Vater festgehalten wird, mit immer weiteren Farben. Eine ganze Batterie von Flaschen und Fläschchen steht auf dem Küchentisch.

»Hört auf! Hört auf!« Rissa bekommt kaum noch Luft, so muß sie lachen.

Bip und Gopu lassen von dem Mädchen ab. Bip hält sich den Bauch, Gopu wischt sich vergnügt mit dem Arm über die Stirn, verschmiert die Farben in seinem Gesicht damit noch mehr. Dann sieht er Bapti. Grinsend ergreift er zwei Fläschchen, läuft zur Tür und schüttet sie über Bapti aus.

Bapti macht zwei Schritte auf Gopu zu und schlägt ihm ins Gesicht. Dann dreht er sich um und läuft fort. Er läuft in den Garten, wirft sich zwischen die Büsche und preßt das Gesicht ins Gras. Erst zittert, dann schluchzt, dann weint er.

Abfall ist Abfall

»Sie sind alle gleich«, sagt Rissa. Dann geht sie an die Wasserleitung und wäscht sich die Farbe aus dem Gesicht. Gopu steht noch einen Moment wie gelähmt da, dann folgt er Rissas Beispiel.
»Sie sind nicht alle gleich«, erwidert Bip. »Der junge Herr ist nicht schlecht. Er versteht irgendwas nicht richtig.«
Rissa trocknet sich ab und sagt, sie gehe sich umziehen. Dann verläßt sie die Küche. Bip schaut ihr nach. »Sie macht mir Sorgen. Früher war sie lustiger, da hätte ihr eine Ungerechtigkeit der Herrschaft nichts ausgemacht. Herrschaften sind mal gerecht und mal ungerecht, sie sind Menschen, haben Fehler wie wir; man muß das im Zusammenhang sehen. Nur was unter dem Strich dabei herauskommt, ist wichtig.«
Gemeinsam bringen Bip und Gopu die Küche in Ordnung. Rissa kommt nicht wieder. Als die Dämmerung einsetzt, entläßt Bip Gopu.
Gopu wäscht sich, geht in sein Zimmer und setzt sich in die Tür zum Garten. Wie an den Abenden zuvor, schaut er in die Dunkelheit hinaus. Was soll er von Bapti halten? Warum hat er ihn geschlagen? Nur weil er ihn mit gefärbtem Wasser bespritzte? Als er aus der Schule kam, war er über und über voll mit Farbe.
Gopu schläft schlecht in dieser Nacht. Er kommt sich vor wie einer, der durch einen Irrgarten läuft, einen Ausgang sucht und ihn nicht findet. Denkt er, er hat den Ausgang gefunden, stößt er auf ein neues Hindernis.
Auch Bip hat schlecht geschlafen. Als Gopu am Morgen die Küche betritt, hört er den Koch weder pfeifen noch singen. »Ein guter Morgen ist es nicht«, sagt er, als Gopu ihn begrüßt, »hoffen wir, daß es ein guter Tag wird.«

Warum der Morgen nicht gut ist, verrät Bip Gopu erst, nachdem sie eine Zeitlang schweigend gearbeitet haben: »Rissa ist krank. Sie liegt im Bett und steht nicht auf.«
»Was hat sie?«
»Sie will nicht darüber sprechen«, antwortet Bip. Dann sagt er: »Heute mußt du Herrn Chandrahas das Frühstück bringen.«
Gopu geht vor das Haus und nimmt die Zeitung aus dem Kasten an der Tür. Er schaut die morgenstille Straße entlang, geht zurück in die Küche, legt die Zeitung auf das bereitstehende Tablett mit Herrn Chandrahas' Frühstück, nimmt das Tablett, trägt es vor Herrn Chandrahas' Arbeitszimmer und klopft.
»Herein!« Herrn Chandrahas' Stimme klingt freundlich, fast fröhlich. Gopu öffnet die Tür, tritt ein und verneigt sich.
Herrn Chandrahas Lächeln erstirbt: »Wo ist Rissa?«
»Sie ist krank.«
Einen Augenblick lang ist Herr Chandrahas verwundert, dann nimmt er die Zeitung vom Tablett und deutet auf die leere Schreibunterlage: »Stell das Tablett hier ab.«
Gopu folgt der Anweisung. Sein Blick fällt auf ein Bild, das auf dem Schreibtisch steht. Ein Brautpaar: Herr Chandrahas, noch nicht so grauhaarig, auf einem Stuhl sitzend, Frau Chandrahas stehend neben ihm, den Schleier vom Gesicht weggeschlagen, sehr jung und sehr schön.
»Ist gut, ist gut!« Gopu ist Herrn Chandrahas zu langsam.
Gopu verläßt den Raum. In der Küche findet er Rissa vor. Sie ist blaß, aber sie verrichtet ihre Arbeit.
Es ist kein guter Tag, weder für Bip noch für Gopu. Es wird gearbeitet, es wird gegessen, aber es wird nicht geredet und nicht gelacht. Nachmittags trifft Gopu Bapti, als der von der Straße kommend den Vorgarten durchquert. Bapti geht an ihm vorüber, als kenne er ihn nicht.
Auch am Morgen des darauffolgenden Tages bringt Gopu Herrn

Chandrahas das Frühstück. Rissa findet sich erst in der Küche ein, als er von seinem Gang zurück ist. Bip sieht noch schlechter aus als am Tag zuvor. Er ist unglücklich. »Warum spricht sie nicht mit mir? Woran denkt sie die ganze Zeit?«
Diese Frage stellt Gopu sich auch. Rissa läuft durch die Flure, als läge eine Last auf ihr, unter der sie über kurz oder lang zusammenbrechen muß.
Am nächsten und übernächsten Tag ist es nicht anders. Bip ist verzweifelt, er verliert an Gewicht, so sorgt er sich. Herr Chandrahas schaut immer verwunderter auf, wenn es erneut Gopu ist, der ihm das Frühstück bringt.
An einem der Tage danach kommt Herr Chandrahas früher als gewöhnlich aus der Firma nach Hause. Er verlangt einen Tee. Rissa will ihm den Tee nicht bringen, sie bittet Gopu, das zu tun. Bip, der gerade ein Lamm zerteilt, legt das Beil zur Seite. »Willst du, daß wir die Stellung verlieren?« fragt er Rissa. »Oder hat dir Herr Chandrahas etwas getan?« So böse, aber auch so verzweifelt hat Gopu Bip noch nicht gesehen.
Rissa sieht ihren Vater mit zusammengepreßten Lippen an, dann läuft sie an ihm vorbei aus der Küche. Gopu nimmt das Tablett mit dem Tee. »Ich gehe schon«, versucht er Bip zu besänftigen. Bip schüttelt nur den Kopf. »Da stimmt etwas nicht«, sagt er mehr zu sich als zu Gopu.
Herr Chandrahas geht in seinem Arbeitszimmer auf und ab. Er ist ärgerlich, er hat Rissa erwartet. »Geh zurück«, sagt er, »schick Rissa. Ich bezahle niemanden, der immer dann krank ist, wenn er benötigt wird.«
Gopu bleibt vor Rissas Tür stehen. Er klopft. Als er nichts hört, öffnet er die Tür. Rissa liegt auf ihrem Bett. Sie verbirgt den Kopf im Kissen. »Was willst du?«
Gopu richtet aus, was Herr Chandrahas sagte. Er stellt das Tablett auf der Erde ab. »Beeile dich, der Tee wird sonst kalt.«

Rissa hämmert die Fäuste ins Kissen. »Soll er kalt werden! Soll er doch!«
Gopu steht bereits an der Tür, er zögert: »Kann ich dir irgendwie helfen?«
Rissa richtet sich auf und wischt sich die Tränen aus dem Gesicht. »Niemand kann mir helfen. Niemand!«
In der Küche wartet Bip. »Das hat aber lange gedauert!«
Gopu berichtet, was Herr Chandrahas gesagt hat, schildert auch Rissas Reaktion.
»Und? Geht sie?«
»Bestimmt!«
Bip geht an den Herd, schaut aber in immer kürzer werdenden Abständen zur Tür.
Es vergeht einige Zeit, dann kommt Rissa. Sie stellt das Tablett mit dem Tee auf dem Küchentisch ab und macht sich an ihre Arbeit. Sie sieht weder Gopu noch ihren Vater an.
Bip hebt den Deckel von der Teekanne: Die Kanne ist voll. »Er hat nichts getrunken!«
»Der Tee war kalt.«
»Will er neuen?«
»Nein.«
Bip hält den Deckel in der Hand, steht da, als wäre er festgewachsen. »Was will Herr Chandrahas von dir?«
»Daß ich ihm das Frühstück bringe, daß ich meine Arbeit tue.«
»Da hat er doch recht, oder?«
»Recht hat, wer das Geld hat.«
»Das darfst du nicht sagen!« Bip legt den Deckel auf die Kanne zurück. »Die Familie Chandrahas ist nicht schlecht, sie zahlt gut und behandelt uns anständig.«
»Herrschaft ist Herrschaft.« Rissa nimmt den Eimer mit dem Küchenabfall und trägt ihn hinaus. Bevor sie durch die Tür ist, dreht sie sich noch einmal um. »Und Abfall ist Abfall.«

Die Ratte

Gopu ist nun schon einen Monat Boy im Hause der Familie Chandrahas, er kennt sich aus in dem großen, weitläufigen Haus, er weiß Bescheid über den Tagesablauf der Familie: Herr Chandrahas sitzt jeden Morgen ab acht Uhr in seinem Arbeitszimmer. Gegen zehn kommt der Wagen, dann fährt er in die Firma. Zum Mittagessen kommt er kurz nach Hause. Abends sitzt er wieder in seinem Arbeitszimmer, oft gemeinsam mit Raj. Nur sonntags, da sitzt er nicht an seinem Schreibtisch, da beschäftigt er sich mit seinen Blumen. Frau Chandrahas hält sich meist in ihrem Zimmer auf. Sie verläßt es nur, um einzukaufen, allein oder mit Ayesha. Was sie einkauft, weiß niemand. Für das Haus benötigt sie nichts, das besorgt Topur im Auftrag Rajs. Kleider bekommt sie aus der Fabrik ihres Mannes.

»Sie geht bummeln, nicht einkaufen«, sagt Rissa.

»Sie ist krank«, meint Bip.

Trifft Gopu Frau Chandrahas, sieht sie durch ihn hindurch. Ihm ist das recht: Frau Chandrahas war nicht besonders glücklich über seine Anstellung, es ist besser, sie beachtet ihn nicht.

Käme Ayesha nicht zum Essen, könnte man meinen, sie existiere nicht. Einmal wäre Gopu beinahe über sie gefallen. Sie saß im Garten unter dem Feigenbaum und las. Sie war so still, ihr Sari so grün, daß sie auf dem Rasen kaum wahrzunehmen war. Sie lachte über seine Ungeschicklichkeit. Es war ein freundliches, aber kein fröhliches Lachen.

Ob Bapti in der Schule ist oder nicht, merkt Gopu kaum. Bapti läßt sich noch immer nicht sehen. Dafür geht in der Küche alles seinen gewohnten Gang. Rissa ist nicht mehr krank, Bip singt, pfeift und lacht wieder. Nur manchmal sieht er Rissa an, als ver-

suche er zu ergründen, was es mit dieser seltsamen Krankheit auf sich hatte. Am Tag vor dem Gehaltstag, als er ganz besonders guter Stimmung ist, schließt er seine Tochter in die Arme und bittet sie, ihm zu sagen, weshalb sie eine Zeitlang so komisch war.
»Es war ein Irrtum.«
»Was für ein Irrtum?«
»Ich dachte, Herr Chandrahas wäre nicht zufrieden mit mir.«
»Wie konntest du so etwas denken, so tüchtig wie du bist!« Bip schüttelt den Kopf, dringt aber nicht weiter in Rissa.
Auch Gopu ist erfüllt von Vorfreude: Raj wird ihm zweihundert Rupien auszahlen. Soviel Geld hatte er noch nie in den Händen. Er hat sich dafür nicht einmal schinden müssen, hat gegessen wie ein Prinz, geschlafen wie ein Maharadscha. Und er hat Freunde gefunden: Bip und Rissa und sogar Topur.
Am Nachmittag dieses gutgelaunten Tages streichen Gopu und Topur den Zaun zur Straße. Topur erzählt aus seiner Kindheit. Die Geschichten sind so unfreiwillig komisch, daß Gopu fortwährend lachen muß. Hinterher sitzen sie in der Küche und erfrischen sich. Bip und Rissa sind mit Aufräumungsarbeiten beschäftigt. Bip pfeift dabei vor sich hin, unterbricht aber immer wieder sein Gepfeife, um über den Farbgeruch zu schimpfen, den Gopu und Topur in die Küche gebracht haben. Gopu und Topur lachen nur, nichts kann ihre gute Laune stören.
Kurz bevor Bip und Rissa die Küche verlassen, kommt Raj. Frau Chandrahas wünscht Chapattis und Senfblumenhonig, Rissa soll ihr das Gewünschte bringen. Während Bip sofort einen Teig anrührt, sieht Raj sich in der ordentlich aufgeräumten und sauberen Küche um. Er nickt zufrieden, dann geht er.
Bip strahlt. »Habt ihr das gesehen?« fragt er Gopu und Topur.
Rissa geht an den Schrank, nimmt das Glas mit dem Honig heraus und drückt es Gopu in die Hand. »Bring du ihr ›das Gewünschte‹.«

Bip vergißt die Chapattis. »Warum bringst du es nicht?«
»Warum, warum!« Rissa wird heftig. »Gopu kann das genauso gut.«
»Weil es deine Aufgabe ist.«
»Meine Aufgabe!« Rissa lacht böse. »In diesem Haus gibt es nichts als Aufgaben für mich: fleißig sein, brav sein, still sein! Eines Tages bin ich nur noch still.« Wieder läuft sie aus der Küche, Bip kann ihr nur stumm hinterherschauen.
»Das solltest du dir nicht gefallen lassen«, sagt Topur, »das endet mit einem Unglück.«
Bip klatscht die Chapattis auf einen Teller. »Ich weiß nicht, was mit ihr los ist. Ich dachte, es wäre vorbei, jetzt fängt es wieder an.«
»Tja, Frauen!« Topur macht eine wegwerfende Handbewegung. »Sie sind wie Singvögel. Sperrst du sie in einen Käfig, wollen sie raus. Sind sie draußen, kommen sie um. Nicht dies und nicht das!«
Gopu nimmt den Teller mit den Chapattis und das Glas mit dem Senfblumenhonig und geht in den ersten Stock hinauf. Auf der obersten Treppenstufe läuft er Raj in die Arme.
»Was ist mit Rissa? Warum befolgt sie meine Anordnungen nicht?«
Zu einem Sikh kannst du unbegrenztes Vertrauen haben, sagte der Vater. Gopu hat Vertrauen zu Raj, er berichtet, und Raj hört zu. Dann nimmt der Sekretär ihm Glas und Teller ab und sagt: »Warte hier.«
Gopu setzt sich auf die Treppe. Er ist Raj dankbar, er hat das ganz bestimmte Gefühl, daß Frau Chandrahas die Chapattis und den Honig von Rissa und von niemand anderem gebracht haben wollte.
Als Raj zurückkommt, nimmt er Gopu mit in sein Zimmer. Es ist das erste Mal, daß Gopu Rajs Zimmer betritt. Das Zimmer ist

klein, die hohen Regale mit den vielen Büchern ringsum bewirken, daß es noch kleiner erscheint. Vor dem Fenster steht ein Schreibtisch, zwischen Schreibtisch und Bett steht ein Stuhl. Auf diesem Stuhl darf Gopu Platz nehmen. Raj setzt sich an den Schreibtisch und schlägt ein Buch auf. »Wie gefällt es dir im Hause Chandrahas?«

»Gut.«

Raj nickt zufrieden. »Man kann sich nicht aussuchen, wo man sein Brot verdient«, sagt er, »deshalb sollte man sich bemühen, das Positive zu sehen.« Er tippt mit dem Zeigefinger in die Seiten seines Buches. »So wie du das Haus beurteilst, beurteilt das Haus dich. Ich habe mir Notizen gemacht, habe dir Noten erteilt: Es sind gute Noten.«

Im Halbdunkel des Zimmers sieht Raj wie ein weiser alter Mann aus, fast wie der Großvater, nur daß des Großvaters Bart weiß und nicht schwarz, der Turban rot und nicht weiß war.

»Ich will dir einige Ratschläge erteilen«, fährt Raj fort, »Ratschläge, die du befolgen solltest.« Er macht eine Pause und sieht Gopu an. »In jedem Haus gibt es Dinge, die manchem nicht gefallen. Ist man jung und nicht dumm, bildet man sich ein, diese Dinge mißbilligen zu müssen.«

Von welchen »Dingen« spricht Raj? Meint er Rissa?

Raj wird deutlicher: »Vergiß nie, daß du eine Lebensstellung hast. Kümmere dich nur um deine Aufgaben, sieh nicht, was du nicht sehen sollst, hüte die Geheimnisse der Familie, als wären es deine. Sei treu, damit man dir treu ist.« Raj erhebt sich. »Wenn du meinen Rat befolgst, werde ich dir Unterricht geben«, sagt er. »Du bist intelligent, es wird Spaß machen. Vielleicht wirst du eines Tages tatsächlich der Sekretär des jungen Herrn?«

Gopu schlägt die Augen nieder.

»Sage nichts«, rät Raj. »Denke über alles nach. Wenn du Fragen hast, frage mich.« Er bringt Gopu zur Tür. »Mit dem Unterricht beginnen wir, wenn der Sommer vorbei ist. Die Regenzeit ist wie geschaffen zum Lernen.«

Langsam geht Gopu durch den Flur. Was sind das für Geheimnisse, die er hüten soll? Was soll er nicht sehen? Er ist sich nicht sicher, den Sekretär richtig verstanden zu haben, ein zwiespältiges Gefühl ist in ihm.

Gopu muß nicht lange nachsinnen. Noch an diesem Abend erfährt er, wovor Raj ihn warnen wollte. Es ist die Zeit nach dem Abendessen, er trägt eine Obstschale in Ayeshas Zimmer. Ayesha sitzt am offenen Fenster und liest. Dort sitzt sie fast immer, wenn Gopu ihr Zimmer betritt.

Ist es nur das Licht der Stehlampe, das das Mädchen so grüblerisch erscheinen läßt? Gopu denkt darüber nach, als er Ayeshas Zimmer verläßt und durch den Flur geht. Dann bleibt er stehen: Die Tür zu Herrn Chandrahas' Arbeitszimmer ist nur angelehnt, ein schwacher Lichtschein dringt durch den Spalt, doch es ist kein Geräusch zu hören.

Vorsichtig geht Gopu auf die Tür zu. Raj sagt, sämtliche Türen haben immer geschlossen, das Licht hat abgeschaltet zu sein, wenn niemand im Zimmer ist. Gopu öffnet die Tür und streckt die Hand nach dem Lichtschalter aus - dann läßt er sie sinken: Herr Chandrahas steht vor dem Schreibtisch. Er hält Rissa im Arm, streichelt und küßt das seltsam steife Mädchen. Gopu will weg, aber er wagt nicht, sich zu rühren. Da wendet Herr Chandrahas den Kopf - Gopu dreht sich um und läuft davon. Er hetzt durch das Haus. Ihm ist heiß, er schämt sich. Während er läuft, wird ihm klar: Das soll er nicht sehen, dieses Geheimnis soll er hüten, als wäre es sein eigenes.

»Was ist geschehen?« fragt Bip, als er Gopus verstörtes Gesicht sieht.

»Eine Ratte!« lügt Gopu. »Im Garten ist eine Ratte.«

»Und die hat dich so erschreckt?«

»Es war ein Riesenvieh.«
Bip nimmt das Beil, mit dem er das Fleisch zerteilt, von der Wand. Dann greift er sich die Taschenlampe und einen leeren Reissack und geht vor Gopu her. »Wir müssen sie töten oder vertreiben. Es bleibt nie bei einer Ratte, haben wir eine im Haus, lassen die anderen nicht auf sich warten; zum Schluß ist es eine Kolonie.«
Gopu schweigt. Er fühlt sich elend.
Bip leuchtet mit der Taschenlampe den Garten ab. »Wo hast du sie gesehen?«
Gopu zeigt auf einen Strauch. Bip schaltet die Lampe aus, legt einen Finger vor den Mund und geht leise auf den Strauch zu. Als er nichts hört, schaltet er die Taschenlampe wieder ein. Er leuchtet in den Strauch hinein, um ihn herum, sucht die ganze Umgebung ab. »Nichts«, sagt er enttäuscht. Und dann besorgt: »Hoffentlich ist sie nicht schon im Haus.«
»Das glaube ich nicht«, meint Gopu.
»In Gopalore erlebte ich einmal die Rattenpest, sogar Kinder wurden angefallen«, sagt Bip. »Man kann nicht vorsichtig genug sein.«
Durch Gopus Zimmer betreten Bip und Gopu das Haus. Bip durchstreift den Keller, guckt in alle Räume, rückt sogar die Schränke ab. »Ist sie im Haus, ist sie in der Küche«, sagt er dann.
In der Küche sitzt Herr Chandrahas. Er sitzt auf einem Stuhl und weist auf das Beil in Bips Hand: »Was soll das?«
Nur langsam weicht der Schreck aus Bips und Gopus Gesichtern. Herr Chandrahas läßt sich nie im Keller sehen, jetzt sitzt er da, als wolle er ein Unheil verkünden.
»Der Junge hat eine Ratte gesehen.« Bip ist so verlegen, daß er nicht weiß, wo er hinsehen soll.
Herr Chandrahas schaut von Bip zu Gopu. »Wo?«
»Im Garten.«

»Und sonst hast du nichts gesehen?« Herrn Chandrahas' Augen lassen Gopu nicht los. Gopu schüttelt den Kopf. Ein Kloß aus Angst sitzt ihm im Hals.
Da lächelt Herr Chandrahas. »Raj hat mir gesagt, wie tüchtig du bist. Er meint, wir sollten deinen Lohn erhöhen. Wie gefallen dir zweihundertfünfzig Rupien?«
Gopu will sich bedanken, doch er bringt nichts heraus. Erst als Herr Chandrahas nachfragt: »Zufrieden?«, nickt er. Herr Chandrahas sieht Gopu aufmerksam an, dann verläßt er die Küche.
»Du sagst ja gar nichts.« Bip strahlt.
Gopu hat gehandelt, wie Raj es empfahl, er hat Erfolg damit, aber er ist nicht glücklich; je deutlicher der nichtsahnende Bip seiner Freude Ausdruck verleiht, desto unglücklicher ist er.
Glücklich ist Gopu am Tag danach. Raj zahlt ihm zweihundertfünfzig Rupien aus. Herr Chandrahas hat den Lohn sofort erhöht. Daß dadurch ein Problem entstanden ist, bemerkt er erst hinterher. Zwar kann er dem Vater nun fünfzig Rupien mehr schicken, aber wie soll er ihm mitteilen, daß er trotz der einhundertundsiebzig Rupien, die er ihm schicken wird, die für die Rückfahrt notwendigen achtzig Rupien zurückgelegt hat? Rissa, die Gopu den ganzen Tag noch nicht ein einziges Mal ansah, weiß Rat. Sie malt auf ein Papier vier Fünfzig-Rupien-Scheine, streicht jeden einzeln durch und malt darunter fünf neue Fünfzig-Rupien-Scheine. Dann steckt sie das Papier in einen Umschlag, läßt sich von Gopu die Adresse sagen und schreibt sie auf den Umschlag. Als sie Gopu den Brief übergibt, lächelt sie ihn an, als wolle sie ihn für irgend etwas um Verzeihung bitten.
Am Nachmittag geht Gopu zur Post. Die Überweisung ist einfacher als er dachte. Das Formular füllt der Mann hinter dem Schalter für ihn aus. Die Briefmarke für den Brief mit der Zeichnung kostet wenige Paise, dennoch bleiben nun für das Kästchen nicht mehr ganze achtzig Rupien übrig. Gopu ist trotzdem froh

über den Brief. Was hätte der Vater sich für Sorgen gemacht, wüßte er nichts von der Gehaltserhöhung!
Da er sich bei Raj abgemeldet hat, läßt Gopu sich Zeit. Er schlendert durch die Stadt, guckt sich die Geschäfte und Filmplakate an und geht, als er von einem Obdachlosen angebettelt wird, in den Park. Dort setzt er sich auf eine Bank und denkt nach. Nun ist er endgültig der Ernährer der Familie. Das erfüllt ihn mit Stolz, aber das verpflichtet ihn auch: Er muß der Familie Chandrahas treu sein, damit er seiner Familie treu sein kann.
In dieser Nacht bleibt Gopu wach, bis es still im Haus, bis endlich auch in Ayeshas Fenster das Licht erloschen ist. Dann nimmt er das Kästchen mit dem Geld und geht in den Garten. Unter den herabhängenden Ästen des Holzapfelbaumes löst er ein viereckiges Stück Rasen heraus, entfernt etwas Erde und legt das Kästchen hinein. Dann füllt er das Loch mit der herausgekratzten Erde auf, tritt die Erde fest und paßt das Rasenstück ein. Mit den Händen schöpft er Wasser aus dem Teich und besprengt das Rasenstück, damit es möglichst schnell festwächst. Danach geht er ins Haus zurück, wäscht sich im dunklen Waschraum Hände und Gesicht und legt sich ins Bett. Die Erleichterung ist so groß, daß er sofort einschläft.

Ein Unfall

Der Vater und Raj sprechen über Gopu. Sie stehen vor der Tür zu Baptis Zimmer, als wäre es Absicht. Bapti sitzt über den Schulaufgaben. Er muß nicht lauschen, um mitzubekommen, wie zufrieden Raj mit Gopu ist. Gopu wäre ein vernünftiger Junge, meint auch der Vater, Raj solle sehen, was aus ihm zu machen sei.
Müßte er nicht stolz sein? War er es nicht, der Gopu entdeckte? Doch: Alles spricht für Gopu, was spricht für ihn?
Für ihn spricht nichts. Faßt er etwas an, geht es in die Brüche; er fällt immer wieder auf sich selbst herein. Die Ohrfeige, die er Gopu versetzte, hat ihm selbst mehr weh getan als die, die er vom Vater erhielt.
Wie wäre Gopu, wenn sein Vater kein arbeitsloser Liftboy, sondern ein Nachbar wäre? Wäre Gopu sein Freund oder ein Hinternkriecher? Oder wäre er Naris Freund, würde er zu dessen Clique gehören?
Bapti kann nicht mehr sitzen, nicht mehr auf die Kapitelüberschrift in seinem Geschichtsbuch starren. Er geht zur Tür und lauscht. Es ist still, der Vater ist zurück ins Arbeitszimmer.
Bapti geht durch das Haus. Er trifft Rissa, die im Salon neue Tischdecken aufzieht, und er sieht Topur zu, der eine neue Lampe anschließt. Gopu trifft er nicht. Er geht zurück in das obere Stockwerk und klopft bei der Mutter.
Die Mutter liegt auf dem Bett, das Zimmer ist sorgsam abgedunkelt. Sie liegt da und hält die Augen geschlossen, schläft aber nicht. Als sie Bapti sieht, versucht sie zu lächeln.
»Geht es dir nicht gut?« Bapti setzt sich an den Rand des Bettes. Wie oft liegt die Mutter so da, allein in ihrem Zimmer! Was denkt sie?

»Ich habe Kopfschmerzen«, sagt die Mutter. Ihr Gesicht ist geschwollen, es wird von einer Spannung beherrscht, die sich auch auf die Augen überträgt. Bapti weiß nicht, was er sagen soll. Er schaut zur Seite, ergreift dann wie unabsichtlich die Hand, die die Mutter flach auf dem Bauch liegen hat, und streichelt sie.
»Bald haben wir eine Hochzeit im Haus, freust du dich?«
Bapti schüttelt heftig den Kopf. »Ayesha liebt Bihari nicht; ich glaube nicht, daß sie glücklich wird.«
»Glücklich? Wer wird schon glücklich?« Die Mutter entzieht Bapti die Hand, sie greift zum Taschentuch, putzt sich die Nase und betupft sich die Augen.
Wer wird schon glücklich? Bapti denkt an diese Frage der Mutter in der Nacht, als er nicht einschlafen kann, und am nächsten Tag, als Herr Jagadeesan der Klasse den Satzaufbau erklärt. Die Mutter ist nicht glücklich, das hängt mit dem Vater und ihrer Krankheit zusammen. Ayesha ist ebenfalls nicht glücklich. Auch in ihrem Fall ist klar, weshalb. Aber warum ist er nicht glücklich? Fehlt ihm das Besondere? Der Vater sagt oft, das Besondere in seinem Leben wären gute Geschäfte; hat er eins abgeschlossen, ist er guter Laune. Kann in seinem Fall nur ein Freund dieses Besondere sein?
In der Pause kommt Moara. Er kommt noch immer, er nimmt nichts übel. Bapti hat auch nichts mehr dagegen: besser Moara als überhaupt niemand. Einmal überlegte er sogar, ob er nicht mit Moara Tennis spielen gehen sollte. Doch dann stellte er sich vor, wie ungeschickt der dicke, unsportliche Junge die Bälle zurückschlagen würde, wie die anderen ihn und seinen Partner auslachen würden, und ließ es sein.
Auch in der großen Pause, als sich die Klasse auf dem Platz hinter der Schule Bewegung verschafft, geht Moara neben Bapti her. Er erzählt von seinem Terrarium. Er breitet die Arme aus und zeigt, wie lang seine Glanznatter ist. Bapti hört nicht zu, er fragt sich, ob

Gopu glücklich ist: Sind Bip und Rissa etwas Besonderes? Erst als Moara stürzt und sich den Arm aufschürft, wird er aus seinen Überlegungen gerissen. Es war Nari, der den dicken Jungen mit den ausgebreiteten Armen im Vorbeilaufen umriß.

Moara hält sich den Arm, Tränen laufen ihm über die Wangen. In Bapti steigt Wut auf: Nari läuft einfach weiter, denkt, er kann sich alles erlauben. Als er wieder vorbeikommt, hält er ihn fest. »Entschuldige dich«, verlangt er. Nari schüttelt Bapti ab und läuft weiter. Bapti setzt ihm nach und hält ihn erneut fest: »Entschuldige dich bei Moara.«

»Steht das im Mietvertrag?«

Bapti wird rot. »Entschuldige dich!«

Naris Freunde kommen. Sie bilden einen Kreis um die beiden Jungen. Nari schlägt Baptis Hand herunter. »Spielst du Chandrahas junior?« Er grinst böse. »Na los! Schlag zu! Oder hast du Angst?« Er wendet sich an die herumstehenden Jungen: »Typisch Chandrahas! Mit ihrem Geld geben sie an, da sind sie stark, sonst sind sie nichts.« Nari schnippt mit Mittelfinger und Daumen ein unsichtbares Sandkörnchen durch die Luft. »Nicht einmal soviel!«

Bapti schlägt zu. Er schlägt mit der Faust und trifft Naris Mund. Naris Grinsen wird zu einer Grimasse, dann schlägt er zurück, trifft Bapti unter dem Kinn. Bapti taumelt, stolpert und fällt auf den Rücken. Nari ist über ihm, ist stärker, gewandter und geübter. Er schlägt auf Bapti ein, trifft mal hier und mal dort, aber er schlägt nicht mit voller Kraft, es ist kein echter Kampf: Bapti wehrt sich nicht. Die zuschauenden Jungen sind still, keiner jubelt, keiner schreit. Nari läßt von Bapti ab, noch ehe Herr Jagadeesan gelaufen kommt und ihn von Bapti wegzieht. Herr Jagadeesan mag keine Prügeleien. So beseitige man keine Konflikte, sagt er, so vergeude man nur Energien. Die Jungen gehen in den Klassenraum und setzen sich auf ihre Plätze.

Die folgende Unterrichtsstunde berührt Bapti nicht. Er denkt nach. Was passiert ist, mußte einmal geschehen; der Anlaß war unwichtig. Wenn er enttäuscht ist, dann von sich: Er war nicht vorbereitet gewesen, hatte sich hinreißen lassen, deshalb verrauchte die Wut so schnell, deshalb lieferte er Nari keinen Kampf. Er war ein so schlechter Gegner, daß Nari nicht einmal Lust zeigte, ihn zu verprügeln.

Als die Stunde vorüber ist, kommt Moara. Er schenkt Bapti den schwarzen Kugelschreiber mit dem Kalender, den sein Vater aus Paris mitbrachte und den die ganze Klasse bewundert. Bapti will ihn nicht, Moara aber drängt: »Bitte, behalte ihn!« Als Bapti den Kugelschreiber einsteckt, bedankt sich Moara. »Nari ist nur stärker, weil er nie allein ist«, sagt er.

Moara hat recht. Nari ist nie allein, immer sind eine Menge Jungen um ihn herum. Es gibt ein Märchen von einem jungen Gott, der nur dann stark ist, wenn er seinen goldenen Gürtel trägt; als er seinen Gürtel bei einem Mädchen vergißt, wird er von einer Bande Riesen erschlagen. Der Gedanke, Nari ohne seine Freunde zu treffen, ihn zu einem fairen Kampf zu stellen, überkommt Bapti wie ein Fieber. Er wird Nari herausfordern, wird ihm einen Kampf liefern. Noch heute wird er das tun, und niemand soll dabei sein, außer Gopu. Gopu muß dabei sein: Nari hatte ihn Gopus wegen verspottet, jetzt soll er sehen, daß Gopu nicht schlechter ist als Naris Freunde.

Zu Hause angekommen, geht Bapti zuerst ins Bad und schaut in den Spiegel. Ein paar Kratzer und Beulen sind zu sehen, sonst nichts. Kein Blut, keine Platzwunde. Bapti ist zufrieden. Er wäscht sich und geht in die Küche. Bip, Rissa und Gopu sind dabei, das Mittagessen vorzubereiten. Er winkt Gopu heraus und sagt ihm, daß er ihn um vier Uhr bei den Fahrrädern erwarte.

Pünktlich um vier Uhr betritt Bapti den Verschlag mit den Fahrrädern. Gopu wartet schon. Sie schieben die Fahrräder in den Vor-

garten, pumpen Luft in die Reifen, besteigen die Räder und radeln in Richtung Tennisplatz davon. Bapti fährt vor Gopu her. Der sieht ihn hin und wieder von der Seite an, fragt aber nichts.
Vor dem Tennisplatz stoppt Bapti. Langsam und in sicherer Entfernung fährt er um den Tennisplatz herum. Die Jungen spielen noch. Nari ist dabei, einen Satz zu gewinnen, die Rufe, mit denen er seinen Gegner aufmuntert, sind nicht zu überhören.
»Wir haben Zeit«, sagt Bapti, steigt vom Rad und läßt sich auf einer der zwischen Büschen versteckt liegenden Bänke nieder. Gopu folgt seinem Beispiel.
Bapti sagt oder erklärt noch immer nichts. Er schaut zu den weißgekleideten Jungen hinüber, als säße er allein auf der Bank. Erst als die ersten Jungen ihre Schläger in die Hüllen stecken und die Räder besteigen, sagt er: »Was jetzt geschieht, ist ganz allein meine Sache. Du mischst dich nicht ein, hältst nur mein Rad.«
Gopu nickt. Wie Bapti besteigt er sein Rad und wartet.
Nari verläßt als letzter den Platz, ein Junge ist bei ihm. Bapti läßt die beiden, die ahnungslos die Straße entlangradeln, einen genügend großen Abstand gewinnen, dann fährt er los. Als Nari sich an einer Straßenkreuzung von dem Jungen verabschiedet, wird Bapti schneller. Bald beträgt der Abstand nur noch wenige Meter. Da dreht Nari sich auf seinem Rad herum, entdeckt Bapti und fährt ebenfalls schneller.
»Los!« schreit Bapti und tritt in die Pedale. Gopu folgt ihm, hält aber Abstand. Selbst wenn er wollte, könnte er Baptis Tempo nicht mithalten.
Wenige Minuten nur dauert die Verfolgungsjagd, dann nimmt Bapti die Füße von den Pedalen und läßt das Rad ausrollen. Nari hat das Haus, in dem er wohnt, erreicht. Die Jagd war vergebens. Doch Nari sucht keinen Schutz, er fährt an dem Haus vorüber, lacht und winkt und lädt Bapti ein, ihn weiter zu jagen. Er ist überzeugt davon, der bessere Radrennfahrer zu sein.

Bapti umkrampft den Lenker, tritt fest in die Pedalen und bleibt an Nari dran. Lange Zeit muß er sich anstrengen, kommt ins Schwitzen, aber dann erwacht Hoffnung in ihm: Nari schlägt den Weg in die Innenstadt ein. In der Innenstadt gibt es Kreuzungen und Ampeln, Nari muß langsamer werden, muß bremsen, vielleicht sogar halten. Es geht nicht mehr um eine Schlägerei. Den Kampf, den Bapti suchte, hat er gefunden: ein Wettkampf auf dem Rad. Überholt er Nari, ist er der Sieger.

Eine Ampel! Sie zeigt Rot.

Nari hebt die Beine und sieht sich um. Bapti reißt einen Arm hoch: Sieg! Da tritt Nari wieder in die Pedalen, fährt über die frei vor ihm liegende Kreuzung. Erst ist Bapti enttäuscht, dann erschrickt er: Die Kreuzung ist nicht frei! Von links kommt ein PKW, bremst, gerät ins Schleudern, erfaßt Naris Rad und prallt gegen eine Hauswand.

Einen Augenblick ist Bapti wie gelähmt, dann steigt er vom Rad, läßt es fallen und läuft auf den mit ausgebreiteten Armen wie leblos auf der Fahrbahn liegenden Nari zu. Er beugt sich über ihn und sieht das Blut, das aus einem Riß in Naris Stirn sickert. Dann wird er plötzlich hoch- und herumgerissen. Ein Mann in einer gelben Jacke schüttelt ihn. Der Mann ist der Chauffeur des PKW. Sein Gesicht ist blutverschmiert. Andere Männer müssen ihn von Bapti fortzerren.

»Er ist schuld«, ruft der Chauffeur, »er hat den Jungen gejagt.«

Bapti kann nicht reden. Die Tränen laufen ihm über das Gesicht. Er ist nicht schuld, er hat das nicht gewollt. Warum ist Nari bei Rot über die Kreuzung gefahren?

Gopu kommt heran. Er geht zwischen den beiden Rädern, die er neben sich herschiebt. Blaß schaut er auf den regungslos daliegenden Nari herunter.

»Der gehört auch dazu«, sagt der Chauffeur. Er sagt es dem Polizisten, der neben ihm steht und dem er den Unfall schildert. Der

Polizist geht mit einem Stück Kreide um Nari herum und zeichnet dessen Konturen auf das Pflaster. Dann macht er sich Notizen. Nicht lange, und neben Nari stoppt ein Unfallwagen. Zwei weißgekleidete Männer springen aus dem Führerhaus, öffnen die hintere Tür und heben eine Bahre heraus. Sie stellen sie neben Nari ab, fassen Nari unter dem Rücken und an den Beinen und legen ihn auf die Bahre. Dann schieben sie die Bahre in das Auto hinein, helfen auch dem immer noch blutenden Chauffeur in den Wagen und fahren unter Sirenengeheul davon.

Der Polizist löst die Menschenansammlung auf. Ein Polizeiwagen kommt, ein langer, dünner Inspektor mit einem aufgezwirbelten Schnurrbart besieht sich Unfallauto und Zeichnung. Er weist einen Polizisten an, Aufnahmen von der Unfallstelle zu machen. Dann spricht er mit dem Polizisten, der als erster zur Stelle war, und geht langsam auf Bapti und Gopu zu.

Geschäfte durch die Hintertür

Der Raum, in den Bapti und Gopu geführt werden, hat zwei Türen: eine, durch die sie den Raum betreten, eine andere auf der gegenüberliegenden Seite. Die Tür auf der gegenüberliegenden Seite führt in einen langen Flur mit vielen Türen rechts und links. Bapti und Gopu sehen das, als ein Mann mit einem Notizblock durch diese Tür den Raum betritt und sich neben dem Inspektor niederläßt.

Es stehen viele Stühle in dem karg möblierten Raum, aber der Inspektor fordert Bapti und Gopu nicht auf, sich zu setzen. Sie stehen vor dem Schreibtisch und sehen den Inspektor an.

Der Inspektor spielt mit einem Bleistift. Er ist nicht mehr jung, sehr ernst, aber auch sehr gelassen. »Du willst also nichts sagen?« fragt er Bapti.

Bapti schüttelt entschlossen den Kopf. »Nicht ehe mein Vater hier ist! Bitte, rufen Sie ihn an!« Er darf nichts anderes sagen. Der Vater hat ihm wiederholt eingeschärft: »Solltest du jemals mit der Polizei zu tun bekommen, darfst du nichts sagen, egal was sie dich fragen, sage nur: Rufen Sie meinen Vater an!«

»Du bist an dem Unfall beteiligt, nicht dein Vater.« Der Inspektor denkt nach, dann fügt er, als wolle er Bapti damit drohen, hinzu: »Hoffentlich kommt dein Freund durch.« Er deutet auf das Telefon. »Ich erwarte jede Sekunde einen Anruf.« Er legt den Bleistift hin und fährt sich über den Bart. »Was ihr getan habt, ist kein Dummerjungenstreich. Wenn der Junge stirbt ...« Er zuckt die Achseln, lehnt sich zurück und betrachtet Bapti lange.

»Rufen Sie doch meinen Vater an.« Bapti ist elend zumute.

»Wer ist denn dein Vater?«

»Rashan Chandrahas.«

»Der Textilfabrikant?«
»Ja.«
Der Inspektor nickt, als verstehe er nun. »Und wer ist dein Vater?« fragt er Gopu.
»Robendur Advani.«
»Kenne ich nicht.«
»In Bombay.« Gopu ist verwirrt.
»Er ist ein Boy unseres Hauses«, erklärt Bapti.
»Ach so!« Der Inspektor lächelt Gopu zu. »Dann kann ich deinen Vater nicht kennen.«
Gopu erwidert das Lächeln des Inspektors nicht. Danach ist ihm nicht zumute. Dennoch ist ihm leichter. Der Inspektor scheint kein schlechter Mensch zu sein.
Bapti empfindet ähnlich. Aber er sorgt vor: »Wir werden beide nichts sagen, bevor nicht mein Vater hier ist.«
Der Inspektor gibt dem Beamten mit dem Block einen Wink. Der steckt den Bleistift ein und sagt: »Mitkommen.«
»Wohin?« Bapti nimmt Gopus Hand.
Der Inspektor steht auf. »In einen Raum, aus dem ihr nicht fortlaufen könnt. Ich rufe deinen Vater an. Bis er kommt, bleibt ihr dort. Dann holen wir euch.«
»Ich will nicht ins Gefängnis!«
»Wer redet vom Gefängnis?« Der Inspektor kommt um den Schreibtisch herum und schiebt Bapti und Gopu auf die Tür zu, hinter der der lange Flur liegt. Der Beamte mit dem Block öffnet die Tür und geht vor Gopu und Bapti her.
Der Flur ist nicht so lang, wie er durch die offene Tür hindurch aussah, am Ende aber macht er einen Knick, und hinter diesem Knick liegt ein neuer, längerer Flur mit weiteren schweren, graugestrichenen Holztüren. Bapti und Gopu gehen hinter dem Beamten her, bis der vor einer der Türen stehenbleibt, einen Schlüssel aus der Hosentasche zieht und die Tür aufschließt.

Der Raum hinter der Tür ist schmal und leer; kein Stuhl, kein Tisch, nur kahle Wände. Durch das kleine vergitterte Fenster an der Stirnseite dringt nur wenig Licht.
»Nun geht schon! Lange kann es ja nicht dauern.« Der Mann schiebt Bapti und Gopu in den Raum hinein und schließt die Tür hinter ihnen zu.
Bapti lehnt sich an die Wand und rutscht mit dem Rücken an ihr herunter, bis er auf dem Steinfußboden sitzt. Gopu setzt sich neben ihn.
»Du brauchst keine Angst zu haben«, sagt Bapti, »du hast mit der ganzen Sache nichts zu tun.«
Da Gopu nichts erwidert, steht Bapti auf und beginnt in dem Raum auf und ab zu gehen. »Außerdem kommt bald mein Vater und holt uns heraus.«
»Hoffentlich stirbt dein Freund nicht.« Gopu kann an nichts anderes denken. Er hat in dem Verunglückten den Jungen wiedererkannt, der ihm bei der Arbeit zusah.
Bapti bleibt stehen. »Er ist nicht mein Freund«, sagt er. Nari tut ihm leid, es wäre schlimm, würde er nicht wieder gesund werden, aber die Fahrt über die gesperrte Kreuzung hat sich Nari selbst zuzuschreiben. Nicht er, Naris eigener Ehrgeiz trieb ihn dazu.
Gopu senkt den Kopf. Baptis »Er ist nicht mein Freund« klang traurig, klang, als wollte er sagen: Ich habe keinen Freund.
Bapti läßt sich neben Gopu nieder und legt die Stirn auf die Knie. Lange Zeit ist es still, dann kommen Schritte den Flur entlang, ein Schlüssel wird im Schloß herumgedreht: Der Beamte, der Bapti und Gopu einschloß, steht in der Tür und winkt die Jungen heraus.
Wieder geht es durch den Flur.
Im Zimmer des Inspektors sitzt Herr Chandrahas. Als die Jungen hereingeführt werden, steht er auf. Bapti läuft auf den Vater zu und beginnt sofort zu erzählen. Der Vater will ihn beruhigen,

doch Bapti wird nicht ruhiger: Vor dem Schreibtisch des Inspektors sitzt Naris Vater.
»Er ist völlig fertig«, sagt Herr Chandrahas. »Es hat wenig Sinn, ihn in diesem Zustand zu vernehmen.«
»Ich bestehe auf sofortige Vernehmung«, verlangt Naris Vater.
Der Inspektor nickt: »Dazu sind wir verpflichtet.«
»Gut! Aber dann lassen Sie uns vernünftig miteinander reden.«
Herr Chandrahas beläßt den Arm um Baptis Schultern und setzt sich mit ihm auf zwei nebeneinanderstehende Stühle. »Kinder sind Kinder, die schlagen schon mal über die Stränge.«
»Das nennen Sie über die Stränge schlagen?« Naris Vater steht auf, wandert herum und bleibt schließlich vor Herrn Chandrahas stehen. »Mein Sohn liegt auf Tod und Leben!«
Herr Chandrahas bleibt kühl. »Ich habe mich im Krankenhaus erkundigt, es geht Ihrem Sohn bereits besser; eine akute Gefahr besteht nicht.«
»Soll ich danke sagen?«
Herr Chandrahas wendet sich an den Inspektor, der wieder mit seinem Bleistift spielt. »Was den Fahrer des PKW betrifft, mit dem habe ich telefoniert, die Kosten des Schadens übernehme ich. Der Mann erstattet keine Anzeige.« Dann schaut er Naris Vater, der wieder herumwandert, so eindringlich an, daß der stehenbleibt. »Ich bin an einer gütlichen Einigung interessiert. Ich übernehme alle entstehenden Kosten, wenn Sie von einer Anzeige absehen.«
»Das könnte Ihnen so passen!« Naris Vater wird böse. »Sie denken wohl, mit Geld erreicht man alles?«
Der Inspektor hebt die Hand mit dem Bleistift: »Bitte, meine Herren! Lassen Sie uns erst den Sachverhalt klären.«
Herr Chandrahas schaut auf seine Uhr und holt tief Luft. »Bitte, Bapti«, sagt er dann, »erzähl uns, wie alles kam.«
Stockend berichtet Bapti von der Prügelei auf dem Schulhof und

der vorausgegangenen jahrelangen Feindschaft zwischen Nari und ihm. Er sagt, er habe Nari zu einem Revanchekampf herausfordern wollen, ganz allein und ohne Zuschauer, um ihm zu zeigen, daß er keine Angst vor ihm habe.
»Ohne Zuschauer?« Naris Vater blickt ungläubig. »Und da nimmst du deinen Boy mit?«
Als Antwort erzählt Bapti, wie Nari, wie die ganze Klasse über ihn lachte, weil er Gopu als Freund und nicht als Boy ausgab. Es dauert lange, bis er das heraus hat.
»Du bist wohl viel allein?« fragt der Inspektor.
Bapti nickt.
»Erzähl weiter.«
Bapti berichtet, wie Gopu und er Nari vor dem Tennisplatz erwarteten und wie Nari, anstatt stehenzubleiben, eine Verfolgungsjagd veranstaltete.
Naris Vater lacht auf. »Du willst uns doch nicht weismachen, Nari hätte euch eingeladen, ihn zu verfolgen.«
»So war es aber.«
Der Inspektor hebt die Hand: »Einen Augenblick!« Er fordert Gopu auf, näher an den Schreibtisch heranzutreten. Dann befragt er ihn.
Gopu bestätigt Baptis Aussage. Nari sei vor ihnen davongefahren, sagt er, und einmal, als Bapti die Jagd bereits aufgegeben hätte, habe Nari sich herumgedreht, gelacht und gewinkt.
»Na bitte!« Herr Chandrahas schlägt die Beine übereinander.
Naris Vater stürzt auf den Inspektor zu: »Das ist doch eine abgekartete Sache! Selbstverständlich nimmt der Boy die Familie seines Herrn in Schutz; vielleicht bekommt er Gehaltserhöhung.«
Gopu wird rot.
Der Inspektor bleibt ganz ruhig. »Fahre fort«, bittet er Bapti.
In Bapti erwacht neuer Mut. Die Sache steht nicht schlecht, soviel

ist klar, und deshalb sagt er gleich, er könne nichts dafür, daß Nari bei Rot über die Kreuzung fuhr, er habe gebremst, er dachte, auch Nari halte an. Aber Nari sei weitergefahren. Wahrscheinlich hatte er die Kreuzung für frei gehalten und das Auto, das von rechts kam, übersehen.

»Bei Rot über die Kreuzung?« Herr Chandrahas lächelt breit. »Dann ist ja alles klar.«

»Lachen Sie nicht!« Naris Vater ist rot vor Zorn. »Ich zeige Sie an, ich zeige Sie auf jeden Fall an! Wegen Nötigung. Ihr Sohn und Ihr Boy haben meinen Sohn über die Kreuzung getrieben. Nari ist viel zu vernünftig, um bei Rot über eine Kreuzung zu fahren. Die Angst trieb ihn, die Angst vor seinen Jägern.«

»Erzählen Sie doch keinen Kriminalroman!« Herr Chandrahas wird ärgerlich. »Was bezwecken Sie mit der Anzeige? Die kostet Sie doch nur Geld.«

»Den Spaß, Sie fertigzumachen, laß ich mir was kosten!« Naris Vater beißt sich vor Wut und Ärger auf die Lippen.

Der Inspektor wirft dem Mann mit dem Notizblock, der alles, was Bapti und Gopu, Herr Chandrahas und Naris Vater sagten, mitstenografierte, einen Blick zu: »Das letzte streichen Sie.« Dann sieht er Naris Vater an: »Sie wollen trotz der Aussagen der Jungen Anzeige erstatten?«

»Nicht nur das! Ich werde die Zeitungen informieren. Die sollen sich mal mit den Methoden des Herrn Textilfabrikanten befassen. Nicht immer bekommt recht, wer mehr Geld hat.«

»Tun Sie, was Sie nicht lassen können«, sagt der Inspektor. »Wenn der Vorfall sich so abspielte, wie die Jungen ihn schildern, haben Sie keinen Erfolg mit Ihrer Anzeige.«

Herr Chandrahas winkt resigniert ab. »Mit der Anzeige nicht, aber mit der Pressekampagne. Ein Chandrahas ist nicht irgendwer, ich stehe im Licht der Öffentlichkeit. Die Zeitung, die mir etwas anhängen kann, ist fein raus, die erzielt einen Umsatz, der

sich sehen lassen kann. Diese Drohung hatte ich von Anfang an befürchtet.« Er wendet sich an Naris Vater: »Sie wollen nur Ihre kleinliche Rache. Sie haben immer noch nicht verwunden, daß ich Ihnen Haus und Grundstück nicht verkaufen wollte. Sie wollen mich und meine Firma treffen, nicht meinen Sohn. Es geht Ihnen nicht um Schuld oder Nichtschuld, es geht Ihnen um die Schlagzeile: Chandrahas junior fährt Sohn eines Mieters über den Haufen! Die Arbeitsplätze meiner Leute interessieren Sie nicht.«
»Tun Sie doch nicht so, als ob es Ihnen um Ihre Arbeiter und Angestellten geht.« Naris Vater lacht höhnisch. »Sie denken doch nur an Ihren Profit.«
»Ach! Und Sie?« Jetzt ist auch Herr Chandrahas zornig. »Sie gehen wohl aus Spaß an der Freude ins Büro, was?«
Der Inspektor hebt die Hände: »Meine Herren! So kommen wir doch nicht weiter!« Als Schweigen einsetzt, sagt er zu Herrn Chandrahas: »Ich verstehe Sie, aber ich kann Ihnen nicht helfen.«
»Ich weiß, ich muß mir selber helfen.« Herr Chandrahas seufzt und fragt dann Naris Vater: »Darf ich Sie um ein Gespräch unter vier Augen bitten?«
»Wenn Sie sich etwas davon versprechen.«
Als die beiden Männer vor der Tür sind, atmet der Inspektor auf. Er zieht ein Zigarettenetui aus der Brusttasche seiner Uniformjacke, bietet seinem Protokollführer eine Zigarette an und steckt sich selbst eine zwischen die Lippen. Dann rauchen die beiden Männer.
Gopu wirft einen Seitenblick auf Bapti. Er weiß nun, was es mit der Verfolgungsjagd auf sich hatte. Der Inspektor bemerkt den Blick. »Setz dich doch«, sagt er zu Gopu.
Gopu setzt sich auf den Stuhl links von Bapti. Bapti schaut nicht auf. Dann kommen die beiden Väter zurück. »Ich will mir die Sache überlegen«, erklärt Naris Vater. »Ich werde meinen Sohn

noch heute abend im Krankenhaus besuchen. Ist er bei Bewußtsein und bestätigt die Aussagen der Jungen, erstatte ich keine Anzeige.«

Ein kaum merkliches Lächeln umspielt den Mund des Inspektors, der wieder mit dem Bleistift spielt. »So einfach ist das nicht. Entweder Sie erstatten Anzeige, dann machen wir ein ordentliches Protokoll, vernehmen den PKW-Fahrer, besuchen Ihren Sohn im Krankenhaus, dann geht alles seinen ordentlichen Gang - oder Sie erstatten keine Anzeige, dann müssen wir niemanden zur Rechenschaft ziehen, dann ist der Fall für uns erledigt.«

»Ich kann nicht Anzeige erstatten, bevor ich nicht meinen Sohn gesprochen habe.«

»Tja, dann!« Der Inspektor zieht die Augenbrauen hoch. »Dann betrachten wir die Angelegenheit als erledigt.«

Naris Vater zögert: »Unter diesen Voraussetzungen ...«

Herr Chandrahas tritt vor und flüstert dem Inspektor etwas ins Ohr. Der erhebt sich. »Korrekt ist das nicht«, sagt er, »aber in Anbetracht Ihrer Lage ...« Er folgt Herrn Chandrahas vor die Tür.

Naris Vater setzt sich zu Bapti. »Warum soll Nari nicht dein Freund sein wollen? Das ist bestimmt ein Mißverständnis. Ich rede mal mit ihm.«

Das Gespräch zwischen Herrn Chandrahas und dem Inspektor dauert nicht lange. Als die beiden Männer zurückkommen, sagt der Inspektor: »Ich sehe ein, ohne die Aussage des verunglückten Jungen können wir die Sachlage nicht klären. Im Hinblick auf die Presse, die den Gang des Verfahrens wesentlich beeinflussen könnte, bin ich damit einverstanden, daß wir die Angelegenheit vorerst nicht weiterverfolgen.« Er wendet sich an Naris Vater: »Sie lassen uns morgen wissen, ob Sie Anzeige erstatten oder nicht?«

Naris Vater nickt.

»Da eine Anzeige seitens des PKW-Fahrers nicht vorliegt, bleibt die Sache bis morgen in der Schwebe.« Der Inspektor setzt sich, streicht sich die Schnurrbartenden glatt und sagt zu Herrn Chandrahas: »Die beiden Jungen dürfen Sie selbstverständlich mitnehmen.«

Naris Vater sieht erst Herrn Chandrahas, dann den Inspektor an.

»Solange nicht endgültig entschieden ist, ob ich Anzeige erstatte oder nicht, dürfen Sie die Jungen nicht laufen lassen«, sagt er.

»Wollen Sie, daß mein Sohn die Nacht im Gefängnis zubringt?« Herrn Chandrahas reicht es jetzt. »Sie verlangen ein bißchen viel.«

»Ich spreche nicht von Ihrem Sohn«, verteidigt sich Naris Vater. »Ein vermögender Mann wie Sie wird nicht alles aufs Spiel setzen, um mit seinem Sohn zu fliehen. Aber was ist mit dem Boy? Wer garantiert mir, daß er nicht über Nacht verschwindet? Dann habe ich keinen Zeugen mehr, dann steht Aussage gegen Aussage. Sie können nicht von mir verlangen, daß ich dieses Risiko eingehe.

»Aber der Boy ist doch kein Zeuge für Sie! Der hat doch gegen Sie ausgesagt«, wundert sich der Inspektor.

»Das ist mir egal! Wie die Aussagen zu werten sind, entscheidet gegebenenfalls der Richter.« Hilfesuchend sieht Naris Vater Herrn Chandrahas an. Der nickt: »Einverstanden! Behalten Sie den Boy für eine Nacht hier.«

»Ohne Gopu gehe ich nicht!« Bapti springt auf und nimmt Gopus Hand.

Auch Gopu steht auf. Verwirrt blickt er um sich.

»Er kann nichts dafür«, sagt Bapti, »er wußte nicht, worum es ging. Er soll nicht hierbleiben.«

»Es ist ja nur für eine Nacht«, sagt der Inspektor.

»Auch nicht eine Nacht!« Bapti weint. Er weint vor Wut. Was hier gemacht wird, ist schmutzig. So dumm ist er nicht, um nicht zu wissen, daß der Vater Naris Vater auf dem Hof das Grundstück und das Haus versprochen hat, daß sie aber erst morgen, wenn die

Banken geöffnet haben, den Kauf perfekt machen können. Geschäfte durch die Hintertür nennt der Vater so etwas. Auch mit dem Inspektor wird er ein solches Geschäft abgeschlossen haben. Das ist normal, das kennt Bapti, aber daß Gopu als Pfand zurückbleiben soll, ist eine Gemeinheit.

Der Vater legt den Arm um Baptis Schulter. »Sei vernünftig; es ist wirklich nur für eine Nacht.«

»Dann bleibe ich auch hier!«

Dem Vater reißt die Geduld. »Du kommst mit, du hast genug angestellt!« Er nimmt Bapti am Arm und zieht ihn zur Tür. An der Tür dreht er sich noch einmal um. »Sind Sie mit dem Wagen da?« fragt er Naris Vater.

Naris Vater schüttelt den Kopf.

»Dann nehmen wir Sie mit«, sagt Herr Chandrahas. »Mein Chauffeur wartet.«

Wer nicht besticht ...

Der Inspektor hält den Bleistift mit beiden Händen. Als die Tür hinter Naris Vater zufällt, zerbricht er ihn und wirft beide Enden in den Papierkorb neben seinem Schreibtisch. Dann flüstert er mit dem Protokollführer. Der sieht danach sehr zufrieden aus. Er kramt in seiner Hosentasche und bietet Gopu kandierte Früchte an. Gopu greift in das klebrige Tütchen und bedankt sich.
Dann geht der Inspektor mit Gopu durch den Flur mit den schweren Türen rechts und links. Sie durchqueren einen weiteren Flur und noch einen. Der Inspektor erzählt von seiner Familie. Er habe drei Söhne und zwei Töchter, sagt er, wenn er die nicht hätte, ja, dann ...
Der Inspektor bleibt stehen. In einer schmalen, beleuchteten Nische sitzt ein Wachtposten an einem Tisch. Ein Gürtel mit einem Revolverhalfter hängt über dem Stuhl. Der Inspektor spricht mit dem Wachtposten. Der schnallt den Gürtel mit dem Revolver um, nimmt ein Schlüsselbund und geht vor Gopu und dem Inspektor her. Vor einer der Türen bleibt er stehen, steckt den Schlüssel ins Schloß und dreht ihn herum. Die Tür quietscht in den Angeln.
Hinter der Tür ist es dunkel. Ein Gemurmel ist zu hören. Gopu zögert. »Na, geh schon!« sagt der Inspektor.
Gopu macht zwei Schritte, dann bleibt er stehen. Er kann nichts sehen, in dem Raum ist es dunkel.
Die Tür hinter Gopu fällt zu, wieder wird der Schlüssel herumgedreht. Gopu rührt sich nicht von der Stelle, er spürt sein Herz, als wäre es riesengroß. Wortfetzen, Bewegungen, Atmen, irgendwelche Geräusche? Es ist nichts zu hören, es ist, als hielten die Menschen in dem Raum den Atem an.

Gopu steht an der Tür, bis sich seine Augen an die Dunkelheit gewöhnt haben. Nun kann er Schatten, Umrisse, ein viereckiges Stück dunkelblauen Abendhimmel erkennen. Die Gefangenen liegen auf dem Boden, dicht nebeneinander. Es können zehn oder zwölf oder vierzehn sein, zählen kann Gopu sie nicht. Langsam bewegt er sich vorwärts.
»Sieh dich vor, verfluchter Hund!«
Gopu ist auf etwas getreten, etwas Weiches, sich Bewegendes. Er zieht den Fuß zurück und entschuldigt sich.
»Entschuldigung, Entschuldigung!« kräht eine Stimme links von Gopu. »Was haben sie uns denn da für einen gebracht? Entschuldigung, Entschuldigung!«
»Komm hier her!« Eine Hand packt Gopu am Hosenbein und zieht ihn herab. Die Hand läßt die Hose nicht los. Sie befühlt den Stoff. »Bist du reich?«
Gopu schüttelt den Kopf. Erst dann fällt ihm ein, daß niemand sein Kopfschütteln sehen kann, und er sagt leise: »Nein.«
»Wieviel Geld hast du?«
»Keins.«
»Lügst du auch nicht?« Die Hand tastet die Hosentaschen und auch die Brusttaschen ab.
»Zigaretten hast du auch keine?«
»Nein.«
Die Hand läßt von Gopu ab. »Wie heißt du?« Die Stimme des Mannes, der Gopu abgetastet hat, klingt heiser. Es ist eine junge Stimme.
»Gopu.«
»Was hast du gemacht?« fragt eine andere, ältere Stimme in einer Ecke des Raumes.
»Ich?« Gopu ist nicht sicher, ob die andere Stimme ihn meint.
»Nein, deine ungeborene Schwester!«
Die Männer lachen, dann ist es wieder still.

»Du mußt keine Angst haben«, sagt Gopus Nachbar, »unter uns ist kein Spitzel. Wir hatten einen, aber der hat jetzt eine Einzelzelle, da kann er lauschen, was die Mäuse den Ratten zuflüstern.«
»Der hört nichts mehr«, sagt jemand neben der Tür, »ich habe ihm die Ohren abgebissen.«
Wieder Gelächter.
»Das war der Einbeinige«, sagt Gopus Nachbar. »Der kommt nie wieder raus, er hat einen Kassenboten erwürgt.«
»Nur ein Bein, aber dafür Arme wie Elefantenrüssel!« ruft jemand unter dem Fenster.
»Der Kassenbote hätte mich nicht festhalten sollen«, sagt der Einbeinige. »Das hat er nun von seiner Treue zur Firma.«
Der Hohn in der Stimme des Einbeinigen gefällt Gopu nicht. Die Stimme des Mannes neben ihm dagegen erscheint ihm bereits vertraut. Leise fragt er seinen Nachbarn nach dem Namen.
»Ich heiße Charan.«
»Wie lange bist du schon hier?«
»Zwei Monate und acht Tage.«
Zwei Monate! Was für eine lange Zeit!
»Alles zusammengenommen bin ich schon länger hier: drei Jahre, fünf Monate und sechsundzwanzig Tage.«
»Ja«, sagt der Einbeinige, »unsere Warze ist zwar noch jung, aber schon ein alter Zellentiger.«
»Sag nicht Warze zu mir!« fährt Charan auf.
»Oh, entschuldige!« spottet der Einbeinige. »Ich vergaß, daß du darunter leidest. Wenn du willst, nehme ich dir das Schmuckstück ab – unter einer Bedingung: Du gibst mir dein rechtes Bein dazu.«
»Was hast du getan?« fragt Charan Gopu, ohne auf die Bemerkung des Einbeinigen einzugehen.
»Nichts.«
»Er ist unschuldig, der Ärmste!« spottet der Einbeinige. »Sie haben den Falschen eingesperrt.«

»Ich habe wirklich nichts getan!«
»Du kannst Vertrauen zu uns haben«, sagt Charan, »wir verpfeifen dich nicht.«
»Aber ich habe wirklich nichts getan.«
»O.K.!« sagt Charan. »Du bist unschuldig wie ein frisch gelegtes Ei. Ich auch. Sie haben mich nur zufällig bei einem Einbruch geschnappt. Beim King of Crocodile. Kennst du den King of Crocodile?«
»Nein.«
»Dann bist du nicht von hier. Das dachte ich mir gleich, du sprichst so komisch.«
»Ich bin aus Bombay.«
»Bombay?« sagt eine Stimme. »Da war ich mal; da gibt's mehr Polizisten als Flöhe.«
Wieder wird gelacht.
»Und was machst du in Madras?«
»Ich bin Boy.«
»Boy?« Charan stutzt. »Deshalb die feinen Klamotten!«
»Guten Morgen, die Herrschaft! Mahlzeit, die Herrschaft! Gute Nacht, die Herrschaft!« Der Einbeinige ruft das. Er hat sich aufgerichtet und verneigt sich jedesmal.
»Einen Tritt in den Arsch, der Herr Lakai!« fügt kreischend ein anderer Mann hinzu.
Erneutes Lachen. Als es verklingt, fragt Charan: »Ist denn das ein Leben – als Boy?«
»Ich muß Geld verdienen, mein Vater hat seine Stellung verloren.«
»Was war dein Vater?«
»Liftboy.«
»Noch ein Lakai!« ruft jemand. »Eine Familie von Lakaien.«
»Was verdient man denn als Boy?« fragt Charan.
»Zweihundertfünfzig bekomme ich.«

»In der Woche?«
»Im Monat.«
»Im Monat?« Charan schlägt sich mit der flachen Hand vor die Stirn. »Oh, du mein armer Körper! Zweihundertfünfzig im Monat! Und dafür von morgens bis abends herumgehetzt werden, einen krummen Buckel machen, bis man ihn nicht mehr gerade bekommt. Nein, Freundchen! Dafür hat mich meine Mutter nicht geboren. Weißt du, was der Bruch beim King of Crocodile einbrachte? Waren im Wert von über zweihunderttausend. Über zweihunderttausend! An einem Abend! Nicht in einem Monat, einem Jahr oder zehn Jahren. Brieftaschen, Damentaschen, Gürtel, Schuhe - alles aus echtem Krokodilleder! Dafür zahlen die Ausländer, bis sie kein Geld für den Rückflug mehr haben.«
»Gib nicht so an, Warze!« ruft eine Stimme, die Gopu bisher noch nicht vernommen hat. »Sie haben dich erwischt, haben dir alles abgenommen, oder wärst du sonst hier?«
»Weil ich Pech hatte!« verteidigt sich Charan. Erst dann wird ihm bewußt, daß der andere ihn »Warze« nannte. »Nenn mich nicht Warze!« fordert er. »Sonst zeige ich dir, wie es in deinem nächsten Leben zugeht.«
»Du nicht«, erwidert der andere, »nicht der Sohn einer flachbrüstigen Hure.«
Charan steht auf.
Auch der andere steht auf.
»Gib's ihm, Tänzer!« rufen die Männer, und: »Zeig es ihm, Charan!«
Charan und der Tänzer umkreisen sich. Leicht vorgeneigt und mit ausgebreiteten Armen belauert der eine den anderen. Dann schnellen beide Körper vor. Der Anprall ist hart, sie stürzen und verkrampfen sich ineinander. Gopu kann nichts mehr erkennen, nur noch hören: dumpfe Schläge, Stöhnen, ab und zu ein tiefes

Luftholen oder Prusten. Dann schreit der Tänzer auf. Charan triumphiert: »Na, du kleine Ratte? Was ist jetzt? Noch ein bißchen fester?«
»Aaaahhh!« stöhnt der Tänzer.
»Sagst du noch einmal Warze zu mir?«
»N-nein!«
»Bekomme ich morgen früh deine Tagesration?«
»Du ...«
»Was ist? Magst du mich nicht?«
Wieder schreit der Tänzer auf.
»Bekomme ich nun dein Essen oder nicht?«
»Jaaaaaa!«
»So ist's fein, Tänzer! Bist ja doch ein lieber Junge.«
Charan richtet sich auf, packt den unterlegenen Gegner am Haarschopf und stellt ihn auf die Beine. »Überlege es dir, bevor du dich noch einmal mit einem Hurensohn einläßt«, sagt er. Dann geht er auf seinen Platz zurück. Der Tänzer verdrückt sich still in seine Ecke.
Charan riecht nach Schweiß, er atmet schwer. »Nie etwas bieten lassen«, rät er Gopu. »Wer sich im Knast dummkommen läßt, ist verloren.« Er verschränkt die Hände ineinander und läßt die Finger knacken. »Das hat gutgetan, von dem Herumliegen hier wird man ganz krank.«
»Ich bleibe ja nur eine Nacht«, sagt Gopu leise. Charans Rat ist gut gemeint, aber er benötigt ihn nicht.
»Eine Nacht? Hat der Inspektor das gesagt? Der lügt, ohne rot zu werden.«
»Aber ich bleibe wirklich nur eine Nacht, ich habe ja nichts getan.«
»Nichts getan, nichts getan!« äfft der Einbeinige Gopu nach. »Da kann einem ja schlecht werden von diesem: Nichts getan! Paß nur auf, daß dir niemand was tut.«

Gopu schweigt. Dem Einbeinigen traut er alles zu.
Aber auch Charan wird ungeduldig: »Pack aus! Weshalb haben sie dich eingebuchtet?«
Gopu beginnt zu erzählen. Er spricht leise, dennoch weiß er, daß alle zuhören. Er spürt das Mißtrauen der Gefangenen. Erst als er von der Verhandlung im Büro des Inspektors berichtet, glaubt Charan ihm: »Das ist typisch! Der reiche Chandrahas hat sie alle bestochen.«
Gopu ist froh, daß man ihm endlich glaubt. Daß Herr Chandrahas Naris Vater, den Inspektor und auch den Protokollführer bestochen hat, steht fest. Weshalb sonst war Naris Vater auf einmal mit allem einverstanden, weshalb sonst war der Inspektor plötzlich bereit, die Sache in der Schwebe zu lassen, und weshalb sonst war der Protokollführer am Schluß so zufrieden, daß er ihm sogar kandierte Früchte anbot?
»Das Ganze ist Theater, Spiel mit verteilten Rollen«, erklärt Charan. »Die haben von Anfang an auf eine solche Einigung abgezielt.« Er lacht böse. »Jeder weiß, daß der andere nur eine Rolle spielt, und auch der weiß, daß er eine Rolle spielt, und trotzdem sind sie voller Ernst und Würde. Uns halten sie für dumm, sie glauben, wir bemerken nicht, daß sie nur spielen; wir haben ihnen gläubig in die Pupille zu gucken und reuevoll zu nicken.« Er lacht wieder, diesmal heiter: »Wir nicken, gucken gläubig, spielen mit – wir sind auch keine schlechten Schauspieler.« Dann wird er ernst: »Wenn du nicht mitspielst, nehmen sie dir das übel. Dann stopfen sie dir das Maul mit Strafen, die du nie in deinem Leben abreißt.«
»Was willst du?« sagt ein älterer Mann. »Im Knast hast du ein Dach über dem Kopf, im Knast kannst du nicht verhungern; es gibt sogar einen Arzt: Bist du krank, wirst du kuriert. Wo hast du das draußen?«
»Schöner Arzt!« meldet sich der Einbeinige. »Was meinst du, wo

ich mein Bein gelassen habe? Ich hatte eine Blutvergiftung, ich konnte schreien vor Schmerz und Wut, dein Arzt sagte einfach: Du simulierst, Freundchen! Bis es zu spät war. Da sagte er dann: Ab damit!«

»Draußen wärst du ganz draufgegangen«, erwidert der ältere Mann. »Du kannst sagen, was du willst: Kurz vor dem Verhungern gehst du gerne in den Knast.«

»Man lebt nur einmal«, sagt Charan. »Klappt der Bruch, lebe ich ein paar Monate wie ein Fürst, verkehre in den teuersten Restaurants. Klappt er nicht, marschiere ich in den Knast. Dort geht es mir dreckig, aber ich bleibe am Leben.«

»Du meinst, das mit der einen Nacht war eine Lüge?« Gopu gehen Charans Worte nicht aus dem Kopf.

»Damit mußt du rechnen«, antwortet Charan. »Denen ist alles zuzutrauen. Vielleicht machen sie sich jetzt schon Sorgen, daß du zuviel mitbekommen hast, und beschließen, dich drin zu lassen.« Er denkt einen Augenblick nach und sagt dann: »Wer glaubt dir schon? Sie erfinden einen Tatbestand, und du bleibst drin.«

»Aber ich bin doch erst ...« Gopu verstummt. Es gibt auch Jugendgefängnisse, und er ist bald vierzehn. Was, wenn Charan recht hat?

»Ich kannte einen, der saß unter Mordverdacht«, berichtet Charan. »Er hätte seine Unschuld beweisen können, hätte man ihm die Möglichkeit dazu gegeben. Das aber wollte man nicht; wahrscheinlich hat der wahre Mörder über Mittelsmänner Geld an die richtigen Stellen gezahlt.«

»Wer nicht besticht, wird erwischt!« deklamiert der Einbeinige.

»Wenn ich sitze, will ich wissen, wofür«, sagt Charan. »Trage ich das Risiko, will ich auch eine Chance haben.«

Die Männer reden durcheinander, jeder berichtet von Ungerechtigkeiten, die er erlebt hat. Besonders viele Ungerechtigkeiten sind den Männern durch die Polizei widerfahren. »Das sind die

eigentlichen Verbrecher«, sagt der Einbeinige, »die leben auf unsere Kosten, handeln mit ›Gerechtigkeit‹.«
Gopu würde sich am liebsten die Ohren zuhalten. Was die Männer erzählen, macht ihm Angst. Andererseits aber möchte er alles hören, alles genau wissen.
Erst spät in der Nacht werden die Stimmen weniger und versiegen schließlich ganz. Schlafgeräusche erfüllen nun die Zelle. Nur Gopu ist noch wach. Er denkt an den Traum vom Großvater. Hätten der Vater und er den Traum nicht auch anders deuten können? Der Hirte fand sein Glück nicht, wurde schwermütig, war am Ende einsam und unglücklich. Wie konnten sie einen solchen Traum als Vorankündigung eines Glücks deuten?
Der Traum von der Tigerfalle! Ein Traum, der wahr wurde: Er sitzt in der Falle. Wenn Herr Chandrahas, wenn der Inspektor, wenn Naris Vater nicht möchte, daß er hier herauskommt, muß er dann tatsächlich hierbleiben?
Wer nicht besticht, wird erwischt! Wen sollte er bestechen, wen und womit? Gopu zieht die Beine an den Körper heran, legt die Arme auf die Knie, stützt den Kopf darauf und denkt nach. Die ganze Nacht denkt er nach, über sich, über Bapti, über die Familie Chandrahas, über die Worte der Männer in der Zelle. Was würden der Vater, Onkel Kamal oder Raj ihm jetzt raten?
Während er nachdenkt, behält Gopu das Fenster im Auge. Mal wünscht er, die Nacht möge schnell vorübergehen, mal wünscht er das Gegenteil. Der neue Tag aber kümmert sich nicht um Gopus Wünsche, er graut herauf, als es Zeit dafür ist. Gopu kann nun die Männer sehen, mit denen er die Nacht verbracht hat. Vom langen Aufenthalt auf der nackten Erde sind ihre Kleidungsstücke zu Lumpen geworden, ihre Gesichter sind grau.
Der Einbeinige ist nicht so alt, wie seine Stimme vermuten ließ. Sein Vollbart und das lange, schwarzgraue Haupthaar sind fettig und strähnig.

Charan ist ein hübscher Bursche, nicht älter als zwanzig Jahre. Aus der Warze am Hals wächst ein langes Haar. Er läßt es wachsen, als sei er ein Chinese.
Charan erwacht. »Na, Boy? Hast du die Nacht mit uns überlebt?« fragt er. Dann rückt er näher: »Ich habe über deine Geschichte nachgedacht. Es ist möglich, daß sie ihr Wort halten, es ist aber auch möglich, daß sie es nicht halten. Laß dich auf nichts ein. Wenn du Gelegenheit dazu hast, dann fliehe! Was du dir nimmst, hast du, was sie dir geben, erfährst du erst, wenn es zu spät ist. Ich mache es genauso. Bei der erstbesten Gelegenheit ...« Er läßt die Hand flattern, als sei sie ein Vogel im Steigflug.
Gopu wird einer Antwort enthoben. An der Tür wird geschlossen, die Gefangenen werden zum Waschen geführt. Charan hält einen breiten, plump wirkenden Burschen an der Schulter fest. »Vergiß nicht, wie laut du ›ja‹ geschrien hast, als ich dich bat, mir dein Essen abzutreten.« Der Tänzer nickt stumm. In seinem kantigen, großflächigen Gesicht rührt sich nichts.
Im Waschraum stehen die Männer herum, rauchen und schwatzen. Einige trinken Wasser oder bespritzen sich das Gesicht. Der Einbeinige lehnt an der Wand und sieht Gopu von oben bis unten an: »Du bist ja wirklich noch ein Kind.«
Bevor die Männer in die Zelle zurückgeführt werden, erhält jeder zwei Hände voll dicken, klumpigen Reis. Charan streckt die Hände aus, zieht sie gefüllt zurück und streckt sie ein zweites Mal aus.
»Was ist?« fragt der Wachtposten hinter dem Essenkübel.
»Der Tänzer hat keinen Appetit«, grinst Charan.
Der Wachtposten wiegt anerkennend den Kopf: »Du bist ein raffinierter Hund, Charan!«
»Man tut, was man kann.« Charan hält die übervollen Hände vor die Brust, betritt die Zelle, hockt sich hin und beginnt zu essen. Er ißt hastig erst die rechte Hand leer, um mit ihr genüßlich die linke

zu leeren. Er grinst den hungrigen Tänzer an: »Hättest du doch nicht ›Warze‹ zu mir gesagt!«

Nach dem Essen sind die Gefangenen gut gelaunt. Sie machen Scherze, zumeist auf Kosten des Tänzers. Der Vormittag verläuft wie die Nacht. Die Gefangenen liegen herum, reden, streiten, lachen. Der einzige Unterschied: Ab und zu wird jemand zur Vernehmung geführt. Kommt er zurück, erzählt er, was man ihn fragte, was er antwortete. Jeder Fall wird diskutiert, Haftstrafen werden geschätzt, Beispiele angeführt.

Gopu wartet darauf, daß er geholt wird, daß Herr Chandrahas kommt oder sogar Bapti. Stunde um Stunde vergeht. Wird die Tür geöffnet, schlägt Gopus Herz schneller, aber es ist jedesmal ein anderer Name, der aufgerufen wird.

Kein Grund zur Beschwerde

Tautropfen hängen an den Blüten der Blumen in Vaters Beeten. Bapti steht im nassen Gras und zieht die Schultern hoch. Es ist noch sehr früh, er hat nur wenig geschlafen; er fühlt sich unausgeruht, friert, geht im Garten auf und ab und wartet. Er kann nichts anderes tun als warten, und er kann an nichts anderes denken als an den gestrigen Tag, der erst vorüber ist, wenn Gopu zurück ist.

Der Vater hat ihn gescholten. Auf der Rückfahrt von der Polizeistation sagte er nichts, da war Naris Vater dabei, da besprachen sie letzte Einzelheiten des Hausverkaufs, aber zu Hause legte er los: Was ihn dieser blöde Unfall gekostet habe! Daß er sich auf diese Basarfeilscherei nur eingelassen habe, weil er nicht wolle, daß die Presse, anstatt von Ayeshas Hochzeit zu berichten, in seinen Mülltonnen herumwühlt. Daß er, Bapti, endlich einmal lernen müsse, in Zusammenhängen zu denken. Über Gopu verlor er kein Wort.

Bip kommt in den Garten. Höflich grüßend geht er an Bapti vorüber. In der Ecke, die ihm der Vater für seine Kräuter läßt, kniet er nieder, schneidet hier etwas Grün, dort etwas Grün. Er arbeitet langsam. Hin und wieder sieht er zu Bapti hin. Er möchte wissen, wo Gopu abgeblieben ist, sorgt sich vielleicht sogar. Bapti dreht sich um und geht ins Haus. Er möchte darüber nicht reden. Beim Frühstück sitzt Bapti der Mutter gegenüber. Die Mutter und Ayesha sind in Gedanken irgendwo, nur nicht am Frühstückstisch. Denken sie an die Hochzeit, an die Vorbereitungen, die getroffen werden müssen? Oder denken sie über Rissa nach, die blaß und mager und ohne jemanden anzusehen den Tisch deckte?

»Mir ist nicht gut. Ich gehe heute nicht in die Schule«, sagt Bapti in das Schweigen hinein.
»Was soll das heißen?« Die Mutter blickt auf. »Ist das wegen dem Boy? Was denkst du, wozu dein Vater dir eine Privatschule bezahlt?«
»Mir ist wirklich nicht gut. Ich habe kaum geschlafen.«
»Er sieht schlecht aus«, bestätigt Ayesha.
»Wir sehen alle schlecht aus«, meint die Mutter. Aber dann seufzt sie: »Frag deinen Vater. Wenn er einverstanden ist, meinetwegen!«
Der Vater sitzt im Arbeitszimmer. Rissa ist bei ihm. Sie hält das Tablett mit dem schmutzigen Geschirr in den Händen und hört mit gesenktem Kopf dem Vater zu. Als Bapti eintritt, verstummt der Vater. »Was ist?« fragt er.
Bapti sagt, ihm sei nicht gut. Ob er zu Hause bleiben dürfe.
Der Vater überlegt kurz. »Ja, ja!« sagt er dann ungeduldig. Er möchte das Gespräch mit Rissa fortsetzen. Bapti aber geht noch nicht. Er druckst herum, schließlich fragt er: »Wann erledigst du das? Du weißt schon.« Er will vor Rissa nicht deutlicher werden.
Der Vater sieht auf die Uhr. »Bald«, sagt er. Dann trommelt er mit den Fingern auf die Schreibtischplatte: »Nun geh schon! Es gibt noch andere Probleme als die, die du mir aufhalst.«
Bapti geht in sein Zimmer und legt sich aufs Bett. Er nimmt ein Buch und versucht zu lesen. Dann aber schlägt er das Buch zu und träumt. Er versucht, sich die Nacht vorzustellen, die Gopu im Gefängnis verbrachte. Er sieht ihn allein in der Zelle, in der sie zu zweit auf den Vater warteten. Die Zelle ist dunkel, der Mond scheint durch das kleine, vergitterte Fenster. Gopu sitzt auf der Erde, stützt den Kopf in die Hände und wartet, er wartet, daß die lange, einsame Nacht vorübergeht. Dann dringt ein Sonnenstrahl durch die Fensteröffnung, Staubteilchen tanzen in der Luft. Ein Wärter kommt, öffnet die Tür …

Der Wärter kann nicht kommen, noch hat der Vater Naris Vater nicht das Haus verkauft. Bapti geht zum Fenster und schaut hinaus. Da drüben ist das Haus, in dem Nari wohnt und das nun bald Naris Vater gehören wird.
Ob Nari nach dem Krankenhausaufenthalt anders zu ihm sein wird?
Der Vater verläßt das Haus. Kurz darauf erscheint Naris Vater auf der Straße. Die beiden Männer begrüßen sich und wechseln ein paar Worte, dann besteigen sie Vaters Auto und fahren davon.
Am Vormittag sitzt Bapti vor dem Haus. Er wartet darauf, daß der Wagen mit den beiden Männern zurückkommt. Topur fegt die Straße. Er ist neugierig, aber er fragt nicht. Dann kommt der Wagen zurück. Naris Vater steigt aus. Als er Bapti entdeckt, kommt er auf ihn zu: »Heute nachmittag besuche ich Nari. Willst du mitkommen?«
Bapti schaut an Naris Vater vorbei. Der Vater sieht müde aus. Ohne ein Wort zu sagen geht er ins Haus.
»Na? Was ist?« fragt Naris Vater.
»Haben Sie den Inspektor angerufen?« fragt Bapti anstatt zu antworten.
»Das mache ich jetzt.«
»Bitte, tun Sie es gleich.« Bapti steht auf und geht ins Haus. Er geht in den Keller, holt sein Rad aus dem Verschlag, schiebt es auf die Straße und bleibt stehen. Der Vater besteigt erneut den Wagen, er läßt sich in die Firma fahren.
Bapti wartet, bis der Wagen außer Sichtweite ist, dann fährt er los. Er fährt den Weg, den er fuhr, als er Nari verfolgte. Nichts erinnert an den Unfall. Die Kreuzung, auf der Nari verunglückte, ist eine ganz normale Kreuzung.
Vor der Polizeistation steigt Bapti vom Rad, lehnt es an die Wand des gegenüberliegenden Hauses, setzt sich daneben und wartet. Noch kann Gopu nicht fort sein.

Bapti wartet eine Stunde, eine zweite Stunde; er wird müde, er bekommt Hunger, aber Gopu kommt nicht. Einmal verlassen zwei Polizeifahrzeuge die Polizeistation, das Sirenengeheul schrillt ihm in die Ohren, dann ist wieder alles still.

Als es Nachmittag wird, steht Bapti auf. Er schiebt sein Rad in den Hof der Polizeistation, stellt es neben Gopus Rad ab, das der Chauffeur am Vortag nicht im Wagen unterbekam, und sucht das Zimmer des Inspektors. Er findet die richtige Tür, klopft an und tritt ein.

»Du?« Der Inspektor ist überrascht. Dann aber schimpft er los: »Du kommst mir gerade recht! Weißt du, wo dein Boy ist? Er ist geflohen. Als wir ihn holten, um ihn nach Hause zu schicken, sprang der Dummkopf aus dem Fenster.«

Gopu geflohen?

»Dem Wachtposten hat er in die Hand gebissen. Wie ein Wolf biß er zu.«

Bapti steht da und wartet. Irgend etwas muß geschehen, er kann doch nicht ohne Gopu nach Hause fahren.

»Was ist?« fragt der Inspektor. »Freust du dich über deinen cleveren Boy?«

Bapti schüttelt stumm den Kopf. Dann fragt er: »Suchen Sie ihn?«

»Nein!« Der Inspektor legt die Hände auf den Schreibtisch, als habe er von der ganzen Angelegenheit die Nase voll. »Die zwei Streifenwagen waren ein Versehen, die in der Haftanstalt dachten wunder wer da ausgebrochen ist. Den Ärger habe jetzt ich, nicht dein Vater, und erst recht nicht dieser Schlaufuchs, der deinen Vater ausnahm.«

»Aber Sie müssen Gopu suchen.«

»Und einsperren? Wenn wir ihn finden, wird er bestraft. Oder denkst du, man darf einem Polizisten ungestraft in die Hand beißen?«

»Das ist ungerecht!« begehrt Bapti auf. Gopu ist bestimmt nur deshalb geflohen, weil er nicht daran glaubte, freigelassen zu werden. Und daß er daran nicht glauben konnte, daran trägt Gopu keine Schuld.

Der Inspektor stemmt die Arme in die Seiten. »Was ist denn gerecht? War das gerecht, daß der, der am wenigsten mit der ganzen Sache zu tun hatte, die Nacht im Gefängnis verbringen mußte? - Das Leben ist nun einmal ungerecht! Du bist der letzte, der einen Grund hat, sich zu beschweren.«

Einen Moment sieht Bapti den Inspektor stumm an, dann geht er davon. Keinen Grund zur Beschwerde! Ihm geht es gut! Es geht ihm gut, es geht ihm aber auch schlecht. Das wird nie einer verstehen, nicht der Vater, nicht die Mutter, schon gar nicht dieser Inspektor, der alles weiß und alles sieht, der vieles nicht mag und trotzdem die Hand aufhält und mitmacht. Das Leben ist ungerecht! Alle wissen es, keiner findet es in Ordnung, und doch finden sich alle damit ab.

Bapti besteigt sein Rad und fährt auf die Straße hinaus. Er fährt an der Stelle vorüber, an der er saß und auf Gopu wartete. Zur gleichen Zeit, als er in der Sonne döste, biß Gopu nur wenige Meter von ihm entfernt einem Polizisten in die Hand und sprang aus dem Fenster. Er sah die Streifenwagen, hörte die Sirenen und hatte von nichts eine Ahnung.

Gopu ist ein Kerl, Gopu läßt nicht mit sich machen, was andere wollen.

Zu Hause angekommen, schiebt Bapti das Rad in den Verschlag und geht zu Raj. Nur mit Raj kann er reden, nicht mit dem Vater, der Mutter oder Ayesha, nicht mit Bip und Rissa; mit denen schon gar nicht, die würden nichts sagen, aber ihn ansehen wie einen, der schuld an allem ist.

Raj ist beim Vater. Bapti setzt sich auf die Treppe und wartet. Es dauert lange, aber dann kommt Raj heraus. Er trägt einen Aktenordner unter dem Arm.

»Kann ich Sie sprechen?« fragt Bapti ernst.
»Bitte!« antwortet Raj ebenso ernst und nimmt Bapti mit in sein Zimmer.
Bapti setzt sich auf den Stuhl zwischen Schreibtisch und Bett. Raj stellt den Aktenordner in eines der Regale und nimmt an seinem Schreibtisch Platz. Ohne Umschweife berichtet Bapti von Gopus Flucht. Als er fertig ist, schweigt er erwartungsvoll.
Raj denkt nach. »Gopu war dumm«, sagt er dann, »er hätte Vertrauen haben müssen. Jetzt ist es zu spät.«
War das Raj, der das sagte? Der gleiche Raj, der soviel von Gopu hielt?
»Aber wir müssen ihm helfen! Es war ungerecht, ihn im Gefängnis zu lassen.«
»Wir können ihm nicht helfen«, sagt Raj. »Gopu wird bei den Obdachlosen untertauchen. Wie soll man ihn da herausfinden? Außerdem: Die Ungerechtigkeit, die ihm widerfahren ist, ist keine besondere Ungerechtigkeit. Millionen Menschen in unserem Land trifft es täglich schlimmer. Die Welt ist, wie sie ist, damit müssen wir leben.«
Die Welt ist, wie sie ist! Kein Grund zur Beschwerde! Der eine benutzt diese Redensart, der andere eine andere, sagen tun sie dasselbe: Dir geht es gut, sei zufrieden, scher dich nicht um die anderen. Bapti geht durch den Flur. Er geht zum Vater. Er muß nun zum Vater.
Der Vater sieht von seinen Papieren auf. Ärgerlich über die Störung will er schimpfen, doch dann sieht er Baptis Gesicht und legt den Füllfederhalter beiseite. »Hat was nicht geklappt?«
Bapti berichtet erneut.
Der Vater hört zu, dann sagt er: »Das war dumm von dem Jungen, das hätte ich nicht gedacht.«
Der Vater sagt, was alle sagen. Es gibt offensichtlich nichts anderes dazu zu sagen. Bapti lehnt den Kopf an die Wand und

weint. Der Vater nähert sich ihm, nimmt seine Schultern und streichelt sie: »Mir darfst du keine Schuld geben, ich habe getan, was ich konnte.«
»Du hast es für dich getan, nicht für Gopu!«
»Natürlich habe ich es für mich getan. Ich habe es aber auch für dich getan, für deine Schwester, für Mutter, für all die Arbeiter und Angestellten in der Firma und im Haus – und damit auch für Gopu.«
»Du lügst! Für uns hast du es getan, nicht für die Arbeiter und Angestellten, nicht für Gopu!« Wenn Naris Vater in allem unrecht hatte – was Vaters Arbeiter und Angestellten betraf, hatte er recht.
»Und wenn es so wäre? Was ist schlecht daran? Jeder denkt an seine Familie.«
»Für Gopu ist es schlecht.«
Der Vater setzt sich hinter seinen Schreibtisch, zündet sich eine Zigarre an und raucht. Bapti bleibt stehen wie er steht: das Gesicht zur Wand, den Rücken dem Vater zugekehrt.
»Du mußt härter werden.« Der Vater sagt das, als sage er es zum ersten Mal. »Das Leben ist hart, das Geschäftsleben brutal. Leute wie wir müssen an alles denken, müssen härter, aber auch vorsichtiger sein als andere. Jede schieläugige Schlange beißt zu, wenn die Beute in Reichweite ist. Gestern waren wir in Reichweite.«
»Gopu ist immer in Reichweite.«
»Das ist nicht meine Schuld, ich bin nicht Shiva.« Der Vater kommt um den Schreibtisch herum und dreht Bapti von der Wand weg. »Bisher habe ich Geduld gezeigt, damit ist es jetzt vorbei. Entweder du bemühst dich, mich zu verstehen, oder ich stelle einen Erzieher ein, der aus dir macht, was ich brauche: einen Sohn, der meine Arbeit fortsetzt, der weiß, was gut für die Leute ist, die ihm anvertraut sind, der hart ist, wenn er es sein muß, und weich, wenn er es sich leisten kann.«

Bapti reißt sich los. Er läuft aus dem Zimmer, die Treppe hinunter, in den Garten - mitten in eines der Blumenbeete des Vaters hinein. Er hat das schon einmal getan, damals trommelte er mit den Fäusten im Beet herum, jetzt packt er jede einzelne Blume und reißt sie aus.

3. Teil: Mangars Winkel

Im Dickicht

Der junge Bambus geht Gopu nur bis zu den Schultern, aber die hohlen, knotigen Gewächse stehen dicht, er muß die Pflanzen mit den Händen auseinanderschieben. Er ist außer Atem, die Kräfte lassen nach, er blickt sich um. Hinter dem Bambusfeld ist eine Wiese, nur wenige Rinder weiden auf dem saftigen Grün. Auf der anderen Seite wälzen sich Büffel in einem sumpfartigen Gelände, sie sind über und über schlickverkrustet. Zwei Jungen hüten die Herde, der auf dem Rücken des Leittiers blickt zu ihm hin, der andere schläft im Schatten eines Strauches.

Gopu läuft weiter. Er überspringt die Bewässerungskanäle einer Reihe von Reisfeldern, läuft einen Büffelpfad entlang, über Sand und spärlich bewachsenen Lehmboden, über eine Obstplantage, durch Maisfelder. Erneut muß er stehenbleiben, luftholen, erneut schaut er sich um. Es ist niemand zu sehen; in der Ferne ein Wäldchen aus wildem Bambus, rechts eine Autostraße, dahinter ein Orangenhain. Gopu schiebt die hochstehenden Pflanzen auseinander, setzt sich, verschnauft.

Es ist heiß in dem Feld. Die träge, würzige Luft, die aus der Erde aufsteigt, macht müde. Gopu reißt sich zusammen und richtet sich auf. Er darf nicht müde werden, nicht so nahe der Autostraße! Er pflückt einen der Maiskolben und bahnt sich einen Weg durch den Mais, auf das Bambuswäldchen zu. Dort muß er hin, dort ist Schatten, dort, fern der Autostraße, darf er ausruhen.

Die vier bis fünf Meter hohen Stämme stehen dicht, junge Triebe wachsen nach, es ist ein richtiges Dickicht. Gopu geht einige Schritte in das Wäldchen hinein, findet eine Lichtung und läßt sich nieder. Er nimmt den Maiskolben aus dem Hemd, legt ihn neben sich und schaut die glatten Stämme entlang, bis in die Kronen, in denen das Licht der Sonne spielt. Die Sonne steht tief, also ist es Nachmittag. Wie lange ist er gelaufen? Zwei Stunden, drei Stunden, vier Stunden? Gopu legt sich auf den Rücken und schließt die Augen. Es ist nicht wichtig, wie lange er gelaufen ist, wichtig ist, daß sie ihn nicht bekommen haben.
Er sieht sich wieder mit dem Wachtposten den Flur entlanggehen, hört sich fragen, ob er freigelassen wird. »Wie lange sitzt du denn schon?« fragte der Posten zurück. »Eine Nacht«, antwortete er. Da lachte der Posten: »Ich habe noch keinen erlebt, der nach einer Nacht freigelassen wurde!« - Es kam alles zusammen, das Lachen des Postens, Charans Worte, das offene Fenster. Von dem offenen Fenster war der Wachtposten selbst überrascht, er packte ihn am Arm und hielt ihn fest. Da war es aus, da biß er zu, da lief er zum Fenster und sprang hinaus, ohne zu überlegen, ohne irgend etwas zu denken außer: Weg! Nichts wie weg! Dann stand er im Hof, übersprang eine Mauer, lief immer geradeaus, durch Straßen, Gassen, Höfe. Als er das Sirenengeheul hörte, war er in einem Fabrikhof und kroch in eine leere Tonne. Das war dumm, nun saß er in der Falle. Doch er hatte Glück, das Sirenengeheul wurde leiser und verstummte. In der Tonne dachte er darüber nach, ob es richtig gewesen war, zu fliehen. Dann gab er es auf, sich das zu fragen. Er kletterte aus der Tonne und lief weiter, brachte Abstand zwischen sich und die Polizeistation. Er lief durch einen dichtbesiedelten Vorort: flache Häuser, Seidenwebereien, Straßenhändler. Die Straßenhändler winkten, sie hielten ihn für wohlhabend; Hose und Hemd konnten keinem Armen gehören. Eine Zeitlang lief ein Bettelweib hinter ihm her. Mit ausgestreckter Hand und

tränenerstickter Stimme verfolgte sie ihn durch mehrere Straßen. Erst als er durch den Ort hindurch war, ließ sie von ihm ab.

Ein Geräusch! Gopu hebt den Kopf, ist sprungbereit. Das gleiche Geräusch: ein Zischen hinter ihm. Er dreht sich auf den Bauch, sucht - und verharrt still: eine Kobra! Ganz deutlich sieht er die gelbbraune Giftschlange mit dem hochgestellten Kopf und der ausgebreiteten Haube. Irgend etwas hat sie so erregt, daß sie ihre Kampfstellung eingenommen hat. Gopus Augen folgen dem starren Blick der Schlange. Erst kann er nichts entdecken, dann sieht er einen spitzen Kopf mit hellen, rötlichen Augen zwischen zwei Bambusstämmen hindurchlugen: ein Mungo! Gopu atmet auf. Solange ein Mungo in der Nähe ist, hat er von der Kobra nichts zu befürchten. Mungo und Kobra sind Erbfeinde, unversöhnliche Gegner; wenn sie sich treffen, kommt es zum Kampf. Der Sage nach stellt der graue, silbergesprenkelte Mungo in diesem Kampf den Tod, die Kobra das Leben dar. Der Ausgang des Kampfes ist ungewiß, sicher ist nur, daß eines der beiden Tiere sterben wird.

Die Kobra zischt, ihr Schild wird breiter. Es ist eine noch junge Schlange, nur wenig länger als einen Meter. Den Mungo stört das Zischen der Brillenschlange nicht, unentwegt beobachtet er die Widersacherin, und langsam, aber stetig schiebt er den langen, schlanken Körper auf den kurzen, gedrungenen Beinen vorwärts. Die Kobra schwingt den Kopf hin und her, zischt erneut, diesmal lauter, drohender. Das dünne, borstige Fell des Mungos sträubt sich, aber er weicht nicht zurück.

Wo ein Mungo ist, gibt es kaum Ratten und keine Schlangen, sagte einmal der Vater, der noch auf dem Dorf aufwuchs. Er bezeichnete den Mungo als mordlustig aber nützlich, lobte den Beschützer der Kinder und des Viehs. Gleichzeitig pries er die Kobra als heiliges Tier: Die erste Kobra habe mit ihrer Haube den schlafenden Gott Brahma vor der glühenden Sonne geschützt.

Kobra und Mungo sind nur noch wenige Zentimeter voneinander entfernt. Der Mungo weiß, daß er sich in Reichweite der Kobra befindet, sein Kopf zuckt vor und zurück. Hochaufgerichtet, den Kopf vorgestreckt, fixiert die Schlange die Schleichkatze. Der Mungo bleibt stehen, dann schnellt er vor, schnappt zu und springt zurück: Die Kobra hatte ihm rechtzeitig ihr Schild zugedreht.

Gopu hält den Atem an. Was sich nur wenige Schritte von ihm entfernt abspielt, ist ein seltenes Schauspiel. Der Großvater wurde sechzig Jahre alt, aber einen Zweikampf zwischen Mungo und Kobra hat er nie beobachten können.

Die Gegner belauern sich. Die Kobra schaut seitlich auf den Mungo herab. Wieder schnellt der Mungo vor. Diesmal aber dreht die Kobra nicht ab, blitzschnell, mit dem Auge kaum wahrnehmbar, stößt sie vor. Sekundenlang sieht Gopu nur ein wild durcheinanderwirbelndes Knäuel, hört Gefauche und Gezische, dann sind Kobra und Mungo wieder getrennt, fixieren sich neu.

Der Mungo umkreist die Schlange. Die Kobra weicht zurück, verharrt unbeweglich, zischt nicht mehr. Der Mungo hebt die Vorderpfoten, stützt sich mit den Hinterpfoten ab und schnellt erneut vor. Mit weit aufgerissenem Maul schnappt er nach der Kobra. Die Kobra schlägt die Zähne in den Hals der Katze, beißt sich fest. Der Mungo wälzt sich, will die Behinderung loswerden, faucht und schnappt, aber sein Maul erreicht die Schlange nicht.

Der Sage nach sind Mungos giftunempfindlich, aber das stimmt nicht. Gopu weiß vom Vater: Der Giftzahn der Kobra ist zu kurz, durchdringt nicht das Fell. Wenn sie zubeißt, verspritzt sie ihr Gift umsonst. Eine Chance hat die Kobra, wenn sie den Mungo in die Schnauze beißt; eine geringe Chance. Zieht sie nämlich den Kopf nicht schnell genug zurück, ist sie ebenfalls verloren. Diese Kobra hier hat keine Chance mehr, hat ihr Gift nutzlos verspritzt. Leise zieht Gopu sich zurück, verläßt das Dickicht, orientiert sich nach der Sonne, die wie ein rötlicher Feuerball am Himmel steht, und geht weiter in Richtung Norden. Er hat noch immer kein Ziel, er will nur fort - fort von der Polizeistation, fort von Madras.

Während er lief, konnte Gopu die Gedanken, die ihn bedrängen, beiseite schieben, jetzt hat er Zeit, jetzt geht das nicht mehr. Was wäre geschehen, wäre er nicht geflohen? Hätte Herr Chandrahas ihn geholt? Er hat getan, was Charan ihm riet, hat sich genommen, was er bekommen konnte: die Freiheit. Die Chance, zur Familie Chandrahas zurückkehren zu können, hat er der Gewißheit geopfert, frei zu sein. Nicht aus Überlegung hat er das getan, sondern aus Angst.

Der Vater! Die Mutter! Die Geschwister! Gopu bleibt stehen. Es überläuft ihn heiß: Er hat nur an sich gedacht, nicht an die Familie! Er hätte nicht fliehen dürfen, hätte jede Chance wahrnehmen müssen, zur Familie Chandrahas zurückkehren zu dürfen. Er hat versagt, hat die Familie im Stich gelassen. Wovon soll sie jetzt leben?

Und wo soll er hin? Als er durch die Felder lief, plante er, einige Tage außerhalb der Stadt zuzubringen, eines Nachts zurückzukehren, sein Geld auszugraben, sich eine Fahrkarte zu kaufen und den Zug nach Bombay zu besteigen. Das geht nun nicht. Das kann er nicht. Dazu schämt er sich zu sehr. Nur langsam und sehr lustlos geht Gopu weiter. Noch gestern war er sehr zufrieden mit sich und seinem neuen Leben, nun hat sich auf einen Schlag alles verändert.

Gopu ist so in seine Gedanken vertieft, daß er das Dorf, dem er sich nähert, erst bemerkt, als die ersten herrenlosen Hunde ihn umstreifen. Die halbverhungerten Tiere kündigen an, daß die Einwohner des Dorfes, dem er sich nähert, nicht zu den Wohlhabenden zählen.

Es ist still in dem Dorf. Weder auf der Straße, die zwischen runden, mit Stroh oder Palmenblättern abgedeckten Lehmhütten sowie Wellblechbuden und Bretterhäuschen hindurchführt, noch um den Dorfbrunnen herum sind Menschen zu sehen. Vor einer der Hütten ist ein Ziegenbock angebunden. Er ist so mager, daß die Knochen spitz hervorstehen. Zwei ebenso magere schwarze Schweine laufen über die Dorfstraße.

Langsam geht Gopu durch das Dorf. Vor einer mit Kuchen aus Kuhmist* dicht behangenen Hütte sitzt ein Kind und spielt. Unter einem Vordach aus Palmenblättern, auf dem zwei Affen hocken, sitzt ein Töpfer. Mit den Füßen dreht er das Gestell mit dem Ton, mit den Händen formt er einen Krug. Er sieht Gopu neugierig an.

Gopu geht an dem Töpfer vorüber und nähert sich dem Dorfausgang. Die Anwesen der Dörfler werden noch armseliger, es sind weder Hütten noch Buden, es sind aus allen möglichen Materialien zurechtgezimmerte Notbehausungen mit einem Loch als Eingang. Vor einer dieser Behausungen sitzt ein Junge. Er sieht Gopu, springt auf und schreit.

Eine Frau kommt aus der Behausung, Kinder kommen; viele Kinder, immer mehr Kinder. Gopu beginnt zu laufen, die Kinder und die Frau verfolgen ihn, sind schneller, bilden einen Kreis und strecken die Hände aus.

Gopu streckt ebenfalls die Hände aus, die Handflächen nach oben. Ich habe nichts, soll das heißen. Die Kinder und die Frau rührt das nicht. Keiner gibt freiwillig. Sie stehen da und sehen Gopu an.

»Ich habe kein Geld.« Gopu wendet sich an die Frau. »Ich bin nur ein Boy.«

Die Lippen der Frau sind von Geschwüren überzogen. Sie nimmt eines der Kinder und hebt es hoch. Es ist ein sehr kleines Kind mit dünnen Armen und einem vom Hunger aufgetriebenen Bauch.

»Ich habe wirklich kein Geld.« Gopu krempelt seine Hosentaschen um, zeigt, daß sie leer sind. Die Kinder zeigen auf die Brusttaschen. Gopu möchte freundlich sein, einen Spaß machen, er zieht das Hemd aus, hält es verkehrt herum und schüttelt: Nichts fällt heraus. Die kleineren Kinder lachen, ein Junge aber greift nach dem Hemd, reißt es Gopu aus der Hand und läuft davon.
Einen Augenblick lang ist Gopu bestürzt und verblüfft, dann setzt er dem Dieb nach. Die Kinder und die Frau laufen mit, sie johlen und behindern Gopu. Gopu bückt sich, hebt einen Stock auf und schwingt ihn drohend über seinen Kopf. Die Kinder bleiben stehen.
»Haut ab!« schreit Gopu. Er ist wütend und den Tränen nah, und er ist entschlossen, sich zu wehren, wenn die Kinder nicht von ihm ablassen.
Die Kinder zögern, dann weichen sie einige Schritte zurück. Gopu schaut sich um. Der Dieb ist nicht mehr zu sehen.

Das Kapital der Armen

»Laßt ihn in Ruhe!« Vor einer der Behausungen steht ein Junge, fast ein Mann. Er trägt eine helle, kurze Bundhose, darüber ein kragenloses blaues Hemd. Er hält Gopus Hemd in der Hand, kommt näher, sieht Gopu von oben bis unten an und gibt ihm das Hemd zurück. »Mein Neffe Malai brachte mir das Hemd«, erklärt er, »hätte ich es verkauft, hätten seine Mutter und er einen Monat zu leben gehabt.«
Gopu zieht das Hemd über. Er hatte nicht mehr damit gerechnet, es zurückzubekommen.
Der große Junge sieht an Gopu vorbei, böse blickt er die Frau mit den Geschwüren auf den Lippen an. Die Frau verdeckt ihr Gesicht mit dem Arm und zieht sich zurück.
»Meine Tante Sesal«, sagt der Junge. »Sie hat Lepra*, in die Kolonie aber geht sie nicht.« Dann stellt er sich vor: »Ich heiße Shangji*. Und du?«
»Gopu.«
Der kleine Dieb kommt aus der Behausung. Mißtrauisch schaut er zu Gopu hin. »Er hat es nicht böse gemeint«, sagt Shangji.
»Ich weiß«, erwidert Gopu.
»Ein gutes Hemd.«
Shangjis Feststellung ist eine Frage. Gopu beantwortet sie: »Ich bin Boy, das Hemd gehört zu meiner Uniform.«
»Du bist nicht von hier?«
»Ich bin aus Bombay.«
»Was macht ein Boy aus Bombay in einem Dorf bei Madras?« Shangji hockt sich hin und lädt Gopu ein, dasselbe zu tun.
»Boy war ich in Madras, bis vor kurzem aber habe ich in Bombay gelebt.«

»Und was machst du hier? Wo willst du hin?«
»Nach Norden.« Gopu beantwortet nur die zweite Frage.
»Und wie weit?«
»Weiß ich nicht.«
»Willst du von der Stadt weg? Hast du was ausgefressen?«
Gopu nickt. Es würde zu lange dauern, alles zu erklären.
»Im Norden liegt die Lepra-Kolonie«, erklärt Shangji. »Ich komme gerade von dort, habe die Hülle meiner Mutter verbrannt. Im Norden ist nichts los, bleib lieber in Madras, da findet dich auch keiner.«
Gopu zögert mit der Antwort. Shangji gefällt ihm. Er hat ein offenes Gesicht. Der schmale Kopf, die kräftige Nase, das energische Kinn werden durch das lange, weiche, lockige Haar gemildert. Shangji greift in sein Hemd, befördert einen Maiskolben ans Tageslicht, bricht ihn in zwei Teile und hält Gopu einen Teil hin. Gopu greift zu. »Ich hatte auch einen«, erklärt er, »ich habe ihn im Bambuswäldchen vor dem Dorf liegenlassen.« Dann berichtet er von der Kobra und dem Mungo. Shangji knabbert an seinem Kolben, hört aber aufmerksam zu. »Wer, meinst du, hat den Kampf gewonnen?« fragt er.
»Ich fürchte, der Mungo.«
»Ein Mungo bringt Geld«, sagt Shangji, »auch ein toter. Vielleicht hat doch die Kobra gewonnen?«
»Wieso bringt ein toter Mungo Geld?«
»Die Schausteller in Madras stecken ihn in einen Sack, eine Kobra dazu. Wenn Ausländer kommen, lassen sie beide heraus, springen um sie herum, daß die Touristen nichts sehen können, und heben dann den toten Mungo hoch und jammern, die Kobra habe ihnen ihren schönsten Mungo getötet.« Shangji grinst. »Sie drängen die Ausländer, den Schaden zu ersetzen.«
»Und die fallen darauf rein?«
»Die meisten! Die Ausländer sind klug und dumm zugleich. Was

die Mungo-Kobra-Show betrifft, sind sie dumm. Erstens haben sie Angst, gehen nicht dicht genug an die Tiere heran, um sehen zu können, daß der Mungo bereits tot ist, zweitens sind sie eitel. Daß vor ihren Augen eine Kobra einen Mungo umlegte, das ist was, das können sie zu Hause erzählen.«

Gopu schüttelt den Kopf. Er muß lachen.

»Zu sehr stinken darf der Mungo allerdings nicht«, schränkt Shangji ein. »Deshalb brauchen die Schausteller Nachschub.« Er überlegt, dann fragt er: »Wollen wir nicht nachsehen gehen? Wenn doch die Kobra gesiegt hat, haben wir einen frischen Mungo.«

Gopu ist einverstanden.

Shangji geht in die Behausung, holt einen Sack und geht mit Gopu den Weg, den dieser gekommen ist, zurück. Unterwegs stellt er ununterbrochen Fragen, er interessiert sich für alles. Als er hört, daß Gopu für die Familie Chandrahas arbeitete, sagt er: »Die kenne ich! Ich war mal Transportarbeiter in ihrer Textilfabrik.«

»Und warum bist du es nicht mehr?«

Shangji winkt ab. »Ich habe zuviel geredet, habe zu oft eine andere Meinung gehabt, ich war meinem Meister unbequem. Außerdem hatte er einen Neffen, der war kein Harijan und der meckerte nicht.«

Shangji unterbricht seine Rede, er sieht Gopu aufmerksam an: »Zu welcher Kaste gehörst du?«

»Wir sind Kriegerische Bauern«, erklärt Gopu, »aber eigentlich stimmt das nicht mehr. Mein Vater war Liftboy, einer meiner Onkel ist Drucker.«

»Paß auf, daß mein Schatten nicht auf dich fällt«, sagt Shangji, »ich könnte deine Seele beschmutzen.«

»Das ist doch längst nicht mehr so!« Shangjis Worte bewirken, daß Gopu sich fast dafür schämt, einer höheren Kaste anzugehören als der Junge neben ihm.

»Meinst du?« Shangji guckt Gopu an, als sehe er ihn zum ersten Mal richtig. »In Mysore* dürfen wir Harijans noch immer nicht den Gehsteig benutzen, und in Madras dürfen wir nicht Fahrrad fahren.«

»Gibt es viele Harijans in dieser Gegend?« fragt Gopu, um den plötzlich verstummten Shangji wieder zum Reden zu bringen.

»Fast alle Landarbeiter sind Harijans«, antwortet der große Junge wortkarg, dann schweigt er weiter. Erst als Gopu und er ihr Ziel, das Bambuswäldchen, schon sehen können, sagt er wieder etwas: »Ich könnte kein Boy sein. Und schon gar nicht bei den Chandrahas! Lieber verrecken, als diesen Fettwänsten die Füße küssen.«

»Ich habe ihnen nicht die Füße geküßt«, verteidigt sich Gopu. »Und außerdem ist nur die Frau fett.«

Shangji lacht: »Im Kopf sind sie alle fett.«

Das Lachen des großen Jungen ermutigt Gopu zu fragen: »Was arbeitest du jetzt?«

»Nichts«, antwortet Shangji.

»Hast du keine Familie zu ernähren?«

»Ich hatte nur meine Mutter.« Shangji kraust die Stirn. »Sie wurde früh Witwe*, ich blieb das einzige Kind.«

»Da hattest du Glück«, entfährt es Gopu.

Shangji lächelt. »Ich schwimme im Glück.«

Gopu will wieder gutmachen: »War deine Mutter lange krank?«

»Dreizehn Jahre! Acht davon verbrachte sie in der Lepra-Kolonie.«

»Wie hast du für sie gesorgt!«

»Ich für sie? Sie für mich, meinst du.« Shangji wird langsamer. »Die Leprakranken leben nicht schlecht, manch einer hat Gras gefressen, ehe ihn die Lepra befiel. Die Lepra ist ein Kapital.«

»Das verstehe ich nicht.« Der Vater sagte oft, die Lepra sei eine Strafe der Götter, und nun nennt Shangji sie ein »Kapital«.

»Das Kapital der Armen ist das, was sie zu Geld machen können«, erklärt Shangji. »Die Leprakranken betteln das Doppelte von dem zusammen, was ich bei den Chandrahas verdiente.«
»Aber wo betteln sie? In den Dörfern?«
»Sie werden jeden Morgen mit dem Zug in die Stadt gefahren. Sie haben ein eigenes, reserviertes Abteil. Im Stadtzentrum betteln sie dann: je mißgebildeter, desto größer die Einnahmen. Abends bringt der Zug sie zurück.«
Gopu denkt an Bombay. Tagsüber bevölkerten die Leprakranken die öffentlichen Plätze in den Geschäftsvierteln, sie streckten den Passanten die verkrüppelten Hände oder die an den Handstumpf gebundene, leere Konservendose entgegen; sie gehörten zum Stadtbild, abends aber verschwanden sie. Wenn er vom Strand kam, sah er sie die Straße entlangtrotten und fragte sich, wo sie abblieben.
»Ob das in Bombay auch so ist, weiß ich nicht«, sagt Shangji. »Bis vor zwei Jahren gab es das mit dem Zug noch nicht, da starben die Kranken wie die Fliegen, da arbeitete, bettelte, stahl ich, um meine Mutter durchzubringen. Mit dem Zug wurde alles anders. Von da an ernährte sie mich. Mehr als zehn Rupien verdiente sie am Tag. Für sie war die Lepra ein Segen.«
Shangji bemerkt Gopus Zweifel. Er bleibt stehen. »Was ist besser, mit einer Krankheit leben oder gesund verhungern?« Er erwartet keine Antwort. Unvermittelt schaut er zur Erde nieder und sagt: »Meine Mutter hatte zum Schluß einen Löwenkopf.«
»Einen Löwenkopf?«
»Kennst du das nicht? Bekommst du die Lepra, erlahmen zuerst die Finger und Zehen, sie krümmen sich, werden zu Klauen, beginnen zu eitern, entwickeln sich zurück. Dann geht es im Gesicht weiter: Die Nase verkümmert, eine Beule wächst neben der anderen, du kannst die Augenlider nicht mehr bewegen – das nennt man einen Löwenkopf.«

»Wie bekommt man die Lepra? Wo steckt man sich an?« Gopu fragt nicht, weil es ihm Spaß macht, über diese Krankheit zu reden, er fragt, weil der Vater und die Mutter nicht gerne über dieses Thema sprachen. Sie redeten darum herum, als hätten sie Angst davor, das Schicksal herauszufordern.
»Sie lauert im Dreck. Sie ist feige, sie stürzt sich auf die Hungrigen, mit denen hat sie es leichter als mit den Satten.«
»Also bekommen die Reichen sie nicht?«
»Selten. Nur wenn sie Pech haben, sich irgendwo anstecken. Die Armen leben neben und mit ihr, oft ist es nur eine Frage der Zeit.«
»Und kann man nichts dagegen tun?«
»Doch! Sorge dafür, daß niemand zwischen Ratten, Hühnern und Schweinen haust, daß nicht zehn oder zwölf oder noch mehr Menschen in einem Raum leben, daß jedes Dorf, jede Vorstadt eine Kanalisation und damit Toiletten bekommt, daß während des Monsuns* die Behausungen der Armen nicht im Morast versinken, sondern Gräben gezogen werden, die das überflüssige Wasser von den Menschen fortleiten, sorge dafür, daß jeder Gefährdete einmal im Jahr von einem Arzt untersucht wird, mach das alles, und du hast die Lepra besiegt.«
Gopu schweigt. Was soll er dazu sagen?
Shangji lacht bitter: »Sie ist heilbar, die Lepra. Erkennt man sie früh genug und behandelt man sie, bleibt nichts als ein gefühlloser, heller Fleck zurück. Sie ist nicht vererbbar, nur übertragbar. Aber was nützt uns das? Nicht in tausend Jahren sind wir sie los.«
Langsam setzen sich die beiden Jungen wieder in Bewegung. »Jetzt hat es Tante Sesal erwischt«, sagt Shangji, »irgendwie erwischt es immer wieder einen in unserer Familie.«
»Hast du deine Mutter sehr geliebt?«
Shangji nickt stumm.

»In ihrem nächsten Leben wird sie es besser haben.« Gopu möchte Shangji trösten und sagt, was der Vater in einem solchen Fall gesagt hätte.

»Ein solches Leben kann nicht wiedergutgemacht werden«, meint Shangji, »nicht einmal, wenn man die Maharadschas wieder einführen, es tatsächlich ein nächstes Leben geben und sie als Maharani* auf die Welt zurückkehren sollte. Sechzehn Jahre Witwe, davon dreizehn leprös! Früher hätte man sie mit meinem Vater verbrannt, in ihrem Fall wäre das noch das Beste gewesen.«

»Und was wäre dann aus dir geworden?«

Shangji winkt ab. »Was bin ich schon? Wozu bin ich gut? Kannst du mir das sagen?«

»Du bist klug, sehr klug sogar. Ich wollte, ich würde soviel wissen wie du.«

»Lassen wir das!« Shangji wischt Gopus Worte fort. »Für unser Land ist niemand klug genug.«

Vorsichtig betreten die beiden Jungen das Bambuswäldchen. Sie gehen den Weg, den Gopu ging, als er das Wäldchen betrat. An der Stelle, an der er lag, um sich auszuruhen, bleibt Gopu stehen. Er nimmt den Maiskolben auf. Dann späht er in die Richtung, in der der Kampf stattfand. Der Mungo! Er liegt auf der Erde und rührt sich nicht. Shangji hat ihn auch entdeckt. Er nähert sich dem Tier und beugt sich herunter. Der Mungo liegt da, den Kopf seitlich verrenkt, als könne er nicht begreifen, was ihm widerfahren ist. Gopu will ihn an den Hinterläufen aufnehmen, aber Shangji hält ihn zurück: »Vielleicht ist die Kobra noch in der Nähe.«

»Die ist ihr Gift los«, sagt Gopu, »vorläufig tut die keinem was.«

»Ich habe keine Angst, ich will sie fangen.«

»Willst du sie verkaufen?«

Shangji schüttelt den Kopf. »Ich habe einen Freund in Madras, den blinden Mangar. Ich würde sie ihm mitbringen, er ist Schlangenbeschwörer.«

»Soll ich sie dir fangen?« Gopu weiß, wie man Schlangen anpackt: dicht hinter dem Kopf, damit sie nicht zubeißen können, dann am Schwanz.

»Erst müssen wir sie finden.«

Die beiden Jungen blicken sich um, dann suchen sie die Umgebung ab. Sie gehen im Kreis, schlagen immer größere Bögen. Es dauert einige Zeit, dann finden sie die Kobra. Sie liegt im Gras, ermattet, aber immer noch schön.

Gopu packt die Schlange. Der kalte Schlangenkörper zuckt, wehrt sich aber nicht.

»Daß die den Mungo erledigt hat! Kaum zu fassen.« Shangji öffnet den Sack, Gopu läßt die Schlange hineingleiten. »Wir werden ihr nachher eine Maus fangen«, sagt Shangji. Gopu nickt. Es gefällt ihm, daß Shangji Schlangen mag.

Shangji gibt Gopu den Sack zu halten, nimmt den Mungo und untersucht ihn. Er entdeckt eine kahle Stelle am Hals. »Da hat sie ihn erwischt. Sie hatte Glück, er litt unter Haarausfall.« Shangji lacht: »Mungo mit Glatze! Auch nicht schlecht!« Er behält das tote Tier in der Hand. »In den Sack können wir ihn nicht stecken, das können wir unserer Kama nicht zumuten.«

Kama, das ist der Name des schönsten aller Götter, des Liebesgottes, ein passender Name für eine so schöne Schlange.

»Mangars Kobra heißt Durga*, ein häßliches altes Biest.«

»Wie führt er sie vor, wenn er sie nicht sehen kann?«

»Er hört sie«, antwortet Shangji. »Er sagt, Schlangen wären laut, ihre Schuppen würden an allem scheuern, wenn sie sich bewegen. Ja, hören, riechen, fühlen kann Mangar wie kein zweiter.«

Auf dem Weg zurück ins Dorf sagt Shangji: »Wenn wir das Geld, das wir für den Mungo bekommen, teilen wollen, müssen wir zusammenbleiben, bis das Geschäft abgewickelt ist.« Er sieht Gopu fragend an.

»Ich bin froh, nicht allein sein zu müssen«, antwortet Gopu.

Shangji ist zufrieden: »Du wirst Mangar kennenlernen. Es gibt keinen guten Menschen, der Mangar kennt und ihn nicht liebt.«
»Woher weißt du, daß ich ein guter Mensch bin?«
»Ich kann nicht viel«, antwortet Shangji ernst, »eines aber kann ich: gute von schlechten Menschen unterscheiden.«

Wissen ist Macht

Die Kinder des Dorfes begutachten erst den Mungo, dann schauen sie mit vor Furcht und Mitleid weit geöffneten Augen in den Sack. »Ist die Kobra tot?« fragt Malai seinen Onkel Shangji.
»Besorge eine Maus, dann werden wir sehen, ob sie noch lebt«, schlägt Shangji vor.
Malai und seine Freunde stürzen johlend davon.
Shangji lacht: »So fangen die nie eine Maus.« Gemeinsam mit Gopu betritt er die Behausung, in der seine Tante Okali und Malai leben. Die Tante ist nicht da. »Sie ist unterwegs«, sagt Shangji, »tagsüber streift das ganze Dorf umher, immer auf der Suche nach Eßbarem.« Er legt den Sack mit der Kobra unter den von Ratten angenagten, von Ameisen zerfressenen Schemel, greift sich den Tonkrug mit Wasser, trinkt in langen Zügen und reicht Gopu den Krug. Auch Gopu trinkt von dem abgestandenen, dumpf schmeckenden Wasser. Als er den Krug absetzt, schaut er sich um. Äste und Bambusrohre bilden das Gerüst der Behausung, zwei Bleche, Pappe und nur wenige Holzbretter stellen die Wände dar. Das Ganze ist mit weißem Kalk bestrichen. In einer Ecke liegt trockenes Gras, daneben steht eine nach ranzigem Öl riechende irdene Lampe. Der Fußboden besteht aus hartem, glattgestrichenen Kuhdung, Fenster gibt es keine. In einer Ecke stehen einige Töpfe und Körbe, ansonsten befindet sich nichts in dem Raum.
»Meine Familie stammt aus diesem Dorf«, erklärt Shangji. »Meine Großeltern besaßen eine Hütte, die gehört jetzt meinem ältesten Onkel.«
Gopu nickt schweigend. Gegen diese Behausung ist das Zimmer,

das die Eltern mit den Geschwistern bewohnen, eine richtige Wohnung.

Shangji errät Gopus Gedanken. »Ich bin hier geboren.« Er weist auf das Lager aus trockenem Gras. »Mein Vater und meine Mutter lebten hier. Als meine Mutter in die Kolonie ging, zog Tante Okali mit ihrem Mann hier ein. Es war wie verhext, kaum war Malai auf der Welt, starb Tante Okalis Mann – wie mein Vater kurz nach meiner Geburt.«

»Wie groß ist eure Familie?«

»Ich habe fünf Onkel. Zwei leben in Madras, drei hier. Dazu zwei Tanten: Okali und Sesal.«

»Ich habe auch mehrere Onkel«, sagt Gopu, »aber nur einer von ihnen, der älteste Bruder meines Vaters, ist ein wirklicher Onkel. Er ist Drucker, kann lesen und schreiben.«

»Das ist interessant«, lacht Shangji. »Bei mir ist es der jüngste Bruder meines Vaters: Onkel Ramatra. Er ist Taxifahrer in Madras und Kommunist, er hat mir Lesen und Schreiben beigebracht, obwohl er es damals selbst noch erlernte.«

»Kommunist? Was ist das?« Gopu setzt sich in das trockene Gras. Shangji setzt sich daneben: »Das sind die Mitglieder einer Partei, die an die Regierung will. Haben sie die Macht, wollen sie den Reichen die Fabriken und Plantagen wegnehmen.«

»Wegnehmen?« staunt Gopu. Er schüttelt den Kopf. »Das lassen sich die Reichen nie gefallen.«

»Wenn die Kommunisten die Macht haben, haben die Reichen nichts mehr zu sagen.«

»Aber warum wollen sie den Reichen alles wegnehmen? Was wollen sie mit den Fabriken und Plantagen machen? Wollen sie alles aufteilen?« Gopu denkt an die Worte Onkel Kamals: Alles aufteilen wäre für die Armen wie zwei Minuten Regen in der Wüste.

»Sie wollen, daß die Fabriken den Arbeitern gehören, die Felder den Bauern«, antwortet Shangji. »Gehört alles dem Volk, gibt es

keinen Hunger mehr, jeder sorgt für den anderen und für sich.«
»Und warum machen sie es nicht?«
»Das weiß ich auch nicht«, Shangji seufzt. »Onkel Ramatra sagt, sie wären noch nicht stark genug. Dabei gibt es so viele Arme und so wenig Reiche.« Er sinnt nach und sagt dann: »Ich verstehe nicht alles von dem, was er mir erklärt, aber was ich weiß, verdanke ich ihm.«
»Auch das über die Lepra?«
»Auch das.« Shangji lächelt. »Jetzt hältst du mich wohl nicht mehr für klug?«
»Doch.« Gopu ist sicher, daß Shangji auch ohne seinen Onkel klug wäre.
»Wenn ich erwachsen bin, trete ich vielleicht in Onkel Ramatras Partei ein«, sagt Shangji nachdenklich. »Dann lerne ich noch mehr als Lesen und Schreiben.«
»Haben sie denn Lehrer?«
»Sie haben«, antwortet Shangji. »Sie lernen abends, nach der Arbeit. Sie nennen das Kurse. Sie sagen, Wissen ist Macht. Wenn wir den Kampf gegen die Reichen gewinnen wollen, dürfen wir nicht dümmer sein als sie.«
Shangji wird unterbrochen, Malai kommt. Er trägt eine lebende Maus am Schwanz. Das kleine, graue Tier fiept.
»Du bist tüchtig!« lobt Shangji den stolzen Neffen. »Wie hast du das gemacht?«
»Ich bin nicht mit den anderen mit«, berichtet Malai, »hinter Babins Hütte habe ich gelauert. Es dauerte gar nicht lange, da kam eine heraus und - schwupp! - hatte ich sie.«
»Siehst du: Wissen ist Macht!« lacht Shangji Gopu zu. »Babin ist von allen Leuten im Dorf der wohlhabendste. Ganz klar, daß es die Mäuse dort hinzieht.« Er fährt Malai durch das widerspenstige Haar. »Wenn du größer bist, nehme ich dich mit nach Madras. Hier hast du keine Chance.«

»In der Stadt hat er auch keine. Laß ihn lieber hier«, rät Gopu, »auf dem Land gibt es wenigstens zu essen.«
»Das denken alle Städter.« Shangji nimmt Malai die Maus aus der Hand, öffnet den Sack mit der Kobra und läßt die Maus hineinfallen. »In Wahrheit ist es anders: Die landlosen Bauern sind dicht vor dem Verhungern. Sie essen alles, was grün ist, egal ob ihnen schlecht davon wird oder nicht. In der Stadt hast du immer frisches Wasser, hast Gullys, hast Licht in den Straßen, und du bist nie allein.«
»Gibt es auf den Plantagen keine Arbeit?« Gopu denkt an die Mutter, deren ganze Familie auf einer Plantage arbeitete.
Shangji zieht Malai, der sein Ohr an den Sack mit der Kobra hält, von dem Sack fort. »Das war früher«, sagt er. »Früher gab es all die Technik nicht, die die Plantagenbesitzer heute einsetzen. Heute haben die Obstpflücker nur eine Chance: billiger sein als die Technik; hungern, aber nicht verhungern. Doch auch das geht nicht mehr lange; so billig, wie die Technik nun schon ist, kann sich niemand mehr verdingen.«
Malai legt einen Finger vor den Mund. Der Sack mit der Kobra und der Maus bewegt sich, es sieht aus, als tanze er. Die Maus quiekt auf, dann ist es still. »Sie frißt«, sagt Malai glücklich. »Sie lebt.«
Dachte Gopu an das Land, dachte er an Obst und Gemüse, an freies Zugreifen. Von den Dürreperioden und Überschwemmungen, die Tausende von Hungertoten verursachten, hatte er gehört, aber an die dachte er nicht. Von dem Hunger, den die Technik verursacht, von diesem Billiger-als-die-Technik-sein-müssen, hatte er keine Ahnung gehabt. Im Gegenteil, er wunderte sich darüber, daß Jahr für Jahr mehr Menschen in die Stadt drängten, Menschen, die den Einheimischen die Arbeit nahmen, über kurz oder lang aber doch zu den Obdachlosen zählten.
Tante Okali kommt, als es dämmert. Sie bringt Reis mit. Shangji

fragt nicht, wo die Tante den Reis ergattert hat, er nimmt den mit Lehm ausgelegten Weidenkorb von der kalten Feuerstelle, geht in den etwas wohlhabenderen Teil des Dorfes und kommt mit einem Stück rotglühender Holzkohle im Korb zurück. Malai hat inzwischen Reisig herangeschafft und ist nun dabei, etwas von dem trockenen Kuhdung von den Wänden zu nehmen.

»Sieh dir das an«, sagt Shangji zu Gopu und weist auf den Kuhdung. »Überall in der Welt verwendet man ihn als Dünger für die Felder. Wir verschwenden ihn als Brennmaterial.« Er schüttet die glühende Holzkohle in den Ring der Steine und schaut zu, wie Malai Reisig und Kuhdung darüber legt. »Wir tun es, weil wir nichts anderes haben, aber auch, weil wir es nicht anders wissen. Die Freunde meines Onkels wollen auch das ändern.«

Gopu senkt den Blick. Shangji erinnert ihn an Onkel Kamal. Der Onkel sieht alles ähnlich wie der große Junge, aber er ärgert sich nur darüber, er spricht nicht davon, es zu verändern.

Als das Feuer lodert, stellt Shangjis Tante den mit Wasser gefüllten Kessel auf die Steine, wartet, bis das Wasser kocht, und gibt dann den Reis hinein. Malai rückt näher an Gopu heran. Er weist ihn darauf hin, daß sie die einzigen in diesem Teil des Dorfes sind, die einen Grund haben, ein Feuer zu entfachen.

Gopu schaut sich um. Malai hat recht. Im südlichen Teil des Dorfes flackern viele kleine Feuer, in dem Teil, in dem Malai und seine Tante leben, ist es finster.

Shangji erzählt der Tante von Gopu. Auch wie Malai dem fremden Jungen das Hemd stahl, erzählt er. Die Tante streichelt Malai die Schultern. Sie sieht alt und müde aus, aber es sind nicht die Jahre, die sie alt machen.

Dann kommt Shangji auf Tante Sesal zu sprechen. Er bittet die Tante, ihre Schwester zu drängen, in die Kolonie zu gehen.

»Wie kann ich das?« fragt Tante Okali. »Sie will ihre Kinder nicht allein lassen. Kannst du das nicht verstehen?«

»Sie steckt die Kinder an«, ruft Shangji. Er beugt sich vor: »Sie hat die Lepra schon im Gesicht, sie muß in die Kolonie!«
»Und die Kinder? Wer kümmert sich um die Kinder? Es sind acht.«
»Du!« antwortet Shangji bestimmt.
Die Tante schaut verwundert auf: »Ich?«
»Du!« Shangji bleibt fest. Als die Tante sich abwenden will, nimmt er ihren Arm. »Der Onkel verdient das Geld, du kümmerst dich um die Kinder. Du bist die einzige, die nur ein Kind hat.«
»Das geht nicht«, sagt die Tante, »das sind Stadtsitten.«
»Aber ihr müßt ja nicht zusammen leben!«
»Es geht nicht.« Die Tante rührt in dem fertigen Reis herum, schüttelt ihn durch und stellt den Topf in die Mitte.
Shangji, Malai und Gopu langen zu. »Iß!« bittet Shangji die Tante. »Es ist nicht nötig, daß du wartest.«
Die Tante wehrt ab: »Ich kann warten.«
Als Shangji zu Ende gegessen hat, sagt er: »Wenn ihr nicht auf mich hört, werden Tante Sesals Kinder sterben, ehe sie erwachsen sind.«
Tante Okali seufzt: »Sterben ist nicht schlimm, leben müssen ist schlimm.«
»Ich weiß, ich weiß!« ruft Shangji. »Nur Dummköpfe glauben, daß mit dem Tod alles vorbei ist.« Er verstummt und sagt dann leise: »Ich bin ein solcher Dummkopf.«
Die Tante schüttelt vorwurfsvoll den Kopf: »Wie kannst du so etwas sagen? Die Stadt hat dich schon ganz und gar verdorben.«
»Die Stadt hat mich nicht verdorben«, widerspricht Shangji, »sie hat mich aus dem Schlaf unseres Dorfes erweckt.«
Die Tante schüttelt noch einmal den Kopf: »Willst du den Tiger mit der Faust erschlagen, wird er dich fressen.« Dann sagt sie: »Ich

kann Sesals Kinder nicht nehmen. Ihr Mann hat sich angesteckt. Geht sie in die Kolonie, geht er mit.«
Shangji sieht die Tante an, als suche er etwas in ihrem Gesicht. Dann beißt er die Zähne zusammen und wendet sich ab.

Dinge oder Menschen

Bapti kniet in der weichen Erde des Blumenbeetes. Sein Oberkörper ist nackt, die Stirn schweiß- und schmutzverschmiert, die Sonne sengt seinen Rücken. Er setzt junge Pflanzen. Vorsichtig nimmt er die Setzlinge aus dem flachen Holzkasten. An den Wurzeln der Pflanzen sind Erdbällchen; er bemüht sich, die Bällchen nicht zu verletzen. Mit der rechten Hand gräbt er ein Loch, mit der linken setzt er die Pflanze hinein. Dann häuft er Erde um den Setzling und klopft die lockere Erde mit flachen Händen fest. Der Vater hat gesagt, diese Arbeit sei Strafe und Ehre zugleich – Strafe für das verwüstete Beet, Ehre, weil er sonst niemanden an seine Blumen heranläßt. Bapti ist anderer Ansicht: Eine Strafe kann nicht zugleich eine Ehre sein, Strafe ist immer unehrenhaft. Aber das ist ihm jetzt egal, die Sonne im Rücken und der Schweiß auf der Stirn, dazu die gebückte Haltung, das alles gibt ihm das Gefühl, sich zu quälen. Und das tut gut, befreit, lenkt ab.
Topur kommt in den Garten. Er bleibt neben Bapti stehen und erteilt mit leiser Stimme Ratschläge. Er spricht vor sich hin, als führe er ein Selbstgespräch. »Setzlinge dürfen nicht zuviel Wasser bekommen«, sagt er, und: »Man muß die Hand in den Strahl der Gießkanne halten, sonst spült man die Wurzeln frei.«
Bapti kann sich nicht erinnern, daß Topur jemals ohne Auftrag oder ohne gefragt zu sein das Wort an ihn richtete, aber er befolgt die Ratschläge. Während er die jungen Pflanzen angießt, denkt er über Topur nach: Seine Ratschläge sind gut, aber daß Topur Ratschläge erteilt, das ist, als stünde ein Möbel an einem falschen Platz.
Dann ist Bapti fertig. Er stemmt die schmutzverkrusteten Hände in die Seiten und schaut zufrieden auf sein Werk herab: In fünf

schnurgeraden Reihen ziehen sich die Setzlinge über das Beet, jede Pflanze hat zu trinken.
Als hätte Topur nur darauf gewartet, daß Bapti fertig ist, taucht er schon wieder im Garten auf. Er begutachtet das Beet und ist zufrieden. Dann sagt er: »Sie müssen alle Stunde gegossen werden, in der Nachmittagshitze verdunstet das Wasser schnell.«
Bapti streift die Hände an den kurzen, ohnehin schmutzigen Jeans ab und geht ins Haus. In seinem Zimmer zieht er sich aus und geht ins Bad. Er stellt sich unter die Dusche und läßt sich kaltes Wasser über Kopf, Brust und den von der Sonne heißgebrannten Rücken laufen. Er muß tief atmen, aber er fühlt sich wohl danach. Er seift sich ein und spült sich ab. Dann setzt er sich auf den Kachelfußboden und läßt sich das Wasser auf den Kopf prasseln. Unter der Dusche ist es, als wäre er allein auf der Welt. Früher liebte er dieses Gefühl, früher duschte er oft. Besonders wenn er sich langweilte, suchte er dieses andere Alleinsein. Er wartet auch jetzt darauf, daß es sich einstellt. Doch es bleibt aus. Was er fühlt, ist Einsamkeit. Er springt auf, stellt die Dusche ab, schüttelt sich, daß das Wasser von ihm wegspritzt, zieht den Bademantel über und geht in sein Zimmer. Er zieht frische Wäsche an, kämmt sich das nasse Haar und setzt sich an den Schreibtisch.
Worauf wartet er? Auf die Gedanken, die kommen werden, die er fürchtet und nicht loswird? Zwei Tage ist Gopu nun fort. Liegt er irgendwo auf der Straße, zwischen Obdachlosen? Versucht er heimzukehren nach Bombay? Aber wie soll er das, ohne Fahrgeld?
Soll er Gopu suchen und ihm sagen, daß er nicht hätte fliehen müssen? Aber wo soll er ihn suchen? Obdachlose gibt es viele. Außerdem fürchtet er sich vor ihnen. Für fünf Rupien begehen die einen Mord, sagt der Vater. Bleibt Gopu fort, dann ist alles, wie es war, bevor er ihn kannte. Schlimmer noch: Auch Ayesha wird fort sein. Der Termin der Hochzeit rückt näher und näher.

Naris Freund wird er nicht werden. Naris Vater bemüht sich vergeblich. Er will keinen gekauften Freund. Gopu war kein gekaufter Freund, er war ein gekaufter Boy; das ist etwas ganz anderes.
Bapti sitzt an seinem Schreibtisch, bis ihm die Setzlinge wieder einfallen. Die Stunde, nach deren Ablauf er die Pflanzen gießen sollte, ist längst vorüber. Er steht auf und geht in den Garten.
Topur steht über das Beet gebeugt. Die rechte Hand hält die Gießkanne, die linke mildert den Druck der Wasserstrahlen. Die Setzlinge sehen müde und welk aus.
»Du darfst mir nicht helfen.«
Topur stellt die Gießkanne ab. »Ich dachte, der junge Herr hätte die Setzlinge vergessen.«
Topur hat recht, er hatte die Setzlinge vergessen. Anstatt sich zu freuen, daß Topur an sie dachte, hat er ihn angefahren, sich auf des Vaters Anordnung hinausgeredet. »Mach weiter.« Bapti gibt seiner Stimme einen entschuldigenden Klang. Er setzt sich ins Gras und schaut zu, wie Topur das Beet zu Ende gießt. Topur tut das sehr sorgfältig. Als er fertig ist, stellt Bapti fest: »Du magst Blumen.«
Topur nickt schweigend.
Blumen gehören zum Vater, immer brachte Bapti Blumen mit dem Vater in Verbindung. Es wäre ihm nie eingefallen, Topur in eine Beziehung zu Blumen zu bringen: Blumen sind bunt, fallen auf; Topur ist grau, unauffällig.
Topur schaut zum Himmel. »Die Nacht wird heiß werden«, sagt er und wiegt den Kopf, »es wird das beste sein, auch nachts zu gießen.«
»Ich werde die Setzlinge heute nacht gießen«, sagt Bapti. »Ein Beet gehört dem, der es pflegt. Ich will, daß es mir gehört.«
Topur nimmt die Gießkanne und will gehen. Dann sieht er Rissa über den Rasen kommen und bleibt stehen. Auch Bapti sieht

Rissa kommen. Ihrem Gesicht sieht er an, daß sie seine letzten Worte mitbekam. Er steht auf, als wolle er gehen, findet dann aber, das sähe nach Flucht aus. Deshalb bleibt er stehen und schaut dem Mädchen trotzig entgegen.

Rissa überbringt Topur einen Auftrag Rajs. Sie wartet, bis der Boy im Haus verschwunden ist, dann wendet sie sich Bapti zu: »Gibt es was Neues von Gopu?«

Bapti schüttelt den Kopf und macht ein ablehnendes Gesicht. Er will, daß Rissa geht. Das Mädchen wird von Tag zu Tag schnippischer, auf alles und jedes weiß sie eine patzige Antwort. Wäre sie nicht Bips Tochter, müßte man sie entlassen, sagt Ayesha. Sieht die Mutter Rissa, könnte man meinen, sie hasse das Serviermädchen, so starrt sie sie manchmal an. Rissa senkt dann nur den Blick.

Rissa bleibt stehen. »Wenn alles dem gehört, der es pflegt, gehört der Garten Topur«, sagt sie.

»Du bist dumm!« Bapti kennt das nun schon: Rissa sucht nach Fragen, auf die er keine Antwort weiß; sie stellt Behauptungen auf, die er nicht widerlegen kann; ist er dann unsicher, fühlt sie sich überlegen - und ist es auch.

»Wir sind alle dumm«, entgegnet Rissa. »Mein Vater, Topur, Gopu, ich, alle sind wir dumm; Gopu besonders.«

Es darf nicht sein, daß Rissa jedesmal recht behält. »Ihr werdet gut bezahlt. Wenn ihr dumm seid, ist es eure eigene Schuld.«

»Für die Gartenarbeit bekommt Topur keinen Paiser.«

»Die geht ihn auch nichts an.«

»Die macht dein Vater, was?«

»Natürlich macht er sie!« Bapti wird rot. Wie spricht Rissa mit ihm? Was soll der Spott? Das weiß doch jeder, daß der Vater niemanden an die Beete läßt.

»Guck mal morgens um fünf aus dem Fenster, dann kannst du sehen, wer den Garten in Ordnung hält.«

»Wer?«
»Topur.«
»Das ist eine Lüge.«
»Das ist keine Lüge! Wenn einer lügt, dann ist es dein Vater, der mit seinem Garten prahlt. Denkst du, es ist damit getan, alle drei Wochen durch die Beete zu gehen und den Blumen gut zuzureden? Wer gibt den Blumen Wasser? Wer jätet Unkraut? Wer beschneidet die Sträucher und Büsche? Dein Vater?«
»Sei still!« Bapti darf nicht zulassen, daß Rissa so mit ihm spricht, doch er kann sich ihrer nicht erwehren. Was sie sagt und wie sie es sagt, erschreckt ihn: Es ist die Wahrheit! Er braucht gar nicht darüber nachdenken: Es ist die Wahrheit. Das »Sei still!« ist eine Bitte, kein Befehl. Rissa aber hält nicht inne, es bricht aus ihr heraus: »Ihr nehmt euch, was ihr wollt, egal ob es Dinge sind oder Menschen, egal ob es euch zusteht oder nicht; wir dürfen gehorchen und sollen still sein.« Rissa weint vor Wut und Hilflosigkeit. »Und was ihr euch nehmt, stürzt ihr ins Unglück.«
Bapti versteht: Rissa ist unglücklich, all die Kratzbürstigkeit der letzten Tage resultiert aus diesem Unglück. »Hat dir jemand etwas getan?« fragt er leise.
»Jemand?« Rissas Tränen sind versiegt, voller Hohn sieht sie Bapti an: »Ja! ›Jemand‹ hat mir was getan. Aber wer bin schon ich? Ich bin ja dumm, mich kann man ja nicht vorzeigen, ich bin ja nicht einmal eine Blume.« Sie dreht sich hastig um und läuft davon.
Es ist etwas passiert, etwas, das schlimmer ist als alles, was zuvor geschah. Bapti macht einige Schritte auf das Haus zu, dann überlegt er es sich anders. Er geht in den Keller, holt das Rad aus dem Verschlag und fährt in die Stadt. Kreuz und quer fährt er. Er fährt in die City, in das Hafenviertel und, als die Dämmerung einsetzt, an den Strand. Dort läßt er sich nieder und schaut auf das Meer hinaus.

Daß Vaters Blumen in Wahrheit Topurs Blumen sind, hätte er sich denken können, wenn er je ernsthaft darüber nachgedacht hätte. Das andere, das mit dem »Nehmen, egal ob Dinge oder Menschen«, dem »Ins Unglück stürzen, was ihr euch nehmt«, ist gefährlicher; dahinter steckt eine Katastrophe, das sprach aus Rissas Worten, ihrem Blick, ihrem Davonlaufen.
Was geschah, hat mit dem Vater zu tun, mit dem Vater und Rissa; es hat mit der Mutter und ihrer Krankheit, mit Ayesha und ihrem veränderten Verhalten Rissa gegenüber zu tun. Sie alle wissen etwas, was er nicht weiß.

Zwischen den Steinen

Es ist später Nachmittag, die Sonne steht tief, sticht in die Augen und ermüdet. Gopu kämpft gegen die Müdigkeit an, doch es ist ein aussichtsloser Kampf, zuviel liegt hinter ihm: die schlaflose Nacht im Gefängnis, die Flucht, die beiden Nächte auf dem Dorf, in denen Shangji und er lange wachlagen und sich unterhielten, und nun der lange Marsch die Landstraße entlang, zurück in die Stadt. Er hätte nie gedacht, daß seine Flucht ihn so weit von Madras fortgeführt hatte. Die Beine schmerzen schon, der Hals ist wie ausgetrocknet vom Staub der Straße, der Kopf so schwer, als wiege er soviel wie ein Sack Kokosnüsse.

Shangji, der den toten, in eine alte Zeitung gewickelten Mungo unter dem Arm trägt, sieht Gopu aufmerksam an: »Ist was?«

»Hunger«, antwortet Gopu. Zu all der Müdigkeit kommt der Hunger, der bohrende, unnachgiebige Hunger. Wie lange hat er nicht mehr einen solchen Hunger verspürt!

»Wir sind bald in der Stadt«, tröstet Shangji den Jungen an seiner Seite. »Sind wir da, gehen wir in die Altstadt zu Mangar. Er sitzt immer unter dem gleichen Torbogen. Wir gehen mit ihm in seinen Winkel, verkaufen den Mungo und kaufen uns etwas zu essen.« Dann lächelt er: »Dein Magen ist nichts mehr gewohnt, das Leben in der Küche hat ihn verwöhnt.«

Gopu packt den Sack mit Kama fester. Warum läßt er sich gehen? Shangji hat nicht weniger Hunger. Und was ist das schon, anderthalb Tage nichts essen? Das passierte in Bombay an jedem Monatsende, wenn die Miete fällig war.

Endlich haben Shangji und Gopu die Stadt erreicht. Sie gehen durch die Vorstadt hindurch und nähern sich der Altstadt: George Town, wie die Engländer ihre erste selbsterrichtete Ansiedlung

nannten und wie das jetzige Geschäftsviertel mit den vielen Basaren noch immer genannt wird.
Gopus Müdigkeit weicht der Neugier. Es ist ein anderes Madras, durch das Shangji ihn führt und das er ihm erklärt, ein Madras, das er bisher nicht kannte. Die Straßen, durch die sie gehen, sind weder die Straßen der Banken und Regierungsgebäude, noch die der hinter Hecken, Zäunen und Mauern versteckten weißen Häuser. Es sind Gassen mit niedrigen alten Häusern im Kolonialstil. Münden die Gassen in einen Basar, bestimmen Touristen das Straßenbild; mehr Ausländer als Inder sind zu sehen.
Shangji und Gopu gehen zwischen den Ständen mit Heiligenbildern, Räucherkerzen, Wachsbildern und Kupferwaren hindurch. Sie beobachten die Touristen, die in den Seidenwaren herumwühlen oder sich hölzerne Buddhas* oder Elefanten kaufen. Ein Schneider auf einem Tisch, der den Turban als Nadelkissen benützt, ändert einer sonnenverbrannten Ausländerin einen eben erstandenen Sari. Er arbeitet schnell und geschickt.
»Das hätte ich nicht gedacht, daß es zwei Madras gibt«, sagt Gopu.
»Ist es in Bombay anders?« fragt Shangji.
Gopu schüttelt den Kopf.
»Na siehst du?« Shangji nickt zufrieden. »Jede Stadt hat mehrere Gesichter, Madras hat mindestens drei, du wirst das dritte noch heute zu sehen bekommen.« Dann bleibt er plötzlich stehen und legt die Hand ans Ohr: »Hörst du?«
Gopu bleibt ebenfalls stehen und lauscht. Er hört die Rufe der Verkäufer, die ihre Waren anpreisen, hört Kinderstimmen, hört zwei, drei Transistorradios, etwas Besonderes hört er nicht.
»Die Rohrflöte! Das ist er. Das ist Mangar.« Shangji legt den freien Arm um Gopus Schultern und schiebt ihn vorwärts. Wo es eng wird, drängelt er sich durch. Vor einem dicht umlagerten Torbogen verharrt er.
Gopu folgt Shangjis Blick und sieht den Schlangenbeschwörer.

Mit unter dem karierten Lungi* gekreuzten Beinen sitzt er im Torbogen und wiegt sich im Rhythmus der Töne seiner dickbauchigen Rohrflöte. Um Stirn und Haar trägt er ein gelbes Tuch. Die Haare sind schlohweiß, die Augen schräg nach oben gerichtet. Seine Nase ist breit und stark gebogen.

»Wie alt ist er?« fragt Gopu.

»Sechzig, siebzig, achtzig?« Shangji zuckt die Achseln. »Er weiß es nicht, es interessiert ihn auch nicht.« Shangji deutet auf die in der Sonne blaugrau schimmernde Kobra vor Mangar: »Das ist Durga. Ist sie nicht herrlich alt und häßlich?«

Gopu findet das nicht. Makkhus Kobra vor dem Gateway war auch nicht viel jünger, es besteht kaum ein Unterschied in ihrem Aussehen. Makkhu und Mangar aber unterscheiden sich sehr. Makkhu lachte über seinen »altehrwürdigen« Beruf. Von Makkhu weiß Gopu, daß die Kobra die Musik nicht hört, daß sie nur die Bewegungen des Vorführers verfolgt und daß dieser wiederum die Bewegungen der Schlange, dieses sanfte Hin und Her, nachvollzieht. Makkhu ist Schlangenbeschwörer, weil er damit Geld verdienen kann, nicht weil er Schlangen mag. Deshalb zieht er jeder Kobra den Giftzahn und vernäht ihr das Maul. Geht sie ihm ein, besorgt er sich eine neue. Mangar, dieser alte Mann mit dem tiefdunklen, faltigen Gesicht ist anders, das erkennt Gopu sofort. Mangar spielt und wiegt sich, als wären die Menschen, die ihm zusehen und ab und zu ein Geldstück in die verbeulte Blechbüchse vor ihm werfen, nicht vorhanden.

Shangji und Gopu warten, bis Mangar die Flöte absetzt und Durga in den Korb zurücklegt. Dann treten sie näher. Mangar, der einen Beutel aus dem blaßroten Hemd zieht und das Geld darin verschwinden läßt, hält in der Bewegung inne. Er wendet den Jungen den Kopf zu: »Shangji?«

»Ja.« Shangji faltet die Hände.

»Du bist nicht allein?«

Shangji legt den Arm um Gopu. »Das ist mein Freund Gopu. Aus Bombay. Er wird bei uns bleiben.«
Gopu faltet die Hände und grüßt.
Mangar lauscht dem Klang der Stimme. Dann erhebt er sich und erwidert den Gruß: »Bist du Shangjis Freund, bist du mein Freund.«
Mangar ist nicht groß. Sein Rücken ist rund von dem vielen Sitzen mit gekreuzten Beinen. Die Füße sind dunkel und hornhäutig, die Hände mit dicken blauen Adern durchzogen. Er klopft auf den Beutel unter seinem Hemd: »Ein guter Tag heute.«
»Ein sehr guter Tag!« Shangji legt sein Paket auf die Erde, schlägt die Zeitung auseinander und fährt mehrmals mit der Hand über den toten Mungo hin.
Mangar verzieht das Gesicht. Seine Nase hat das tote Tier erkannt.
»Er ist ja nicht für dich«, grinst Shangji. »Wir verkaufen ihn.«
Mangar antwortet nicht. Er schiebt die Flöte in sein Hemd und nimmt den Korb. »Laßt uns gehen, der Tag war lang genug.«
Shangji rollt den Mungo wieder in das Papier, dann folgen Gopu und er dem alten Mann. Sie gehen durch Gassen, die immer enger, immer armseliger werden, bis sie keine Gassen mehr sind.
Es ist eine seltsame Landschaft, durch die die drei nun gehen. Links und rechts Höhlen aus Stein und Blech und Kistenbrettern, dazwischen Gras, Pflanzen, und ab und zu ein Baum. Je länger sie gehen, desto baufälliger werden die Behausungen. Nur das Leben zwischen den Steinen, Blechen und Brettern bleibt gleich: überall Kinder, Frauen, Männer, überall Lachen, Schreien, Weinen. Und Hunde, viele dem Verhungern nahe, herrenlose Hunde!
»Ist Bombay eine große Stadt?« fragt Mangar.
Gopu nickt. Doch dann besinnt er sich und sagt laut: »Ja.«
»So groß wie Madras?«
»Größer.«

»Du mußt mir davon erzählen«, sagt Mangar. Dann bleibt er stehen.

Mangars Winkel! Shangji hatte Gopu davon erzählt, doch was Gopu nun sieht, hat mit dem, was er sich vorstellte, nichts zu tun. Da ist erst einmal eine Pyramide aus lose übereinandergestapelten Steinen; es sind Feld- und Mauersteine, kleine, große und mittlere. Aus den Lücken zwischen den Steinen wachsen alle möglichen Pflanzen, sie stehen so dicht, daß sie den Steinberg umhüllen, als wollten sie ihn schützen. Außer Gräsern erkennt Gopu wilden Wein, Geißblatt, Lianen und andere Schling- und Kletterpflanzen. Einige der Pflanzen treiben Blüten, Jasmin, Orchideen und Feuerblumen sind darunter. Anderthalb Meter vor diesem Steinberg stehen zwei im Abstand von zwei Metern in die Erde versenkte verkohlte Balken. Die Balken sind nicht ganz so hoch wie der Steinberg, so daß das Blech, das, über Steine und Balken gelegt, das Dach darstellt, eine leichte Schräge bildet. Auf diesem Blech liegt Erde, und aus dieser Erde sprießt ebenfalls allerlei Grünzeug, sogar ein kleiner Orangenbaum ist darunter. Rings um das Dach hängen löchrige, verwitterte Säcke: die Wände des Winkels.

Mangar schlägt einen der mit Steinen beschwerten Säcke zurück und betritt den Raum unter dem Blech. Gopu folgt nur zögernd. Es ist dunkel in dem Raum, er kann nicht viel erkennen, nur zwei große runde Steine neben einem Kreis mehrerer kleinerer Steine, der Feuerstelle für den Fall, daß es regnet. Daneben steht ein Wasserkrug aus Ton, ein Topf und wenige andere Gerätschaften. In der einen Ecke befindet sich etwas Reisig, in der anderen ein Lager aus trockenem Gras.

»So leben wir«, sagt Shangji. »Du mußt nicht bleiben.«

»Wie redest du?« Mangar, der sich auf einem der beiden Steine niedergelassen hat, schilt Shangji. »Soll er vor Freude in die Hände klatschen?«

»Er soll sich nicht so haben! Er soll froh sein, sich nicht mit dem Mond zudecken zu müssen.«

»Ich bin ja froh.« Gopu legt den Sack mit Kama nieder und hockt sich hin. Es hat keinen Sinn, dem Gartenzimmer der Chandrahas nachzutrauern oder an zu Hause zu denken.

Shangji scheucht eine Eidechse von dem zweiten Stein. Halbwegs besänftigt setzt er sich. »Du mußt wissen, daß Mangars Winkel unantastbar ist«, sagt er. »Niemand würde es wagen, sich hier einzunisten. Mangar ist nicht irgendwer, Mangar ist Mangar!«

Mangar fährt dem großen Jungen mit der Hand über das Gesicht. »Brahma ist in mir, wie er in allen Wesen ist, aber ich bin nicht er und keiner seiner Götter.«

»Die Leute kommen zu dir, egal ob sie krank sind oder wissen wollen, wann mit dem Monsun zu rechnen ist. Du kannst helfen, weißt Antwort auf ihre Fragen, niemand sonst. Das hat nichts mit Brahma zu tun.«

»Es hat mit Brahma zu tun. Es ist nicht mein Verdienst, daß ich auf ein langes Leben zurückblicken kann.« Mangar nimmt von dem Reisig, geht vor die Säcke und legt das Reisig in den Ring aus Steinen. Er nimmt Zündhölzer aus dem Beutel unter dem Hemd, zündet eines an und hält es in das Reisig. Als er das Reisig in den Flammen knacken hört, läßt er das Zündholz fallen und schützt mit beiden Händen das junge Feuer vor dem Wind. »Die Abende sind kühl«, sagt er, »ein alter Mann braucht Wärme.«

Gopu bewundert Mangar, dem man nicht anmerkt, daß er nichts sieht, und der niemanden um Hilfe bittet.

»Wir holen Holz.« Shangji steht auf. Es ist dunkel geworden, die Dunkelheit mildert den Anblick der Behausungen rechts und links. Überall flackern kleine Feuerchen, knackt und prasselt das Holz. Gopu folgt dem großen Jungen nur langsam.

»Komm schon!« Shangji kennt jeden Strauch, jeden Stein, jede Behausung.

Was unterscheidet die Menschen zwischen den Steinen von denen, die der Vater und er in jener Nacht sahen? Das Dach über dem Kopf? Aber was ist das für ein Dach? Wie überstehen die Menschen in diesen Behausungen die Regenzeit?
Das Holz liegt zwischen dichten Büschen versteckt. Es sind morsche Bretter, an denen Zement klebt. »Sie sind von einer Baustelle«, erklärt Shangji. »Eine ganze Nacht habe ich geschleppt.«
Gopu und er nehmen jeder eines der Bretter und gehen den Weg zurück. Vor Mangars Winkel zertritt Shangji die Bretter. Ein Tritt mit dem nackten Fuß genügt.
Die neue Nahrung gibt dem Feuer Kraft. Mangars Gesicht leuchtet im Feuerschein, er hält die Hände über die gierig bleckenden Flammen. Er sitzt noch immer so da, wie Gopu und Shangji ihn verließen. Woran dachte er die ganze Zeit?
»Wir machen jetzt den Mungo zu Geld.« Shangji greift sich das Paket mit dem toten Tier. »Auf dem Rückweg bringen wir Reis mit.«
Mangar nickt, ohne seine Haltung zu ändern.
Shangjis Worte erinnern Gopu an seinen Hunger. Er spürt ihn nicht mehr.
Diesmal schlägt Shangji einen anderen Weg ein. Die Behausungen werden größer, stabiler, sind zum Teil bereits kleine Anlagen. Vor einem Rundbau aus Mauersteinen bleibt Shangji stehen. Er klopft auf das Dachblech. »Budjish!« ruft er. Der Sack, der vor der Öffnung des Rundbaus hängt, wird beiseite geschoben, ein Kopf erscheint. »Ach, Shangji!« sagt der Kopf. Dem Kopf folgt ein Körper, dann steht ein kleiner, breiter Mann vor den Jungen.
Shangji wickelt den Mungo aus, hält ihn an den Hinterläufen, läßt ihn pendeln. »Ein Prachtstück! Ganz frisch.«
Der kleine Mann schnuppert. Dann lacht er: »So dumm ist nicht einmal ein Sandfloh! Dein frischer Mungo ist seit drei Wochen tot.«

»Du willst feilschen?« Shangji wickelt den Mungo wieder ein. »Tut mir leid, dafür habe ich keine Zeit.«
Budjish lacht: »Also gut: zwanzig!«
»Fünfzig.«
»Fünfzig?« Der kleine Mann kriecht zurück in seinen Bau. »Verfüttere ihn an die Fische.« Der Sack fällt herunter.
»Vierzig.«
»Dreißig«, ertönt es aus dem Bau.
»Aber er ist wirklich frisch! Gestern hat er noch gelebt.«
»Fünfunddreißig! Mein letztes Wort.«
»Einverstanden.«
Einige Zeit vergeht, dann taucht der Kopf wieder auf. Shangji erhält das Geld, das Paket wechselt den Besitzer. Shangji zählt das Geld nach, dann steckt er es ein. »Du bist eine Hyäne, Budjish«, sagt er. »Du frißt deine Freunde.«
»Du irrst«, erwidert Budjish, »ich bin Geschäftsmann, ich habe keine Freunde.«
Schweigend geht Shangji davon. Gopu geht hinter ihm her. Es ist nun so dunkel, er kann kaum noch etwas sehen.
»Budjish verkauft ihn für sechzig«, sagt Shangji. »Fünfundzwanzig Rupien Gewinn! Für nichts und wieder nichts.«
»Warum verkaufst du ihn nicht selbst für sechzig?«
»Weil sie mich betrügen würden. Sie würden mir gar nichts geben. Sie stecken alle unter einer Decke, man kann nichts machen.« Shangji schaut zu dem Rundbau zurück. »Solche wie Budjish betrügt niemand, und wenn, dann nur einmal. Unsereins ist viel zu weich, uns wickelt man um den kleinen Finger.«
Den Rest des Weges schweigt Shangji. Auch Gopu sagt nichts. Das Leben in Shangjis Welt ist kompliziert.
An einem schwach erleuchteten Stand mit allerlei Lebensmitteln kauft Shangji Reis und Gemüse. Er läßt sich Zeit dabei, er nimmt das Gemüse in die Hände, prüft es und riecht daran. Ist etwas

nicht mehr ganz frisch, sortiert er es aus und handelt den Preis dafür herunter.
Der günstige Einkauf versetzt Shangji wieder in bessere Laune. Er macht einen Umweg über ein unbebautes Feld. Er will Mäuse besorgen, für Durga und Kama. Er weist Gopu auf die vereinzelten Behausungen hin, an denen sie vorüberkommen: »Nicht mehr lange, und auch hier ist alles voll.«
Vor einer Erhöhung bleibt Shangji stehen. Gopu muß sich bücken, um zu erkennen, was es mit diesem Hügel auf sich hat: Es ist ein Haufen Feldsteine, obendrauf liegt eine klinkenlose verwitterte Tür.
»He, ihr Mäuseriche!« ruft Shangji und rüttelt an der Tür. »Kommt heraus, oder ich schicke die Katze.«
Die Tür bewegt sich, wird beiseite geschoben und rutscht den Steinhaufen hinab. Der Steinhaufen ist kein Haufen, ist ein Wall um ein in die Erde gekratztes Loch. In dem mit trockenem Gras ausgepolsterten Erdloch liegen zwei Jungen, etwa acht und neun Jahre alt. Die Glut zweier Zigaretten beleuchten ihre schmutzigen Gesichter. Sie strahlen Shangji an: »Wieviel brauchst du?«
»Vier.«
»Vier?« freuen sich die Jungen. »Hat Durga Junge bekommen?«
»Nein, Verstärkung.«
»Und was zahlst du?« fragt der größere der beiden.
»Eine Handvoll Reis.«
»Eine? Wir sind zwei.«
»Und wir drei.«
Die beiden Jungen beratschlagen. Dann sagen sie: »Einverstanden.«
Der kleinere macht sich an einem Karton zu schaffen, der größere kommt aus dem Loch gekrochen und langt nach der Tüte unter Shangjis Arm: »Darf ich die Handvoll herausnehmen?«
»Darf ich mir die Mäuse aussuchen?«

»Du kriegst die besten, richtig fette Burschen.«
Shangji lacht: »Natürlich! Ihr füttert sie mit Schokolade.«
Der kleinere Junge kommt aus dem Loch. Er hält die Tüte mit den Mäusen fest: »Erst den Reis!«
Shangji greift in die Tüte und läßt dem älteren Jungen eine Handvoll Reis in die zusammengelegten Hände rieseln. Dann überprüft er den Inhalt der Tüte, die der kleinere Junge ihm aushändigt. Als er die Hand herauszieht, liegt eine dürre, tote Maus darin. Er hält sie am Schwanz in die Höhe: »Soll ich die fressen oder wer?«
Der Junge, der die Mäuse aussuchte, spielt den Überraschten: »Sie muß eben erst krepiert sein. In meiner Hand war sie noch ganz munter.«
»Vielleicht hast du sie zerquetscht?« fragt der ältere der beiden Shangji. »Aus Versehen natürlich.«
Gopu muß lachen. Die Frechheit der beiden gefällt ihm. Auch Shangji lacht: »Eine neue richtig fette Maus, oder ihr bekommt alle vier zurück.«
Der größere gibt dem kleineren einen Wink, der geht zurück ins Erdloch und macht sich erneut an dem Karton zu schaffen. Die Maus, die er nun bringt, quiekt laut. Shangji zieht ihn am Ohr. »Mit mir nicht! Verstanden?«
Die beiden Mäusehändler stoßen sich an: »Du bist zu klug für uns, Shangji.« Sie kriechen zurück in ihr Loch und ziehen die Tür über sich.
»Die beiden sind in Ordnung«, sagt Shangji, als Gopu und er weitergehen. »Eines Tages waren sie da, niemand weiß, woher sie kamen. Sie nisteten sich in ihrem Loch ein und begannen Mäuse zu fangen. Sie bieten sie den Schlangenbeschwörern an. Geht das Geschäft schlecht, essen sie sie selber.«
»Die Mäuse?«
»Natürlich die Mäuse! Sie ziehen ihnen das Fell ab, nehmen sie

aus, spießen sie auf Stöckchen und halten sie übers Feuer.«
Shangji lacht: »Denkst du, ich habe noch keine gegessen? Oder ist es wegen dem Fleisch? Bist du ein so gläubiger Hindu wie Mangar, der kein Fleisch ißt?«
Gopu erwidert nichts. Es geht ihm nicht um das Fleisch, es ist der Gedanke daran, auch er könnte eines Tages gezwungen sein, so leben zu müssen. Ihm ist klar, Shangji kauft von den beiden nur, um sie zu unterstützen; zwischen den Steinen wimmelt es von Mäusen und Ratten.
Mangar sitzt noch immer am Feuer. Schweigend holt Shangji den Topf, füllt ihn mit Wasser aus dem Krug, schiebt einen Ast unter den Henkelgriff und hängt ihn zwischen zwei Astgabeln über dem Feuer auf.
»Erzähle von Bombay«, bittet Mangar. Als Gopu nicht weiß, womit er beginnen soll, stellt er Fragen. Es sind unübliche Fragen. Er fragt nicht nach Gopus Familie, will nicht wissen, wie Gopu lebte, er fragt nach dem Hafen, nach Arbeitsmöglichkeiten. Ob es viele Moslems gibt, will er wissen, und ob die Menschen zufrieden sind.
Die letzte Frage zu beantworten, fällt Gopu schwer. Ob die Bombayer zufrieden sind? Einige werden es sein, andere nicht.
»Warst du zufrieden?«
Einen Augenblick zweifelt Gopu an der Blindheit des alten Mannes, ihm ist, als sähe Mangar ihn an. Dann aber legt Shangji Holz nach, eine Flamme lodert auf, und Gopu sieht, daß Mangars Augen weiterhin blicklos schräg nach oben gerichtet sind.
Gopu bejaht die Frage, und er begründet seine Zufriedenheit: »Meine Familie mag mich. Wir haben eine Wohnung. Das Panverkaufen ist keine schlechte Arbeit, man verdient auch nicht schlecht dabei. Damals wußte ich nicht, daß ich zufrieden war, jetzt weiß ich es.«
Mangar gefallen Gopus Worte. »Wohnung, Arbeit, Liebe! Mehr

braucht der Mensch nicht.« Dann fragt er: »Und warum bist du weg?«
Gopu erzählt seine Geschichte. Während er erzählt, bereitet Shangji einen Gemüsereis. Er macht das ganz nebenbei, wendet kaum einen Blick von Gopu, obwohl er dessen Geschichte bereits kennt. Gopu aber hält es kaum noch aus, der Duft des Gemüses, der ihm in die Nase steigt, bringt den Hunger zurück, einen wilden, kaum bezähmbaren Hunger. Der Speichel läuft ihm im Mund zusammen; er muß den Blick abwenden, er kann den duftenden, lockeren Reis nicht ansehen.
Dann ist Gopu mit seiner Erzählung am Ende. Mangar langt in den Topf und beginnt zu essen. Auch Gopu langt zu. Er ißt schnell, beherrscht sich aber dann, um Mangar und Shangji nicht alles wegzuessen.
Nach dem Essen spießt Shangji das restliche Gemüse auf einen Draht und schiebt das eine Ende in einen Spalt zwischen den Steinen, damit es frei in der Luft hängt und für die Nager der Nacht nicht zu erreichen ist.
Gopu schämt sich. Er dachte, das rohe Gemüse würde gleich hinterher gegessen; sein Hunger ist durch das karge Mahl eher größer als kleiner geworden.
Mangar erkundigt sich nach den Aufgaben eines Boys. Gopu versucht seinen Hunger zu vergessen und gibt Auskunft. Shangji hört erneut aufmerksam zu, starrt aber unentwegt an Gopu vorbei. Erst als Gopu fertig ist, sagt er: »Es ist ein Unterschied, ob man sich verkauft oder seine Geschicklichkeit. Verkaufst du deine Geschicklichkeit, bist du wer, verkaufst du dich, bist du ein Niemand.«
Mangar ist mit Shangjis Worten nicht einverstanden: »Es kommt darauf an, ob man zufrieden ist. Ist einer zufrieden, dann ist es nicht wichtig, daß er ein Niemand ist.«
»Wie kann man als Niemand zufrieden sein?« fragt Shangji den

Alten. »Kann man zufrieden sein, wenn man immer nur benutzt wird?«

Ganz leise, aber bestimmt antwortet Gopu: »Man kann. Weil man zu essen hat, weil man ein Bett hat, weil man seine Familie ernähren kann und weil man, wenn man Glück hat, sogar Freunde findet.«

Mangar tastet nach Gopus Hand: »Jedes Wort ist wahr.«

Shangji füttert Durga und Kama. Jede erhält eine Maus zugesteckt. Die beiden restlichen Mäuse bleiben in der Tüte. Lange Zeit sagt er nichts, dann aber kann er es nicht für sich behalten: »Wir sind ein Volk der Boys, wir sind zufrieden, wenn wir nicht verrecken; dafür opfern wir alles, sogar unsere Seele.«

»Deine Seele bewacht Brahma«, entgegnet Mangar ruhig. »Das Leben ist nichts als eine Prüfung, die wir zu bestehen haben. Wir müssen dankbar sein, wenn sie uns nicht zu schwer gemacht wird.« Er nickt vor sich hin, steht auf und geht hinaus.

»Bist du mir böse?« fragt Gopu Shangji.

Shangji schüttelt den Kopf. Dann lacht er: »Sie haben uns doch hereingelegt.«

»Wer?«

»Die beiden Mäuseriche. Eine der Mäuse hatte nur drei Beine.«

Geben oder nehmen

Der Wind fährt in die Säcke, streicht über die Schultern, torkelt hinaus. Gopu müßte schlafen, er ist müde, doch er dreht sich und denkt nach, bis ihm heiß wird. Er hat gesagt, seine Familie mag ihn. Würde ihn die Familie, wenn sie von seinem Versagen wüßte, noch immer mögen? Müßte er nicht nach Hause, alles erklären, die Zeit nutzen, Arbeit suchen?

Ein Schrei! Gopu fährt auf. Eine Männerstimme; sie schrie vor Angst. Da, wieder!

Auch Shangji richtet sich auf. »Der Krayesh, der Hund!« murmelt er mit weit aufgerissenen Augen.

Schritte! Jemand läuft durch die Nacht. Die Schritte kommen näher und entfernen sich wieder. Erneut Schritte, die Schritte mehrerer Männer. Gopu nimmt Shangjis Hand, Schweiß steht ihm auf der Stirn.

Die Schritte verlieren sich. Gopu fröstelt es, ganz plötzlich ist ihm kalt. »Wer ist der Krayesh?« fragt er.

»Ein Dieb, ein Mörder; der Anführer einer Bande von Mördern. Ein Ungeheuer!«

»Ein von den Göttern Verlassener.« Mangars Stimme klingt heiser.

»Warum erschlägt keiner dieses Vieh?« Shangji zittert.

»Weil nur das Böse stark genug ist, Böses zu tun«, entgegnet Mangar leise. »Das Gute und das Böse aber sind Zwillinge, sie wohnen in einer Brust. Niemand weiß, welcher Zwilling der stärkere ist.«

Gopu denkt an den Mann, der von den Banditen gejagt wird. »Warum hilft ihm niemand?«

»Weil das Gute nicht nur schwach, sondern auch feige ist,

hundserbärmlich feige!« Shangji läßt Gopus Hand los. Er legt sich hin. Das Mondlicht, das zwischen zwei Säcken hindurchlugt, leuchtet ihm ins Gesicht, in seinen Augen glitzern Tränen.
Eine Zeitlang liegt Gopu noch wach, er spürt, wie sein Herz sich beruhigt, wie die Schläge langsamer werden, bis er einschläft. Das Entsetzen über das, was sich nur wenige Schritte von ihm entfernt abspielte, hat ihn die Fragen, die ihn quälen, vergessen lassen.
Gopu erwacht, noch bevor es draußen hell ist. Leise steht er auf und tritt in die Dunkelheit hinaus. Er geht sein Wasser abschlagen, wagt aber nicht, sich allzuweit von Mangar und Shangji zu entfernen. Als er zurückkommt, hockt er sich vor den Säcken nieder und sieht in das Dunkelgrau des heraufziehenden Tages hinaus.
Er hatte vom weißen Tiger geträumt. Zum ersten Mal hatte er ihn gesehen, den riesigen Tiger mit dem weißen Fell und den gelben Augen, von dem der Vater so oft erzählt hatte. Er umschlich das Haus der Chandrahas, suchte ihn, er aber war nicht da, war in einem weitentfernten Land.
Ein unheimlicher Traum! Gopu erhebt sich und geht einige Schritte vor dem Winkel auf und ab.
»Kannst du nicht schlafen?« Mangar steht hinter Gopu, hustet und spuckt.
»Ich habe geschlafen.«
»Du bist jung«, sagt Mangar. Er geht an Gopu vorbei, geht einen weiten Weg, bevor er stehenbleibt und sein Wasser abschlägt. Dann verschwindet seine gebeugte Figur zwischen den Behausungen, die im fahlen Morgenlicht noch baufälliger, noch elender aussehen.
Als Mangar zurückkommt, sitzt Shangji neben Gopu. Gespannt sieht er den Alten an. »Mrinal«, gibt Mangar Auskunft, ehe er sich niederläßt und damit beginnt, sich das gelbe Tuch um die Stirn zu wickeln.

Shangji senkt den Kopf.
»Wer das Lamm vor das Haus bindet, lädt den Tiger zu Gast«, seufzt Mangar. »Eine alte Wahrheit.«
Shangji holt den Draht mit dem Gemüse, reicht ihn erst Mangar, dann Gopu und langt selber zu. Als er seinen Anteil aufgegessen hat, studiert er die aufgehende Sonne: »Es wird heiß werden, ein Tag zum Touristenfischen.«
»Ja, es wird heiß.« Mangar, der nur wenig gegessen hat, steckt die Rohrflöte ins Hemd und nimmt den Korb mit Durga. Shangji holt die Tüte mit den Mäusen, hebt den Deckel von Durgas Korb und läßt eine Maus hineingleiten.
»Du verwöhnst sie«, sagt Mangar, dann verläßt er die beiden Jungen.
»Ich mag Mangar«, sagt Shangji, als der alte Mann außer Hörweite ist. »Ich mag ihn sehr, aber ich verstehe ihn nicht. Er verurteilt das Opfer anstelle des Täters. Das Lamm vor das Haus binden! Natürlich prahlte Mrinal mit seiner Tüchtigkeit, aber berechtigt das diese Ratte Krayesh, ihn umzubringen und ihm die paar Rupien, die er mehr hatte als andere, abzunehmen? Krayesh, ein armer, von den Göttern verlassener Mensch! In seinem nächsten Leben wird es ihm schlecht ergehen, wird er bestraft werden! Alle diese Sprüche! Ich kann sie nicht mehr hören. Es ist Mangars Art zu denken, der wir es zu verdanken haben, daß alles bleibt, wie es ist.«
Gopu ißt langsam, er nutzt die Mahlzeit. Dem, was Shangji vorbringt, hat er nichts hinzuzufügen. Mit Shangji und Mangar geht es ihm wie mit Onkel Kamal und dem Vater: Er mag sie beide, beide haben sie recht, doch Shangjis wie Onkel Kamals Worte könnten auch die seinen sein - wäre er so klug wie diese beiden.
Shangji sammelt die Gemüsereste ein. »Wegen der Ratten«, sagt er. Gopu langt nach dem Sack mit Kama, schnürt ihn auf und

schaut hinein. Shangji nimmt die letzte Maus aus der Tüte, ein dürres, halbverhungertes Ding, und läßt sie in den Sack fallen. Kama hebt den Kopf, züngelt, dann schnappt sie zu; die Schlingmuskeln unter ihrem Rachen schwellen an und beginnen zu arbeiten.

Die beiden Jungen grinsen. »Es geht ihr gut«, sagt Shangji. Dann verschnürt er den Sack und versteckt ihn zwischen den Steinen.

Der Weg zum Strand ist weit, aber es ist noch früh, sie haben Zeit. Gopu erinnert sich an seinen Ausflug mit Bapti. Er erzählt Shangji, wie sie mit Fahrrädern an die Marina fuhren. Shangji hört interessiert zu. Dann sagt er: »Den habe ich nicht kennengelernt, in der Fabrik war er nie. Ein ganz so schlechter Kerl kann er, wie du von ihm redest, nicht sein.«

Wieso sollte Bapti schlecht sein? Nur weil er reich ist? »Er ist überhaupt nicht schlecht«, sagt Gopu. Er hat Bapti nie für schlecht gehalten, nicht einmal, als der ihn schlug, er hat ihn nur oft nicht verstanden.

»Alle sind gut, nur die Welt ist schlecht! Du wirst noch mal ein zweiter Mangar«, sagt Shangji. Dann schweigt er, bis sie an der Marina angelangt sind. Er läßt sich in den graugelben Sand fallen und zeigt auf eine Reihe Badehütten aus Holz und Bambus zwischen dem Strand und einem Buschwäldchen. »Die mieten sich die Touristen. Dort lassen sie ihre Kleider, wenn sie ins Wasser gehen.« Er sagt, daß er die Sitte der Fremden, sich bis auf eine kleine Badehose auszuziehen und den ganzen Körper ins Wasser zu tauchen, nicht schlecht findet. Er wird rot: »Die Frauen mußt du mal sehen, die haben auch fast gar nichts an.«

Auch Gopu errötet. So etwas sagt man nicht. Man denkt es auch nicht. Das ist nicht gesund, sagt der Vater. Und ans Meer fährt man nur, um zu picknicken oder um die Sonne auf- oder untergehen zu sehen.

Shangji und Gopu sind nicht die einzigen, die auf Touristen warten. Eine Menge Jungen, große und kleine, sitzen herum, beobachten sich gegenseitig, gucken mißtrauisch.
Shangji deutet auf Gopus immer noch recht ordentliche Uniform: »Wenn es soweit ist, halte dich zurück. Wie du aussiehst, zahlt dir keiner einen Paiser.« Dann legt er sich zurück und verschränkt die Arme unter dem Kopf. Gopu schaut zu den Kriegsschiffen hinüber, die im Außenhafen vor Anker liegen. Er kann die Aufbauten erkennen, aber nicht, woher die Schiffe kommen. Sein Blick gleitet zurück und bleibt an zwei jungen Mädchen hängen, die den Strand entlangwandern. Es ist schade, daß er nun nie erfährt, wie es mit Rissa und Herrn Chandrahas weitergeht.
Shangji reißt Gopu aus seinen Gedanken: Fremde nähern sich, drei Männer, eine Frau. Auch die anderen Jungen springen auf. Doch Shangji ist schneller, ist als erster bei den Fremden. Er verneigt sich, lacht freundlich, schneidet Grimassen. Die anderen Jungen respektieren Shangjis Schnelligkeit, bleiben aber in unmittelbarer Nähe.
Shangji folgt den Fremden zu einer der Badehütten. Er redet auf sie ein, bietet sich an, auf die Kleidung achtzugeben, sagt, bei ihm wäre alles absolut sicher – für nur drei Rupien!
Die Fremden verstehen Shangjis mit englischen Brocken gespicktes Tamil. Vor allem aber verstehen sie die gespreizten drei Finger. Sie lachen und schütteln die Köpfe.
Shangji nimmt einen Finger weg: Zwei Rupien!
Die Fremden lachen noch immer, doch es ist ein anderes Lachen. Shangjis Anhänglichkeit ist ihnen peinlich. Einer der Männer, blond und mit einer hellen Hose bekleidet, zeigt auf die Badehütte, zieht einen Schlüssel aus der Hosentasche und hält ihn Shangji vor das Gesicht. Er sagt etwas in einer fremden Sprache.
Shangji nimmt den zweiten Finger weg: »Eine Rupie! Eine einzige Rupie!« Er legt bittend die Hände zusammen.

Die Gebärde paßt nicht zu Shangji, überhaupt: Shangji ist nicht mehr Shangji! Aber niemand außer Gopu bemerkt das.
Den Fremden vergeht das Lachen vollends. Sie bedeuten Shangji, er solle verschwinden. Shangji gibt nicht auf. Er streckt wieder einen Finger in die Luft: »Eine Rupie! Eine einzige Rupie!« Dann will er den Fremden zeigen, wie unzuverlässig die vom Monsun morschgefressenen Holzbretter der Hütte sind. Er geht hin und bricht ein Stück ab, es geht ganz leicht.
Der Blonde zieht Shangji von der Hütte weg, schimpft und stößt ihn. Shangji stolpert und fällt. Der Mann schüttelt ärgerlich den Kopf, schließt die Hütte auf und verschwindet darin. Seine Gefährten folgen ihm.
Einige der Jungen um Shangji grinsen schadenfroh, andere gucken böse in Richtung der Hütte. Shangji steht auf, kehrt zu Gopu zurück und läßt sich neben ihm nieder. Er glüht und zittert, wie er in der Nacht zitterte.
»Eine Rupie!« stößt er hervor. »Eine einzige Rupie! Das ist nichts. Für jeden Whisky geben sie das Fünfzigfache aus. Denken die, ich spiele zum Spaß den Clown?« Er atmet tief. »Sie geben dir keine Chance; du kannst dich in den Dreck werfen, dich darin herumsielen, sie geben dir keine klitzekleine Chance!« Er ballt die Hände zu Fäusten, schlägt sich auf die Knie: »Ich nehme mir meine Chance, ich nehme sie mir einfach.«
»Was willst du tun? Willst du sie bestehlen?«
»Was denn sonst? Geben oder nehmen!« Shangji greift in den Sand und läßt ihn durch die Finger rinnen. »Vielleicht hat Mangar recht und nur das Böse ist stark genug, Böses zu tun; dann bin ich eben böse!« Er wirft eine Handvoll Sand durch die Luft. »Lieber böse als verreckt! Du hast ja heute nacht gesehen, wie ›gut‹ die Guten sind.«
Gopu hat nie gestohlen, von einer Orange oder einem Fisch abgesehen. Das war in jener Zeit, als der Vater keine Arbeit hatte, als

der Hunger ihn dazu trieb. Einen richtigen Diebstahl hätte er dem Vater nicht antun können.
»Wir haben doch noch das Geld von Budjish.«
»Das reicht für heute und morgen und übermorgen.« Shangji runzelt die Stirn. »Aber nicht für den Tag danach, nicht für die Woche danach. Hast du deinen gestrigen Hunger vergessen? Denkst du, wir finden jeden Tag einen Mungo?«
Shangji hat recht, sie müssen leben. Die Angst vor dem Hunger! Im Hause der Chandrahas hatte er sie vergessen. Aber sie ist da, erst gestern hatte er sie wieder gespürt. Bora starb, weil er zuwenig zu essen bekam. Aber auch, wenn man überlebt: Er will nicht aussehen wie die Kinder der Dörfler mit ihren aufgetriebenen Bäuchen. Shangji hat recht, hat doppelt recht: Eine Rupie ist nichts für die reichen Fremden. Hätten sie Shangji eine Chance gegeben, müßte Shangji nicht stehlen.
Shangji, der Gopus Gesicht beobachtet hat, ist zufrieden. Er sieht zu den Fremden hin, die gerade die Hütte verlassen: »Wie fett sie sind!«
Die Fremden sind nicht fetter als Frau Chandrahas oder Bip. Gopu weiß das, trotzdem ist er mit Shangji einer Meinung: Die Fremden sind fett, ihre Haut ist weißgrau und wabblig, die der Frau mit vielen unschönen braungelben Punkten übersät. Fast nackt laufen sie ins Meer.
»Bleib hier!« flüstert Shangji. »Behalte sie im Auge. Kommen sie heraus, pfeif auf zwei Fingern.« Er steht auf und geht davon, als habe er die Lust verloren, weiter auf Kundschaft zu warten.
Gopu behält die Fremden im Auge. Je länger er ihnen zusieht, desto stärker wird die Abneigung in ihm. Als die Frau laut kreischt, weil einer der Männer sie bespritzt, spuckt er aus. Die Fremden sind unwürdig, erwachsen zu sein.
Shangji geht um die Hütten herum. Als er außer Sicht ist, schlägt er einen Bogen und nähert sich der Hütte der Fremden, auf Hän-

den und Füßen durch das dichte Buschwerk kriechend, von der Rückseite her. Er betastet die Bretter der Rückwand, reißt eines ab und kriecht in die Hütte hinein.
Die helle Hose des blonden Mannes liegt über einem Korbstuhl, sie ist auch in dem Halbdunkel gut zu erkennen. Shangji tastet sie ab, findet in der Gesäßtasche eine Börse und öffnet sie: Rupien, Dollars, eine Sorte Geldscheine, die er nicht kennt. Es sind viele Geldscheine, sehr viele!
Shangji nimmt die Rupien heraus und steckt die Börse zurück. Dann überlegt er es sich, zieht die Börse wieder heraus und entnimmt ihr auch die Dollar.
Ein Pfiff! Laut, schrill, ängstlich. Shangji läßt die Börse fallen, steckt die Geldscheine ins Hemd und verschwindet durch die Öffnung, durch die er gekommen ist. Er läuft ein Stück durch die Büsche und Sträucher, läßt sich dann fallen und robbt einige Meter weiter, in einen Busch hinein. Dort bleibt er liegen.
Gopu wartet, bis die Fremden an ihm vorüber sind, dann geht er in einigem Abstand hinter ihnen her. Als der blonde Mann den Schlüssel aus der Badehose fischt, wird Gopu schneller und läuft zwischen den Hütten hindurch in das Buschwäldchen hinein. Er läuft, bis er ein leises Zischen hört und Shangji ihn zu sich herabzieht. Eine Zeitlang liegen die beiden Jungen still nebeneinander; als nichts geschieht, stehen sie auf und laufen fort.
Erst als sie weit genug von der Marina entfernt sind, läßt Shangji sich unter einer Fächerpalme nieder, streicht sich das Haar aus der verschwitzten Stirn, nimmt das Geld aus dem Hemd und beginnt, es zu zählen.
Gopu schaut zu. Er zählt nicht mit, allein an Shangjis starrem Blick erkennt er, daß es viel, daß es zuviel Geld ist.
Erst nachdem eine längere Zeit verstrichen ist und Shangji noch immer nichts sagt, fragt Gopu.
»Dreihundertzwanzig Rupien«, antwortet Shangji leise. Dann

hält er Gopu die Geldscheine unter die Nase und jubelt: »Und fünfundfünfzig Dollar!«
Gopu benötigt Zeit, um eine weitere Frage stellen zu können: »Was machst du damit?«
»Ich?« Shangji steckt das Geld ins Hemd zurück. »Wir! Einmal Partner, immer Partner! Oder schämst du dich?«
Gopu schämt sich nicht.

Eine Unpäßlichkeit

Obwohl die Terrasse im Schatten liegt und der Tag sich dem Ende neigt, ist es heiß; heiß wie immer in den Ferienmonaten Mai und Juni. Die Hitze lastet auf Bapti, der bei den Erwachsenen sitzen, der aushalten muß. Die leichte weiße Kleidung hilft nur wenig.
Es gehöre sich nicht, daß der Bräutigam die Braut einen Tag vor der Hochzeit zu Gesicht bekommt, sagt Biharis Mutter, die einen hauchdünnen gelben Sari trägt, deshalb sei Bihari im Hotel geblieben. Biharis Eltern hätten nicht im Hotel absteigen sollen, wiederholt die Mutter, es stünden genügend Gästezimmer zur Verfügung.
Die Frauen lügen beide. Von der Mutter weiß Bapti, daß sie noch am Tage zuvor zum Vater sagte, sie hoffe, Biharis Eltern würden nicht im Haus übernachten, es gäbe ohnehin genug zu tun. Und Bihari, der schon auf dem Flughafen so ein komisches Gesicht machte, als die Eltern die Familie aus Bombay abholte und sie mit Girlanden aus Jasmin und Levkojen bekränzte, wird aus dem gleichen Grund im Hotel geblieben sein, aus dem Ayesha in ihrem Zimmer hockt und vor sich hinstarrt, obwohl es natürlich stimmt, daß ein Bräutigam die Braut am Tage vor der Hochzeit nicht zu Gesicht bekommen soll.
Die beiden Männer tragen lange weiße Hosen und weiße Hemden. Sie kümmern sich nicht um die Frauen, rauchen Zigarren und führen ihr eigenes Gespräch. Manchmal lachen sie laut. Dann schaut Bapti weg, er kann das breite, wohlgefällige Lachen des Vaters nicht mehr ertragen. Er kann vieles nicht mehr ertragen. Nur allein sein, egal ob in seinem Zimmer, im Garten oder in den belebten Straßen der Stadt, kann er noch.
Rissa und Topur bringen Eis. Topur diensteifrig, Rissa ernst. Seit

jenem Gespräch im Garten hat sich zwischen Bapti und Rissa etwas geändert. Sie fordert ihn nicht mehr heraus, ist ihm nicht mehr überlegen; wenn er sie ansieht, schaut sie weg. Sie ist immer noch blaß, aber sie ist rundlich geworden, sieht aus wie eine kleine Frau. Die Mutter und Ayesha sehen das mit Besorgnis. Einmal sagte Ayesha: »Ich bin froh, daß ich fortkomme.« Eine Begründung dafür lieferte sie nicht. Die Katastrophe rückt näher, Bapti erwartet und fürchtet sie.

Der Vater steht auf, faßt Biharis Vater um die Schultern und geht mit ihm in den Garten. Das unberührte Eis lassen sie stehen.

Die beiden Frauen und Bapti löffeln ihre Eisbecher leer, bevor sie den Männern folgen. Biharis Mutter bietet Bapti ein Konfekt an. Er lehnt ab, sagt, er wäre voll bis oben hin.

»Du bist ein netter Junge«, sagt Biharis Mutter.

Die Sonne trifft Bapti wie ein Schlag. Er flüchtet sich in den Schatten des Holzapfelbaumes, läßt sich unter den tief herabhängenden Zweigen nieder und beobachtet die Erwachsenen.

Der Vater preist die Farbvielfalt der Blumen. Mit der Zigarre in der Hand deutet er mal auf diese, mal auf jene. Er preist seine Blumen, wie er Ayeshas Schönheit oder seine, Baptis, Englischkenntnisse preist. Er preist alles, was er auf sich zurückführt. An seine Mißerfolge will er nicht erinnert werden. Als Naris Vater und Nari nach dessen Entlassung aus dem Krankenhaus vorbeikamen, um »Mißverständnisse« zu klären, ließ er sich nicht sehen. Er wolle mit diesem schleimigen Kerl nichts zu tun haben, sagte er.

Nari sah gut aus, nur ein wenig mager. Naris Vater scherzte, wollte Freunde aus ihnen machen. Weder Nari noch er lachten über diese Scherze. Er brauchte Nari nur ansehen, um zu wissen: Es hatte sich nichts geändert. Als Naris Vater das bemerkte, machte er einen letzten Versuch: Sie sollten sich gegenseitig entschuldigen. Er entschuldigte sich nicht. Wofür auch? Für Naris Dummheit, bei Rot über die Kreuzung zu fahren? Dafür, daß Naris Vater dem Vater Haus und Grundstück abluchste? Hatte er es nicht Naris Vater zu verdanken, daß Gopu fort war? Als Nari ihm beim Hinausgehen einen feindseligen Blick zuwarf, erwiderte er ihn.

»Bapti!«

Die Erwachsenen sitzen wieder auf der Terrasse. Der Vater winkt: »Geh in die Küche. Rissa möchte uns Nimbu-Pani* bringen.«

Der Auftrag kommt Bapti gerade recht. Er wird die Bestellung übermitteln, wird nicht auf die Terrasse zurückkehren, dafür sein Fahrrad besteigen, fortfahren und sich bis zum Abend nicht blicken lassen.

In der Küche ist nur Bip. Er schwitzt, sein Gesicht ist rot. Er hat zu tun, muß vorbereiten: Die Hochzeit wird im Haus gefeiert.

Bip nimmt die Bestellung entgegen und bittet Bapti, ihm Rissa zu schicken, falls er sie irgendwo sieht.

Bapti verspricht das. Dann geht er durch den Kellerflur, um in sein Zimmer zu gelangen. Er will sich umziehen. Doch er kommt nicht weit. Auf der Treppe liegt Rissa. Seltsam verrenkt, den Kopf zur Seite, liegt sie da und rührt sich nicht. Bapti beugt sich über sie und ruft ihren Namen. Als sie nicht reagiert, läuft er zu Bip zurück.

Bip vergißt die Nimbu-Pani auf dem Tablett. Baptis Gesicht sagt mehr als seine Worte. Auch Topur, der den beiden entgegenkommt, schließt sich ihnen an.

Als Bip Rissa sieht, wird er blaß. Er kniet nieder, schiebt der Tochter die fleischige Hand unter den Kopf und hebt ihn an: »Rissa! Was ist dir? Sag doch was!«

Topur läuft fort, holt Wasser und bespritzt Rissas Gesicht damit. Dann klopft er ihr die Wangen.

»Soll ich Raj holen?« fragt Bapti.

»Nein!« Bip fährt auf. »Sie wird schon zu sich kommen.«

Rissa kommt wirklich wieder zu sich. Einen Augenblick schaut sie verständnislos um sich, dann schlägt sie die Hände vor das Gesicht und beginnt zu weinen.
»Was ist dir? Rissa! So rede doch!« Bip will Rissas Hände streicheln, doch Rissa preßt sie vors Gesicht, als könnten ihre Augen sie verraten.
Das ist er, der Anfang der Katastrophe! Bapti ist sich sicher. Dabei kann er noch immer nur ahnen, worum es sich handelt.
»Sie stört die Gäste«, meint Topur. »Bringen wir sie lieber in ihr Zimmer.«
Die beiden Männer heben Rissa vorsichtig hoch und tragen sie in ihr Zimmer. Auf ihrem Bett legen sie sie ab.
Bapti bleibt vor der offenen Tür zu Rissas Zimmer stehen. Er hört Bip flehen, Rissa solle doch endlich sagen, was mit ihr los sei; er habe für alles Verständnis, er liebe sie doch. Rissa aber antwortet nicht, ihr Weinen ist ein Schluchzen geworden, ein hilfloses, tief unglückliches Schluchzen.
»Was ist hier los? Soll ich meinen Gästen die Nimbu-Pani selbst servieren?«
Bapti fährt herum. Der Vater! Er ist die Treppe hochgekommen, ohne daß er ihn hörte. Er bebt vor Zorn.
Bapti weist stumm auf die offene Tür. Der Vater betritt Rissas kleines Zimmer und fragt auch dort nach dem Grund der Verzögerung. Als Rissa des Vaters Stimme hört, beginnt sie erneut zu weinen, noch lauter, noch hemmungsloser als zuvor.
Der Vater wird ganz still. Er schickt Topur und Bip hinaus. Bip zögert, will erst nicht, doch dann sieht der Vater ihn an. Da geht Bip. Der Vater schließt die Tür.
Bip ist voller Ratlosigkeit. Topur schüttelt nur den Kopf, immer wieder schüttelt er den Kopf, geht aber nicht von der Tür fort. Auch Bapti wartet. Es muß etwas passieren, es wird etwas passieren!

Es passiert nichts. Als der Vater Rissas Zimmer verläßt, ist er sehr ernst. Aber unter diesem Ernst ist ein Lächeln, ein kaum erkennbares, aber doch vorhandenes Lächeln. Er legt Bip die Hand auf die Schulter: »Eine Unpäßlichkeit, weiter nichts!« Er holt Luft, als stehe er vor einer wichtigen Entscheidung, und sagt dann: »Sie soll sich ausruhen. Auch morgen. Ich besorge Ersatz. Ist es in einigen Tagen nicht besser, rufen wir einen Arzt.« Er gibt Bip einen Klaps und geht davon. Auf der Treppe bleibt er stehen und beauftragt Topur, die Nimbu-Pani zu servieren.
Bip schaut Topur nach und sieht dann Bapti an: »Eine Unpäßlichkeit? Warum hat sie mir das nicht gesagt?«
Bapti zuckt die Achseln, wendet sich ab und geht in sein Zimmer. Bip ist dumm. Des Vaters und Rissas Geheimnis wird bald kein Geheimnis mehr sein. Alle wissen oder ahnen es, nur Bip, der gute, dumme Bip, ist ahnungslos.

Sieben Schritte

Die Nacht vor der Hochzeit ist eine jener Nächte, die nicht vergehen wollen. Nur kurz verfällt Bapti in einen unruhigen Schlaf, dann ist er wach und wartet darauf, daß der Morgen anbricht. Früh hört er es im Flur rumoren, hört die Mutter Ayeshas Zimmer betreten, hört die schweren Schritte des Vaters im Flur. Ab und zu hastet auch Topur durch die Gänge. Vor dem Haus finden sich Leute ein: Hilfsköche, Kellner, Serviermädchen. Bapti beobachtet sie vom Fenster aus. Dann betritt die Mutter sein Zimmer, begrüßt ihn und legt heraus, was er am Abend anziehen soll: Lackschuhe, eine lange weiße Hose, ein weißes Hemd und eine rote Fliege.

Bapti protestiert gegen die Fliege. Er wird sich totschwitzen, sagt er. Die Mutter seufzt nur. »Die Fliege muß sein, wenigstens am Anfang.« Dann sagt sie, es sei nicht ihre Schuld, daß die Hochzeit nicht in einem der Glücksmonate Februar, März oder April stattfinde, die Geschäfte von Biharis Vater hätten keinen früheren Termin zugelassen.

Als die Mutter das Zimmer verlassen hat, steht Bapti auf und geht ins Bad. Er duscht sich kurz, zieht sich an und geht durch das Haus. Vor Rissas Zimmer bleibt er stehen und lauscht. Ist sie noch unpäßlich? Als nichts zu hören ist, geht er weiter. Es ist, als befinde er sich in einem fremden Haus, so viele Menschen, die er nicht kennt, bewegen sich darin umher - alle mit wichtigen Mienen, alle bemüht, Rajs Anordnungen gewissenhaft zu befolgen.

Auch der Vater ist im Haus unterwegs. Er hat prächtige Laune; als er Bapti sieht, nimmt er ihn in die Arme und drückt ihm einen dicken Kuß auf die Stirn. »Ayesha wären wir los«, sagt er und lacht. Es ist ein Scherz, aber es schwingt Erleichterung mit.

Topur bringt rings um das Haus Blumengirlanden an. Zwei Männer legen auf dem Rasen des Gartens Teppiche aus, zwei weitere errichten in der Nähe des Fischteiches ein zeltförmiges Dach aus buntem Stoff, wieder andere schmücken Haus, Bäume und Zaun mit auf Kabel gereihten roten, grünen, blauen und gelben Lämpchen. Ein Mädchen streut Lotusblumen auf dem Teich aus. Bapti geht durch alle diese Betriebsamkeit hindurch, ohne so recht zu wissen, was er in diesem von all den fremden Menschen in Beschlag genommenen Haus mit sich beginnen soll. Die Hochzeit findet erst am Abend statt, bis dahin ist noch viel Zeit.
Bapti überlegt nicht lange, er hat keine große Auswahl. Er geht in den Keller, schiebt das Fahrrad auf die Straße, schwingt sich in den Sattel und fährt los. Er fährt kreuz und quer durch die Stadt, hält mal hier und mal dort, kauft sich Eis und Limonade und landet wie stets bei seinen Ausflügen an der Marina.
Bapti legt das Rad neben sich in den Sand, setzt sich und schaut den Strand entlang. Er sieht einige Jungen, die die Badehütten umschwärmen, um den Touristen ihre Dienste anzubieten. Manche sind ziemlich aufdringlich, sie lassen sich einfach nicht abschütteln, andere gehen sofort, wenn sie weggeschickt werden.
Gopu! Der Junge, der soeben von zwei Männern fortgeschickt wurde, ist Gopu! Bapti springt auf und will auf Gopu zulaufen, dann hält er in der Bewegung inne: Gopu läßt sich neben einem großen Jungen nieder. Der lacht, schlägt Gopu auf die Schulter und sagt etwas. Gopu guckt traurig, dann aber lacht er mit.
Einen Augenblick zögert Bapti, dann nimmt er sein Rad, schiebt es auf die Uferstraße, besteigt es und fährt davon.
Gopu und der fremde Junge sind Freunde. Wie sie gelacht haben! So hat er Gopu nie lachen sehen. Er hat sich Sorgen um Gopu gemacht, aber Gopu geht es gut, geht es besser als ihm.
Warum heult er nicht? Ihm ist danach zumute, aber keine Träne

steigt in ihm auf, nur Wut, eiskalte Wut. Nicht Gopu trifft diese Wut, sie trifft den Vater, Naris Vater, den Inspektor, und sie trifft ihn selbst. Es ist alles seine Schuld, über sich müßte er heulen, über sonst niemanden.

Gopu hat schon wieder einen Freund. Wie in Bombay. Immer hat er einen Freund. Freunden sich die Armen leichter an? Oder war es nur der Unterschied zwischen Boy und Herr, daß Gopu und er keine Freunde geworden waren?

Im Haus der Eltern sind die Vorbereitungen noch immer im vollen Gang. Bapti stellt das Rad in den Keller. Bis zum Abend ist es noch Zeit, bis dahin wird er in seinem Zimmer bleiben.

Wie so oft liegt Bapti auf dem Bett und grübelt, bis seine Gedanken sich verwirren, zu Träumen werden und mit der Wirklichkeit kaum noch etwas zu tun haben. In dem Durcheinander des Hauses fällt seine Abwesenheit nicht auf. Nur einmal kommt die Mutter und fragt, ob er denn nichts essen möchte. Er sagt, ihm sei nicht gut, er würde am Abend essen.

Dann ist es Abend. Bapti sitzt in der von der Mutter bestimmten Kleidung zwischen den zahlreichen Hochzeitsgästen in dem festlich geschmückten Garten. Zwischen dem Fischteich und dem Holzapfelbaum sitzen die Musikanten. Daneben stehen riesige Pfauen aus Stanniolpapier, sie sollen das Glück anziehen. Es riecht nach schweren Parfüms und schwelenden Räucherkerzen. Dicht neben dem girlandengeschmückten Zelt steht eine übermannshohe Ganesha*-Figur. Bihari, der ein weites, orangefarbenes, blumengeschmücktes Gewand trägt, kniet vor dem freundlichen Gott mit dem Elefantenkopf und opfert ihm eine Vielzahl Räucherkerzen. Er bittet den Überwinder der Hindernisse, auch ihm dabei zu helfen, die Hindernisse, die auf seinem weiteren Lebensweg vor ihm liegen, zu überwinden. Es sind vorgeschriebene Verse, die er spricht, deshalb versteht Bapti sie, obwohl Bihari Hindi spricht. Nachdem Bihari sein Gespräch mit Ganesha

beendet hat, nimmt er auf einem der neben der Götterfigur aufgebauten, leicht erhöhten Sitzplätze Platz.
Ayesha erscheint. Die Schellen, Trommeln und Pfeifen der Musikanten, die eine uralte Hochzeitsmusik spielen, klingen lauter, aber nicht fröhlicher, eher wehmütiger. Ayesha ist vom Hals bis zu den Füßen mit Blumengirlanden bekränzt, ihr gold- und silberverzierter Hochzeitssari ist kaum noch zu erkennen. Zwischen den Blumen leuchten Perlen, Brillanten und viele bunte, im matten Schein des Mondes und der bunten Lichter glitzernde Armreifen. Im Haar trägt sie ein Diadem aus Rubinen und Smaragden, an den Ohren Ringe und um den Hals viele kostbare Ketten.
Ayesha begibt sich zu dem Thron und nimmt gegenüber Bihari Platz. Sie sieht Bihari nicht an, mit gesenktem Gesicht schaut sie zur Seite. Bihari aber schaut Ayesha an, und es ist Bapti, als sei der junge Mann von Ayeshas Schönheit wie verzaubert. Auch Bapti erscheint es, als sei die Schwester nie schöner gewesen als an diesem Abend.
Der Vater erhebt sich und tritt auf das Brautpaar zu. Mit feierlichem Gesicht nimmt er Ayeshas Hand und führt die Tochter dem Bräutigam zu. Nun sitzen Ayesha und Bihari nebeneinander. Der Brahmin* opfert weitere Räucherkerzen, nimmt ein geheiligtes Leinen, befestigt es an Biharis Gewand und an Ayeshas Sari und spricht dabei mit leiser Stimme die für diesen Ritus vorgeschriebenen Verse. Dann legt er die Hände des Brautpaares unter dem Tuch zusammen.
Für einen Augenblick vergißt Bapti, daß er eigentlich schlechte Laune haben müßte. Die Zeremonie, die er miterlebt, ist so schön, die Schwester eine so anmutige Braut, Bihari ein so gutaussehender Bräutigam, daß er strahlt.
Unter dem Zeltdach brennt in einer alten Messinglampe ein Feuer aus wohlriechendem Öl. Um Agni, den Feuergott, zu

ehren, werfen Ayesha und Bihari Reiskörner und Kakaobohnen in das Feuer. Die Hochzeitsgäste, die das Brautpaar umstehen, verspritzen Rosenöl und Wasser aus kleinen, verzierten Gefäßen. Einige ältere Frauen verstreuen das rote Puder der Fruchtbarkeit. Ayesha und Bihari wiederholen die Texte der Hymnen, die der Brahmin ihnen vorspricht, dann machen sie die sieben Schritte um das Feuer. Bihari geht voran und ruft Ayesha zu, sie möge ihm folgen. Die Worte, die er spricht, sind vorgegeben, sie enden damit, daß er seiner Hoffnung Ausdruck verleiht, daß Ayesha und er viele Söhne zusammen zeugen und ein hohes Alter erreichen werden. Scheu und zögernd folgt Ayesha Bihari.
Die Trauung ist vollzogen, ein Meer von Blumen ergießt sich über das Brautpaar und alle Anwesenden. Bapti benutzt die Gelegenheit, um die Fliege vom Hals zu nehmen und sie in die Hosentasche zu stecken.
Das Brautpaar und die Gäste nehmen die gekennzeichneten Plätze an der im Garten aufgebauten, vom Holzapfelbaum bis zur Terrasse reichenden Tafel ein. Bapti sitzt in der Nähe des Brautpaares. Er ist Biharis Schwager. Wenn er erwachsen und der Vater tot ist, wird er dafür verantwortlich sein, daß Bihari die Schwester gut behandelt.
Ayesha lächelt zu Bapti hin. Ihr Duft nach Rosenwasser und Mandelöl überbrückt sogar die Entfernung zwischen ihnen. Bapti lächelt zurück. Dann aber schaut er verwirrt zur Seite. Ayeshas frohes Lächeln schien echt zu sein. Kann sich die Schwester so gut verstellen oder hat sie ihre Ansicht über Bihari geändert?
Auch Bihari lächelt Bapti zu. Er sagt etwas, Bapti aber versteht ihn nicht; Bihari vergaß, daß er kein Hindi spricht.
Die Weisen der Musikanten sind fröhlicher geworden, die Hochzeitsgäste reden durcheinander. Besonders viel redet der Vater. Er strahlt und lacht, als wäre es seine eigene Hochzeit. Bapti muß an Rissa denken. Er hebt den Kopf und schaut zu ihrem Fenster

empor, das in der Dunkelheit nur in Umrissen zu erkennen ist. Schaut sie ihnen zu? Ist sie traurig?
Als das Festmahl beendet ist, geht Bapti ins Haus. Es riecht nach Weihrauch in den Räumen und Gängen. In der Küche klirrt Geschirr, im Kellerflur erteilt Raj dem Hilfspersonal Anweisungen, niemand kümmert sich um ihn. Er steigt in den zweiten Stock hinauf, geht zu Rissas Tür und lauscht. Als nichts zu hören ist, klopft er.
»Wer ist da?« Rissas Stimme schwankt zwischen Neugier und Angst.
»Ich! Bapti.«
»Was ist?«
Was will er? Wozu ist er hergekommen? Bapti weiß es nicht. Schließlich fragt er: »Geht es dir besser?«
Eine Zeitlang ist es still hinter der Tür, dann antwortet Rissa leise: »Ja.«
Bapti steht noch einen Moment vor der Tür, dann geht er langsam wieder die Treppe hinunter.
Im Garten haben sich viele kleine Gruppen gebildet. Der Vater bildet gemeinsam mit Biharis Vater den Mittelpunkt der größten Gruppe. Er redet viel, lacht und trinkt. Ayesha und Bihari sitzen auf ihren Plätzen, schauen dem Fest zu und schweigen. Am Fischteich sitzen Kinder aus Biharis Verwandtschaft, sie haben die meisten der Lotusblumen herausgefischt, tauchen die Hände ins Wasser und zerstören die glatte Oberfläche, in der sich die bunten Lichterketten der Bäume widerspiegeln.
Bapti läßt sich neben ihnen nieder und starrt ins Wasser. Die Lichter im Wasser zerfließen und zerfunkeln in Rot und Grün und Blau.

Kama tanzt

Shangji sitzt auf dem Stein neben der Feuerstelle und schnitzt an einem Stock. Er probiert das Messer aus, das er sich gekauft hat. Es war eine endlose Feilscherei mit dem Händler auf dem Basar, aber nun hat er es. Gopu sitzt Shangji gegenüber. Mangar ist mit Durga unterwegs, auf seinem Stein sonnt sich eine große grüne Eidechse.
Es ist der erste Tag des Monats Juni. Gestern hätte Gopu dem Vater Geld schicken müssen. Der Vater, die Mutter und die Geschwister werden warten, werden bangen. Es wird kein Geld kommen; sie werden nicht wissen, warum. Er aber sitzt hier und läßt es sich wohl ergehen.
Es geht ihm gut. Gleich am Abend nach dem Diebstahl kaufte Shangji ein: Hirse, Brot, Milch, sogar Obst. Es war ein prächtiges Mahl. Mangar fuhr sich immer wieder mit dem Handrücken über den Mund, konnte es gar nicht fassen, daß ein Ausländer für das bißchen Kleiderbewachen ein so großes Extra spendierte: vierzig Rupien! Mehr hatte Shangji Mangar nicht vorgeblättert. Er sagte, Mangar würde den Diebstahl nie verstehen, würde sich weigern, an dem Mahl teilzuhaben. Mangar hatte auch wegen der vierzig Rupien geschimpft: Sie hätten sie für Notzeiten aufheben sollen, anstatt die Hälfte davon für unnötige Dinge auszugeben. Dann aber hatte er zugelangt.
Gopu seufzt.
»Was ist?« Shangji läßt Stock und Messer sinken. »Du siehst aus, als hätte dich ein Affe gebissen.«
»Ich muß nach Hause«, sagt Gopu, »ich darf die Familie nicht länger im Stich lassen.«
Shangji ist betroffen. Er mag Gopu, er möchte den Jungen nicht

missen. Mangar ist alt, hat oft kein Verständnis für seine Ansichten, Gopu ist jung, ohne dumm zu sein.
Gopu erzählt von dem Geld, das er hätte schicken müssen: »Sie werden die Wohnung verlieren.«
Shangji schnitzt weiter. Dann steckt er das Messer in den Hosenbund, steht auf und sagt: »Komm!«
»Wohin?«
»Komm, sage ich!«
Shangji geht vor Gopu her, geht in Richtung des kleinen Wäldchens, in dem sie das Geld des blonden Mannes vergraben haben.
Gopu bleibt stehen. »Ich habe dir das nicht deshalb erzählt!«
Shangji geht weiter, dreht sich nicht einmal um.
Gopu läuft ihm nach und hält ihn fest. »Du hast gesagt, das Geld müsse Junge bekommen.«
Das üppige Mahl am Abend des Diebstahls war das einzige geblieben, abgesehen vom Kauf des Messers rührte Shangji das Geld nicht an. Er sagte, er warte auf ein Geschäft, auf *das* Geschäft, *die* Geldanlage. Sie müßten aus dem Geldsegen mehr machen als ein paar vollgefressene Wochen, das Geld müsse Junge bekommen. Nun redet er anders: »Ich will, daß du hierbleibst. Wir haben genug Geld. Wechseln wir die Dollar ein, haben wir noch einmal fünfhundert Rupien. Ein einziges großes Geschäft und wir haben wieder drin, was wir jetzt rausnehmen.«
Shangji betritt das Wäldchen und hält vorsichtig nach allen Seiten Ausschau. Gopu folgt ihm zögernd. Es ist eine Ehre, daß Shangji ihn bittet zu bleiben, andererseits: Was soll das für ein Geschäft sein, von dem Shangji spricht?
Das Versteck inmitten einer Gruppe von Büschen ist gut gewählt. Die Bäume stehen dicht, nur an einigen Stellen dringt die Sonne durch das Blätterwerk. Shangji bedeutet Gopu, die Gegend im Auge zu behalten, und taucht zwischen den Büschen unter.
Gopu läßt den Blick schweifen. Es ist still, nichts rührt sich, trotz-

dem läuft es ihm eiskalt über den Rücken. Wenn einer wie der Krayesh wüßte, daß sie ... »Soviel Geld macht jeden zum Dieb«, sagte Shangji, »und manchen zum Mörder.« Er sagte das, als sie das Übereinkommen trafen: Stößt einem von ihnen etwas zu, gehört dem anderen das Geld, ansonsten jedem die Hälfte.
Es ist wahr: eine Hälfte des Geldes gehört ihm. Er nimmt das Geld für die Eltern von seiner Hälfte, nicht von Shangjis Teil. Die Familie kann wohnen bleiben, und er gewinnt einen Monat Zeit, sich über sein weiteres Vorgehen klarzuwerden. Und wer weiß, vielleicht machen Shangji und er in diesen vier Wochen doch noch das große Geschäft, dann kann er nächsten Monat wieder Geld schicken. Gopu redet sich solange zu, bis er nur noch einen Hauch schlechten Gewissens verspürt, als Shangji ihm die zweihundertfünfzig Rupien ins Hemd steckt. Ehe er etwas sagen kann, hebt Shangji die Hand: »Es ist dein Geld wie es meines ist.«
Dicht nebeneinander verlassen die Jungen den Wald. Ab und zu schaut Gopu zu Shangji hoch, sucht in dessen Gesicht eine Spur des Bedauerns, doch er findet keine. Shangji ist mehr als nur ein Freund.
Vom Wäldchen aus gehen Shangji und Gopu zur Post. Der Postbeamte füllt das Formular aus und zählt das Geld nach, genauso, wie er es einen Monat zuvor getan hat: als gäbe es keinen Unterschied zwischen erarbeitetem und gestohlenem Geld. Danach gehen Shangji und Gopu zu Mangar in die Altstadt, um gemeinsam mit dem Alten in den Winkel zurückzukehren.
Mangar macht die Hitze zu schaffen. Der Sommer wäre die Jahreszeit der Händler und Reisenden, sagt er, nicht die der alten Männer. Aber er lacht über seine Worte. Richtig betrachtet, fügt er hinzu, gebe es überhaupt keine Jahreszeit mehr, die ihm paßt. Dann überläßt er den Korb mit Durga Shangji und stützt sich auf Gopu. In seinem Winkel angekommen, sinkt er erschöpft auf seinem Graslager nieder.

Erst als die zwischen den Säcken hindurchscheinende Sonne eine rötliche Färbung annimmt, erhebt sich Mangar von seinem Lager. Er kostet von dem Maisbrei, den Gopu zubereitet hat, und lobt den Koch. Gopu berichtet von Bip, der ihm manches beibrachte. Dann hält er inne. Shangji ist Reisig sammeln gegangen, das ist eine gute Gelegenheit, mit dem herauszurücken, was ihn seit Tagen beschäftigt: »Ist es schwer, einer Kobra das Tanzen zu lehren?«

»Man muß ein Gespür dafür haben«, antwortet Mangar. »Manch einer lernt es sofort, ein anderer nie.«

»Ich würde es gerne einmal probieren.« Gopu hat mit Kama gespielt, hat sie sich um den Hals gelegt, hat sie auf seinem Körper entlangkriechen lassen; um sie das Tanzen zu lehren, benötigt er eine Flöte.

»Hat sie ihr Gift noch?«

»Nein.« Daran denkt Gopu. Er läßt Kama regelmäßig auf einen Zweig beißen, läßt sie ihr Gift verspritzen, obwohl sie noch nicht ein einziges Mal zubiß, wenn er mit ihr spielte.

Mangar reicht Gopu die Rohrflöte. Gopu nimmt das dickbauchige Instrument, betastet es und hält es zur Probe an den Mund. Der Vater schnitzte ihm einst eine Flöte. Er übte auf ihr, bis er einfache, selbsterfundene Melodien spielen konnte. Mangars Rohrflöte ist etwas ganz anderes.

»Versuche es nur«, ermuntert Mangar Gopu. »Spiele, wie dir zumute ist. Paß dich Kamas Bewegungen an, studiere sie; du mußt sie kennenlernen, nicht sie dich.«

Gopu schlägt einen der Säcke zurück. Dann nimmt er Kama aus dem Sack und setzt sich mit ihr in das milde Licht der Abendsonne. Er kreuzt die Beine, setzt die Flöte an die Lippen und schließt die Augen. Er denkt an Bombay, an den abendlichen Hof, an den Vater, die Mutter und die Geschwister. Lange sucht er, aber dann findet er eine Melodie. Vorsichtig bläst er in die Flöte und

wiegt sich sacht in einem Rhythmus, der ihm seltsam bekannt vorkommt. Hat er dieses Lied nicht oft abends vor dem Hoftor gespielt, Jagganath und Sridam, die beiden kleinen, andächtig lauschenden Brüdern neben sich, Odini zu seinen Füßen?
»Ich höre sie«, flüstert Mangar.
Gopu öffnet die Augen. Kama tanzt! Den Kopf vorgestreckt, die Augen starr auf ihn gerichtet, wächst sie, wird die Haube breiter und breiter, züngelt sie mit ihrer langen, gespaltenen Zunge, folgt sie seinen Bewegungen. Gopu bemerkt nicht, daß Shangji kommt, Reisig bringt, sich still neben Mangar niederläßt, er spielt und spielt und schaut Kama in die starren, kalten Augen. Als er die Flöte absetzt, ist ihm, als erwache er aus einem Traum. Er streicht Kama, die sich zusammengerollt hat, über die kalte, schuppige Haut, schiebt sie in den Sack und verschnürt ihn.
Shangji läßt den Topf mit dem Maisbrei herumgehen. »Schlangenbeschwörer ist ein Beruf, der niemanden reich macht«, sagt er, »es ist aber auch noch keiner dabei verhungert.«

Vayu – auf Abzahlung

Tagsüber streift Gopu weiterhin mit Shangji die Marina entlang und verdient sich mal mehr, mal weniger Rupien, abends aber sitzt er vor den Säcken und erwartet Mangar. Taucht die gebeugte Gestalt in der Ferne auf, geht er ihr entgegen. Er nimmt Mangar den Korb ab und begleitet ihn den Rest des Weges. Im Winkel angekommen, läßt Mangar sich auf seinem Lager nieder und reicht Gopu die Flöte. Während Mangar ausruht, setzt Gopu sich vor die Säcke und übt. Die Nachbarn in den Behausungen ringsumher haben sich an Gopus Spiel gewöhnt. Es ist, als gehörten die leisen Flötentöne, die Abend für Abend durch die Luft wehen, zu ihrem Leben. Manchmal kommt einer der Nachbarn, hockt sich zu Gopu, schweigt und lauscht.
Shangji freut sich über Gopus von Tag zu Tag melodischer werdendes Flötenspiel. Doch wie immer macht er über Dinge oder Vorgänge, die ihm gefallen, keine großen Worte. Dafür will er für Gopu eine eigene Flöte schnitzen. Er schnitzt und bastelt, aber er sagt selbst: »Es wird nichts werden.«
Bevor die Sonne gänzlich untergegangen ist, übt Gopu auch mit Kama. Ist er fertig, läßt er sie über Arme, Beine, Hals und Rücken gleiten, spielt mit ihr. Manchmal schließt er dabei die Augen und verläßt sich auf seinen Tastsinn. So muß Mangar Durga »sehen«: kalt, sanft, schuppig, stark.
Eines Abends sagt Mangar zu Gopu: »Hättest du einen Korb und eine Flöte, könnten wir gemeinsam in die Stadt gehen.«
Das ist ein Lob. Diese Worte besagen, daß Mangar mit seinem Flötenspiel zufrieden ist. Gopus Lächeln dauert nicht an: Er hat keinen Korb und erst recht keine Flöte, und er weiß auch nicht, wie er beides bekommen könnte.

Shangji nimmt Mangars Flöte, vergleicht sie mit der, an der er arbeitet, schüttelt den Kopf und wirft das Stück Rohr in seiner Hand in Richtung Feuerstelle. »Gehen wir zu Budjish, Budjish besorgt beides.«
»Er wird es dir nicht schenken«, wendet Mangar ein. »Für eine Rohrflöte mußt du fünfzig Rupien zahlen, für einen Korb fünf.«
Shangji bedeutet Gopu, still zu sein. Dann sagt er: »Er wird uns Kredit gewähren. Abzahlen können wir es mit Gopus Einnahmen.«
»Dann wird es noch teurer.« Mangar wiegt den Kopf. »Mindestens das Doppelte.«
Gopu findet Shangjis Idee nicht schlecht, obwohl er weiß, daß der Freund an das Geld des blonden Mannes denkt. »Sitze ich zwanzig Wochen herum, verdiene ich nichts, gebe nichts aus und habe nichts davon«, sagt er. »Kaufen wir die Flöte auf Kredit, führe ich zwanzig Wochen lang Kama vor und zahle von den Einnahmen die Flöte ab. Danach haben wir ein Einkommen mehr.«
»Das klingt gut«, murmelt Mangar, »wenn es auch ein Wagnis ist.«
»Es ist kein Wagnis.« Shangji steht bereits. Er winkt Gopu und schlägt den Weg zu Budjish ein.
Budjish sitzt im rötlichgoldenen Schein der Abendsonne vor seinem Bau. Seine Frau kniet neben der Kochstelle und backt Fladen. Budjish hält eines der Kinder auf dem Schoß, ein anderes krabbelt um ihn herum. Beide Kinder sind nackt.
»Welche Ehre!« lacht Budjish. »Herr Shangji persönlich!«
Shangji gibt sich kühl. Diesmal will er nichts verkaufen, diesmal will er kaufen. »Wir suchen einen Korb für eine Kobra und eine Rohrflöte. Hast du etwas anzubieten?«
Budjish grinst, daß seine Augen Schlitze werden. »Herr Shangji, der Schlangenbeschwörer! Trittst du in Mangars Fußstapfen?«
»Es ist nicht für mich.« Shangji zeigt auf Gopu. »Ich wickle nur das Geschäft ab.«

»Shangji, der Geschäftsmann!« Wieder grinst Budjish. Dann läßt er das Kind vom Schoß gleiten. »Ich habe beides, Korb und Flöte, aber habt ihr Geld?«
»Du wirst uns Kredit gewähren oder auf deiner Ware sitzenbleiben.«
»Du wirst frech, Shangji!« Budjish grinst nicht mehr. »Ware gleich, Bezahlung nächstes Jahr, wie?«
»Schlage deine Zinsen auf und nenne uns einen Preis, wir wollen vergleichen.«
»Vergleichen?« Budjish guckt mißtrauisch. Dann steht er auf. »Ich werde euch erst die Ware zeigen, damit ihr wißt, worüber ihr redet.« Er verschwindet in seinem Bau, kommt nach einiger Zeit zurück und hält eine Rohrflöte gegen die Sonne.
Die Flöte ist neu, glänzt golden. Gopus Herz schlägt schneller: eine wunderschöne Flöte!
»Sie glänzt wie Gold und bringt Gold ein.« Budjish hält Gopu die Flöte hin: »Spiel drauf!«
Gopu setzt die Flöte an den Mund. Vorsichtig entlockt er ihr ein paar Töne. Dann setzt er sie ab. Es ist eine herrliche Flöte.
»Willst du immer noch vergleichen?« Budjish legt Shangji die Hand auf die Schulter. »Eine bessere Rohrflöte findet ihr nirgends.«
»Der Preis?«
»Hundert«, sagt Budjish. »Flöte und Korb zusammen.«
»Hundert was? Paise oder Grashalme?«
Die Feilscherei beginnt, bei achtzig Rupien treffen sich Shangji und Budjish: sechzehn Wochen lang jede Woche fünf Rupien Abzahlung.
»Was, wenn wir ein gutes Geschäft machen, wenn wir alles auf einmal zahlen?« fragt Shangji. Er fragt so dumm, daß Budjish lacht: »Bringst du mir morgen das Geld, lasse ich dir beides für die Hälfte.«

»Vierzig?«
»Die Hälfte von achtzig ist vierzig.« Budjish macht sich über Shangji lustig. »Hast du das Geld vielleicht gar in der Tasche?«
Shangji nimmt den Korb und geht vor Gopu her. Als sie außer Sichtweite sind, läßt er den Korb fallen und umarmt Gopu: »Diesmal habe ich Budjish reingelegt. Kaufen ist leichter als verkaufen.«
Gopu strahlt mit. Doch er bittet Shangji, nicht an das Geld im Wäldchen zu gehen; sie könnten es doch tatsächlich abzahlen.
»Du wirst es abzahlen«, nickt Shangji, »aber an uns, nicht an Budjish. Wir leihen dir vierzig Rupien aus unserem Kapital, du zahlst achtzig an uns zurück. Das Geschäft machen wir, nicht Budjish.«
Das ist nicht dumm, das sieht Gopu ein: So machen sie ein doppeltes Geschäft.
Mangar begutachtet Flöte und Korb. Er spielt auf der Flöte und ist entzückt: »Die Hände der Menschen können Wunder tun.«
Gopu legt Kama in den Korb. Sie muß sich an die neue Umgebung gewöhnen. Dann nimmt er die Flöte und spielt. Den ganzen Abend, bis tief in die Nacht sitzt er vor den Säcken und spielt. Shangji und Mangar sitzen bei ihm, lauschen und schweigen. Als Gopu die Flöte absetzt, sagt Mangar: »Deine Musik ist wie Vayu, der Gott des Windes. Wie Vayu trägt sie ein buntes Gewand, wie der Pfeil und Fahne in seinen Händen haltende Gott auf seiner Antilope schwingt sie sich durch die Lüfte.«
Gopu streicht zärtlich über seine Flöte. »Ich werde sie Vayu nennen.«
»Vayu und Kama!« lächelt Shangji. »Gopus Gefährten sind der Wind und die Liebe.«
»Es sind treue Gefährten«, sagt Mangar. Dann legt er sich auf seinem Lager nieder.
Auch Shangji und Gopu legen sich hin. Gopu hält Vayu in den

Händen, bis der Schlaf die Hände lockert. Als er erwacht, nimmt er sie auf, streichelt und küßt sie. Dann erwartet er die aufgehende Sonne, stellt den Korb mit Kama außerhalb der Säcke vor sich hin, setzt sich, das Gesicht der Sonne zugewandt, mit gekreuzten Beinen auf die Erde, nimmt den Deckel vom Korb und spielt. Nicht lange, und Kama tanzt. Zufrieden gönnt Gopu der Kobra Ruhe. Er wird sie noch einmal aus ihrem morgendlichen Dämmerzustand erwecken müssen.
Als Mangar aufbricht, verabschiedet sich Gopu von Shangji, der sich auf den Weg ins Wäldchen macht, um die vierzig Rupien für Budjish zu holen. Dann geht Gopu neben Mangar her. Wie Mangar trägt er die Flöte im offenen Hemd, den Korb in der rechten Hand, wie Mangar schweigt er.
In der Altstadt angekommen, weist Mangar Gopu einen Platz zu, der nicht zu nahe an seinem liegt, der aber auch nicht zu weit entfernt ist. Er macht Gopu Mut. »Hab Vertrauen zu dir. Du bist schon jetzt besser als mancher Alte«, dann geht er.
Gopu schaut sich um. Der Platz, den Mangar ihm zugewiesen hat, ist belebt. Garküchen und Verkaufsstände mit Tonwaren, Souvenirs und Obst umgeben ihn. Spaziergänger - Einkäufer und Touristen - gehen auf und ab. Gopu zögert einen Moment, nimmt dann all seinen Mut zusammen, setzt sich, kreuzt die Beine, setzt Vayu an den Mund und bläst hinein. Doch er benötigt Zeit, bis er sich an die Geräusche ringsherum gewöhnt hat, bis er ganz ruhig wird, das Hupen der Autos, die Rufe der Verkäufer und die laute Musik aus den Garküchen rundherum nicht mehr wahrnimmt. Erst dann wird aus seinem Spiel mehr als eine Klangfolge von Tönen, erst dann findet er eine Melodie, erst dann wagt er, den Deckel von Kamas Korb zu nehmen.
Kama zischt laut. Die ungewohnte Umgebung beunruhigt sie. Dann aber blicken ihre Augen starr. Sie stellt das Schild auf und verfällt in Gopus Rhythmus.

Ein Mann und eine Frau bleiben stehen, gucken und reden miteinander. Dann greifen sie in die Taschen. Gopu schaut nur mit einem Auge hin, er sieht, es sind Ausländer, aber dann durchfährt es ihn freudig: Drei Rupien liegen vor ihm!
Gopus Melodie wird heller, lauter, fordernder. Immer mehr Menschen bleiben stehen. Nicht alle geben etwas, aber die, die es tun, geben reichlich.
Gopu spielt, bis Kama müde wird. Dann setzt er die Flöte ab und gönnt der Kobra und sich eine Ruhepause. Er fährt sich über das Haar und wischt sich den Schweiß von der Stirn. Dann nimmt er das Geld auf und zählt es: Es sind siebzehn Rupien und zwanzig Paise.

Die Katastrophe

Ayeshas Maschine ist nur noch ein im Sonnenlicht glänzender Pfeil inmitten dem endlosen Blau. Der Vater läßt die Hand sinken. Die Mutter und Bapti winken weiter. Dann ist die Maschine nicht mehr zu sehen. Langsam gehen die Eltern und Bapti durch das Flughafengebäude.
Drei Wochen lebten Ayesha und Bihari in einem Hotel in der Nähe Mahabalipurams, nicht weit von Madras entfernt. Sonntags besuchten die Eltern die Frischvermählten. Er, Bapti, mußte mit. Ayesha ging es besser, als er dachte; es hatte den Anschein, Bihari und sie verstünden sich. Wenn sie sich verabschiedeten, war er nicht traurig: Ayesha war fort, aber nicht aus der Welt. Jetzt ist sie aus der Welt.
Der Wagen steht vor dem Flughafen - mitten in der Vormittagssonne! Der Chaffeur schlummert im Schatten einer Palme. Der Vater ruft und schimpft. Eilig kommt der Chauffeur angelaufen. Als er ausstieg, stand der Wagen noch im Schatten, erklärt er. Er öffnet alle Türen, will erreichen, daß das Innere des Wagens sich schnell abkühlt. Aber die Luft steht, es weht kein Wind. Schließlich nimmt er eines der Kissen und wedelt damit. Der Chauffeur macht ein unglückliches Gesicht. Wäre ihm danach zumute, müßte Bapti lachen.
Endlich steigen der Vater und die Mutter ein. Bapti setzt sich dazu, der Chauffeur fährt an. Die Mutter lobt Ayesha. Sie habe sich gut auf Bihari eingestellt, sagt sie, sie glaube, Ayesha habe sich gefangen. Der Vater tut gleichgültig. In Wahrheit schmerzt ihn Ayeshas Fortgang, das sieht man, wenn man den Vater kennt.
Als der Chauffeur vor dem Haus hält, fragt die Mutter den Vater, ob er Zeit für ein Gespräch habe.

»Ein Gespräch?« Der Vater sinnt nach, dann fragt er: »Worüber?«
»Das möchte ich jetzt nicht sagen.« Die Mutter deutet auf Bapti und den noch immer unglücklichen Chauffeur.
Es geht um Rissa, das weiß nicht nur der Vater, das weiß auch Bapti. Sie ist wieder wohlauf, der Vater aber erklärt sie weiterhin für krank. Er hat ihr verboten, die Arbeit wieder aufzunehmen.
»Meinetwegen«, sagt der Vater. »Aber viel Zeit habe ich nicht.«
Bapti beschließt, das Gespräch mit anzuhören. Er will wissen, was vorgeht, will nicht länger auf Vermutungen angewiesen sein. Er sieht die Eltern das Arbeitszimmer des Vaters betreten und steigt auf den Dachboden. Er öffnet die Luke, die auf das Dach führt, klettert hindurch und kriecht auf dem heißen Dach entlang. Er verbrennt sich Knie und Hände, aber das ist ihm egal. Direkt über dem Fenster zum Arbeitszimmer des Vaters läßt er sich nieder. Er hat Glück, diese Seite des Daches liegt im Schatten.
Die Eltern sind mitten im Gespräch, sie reden über ein »Es«, ein Es, das die Mutter nicht im Hause haben will. Bapti muß nicht lange überlegen, was es mit diesem Es auf sich hat. Seit jener Ohnmacht Rissas konnte er sich denken, worin das Geheimnis zwischen dem Vater und Rissa bestand, jetzt weiß er es sicher: Das Es ist ein Kind, ein Kind, das Rissa bekommen wird – und dessen Vater der Vater ist.
Die Mutter spricht undeutlich, ihre Stimme klingt gepreßt, sicher hält sie sich ein Taschentuch vor den Mund. Was sie herausstößt, sind Klagen, immer neue Klagen. Sie klagt über das, was der Vater und Rissa ihr angetan haben, bis der Vater ungeduldig sagt: »Ich habe wirklich nicht viel Zeit.«
»Wie eine Tochter habe ich sie behandelt!« schluchzt die Mutter auf. »Wie eine leibliche Tochter! Das ist der Dank dafür!«
Die Mutter darf es nicht wagen, dem Vater Vorwürfe zu machen, deshalb gibt sie Rissa die Schuld. Der Vater aber schweigt, als wolle er nur die Zeit abwarten, die die Mutter benötigt, um sich

mit dem, was er ihr sagte, abzufinden. Die Mutter scheint sein Schweigen ebenso zu empfinden. »Setz diese schamlose Person auf die Straße!« fordert sie. »Wirf sie hinaus, diese Hure! Ich kann sie nicht mehr sehen.«

»Diese schamlose Person ist keine Hure, sie hat sich mir nicht verkauft.« Der Vater bleibt ruhig, er ist sich seiner Sache sicher. »Zur Zeit der alten Gesetze wäre sie meine zweite Frau geworden, und du hättest dich fügen müssen.«

»Aber du kannst sie doch nicht im Haus lassen!« ruft die Mutter entsetzt. »Du mußt sie hinauswerfen, wenn du nicht aller Welt unsere Schande eingestehen willst.«

»Beruhige dich!« Des Vaters Stimme klingt seltsam kühl: »Ich kläre die Angelegenheit auf meine Weise.«

Die Mutter flüstert etwas, eine Frage, die Bapti nicht verstehen kann. »Nein«, antwortet der Vater, ohne die Stimme zu senken. »Erstens ist es dazu zu spät, zweitens möchte ich, daß sie das Kind austrägt.«

»Du möchtest, daß sie den Bastard behält?« Die Mutter beginnt erneut zu weinen.

»Ich werde ihr eine Stellung besorgen.« Der Vater geht im Zimmer auf und ab, mal wird die Stimme leiser, mal lauter. »Eine Stellung und eine Unterkunft.«

»Bedeutet sie dir etwas?« Die Mutter hofft, daß der Vater diese Frage von sich weisen wird, doch der Vater sagt, ohne auch nur eine Sekunde zu zögern: »Ja.«

Die Mutter schreit auf, als habe ihr der Vater einen körperlichen Schmerz zugefügt, und will aus dem Zimmer. Der Vater läuft ihr nach und hält sie fest. »Führe keinen Tanz auf! Wir bedeuten uns doch schon lange nichts mehr.«

»Oh, diese Schande!« Die Mutter kämpft mit dem Vater, will sich losreißen, dann weint sie wieder: »Wie kannst du mir und den Kindern das antun?«

»Laß die Kinder aus dem Spiel!« Der Vater wird laut. »Ich tue weder ihnen noch dir etwas an. Im Gegenteil: Ich lasse dich in Ruhe, wie ich dich seit Jahren in Ruhe lasse. Du willst mir keine Liebe geben, also hole ich sie mir woanders.«
»Liebe!« begehrt die Mutter auf. »Ich habe um deine Liebe geworben, um deine wirkliche Liebe, nicht um ...«
»Sei still!« Der Vater wird leise, ein Zeichen, daß er ernsthaft erzürnt ist. »Ich habe keine Zeit für deine Neigungen, bin Geschäftsmann, kein Händchenhalter. Ich hätte dich nie heiraten sollen, das weiß ich nicht erst seit heute. Ich war jung und du warst schön, jetzt ist es zu spät, etwas rückgängig zu machen. Du kannst dich nicht beschweren, ich belästige dich nicht mit meiner Art von Liebe - also respektiere meine Entscheidungen.«
Bapti weint. Er bemerkt es nicht. Ab und zu wischt er die Tränen fort, aber auch das geschieht automatisch. Er wünscht, er wäre nicht auf das Dach gegangen, hätte die Eltern allein streiten lassen. Daß der Vater die Mutter nicht besonders gern hat, hatte er immer gewußt. Daß er sie nur noch duldet, weil er die Hochzeit nicht rückgängig machen konnte, hatte er nicht gewußt.
Es vergeht eine lange Zeit, dann fragt die Mutter mit leiser Stimme: »Weiß sie, was du mit ihr vorhast?« Sie spricht Rissas Namen nicht aus, auch das »sie« kommt ihr nur widerwillig über die Lippen.
»Natürlich nicht!« erwidert der Vater. Seine Stimme klingt, als lächele er. Dann ergänzt er: »Ich werde es ihr sagen, wenn es Zeit dafür ist.«
Wieder herrscht Stille. Dann unternimmt die Mutter einen letzten Versuch: »Wir versündigen uns gegen die Religion.«
»Für eine Frau gibt es nur eine Religion«, erwidert der Vater, »sie hat ihrem Mann zu dienen.«
Die Mutter beginnt erneut zu weinen, es ist ein Weinen, mit dem sie nichts bezwecken will, ein gleichmäßiges Vorsichhinweinen.

»Hör auf!« Der Vater verliert die Geduld. Doch die Mutter hört nicht auf. Bapti spürt, selbst wenn sie wollte, sie könnte nicht aufhören.

Ein Schlag! Der Vater hat die Mutter ins Gesicht geschlagen. »Komm zu dir!« befiehlt er.

»Ich hasse dich!« sagt die Mutter plötzlich. Ihre Stimme klingt hart und fremd. »Ich hasse dich bis über meinen Tod hinaus.«

Der Vater schlägt erneut zu.

»Ich hasse, hasse, hasse dich!«

Der Vater schlägt und schlägt. Bapti glüht. Ihm ist, als ziehe sich in ihm etwas zusammen. Wie lange will der Vater die Mutter noch schlagen? Wie lange will die Mutter dem Vater noch sagen, daß sie ihn haßt?

Die Schläge setzen aus, die Tür fliegt zu. Der Vater ist gegangen. Die Mutter weint nun lauter, schluchzt hemmungslos. Sie weint wie Rissa weinte, als sie auf der Treppe zu sich kam.

Bapti läuft über das Dach, steigt durch die Luke, läuft ins Bad und hält den Kopf unter den geöffneten Wasserhahn. Dann dreht er den Hahn zu, nimmt das Handtuch und trocknet sich ab. Was soll er tun? Soll er zur Mutter, sie trösten? Sie tut ihm leid, aber vieles von dem, was sie dem Vater sagte, stößt ihn ab, er kann sie jetzt nicht sehen.

Bapti geht an das Fenster und schaut in den Vorgarten hinaus. Die Sonne liegt über den Pflanzen, als wolle sie ihnen die Luft nehmen. Topur kniet mit nacktem Oberkörper in der Hitze und reinigt einen Abfluß.

Der Streit der Eltern hat in Bapti jenes Gefühl hinterlassen, das er zum ersten Mal in Khajuraho* verspürte, damals, als die Eltern mit ihm von Tempel zu Tempel gingen und sie lange vor jener Tempelwand standen, auf der in Sandstein gehauene Männer und Frauen über- und untereinander liegend, stehend und sitzend seltsame Spiele mit sich und ihren Körpern trieben; Spiele, die eine beunruhigende Hitze in ihm aufsteigen ließen. Das zweite Mal verspürte er jenes Gefühl, als er in der Schule hörte, daß alle Männer mit ihren Frauen solche Spiele spielten. Er versuchte, sich den Vater und die Mutter bei einem dieser Spiele vorzustellen, doch es gelang ihm nicht. Rissa und den Vater kann er sich dabei vorstellen. Der Gedanke daran erzeugt jenes Gefühl, von dem er nicht weiß, was es bedeuten soll.

Im Flur sind Schritte zu hören, Männerschritte. Bapti kennt die Schritte derer, die durch das erste Stockwerk gehen, diese Schritte aber kennt er nicht. Leise geht er zur Tür und öffnet sie einen Spalt: Bip! Es ist Bip! Was hat der Koch hier oben zu suchen?

Bip geht sehr langsam. Ab und zu bleibt er stehen und guckt sich um, er ist unsicher. Endlich bleibt er vor der Tür zu Vaters Arbeitszimmer stehen und kopft an. Als niemand öffnet, geht er einige Schritte zurück, bleibt vor dem Schlafzimmer der Eltern stehen und klopft erneut. Der Vater öffnet. »Was ist?« fragt er.

Bapti kann das Gesicht des Vaters sehen. Nur die unruhigen, noch immer ärgerlich blickenden Augen zeugen von der Auseinandersetzung mit der Mutter.

»Rissa!« antwortet Bip. »Sie ist verschwunden.«

»Verschwunden?« Der Vater blickt ungläubig. »Sie wird wiederkommen.«

»Sie hat den zweiten Sari mitgenommen.« Bip ist verstört. »Ihre Wäsche, das Foto ihrer Mutter – alles ist weg!«

»Tja, dann!« Der Vater sieht Bip unwirsch an. »Was kann ich da tun?«

»Sie ... Ich meine ... Sie wissen doch ...« Bip stammelt. »Was war denn mit ihr?« fragt er, sich zusammennehmend. »Sie haben doch mit ihr gesprochen, damals, in ihrem Zimmer.«

»Ihr war nicht gut«, sagt der Vater. »Aber das ist doch kein Grund fortzulaufen, oder?«

Bip schüttelt den Kopf und setzt zu einer neuen Frage an. Der

Vater läßt ihn nicht zu Wort kommen. »Na also!« sagt er und schließt die Tür. Bip steht noch einen Augenblick vor der Tür herum, dann will er gehen.
»Bip!«
Bapti reißt die Tür auf. Es war die Mutter, die Bip rief. Sie steht in der Tür zu Vaters Arbeitszimmer, ihr Gesicht ist verquollen, das Haar hängt ihr in die Stirn. Bapti stürzt vor. »Sag es ihm nicht!« bittet er die Mutter. »Bitte, sag es ihm nicht!«
Einige Sekunden sieht die Mutter Bapti verständnislos an. Dann schlägt sie die Hände vor das Gesicht und läuft ins Zimmer zurück. Bapti schließt leise die Tür hinter ihr.
»Was soll sie mir nicht sagen? Was ist mit Rissa?« Bip steht vor Bapti, ist auf einmal ein großer Mann und Bapti nur ein Junge.
»Nichts«, sagt Bapti, »nichts!« Er drückt sich an Bip vorbei und will in sein Zimmer. Doch Bip hält ihn fest: »Was ist mit Rissa?«
Der Vater hat Bip gehört. Er kommt aus der Tür und fährt den Koch an: »Was geht hier vor?«
Bip läßt Bapti fahren. Er tritt vor den Vater hin: »Was ist mit meiner Tochter? Sagen Sie es mir doch! Weshalb ist sie fortgelaufen?«
Der Vater schreit Bip an: »Mach, daß du in die Küche kommst! Ich bezahle niemanden fürs Fragestellen.«
Doch Bip geht nicht. Er packt den Vater am Arm. »Was ist mit Rissa? Was haben Sie mit meiner Tochter gemacht?«
Der Vater will Bip anfahren, dann aber sieht er die Hand auf seinem Arm an und versucht, den Koch zu besänftigen: »Wir werden sie finden. Ich werde ihr eine Stellung besorgen, eine Unterkunft auch. Es wird ihr nicht schlecht ergehen, ich werde sie und ...«
»Sie und ...?« Bip nimmt die Hand von des Vaters Arm.
»Deine Tochter erwartet ein Kind«, gibt der Vater zu. »Doch das ist kein Problem, es wird für beide gesorgt. Es war dumm von ihr wegzulaufen.«

»Ein Kind? Rissa - ein Kind?«

»Bei Brahma: Ja!« schreit der Vater. »Was ist dabei? Jedes Mädchen bekommt irgendwann ein Kind.«

Bip sieht den Vater an, als warte er auf etwas, auf die Klärung eines Mißverständnisses, auf Erläuterungen - doch der Vater zieht nur sein Zigarrenetui aus der Brusttasche, nimmt eine Zigarre heraus und steckt sie sich an.

Bip hebt die Hände. Ganz langsam, so, daß der Vater Zeit hat, erstaunt aufzublicken, ergreift er des Vaters Hals. Der Vater verliert die Zigarre, er will Bips Hände von seinem Hals entfernen.

»Bip!« schreit Bapti. Was Bip tut, ist so ungeheuerlich, daß er es kaum glauben kann.

Bip läßt nicht los. Der Vater kann sich nicht bewegen, Bips Griff macht ihn zur wehrlosen Puppe; nicht einmal sprechen kann er. Bapti versucht, den großen, schweren Mann vom Vater fortzuziehen. Es gelingt ihm nicht, der Mann, der den Vater festhält, ist nicht der weiche, naive, gutgläubige Bip, es ist ein harter, ein unnachgiebiger Mann.

»Bip!« schreit Bapti so laut er kann. »Geh doch weg! Bitte, laß los!«

Doch Bip läßt nicht vom Vater ab. Er starrt ihm in das sich langsam dunkelrot färbende Gesicht, als wisse er nicht, was nun geschehen soll.

»Topur!« Bapti ruft den Namen des alten Boys, der vor dem Hause arbeitet, so lange und so laut, bis er ihn die Treppe hinauflaufen hört. Als Topur die Szene sieht, wird er blaß. Dann zerrt er gemeinsam mit Bapti an Bips Armen. Als es nichts nützt, stürzt er davon, läuft in die Besenkammer und kommt mit einem Stück Rohr aus Gußeisen, wie er es für seine Klempnerarbeiten benutzt, zurück. »Bip!« schreit er. »Laß los!«

Bip hört nicht. Topur läßt das Rohr auf seinen Kopf niedersausen. Bips Griff lockert sich, er stützt sich an der Wand ab und rutscht an ihr herunter. Schwer atmend lehnt der Vater im Türrahmen und betastet seinen Hals. Als sein Gesicht wieder eine normale Färbung angenommen hat, geht er in das Zimmer zurück und schließt die Tür.

Topur kniet neben Bip. »Wie konntest du das tun?« fragt er ein um das andere Mal. Dann hilft er Bip auf, stützt ihn und schleppt ihn die Treppe hinunter.

Es ist still auf dem Flur. Bapti dreht sich um und geht in sein Zimmer. Er legt sich auf sein Bett. Das Gesicht nach unten, liegt er da – er will nichts sehen, nichts hören, nichts denken.

Noch vor dem Mittagessen wird Bip entlassen. Raj, der außer Hauses war, als Bip den Vater angriff, zahlt dem Koch den vollen Monatslohn. Er sagt, Herr Chandrahas habe sich großzügig gezeigt und keine Anzeige erstattet. Was er, Bip, getan habe, wäre von einem Gericht als schwere Körperverletzung ausgelegt und mit einigen Jahren Gefängnis bestraft worden.

Bip sieht Raj nicht an. Sein Bündel unter dem Arm, geht er davon. Bapti steht am Fenster seines Zimmers und sieht den Koch die Straße entlanggehen. Nicht ein einziges Mal schaut er zurück.

Bapti sah einmal eine Moslem-Frau, die von mehreren Männern und Frauen mit Steinen aus einem Dorf getrieben wurde. Er saß neben Raj im Auto und fragte den Sekretär, was die Frau verbrochen habe. Raj antwortete: »Sie hat die Ehe gebrochen.« Er war damals noch sehr klein und stellte sich eine zerbrochene Ehe wie einen zerbrochenen Tonkrug vor - zwei Stücke, die unnütz herumlagen. Nun hat der Vater die Ehe gebrochen, aber nicht er wird davongejagt, sondern Bip.

»Ihr nehmt euch, was ihr wollt«, sagte Rissa, und: »Was ihr euch nehmt, stürzt ihr ins Unglück.« Gopu, Rissa und Bip sind im Unglück, der Vater, die Mutter und er tragen die Schuld daran.

Der Gedanke daran, daß der Vater, die Mutter und er es sind, die die Schuld an den Vorfällen der letzten Wochen tragen, läßt Bapti

nicht los. Als er beim Mittagessen den Eltern gegenübersitzt, schaut er ihnen in die Gesichter: Sind sie sich ihres Unrechts bewußt?
Sie sind es nicht! Die Mutter ist totenblaß, aber sie denkt an sich, nicht an Bip, schon gar nicht an Rissa. Der Vater ist verärgert, aber er ärgert sich nicht über sich, sondern über die Mutter, über Bip, über Rissas Verschwinden.
In seinem Zimmer schaut Bapti wieder aus dem Fenster. Auf der Straße ist es totenstill, die Nachmittagshitze treibt alles in die Häuser. Da sind so viele Fragen und da ist niemand, mit dem er sich besprechen kann. Eine tiefe Unruhe überkommt ihn, er kann nicht länger untätig herumstehen. Er verläßt sein Zimmer und geht in den Keller. Er nimmt sein Rad, schiebt es vor das Haus und fährt in die sengende Hitze hinein.

Der vierte Stein

Langsam geht Bapti über den Strand und schaut den Jungen vor den Badehütten in die Gesichter. Sie sind sich alle irgendwie ähnlich, sie rauchen und grinsen und sehen aus, als wären sie jederzeit bereit, etwas Neues zu erleben. Gopu oder der große, fremde Junge sind nicht darunter.

Wo soll er Gopu noch suchen? In den Vierteln vor der Stadt? Soll er sich zwischen die Obdachlosen, zwischen all die zerlumpten Gestalten wagen? Oder soll er sein Glück in der Altstadt versuchen? Einen Augenblick nur denkt Bapti nach, dann entscheidet er sich. Er läuft zum Rad zurück, gibt dem Jungen, der es bewachte, das versprochene Extra, besteigt sein Rad und fährt in Richtung Altstadt.

Es ist noch immer sehr heiß, nur vom Meer kommt eine leichte Brise herübergeweht. Ab und zu aber wird Bapti von einem Auto überholt, das ihm die Abgase ins Gesicht pustet.

In der Altstadt angekommen, steigt Bapti vom Rad und schiebt es durch den Lärm und das Gedränge der Basare hindurch. Er schaut sich aufmerksam um. Die Altstadt ist seine letzte Hoffnung, in die Obdachlosenviertel wird er nicht gehen.

Der Lärm der verschiedenen Musiken aus den Transistorradios der Stände ist so groß, daß die Flötenklänge, die Bapti vernimmt, als er einen etwas ruhigeren Platz überquert, eine kleine Erholung bedeuten. Aber er schaut nicht zu dem Schlangenbeschwörer hin, der, umgeben von einigen Touristen, seine Schlange vorführt. Erst als die Töne mitten in einem Lied abbrechen, wirft er einen Blick auf den Mann hinter dem Korb mit der Schlange und bleibt stehen: Gopu! Der Schlangenbeschwörer ist kein Mann, es ist Gopu!

Auch Gopu schaut Bapti an. Der Junge mit dem Rad war der Grund für das Ersterben seiner Musik, die Überraschung war zu groß. Nun aber spielt er weiter. Kama, die schon in sich zusammengesunken war, richtet sich langsam wieder auf.

Bapti schiebt sein Rad näher, bis er zwischen den Touristen steht, die Gopu zusehen.

Gopu ist größer geworden, größer, schmaler, ernster und erwachsener. Er trägt noch seine Uniform, nur hat er die Hosenbeine abgeschnitten, aus der langen eine kurze Hose gemacht. Auch ist das Hemd zerschlissen und schmutzig. Der Junge mit der Flöte erinnert an den Panverkäufer vor dem Gateway, nicht an den netten, sauberen Boy, der sich bemühte, Rajs Anordnungen zu befolgen.

Endlich setzt Gopu die Flöte ab. Bapti legt das Rad auf die Erde, hockt sich neben Gopu hin und sieht zu, wie Gopu die Kobra in den Korb legt, das Geld, das die Touristen vor ihm hinlegen, aufnimmt und es in die Brusttasche stopft. Eine Menge Fragen liegen ihm auf der Zunge, doch als er etwas fragt, ist es die Frage, deren Antwort er schon kennt: »Warum bist du fortgelaufen?«

Gopu schaut den Touristen nach, die sich langsam entfernen. Er zuckt die Achseln. Dann aber sagt er es doch: »Ich wollte kein Risiko eingehen.«

»Es war kein Risiko. Als man dich holte, wollte man dich freilassen.«

Also hätte er nicht auf Charan hören sollen. Gopu denkt das ohne Bedauern: Das Ganze liegt weit zurück, ist nicht mehr wichtig.

Bapti senkt den Blick: Dieser Gopu wird nicht mit ihm zurück-

kommen, dieser Gopu braucht weder ihn noch eine Anstellung bei den Eltern. Trotzdem fragt er, muß einfach fragen.
Zurück zu den Chandrahas? Wieder Boy sein, ein gutes Gewissen haben? Monat für Monat ein festes Gehalt? Bip, Rissa, gutes Essen, Gartenzimmer? Lauter angenehme Dinge! Einen Moment schwankt Gopu, doch dann schüttelt er den Kopf. Verdient er jetzt nicht auch? Ohne sich zu verkaufen, nur mit seiner Kunst? Und sind da nicht Shangji und Mangar, die ihn aufnahmen, ihm die Flöte kauften? Vor allem aber: Ist er jetzt nicht Gopu, der Schlangenbeschwörer? Wie kann er wieder Gopu, der Boy werden?
»Wenn der Monsun kommt, gibt es kaum noch Touristen«, versucht Bapti es noch einmal. Bapti hat recht, auch Mangar sagte: »Während der Regenzeit hungern die Schlangenbeschwörer.« Das ist nicht alles: Gopu ist ehrlich genug zuzugeben, daß er seine überdurchschnittlichen Einnahmen der Tatsache verdankt, ein Kind zu sein. Ein Kind, das eine Kobra vorführt, erregt mehr Interesse als ein erwachsener Mann. Wie lange aber ist er noch Kind? In zwei, drei Jahren sieht er aus wie Shangji, dann gehen die Einkünfte zurück. Und außerdem: Kann er als Schlangenbeschwörer die Familie ernähren? Im Sommer vielleicht, während des Monsuns aber ist das unmöglich.
Je länger Gopu über Baptis Angebot nachdenkt, desto trauriger und zorniger wird er. Hätte Bapti ihn nicht in Ruhe lassen können? Kann er jetzt noch ruhigen Gewissens Schlangenbeschwörer bleiben? Er versucht, sich eine Rückkehr ins Haus der Chandrahas vorzustellen – und verspürt ein Gefühl der Abneigung: Er möchte kein zweiter Topur werden, möchte nicht wieder Angst haben müssen, es der Herrschaft nicht recht zu machen. Eine Lebensstellung bedeutet Sicherheit, aber auch ein Leben lang gehorsam sein, alles tun, um die Stellung nicht zu verlieren, lügen, wenn es verlangt wird.

»Ich weiß nicht«, sagt Gopu schließlich, »ich werde mit meinen Freunden darüber reden.« Er sagt es, aber er weiß, daß er nicht mit Shangji und Mangar darüber reden wird. Mangar würde ihm zuraten, Shangji abraten; Shangji würde das gesamte Geld des blonden Mannes opfern, nur damit er bleibt.
Bapti müßte Gopu drängen, müßte sagen, er habe sich sofort zu entscheiden, doch das tut er nicht. Gopu hat etwas gesagt, was ihn alles andere vergessen läßt: »Du hast Freunde?«
Gopu erzählt von Shangji und Mangar, und während er erzählt, wird ihm immer klarer, daß er nicht in das Haus der Chandrahas zurückkehren wird.
Bapti wird ganz still. Was hat Gopu in dieser kurzen Zeit nicht alles erlebt! Wie leer und armselig dagegen verliefen seine Wochen! Blumenbeet, Hochzeit, Katastrophe - jede neugewonnene Erfahrung negativ! Kehrt er nach Hause zurück, in dieses trostlose Haus ohne Gopu, ohne Ayesha, ohne Bip, ohne Rissa, geht es immer so weiter. »Wenn du nicht mit mir zurückkommst«, sagt Bapti leise, »gehe ich auch nicht zurück.«
»Du willst nicht nach Hause zurück?« Zweifelnd blickt Gopu Bapti an. »Wo willst du denn hin?«
»Ich möchte bei dir bleiben, bei dir und deinen Freunden.«
Bapti in Mangars Winkel? Der Gedanke ist so unvorstellbar, daß Gopu nicht weiß, was er darauf erwidern soll.
»Ich habe das langweilige Leben satt.« Bapti ist sehr ernst. »Du denkst, Geld haben, immer zu essen haben, schöne Kleidung tragen macht Spaß. Aber was ist das alles gegen das ewige Alleinsein?«
»Du weißt nicht, wie wir leben.« Es erscheint Gopu noch immer unmöglich, daß Bapti Mangars, Shangjis und sein Leben teilen könnte. »Wir essen wenig und schlafen auf Gras. Mangars Winkel ist nicht einmal eine Hütte. Ringsherum wimmelt es von Mäusen, Ratten und Eidechsen.«

»Versucht es doch! Wenn ich es nicht aushalte, kann ich ja wieder gehen. Wenigstens habe ich dann einmal etwas erlebt. Und vielleicht kommst du ja doch wieder mit zurück.« Bapti bittet und drängt. Er weiß: Wenn Gopu von der Katastrophe wüßte, würde er ihn besser verstehen. Doch darüber kann er nicht reden.

Gopu zögert. Mit Mangar würde es keine Schwierigkeiten geben, Mangar sagt oft: »Bist du als Sohn armer Eltern auf die Welt gekommen, ist das die Strafe für die Sünden, die du in deinem vergangenen Leben auf dich geladen hast, bist du als Sohn reicher Eltern geboren worden, ist das der Lohn deiner guten Taten.« Mangar hat nichts gegen Reiche, aber Shangji? Gopu hört ihn noch sagen: »Ganz schlecht kann dieser Bapti nicht sein.«

»Bitte!« Bapti legt Gopu die Hand auf den Arm.

»Und was machst du damit?« Gopu deutet auf Baptis Rad. »Es sind schon welche für eine Tüte Reis umgebracht worden.«

»Das verkaufe ich.« Bapti springt auf. Er hat gewonnen. »Gleich jetzt verkaufe ich es.«

»Meinetwegen!« Gopu muß lachen. Baptis Begeisterung, ein Obdachloser werden zu dürfen, ist zu verrückt. Aber warum soll er nicht ein paar Tage bei ihnen bleiben? Länger hält er es sowieso nicht aus. Ist er wieder zu Hause, kauft er sich ein neues Rad.

Bapti errät Gopus Gedanken, aber er sagt nichts. Er schiebt das Rad über den Basar und fragt den erstbesten Händler, der dafür in Frage kommt, wieviel er ihm für das Rad geben würde.

Der überraschte Händler überlegt lange, dann beguckt er sich das Rad von allen Seiten und sagt: »Naja, neu ist es nicht.«

Bapti hat keine Lust zum Feilschen, er hat es eilig. »Einhundert?« fragt er. Das Rad ist das Vielfache wert. Der Händler ist noch erstaunter, trotzdem handelt er: »Sagen wir achtzig.«

»Einverstanden!« Bapti streckt die Hand aus. Der Händler zählt ihm das Geld hinein. Er kann es noch immer nicht fassen, ein so günstiges Geschäft gemacht zu haben.

Bapti läßt das Rad bei dem Händler stehen und läuft zurück zu Gopu. Dann aber sieht er einen Stand mit Lebensmitteln. Er läuft darauf zu und kauft ein: gebratene Lammfleischscheiben, Käse, Obst und zwei Flaschen grüne Limonade. Fast alles Geld gibt er aus.

»Was hast du für das Rad bekommen?« fragt Gopu, als Bapti sich neben ihm hingehockt hat und er von der Limonade trinkt, die Bapti ihm reichte.

Bapti winkt ab: »Nicht der Rede wert.« Er schämt sich, Gopu zu sagen, daß er das Rad so weit unter dem Preis verkauft hat. Dann deutet er auf die Tüte mit den Lebensmitteln. »Für euch. Es ist ein Prasat.«

Gopu lächelt und steht auf. »Das wäre nicht nötig gewesen«, sagt er. »Mangar und Shangji nahmen mich auf und gaben mir zu essen, ohne daß ich einen einzigen Paiser dazuzahlen konnte. Erst seit drei Tagen bin ich Schlangenbeschwörer und verdiene mehr als Mangar und Shangji zusammen.« Er steckt sich die Flöte ins Hemd und nimmt den Korb mit Kama auf. »Gehen wir! Es ist Zeit, Mangar abzuholen.«

Langsam gehen die beiden Jungen durch die Basarstraßen. Beide schweigen sie, beide hängen sie ihren Gedanken nach. Gopu hat immer noch Mühe, sich mit dem Gedanken vertraut zu machen, daß Bapti aus reiner Abenteuerlust auf all das, was das Leben im Haus seiner Eltern so angenehm macht, verzichten will, und sei es auch nur für ein paar Tage. Und Bapti bekommt nun doch Angst: Was wird das für einer sein, der blinde Mangar? Und der große, fremde Junge am Strand, dieser Shangji, wie wird er ihn aufnehmen?

Plötzlich bleibt Gopu stehen. »So kannst du nicht mit in unser Viertel«, sagt er und weist auf Baptis Bekleidung. »Auf den ersten Blick sieht man, daß du reich bist.«

Bapti nickt. Die Angst in ihm wächst. Auf was hat er sich da einge-

lassen? Aber zurück kann und will er nun nicht mehr, er will bei Gopu bleiben, will erleben, was Gopu erlebt, und er will einen Freund, vielleicht sogar mehrere haben.
Gopu überlegt einen Moment, dann sagt er: »Komm mit!« Sie gehen in eine Seitenstraße hinein und bleiben vor einem Haufen Schutt stehen. »Mach dich schmutzig«, rät Gopu.
Bapti befolgt den Rat. Er greift mit den Händen in den Schutt und wühlt darin herum, erst als sie richtig schmutzig sind, zieht er sie heraus und fährt sich damit über das Gesicht, die Arme, die Beine und auch durch das Haar. Er wiederholt die Prozedur einige Male, dann zieht er die Sandalen aus, steckt sie in die Tüte, reißt sich das T-Shirt ein und rupft an seiner Hose herum. Danach sieht er Gopu fragend an.
»Es geht«, stellt Gopu ernst fest. Dann erzählt er Bapti von dem Krayesh und rät ihm, niemandem seinen Nachnamen zu verraten.
Mangar ist noch mitten im Spiel. Seitdem Gopu sein Konkurrent ist, verdient er weniger. Keiner, der einige Meter vorher Gopu etwas gab, gibt noch einmal für dasselbe. Mangar will das durch längere Spielzeiten herausholen, aber das hilft nur wenig.
Als die beiden Jungen herankommen, beendet er den Arbeitstag. Gopu erklärt dem Alten, was es mit dem Jungen in seiner Begleitung auf sich hat. Mangar sagt nur: »Aha!« und begrüßt Bapti freundlich. »Dein Freund ist klug«, sagt er dann zu Gopu, »er sorgt vor, nimmt Lasten auf sich, damit er in seinem nächsten Leben nicht für sein derzeit üppiges Leben bestraft wird.«
Bapti wendet kein Auge von Mangar. Der alte Schlangenbeschwörer erinnert ihn an die Romane, die er gelesen hat, so abenteuerlich, so geheimnisvoll, so erhaben über all die Dinge des täglichen Lebens sieht er aus. Auf Gopus Bitte hin trägt Bapti den Korb mit Durga, hält sich aber dabei dicht an den Alten, der sich auf Gopu stützt.

Gopu berichtet von den Einnahmen dieses Tages. Es ist so viel, daß Mangar meint, er müsse sich geirrt haben. Gopu zählt dem Alten das Geld vor, es sind achtunddreißig Rupien. Mangar nimmt das Geld in die Hände, als wolle er das Gewicht prüfen, dann sagt er leise: »Das verdiene ich nicht in drei Tagen.«

»Es ist nur, weil ich ein Kind bin«, erklärt Gopu seinen Erfolg, für den er sich nun fast ein wenig schämt.

Mangar sinnt nach, dann sagt er: »Die Leute sind klug. Was ist dabei, wenn ein alter Mann etwas kann? Wenn man alt ist, sollte man etwas können. Ist aber einer ein Kind und kann etwas, ist das etwas Besonderes.« Er überlegt einen Moment, dann schlägt er vor: »Du solltest Kama belohnen. Kaufe ihr Milch.«

Gopu leiht sich Mangars Blechbüchse aus, kauft bei einem Straßenhändler Milch und ein Brot. Er läßt Mangar den Brotlaib befühlen und sagt: »Das ist unser Lohn. Wir haben ihn auch verdient. Es war eine gute Idee, Vayu zu kaufen.«

Wie Gopu und Mangar miteinander umgehen! Die Zuneigung, die aus ihren Worten und Gesten spricht! Bapti wird immer stiller, immer nachdenklicher. Er vergißt, daß sie sich jenem Obdachlosenbezirk nähern, vor dem er Angst hat. Mangar mag Gopu, ist sogar stolz auf Gopus Erfolg, obwohl Gopu nicht sein Fleisch und Blut ist, obwohl er nicht sagen kann: »Mein Sohn!«

Dann gehen sie durch die Landschaft aus Steinen, Blechen, Brettern und Pflanzen hindurch. Bapti spürt, wie sich die Blicke der vor den Behausungen sitzenden Männer, Frauen und Kinder an ihm festsaugen, bemerkt aber auch, wie geachtet Mangar ist, wie freundlich er gegrüßt wird. Wer höflich zu einem alten Blinden ist, kann nicht schlecht sein.

In seinem Winkel angekommen, läßt Mangar sich auf dem trockenen Gras nieder, nimmt die Flöte aus dem Hemd und legt sich zurück. Er streckt die müden Beine aus und stöhnt behaglich. Gopu setzt sich auf einen der Steine, studiert Baptis Gesicht und

ist überrascht: Bapti ist längst nicht so entsetzt, wie er es vermutet hat. Wie er um sich schaut, bezeugt Neugier, kaum Abneigung.
Bapti setzt sich auf einen der beiden freien Steine und blickt sich weiter um. Das komische Gefühl, das er hatte, als er den Raum betrat, ist weg. Geblieben ist eine Spannung, die Überzeugung, etwas zu erleben, was kein Nari und erst recht keiner von Naris Freunden je erlebte.
Gopu stellt die Büchse mit der Milch vor Kama hin. Langsam und stetig trinkt die Kobra. Bapti schaut zu. Wie sicher Gopu mit der Schlange umgeht! Als hätte er nie etwas anderes getan.
Gopu gibt auch Durga von der Milch. Die alte Schlange trinkt wenig, ist längst nicht so durstig wie Kama. Als Gopu Durga in ihren Korb zurücklegt, kommt Shangji. Er sieht Bapti, mustert ihn kurz und läßt sich auf einem der beiden freien Steine nieder. Gopu setzt sich dazu. »Das ist Bapti«, erklärt er. »Ich habe dir von ihm erzählt.«
Bapti legt die Hände zusammen und begrüßt Shangji.
Shangji sieht Bapti einen Moment lang so fest an, daß der nicht weiß, wo er hinschauen soll. Dann senkt er den Blick.
»Warst du bei deinem Onkel?« fragt Gopu.
»Ja«, antwortet Shangji wortkarg.
Bapti senkt den Kopf. Ist dieser Shangji nicht einverstanden mit seiner Anwesenheit?
Gopu fragt sich das gleiche. Was sonst könnte der Anlaß für Shangjis düsteres Gesicht sein? Er wartet noch einen Moment, dann versucht er den Freund aufzumuntern: »Was meinst du, wieviel Kama und ich heute eingenommen haben?« Er beantwortet sich die Frage selbst: »Achtunddreißig Rupien. An einem einzigen Tag!«
Für kurze Zeit hellt sich Shangjis Gesicht auf, dann verdüstert es sich wieder.

Gopu nimmt das Brot, leiht sich Shangjis Messer und teilt den Laib in vier Teile. Er gibt Mangar, Bapti und Shangji je einen Teil, behält den letzten und beißt hinein.

Seine Tüte! Er hätte sie beinahe vergessen. Bapti nimmt sie zwischen die Beine, öffnet sie, greift hinein und legt alles heraus, was drinnen ist. »Für euch«, sagt er und strahlt.

Mangar richtet sich auf und schnuppert. »Es riecht gut«, sagt er. Dann hockt er sich zwischen Shangji und Gopu hin, nimmt ein Stück Käse und eine Orange und entschuldigt sich bei Bapti dafür, daß er die Lammfleischscheibchen nicht anrührt. »Ich esse kein Fleisch. Aber Shangji und sicher auch Gopu werden das kräftige Mahl zu schätzen wissen.«

Shangji sieht Mangar an, als wolle er etwas sagen, dann greift er sich eines der Scheibchen und ißt.

Bapti bedankt sich bei Mangar und Shangji für die Annahme des Prasats, bittet auch Gopu zuzulangen und langt dann selber zu. Schweigend essen die vier in dem Winkel.

»Willst du lange bleiben?« fragt Shangji Bapti schließlich.

»Ja«, antwortet Bapti, froh darüber, daß der große Junge mit ihm spricht.

»Hast du noch Geld?«

»Nicht mehr viel«, entschuldigt sich Bapti.

»Dann hättest du Reis, Hirse oder Mais kaufen sollen, nicht solch teures Zeug.« Shangji deutet auf die Lebensmittel, die Bapti vor ihnen ausbreitete.

Bapti vergeht der Appetit. Shangji hat recht, er hatte nur an heute gedacht, nicht an die Tage danach.

»Das konnte er nicht wissen«, verteidigt Gopu Bapti. »Er wußte ja nicht, wie wir leben.«

Shangji sieht Gopu nur an, dann schweigt er weiter.

»Was hat dich geärgert, Shangji?« fragt Mangar. »Oder willst du nicht darüber reden?«

»Nein.«
Es herrscht Stille. Shangjis Nein fiel zu heftig aus. Er spürt es selbst. »Es hat nichts mit euch zu tun.«
»Womit hat es zu tun?« fragt Mangar. »Bürdest du uns die Laune eines Wasserbüffels auf, mußt du auch sagen, weshalb du uns leiden läßt.«
Shangji starrt auf seine Hände und schweigt.
Mangar bricht kleine Stücke von seinem Brot, schiebt sie in den Mund, kaut gründlich. »Du bist unfreundlich, Shangji«, sagt er dann. »Gopus Freund könnte denken, er sei unwillkommen.«
»Es hat auch mit ihm nichts zu tun!« fährt Shangji auf. »Oder besser, es hat mit uns allen zu tun, mit allen, die so dumm sind wie wir.« Er bricht ab, steht auf und geht hinaus.
Mangar, Gopu und Bapti essen von ihren Brotvierteln und schweigen, bis Gopu es nicht mehr aushält. Einen solchen Empfang hat Bapti nicht verdient, ganz egal, was Shangji bewegt. Er bittet Mangar, eine Geschichte zu erzählen. Es gibt kein besseres Mittel, jemanden aufzuheitern, als eine von Mangars Geschichten. Ob er berichtet, wie Vishnu* in seinem Leben als Rama mit Hilfe des Affengottes Hanuman seine Frau Sita aus der Gewalt des Riesen Ravana befreite, oder wie Vishnu als Krishna den Berg Govardhana mit dem kleinen Finger hochhob, um den vor den Regengüssen des Gottes Indra flüchtenden Menschen und Tieren unter dem Berg Zuflucht zu gewähren, jedesmal wird aus der Erzählung ein Tanz. Er führt vor, wehrt ab, greift an, ist mal der Gott der Affen, mal die schöne Sita, mal Krishna mit dem mächtigen kleinen Finger.
»Du bist leicht zu erfreuen«, lächelt Mangar. Er kaut den Bissen zu Ende, legt sich den Rest des Brotes in den Schoß und beginnt die Geschichte von Krishna und den Dorfschönen. Er erzählt, wie Krishna mit seiner Hirtenflöte den Mädchen in den Dörfern zum Tanz aufspielte und sie damit in sich verliebt machte. Anfangs ist

seine Erzählweise getragen, dann aber steht er auf und bläst auf seiner Flöte ein Liedchen. Nun ist er Krishna, der den Dorfschönen zublinzelt, ist eines der verliebten Mädchen, das scheu errötet.
Erst lächelt Bapti nur, dann muß er lachen. Mangar lacht mit: »Wißt ihr, warum ich gerade diese Geschichte erzählte? Weil Gopu bald so schön spielt wie Krishna. Wir müssen auf ihn achtgeben, sonst stehlen ihn uns noch die Dorfschönen.«
Später, als Gopu und Bapti im sanften Licht des Mondes vor den Säcken sitzen und nachdenklich schweigen, geht Mangar für kurze Zeit fort. Als er zurückkehrt, trägt er einen Stein, einen vierten Stein - Baptis Stein.

Götter und Brahmanen

Trotz der sternenklaren Nacht ist es heiß. Shangji liegt im hohen Gras und schweigt. Gopu und Bapti sitzen nicht weit von ihm entfernt und flüstern miteinander. Gopu warnt Bapti: »Du brauchst noch lange, bis du aussiehst wie ein richtiger Obdachloser. Es ist besser, du gehst nie allzu weit von uns fort.«
Mangar spricht ein Gebet, wendet dann den Kopf in die Richtung, in der er Shangji weiß, und fragt: »Willst du mir nicht doch verraten, was deinen Kopf so sehr beschäftigt?«
»Es würde dir nicht gefallen, Mangar«, erwidert Shangji, »es würde dich verletzen.«
»Es ist in dir, also muß es heraus.« Mangar spricht, als spräche er zu sich selbst. »Verletzt du mich, so haben wir beide Schmerz zu ertragen.«
Eine Weile bleibt Shangji unschlüssig liegen, dann steht er auf und setzt sich zu Mangar. Auch Gopu und Bapti rücken näher an den Alten heran.
Shangji war mit seinem Onkel Ramatra bei dessen Freunden, die hatten eine Zeitung dabei und besprachen, was drinstand. Im Nordosten des Landes hatte ein Wirbelsturm riesige Verwüstungen angerichtet: überschwemmte Felder, zerstörte Dörfer, entwurzelte Bäume. Eine Hungersnot war ausgebrochen.
»Und?« fragt Mangar, als Shangji eine Pause macht. »Hilft man den Menschen?«
»Man hilft ihnen!« Shangji verzieht das Gesicht. »Und wie man ihnen hilft! Tausend Brahmanen sind in das Gebiet gereist. Sie brachten Lebensmittel im Wert von über neun Millionen Rupien dort hin: Reis, Milch, Fette – alles, was eine hungernde Bevölkerung benötigt.«

»Weshalb bist du dann so verbittert?« fragt Mangar. »Not und Hilfe ergänzen sich.«
»Die Brahmanen brachten die Lebensmittel nicht den Notleidenden, sie brachten sie den Göttern! Als Opfer! Um sie zu besänftigen!« Shangji springt auf, läuft hin und her. »Dem Reporter erklärten sie, es käme nicht darauf an, einige der Hungernden zu sättigen, sondern durch ein übergroßes Opfer den Zorn der Götter zu beschwichtigen, um Verheerungen eines neuen Wirbelsturmes abzuwenden.«
»Die Brahmanen sind gelehrte Leute, sie wissen, was sie tun.«
»Gelehrte Leute!« Shangji kann nicht mehr an sich halten. »Gelehrte Leute, denen die unsichtbaren Götter wichtiger sind als das sichtbare Leid der Menschen!«
»Versündige dich nicht, Shangji!« bittet Mangar. »Wenn die Menschen im Nordosten unseres Landes die Götter erzürnt haben, haben sie Strafe verdient.«
»Strafe verdient!« Shangji wirft die Arme in die Höhe. »Hunderttausende sollen Strafe verdient haben? Ohne eine einzige Ausnahme? Was haben sie getan, um eine so grausame und so lang anhaltende Strafe zu ernten?«
»Du bist jung, Shangji. Bist ungeduldig. Dir fehlt die Reife des Mannes, um die Entscheidungen der Götter zu verstehen.« Mangar ist besorgt. »Was ist schon Zeit? Und was sind wir Menschen? Staubkörnchen sind wir. Solange die Sonne scheint und der Wind weht, tanzen wir. Rinnt der Regen, fallen wir zur Erde nieder. Wir haben viele Leben, wir müssen uns nicht in einem vollenden. Die Geduld ist unsere Stärke.«
»Oder unsere Schwäche!« Shangji steht da, die Hände in die Seiten, erregt, hilflos und traurig.
Mangar zieht Shangji an seine Seite. »Wir leiden nicht umsonst, der Weg zum Glück ist ein dorniger Pfad. Eines Tages aber wird Vishnu wiederkehren, wird vor uns hintreten und uns erlösen.«

Shangji schüttelt den Kopf: »Das reden wir uns ein. Unsere Religion belügt uns, sie macht uns zu Hungerleidern. Millionen zu Skeletten abgemagerte Kühe durchstreifen unser Land, suchen Nahrung, bis sie vor Altersschwäche sterben. Weil wir sie nicht essen, pflegen wir sie nicht, weil wir sie nicht pflegen, geben sie kaum Milch. Wir nennen sie heilig und scheuchen sie davon, wenn sie den Pflug nicht mehr ziehen können. Die Moslems füttern die Kühe dick, damit sie Fleisch ergeben; Fleisch, das man essen kann. Unsere Religion aber verbietet uns das Fleisch, da ist es einfach, die Kühe verkommen zu lassen.«
Bapti denkt an das, was ihm der Vater sagte: »Die Moslems ermordeten unsere Kühe und warfen sie vor unsere Türen.« Er sagt das ohne jede Wertung, nur um zu zeigen, daß er auch etwas weiß.
Shangji reagiert heftig. »Und die Hindus?« fragt er. »Waren die besser? Wir warfen den Moslems tote Schweine[1] vor die Tür.« Dann aber winkt er ab: »Darum geht es ja auch gar nicht. Es geht darum, daß wir um jede dösende Kuh einen respektvollen Bogen machen, vor ihr auf die Erde niederfallen und ihr Gebete ins Ohr flüstern.«
»Du verstehst die Religion nicht«, sagt Mangar, noch immer sehr ruhig. »Es geht nicht um die Kuh als Tier. Es geht erst einmal um das Lebewesen. Die gläubigen Hindus töten nicht, egal ob Mensch oder Tier. Und wenn wir uns vor der Kuh verneigen, dann deshalb, weil sie uns ernährt, mit ihrer Milch und mit ihrer Arbeit. Am Go-Pudscha-Tag* verneige ich mich vor Durga, wie der Bauer vor seiner Kuh.«
Shangji lacht: »Ja, und beim Chandrahas verneigen sie sich vor den Nähmaschinen.«
»Warum nicht?« fragt Mangar. »Wenn die Maschine die Ernährerin ist?«

---

1 Die Moslems, als Anhänger des Islams, essen kein Schweinefleisch, sie betrachten das Schwein als unreines Tier.

»Und wann verneigen sich dann die Chandrahas vor ihren Arbeitern, statt ...« Shangji unterbricht sich, stößt die Luft aus, setzt sich hin und schüttelt den Kopf. Bapti aber wendet keinen Blick von Shangji: »Hast du bei uns gearbeitet?«
»Ich war Transportarbeiter«, erklärt Shangji unwillig.
»Und warum bist du es nicht mehr?«
»Weil ich auch dort das Falsche dachte und sagte.«
Bapti fragt nichts mehr, sieht Shangji nun aber noch aufmerksamer an als zuvor.
Eine Zeitlang sagt keiner ein Wort, dann sagt Mangar leise: »Du solltest nicht mehr zu diesem Onkel gehen, er weiß viel, aber er versteht das Leben nicht.«
»Er versteht mehr vom Leben als wir vier zusammen«, verteidigt Shangji seinen Onkel. »Was würdest du zum Beispiel auf die Frage antworten, warum unsere Götter die Moslems, die von Kindheit an Rindfleisch essen, nicht bestrafen? Wie es kommt, daß unsere Götter nur über uns Macht besitzen? Ich weiß darauf keine andere Antwort als die, die er mir gab: Unsere Götter haben nicht uns geschaffen, wir haben sie geschaffen.«
»Können wir denn das?« Gopu sieht Shangji erstaunt an.
»Sie existieren nicht wirklich«, erklärt Shangji, »sie leben nur in unserer Einbildung. Wir haben sie uns geschaffen, weil wir Angst vor uns haben; sie sollen uns einschüchtern, sollen verhindern, daß wir Böses tun. Inzwischen aber richten sie mehr Unheil an als sie verhindern.«
Mangars Gesicht ist wie versteinert. Er sieht Shangji nicht an. Shangji aber fährt fort: »Die Christen, die Buddhisten, die Moslems - alle haben sie Götter, die sie anbeten. Jeder behauptet, seine Religion wäre die einzig wahre. Sie haben sich ihre Götter erschaffen wie wir die unseren. Alle diese Götter sind sich ähnlich: Sie sind streng, lieben die Menschen nicht, sind dumm und grausam.«

Mangar steht auf. »Geh fort, Shangji! Diese Worte ertrage ich nicht.«
Shangji läßt den Kopf sinken: »Jetzt weißt du, warum ich nicht reden wollte.«
»Es ist besser so«, entgegnet Mangar. »Du und ich, wir sind zwei Welten. Du hättest nicht länger schweigen können, ich kann nicht länger zuhören.«
Shangji wagt noch immer nicht, den Kopf zu heben. »Es ist, wie du sagst: Ich kann nicht glauben, woran du glaubst.«
Mangar legt Shangji die Hand auf die Schulter. »Die Wahrheit ist gesünder als die Lüge. Geh jetzt.«
Shangji zögert, dann fragt er: »Laßt ihr meinen Stein stehen?«
»Wir lassen ihn stehen, du kannst jederzeit kommen«, antwortet Mangar. »Nur ist mein Dach nicht das deine, solange du die Götter leugnest.«
»Ich danke dir, Mangar«, sagt Shangji ernst. Dann geht er zu Gopu: »Ich komme ab und zu vorbei. Wenn ihr mich sucht, findet ihr mich bei den Mäuserichen.« Als Gopu etwas sagen will, schüttelt er stumm den Kopf und geht davon.
»Ihr könnt mit ihm gehen«, sagt Mangar leise, »ich bin euch deswegen nicht böse. Alleinsein macht mir nichts aus.«
»Wir bleiben bei dir«, bestimmt Gopu.

Reich bleibt reich

Bapti geht mit der Blechbüchse in der Hand von einem Touristen zum anderen. Er sammelt das Geld ein, das die Männer und Frauen, die Gopu und Kama zuschauen, zu zahlen bereit sind. Es ist seine Aufgabe, soviel wie möglich herauszuschlagen. Er nimmt diese Aufgabe ernst, lächelt freundlich und bedankt sich höflich; er nimmt die demütige Haltung aller Schausteller ein. Sein Haar ist ungekämmt, Hose und T-Shirt sind schmutzig und zerknautscht, er sieht nun aus wie alle Obdachlosen. Er weiß das und fühlt sich wohl in dieser Rolle. Als Gopu die Flöte absetzt, um sich und Kama eine Ruhepause zu gönnen, muß er sich beeilen. Allen, die zugeschaut haben und die er noch nicht angesprochen hat, hält er, bevor sie weggehen, die Blechbüchse hin. Dann setzt er sich zu Gopu.
Gopu schaut in die Büchse und grinst zufrieden. Seitdem Bapti die Idee hatte, sein Kassierer zu werden, sind die Einnahmen noch weiter gestiegen.
»Machen wir Schluß für heute?« Bapti schaut zum Himmel. Ist die Sonne erst am Untergehen, dauert es nur wenige Minuten, bis es dunkel ist.
Gopu schüttelt den Kopf: »Es ist noch zu früh. Wir machen eine Pause, dann geht es weiter.«
Bapti ist einverstanden, wie er immer einverstanden ist mit dem, was Gopu vorschlägt. Sie verstehen sich gut. Manchmal verständigen sie sich nur mit Blicken oder Kopfnicken und wissen doch, was der andere meint.
Warum sie noch keine richtigen Freunde sind? Bapti weiß es nicht. Irgend etwas ist zwischen ihnen, etwas Unsichtbares. Vielleicht liegt es an Shangji. Shangji hält Abstand von ihm. Einmal

sagte er zu Gopu: »Reich bleibt reich, und arm bleibt arm. Dein Bapti kann zehnmal aussehen wie einer von uns, er wird es trotzdem nie sein.« Gopu verteidigte ihn, sagte, er klage nicht und habe meist gute Laune, doch Shangji winkte ab: »Warte die Regenzeit ab. Hat er dann noch gute Laune ...« Er sprach den Satz nicht zu Ende, er war sicher, daß es dann mit seiner guten Laune vorbei sein würde.

Bapti sieht Gopu durch die Augenwinkel hindurch an. Ernst sitzt er da, hält Vayu in den Händen und wartet darauf, daß Kama sich erholt.

Gopu weiß nicht, daß er jenes Gespräch mit anhörte, weiß nicht, daß er nur zur Hälfte recht hatte. Er klagt nicht, er hat meist gute Laune, und doch ist ihm oft ganz anders zumute. Das harte Lager, die Geräusche der Nacht, dazu die Moskitos, die in der Dämmerung zur Plage werden – am Anfang wäre er manchmal am liebsten davongerannt, nach Hause, unter die Dusche, in sein Bett. Doch er ist geblieben, über eine Woche nun schon, länger als Gopu dachte. Er ist geblieben, weil er ein Abenteuer erlebt und weil da Gopu ist, ein ganz anderer Gopu als der, der Boy im Hause der Eltern war, ein Gopu, den er erst jetzt richtig kennengelernt hat. Hätte er einen Wunsch frei, er würde sich wünschen, zu werden wie Gopu ist, so ruhig, so vernünftig, so ausgeglichen.

Bapti hebt den Kopf und studiert erneut den wolkenlosen Himmel. Shangji sprach von der Regenzeit, machte sie zum Prüfstein. Der Monsun aber, der Wind, der den Regen bringt, hat gerade erst die Westküste erreicht. Er treibt die Wolken in Richtung Norden, ehe er nach Südosten abdreht. Kommt er früh, erreicht er Madras Ende August, kommt er spät, wird es September. Er hatte nicht vorgehabt, so lange von zu Hause fortzubleiben, er hatte überhaupt nichts vorgehabt. Er war bei Gopu geblieben, weil er das Gefühl hatte, es zu Hause nicht länger auszuhalten, nicht weil er eine bestimmte Zeit fortbleiben wollte. Jetzt hat Shangji eine Zeit

vorgegeben. Kehrt er vorher heim, wird es heißen, er hätte nicht durchgehalten.
Gopu nimmt den Deckel von Kamas Korb, setzt die Rohrflöte an die Lippen und beginnt sein Spiel von vorn.
Bapti erhebt sich. Seine helle Stimme klingt so laut und fordernd, daß Gopu über seinem Flötenspiel grinsen muß. Bapti bemerkt das Grinsen und lächelt zurück. Er ruft noch lauter, preist Kama als schönste Kobra Tamil Nadus und Keralas*, nennt Gopu den jüngsten Schlangenbeschwörer ganz Indiens.
Als Gopu das letzte Mal an diesem Tag die Flöte absetzt, sind beide Jungen rechtschaffen müde. Sie setzen sich zusammen, zählen die Einnahmen und sind zufrieden. Gopu hat vor, bei der Post vorbeizugehen und das Geld für die Eltern einzuzahlen, deshalb bittet er Bapti, Mangar abzuholen. Mangar geht es nicht besonders gut, sie dürfen den blinden Alten nicht allein gehen lassen. Bapti wartet, bis Gopu das Geld verstaut hat und aufgestanden ist, dann erhebt er sich ebenfalls und geht davon.
Die Händler auf dem Basar stehen beieinander und schwatzen. Bapti geht langsam, er beobachtet das Treiben ringsherum. Ging er früher über den Basar, erkannten die Händler in ihm sofort den reichen Jungen, wollten ihm etwas verkaufen, waren hartnäckig und wurden unangenehm, wenn er sich nicht erweichen ließ. Jetzt schenken sie ihm keinen zweiten Blick. Das ist angenehm. Waren sie ihm früher lästig, so mag er jetzt die laute, geschäftige Art dieser Männer.
»Paß auf, du kopfloser Elefant!«
Beinahe wäre Bapti in einen Korb voll Eier getreten. Der Korb steht mitten im Weg. Der Händler schimpft und nimmt ihn weg. Dann ändert sich seine Haltung. Er sieht Bapti fragend an: »Wenn du willst, verkaufe ich sie dir. Zwanzig Stück drei Rupien, normalerweise kosten sie vier.«
Bapti schüttelt den Kopf. Wären die Eier auch noch so preisgün-

stig, er könnte sie nicht kaufen, er hat kein Geld. Die Einnahmen verwahrt Gopu, und das ist auch richtig so: Kassieren kann jeder, Kama vorführen nicht.
»Hast du kein Geld bei dir, zahlst du morgen«, schlägt der Händler vor. »Ich kenne dich, du gehörst zu dem jungen Schlangenbeschwörer.«
Bapti schaut die Eier an. Wie lange hat er schon keine Eier mehr getrunken, und wie gerne trinkt er ein frisches Ei! Und drei Rupien sind wirklich ein guter Preis.
Der Händler drückt Bapti den Korb in die Hand. »Nimm sie mit! Frischer werden sie nicht. Ich gebe sie dir für zwei.«
Zwei Rupien ist mehr als günstig. Bapti greift zu und bedankt sich für das Vertrauen.
»Wegen zwei Rupien werdet ihr mir nicht davonlaufen«, sagt der Händler. Er sieht dem davongehenden Bapti nach und schüttelt den Kopf, als wundere er sich über seine Großzügigkeit. Bapti aber ist auf einmal sehr froh, sich auf das Geschäft eingelassen zu haben. Gopu wird nichts dagegen haben, für zwei Rupien zwanzig Eier zu bekommen, und er, Bapti, konnte sich das erste Mal als nützlich erweisen, nachdem er gleich am ersten Tag das ganze Geld für die falschen Lebensmittel verbraucht hatte. Jetzt, da er weiß, wovon Gopu und Mangar leben, sollte er das Einkaufen ganz übernehmen, im Feilschen und Handeln ist er besser als Gopu oder Mangar.
Mangar wartet bereits, Durga ist im Korb, die Flöte steckt im Hemd. Er weiß, daß Gopu zur Post ist, und sagt: »Das trifft sich gut, daß wir beide mal allein sind.« Bapti wollte Mangar von den Eiern erzählen, nun wartet er ab: Was hat Mangar ihm zu sagen? Er nimmt den Korb mit Durga und geht so dicht und langsam neben Mangar her, daß der Alte sich bei ihm aufstützen kann.
»Du weißt, daß ich dich mag?« beginnt Mangar, nachdem sie ein Stück gegangen sind.

Bapti bejaht die Frage. Daß Mangar ihn mag, hat der alte Mann schon oft bewiesen. Mangar wirft ihm den Reichtum der Eltern nicht vor wie Shangji, es ist auch keine Verlegenheit zwischen ihnen wie zwischen Gopu und ihm; Mangar mag ihn wie er ist, das ist einfach und schön.
»Wenn du das weißt, dann darf ich dich fragen, wann du in das Haus deiner Eltern zurückkehren willst.« Mangars Hand auf Baptis Schulter wird ganz leicht. »Ein Sohn gehört seinem Vater, das solltest du nicht vergessen.« Als Bapti nicht antwortet, fragt er: »Schämst du dich nicht des Schmerzes, den du ihm zufügst?«
Bapti denkt oft an die Eltern, aber er schämt sich nicht. Nur: Je länger er von ihnen fort ist, in einem um so milderen Licht erscheinen sie ihm. Er weiß nun, daß sie nicht zusammenpassen, weiß aber auch, daß jeder für sich kein schlechter Mensch ist. Mit seinem Fortlaufen wollte er sie bestrafen, wollte sich aber auch von ihnen und all dem, was er nicht versteht, befreien.
»Irgendwann kehre ich heim«, sagt Bapti zögernd, »vorläufig aber möchte ich bei euch bleiben.«
»Du kannst bleiben, solange du willst«, sagt Mangar, »doch solltest du dich nicht versündigen. Du mußt uns nicht beweisen, daß dich der Monsun nicht schreckt.«
Bapti ist Mangar für diese Worte dankbar, doch er sagt: »Ich will es nicht euch beweisen, ich will es mir beweisen.«
Mangar lächelt still. Er beugt sich zu Bapti hinunter, stößt mit dem Fuß gegen einen Stein, gerät ins Wanken und stürzt. Einen Augenblick lang ist Bapti wie erstarrt. Dann stellt er die Körbe ab und kniet neben Mangar nieder. Er stützt den Alten und hilft ihm, wieder auf die Beine zu kommen. Dann stammelt er: »Ich habe geschlafen, ich bin ein schlechter Führer.«
Mangar ist benommen, er fährt sich mit der Hand über die Stirn und zerreibt das Blut in den Fingern.
Bapti kommen vor Zorn die Tränen: Wozu ist er neben Mangar

hergelaufen? Wo hatte er seine Augen? Hat Gopu ihn nicht gebeten, auf Mangar achtzugeben?
Mangar erholt sich langsam von dem Schreck, er tröstet Bapti: »Du hast nachgedacht und nichts gesehen, das ist kein Verbrechen.«
»Ich habe gelogen und mich geschämt«, gesteht Bapti. »Ich will es nicht mir beweisen, daß ich den Monsun überstehe, ich will es Shangji beweisen.«
»Ich weiß«, lächelt Mangar. »Immer, wenn man sich etwas beweisen will, meint man im Grunde die anderen.« Dann erzählt er, daß ein solcher Sturz keine Seltenheit in seinem Leben ist: »Als ich elf Jahre alt war, als meine Augen schwächer und schwächer wurden, bin ich unzählige Male gestürzt, ich habe das Stürzen sozusagen erlernt.«
Es ist das erste Mal, daß Bapti etwas über Mangars Erblindung erfährt. Daß Mangar von sich aus damit beginnt, ermutigt ihn zu fragen, wie das ist, wenn man plötzlich nichts mehr sieht.
»Es geschah nicht plötzlich«, antwortet Mangar, »es zog sich hin, drei - vier Jahre, so genau weiß ich das nicht mehr. Erst war es wie ein Nebel, der immer stärker wurde. Bald aber sah ich nur noch Schatten, dann nichts mehr. Doch je schwächer die Augen wurden, desto stärker wurden Tastsinn, Geruchssinn und Gehör. Hände, Nase und Ohren übernahmen die Aufgaben der Augen, ich mußte sie nicht lange darum bitten.«
Bapti schließt die Augen und versucht, sich vorzustellen, wie das ist, wenn man blind ist. Es gelingt ihm nicht. »Und wie kam es, daß deine Augen immer schwächer wurden?« fragt er dann.
»Es ist eine Strafe der Götter«, antwortet Mangar, »eine strenge Strafe für ein schweres Vergehen.«

Die Antwort

Der hagere Beamte hinter dem Postschalter lächelt. Er kennt Gopu nun schon. »Wieder was für Bombay?« fragt er, dann füllt er bereitwillig das Formular aus. »Dein Vater kann stolz auf dich sein«, sagt er, als Gopu sich bedankt. »Wäre mein Ältester wie du, hätte ich keine Sorgen.«

Kann der Vater stolz auf ihn sein? Wäre er nicht ein besserer Sohn, wenn er mit Bapti in das Haus der Chandrahas zurückgekehrt wäre? Wieder auf der Straße, stellt Gopu sich diese Fragen. Diesen Monat konnte er der Familie Geld schicken, auch nächsten Monat und Ende August wird es reichen, was aber wird im September sein, wenn der Monsun Madras erreicht hat? Im Haus der Chandrahas wäre sein Einkommen gesichert, würden die Eltern nicht nur im September, sondern auch im Oktober und November ihre Überweisungen erhalten. Und auch er wäre in Sicherheit, brauchte sich keine Gedanken machen, wie er über die Regenzeit kommt. Er aber hat anders entschieden: kein Verdienst, dafür ständig in Gefahr, sich eine der während des Monsuns grassierenden Krankheiten zuzuziehen.

Während Gopu durch die im milden Rot der Abendsonne liegenden Straßen geht, denkt er daran, daß in Bombay der Monsun bereits begonnen hat, an die Meldungen der Zeitungen, aus denen Shangji ihm vorlas: überschwemmte Felder, Hungersnot in den Dörfern und Slums, mehr Obdachlose, erhöhte Seuchengefahr. Im Vorjahr waren Rabi, Bidiya und Sridam krank, hatten Durchfall, Fieber und Erbrechen. Daß sie alle drei die Krankheit überstanden, war ein solches Wunder, daß der Vater in den Tempel ging und Shiva eine Opfergabe brachte, eine Gabe, die für die Familie tatsächlich ein Opfer bedeutete.

Und dieses Jahr? Wie wird die Familie den diesjährigen Monsun überstehen? Geld genug, die Wohnung zu halten, hat der Vater. Setzt der Monsun in Madras ein und bleiben die Überweisungen aus, ist er in Bombay bereits vorüber. Doch auch nach dem Monsun brauchen die Eltern die Wohnung. Gopu seufzt leise. Seine Entscheidung, nicht ins Haus der Chandrahas zurückzukehren, zeugt nicht von Vernunft, schon gar nicht von Verantwortungsgefühl, trotzdem: Er kann und will sie nicht ändern. Der Monsun wird nicht ewig dauern, und Mangar sagt, in Madras wäre er längst nicht so stark und langanhaltend wie an der Westküste. Ist der Monsun vorüber, kann er jeden Tag Kama vorführen, Geld verdienen, den Eltern ihren Teil schicken und außerdem noch sparen. Neun Monate müßten reichen, soviel zu verdienen, um den nächsten Monsun zu überstehen. Es ist nur dieser eine, bevorstehende Monsun, der ihm Sorgen macht, danach winkt für lange Zeit die Freiheit.
Gopu bleibt stehen. Er steht direkt vor einem Schaufenster mit japanischen Automodellen. Er sieht sein Spiegelbild, doch es ist nicht wie in Bombay, als Gauri, Jagdish und er sich auf ihrem morgendlichen Weg durch die Stadt vor dem Spiegelgeschäft aufstellten, Fratzen schnitten und sich gebärdeten wie junge Gockelhähne, er besieht sich nicht selbstgefällig, er prüft sich: Er ist gewachsen, sein Haar ist lang und dicht, das Gesicht ernst und mager.
Gopu dreht sich von dem Schaufenster weg und geht zügig weiter. Es ist zu früh, um sich zu bemitleiden. Bis der Monsun einsetzt, sind es acht Wochen, acht Wochen aber sind eine Menge Tage. Sie haben noch eine Chance: das Geld des blonden Mannes! Das große Geschäft! Bisher hatte nur Shangji über das große Geschäft nachgedacht, nun wird auch er darüber nachdenken.
Mangar und Bapti sitzen in der Abendsonne und reden. Gopu begrüßt Mangar, den er seit dem frühen Morgen nicht gesehen hat,

bringt den Korb mit Kama in den Winkel, legt Vayu dazu und kehrt zu dem alten Mann und dem Jungen zurück.
»Hast du alles erledigt?« fragt Mangar.
Gopu bejaht die Frage. Er ist froh, daß Mangar wie Shangji Verständnis dafür aufbringt, daß er den größten Teil der Einnahmen den Eltern schickt.
Eine Zeitlang unterhalten sich die beiden Jungen und der alte Mann, tauschen aus, was sie den Tag über erlebten. Dann verstummen sie: Shangji und die beiden Mäuseriche nähern sich dem Winkel. Sie begrüßen erst Mangar, dann Gopu und Bapti und lassen sich nieder. Sie kommen zum Essen, wie jeden Abend. Shangji hat kein Einkommen. Für Gopu, der Shangji nicht nur Kama, sondern auch Vayu verdankt, ist es selbstverständlich, daß der Freund von seinen Einnahmen lebt. Daß Shangji die beiden Mäuseriche mitbringt, läßt sich nicht ändern; er kann nicht bei ihnen leben, zum Essen fortgehen und ihnen hinterher erzählen, wie es ihm geschmeckt hat.
Als Gopu sich erheben will, um einen Brei zu kochen, springt Bapti auf. Er lächelt verschmitzt und bittet Gopu, sich wieder zu setzen. Gopu folgt der Bitte und schaut zu, wie Bapti einen Korb aus dem Schatten des Winkels holt. Es ist ein Korb voller Eier. Bapti zeigt ihn herum und berichtet, wie günstig er die Eier einkaufte. Er strahlt und erwartet ein Lob. Gopu nimmt ein Ei und erfüllt Baptis Erwartung: »Zwanzig Stück zwei Rupien? Das ist geschenkt.«
Als Bapti Shangji den Korb hinhält, bedankt sich der große Junge, legt aber das Stöckchen, das er in der Hand dreht, nicht fort. »Eier bringen Unglück«, sagt er. »Solange sie nicht verdaut sind, hat man keine ruhige Minute.«
Bapti hält den beiden Mäuserichen den Korb hin. Die gucken sich an, grinsen verlegen und folgen dem Beispiel Shangjis, sagen, auch sie würden lieber Hirsebrei essen.

Bapti stellt den Korb hin, Tränen stehen ihm in den Augen. »Das ist ein Bauernaberglauben«, sagt er. »Eier können niemandem Unglück bringen; Eier sind Eier, sonst nichts!«
Gopu nimmt einen Stein und klopft sein Ei auf. Dann hält er es an den Mund und trinkt es. Als er die leere Schale fortgeworfen hat, fährt er sich mit dem Handrücken über den Mund, greift in den Korb und nimmt sich ein neues Ei. Er klopft das zweite Ei auf und schlürft auch dieses aus. Shangji ist im Unrecht. Bapti kann er weismachen, daß er an diese Sprüche seiner Kindheit glaubt, ihm nicht, dazu kennt er ihn zu gut.
»Es ist keine Schande, Bauer zu sein«, sagt Shangji, »Bauern ernähren sich durch eigene Arbeit, leben nicht von der Arbeit anderer.«
Bapti rührt sich nicht. Stumm steht er da und sieht Shangji an, dann dreht er sich ganz langsam um und geht in den Winkel. Dort wirft er sich auf das Graslager. Er will durchhalten, will Shangji beweisen, daß er es bei ihnen aushält, Shangji aber will, daß er heimkehrt, daß er sich nicht von Gopu ernähren läßt.
Vor den Säcken ist es still, bis Mangar sagt: »Ich schäme mich für dich, Shangji. Bist du denn keines guten Wortes mehr fähig?«
»Ich sage, was ich denke«, erwidert Shangji, »und ich denke, daß das in der Familie liegt: Der Vater lebt auf Kosten anderer, der Sohn lebt auf Kosten anderer. Wenn er arm wäre, würde ich kein Wort darüber verlieren, daß wir ihn mit durchfüttern, so aber sehe ich das nicht ein.«
Gopu sieht Shangji an, wie er ihn noch nie ansah, und dann sagt er etwas, von dem er nicht geglaubt hätte, daß er es je zu Shangji sagen würde: »Du bist nicht nur ungerecht, du bist auch gemein. Bapti arbeitet. Würde er nicht kassieren, würde ich weniger einnehmen. Was aber tust du? Auf wessen Kosten schlägst du dich durch? Wenn du willst, bezahle ich dir Vayu, bezahle ich dir alles, was du bisher für mich getan hast.«

Shangji blickt Gopu böse an: »Du bist wie all die anderen Dummköpfe, die die Tiger, die sie eines Tages fressen werden, auch noch füttern.« Er steht auf. »Du brauchst mir nichts zu zahlen, ich werde mich nicht mehr auf deine Kosten durchschlagen, füttere du nur deinen Herrn.«
»Bapti ist mein Freund«, entgegnet Gopu, »nicht mein Herr.«
»Dann gib ihm die Brust, zieh ihn auf, nimm seinem Vater die Arbeit ab.« Shangji wirft das Stöckchen fort, wendet sich um und geht davon. Die beiden Mäuseriche zögern, dann nehmen sie jeder ein Ei aus dem Korb, grinsen und folgen Shangji.
»Er ist unzufrieden«, sagt Mangar, der ahnt, was in Gopu vorgeht, »er ist sehr unzufrieden.«
»Aber so kann man doch nicht leben!« bricht es aus Gopu heraus. »Man kann doch nicht immer und überall nur Böses wittern. Macht er sich alle Welt zum Feind, darf er sich nicht wundern, wenn ihm nur Feindschaft entgegengebracht wird.«
»Es wird vorübergehen«, sagt Mangar, »wir müssen Geduld haben.« Er nimmt ein Ei, sieht es an und sagt laut: »Eier sind keine Lebewesen, Eier darf man essen.« Er klopft das Ei auf, reicht es Gopu, der es rasch austrinkt, und verkündet dann ebenso laut, wie gut, wie frisch, wie bekömmlich es gewesen sei. Er erreicht sein Ziel: Bapti taucht zwischen den Säcken auf. Verlegen läßt er sich neben Gopu nieder.
Nach und nach trinken Gopu und Bapti alle Eier leer. Danach überredet Gopu Mangar, ihnen eine Geschichte zu erzählen. Es wird eine lange, anfangs abenteuerlich-lustige, dann immer mehr ins Nachdenkliche abgleitende Geschichte von einem Maharadscha, der auszog, die Frau zu finden, von der er eines Nachts geträumt hatte. Die Frau in seinem Traum war eine solche Schönheit gewesen, daß er sie in allen Ländern der Welt suchte. Als er heimkehrte, hatte er sie nicht gefunden, dafür hatte er drei Weiber bei sich, die er aus Mitleid geheiratet hatte: eine mit blinden

Augen, eine mit blinden Ohren und eine mit einem blinden Herzen. Die mit dem blinden Herzen erschlug den Maharadscha, als er in seinem Palast angekommen war, die mit den blinden Augen hörte die Schreie des sterbenden Mannes und fragte die mit den blinden Ohren, ob sie ebenfalls Schreie gehört hätte. Die mit den blinden Ohren beugte sich über den Toten, nahm ihm seinen kostbaren Ring vom Finger und sagte, sie hätte nichts gehört.

Als Mangar die Geschichte beendet hat, sind Gopu und Bapti sehr still. Mangar lächelt in sich hinein: »Hat euch meine Geschichte gefallen?«

»Ja«, sagt Bapti aufrichtig, »aber bis ich sie ganz verstanden habe, vergeht bestimmt noch viel Zeit.«

»Ich habe sie auch noch nicht ganz verstanden«, gibt Mangar zu. »Bevor ich sie euch erzählte, kannte ich sie selber nicht.« Dann steht er auf und verabschiedet sich für die Nacht.

Bapti und Gopu bleiben vor den Säcken sitzen. Über Mangars Geschichte ist es dunkel geworden. Sie sitzen da und sehen sich nicht an, bis Gopu sagt: »Du darfst Shangji nicht übelnehmen, was er sagte. Er hatte einen schlechten Tag. In seiner Familie ist das Unglück zu Hause, er leidet sehr unter der Ungerechtigkeit.«

»Er muß ja nicht mein Freund sein wollen«, erwidert Bapti leise, »nur soll er mich nicht schlechter machen als ich bin. Auch mein Vater ...« Bapti bricht ab. Er wollte sagen, daß auch sein Vater nicht so schlecht ist, wie Shangji ihn sich vorstellt, daß es nicht stimmt, daß der Vater auf Kosten anderer lebt, daß der Vater sehr viel und sehr hart arbeitet, doch da ist dieser Unterschied: Des Vaters Arbeiter und Angestellte arbeiten auch sehr fleißig und sind dennoch nicht reich, der Vater aber ist reich – das ist es, was Shangji ihm übelnimmt.

Gopu wartet, daß Bapti weiterspricht. Er ist überzeugt, daß weder Bapti noch sein Vater schlechte Menschen sind. Herr Chandrahas

ist reich, sieht aus wie ein Reicher und benimmt sich wie ein Reicher, aber schlecht ist er nicht. Gopu wartet umsonst, Bapti schlingt die Arme um die Knie und schweigt.
»Gehen wir schlafen.« Gopu erhebt sich und lächelt Bapti zu: »Wie ich Shangji kenne, schläft er heute nacht schlechter als wir beide.«
Doch nicht nur Shangji, auch Gopu und Bapti können nicht schlafen. Gopu ist es, als sähe Bapti ihn aus der Finsternis heraus an, und Bapti, der Gopu ebenfalls nicht sehen kann, guckt tatsächlich ununterbrochen in die Richtung, aus der Gopus Atem kommt. Gopu hat gesagt, er wäre sein Freund. Hat er das nur im Zorn gesagt oder ist es wahr?
»Kannst du nicht schlafen?« fragt Gopu, um die Stille zu beenden.
»Ich bin hellwach«, antwortet Bapti. Dann bittet er plötzlich: »Erzähl mir was von Bombay.«
»Was soll ich dir erzählen?«
»Alles«, antwortet Bapti.
Gopu überlegt, dann sagt er: »Du mußt fragen, ich weiß nicht, wo ich anfangen soll.«
Da fragt Bapti. Er fragt nach den Eltern, den Geschwistern, den Freunden. Als Gopu von Gauri und Jagdish berichtet, wird Bapti ganz still. Dann sagt er: »Ich habe mich fürchterlich benommen, damals in der Markthalle.«
Gopu widerspricht nicht. Jener Tag, an dem Ayesha, Bapti und er seine Uniform kauften, ist lange her, viel länger als das knappe halbe Jahr, das seitdem vergangen ist. Er widerspricht Bapti nicht, weil er ehrlich sein möchte, aber er sagt: »Du hast dich sehr verändert, du bist nicht mehr wie damals.«
»Du hast dich seither sogar schon zweimal verändert«, erwidert Bapti. »Das erste Mal, als du zu uns ins Haus kamst, das zweite Mal, als ich dich auf dem Basar traf.«
Darauf erwidert Gopu nichts; Bapti sagte nur, was er selbst schon

festgestellt hat. Doch dann, als ihm das Schweigen zu lange dauert, beginnt er zu fragen. Nach Ayesha fragt er und nach diesem Bihari, der Baptis Schwester heiratete, ohne sie zu lieben. Bapti gibt Auskunft. Es macht ihm Spaß, Gopus Fragen zu beantworten, es gibt vieles, worüber Gopu mehr wissen möchte. Dann aber erschrickt er: Gopu hat nach Bip und Rissa gefragt! Eine Sekunde lang verspürt Bapti den Wunsch, die Wahrheit zu sagen, sich alles von der Seele zu reden, den wahren Grund für sein Fortlaufen zu nennen, dann aber wagt er es nicht. Gerade jetzt, in dem Augenblick, in dem Gopu und er das erste richtige Gespräch miteinander führen, soll er von der Katastrophe berichten? Das kann niemand von ihm verlangen. Und so lügt Bapti, sagt, Bip und Rissa ginge es gut. Er schämt sich, und er nimmt sich vor, Gopu später die Wahrheit zu sagen, aber er weiß, daß er damit nur sich selbst belügt.
Gopu fragt weiter, fragt, bis er keine Fragen mehr hat. Doch nun hat Bapti neue Fragen, und als die erschöpft sind, weiß Gopu neue – so geht es hin und her, bis tief in die Nacht hinein. Im Dunkeln ist es leicht, dem anderen die unmöglichsten Fragen zu stellen. Als sie endlich einschlafen, ist die Frage, die Bapti bewegte, ungefragt geblieben, beantwortet wurde sie aber doch.

Ein Tag wie frisch gewaschen

Als Mangar erwacht, ist es still. Das ist ungewöhnlich. Er beugt sich zu den beiden Jungen hinüber, die an normalen Tagen dafür sorgen, daß er nicht zuviel Schlaf bekommt, und berührt Gopus Arm. Gopu schrickt auf und blickt um sich. »Wer die Nacht zum Tage macht, macht den Tag zur Nacht«, sagt Mangar.
Bapti kommt nur mühsam zu sich, immer wieder muß Gopu ihn schütteln. Dann aber erinnert er sich der Nacht. Er reibt sich die Augen und sieht Gopu neugierig an: Hält der Morgen, was die Nacht versprach?
Gopus Gähnen wird zum Grinsen: »Hätte Mangar uns noch ein halbes Stündchen schlafen lassen, hätten wir gleich liegenbleiben können.«
»Bleiben wir liegen, verschlafen wir den Tag.« Bapti legt sich zurück und schließt die Augen, als wolle er tatsächlich weiterschlafen. Dabei ist er gar nicht mehr müde, er ist zufrieden, so zufrieden, daß er unmöglich weiterschlafen könnte.
»Raus mit dir!« Gopu packt Bapti an den Armen und zieht ihn hoch. Bapti wehrt sich: mit den Händen, mit den Füßen, mit allem, was er zur Verfügung hat. Es wird ein Ringkampf, ein wilder, schneller Kampf. Noch nie probierten Gopu und Bapti ihre Kräfte aneinander aus, jetzt ist es soweit, jetzt wollen sie wissen, wer der gewandtere, stärkere von ihnen beiden ist. Mangar muß den durch die Luft wirbelnden Armen und Beinen ausweichen, vorsichtig erhebt er sich und geht an den beiden ineinander verknäulten Jungen vorbei aus dem Winkel.
Gopu siegt. Er sitzt auf Baptis Bauch, hält Baptis Arme fest, keucht und lobt den Unterlegenen: »Ich dachte, du wärest ein Tintenfisch, so viele Arme hattest du.«

»Laß los!« Bapti atmet schwer. Er schiebt Gopu beiseite, richtet sich auf und strahlt. Gopu ist ein Jahr älter und ein ganzes Stück größer, dennoch dauerte es lange, bis er ihn unter sich hatte.
Eine Zeitlang verschnaufen die beiden Jungen, dann machen sie sich langsam fertig. Sie beeilen sich absichtlich nicht. Ihr Platz in der Altstadt wird von den Nachbarn respektiert und freigehalten. Sie genießen die Morgenstimmung, die wärmende Sonne vor den Säcken, das Neue zwischen ihnen. Dann gehen sie los und haben noch immer viel Zeit. Sie grinsen über den unruhig vor ihnen hergehenden Mangar und machen sich gegenseitig auf besonders interessante Straßenszenen aufmerksam. Bevor sie sich auf ihrem Platz niederlassen, bringen sie dem Händler die zwei Rupien für die Eier. Der Händler erweist sich als gesprächig, an diesem Morgen eine günstige Gelegenheit, den Tag noch ein wenig weiter vor sich herzuschieben. Schließlich aber befinden sie sich doch an Ort und Stelle, verrichten die gewohnte Arbeit.
Die gewohnte Arbeit? Etwas ist anders geworden, so anders, daß es Gopu erscheint, als wäre dieser Tag der erste, an dem die Arbeit mit Kama so richtig Spaß macht. Klingt Baptis Stimme nicht heller als sonst? Sind nicht die Rufe, mit denen er die Kunden anlockt, voller Witz und guter Laune? Ist nicht auch sein Flötenspiel voller Heiterkeit? Legen die Menschen, die bei ihnen stehenbleiben, nicht eine halbe Rupie mehr als üblich in Baptis Blechbüchse? Gopu kann sich Mühe geben, kann an Shangji und den Monsun, kann an all seine Probleme denken, es hilft nichts, das gute Gefühl in ihm bekommt er damit nicht weg.
Bapti geht es ähnlich. Der Tag ist so hell und freundlich, als hätte er sich frisch gewaschen. Selbst wenn Bapti einen Grund suchte, sich nicht zu freuen, so gäbe es keinen.
Dann ist es später Nachmittag, Gopu hat Vayu zum letzten Mal abgesetzt, Bapti und er sitzen beisammen und zählen die Einnahmen. Als sie fertig sind, grinsen sie sich an. Wären sie bisher mit

dem Tag nicht zufrieden gewesen, müßten sie es jetzt sein: Sie haben einen Einnahme-Rekord aufgestellt.

Dem heiteren Tag folgt ein ausgelassener Abend. Es wird viel gelacht und erzählt. Am späten Abend dann läßt Mangar sich von der guten Laune der Jungen anstecken, vergißt, daß es ihm nicht besonders gut geht, daß er müde und schlaff ist und am liebsten schlafen würde, und erzählt den Jungen die Geschichte von Pandavas und Kurus, zwei jungen Kriegern, deren Väter Brüder und in einen Thronfolgestreit verwickelt waren. Es ist eine blutige Geschichte, voll Schlachten und Krieg, voller Mord und Totschlag. Gopu und Bapti hören aufmerksam zu. Anfangs ist Bapti gespannt, dann aber graust es ihm: Mangar spart nicht mit der Schilderung von Grausamkeiten.

Als Mangar seine Geschichte beendet hat und Bapti enttäuscht ist, klärt Gopu ihn auf: »Das macht Mangar immer so. Bist du traurig, bringt er dich zum Lachen, bist du lustig, versetzt er dir einen Dämpfer. Was meinst du, warum er uns ausgerechnet heute die Geschichte zweier feindlicher Brüder erzählte?«

Da versteht Bapti. Er strahlt Mangar an und bedankt sich für die Geschichte. Mangar wehrt ab. »Die meisten Geschichten haben mehr als einen Sinn«, sagt er zu Gopu gewandt. »Du solltest nicht vorschnell urteilen.«

Gopu wird ernst. Meint Mangar mit den feindlichen Brüdern Shangji und ihn? Mitten in der Geschichte war ihm für kurze Zeit, als stünde Shangji hinter ihm und sähe ihnen zu. Er fuhr herum, aber da war niemand, und da wußte er, daß der Shangji mit dem traurigen Gesicht nicht hinter ihm, sondern in ihm war.

Mangar erhebt sich steif, sagt, er wäre nun doch sehr müde, und zieht sich in seinen Winkel zurück. Gopu und Bapti bleiben sitzen. Gopu hebt den Kopf und schaut zu den unzähligen, in der blauschwarzen Nacht glitzernden Sternen empor. In den Wochen vor dem Monsun sind viele Nächte so klar und überdeutlich.

Die Idee

Die Tage werden zu Wochen, der Juli geht vorüber, der August beginnt. Es ist nun nicht mehr so heiß wie im Mai oder Juni, die Temperaturen sind ein wenig gesunken, dafür aber ist es schwül: Erstes Anzeichen des kommenden Monsuns.

Mangar setzt die hohe Luftfeuchtigkeit besonders zu. Jeden Morgen steht er vor den Säcken, atmet tief und kraust besorgt die Stirn. Fragen Bapti und Gopu ihn, ob der Monsun früh oder spät komme, wiegt er den Kopf: »Ob früh oder spät, ich fürchte, dieses Jahr unterscheidet er nicht in West und Ost, in Süd und Nord, wird er dem Land nicht zum Segen.«

Der Monsun ein Segen? Gopu weiß vom Vater, daß die Bauern den Monsun herbeisehnen, daß ein zu später Monsun für das Land eine Katastrophe ist, er aber ist Städter, für ihn ist die Zeit des Monsuns von jeher eine Zeit der Sorge und der Angst gewesen. Nie in seinem Leben aber fürchtete er sich vor dem Beginn der Regenzeit so sehr wie in diesem Jahr. Wie eine düstere Drohung empfindet er Mangars Worte.

Mitte August ist die Luft so feuchtigkeitsgeschwängert, daß Mangar den Kopf schüttelt: »Es regnet nicht, die Luft aber ist satt und naß wie mitten im Monsun.«

An einem dieser Abende, als auch der träge Wind des Meeres keine Linderung bringt, sitzt Gopu vor Mangars Winkel und schaut Bapti zu, der Gemüsereis zubereiten möchte und sich dabei abplagt. Doch er sieht die hilfesuchenden Blicke des Freundes nicht, er denkt nach. Nicht lange, dann fegt der Regen die Straßen und Plätze leer, dann können Bapti und er nicht mehr in die Stadt, dann bleiben die Einnahmen aus. Er aber weiß noch immer nicht, wo er das Geld hernehmen soll, das er den Eltern überweisen muß. Das Geld des blonden Mannes! Es würde reichen, um ihn, Mangar, Bapti und Shangji mitsamt den beiden Mäuserichen über den Monsun zu bringen, aber es würde nicht reichen, den Eltern die Wohnung zu erhalten. Das Geschäft, die Idee, auf die er wartet, müßte so viel einbringen, als zögen Bapti und er drei Monate lang Tag für Tag in die Altstadt, um Kama vorzuführen - doch egal was es ist, es dürfte keine drei Monate, sondern nur wenige Tage dauern.

Gopu wischt sich den Schweiß von der Stirn. Er rührt sich nicht, sitzt mit nacktem Oberkörper im Freien, und doch läuft ihm der Schweiß die Stirn herunter.

Bapti hustet. Das Feuer unter dem Topf brennt nur schwach, das Holz qualmt und nimmt ihm die Sicht. Er hatte sich gewünscht, den Gemüsereis alleine zubereiten zu dürfen; es ist das erste Mal, daß er kocht. Seine Blicke verraten, daß er diesen Wunsch bereut, aber er wagt nicht, Gopu oder Mangar, der auf seinem Graslager liegt und döst, um Hilfe zu bitten.

Ist das Geld des blonden Mannes überhaupt noch vorhanden? Oder leben Shangji und die Mäuseriche davon? Gopu hat Shangji seit jenem Streit nur ein einziges Mal gesehen, und auch das nur von weitem. Er weiß nichts über Shangji, weiß nicht, wovon die drei Jungen in der Höhle der Mäuseriche leben. Wenn sie von dem Geld im Wäldchen zehren, zerbricht er sich umsonst den Kopf, dann wäre es das beste, er schickte Bapti zu seinen Eltern zurück, holte sein Geld aus dem Garten der Chandrahas, führe nach Hause und überließe es Shangji, sich um Mangar zu kümmern.

Es bedrückt Gopu, daß Shangji sich nicht sehen läßt. Dürfen Freunde so unnachgiebig sein? Einmal war er drauf und dran, ihn aufzusuchen und ihm Vorwürfe zu machen. Er mußte sich zusammennehmen, um nicht einfach loszugehen. Vorwürfe nützen nichts. Wer einsieht, etwas falsch gemacht zu haben, muß zu dem anderen gehen. Er aber hat nichts falsch gemacht, es ist an Shangji, sein Unrecht einzusehen. Doch nun sind es sechs Wochen her, daß Shangji sie im Streit verließ, es sieht nicht so aus, als sähe er sein Unrecht ein.

Bapti reicht es. Er schimpft laut los, hockt sich hin und stützt den Kopf in die Hände. Gopu steht auf und guckt in den Topf. Was er sieht, bringt ihn zum Lachen – ein buntes Durcheinander von zerkochtem Gemüse und Reis: »Du hast keinen Reis gemacht, sondern eine Suppe.« Er will Bapti erklären, was er falsch gemacht hat, doch Bapti winkt ab: »Einmal und nie wieder!«

Gopu würzt die Suppe, holt Näpfe und Kelle und füllt die Näpfe. Den ersten Napf bringt er Mangar. Der alte Mann auf seinem Lager hebt die Hand, er möchte nichts essen. Unschlüssig bleibt Gopu vor Mangar stehen, dann verläßt er den Winkel und reicht Bapti den Napf mit der Suppe.

»Ißt er wieder nichts?« fragt Bapti.

Gopu seufzt nur. So geht es nun schon seit Tagen, sie können kochen, was sie wollen, Mangar hat keinen Appetit. Er verfällt, wird immer kraftloser, setzt immer öfter die Flöte ab, um sich in seinen Torbogen zurückzulegen und die Augen zu schließen. Dennoch geht er Morgen für Morgen in die Stadt und führt Durga vor, als habe sich nichts in seinem Leben verändert.

»Und Shangji weiß nichts davon!« Bapti blickt Gopu über seinen Napf hinweg nachdenklich an.

»Es ist seine Schuld, wenn er nichts weiß«, erwidert Gopu. »Wer sich um seine Freunde nicht kümmert, weiß nicht, ob es ihnen gut oder schlecht geht.«

»Trotzdem: Wäre ich du, würde ich hingehen und es ihm sagen.«

Gopu setzt den Napf an den Mund und trinkt. Als er Bapti verließ, lernte er Shangji kennen, als er Bapti wiedertraf, verließ ihn Shangji. Er lernte von Shangji und lernt nun von Bapti. Nicht nur, daß Bapti in vielen Ländern war, viele Bücher gelesen und sechs Jahre lang die Schule besucht hat, er hat auch ein Gespür für Recht und Unrecht. Wenn Bapti sagt, er würde Shangji aufsuchen, dann würde er es an seiner Stelle auch tun.

Gopu und Bapti essen, bis von der Suppe nichts mehr übrig ist. Dann sind sie voll, liegen im Gras und können sich kaum noch rühren.

Bapti erzählt von der Maus, die er für Kama fing. Sie sei ein solches Biest gewesen, sagt er, so groß und so fett, daß er fürchtete, sie würde Kama verschlingen, anstatt umgekehrt.

Gopu muß lachen. Bapti kommt auf Ideen! Es ist zu schade, daß er ihm nichts von dem Geld des blonden Mannes erzählen darf, vielleicht fiele ihm etwas ein. Doch warum fragt er ihn nicht ganz allgemein, was er täte, wenn er plötzlich viel Geld hätte? Die Abmachung, niemandem von dem Geld zu erzählen, hätte er damit nicht verletzt. Gopu dreht sich auf den Bauch und sieht Bapti an. Dann stellt er seine Frage.

»Ich würde dich und mich zum Eis einladen«, antwortet Bapti. Er lacht, er findet Gopus Frage ulkig. Doch als Gopu ernst bleibt, verblaßt sein Lachen. »Wieviel Geld?« fragt er.

»Ein paar hundert Rupien.«

»Ein paar hundert Rupien?« Bapti denkt nach, dann sagt er: »Ich würde ein Geschäft aufmachen, billig einkaufen, teuer verkaufen.«

»Und was würdest du billig einkaufen und teuer verkaufen?«

»Irgendwas!« Bapti macht eine weit ausholende Handbewegung. »Holzschnitzereien, Muschelketten, Armbänder, Sandalen – alles, worauf die Touristen scharf sind.«

»Touristenplunder?« Gopu läßt all das an sich vorüberziehen, was die Händler auf dem Basar den Touristen aufschwatzen. Auf einmal wird es ihm heiß, er sieht sich als kleinen Jungen einer Prozession nachlaufen, vor ihm her laufen Straßenhändler, sie verkaufen

den Touristen kleine Figuren aus Kupfer: Ganesha-Figuren. Es war Ganesha-Chaturthi, das im September stattfindende Fest zu Ehren des vierarmigen Gottes mit dem Elefantenkopf.
»Feiert ihr in Madras Ganesha-Chaturthi?«
»Ganesha-Chaturthi wird in ganz Indien gefeiert«, belehrt Bapti den Freund, »in Madras sogar besonders.«
Gopu springt auf. Er ist so aufgeregt, ihm zittern die Knie. Was Bapti sagt, ist die Idee! Sie werden billig einkaufen und teuer verkaufen, aber nicht irgendwann irgendeinen Touristenplunder, sondern etwas ganz Bestimmtes an einem ganz bestimmten Tag.
»Bleib bei Mangar«, bittet er den verdutzten Bapti. »Ich muß zu Shangji. Es ist wichtig.« Er strahlt den Freund an und läuft los.
Während er läuft, arbeitet es in seinem Kopf. Aus der Idee wird ein Plan, ein Plan, der so einfach und doch so toll ist, daß er ihn immer wieder durchgeht. Doch der Plan ist gut, es steckt kein Fehler drin.
Bis zur Höhle der beiden Mäuseriche sind es nur einige hundert Meter, aber je weiter Gopu von Mangars Winkel und den Bauten der Nachbarn fortkommt, um so dunkler wird es. Bald ist kein Licht mehr zu sehen, nur der Schein des Mondes erhellt den Weg.
Gopu wird langsamer, er hat keine Lust, von einer aufgeschreckten Ratte gebissen zu werden.
Dann wird Gopu noch langsamer. Er ist vor dem Erdloch der Mäuseriche angelangt. Shangji hatte den beiden Jungen vor längerer Zeit empfohlen, kleine Löcher zu graben, Fußfallen um die Höhle herum anzulegen - nähert sich ein Fremder, tritt er hinein und stürzt, sie aber sind gewarnt, können sich den ungebetenen Besucher ansehen, bevor er ihnen zu nahe kommt.
Unter der nur zur Hälfte über das Erdloch geschobenen Tür wird gelacht. Shangji erzählt von seiner Kindheit auf dem Dorf. Der kleine Mäuserich kräht vor Vergnügen, als er erfährt, daß Shangji als kleiner Junge Kühe und Wasserbüffel nicht auseinanderhalten

konnte, weil er nie nahe genug heranging, um den Unterschied festzustellen. Gopu muß grinsen. Er geht in die Hocke und hört dem Bericht des Freundes zu, bis Shangji verstummt. Dann meldet er sich und ruft Shangjis Namen.

Shangjis Kopf taucht über der Tür auf. Er hat den Mond im Rücken, und so ist es zu dunkel, um sehen zu können, ob Shangji erfreut oder überrascht ist. Dennoch ist Gopu überzeugt davon, daß der Freund kein unfreundliches Gesicht macht.

»Was verschafft uns die Ehre?« Shangji setzt sich an den Rand des Erdlochs, zieht die Beine an, verschränkt die Arme über die Knie und schaut in Gopus Richtung.

»Ich muß mit dir reden.« Gopu kann Shangjis Gesicht noch immer nicht erkennen.

»Mit mir allein?«

»Ja.«

Shangji zögert. Die beiden Mäuseriche, deren Köpfe nun ebenfalls aufgetaucht sind, blicken Gopu schweigend an.

»Meinetwegen«, sagt Shangji schließlich. Er steht auf und geht vor Gopu her, bis er sich unter eine Fächerpalme hockt.

Wieder kann Gopu das Gesicht des Freundes nicht sehen. Es ist nicht angenehm, mit jemandem zu reden, ohne sehen zu können, welche Wirkung die Worte auf dem Gesicht des anderen hinterlassen. Doch es bleibt ihm nichts weiter übrig, als sich ebenfalls hinzuhocken und mit dem, was er Shangji vorschlagen will, zu beginnen.

Shangji hört zu, anfangs ohne sonderliches Interesse, dann immer gespannter. »Und wo willst du die Figuren herbekommen?« fragt er, als Gopu seinen Vorschlag zu Ende gebracht hat.

»In jedem Warenhaus gibt es sie«, beantwortet Gopu die Frage. »Jetzt kosten sie nur ein paar Rupien, kurz vor dem Chaturthi werden sie teurer. Während der Prozession können wir das Drei- oder Vierfache des jetzigen Preises verlangen.«

Shangji rührt sich nicht. Er hat sie im vorigen Jahr gesehen, die Touristen an den Straßenrändern. Dichtgedrängt bestaunten sie die riesige Ganesha-Nachbildung, die der Zug der jungen Männer durch die Stadt führte. Hätte man ihnen damals kleine Kupfer-Ganeshas angeboten, sie hätten zugegriffen. »Wie bist du darauf gekommen?«

Shangji gefällt der Plan, das spürt Gopu, und da kann er es sich nicht verkneifen zu sagen: »Es war Baptis Idee. Billig einkaufen, teuer verkaufen! Darauf kommt nur, wer im Hause eines Fabrikanten groß geworden ist.«

Shangji greift um sich, bekommt einen Grashalm zu fassen, steckt ihn in den Mund und kaut darauf herum. »Wie das paßt!« sagt er dann. »Ganesha, der Gott, der die Hindernisse überwindet, überwindet unser größtes Hindernis.«

Meint Shangji den Monsun oder die lange Zeit, in der sie zerstritten waren?

Gopu weiß es nicht, es erscheint ihm auch nicht wichtig; wie es jetzt aussieht, ist weder das eine noch das andere ein unüberwindliches Hindernis.

Eine einzige Frage muß Gopu noch loswerden: Ob das Geld des blonden Mannes noch vorhanden ist. Er stellt sie erst, nachdem er dem betrübt zuhörenden Shangji von den Veränderungen informiert hat, die ihm an Mangar aufgefallen sind.

»Was denkst du denn?« Shangji richtet sich auf. »Denkst du, wir haben es aufgefressen?«

Das Licht des Mondes scheint Shangji ins Gesicht. Gopu erschrickt: Der Freund hat gehungert, es ist deutlich zu sehen. Eine Zeitlang schweigt Gopu, er schämt sich seiner Furcht, Shangji und die Mäuseriche könnten von dem Geld gelebt haben, dann aber steht er auf und sieht den Freund fest an. »Ihr hättet nicht hungern müssen«, sagt er, »nicht weit von euch gab es zu essen.«

»Ich weiß«, lächelt Shangji. »Du bist eine Taube und ich ein Rabe.«
»Und Bapti?« fragt Gopu, auf den scherzhaften Ton eingehend, dennoch ernst gemeint.
Shangjis Lächeln wird zum Grinsen: »Ein grüner Papagei.«

Einladen wen man will

Bapti sitzt vor den Säcken, hält einen Zweig in der Hand und malt Buchstaben in den Sand vor sich. Ab und zu hält er inne und lauscht: Mangar schläft. Gleich nachdem er aus der Stadt zurückgekehrt war, hatte er sich hingelegt und war in einen unruhigen Schlaf verfallen. Shangji, der sich mit Mangar unterhalten hatte, bevor er ihn mit heimbegleitet und dann ernst und mager vor Mangars Winkel gesessen hatte, war das recht gewesen. Er hatte von dem Geld, das im Wäldchen vergraben liegt und das Gopu und er nun holen, erzählt und gesagt, daß ihm die Ganesha-Idee gefällt. Erst hatte Bapti ihn nicht verstanden: Wieso war das Ganesha-Geschäft seine Idee? Doch dann hatte er begriffen: Gopu hatte ihm die Idee zugeschanzt. Er möchte, daß Shangji und er sich vertragen, vielleicht sogar Freunde werden.

Freunde! Gopu meint es gut, aber das beste, was aus Shangji und ihm werden kann, sind Geschäftsfreunde. So wie Shangji mit ihm, so spricht der Vater mit den Männern, die ihn besuchen und von denen er nichts hält, außer, daß sie seine Geschäftspartner sind.

Ein Stöhnen! Bapti läßt den Zweig fallen und betritt den Winkel. Mangar ist wach. Die blinden Augen weit geöffnet, liegt er da.

»Hast du Schmerzen?«

Mangar schließt die Augen und schüttelt leicht den Kopf. Irgend etwas an diesem Kopfschütteln aber verrät ihn: Er hat doch Schmerzen.

Bapti kniet neben Mangar nieder und sieht dem Alten in das zerfurchte Gesicht mit dem fest geschlossenen Mund. »Kann ich irgend etwas für dich tun?« fragt er.

Mangar öffnet die Augen. Es sieht aus, als könnte er sehen, als sehe er an Bapti vorbei in irgendeine ferne Zukunft. Doch er beantwortet Baptis Frage nicht. Erst nachdem er längere Zeit still und unbeweglich dagelegen hat, kommt wieder Leben in den Alten. Er will wissen, ob Shangji noch da ist.

»Er ist mit Gopu bei den Mäuserichen«, lügt Bapti. »Sie müssen bald zurück sein.« Shangji hat ihm eingeschärft, Mangar weder von dem Geld noch von dem geplanten Geschäft zu erzählen. Auch Gopu meinte, das wäre das beste.

Wieder schweigt Mangar. Durchschaut er die Lüge? Bapti wünscht sich fort. Er lügt nicht gern, und besonders ungern belügt er Mangar.

»Ich habe Shiva gebeten, mich diesen Monsun nicht mehr erleben zu lassen«, sagt Mangar plötzlich. »Es wird ein böser Monsun werden.«

Bapti schaut von Mangar weg. Er hatte es sich gedacht: Mangar will nicht mehr leben. Deshalb ißt er nichts, deshalb hat er sich so verändert.

»Shangji wird an mir die Pflicht des Sohnes erfüllen«, fährt Mangar fort, als spreche er über etwas ganz Alltägliches. »Ist Shangji verhindert, wird Gopu es tun. Ist auch Gopu verhindert, bitte ich dich, den jüngsten meiner Söhne, es zu tun.«

Die Pflicht des Sohnes ist es, den Leichnam des Vaters zu verbrennen. Nur ein Sohn, und zwar der jeweils älteste, der erreichbar ist, darf den Scheiterhaufen unter der Hülle des Vaters anzünden, will der Tote im Jenseits seine Ruhe finden. Da Mangar keine leiblichen Söhne besitzt, hat er Shangji, Gopu und ihn erwählt, seine Söhne zu sein.

»Wird es von mir verlangt, werde ich es tun«, verspricht Bapti dem Alten. Es hat keinen Sinn, Mangar zu bitten, diese Entscheidung rückgängig zu machen. Mangar ist ein alter Mann. Wenn er der Meinung ist, lange genug gelitten zu haben, muß er das mit den Göttern ausmachen.

»Der Monsun wird Leid über das Land bringen«, beginnt Mangar von neuem. »Die ersten Regentropfen sind noch nicht gefallen, da spüre ich den Regen schon in mir. Es ist, als sei alles um mich herum Wasser.« Als Bapti schweigt, fährt er fort: »Ihr werdet ihn erleben und vielleicht noch bösere Regenzeiten, noch schlimmere Verwüstungen. Es wird schwer werden für euch, wie es für mich schwer war.« Bapti kniet noch einige Zeit neben Mangar, doch der Alte redet nicht weiter. Bapti hat das deutliche Gefühl, daß er Mangar nun stört, leise erhebt er sich und geht hinaus.

Draußen sitzen die beiden Mäuseriche. Sie sitzen da und grinsen, wie sie immer grinsen. Bapti legt einen Finger vor den Mund. Wenn Mangar die beiden hört, weiß er, daß er gelogen hat. Er geht einige Schritte von Mangars Winkel weg, hockt sich hin und winkt den Mäuserichen. Als sich die beiden neben ihm niederlassen, bittet er sie, leise zu sein, Mangar wolle schlafen.

»Wo ist Shangji?« fragen die beiden Jungen wie aus einem Mund.

»Er muß jeden Augenblick kommen.« Bapti will nicht schon wieder lügen, und er will nicht, daß die Mäuseriche fortgehen; er möchte, daß sie bleiben und mit ihm auf Shangji und Gopu warten

Die Mäuseriche wissen, daß er kein richtiger Obdachloser ist. Shangji hat es ihnen erzählt, gleich am Anfang. Als Gopu davon erfuhr, war er böse mit Shangji; er dachte an den Krayesh und seine Bande, befürchtete, die beiden Jungen könnten herumerzählen, was es mit ihm auf sich hat. Shangji sagte, vor seinen Freunden habe er keine Geheimnisse, außerdem könne man sich auf die Mäuseriche verlassen. Die beiden hielten dicht, waren stolz darauf, eingeweiht zu sein, und sprachen nicht einmal mit ihm selbst darüber, sehen ihn nur manchmal voller Neugierde an.

Bapti mag die Mäuseriche. Er findet es lustig, daß sie ihre Namen

nicht nennen. Sie sagen, sie hätten sie vergessen, grinsen dabei aber so, daß man ihnen nicht glauben kann. Will man die beiden auseinanderhalten, spricht man vom kleinen und vom älteren Mäuserich. Anfangs dachte Bapti, die beiden wären Brüder, so ähnlich sehen sie sich, so dunkel, so schmutzig sind sie, so verfilzt ist ihr langes Haar. Sie sind keine Brüder, trafen sich nur zufällig. Der ältere hatte damals noch seine kleine Schwester dabei, die aber bald starb. Seine Eltern, Obdachlose in den Straßen der Stadt, hatten ihn mit der Schwester allein gelassen, waren eines Morgens mit den kleineren Geschwistern verschwunden. Auch der jüngere der beiden ist Waise, die Eltern und der ältere Bruder starben an der Cholera. Daß es ihn nicht erwischte, war Zufall.
Sitzt Bapti den Mäuserichen gegenüber, wundert er sich über sich selbst: Weshalb ist er stolz darauf, von diesen beiden verwahrlosten Jungen akzeptiert zu werden, als wäre er einer der Ihren? Fühlt er sich schuldig, weil er nicht zu den Armen gehört? Ist ein reicher Vater ein Grund, sich zu schämen? Er kann sich diese Fragen nicht beantworten, er weiß nur eines: Seitdem er die Mäuseriche, seitdem er Mangar, Shangji, ihre Nachbarn und Freunde kennt, sieht er vieles anders. Allein in seinem Zimmer dachte er oft, die Welt spiele ihm besonders übel mit, obwohl er damals schon wußte, daß es Arme gab, die Hungers starben. Aber die waren fern, waren in einer anderen Welt. Kam er an ihnen vorüber, sah er weg. Jetzt lebt er unter ihnen, jetzt erscheint ihm das Haus der Eltern manchmal als fremde Welt.
»Wie ist das, wenn man reich ist?« Der ältere der beiden Mäuseriche grinst Bapti an, als stelle er eine besondere knifflige Frage.
Bapti denkt nach. Er will eine ehrliche Antwort geben. Schließlich sagt er: »Es ist schön, weil man jeden Tag zu essen hat, weil man ein Bett hat, saubere Kleidung und ein Bad, in dem man duschen oder sich waschen kann. Hat man aber keine Freunde, freut einen das alles nicht.«

»Wenn ich reich wäre«, sagt der kleine Mäuserich, »hätte ich viele Freunde. Ich würde solche wie uns einladen, mit mir zu essen.« Er strahlt, der Gedanke gefällt ihm.
»Das geht nicht«, erwidert Bapti, »das würden deine Eltern nicht erlauben.«
»Aha!« stellt der ältere Mäuserich fest. »Du durftest nicht über dich selbst bestimmen.« Er nickt, als wisse er nun Bescheid.
Bapti denkt erneut nach, dann bestätigt er: »Du hast recht. Wenn du reich bist, kannst du dir alles kaufen, kommst überall hin, aber einladen, wen du willst, kannst du nicht.«
»Wir können einladen, wen wir wollen«, freut sich der kleine Mäuserich. »Wir können überhaupt tun, was wir wollen.«
»Kannst du nicht!« widerspricht ihm sein älterer Freund. »Wen willst du einladen, wenn du selbst nichts hast? Und warum kaufst du dir nichts zu essen, wenn du Hunger hast?« Als der kleine Mäuserich betrübt schweigt, wendet sich der ältere an Bapti: »Wozu solltest du welche wie uns einladen? Da wärst du schön dumm. Wäre ich reich, brauchte ich keine Freunde. Außerdem hattest du ja einen Boy.«
»Nicht so richtig.« Bapti wird rot.
»Bekommt ein Boy das Essen der Reichen?« will der kleine Mäuserich wissen.
»Manchmal«, antwortet Bapti unlustig. Shangji sagte einmal, Boy sein hieße, in einem Käfig und von Abfällen leben. Der Käfig sei weich gepolstert, die Abfälle erlesenste Speisen, trotzdem bliebe der Käfig ein Käfig, die Speisen Abfälle.
»Ich möchte kein Boy sein«, sagt der ältere Mäuserich. »Als Boy bist du nicht reich, und einladen darfst du überhaupt niemanden.«
»Ich auch nicht«, bestätigt der kleine Mäuserich die Worte seines Freundes. Dann verstummt er, er sieht Shangji und Gopu herankommen.

Shangji bleibt vor Bapti stehen: »Warum bist du nicht bei Mangar?«
»Er schläft«, antwortet Bapti. »Eben war ich noch bei ihm.«
»Und wenn ihm was passiert ist? Wenn er Hilfe benötigt?«
Shangji geht auf Mangars Winkel zu und lauscht. Als er den rasselnden Atem des Alten vernimmt, atmet er auf und kehrt zu den Jungen zurück. Er hockt sich zu ihnen hin, sieht aber Bapti nicht an.
»Er hat nach dir gefragt«, verteidigt sich Bapti. »Ich mußte ihn belügen.«
Shangji geht nicht darauf ein. Er deutet auf die beiden Mäuseriche und fragt Gopu: »Wollen wir sie einweihen?«
»Ja«, antwortet Gopu. »Je mehr wir sind, desto mehr Leuten können wir die Figuren zeigen.«
Shangji klärt die beiden Mäuseriche über Geld und Plan auf, dann sagt er: »Wir kaufen die Ganesha-Figuren noch heute. Mit jedem Tag, der vergeht, werden sie teurer. Wir kaufen und vergraben sie.«
Er erhebt sich und klopft sich auf das Hemd, in dem das Geld steckt: »Es macht keinen Spaß, als fetter Bissen herumzulaufen.«
Die Jungen stehen auf, die beiden Mäuseriche strahlen vor Unternehmungslust. Doch Shangji zögert: »Einer von uns muß hierbleiben.«
»Ich nicht«, sagt Bapti. Er will Shangji zuvorkommen, will verhindern, daß der große Junge erneut ihn zurückläßt.
Als habe Shangji Baptis Einwand nicht gehört, fährt er dem kleinen Mäuserich über das Haar. »Bleib du hier. Wir haben schwer zu tragen. Vielleicht will man uns auch berauben; es ist besser, die Großen gehen.«
Der kleine Mäuserich schiebt die Unterlippe vor, schickt sich aber drein; für Shangji tut er alles.

»Ein anderes Mal bleibt ein anderer hier«, tröstet Shangji den Kleinen. Dann gehen die vier Jungen los.
Als sie sich dem Stadtzentrum nähern, dämmert es bereits. In den Schaufenstern der Geschäfte flammt das Licht auf, die Straßenhändler stecken die Öllampen an und hängen sie rund um die Stände. Bei einem dieser Händler bleibt Shangji stehen, flüstert mit ihm und tauscht die Dollar gegen Rupien ein. Dann gehen die Jungen weiter.

Der Saddhu

Mangar hustet leise. Gopu erwacht. Er hat nicht gut geschlafen in dieser Nacht, sein Unterbewußtsein registrierte jede Bewegung des alten Mannes. Auch Bapti ist wach. Er beugt sich über Gopu hinweg zu Mangar hinüber, begrüßt ihn, steht dann auf und schlägt einen der Säcke zurück.

»Bleib liegen, geh nicht in die Stadt«, bittet Gopu Mangar. »Kein Mensch schaut nach Durga, wenn die Prozession erst im Gange ist.«

Mangar richtet sich mühsam auf, hustet stärker und sagt mit belegter Stimme: »Nein, Gopu! Mit dem Liegenbleiben darf man gar nicht erst anfangen.« Er stützt sich auf Gopus Schulter, erhebt sich ächzend und verläßt schwankend den Winkel.

Gopu schaut Mangar nach. Von Tag zu Tag fallen dem Alten die täglichen Verrichtungen schwerer, aber stur wie ein Esel geht er jeden Morgen in die Stadt, kehrt abends zurück, legt sich nieder, schläft, döst oder betet.

Auch Bapti schaut in die Richtung, in der Mangar verschwand. »Es ist schade, daß wir ihm nichts sagen dürfen.«

Gopu nickt. Der heutige Tag ist der Tag, an dem die Prozession zu Ehren des Gottes Ganesha stattfindet, der Tag des großen Geschäfts, ihr Tag! Es ist nicht schön, einen solchen Tag geheimhalten zu müssen.

Gopu und Bapti essen von den Resten des vergangenen Tages, erheben sich dann und verlassen gemeinsam mit Mangar, der wieder nichts gegessen hat, den Winkel. Sie sehen dem Alten nach, bis er ihren Blicken entschwunden ist, und machen sich dann auf den Weg zu Shangji und den beiden Mäuserichen.

Shangji und die Mäuseriche sitzen vor ihrem Erdloch. Sie unter-

halten sich, lachen, haben prächtige Laune. »Shangji hat uns ein Festessen versprochen«, strahlt der kleine Mäuserich, und der ältere ergänzt: »Ja! Brot, Obst und Milch.«
»Wenn wir uns das heute nicht leisten können, dann nie«, grinst Shangji. Er steht auf und geht vor den Jungen her, bis sie das Wäldchen erreicht haben.
Vor dem Wäldchen schauen die Jungen sich um. Erst als sie nichts Auffälliges bemerken, betreten sie es. Doch schon nach wenigen Schritten bleibt Shangji stehen. Seine gute Laune ist wie weggeblasen. Im weichen Waldboden sind Fußspuren zu sehen. Er wird unruhig, läuft schneller, erreicht die Büsche, schiebt sie auseinander – und steht vor einer Grube. Bleich und stumm starrt er in die Grube hinein. Gopu, Bapti und die beiden Mäuseriche stehen neben ihm, ebenso erschreckt, ebenso stumm: Die Grube war ihr Versteck, das Lager der Figuren. Es ist ausgeräumt worden.
»Das kann doch nicht wahr sein!« schreit Shangji.
Er springt in die Grube und tritt mit den Füßen gegen die Wände. Dann klettert er heraus, packt die beiden Mäuseriche an ihren langen Hemden und zerrt sie hin und her: »Wem habt ihr von unserem Geschäft erzählt? Mit wem habt ihr gequatscht?«
Der kleine Mäuserich beginnt zu weinen, der ältere reißt sich los. Ein Stück des morschen Hemdstoffes bleibt in Shangjis Hand zurück. »Niemandem haben wir was gesagt«, schreit er. »Denkst du, wir sind blöd?«
Shangji hockt sich hin und verbirgt den Kopf in den Händen. Ohne ein Wort zu sagen, sitzt er da und starrt vor sich hin.
»Wer kann das getan haben?« fragt Gopu leise.
»Na, wer schon!« Shangji fährt auf und sieht Gopu groß an. »Krayesh und seine Bande.«
»Aber woher wußten sie ...« Bapti bricht ab. Er spürt nicht diese Verzweiflung Shangjis, aber er kann sie verstehen: Eine solche Chance bekommt ein Shangji nicht zweimal.

Shangji ballt die Fäuste. »Wir werden uns das nicht gefallen lassen. Diesmal haben die Banditen sich verrechnet. Und wenn ich dabei draufgehe!«
»Was willst du tun?« fragt Gopu.
»Ich gehe in die Stadt, betrachte mir die Händler, die unsere Figuren verkaufen, und folge ihnen. Was weiter passiert, ergibt sich.«
Die Jungen schauen von Shangji weg und schweigen.
»Was ist? Kommt ihr mit oder habt ihr Angst?«
»Willst du dich mit dem Krayesh anlegen?« Gopu gefällt Shangjis Vorhaben nicht.
»Von wollen kann keine Rede sein! Wir müssen! Oder weißt du einen anderen Weg, über den Monsun zu kommen?«
Gopu weiß keinen anderen Weg, doch der, den Shangji gehen will, erscheint ihm unheimlich. »Und wenn sie uns ...«
»Dann haben wir Pech gehabt!« unterbricht ihn Shangji. »Den Monsun ohne eine einzige Rupie in der Tasche zu überstehen, ist auch kein Vergnügen.« Er wartet ein Weilchen und fragt dann ungeduldig: »Also?«
Der ältere Mäuserich meldet sich, auch sein Freund hebt zaghaft die Hand.
»Ihr nicht!« Shangji streichelt den kleinen Mäuserich, dessen Tränen noch nicht getrocknet sind. »Wer mitwill, muß alt genug sein, um zu wissen, was er macht.«
Gopu spürt Shangjis Blick auf sich ruhen. Die Situation hat sich geändert, noch vor kurzer Zeit besaßen sie fünfhundert Rupien. Das reichte nicht, um den Eltern über die Dauer des Monsuns hinweg Geld zu schicken, aber es reichte, um selbst über den Monsun zu kommen. Jetzt ist das anders: Wenn sie nicht zu Geld kommen, wissen sie nicht, wie sie sich am Leben erhalten sollen. Trotzdem: Shangjis Vorhaben gefällt ihm nicht, es ist zu gefährlich.

»Was ist?« Gopus Überlegungen dauern Shangji zu lange. »Holen wir uns unser Geld oder überlassen wir es den Banditen?«
»Ich gehe mit«, sagt Bapti leise. Er hat Angst, aber er will Shangji zeigen, daß er kein Feigling ist.
Gopu zögert, dann zuckt er die Achseln: »Ansehen können wir uns die Diebe ja mal.« Er hofft, daß Shangji von seinem Vorhaben abrückt, wenn der erste Zorn verflogen ist.
»Eine halbherzige Entscheidung«, meint Shangji, aber dann geht er los, er will keine Zeit verlieren. Gopu, Bapti und die beiden Mäuseriche folgen ihm. Erst als sie aus dem Wäldchen heraus sind, werden die Mäuseriche langsamer und bleiben schließlich ganz zurück.
Die drei Jungen gehen schweigend nebeneinander her. Gopu hat den Eindruck, daß es auch Shangji nicht wohl bei dem Gedanken an sein Vorhaben ist, daß er aber den Verlust der Figuren nicht widerstandslos hinnehmen, daß er sich wehren will - sogar gegen einen Krayesh.
Im Zentrum angekommen, müssen die drei Jungen warten, die Prozession hat noch nicht begonnen. Sie setzen sich in einer der Straßen, durch die die Prozession ziehen wird, in eine Nische zwischen zwei Häusern und behalten die Straße im Auge. Noch sind keine fliegenden Händler zu sehen, Shangji aber ist sicher: »Sie werden kommen.«
Shangji behält recht. Als in der Ferne der Klang der Kesselpauke ertönt, als sich die Neugierigen am Straßenrand versammeln, tauchen Jungen mit Bauchläden auf: Sie verkaufen Ganesha-Figuren.
»Das sind unsere!« flüstert Bapti aufgeregt. Er erkennt es an dem rötlichen Schimmer der Figuren. Shangji, Gopu, die beiden Mäuseriche und er haben die Figuren mit rotem Sand auf alt getrimmt.
»Es sind unsere, da gibt es gar keinen Zweifel«, bestätigt Shangji.

Dann sagt er: »Wir bleiben an den Händlern dran, wenigstens einen von ihnen müssen wir immer im Auge behalten.«
Die Jungen mit den Bauchläden stürzen sich auf die ausländischen Touristen, die dichtgedrängt auf die Prozession warten. »Thirty rupees!« rufen sie. »Only thirty rupees!« Mit der einen Hand halten sie den Bauchladen fest, in der anderen schwenken sie einen Ganesha.
Dreißig Rupien! Acht Rupien fünfzig kosteten die Figuren im Warenhaus. In Gopu erwacht Zorn. Es sind ihre Figuren, die diese Jungen verkaufen. Sie haben ihr ganzes Geld für diese Figuren ausgegeben, haben sie durch die Stadt geschleppt, bearbeitet, vergraben – und nun machen andere das Geschäft. »Daß die sich nicht schämen!« Tränen steigen ihm in die Augen.
Shangji legt Gopu die Hand auf den Arm: »Die da sind nicht die Diebe, die arbeiten im Auftrag. Wenn sie die Einnahmen abliefern, wissen wir, für wen.«
Die Prozession kommt näher. Nun ist nicht mehr nur die große Kesselpauke zu hören, auch der Klang der Trommeln und Zimbeln kündigt den bunten Zug an. Shangji, Gopu und Bapti drängeln sich durch die dichtstehenden Menschen hindurch und sehen der Prozession entgegen. Der Zug der geschmückten Lastkraftwagen und Ochsenkarren kommt nur langsam voran. Die jungen Männer auf den Wagen und Karren und dazwischen tanzen und singen, scherzen und reimen und winken den Frauen am Straßenrand. Auf einem der Wagen steht die acht Meter hohe Nachbildung des Gottes Ganesha. Lächelnd sieht der Gott mit dem Elefantenkopf über all den Trubel hinweg.
Als die Prozession vorüber ist, folgt der größte Teil der Zuschauer dem Zug der Schaulustigen. Auch Shangji, Gopu und Bapti schließen sich an. Je näher der Zug dem Strand kommt, um so größer wird die Menschenmenge, und desto besser läuft das Geschäft der Jungen mit den Bauchläden. Am Strand verharrt der

Zug der Menschen, jeder ist bemüht, einen Platz zu finden, von dem aus er beobachten kann, wie die Nachbildung Ganeshas mit Booten auf das Meer hinausgerudert und versenkt wird.
Gopu interessiert die Zeremonie nicht, sie unterscheidet sich kaum von der, die er so oft in Bombay miterlebte. Wie Shangji und Bapti behält er die Händler im Auge, die zwischen den dichten Reihen der Zuschauer hindurchlaufen, nach Touristen Ausschau halten, immer wieder ihr »Very, very old!« rufen, inzwischen aber die Preise gesenkt haben: »Twenty rupees! Only twenty rupees!«
Dann ist die Ganesha-Nachbildung im Meer verschwunden, die Menschenansammlung löst sich auf, die Ganesha-Verkäufer treffen sich. Shangji, Gopu und Bapti setzen sich in den Sand des Strandes und beobachten die Jungen. Ein älterer Junge im grünen Hemd übernimmt die unverkauft gebliebenen Figuren, kassiert die Einnahmen und zahlt die Löhne aus.
»Das ist der, an dem wir dranbleiben müssen«, sagt Shangji. Er mustert den Grünen, als wolle er sich mit ihm messen. Als der Junge sich von den anderen Ganesha-Verkäufern trennt, erhebt er sich und bleibt abwartend stehen, bis der Junge einige Meter von ihnen fort ist, dann folgt er ihm.
»Wir sind drei, überfallen wir ihn und nehmen wir ihm das Geld ab«, schlägt Bapti vor, der mit Gopu neben Shangji hergeht.
Gopu findet die Idee nicht schlecht. Wehrt sich der Grüne nicht, wird ihm nichts geschehen. Doch Shangji zögert: »Wir wissen nicht, ob er tatsächlich allein ist.« Er deutet auf die Passanten rechts und links und schlägt vor: »Warten wir ab, bis er aus der Stadt heraus ist, dann sehen wir, ob er allein ist oder nicht.« Er ist sicher, daß der Junge mit dem Geld an den Stadtrand will.
Der Junge läßt sich Zeit. Ab und zu bleibt er stehen und verkauft noch eine Figur. Shangjis Vermutung aber trifft zu, er nähert sich dem Stadtrand.

Die Straßen werden stiller. Der Ganesha-Verkäufer denkt nicht mehr ans Verkaufen, er schaut sich aufmerksam um. Als ihm ein Saddhu* mit dem rotgelben Zeichen seines Tempels auf der Stirn, einem Stock in der rechten, eine Schale mit erbetteltem Reis in der linken Hand entgegenkommt, wird er langsamer. Auch der Saddhu wird langsamer, bleibt schließlich stehen und spricht mit dem Jungen.

»Der ist nicht echt.« Shangji spuckt aus. »So guckt kein Saddhu.«

Tatsächlich: Der Saddhu schaut sich immer wieder um, kaum eine Sekunde steht sein Kopf still. Die drei Jungen, die sich in einem Hof versteckt halten und durch die Astlöcher eines Holzzaunes spähen, sieht er nicht.

»Der fürchtet sich nicht nur vor uns«, meint Shangji, »der fürchtet sich vor vielem.«

Der Saddhu und der Junge gehen den Weg zurück. Sie kommen an dem Zaun vorüber, hinter dem Shangji, Gopu und Bapti sich versteckt halten. Gopu schaut dem Saddhu ins Gesicht und erschrickt: Diesen Saddhu kennt er – es ist Charan!

Charans Risiko

Charan und der Junge im grünen Hemd durchqueren mehrere Straßen. Es sieht aus, als führe der Junge den Saddhu, in Wahrheit ist es umgekehrt. Dann bleiben die beiden stehen, schauen sich um und verschwinden in einem Haus. Shangji, Gopu und Bapti stehen hinter einer Ecke und lassen den Hauseingang nicht aus den Augen. Nach einiger Zeit erscheint der Junge wieder. »Der ist nun uninteressant«, meint Shangji, »der Saddhu hat das Geld.«
»Was wollen wir tun?« fragt Gopu besorgt. »Gegen Charan haben wir keine Chance.«
»Wir folgen ihm«, antwortet Shangji. »Er wird das Geld nicht behalten.«
»Woher weißt du das?« Shangjis Hartnäckigkeit gefällt Gopu nicht.
»Das habe ich im Gefühl«, antwortet Shangji. »Außerdem habe ich diesen Charan noch nie in unserer Gegend gesehen. Wie sollte ausgerechnet er unser Lager entdeckt haben?«
»Er kennt dich doch«, schlägt Bapti Gopu vor. »Wenn er kommt, dann tu so, als ob du ihn zufällig triffst, vielleicht kannst du etwas aus ihm herausbekommen.«
Shangji nickt: »Die Idee ist gut. Passieren kann dir nichts. Wir bleiben an dir dran.«
Gopu atmet tief ein und läuft dann los. Er läuft um den Häuserblock herum und bleibt hinter der Ecke stehen. Er hofft, daß Charan die Straße weitergeht, daß er nicht zurückgeht wie der Junge im grünen Hemd: Er will Charan entgegengehen.
Einige Zeit vergeht, dann verläßt ein Mann das Haus. Er trägt eine helle Hose und ein helles Hemd, das Gesicht versteckt er hinter einer Sonnenbrille. Wer den Saddhu den Hof betreten sah, würde

ihn in dem jungen Mann nicht wiedererkennen. Gopu aber erkennt Charan, erkennt ihn am Gang, an der Art, wie er sich umschaut. Er muß sich zusammennehmen, muß die Angst in sich verdrängen, dann aber tritt er hervor und geht Charan entgegen.
Charan wird langsamer. Er sieht Gopu aufmerksam an. Gopu beachtet ihn nicht; er spitzt den Mund, als wolle er pfeifen, aber er bekommt keinen Ton heraus. Dann ist Charan heran. Er lacht. Gopu guckt, als befremde ihn Charans Lachen, als erkenne er den Mann mit der Sonnenbrille nicht. Charan aber nimmt die Sonnenbrille ab: »Hallo, Boy! Hat man dich aus dem Knast entlassen oder bist du ...« Er macht eine flatternde Handbewegung.
»Du bist es!« Gopu gibt sich erleichtert. »Abgehauen bin ich, gleich auf dem Flur! So wie du es mir geraten hast.« Er erzählt Charan die Geschichte seiner Flucht.
»Mich haben sie zu acht Jahren verurteilt«, erzählt Charan. Er grinst: »Es wurden aber nur acht Wochen daraus.« Dann läßt er wieder seine Hand flattern, tippt sich an die Sonnenbrille und sagt: »Ich muß vorsichtig sein.«
»Hast du Arbeit für mich?« fragt Gopu. »Ich habe seit zwei Tagen nichts mehr gegessen.«
Charan greift in die Tasche und drückt Gopu ein paar Münzen in die Hand. »Im Moment nicht«, sagt er, »vielleicht ein anderes Mal.«
Er legt Gopu den Arm um die Schultern und geht mit ihm die Straße entlang. »Ich bin jetzt Händler, besser gesagt: Zwischenhändler. Es gibt immer Leute, die wollen verkaufen, was sie nicht legal erworben haben. Sie selber können das nicht, also wenden sie sich an den guten alten Charan: Charan macht das schon!« Er macht eine wegwerfende Handbewegung. »Manchmal sind es die letzten Lumpensäcke, mit denen man es zu tun bekommt, aber was soll's? Das Geschäft läuft gut, das Risiko ist klein.«

Gopu darf nichts fragen, will er Charan nicht stutzig machen, und so sagt er nur: »Wenn du mal was hast ...«
»Na klar! Wo kann ich dich finden?«
»In der Altstadt. Überall.« Etwas Besseres fällt Gopu nicht ein. »Ich habe keine feste Bleibe.«
»Wer hat die schon?« grinst Charan. Dann sagt er: »Habe ich was für dich, finde ich dich.«
Gopu verabschiedet sich von Charan. Er sieht ihm nach, bis er seinen Blicken entschwunden ist, erst dann atmet er auf.
Shangji und Bapti kommen und laufen an Gopu vorüber. »Bleib zurück!« ruft Shangji. »Wir treffen uns in Mangars Winkel.«
Gopu steht und schaut, bis auch die beiden Freunde nicht mehr zu sehen sind. Ein seltsames Gefühl ist in ihm: Wie kommt es, daß Charan ihm noch immer sympathisch ist, obwohl er doch nun weiß, daß er mit denen zusammenarbeitet, die ihnen die Figuren gestohlen haben? Nur langsam geht Gopu in Richtung Altstadt davon. Das ungute Gefühl in ihm verstärkt sich. Er hätte Shangji und Bapti davon abhalten sollen, Charan zu folgen. Was, wenn Charan die beiden entdeckt?
Gopu hat es nicht eilig, zu Mangar zu kommen, er kann so langsam gehen, wie er will, es ist ihm dennoch zu schnell. Er kennt den Alten und weiß, daß er ihm seine Stimmung anmerken wird. Und so ist es auch, kaum hat er sich neben ihm niedergelassen, setzt Mangar die Flöte ab, legt Durga in den Korb zurück und fragt: »Wo ist Bapti?«
»Vorgegangen«, lügt Gopu.
»Habt ihr euch gestritten?«
»Nein.«
Mangar läßt Gopus Stimme in sich nachklingen und ist nicht zufrieden: »Du verschweigst mir etwas.«
Zu all dem, was an diesem Tag geschah, nun auch noch Mangar! Gopu schämt sich vor dem Alten, aber er schweigt weiter.

»Gehen wir. Der Tag war lang genug.« Mangar steckt die Rohrflöte ins Hemd, stützt sich auf Gopu und erhebt sich. Einen Augenblick steht er da und wartet, ob Gopu nicht doch noch etwas erwidert, und als nichts kommt, seufzt er: »Will dir jemand eine Wahrheit sagen, sagt er sie dir von allein, fragst du, belügt er dich.«

Gopu nimmt den Korb mit Durga und geht neben Mangar her. Es fällt ihm schwer, den Alten so behandeln zu müssen, doch selbst, wenn er wollte, er dürfte ihm nicht die Wahrheit sagen; Mangar hätte kein Verständnis für ihre Situation, er würde nur wieder sagen: Lieber verhungern als durch ein Unrecht am Leben bleiben. Er aber will nicht verhungern, und Shangji und die Mäuseriche wollen es auch nicht.

Als Gopu und Mangar den Winkel erreichen, hocken Shangji und Bapti vor den Säcken und sehen ihnen entgegen. Dann erheben sie sich und begrüßen Mangar.

Mangar bleibt einen Augenblick vor den beiden Jungen stehen, dann geht er ohne ein Wort zu sagen an ihnen vorüber in den Winkel.

»Er ahnt etwas«, flüstert Gopu den Freunden zu.

Shangji nickt betrübt: »Auf die Dauer bleibt ihm nichts verborgen.« Dann bedeutet er Gopu und Bapti, ihm zu folgen, geht ein Stück von Mangars Winkel fort und hockt sich nieder. Er berichtet, wie Bapti und er Charan verfolgten, bis der in einem der Höfe vor der Stadt verschwand. Als er seinen Bericht beendet hat, will er wissen, was Gopu aus Charan herausgebracht hat.

Es ist nicht viel, was Gopu zu berichten hat, Shangjis Gesicht bleibt düster.

»Verzichten wir auf das Geld«, schlägt Gopu vor. »Einen Charan mußt du umbringen, wenn du ihm die Beute abjagen willst.«

»Und deine Eltern?« fragt Shangji. »Wovon schickst du ihnen Ende des Monats Geld? Wovon willst du dich ernähren? Willst du

Kama die Mäuse wegfressen? Oder willst du Vayu verkaufen, um dann auch nach dem Monsun zu hungern? Morgen früh, noch vor Sonnenaufgang, sehe ich mir diesen Hof an. Ich will wissen, wer die Leute sind, für die Charan arbeitet, ich will wissen, wem wir das alles zu verdanken haben.«

Eine Widerrede ist sinnlos. Gopu spürt das, Bapti ebenfalls. Es geht Shangji nicht mehr um die Figuren, es geht ihm darum, nicht aufzugeben.

Gopu entfacht ein Feuer und bereitet aus den Resten von Hirse, Mais und Reis einen Brei. Kurz bevor der Brei fertig ist, kommen die beiden Mäuseriche. Sie setzen sich zu Shangji und drucksen herum, bis es der ältere der beiden nicht mehr aushält. Er zieht eine Ganesha-Figur aus dem Hemd und legt sie vor Shangji hin. Dann erzählt er, wie sie heimlich zu dem Versteck im Wäldchen gegangen waren, um sich eine der Figuren zu holen. Dabei muß sie irgendwer gesehen haben. Er senkt den Kopf, sein jüngerer Freund beginnt zu weinen.

Shangji fährt dem kleinen Mäuserich über das Gesicht und wischt ihm die Tränen fort. »Es war meine Schuld, wir hätten euch nicht einweihen dürfen. Für eine so große Sache seid ihr einfach noch zu jung.«

Gopu reicht den Brei herum. Shangji, Bapti und die beiden Mäuseriche greifen zu, Mangar in seinem Winkel wehrt ab.

Schweigend essen die Jungen, dann erhebt sich Shangji und sagt: »Bevor der Tag anbricht, komme ich vorbei. Erwartet ihr mich, gehen wir gemeinsam, erwartet ihr mich nicht, gehe ich allein.«

In der Nacht liegen Gopu und Bapti wach. Sie können nicht schlafen, und sie wollen nicht schlafen, sie sind sich einig: Sie dürfen Shangji nicht allein gehen lassen. Als der große Junge kommt, sitzen sie vor den Säcken. Zu dritt gehen sie weiter. Sie gehen vorsichtig, treten leise auf und reden nicht. Sie möchten niemanden auf sich aufmerksam machen.

In den Straßen der Stadt ist es still. Aus dem Schwarz der Nacht wird langsam ein trübes Dunkelgrau. Ab und zu müssen die drei Jungen einen Bogen um einen schlafenden Obdachlosen machen, sonst begegnen sie niemandem.

In der Straße, in der Charan verschwand, bleibt Shangji stehen und lauscht. Dann geht er weiter. Gegenüber dem Hof bleibt er erneut stehen. »Bleibt ihr hier, ich gehe rüber«, flüstert er.

Gopu schüttelt den Kopf: »Wir gehen mit.«

Shangji zuckt die Achseln, dann läuft er geduckt über die Straße. Gopu und Bapti folgen ihm. Neben dem Hofeingang knien sie nieder und lauschen. Aus dem Hof kommen Geräusche, es klingt, als würde etwas zerfetzt.

»Was ist das?« Bapti schaudert es.

Shangji nimmt einen Stein und rollt ihn auf den Hof. Flügelschlagen! Große schwarze Schatten steigen auf und lassen sich auf dem Dach nieder.

»Geier!«

»Machen wir, daß wir wegkommen«, flüstert Gopu. Ihm erscheint ihr Unternehmen immer gefährlicher, immer sinnloser.

»Wartet hier!« Ehe Gopu oder Bapti etwas erwidern können, ist Shangji im Hof verschwunden.

Erneutes Flügelschlagen! Zwei oder drei der Vögel müssen noch bei der Arbeit gewesen sein.

Shangji kommt zurück. Er winkt Gopu und Bapti, dann läuft er über die Straße und in die nächste Seitenstraße hinein. Dort lehnt er sich an eines der Häuser und atmet erregt.

»Was war es?« fragt Gopu.

»Charan.«

»Charan?« Gopu ist bestürzt.

»Die helle Kleidung, die Sonnenbrille! Das Gesicht war nicht mehr ...«

Bapti beugt sich vor. Wie in Wellen steigt es in ihm auf, er muß sich übergeben.
»Kotz dich nur aus!« sagt Shangji. »So geht es bei uns zu: Der eine frißt den anderen, der Rest bleibt den Geiern!« Er stößt sich von der Wand ab, sieht Gopu ins Gesicht und sagt: »Du hattest recht, einen Charan muß man umbringen, will man ihm die Beute abjagen. Sie haben ihn erschlagen und liegengelassen. Sie wußten, daß die Geier die Spuren beseitigen.«
Wenn ich das Risiko trage, will ich auch eine Chance haben, hört Gopu Charan sagen. Das war im Gefängnis. Tags zuvor, auf der Straße, meinte er, diesmal wäre das Risiko klein. Es war zu groß, auch für einen Charan.

Rote Flecken

»Laß den Kopf nicht hängen«, sagt Shangji zu Gopu, als die drei Jungen Mangars Winkel erreicht haben. »Ich gehen morgen zur Marina. Vielleicht haben wir noch einmal ein solches Glück wie damals mit dem blonden Ausländer.«
Gopu versucht ein Lächeln. »Es ist ja nur wegen der Familie«, sagt er. »Ich habe ein schlechtes Gewissen.«
Bapti betritt als erster den Winkel. Er schlägt die Säcke zurück und bleibt stehen. Es ist still im Winkel, zu still! Die Angst in ihm, das flaue Gefühl, das ihn seit jener grausigen Entdeckung nicht verlassen hat, verstärkt sich.
»Was ist? Warum legst du dich nicht hin?« Gopu tritt neben den Freund und sieht ihm in das bleiche Gesicht.
»Mangar«, sagt Bapti leise.
Da bemerkt auch Gopu die Stille. Er beugt sich zu Mangar hinunter, betrachtet das im Grau des Morgens nur undeutlich zu erkennende Gesicht des Alten und lauscht. Als er sich wieder aufrichtet, ist auch er blaß. »Er ist fort«, sagt er, »er hat uns verlassen.« Dann dreht er sich um und läuft Shangji nach, der schon einigen Abstand zwischen Mangars Winkel und sich gebracht hat.
Bapti kniet neben Mangars Hülle nieder. Die Tränen kommen ihm. Er hatte den Alten und der Alte hatte ihn gemocht. Er hatte grenzenloses Vertrauen zu Mangar gehabt, und doch war Mangar

in dem Bewußtsein gestorben, daß auch er ihn belogen hatte. Dabei war es eine dumme, eine völlig unnötige Lüge gewesen; sie hatte ihnen nichts eingebracht.
Als Shangji kommt, hockt er sich neben der Hülle des Alten hin und sitzt lange Zeit stumm da. Gopu erfüllt Mangar den Wunsch, den der alte Mann in den letzten Tagen oft geäußert hatte: Er nimmt den Korb mit Durga, geht den weiten Weg zum Wäldchen und läßt die alte Kobra frei. Die Schlange aber begreift nicht, daß sie frei ist, zusammengerollt liegt sie im Gras und rührt sich nicht. Gopu wartet noch einige Zeit, dann macht er sich auf den Rückweg.
Shangji und Bapti sitzen in den Strahlen der eben am Horizont aufgehenden Sonne und blicken trübe vor sich hin. Shangji erhebt sich, als Gopu heran ist. Er sagt, er wolle die Mäuseriche benachrichtigen und ein Stück Bambusrohr besorgen. Dann fragt er Gopu, wieviel Geld er noch besitze. Sie müßten ein Stück weißen Tuches besorgen, sie dürften Mangars Hülle nicht unbedeckt durch die Stadt tragen.
»Ich!« Bapti erhebt sich. Steif und kleiner wirkend als er ist, steht er da und sieht Gopu bittend an: »Ich möchte das weiße Tuch besorgen.«
Gopu greift in die Brusttasche seines Hemdes und gibt Bapti all sein Geld, auch Charans Münzen sind darunter. »Bring was wieder«, sagt er, »wir brauchen es für Holz und Reisig.«
Einen Augenblick stehen die drei Jungen noch beieinander, dann geht Shangji los. »Ich schicke dir die Mäuseriche«, sagt er zu Gopu.
Auch Bapti geht. Er hat Gopu versprochen, so billig wie möglich einzukaufen, das will er tun. Er umkrampft das Geld in seiner Hand, als könnte jeden Augenblick jemand versuchen, es ihm fortzunehmen.
Alleingeblieben, betritt Gopu noch einmal den Winkel und kniet

neben Mangars Hülle nieder. Es gibt auf einmal soviel, was er dem Alten gerne noch gesagt hätte. Wie Bapti bereut er, daß die letzten Tage und Stunden des Zusammenlebens mit Mangar von ihrer Heimlichtuerei getrübt worden waren.
Als die Mäuseriche kommen, erhebt sich Gopu. Er zeigt den beiden Jungen die Leiche und geht mit ihnen einige Schritte von Mangars Winkel fort. Der kleine Mäuserich ist rot im Gesicht, in seinen Augen stehen Tränen. Gopu hockt sich zu ihm und tröstet ihn: »Mangar hat es gut. Denk nur, wie lange er leben mußte, und immer in dieser Finsternis. Sein gegenwärtiges Leben sei nichts als eine einzige lange Strafe, sagte er oft. Nun ist die Zeit der Strafe vorüber, der weiße Tiger hat ihn erlöst.«
»Der weiße Tiger?« Der kleine Mäuserich reißt die Augen auf. »Welcher weiße Tiger?«
»Kennst du die Geschichte nicht?« Gopu muß lächeln. Er kommt sich vor wie der Vater, der einst den kleinen Gopu tröstete, nun tröstet er den kleinen Mäuserich: »Von Zeit zu Zeit verwandelt sich der Tod in einen weißen Tiger. Dann streift er über die Erde und sucht nach Überfälligem. Entdeckt er einen Leidenden, erlöst er ihn.« Es sind die Worte des Vaters, die Gopu benutzt.
»Dann ist er ein guter Tiger?« fragt der Mäuserich.
Gopu muß nicht lange überlegen. »Ja«, sagt er, »er ist gut.«
Dann denkt er einen Augenblick nach und ergänzt: »Wenn ich mal sehr krank, sehr alt oder halb verhungert bin, wünsche ich mir, wie Mangar von ihm erlöst zu werden, eines Morgens einfach nicht mehr aufzuwachen.« Er sagt das ganz ernst.
Der kleine Mäuserich reibt sich die Stirn. Er ist noch immer so rot im Gesicht.
»Ist dir nicht gut?« fragt Gopu. Erst jetzt kommt ihm die Röte des Jungen auffällig vor. Bapti und Shangji wurden blaß, als sie von Mangars Tod erfuhren, die Röte des kleinen Mäuserichs muß eine andere Bewandtnis haben.

»Ich habe Kopfschmerzen«, sagt der kleine Junge. »Außerdem ist mir heiß, ich konnte die ganze Nacht nicht schlafen.«
»Gekratzt hat er sich«, schimpft der ältere Mäuserich. »Wie ein Verrückter hat er herumgefuhrwerkt.«
»Ich kann doch nichts dafür.« Dem kleinen Mäuserich stehen schon wieder die Tränen in den Augen. »Überall juckt es mich.«
»Zieh mal dein Hemd aus«, verlangt Gopu. Vielleicht hat der Kleine Läuse, dann müssen sie aufpassen, sie nicht auch zu bekommen.
Der kleine Junge zieht das lange Hemd über den Kopf, bis auf eine kleine, mehrfach zerlöcherte Bundhose ist er nackt. Gopu betrachtet den Körper des Kleinen. Auf Bauch und Rücken sind einige blaßrötliche Flecke, sonst entdeckt er nichts. »Zieh dein Hemd wieder an«, sagt er und grinst. »Du mußt dich öfter mal waschen, dann brauchst du dich nicht zu kratzen.«
Auch der ältere Mäuserich grinst: »Gut, daß du das sagst. Man bekommt ihn kaum zum Fluß.«
Gopu wird wieder ernst. »Wascht euch lieber nicht im Fluß«, sagt er, »ihr wißt nicht, was in dieser Brühe alles herumschwimmt.«
»Shangji sagt das auch«, erwidert der kleine Mäuserich, fragt dann aber: »Und wo sollen wir uns waschen? Sollen wir etwa ins Meer gehen wie die Fremden?«
»In der Altstadt ist eine Pumpe«, antwortet Gopu.
»Das ist zu weit«, erklärt der kleine Mäuserich, »das ist sogar Shangji zu weit.« Und sein älterer Freund winkt ab: »Bald kommt der Monsun, dann haben wir Wasser genug.«
Gopu nimmt sich vor, mit Shangji zu reden. Schon als er noch ganz klein war, warnte der Vater ihn davor, sich irgendwo anders als unter der Pumpe im Hof zu waschen, und das, obwohl es in Bombay keinen so faulig und träge dahinfließenden Fluß gibt wie den Cooum.

Als Shangji eintrifft, dauert es nicht mehr lange und auch Bapti taucht auf. Er strahlt, er hat ein gutes Geschäft gemacht, er kann Gopu den größten Teil des Geldes zurückgeben.
Shangji macht sich sogleich ans Werk. Gopu, Bapti und die beiden Mäuseriche helfen ihm. Sie schlagen den von Mangar verlassenen Körper in das weiße Tuch, knüpfen es zusammen und schieben das Bambusrohr zwischen die Knoten. Dann tragen sie ihn zur Verbrennungsstätte in der Nähe des Flusses. Sie legen das Bambusrohr in zwei dafür vorgesehene Astgabeln und schichten Holz und Reisig unter der Leiche auf. Sie sind noch mitten bei der Arbeit, da weist der kleine Mäuserich zum Himmel. Die Jungen richten sich auf. Im Südosten ist es dunkel.
»Wir müssen uns beeilen.« Shangji beugt sich nieder und zündet den Scheiterhaufen an. »Jeden Moment kann es losgehen.«
Die Jungen arbeiten fieberhaft, sie schleppen weiter Holz und Reisig heran, geben den Holzhändlern rings um die Verbrennungsstätte den letzten Paiser. Die Wolken sind noch weit, aber bis der Körper eines Toten verbrannt ist, vergehen Stunden. Setzt der Regen ein, sind alle Bemühungen umsonst.
Danach sitzen sie in der Nähe des Feuers, stochern ab und zu darin herum, blicken immer wieder zum Himmel empor und warten darauf, daß die Leiche zu Asche verfällt. Die Wolken aber rühren sich nicht von der Stelle.
Shangji ist sehr nachdenklich. Einmal sagt er, er sei bereit, alles für Mangar zu tun, was ein Sohn für seinen verstorbenen Vater zu tun hat, zweierlei aber lehne er ab: Er werde sich nicht den Kopf kahlscheren lassen, um seine Trauer zu bekunden, und er werde auch nicht die vorgegebene dreizehntägige Trauerzeit einhalten. Er sei nicht wie die Menschen, die glaubten, wenn sie einen bestimmten Ritus vollzögen, ihre Liebe zu dem Verstorbenen zu bekunden; es sei ihm egal, ob andere seine Zuneigung zu Mangar anzweifelten, er wisse, daß er Mangar geliebt habe, das reiche ihm.

Am Nachmittag kommt Wind auf. Er bläst in die Flammen, bringt sie zum Lodern und verkürzt so die Zeit, die Mangars Hülle benötigt, um völlig zu verfallen. Als sie zu Asche geworden ist, fegen die Jungen die Asche in den Fluß und ziehen heimwärts. Sie können zufrieden sein, nicht nur, daß sie Mangars Überreste wie vorgeschrieben vor Sonnenuntergang beseitigten, sie waren auch schneller als der Wind, der zum Sturm geworden ist, der die Bäume biegt und die Wolken auf sie zutreibt.
Die Jungen haben Mangars Winkel noch nicht erreicht, da fallen die ersten Tropfen. Sie bleiben stehen und halten die Gesichter in den warmen Regen. Der erste Regen nach der langen Trockenzeit ist es wert, begrüßt zu werden. Doch schnell werden die Tropfen größer und klatschen auf sie hernieder, als wollten sie ihnen Angst machen. Da laufen sie. Den kleinen Mäuserich mit sich ziehend, hasten sie durch den immer dichter, immer heftiger fallenden Regen. Völlig durchnäßt flüchten sie sich unter das Blech über Mangars Winkel, befreien sich von den nassen Hosen und Hemden und wringen sie aus.
»Was ist das?« Shangji deutet auf die Flecken auf dem Bauch und dem Rücken des kleinen Mäuserichs, auf denen sich kleine rote Punkte zeigen.
»Er hat sich gekratzt«, sagt Gopu.
Shangji schüttelt den Kopf. »Das kommt nicht vom Kratzen, das ist ein richtiger Hautausschlag.«

Das Wasser

Es regnet seit zwei Tagen. Die Regentropfen, die unaufhörlich auf das Blech über Mangars Winkel prasseln, haben die Erde auf dem »Dach« mitsamt den Pflanzen und Wurzeln längst fortgespült. Gopu wischt sich den Schweiß von der Stirn, von der Brust und den Armen. Shangji, Bapti, die beiden Mäuseriche und er liegen und sitzen in Mangars Winkel, atmen die schwülheiße Luft und lauschen dem Prasseln und Rauschen des Regens. Der Sturm hat die Säcke weggefegt, fährt in Stößen unter dem Blech hindurch, bringt aber kaum Erfrischung, so dick und feucht ist die Luft. Steckt einer der Jungen den Kopf hinaus, zieht er ihn bald wieder ein. Die dicht geballten Wolkenmassen sind nah, grelle Blitze entladen sich ohrenbetäubend und tauchen die graue Landschaft in ein gleißendes Licht. Das Wasser flutet, als gieße jemand einen See aus.

Dem kleinen Mäuserich geht es schlechter. Er hat Fieber bekommen, ist sehr aufgeregt und phantasiert ab und zu.

»Hat der Regen nicht ein bißchen nachgelassen?« Der ältere Mäuserich schaut hinaus. Ihn nimmt die plötzliche Krankheit des Freundes, die er nicht ernst nahm und wegen der er mit dem Kleinen schimpfte, besonders mit.

Auch Gopu kriecht nach vorn und schaut in den Regen hinaus. Er hat nicht nachgelassen. In Sturzbächen bahnt sich das Wasser einen Weg, es umspült die großen Steine und reißt fort, was nicht standhält.

Mangars Winkel liegt erhöht, noch hat das Wasser die Jungen nicht erreicht, aber es steigt und steigt und bedroht sie wie eine züngelnde Schlange.

»Wenn der Regen aufhören würde, könnte ich Kama vorführen.«

Gopu sieht Shangji an. Sie haben seit zwei Tagen nichts gegessen.
»Wem willst du sie vorführen?« fragt Shangji. »Uns? Oder meinst du, daß auch nur ein einziger Tourist Lust hat, bis zu den Knöcheln im Wasser zu stehen, nur um dir zuzusehen?«
»Aber wir müssen essen!« Gopu deutet auf den kleinen Mäuserich.
Auch Shangji sieht den kranken Jungen an. Wenn man gesund ist, kann man versuchen, den Hunger zu vergessen, nicht aber, wenn man krank ist.
»Hätten wir euch das Geschäft nicht verdorben«, seufzt der ältere Mäuserich, »hätten wir ...«
»Hör auf!« unterbricht ihn Shangji. Er will von dem Ganesha-Geschäft nichts mehr hören. Er überlegt einen Moment, dann erhebt er sich. »Ich gehe zu Onkel Ramatra«, sagt er. »Wenn er hat, gibt er.« Ohne ein weiteres Wort geht er in den Regen hinaus.
»Meinst du, er bekommt etwas?« Baptis Kopf taucht neben Gopu auf. Es ist das erste Mal an diesem Tag, daß er den Mund aufmacht.
»Vielleicht.«
Bapti zögert, dann sagt er: »Wenn er nichts bekommt, besorge ich etwas.«
Gopu sieht den blassen Freund aufmerksam an: »Wenn du nach Hause willst, unsretwegen mußt du nicht bleiben.«
»Warum sagst du das?«
»Wärest du denn jetzt nicht lieber zu Hause?«
»Doch! Aber ich gehe nicht. Ich lasse euch nicht im Stich.«
»Ich habe Hunger.« Der kleine Mäuserich hält sich den Bauch.
Die achtzig Rupien im Kästchen des Vaters! Der Vater sagte, er solle sie vergessen. Shangji war der gleichen Meinung: »Dein Vater hat recht. Rührst du das Geld an, kann es dir passieren, daß

du niemals heimkehrst.« Gopu hatte das Geld vergessen, hatte nur daran gedacht, wenn er an die Rückkehr nach Bombay dachte. Jetzt liegt es wie eine Last auf seinem Gewissen. Die Freunde hungern, er hat Geld und rührt es nicht an. Was ist wichtiger, seine Rückkehr nach Bombay oder das Leben des kleinen Mäuserichs? An eine solche Situation hatte der Vater nicht gedacht; was hätte er ihm geraten, wenn er daran gedacht hätte?

Der ältere Mäuserich kriecht nach vorn, streckt den Arm aus und taucht die Hand ins Wasser. »Es hat uns bald erreicht«, flüstert er.

Auch Gopu und Bapti schauen hinaus. Ein Blitz erhellt die Szenerie: Die ersten Obdachlosen haben ihre Behausungen verlassen, sie flüchten in Richtung Stadt. Wie Schemen huschen sie durch den dichten Regen, Kinder auf den Armen oder an den Händen, Töpfe oder andere Utensilien auf dem Rücken.

»Wir müssen auch verschwinden«, sagt Bapti.

»Es ist besser, wir warten, bis Shangji kommt«, meint Gopu. »Wie soll er uns sonst finden?«

Die Jungen kriechen zurück. Den kleinen Mäuserich zwischen sich sitzen sie beieinander und starren in das feindselige Wetter hinaus.

»Mangar hat es gut«, sagt da der kleine Mäuserich auf einmal.

Er erhält keine Antwort.

Die Flucht

Es ist Nachmittag geworden. Bapti verspürt Übelkeit, doch er zeigt es nicht. Er will durchhalten, will den Hunger ertragen, wie Gopu, Shangji und der ältere Mäuserich ihn ertragen. Doch es ist schwer: Sein Kopf gaukelt ihm Szenen vor, Situationen, die er fast körperlich spürt. Da ist sein Zimmer, da ist ein Essen, ein richtiges warmes Essen, da ist die Dusche, heiß und belebend, kalt und erfrischend, da ist sein Bett. Er stellt sich vor, er liege drin, kuschle sich ein, schlafe.

Wozu verzichtet er auf alle diese Annehmlichkeiten? Um Shangji zu beweisen, daß er durchhält? Was hat er davon? Er kann zehn Regenzeiten durchstehen, Shangjis Freund wird er nicht werden. Gilt denn überhaupt noch, was war, als er sich vornahm auszuhalten? Mit dem Regen war zu rechnen, nicht aber mit Mangars Tod. Hat Mangars Tod nicht vieles verändert? Und Charans Ende? Konnte er wissen, wie grausam die Welt der Obdachlosen ist? Konnte er wissen, daß ein solcher Monsun bevorstand? Während des Sommers war das Leben in Mangars Winkel ein Abenteuer in einer neuen, aufregenden Welt. Jetzt ist diese Welt nicht mehr neu, jetzt macht sie ihm Angst. Wenn Gopu nicht wäre ...

Bapti schaut Gopu an. Die Fäuste auf die Knie, das Kinn auf die Fäuste gestützt, sitzt der Freund da, unbeweglich in den Regen hinausstarrend. Warum ist Gopu kein Nachbarsjunge? Warum muß ausgerechnet Gopu ein Obdachloser sein? Den ganzen Tag denkt er nun schon darüber nach. Es gibt keine Antworten auf diese Fragen, nur eines ist gewiß: Egal, ob er alleine oder mit Gopu nach Hause zurückkehrt, das Ende ihrer Freundschaft bedeutet seine Heimkehr auf jeden Fall. Ein Boy und sein Herr können keine Freunde sein, egal wie gut sie sich verstehen.

»Das Wasser kommt!« Der ältere Mäuserich streckt den Arm aus. Das Wasser hat die Anhöhe überwunden, an mehreren Stellen gleichzeitig quillt es herein.
Auch der kleine Mäuserich hat das Wasser bemerkt. »Kommt das Meer?« fragt er. Dann weint er: »Schickt es weg! Ich will nicht ins Meer.«
»Wir müssen weg«, sagt Gopu.
Bapti steht auf. Sie müssen weg. Es ist nicht nur das Wasser, es ist auch der kleine Mäuserich. Sie wissen nicht, welche Krankheit den Ausschlag verursacht, sehen nur, daß es von Stunde zu Stunde schlimmer wird, sind ständig in Gefahr, sich anzustecken. Er hat Angst davor, sich bei dem kranken Jungen anzustecken und würde das auch zugeben, wenn ihn jemand fragte. Er weiß, welche grausame Krankheiten sich während des Monsuns unter den Armen ausbreiten, in der Schule haben sie darüber gesprochen. Es sind Krankheiten darunter, die nicht zu heilen sind, wenn sie nicht sofort behandelt werden.
Gopu steckt Vayu ins Hemd, reicht Bapti den Korb mit Kama, nimmt den kleinen Mäuserich auf die Schultern und weist den älteren Mäuserich an, den Topf und das Geschirr nicht zurückzulassen, dann läuft er durch den Regen und durch das gelbe, lehmige Wasser in Richtung Stadt. Bapti nimmt dem älteren Mäuserich die Karaffe ab, es ist zuviel, was Gopu dem Jungen aufbürdete, und läuft hinter Gopu her.
Die vier Jungen sind nicht die einzigen, die bis zum Schluß ausharrten. Vor, neben und hinter ihnen laufen andere Obdachlose. Die Frauen weinen, die Männer fluchen oder beten, die Kinder sind still.
Die Jungen laufen und laufen. Bapti keucht. Das kniehohe Wasser, der dichte Regen und die feuchtigkeitsgetränkte Luft zehren an den Kräften. Seitenstiche stellen sich ein. Bapti preßt die Faust in die Seite, er darf hinter Gopu nicht zurückbleiben. Dann aber

taumelt Gopu, der Mäuserich auf seinen Schultern hält sich nicht fest, kommt ins Rutschen. Bapti bleibt stehen und stützt Gopu. Gopu verschnauft, packt dann die Hände des kleinen Mäuserichs fester und läuft weiter. Trotz des Regens, trotz der unwirklichen Situation bewundert Bapti den Freund: Eher würde Gopu zusammenbrechen, als den Jungen zurückzulassen.
Die Menschen werden immer mehr. In einer langen Reihe hasten, stoßen, drängeln sie vorwärts. Stürzt ein alter Mann oder eine Frau und ist niemand von der Familie in der Nähe, hilft ihnen nur selten jemand auf. Der Regen trommelt auf die Fliehenden ein, Blitz und Donner bedrohen sie, als wären die Menschen nicht schon verängstigt genug.
Dann kommt Shangji. Völlig außer Atem, das lange Haar klatschnaß in der Stirn kommt er ihnen entgegengelaufen. Seine Hände sind leer. Er nimmt Gopu den Mäuserich ab, setzt sich an die Spitze der Jungen und hastet den Weg, den er gekommen ist, zurück.
Gopu und Bapti laufen nun nebeneinander. Gopu trägt den Korb mit Kama. Ratten, Mäuse und Eidechsen werden vorbeigespült. »Paßt auf Schlangen auf«, schreit Gopu, aber der Regen um ihn herum verschluckt die Warnung, nur Bapti hat sie gehört. Er wird langsamer, vorsichtiger. Der Monsun ist die Zeit der Schlangen. Sie kommen aus ihren Schlupfwinkeln hervor, daß man meinen könnte, ihre Zahl habe sich verdreifacht.
Endlich haben die Jungen die Stadt erreicht. Sie laufen durch die naßglänzenden Straßen und schauen sich um, sie suchen eine regengeschützte Stelle. Doch überall, wo ein überstehendes Stück Mauerwerk, ein Torbogen oder ein Balkon Schutz bietet, stehen, liegen, sitzen Obdachlose.
Zwischen einem hohen und einem niedrigen Haus ist ein Spalt. Er ist keine zwei Meter breit, aber durch die überstehenden Dächer beider Häuser regengeschützt. Shangji und ein älterer

Mann stürzen auf den Spalt zu. Shangji ist schneller und drängt den Mann beiseite. Der setzt sich zur Wehr.
»Lauf weiter!« schreit Shangji. »Mein Bruder hat die Cholera, willst du dich anstecken?«
Der Mann tritt zurück und schaut den kleinen Mäuserich an. Er glaubt Shangji die Lüge nicht, aber er wagt es nicht, es darauf ankommen zu lassen, er flucht und läuft weiter.
Shangji legt den kleinen Jungen in dem Spalt ab. Dann läßt er sich in einigem Abstand von ihm nieder und rät auch den anderen Jungen, Abstand zu halten. Die befolgen den Rat und sehen den Jungen an, der nun wie leblos daliegt.
»Er muß essen«, sagt Gopu, »egal, welche Krankheit er hat.«
Shangji nickt gedankenverloren, dann entschuldigt er seinen Onkel: »Wenn die eigenen Kinder hungern, denkt man nicht an fremde.« Dennoch ist er enttäuscht, die Jungen sehen es ihm an.
Der kleine Mäuserich zuckt zusammen, verkrampft sich und redet wirres, zusammenhangloses Zeug.
»Ich besorge ihm zu essen«, sagt Bapti leise. »Sowie meine Eltern schlafen, steige ich zu Hause ein.«
Einen Augenblick schweigen die Jungen, dann sagt Shangji: »Solltest du einen Vorwand suchen, um heimkehren zu können, erspare dir das. Wir sind dir nicht böse. Nur solltest du den Kleinen nicht vergessen.«
Gopu schüttelt den Kopf: »Bapti will uns helfen, und du redest so.«
»Wie rede ich?« fragt Shangji ernst. »Er wäre dumm, wenn er bei uns bliebe, anstatt zu seinen Eltern zurückzukehren. Soll er sich bei dem Kleinen anstecken? Wir sollten alle verschwinden, wüßten wir, wohin. Baptis Leben ist gesichert, unseres nicht. Für uns ist jeder Mund, der zu stopfen ist, ein Problem, im Hause seiner Eltern aber regiert der Überfluß.«
Bapti legt den Kopf auf die Knie: Shangji hat recht, er ist eine Last

für die anderen. Er muß ins Haus der Eltern zurückkehren, weil er nur so den Freunden helfen kann, und er will ins Haus der Eltern zurückkehren, weil er dort hingehört und weil er tatsächlich keine Lust hat, sich bei dem kleinen Mäuserich anzustecken.

Vor dem weißen Haus

Es ist später Abend. Das Wasser überflutet die Straße und schwemmt Unrat heran. In diesem Teil der Stadt gibt es keine Kanalisation, und gäbe es sie, nützte sie wenig, die Wassermengen des nun schon den dritten Tag andauernden Platzregens könnte sie nicht fassen.
Die Jungen sitzen beieinander und schauen dem älteren Mäuserich zu, der im Unrat fischt und immer dann zurückspringt, wenn eine Ratte oder Schlange angetrieben wird. Er schimpft auf die »Biester« und schiebt sie mit einem Stück Ast von sich fort. Sie zu fangen und zu erschlagen, wagt er nicht.
Der Wind hat nachgelassen, der Regen aber strömt gleichmäßig aus dem dunklen Nachthimmel herab, rauscht ununterbrochen.
Shangji ist besorgt: »Wenn das die ganze Nacht so weiter regnet, sind wir hier auch nicht mehr sicher.«
Gopu teilt Shangjis Sorge. Das stetig ansteigende Wasser aber ist nicht das einzige, das ihn beunruhigt, da ist noch etwas anderes: Bapti. Mit finsterem Gesicht sitzt er da, blickt niemanden an, sieht nur in sich hinein. Er hat nicht widersprochen, als Shangji vermutete, er suche einen Vorwand, sie zu verlassen, er legte den Kopf auf die Knie, schwieg und schweigt noch immer.
Als wüßte Bapti um Gopus Sorgen, hebt er plötzlich den Kopf und sieht Gopu ernst an. »Kommst du mit?« fragt er. »Im Monsun sind die Fenster geschlossen, nur über die Dachluke komme ich ins Haus; auf das Dach aber gelange ich nicht ohne Hilfe.«
Der ältere Mäuserich vergißt das Fischen im Unrat. »Alle Fenster zu?« fragt er. »Da müßt ihr ja ersticken.«
Bapti schüttelt den Kopf. »Wir haben eine Klimaanlage«, sagt er leise.

»Eine Klimaanlage?« Der ältere Mäuserich sperrt Augen und Mund auf. »Was ist denn das?«
»Das haben alle Reichen«, erklärt Shangji. »Im Sommer kühlt sie, während des Monsuns trocknet sie die Luft. Für die Reichen ist der Monsun ein Klacks.«
Bapti senkt den Blick, schaut dann aber noch einmal hoch. Gopu nickt. Er hat verstanden: Bapti will sich von ihm verabschieden, er wird nicht mit ihm zu den anderen zurückkehren.
Auch Shangji hat Bapti verstanden. Für ihn ist es nur die Bestätigung dessen, was er vermutete. Er lächelt, aber dann sagt er, als wolle er Bapti bitten, ihn nicht in allzu schlechter Erinnerung zu behalten: »Ich habe nichts gegen dich, jedenfalls nichts gegen dich persönlich. Wir passen nicht zusammen, wir gehören zu unterschiedlichen Klassen an.«
Bapti steht auf. »Jetzt müßten sie schlafen«, sagt er zu Gopu.
Auch Gopu erhebt sich. Er schwankt und bleibt einen Augenblick an die Hauswand gelehnt stehen. Das Schwindelgefühl kommt vom Hunger.
Shangji erhebt sich ebenfalls. Er legt die Hände zusammen und verabschiedet sich von Bapti. »Vergiß den Kleinen nicht«, bittet er.
Bapti verneigt sich vor Shangji und vor den beiden Mäuserichen und geht in den Regen hinaus. Das Hemd über den Kopf gezogen, folgt Gopu dem Freund. Still gehen sie nebeneinander her.
Der Weg in das Viertel, in dem die Familie Chandrahas lebt, ist weit. Der Regen fällt senkrecht und durchnäßt die beiden Jungen zum zweiten Mal an diesem Tag. Trotzdem gehen sie langsam. Etwas in ihnen verbietet ihnen zu laufen.
Den ganzen Weg über sagt Bapti kein Wort. Gopu sieht sein verschlossenes, noch immer nachdenkliches Gesicht und weiß, daß Bapti reden will, daß er mit sich kämpft, aber nicht den Mut findet, den Mund aufzumachen.

Dann stehen die beiden Jungen vor dem Haus der Familie Chandrahas. Sie flüchten sich nicht unter das schützende Dach der Toreinfahrt, sie stehen im strömenden Regen auf der anderen Straßenseite und schauen zu dem im Dunklen liegenden Haus hinüber, das nur von der Laterne über der Eingangstür beleuchtet wird.
Das weiße Haus ist grau vor Feuchtigkeit, die Blätter der Palmen im Vorgarten glänzen schwarz. Wüßten Gopu und Bapti es nicht besser, könnten sie denken, es sei unbewohnt, so still liegt es da.
»Ich gehe rein und besorge etwas zu essen für euch«, sagt Bapti leise. »Dann gehe ich in mein Zimmer.« Und als könnte Gopu ihn nicht verstanden haben, fügt er hinzu: »Ich bleibe hier.«
»Ich weiß«, erwidert Gopu. Es fällt ihm schwer, mehr dazu zu sagen.
Bapti erwartete mehr von Gopu: Einverständnis oder Unverständnis oder auch Trost. Als nichts kommt, sagt er: »Du mußt unbedingt warten, auch wenn es lange dauert. Selbst wenn sie mich erwischen: Das macht mein Vater nicht, daß er meine Freunde verhungern läßt.«
Gopu zweifelt nicht daran, daß es Herrn Chandrahas nichts ausmacht, Bapti die paar Rupien zu geben, die sie benötigen, um über die nächsten Tage zu kommen. Er denkt gar nicht darüber nach, er denkt an überhaupt nichts, er steht da, umhüllt vom Regen und weiß nur eines: Es ist schade, daß Bapti und er sich trennen müssen.
Bapti sieht Gopu zum ersten Mal seit längerer Zeit richtig an. »Ich kann nicht bei euch bleiben«, sagt er, »Shangji hat recht: Ich gehöre nicht zu euch. Ich kann tun, was ich will, mich anstrengen, wie ich will, ich werde nie wirklich zu euch gehören.« Er wartet einen Moment und sagt dann: »Ich will auch nicht dazugehören. Ich habe Angst vor eurem Leben. Eure Welt ist mir zu grausam.

Dieser Krayesh, Charan, und nun der kleine Mäuserich ...« Er bricht ab und entschuldigt sich: »Ihr könnt nichts dafür, aber es ist eure Welt.«
»Du brauchst dich nicht entschuldigen«, sagt Gopu. »Ich finde es toll, wie lange du ausgehalten hast.« Er zögert und fügt dann hinzu: »Selbst Shangji findet es toll, er will es nur nicht zugeben.«
Bapti atmet auf. Es ist ein solches Aufatmen, daß er sogar ein wenig lächeln muß. »Gehen wir?« fragt er dann.
Gopu nickt. Die beiden Jungen gehen über die Straße, klettern über den Zaun, laufen durch den Vorgarten und um das Haus herum. Neben der Regenrinne bleibt Bapti stehen und bittet Gopu, eine Räuberleiter zu machen. Gopu legt die Hände zusammen, Bapti stellt einen Fuß hinein, packt die Regenrinne, zieht sich hoch und kommt auf Gopus Schultern zu stehen. Gopu wankt, bleibt aber stehen, bis das Gewicht nachläßt. Dann steigt Bapti die Regenrinne empor, von Wandhaken zu Wandhaken klettert er, immer höher steigt er, bis er nicht mehr zu sehen ist.
Gopu läuft in den Garten, kriecht unter die dichten, tiefhängenden Zweige des Holzapfelbaumes und betastet den Rasen. Er reißt einige Büschel Gras heraus, gräbt und hält sein Kästchen mit dem Geld in der Hand. Er hat sich entschlossen: Bringt Bapti nichts, wird er das Kästchen mitnehmen. Das Leben des kleinen Mäuserichs ist wichtiger als seine Heimfahrt. Behutsam legt Gopu das Kästchen in das Versteck, schiebt die herausgekratzte Erde zurück und paßt die Grasbüschel ein. Sollte er das Geld nicht benötigen, wird der Monsun dafür sorgen, daß bald wieder alles dicht bewachsen ist.
Gopu legt sich bäuchlings in das nasse Gras, stützt das Kinn auf die Hände und beobachtet unter den Zweigen hindurch das Haus. Er schaut zum Gartenzimmer hin und denkt an die beiden Fotografien, die er dort zurückließ. Er nimmt sich vor, Bapti zu bitten, sie zu suchen. Dann hebt er den Kopf und schaut in die Richtung,

in der Bips und Rissas Zimmer liegen müssen. Er hätte gern mit ihnen gesprochen, um ihnen zu erklären, wie es zu seiner Flucht kam.

Die würzig riechende, dampfende Erde, all die schwüle Feuchtigkeit um ihn herum, der fehlende Schlaf – Gopu läßt den Kopf sinken und schließt die Augen. Er sieht sich in Bips Küche sitzen, Rasmalai* essen. Bip lacht breit: »Hast du einen Hunger! Wärst du bei uns geblieben, hättest du jeden Tag Rasmalai essen können.«

Ein Geräusch! Es kam aus der Richtung des Gartenzimmers. Gopu ist sofort hellwach. Es ist Bapti. Er kommt über den Rasen gelaufen, sieht sich um und ruft leise Gopus Namen. Gopu kriecht unter den Zweigen hervor und geht Bapti entgegen. Bapti packt seinen Arm, zieht ihn mit sich in das Gartenzimmer und schließt die Tür. Sekundenlang ist Gopu wie betäubt. Die ungewohnte Stille, der trockene Raum – erst jetzt spürt er, wie naß er ist. Er wagt nicht, sich zu rühren. Bapti schaltet die Nachttischlampe ein, läßt sich auf dem unbezogenen Bett nieder und weist auf den Tisch: Ein Reiskuchen! Daneben eine Flasche Limonade. »Aus der Küche«, sagt Bapti, dann bricht er den Kuchen entzwei und gibt Gopu die größere Hälfte.

Gopu fühlt sich nicht wohl. Der Raum, in dem er einst lebte, schlief und träumte, erscheint ihm fremd. Die Zeit, die er in diesem Raum verbrachte, war eine satte Zeit, schön aber war sie nicht. Er betrachtet den Reiskuchen in seiner Hand, dann legt er ihn auf den Tisch: »Ich bringe ihn dem kleinen Mäuserich.«

»Iß nur! Für die anderen kriegst du extra.« Bapti weist auf die Limonadenflasche. »Und trink! Es ist grüne.«

Grüne Limonade! Das erste Mal tranken sie sie, als sie sich kennenlernten, das zweite Mal in der Altstadt, als Bapti ihn gefunden hatte. Jetzt trinken sie sie zum dritten Mal, und es ist wieder ein besonderer Tag. Unwillkürlich muß Gopu lächeln.

Bapti legt einen Hundert-Rupien-Schein auf den Tisch: »Steck ihn ein. Später bringe ich euch mehr.«
Gopu nimmt den Geldschein und steckt ihn ein. Als sie sich das erste Mal sahen, gab Bapti ihm auch einen Geldschein, einen Fünfzig-Rupien-Schein. Das ist nun acht Monate her.
»Wenn du willst«, sagt Bapti leise, »kannst du wieder Boy bei uns werden.«
Es fällt Gopu leicht, den Kopf zu schütteln. »Ich möchte nicht wieder Boy sein«, sagt er, »so wie du nicht zu uns gehören kannst, kann ich nicht zu euch gehören.«
Bapti ist froh über die Antwort: »Ich möchte gar nicht, daß du wieder Boy bei uns bist.« Er zögert, sagt es aber dann doch: »Ich glaube, ich könnte es nicht ertragen.«
»Ich habe ja Kama«, sagt Gopu. »Der Monsun geht vorüber, dann verdiene ich wieder.« Er nimmt den Reiskuchen und beißt hinein. Dann trinkt er von der Limonade und sagt, daß er bald nach Bombay zurückkehren werde.
»Wann wird das sein?« fragt Bapti.
»Bald«, antwortet Gopu. Er ist nun überzeugt, daß es bald sein wird. Dann fügt er hinzu: »Wenn der kleine Mäuserich gesund ist.«
»Solange du da bist, werde ich dich besuchen«, sagt Bapti. Es klingt ein wenig feierlich, aber das ist ihm recht: Es ist ein feierlicher Moment.
Gopu blickt sich in dem Zimmer um. »Ich hatte zwei Fotografien hier. Von meiner Familie. Sie sind nicht mehr da.«
»Ich suche sie. Sicher hat sie jemand weggeräumt. Wenn ich sie habe, bringe ich sie dir.«
»Rissa wird es gewesen sein«, lächelt Gopu. »Sie ist immer so ordentlich.« Er bedauert es, den Koch und seine Tochter nicht sehen zu können, und bittet Bapti, die beiden von ihm zu grüßen.

Bapti steht auf, sagt, er wolle noch etwas zusammensuchen, und läßt Gopu allein. Gopu geht in dem Zimmer auf und ab, fährt mit der Hand über die Möbel und stellt sich vor, wie es wäre, wenn er Baptis Angebot angenommen hätte. Dann kommt Bapti zurück. In der einen Hand hält er einen Krug, in der anderen eine große Plastiktüte. »Nimm«, sagt er.

Gopu nimmt den Krug und auch die Tüte und steht dann unschlüssig herum.

»Wir sehen uns ja noch«, sagt Bapti. »Ich komme euch besuchen, so oft ihr wollt.«

Gopu verneigt sich und geht durch die Tür, die Bapti öffnet, in den dunklen Garten hinaus. Er dreht sich nicht um, er weiß auch so, daß Bapti ihm nachschaut.

Vor dem Zaun stellt Gopu Tüte und Krug ab, klettert hinüber, langt zwischen den Zaunstreben hindurch und hebt erst den Krug und dann die Tüte Stück für Stück über den Zaun. Danach geht er die Straße entlang. Als er einige Schritte gegangen ist, dreht er sich um. Im Haus der Chandrahas leuchtet ein einsames Licht: Bapti ist in seinem Zimmer angelangt.

Eine Heimkehr

Bapti steht in seinem Zimmer. Es hat sich nichts verändert, alles ist sauber aufgeräumt, das Bett bezogen, als warte es auf ihn – dennoch: Er fühlt sich fremd, als sei dies nicht das Zimmer, in dem er schon als kleiner Junge spielte. Langsam zieht er sich aus, legt Hose und T-Shirt auf den Stuhl am Fenster, öffnet den Schrank und zieht den Bademantel über. Auch im Schrank hat sich nichts verändert, ist nichts hinzugekommen oder weggenommen worden. Ein Geräusch! Der Wind zerrt am Fensterblech. Bapti holt tief Luft. Was ist das nur für ein Gefühl in ihm? Wieso fürchtet er sich? Er ist in seinem Zimmer! Sein Blick fällt auf die schmutzigen, zerschlissenen Kleidungsstücke über dem Stuhl. Er nimmt sie und wirft sie in den Korb unter dem Schreibtisch. Dann geht er leise durch den Flur in das Bad, stellt sich unter die Dusche, läßt sich heißes Wasser über Kopf, Arme, Bauch, Rücken und Beine laufen, seift sich ein, duscht sich ab und seift sich wieder ein.

Wie angenehm das ist, den Geruch der Seife in der Nase zu spüren, sauber zu sein, nach langer Zeit sich in sich selbst wohl zu fühlen! Bapti wäscht sich den Kopf, spült sich das Haar und gibt erneut Shampoo auf den Kopf. Er sieht dem grauen Schaum nach, der an seinem Körper herunterrinnt. Als der Schaum nicht mehr grau ist, seift er sich erneut ein. Dann legt er sich unter die Dusche und läßt das heiße Wasser auf sich herabprasseln. Er denkt daran, daß es eine Zeit gab, in der er sich vor der Einsamkeit unter der Dusche fürchtete. Was war er für ein Spinner! Dann freut er sich auf den sauberen, frischen Schlafanzug und auf das Bett. Bisher hat ihn noch niemand gehört, und wenn er sich Mühe gibt, wird ihn auch weiterhin niemand hören. Das Badezimmer grenzt an Ayeshas Zimmer, und Ayesha ist nicht mehr im Haus.

Bapti trocknet sich ab und betrachtet sich im Spiegel. Das Haar ist lang und durch das mehrmalige Waschen leicht und locker. Er beschließt, den Bitten der Mutter nicht nachzugeben. Er wird nur wenig abschneiden lassen. Ein bißchen will er bleiben, wie er jetzt ist.

Bapti tritt einen Schritt zurück und betrachtet seinen Oberkörper. Die Rippen sind zu sehen, die Schultern eckig. So dünn war er noch nie. Sekundenlang denkt Bapti an Gopu, sieht ihn die Straße entlanggehen, den Regen im Gesicht, Krug und Tüte in den Händen. Beklemmung erfaßt ihn. Er muß sie abschütteln, muß an anderes denken. Er zieht den Bademantel über und läuft durch den dunklen Flur zurück in sein Zimmer. Dort zieht er den Schlafanzug an und will ins Bett, hält dann aber inne und schaut zum Fenster. Eine ungewohnte Stille kommt von draußen: Es regnet nicht mehr.

Bapti öffnet das Fenster, atmet die schwere, feuchtigkeitstrunkene Nachtluft und freut sich: für Gopu, für Shangji und für die beiden Mäuseriche. Daß der Regen ausgesetzt hat, macht es ihm leichter, an die Jungen in der Stadt zu denken.

Dann liegt Bapti im Bett. Wie oft hatte er sich ausgemalt, im Bett zu liegen, den Kopf im Kissen in den Schlaf hinüberzugleiten! Wie schwer waren die letzten Tage, die letzten Nächte! Er hatte sich krank gefühlt, ohne ein einziges Anzeichen einer Krankheit zu verspüren. Er hatte sich schutzlos gefühlt, als hätte man ihn in einem Dschungel ausgesetzt. Nun ist er in den Schutz des Hauses zurückgekehrt, liegt in seinem frisch bezogenen, trockenen Bett unter dem Moskitonetz, und doch ist keine Ruhe in ihm. Er sieht sich mit Gopu im Regen stehen, hört sich dem Freund mitteilen, daß er nicht mit ihm zurückkehren wird. Gopu verstand ihn, fand es toll, daß er es so lange bei ihnen ausgehalten hatte, war mehr enttäuscht als überrascht.

Erst als die Dunkelheit einem weichen, nebligen Grau weicht,

schläft Bapti ein. Er schläft fest und tief, irgendwann aber beginnt er zu träumen: Mangar und er wandern durch eine weite, unbewohnte Ebene. Auf den wenigen, halbvertrockneten Bäumen, die ihren Weg säumen, sitzen Geier. Unbeweglich schauen die riesigen, krummschnabeligen Vögel auf sie herunter.
»Wo sind wir?«
»Im Lande des Todes«, antwortet Mangar.
»Und was wollen wir hier?«
»Wir suchen Gopu.«
»Ist Gopu denn ...?«
Mangar bleibt stehen. Seine Augen blicken vorwurfsvoll: »Weißt du denn das nicht mehr?«
Wer starb in jener Nacht: Gopu oder Mangar?
»Wir müssen Gopu wecken, er muß auf die Welt zurückkehren, ein neues Leben erwartet ihn.« Mangar zieht weiter. »Er wird als Sohn eines Maharadschas zu uns zurückkehren.«
»Aber es gibt keine Maharadschas mehr.«
»Für Gopu wird eine Ausnahme gemacht.« Mangar lächelt geheimnisvoll. »Ihm ist Unrecht geschehen, das wird ihm nun vergolten. Er wird der Sohn des einzigen Maharadschas von ganz Indien und eines Tages selber Maharadscha sein. Auf einem riesigen schwarzen Elefanten wird er durch die Lande reisen, viele Diener werden ihn begleiten, werden die Armen belohnen und die Reichen bestrafen.«
»Aber die Reichen können nichts dafür, daß sie reich sind.«
Bapti wälzt sich im Bett, sekundenlang ist er halbwach. Dann sieht er einen Marmorpalast. Ist es das Taj Mahal? Mangar kniet nieder und schlägt dreimal mit dem Kopf auf die Stufen des Palastes. Ein riesiges Tor öffnet sich: Yama, der grüne Gott des Todes, tritt hervor. Seinen Körper umhüllt ein rotes Gewand, in den Händen hält er Netz und Keule.
»Was willst du, Mangar?« fragt Yama.

»Gib mir Gopu Advani«, bittet Mangar, ohne sich zu erheben.
Yama lacht: »Tot ist tot. Von hier kehrt keiner zurück.«
Mangar richtet sich auf: »Du lügst!« - dann verstummt er: Yama ist nicht Yama, sondern Shangji. Er sitzt auf den Stufen des Palastes, links und rechts neben sich die beiden Mäuseriche.
Shangji schüttelt den Kopf: »Es gibt kein nächstes Leben, Mangar. Glaube mir doch!«
Mangar glaubt dem Jungen nicht, will an ihm vorüber in den Palast. Da wird Shangji wieder zu Yama, schlägt Mangar mit der Keule vor den Kopf. Der Alte taumelt und stürzt.
»Mangar!« schreit Bapti.
Yama dreht sich herum. Das grüne Gesicht mit den brennenden Augen zu einem Grinsen verzogen, kommt er auf ihn zu, hebt die Keule ...
Bapti fährt in die Höhe und ringt nach Luft. Hat er geschrien? Er weiß es nicht. Schweiß steht ihm auf der Stirn. Nur langsam kommt er zu sich.
Schritte auf dem Flur.
Er hat geschrien, man hat ihn gehört.
Die Tür wird geöffnet, Topurs Kopf erscheint. Einige Sekunden ist der alte Boy sprachlos. Das Moskitonetz, die langen Haare - er erkennt Bapti nicht gleich. Dann reißt er die Augen auf: »Der junge Herr!« Er weiß nicht, was er tun soll, er guckt Bapti an, dreht sich dann um und läuft fort.
Bapti schlägt das Netz zurück, steht auf und schließt die Tür. Dann tritt er ans Fenster und schaut hinaus. Die Sonne steht im Zenit, kein Wölkchen ist zu sehen. Klar und blau ist der Himmel, die Luft aber ist heiß und feucht und voller umherschwirrender Insekten.
Welche Fragen werden die Eltern stellen? Was soll er sagen? Soll er überhaupt antworten?
Erneut Schritte. Der Vater! Sicher war er in der Firma, ist nur nach

Hause gekommen, um sein Mittagsmahl einzunehmen. Bapti sieht dem Vater entgegen. Der Vater bleibt in der Tür stehen und schaut ihn an. Dann geht er auf ihn zu, zieht ihn an sich und küßt ihn. Bevor der Vater etwas sagen kann, kommt die Mutter. Sie reißt Bapti vom Vater fort, sieht ihm in die Augen, streichelt ihn, küßt Stirn, Wangen und Mund und schluchzt: »Warum hast du das getan?« Sie erwartet keine Antwort, wiegt ihn und weint.

Bapti steht lange so da, atmet den vertrauten Duft nach Kölnisch Wasser und Puder und sieht den Vater an, der ihn stumm betrachtet. Dann schließt er die Augen und preßt den Kopf in die Halsbeuge der Mutter. Die Mutter streichelt ihn, fährt ihm durch das Haar und sagt: »Nun ist alles wieder gut.«

Dann gehen die Eltern, lassen ihm Zeit, sich fertigzumachen. Bapti macht langsam, schaut immer wieder zum Fenster hinaus, als wäre da draußen etwas, was er sucht und nicht finden kann. Er sieht Nari aus der Schule kommen, sieht ihn gutgelaunt das Haus betreten – und fühlt sich ihm überlegen: Nie wieder wird er der Freund eines Nari sein wollen.

Danach geht Bapti zum Essen in den Salon. Es riecht gut, ein neuer Koch ist im Haus. Topur serviert und strahlt ihn an, als wäre er allein seinetwegen zurückgekehrt. Bapti gefällt die Wiedersehensfreude des alten Boys. Er wird ihn fragen, wie die Blumenbeete den Regen überstanden haben.

Die Eltern sind befangen. Während sie essen, schauen sie immer wieder zu Bapti hin. Bapti bemerkt das. Er sieht die Eltern aufmerksam an. Er spürt, er ist in ihrer Achtung gestiegen. Das gibt ihm Mut, sein Blick wird fester.

Die Mutter hält diesen Blick nicht aus. Der Vater guckt erst, als habe er nie an seiner Rückkehr gezweifelt, dann wird er unruhig, senkt den Blick und fragt, wo er war. Bapti hält es nicht für wichtig, daß der Vater weiß, wo er war, sagt dann aber: »Bei den Obdachlosen.«

Die Mutter läßt den Löffel sinken. »Bei den Harijans!«
Bapti löffelt seine Suppe, als wäre es das Selbstverständlichste von der Welt, drei Monate unter Obdachlosen zugebracht zu haben. Dann sagt er: »Es sind nicht alles Harijans.«
In den Augen der Mutter glitzern Tränen. Sie bittet Bapti, nicht zu schnell zu essen, sein Magen müsse sich erst wieder an Nahrung gewöhnen.
»Ich habe nicht gehungert«, erwidert Bapti, »Gopu hat mich ernährt.«
»Gopu?« fragt der Vater. »Der Boy aus Bombay?«
»Wir sind Freunde«, erwidert Bapti. Dann schweigt er. Die Eltern sehen, daß er gehungert hat. Es war eine dumme Lüge, das Gegenteil zu behaupten.
»Warum hast du ihn nicht mitgebracht?« fragt der Vater. »Dein Gopu war ein guter Boy.«
»Er wollte nicht«, antwortet Bapti. »Er ist jetzt Schlangenbeschwörer, verdient eine Menge Geld.« Er übertreibt wieder, es bereitet ihm Genugtuung, den Eltern Gopus Absage zu verkünden.
Der Vater überlegt, dann sagt er, so schlecht finde er das nicht, einmal in das Leben der Armen hineingerochen zu haben. Wer das getan habe, wisse, was es heißt, arm zu sein, der werde zukünftig sicherlich alles tun, um sich und seine Familie vor einem solchen Dasein zu bewahren. Die Mutter nickt. Sie legt den Arm um Bapti, küßt ihn und weint. »Jetzt ist alles wieder gut«, sagt sie erneut.
Bapti entzieht sich der Mutter. Es ist nicht alles wieder gut, es ist nur alles wieder wie es war.

Erhöhte Preise

Die grelle Sonne hat das Wasser aufgesogen, als wäre sie ein Schwamm. Doch das Wasser ist nicht fort, ist in der Luft; die Schwüle ist unerträglich. Über den zurückgebliebenen Pfützen tummeln sich Moskito-Kolonien.
Die Obdachlosen verharren auf ihren regengeschützten Plätzen. Verlassen sie die eroberten Stellungen, kann es geschehen, daß sie ihre Plätze besetzt vorfinden, wenn der Regen wieder einsetzt. Wo sollten sie auch hin? Die einen Winkel oder Bau ihr eigen nennen, wissen, daß der zur Zeit unbewohnbar ist. Nicht überall verdunstet das Wasser so schnell wie in den Straßen der Stadt.
Dem kleinen Mäuserich geht es schlechter. Die ganze Nacht stöhnte er, er habe Hunger. Doch als Gopu mit den Speisen kam, die Bapti ihm mitgegeben hatte, verzog er den Mund.
»Trink wenigstens etwas!« Gopu hält dem kranken Jungen den Krug mit der Milch an den Mund, Shangji hält seinen Kopf. Der kleine Mäuserich wehrt sich, preßt die Lippen zusammen und verzieht das Gesicht, bis Shangji mit ihm schimpft, da ergibt er sich. Widerstandslos schluckt er die Milch.
Gopu und Shangji lächeln zu früh. Nur wenige Sekunden behält der kleine Mäuserich die Milch in sich, dann erbricht er sie. Als er alles erbrochen hat, atmet er hastig. Shangji schüttelt ihn, ruft ihn, doch der kleine Junge reagiert nicht.
»Er braucht einen Arzt.« Shangji ballt die Fäuste. »Es ist ein Verbrechen, daß kein Arzt kommt.«
»Legen wir ihn vor das Hospital«, schlägt der ältere Mäuserich vor, »warten wir, bis einer herauskommt.«
»Das hat keinen Zweck«, meint Shangji.
Auch Gopu schüttelt den Kopf. In Madras wird es nicht anders

sein als in Bombay: Während der Regenzeit sind die Straßen und Plätze vor den Hospitälern mit Kranken übersät. In den Monaten vor und nach der Regenzeit kommen die Ärzte und Schwestern der Hospitäler ab und zu heraus, schauen nach den Kranken, helfen, soweit es ihnen möglich ist. Während des Monsuns wagen das nur wenige: So vielen armen Kranken können sie nicht helfen. Wo sollten sie das Geld für die Medikamente hernehmen? Wo die Zeit?

»Gib mir zu essen«, sagt Shangji. »Wir müssen auch an uns denken.«

Gopu greift in Baptis Tüte, befördert in Aluminium-Folie gewickeltes Hühnerfleisch ans Tageslicht und teilt es in drei Teile. Das Wasser läuft ihm im Mund zusammen, so duftet das Fleisch. Der plötzlich wieder schmerzende Hunger beweist, daß der Magen noch nicht völlig abgestumpft ist.

Dann essen die Jungen. Sie essen hastig, blicken aber immer wieder zu dem kleinen Mäuserich hin. »Vielleicht bekommt er Appetit, wenn er das Huhn riecht«, hofft der ältere Mäuserich. Er hat sich sehr verändert, seit es seinem Freund so schlecht geht. Er grinst kaum noch.

Shangji beguckt sich Baptis Tüte. Er findet Obst, Käse, Reis, Mais und einige kalte Fladen. »Er hat sich nicht lumpen lassen«, sagt er. Er meint damit auch die einhundert Rupien, die er, als Gopu ihm den Geldschein zeigte, zur Kenntnis nahm, aber nicht einstecken wollte.

»Es ist ihm nicht leichtgefallen, uns zurückzulassen«, fügt Gopu hinzu.

»Wenn du es unbedingt hören willst: Dafür, daß er ein Chandrahas ist, war er ganz in Ordnung.« Shangji seufzt laut und sagt dann: »So ist es für ihn und uns das beste. Leben wir eine Zeitlang auf Kosten der Firma Chandrahas, sie wird nicht gleich Pleite machen.«

Gopu will etwas entgegnen, doch er kommt nicht dazu: Der kleine Mäuserich schaut ihn mit großen Augen an.
»Willst du jetzt etwas essen?« Gopu hält dem kleinen Jungen das Hühnerfleisch hin. Der kleine Mäuserich sieht es nicht, unverwandt starrt er Gopu an. Dann fragt er: »Ist der weiße Tiger schon in der Nähe?«
»Der weiße Tiger?« wundert sich Shangji. Doch Gopu bedeutet ihm, still zu sein. Er lacht den kleinen Jungen an: »Er ist weit fort von uns, irgendwo im Norden streift er herum.«
Der kleine Mäuserich ist enttäuscht.
»Was redet ihr da?« fragt Shangji.
Gopu klärt ihn auf, erzählt ihm die Sage des Vaters und davon, daß er nach Mangars Tod den Kleinen mit der gleichen Geschichte tröstete. Shangji hört zu und schüttelt, als Gopu seinen Bericht beendet hat, den Kopf: »Wieder so ein Selbstbetrug!«
Der kleine Mäuserich beginnt zu weinen, er wirft sich hin und her und phantasiert von dem weißen Tiger. Die drei Jungen um ihn herum sehen ihm hilflos zu, bis er ganz still wird. Er lebt noch, aber es ist, als bewege er sich von ihnen fort.
»Wir können nichts tun.« Shangjis Stimme klingt belegt. Er spricht zu sich selbst, er tröstet sich über seine Untätigkeit hinweg.
Gopu kraucht in sich zusammen. Er verschränkt die Arme über die Knie, legt den Kopf auf die Arme und schließt die Augen. Als er den Kopf wieder hebt, ist die Dunkelheit hereingebrochen.
»Hoffentlich wartet der Regen.« Shangji schaut zu dem dunkelblauen, sternenübersäten Himmel empor.
Auch Gopu schaut in die Nacht hinein. Er teilt Shangjis Sorge. Im Regen können sie die Hülle des kleinen Mäuserichs nicht verbrennen. Während des Regens gelingt es niemandem, ein Feuer am Leben zu erhalten. Stirbt der kleine Mäuserich, ohne daß sie seinen verlassenen Körper einäschern können, müssen sie ihn

den Männern mitgeben, die während des Monsuns durch die Straßen fahren und nach verstorbenen Obdachlosen Ausschau halten. Die Männer verladen die Leichen auf Lastkraftwagen und fahren sie in die städtische Verbrennungsanlage. Es ist wichtig, daß sie das tun, sie verhindern damit, daß sich eine Seuche ausbreitet. Die Angehörigen der Toten aber trennen sich nicht gern auf diese Weise von den Hüllen ihrer Verwandten. Manche verstecken die Toten, bis sie Gelegenheit haben, sie selbst zu bestatten. Sie tun es, obwohl es verboten ist.
»Schlaf jetzt«, rät Shangji Gopu. »Es nützt nichts, wach zu bleiben.«
Gopu befolgt den Rat. Er ist todmüde und schläft sofort ein. Aber es ist kein fester Schlaf. Immer wieder erwacht er, lauscht dem leisen Atem des kleinen Mäuserichs, lauscht der Stille. Der Atem des Jungen beweist ihm, daß der Mäuserich noch lebt, die Stille, daß der Regen noch nicht eingesetzt hat. Einmal aber wacht er auf – und erschrickt: Da ist nur noch Stille, kein Atem. Er richtet sich auf und sieht zu dem Jungen hin. Dann weckt er Shangji. Shangji beugt sich über den Jungen und nickt dann stumm.
Nun können Gopu und Shangji nicht mehr schlafen. Sie sitzen da und schweigen und erwarten den Tag. Nur der ältere Mäuserich schläft. Er spricht im Schlaf. Mal lacht er, mal klingt seine Stimme, als weine er.
Dann dämmert der Tag herauf. Hinter den Dächern wird es dunkelrot, rosigblau, dann hell. Gopu und Shangji sehen dem kleinen Mäuserich in das Gesicht. Es ist ein zufriedenes Gesicht, so blaß und mager es ist. Es sieht aus, als wäre der Junge froh gewesen, den Körper verlassen zu dürfen.
»Das hat dein weißer Tiger gemacht«, sagt Shangji zu Gopu. Dann weckt er den älteren Mäuserich und weist still auf den kleinen Leichnam. Der ältere Mäuserich beugt sich vor und verharrt in seiner Haltung. Dann laufen ihm Tränen über die Wangen. Der

kleine Mäuserich war ihm nicht nur Freund, war auch Bruder, war Familie gewesen.
»Besorgt ihr das Bambusrohr«, bittet Shangji Gopu und den Mäuserich. »Ich bleibe hier und bewache unseren Platz.«
»Und ein weißes Tuch?« fragt der ältere Mäuserich und wendet sich endlich von dem toten Freund ab. »Ich könnte eines stehlen.«
»Versuche es!« Shangji zuckt die Achseln. »Geld ausgeben sollten wir dieses Mal aber nicht.«
Gopu nickt. Während des Monsuns erhöhen die Händler die Preise. Es gibt zu viele Tote, sie nützen die Nachfrage aus. Er nimmt den Arm des älteren Mäuserichs und zieht ihn hoch, kümmert sich nicht um das nasse, gequälte Gesicht des Jungen. Schweigend geht er mit ihm durch die Straßen. Mit seinem Verlust muß jeder selbst fertig werden, dabei kann einem niemand helfen.
Die beiden Jungen haben Glück. An einem Schuppen lehnen Bambusrohre. Gopu steigt über den Zaun und wählt ein passendes Rohr aus. Es gelingt ihm, das Grundstück ungesehen zu verlassen. In der Nähe des Basars bittet der Mäuserich Gopu, auf ihn zu warten, dann läuft er davon. Doch nicht lange und er kehrt unverrichteter Dinge zurück. Die Händler halten die Ballen aus weißem Tuch versteckt.
»Es ist eine Schande, einen Toten unbedeckt durch die Straßen zu tragen.« Der Mäuserich schaut verkniffen auf das Bambusrohr. »Willst du ihn wie einen Affen daran festbinden?«
Gopu zögert, aber dann entschließt er sich. Er geht mit dem Mäuserich über den Basar und kauft ein Stück Tuch. Er versucht zu feilschen, der Händler aber bleibt unnachgiebig: »Mir schenkt auch keiner was.«
Shangji lächelt bitter, als er von dem Kauf erfährt. »Ich wußte es«, sagt er. »Etwas nicht wollen und es nicht tun, sind zwei verschiedene Dinge.«

Die Jungen schlagen den kleinen Mäuserich in das Tuch, verknüpfen es und schieben das Bambusrohr durch die Knoten. Shangji schaut zum Himmel empor und sagt wieder: »Es ist besser, ich bleibe hier.«

Gopu und der Mäuserich nehmen das Rohr auf ihre Schultern. Der Mäuserich vorn, Gopu hinten gehen sie los. Die Hülle des kleinen Mäuserichs ist leicht, es kostet kaum Mühe, sie durch die Stadt zu tragen. Gopu kann seinen Gedanken nachhängen. Es sind trübe Gedanken. Zum ersten Mal empfindet er das Heimweh und den Verlust der Familie so stark, daß er den Wunsch, auf dem schnellsten Weg nach Hause zu eilen, kaum verdrängen kann.

Auf dem Verbrennungsplatz ist Betrieb. Überall brennen Feuer, überlagert der dichte Qualm von nicht ganz trockenem Holz den Platz, knistert und prasselt es an allen Ecken und Enden. Gopu und der Mäuserich sehen sich die Toten an, die die anderen verbrennen. Wie so oft während der Regenzeit sind es zumeist Alte und Kinder.

Es ist schwierig, einen freien Platz zu finden, die Menschen lassen sich Zeit mit der Einäscherung ihrer Verwandten. Die Verbrennung ist ein würdiger Akt und dauert seine Zeit. Schließlich finden Gopu und der Mäuserich einen freien Flecken. Dicht am Fluß legen sie das Bambusrohr ab und kaufen Holz und Reisig von einem der Händler rund um die Verbrennungsstätte. Dann zünden sie den Scheiterhaufen an. Während die Flammen den kleinen Körper in dem weißen Tuch belecken, rechnet Gopu nach, wieviel Geld ihnen verblieben ist. Auch die Holzhändler haben die Preise erhöht.

Danach hocken Gopu und der Mäuserich beisammen und starren in die Flammen. »Glaubst du an ein nächstes Leben?« fragt der Mäuserich, als ihm das Schweigen zu lange dauert.

Gopu stochert in der Glut herum und führt dem Feuer neue Nah-

rung zu. Die Frage des Mäuserichs ist berechtigt. Glaubt er daran oder glaubt er nicht daran? Bisher wich er einer Entscheidung aus, nahm zur Kenntnis, daß der Vater und Mangar so, Onkel Kamal und Shangji anders redeten. Was aber denkt er selbst?
»Ich glaube, was Shangji sagt«, entschließt Gopu sich zu antworten. »Mit dem nächsten Leben trösten wir uns über unser jetziges Leben hinweg.«
Der Mäuserich überlegt einige Zeit, dann sagt er: »Ich glaube an ein nächstes Leben. Wozu sonst lebe ich jetzt? Nur um mich zu trösten?«

Kleine Mutter

In den Straßen der Stadt ist Leben. Die Menschen nutzen den regenfreien Tag, sie gehen spazieren und kaufen ein. Von Zeit zu Zeit heben sie den Kopf und schauen zum Himmel empor. Danach blicken sie zufrieden: Noch ist der Himmel blau.
Gopu und der Mäuserich haben ihr Werk beendet und befinden sich auf dem Heimweg. Auch sie gehen langsam, wählen nicht den kürzesten Weg. Nach den Tagen des Eingesperrtseins in dem Spalt zwischen den Häusern macht es Spaß, ein wenig durch die Stadt zu schlendern, hier und dort stehenzubleiben, die Veränderungen, die der erste Regen bewirkte, zu beobachten. Gopu bedauert es, daß die Touristen verschwunden sind. Wären sie noch da, würde es sich vielleicht sogar lohnen, Kama vorzuführen.
Der Rasen im People's Park steht dicht und hoch und reicht den Jungen fast bis zu den Knien. Die Sträucher sind voll von jungen Trieben, Unmengen von Moskitos und anderen Insekten schwirren durch die Luft. Auf der Brücke über dem Cooum-Fluß bleiben die Jungen stehen. Der schläfrige Fluß, der sich in zahlreichen Windungen durch die Stadt schlängelt, bis er nördlich der Marina in das Meer mündet, ist zu neuem Leben erwacht. Die Asche des kleinen Mäuserichs wird hier vorbeigetrieben werden und sich in der Unendlichkeit des Meeres verlieren.
In der Altstadt ist erster, schwacher Schimmel zu sehen. Die Feuchtigkeit dringt tief in die alten Gemäuer. Ist die Monsunzeit vorüber, weiß der Mäuserich, sehen einige Häuser schlimm aus. Erst die Hitze der heißen Monate trocknet den Schimmel fort.
Als würden sie sich während des Regens vermehren, wimmelt es von Bettlern. Sie sitzen auf der Straße und in den Winkeln, sie halten die Einkäufer und Spaziergänger an und laufen ihnen nach, sie

strecken die Hände aus und klagen laut über ihre Not. Die wenigsten Passanten geben etwas. Sie kennen die Sprüche der Bettler und nehmen die Klagen nicht ernst. Es ist ein Spiel mit festen Regeln: Würden die Bettler nicht so laut klagen, so wehleidig dreinschauen, bekämen sie gar nichts. Will man durch Betteln am Leben bleiben, muß man sich erniedrigen, muß man sein Elend übertreiben. Gopu schaut den Bettlern in die Gesichter. Manch ein Gesicht kennt er, manch eine Geschichte hat er schon gehört. Dann sieht er in ein Gesicht, das er besser kennt als die Gesichter der anderen Bettler, und bleibt stehen: Es ist Rissa.

Rissa gibt sich, als habe sie Gopu nicht erkannt. Wie die anderen Bettler streckt sie die Hände aus und klagt den Vorübergehenden ihr Leid. Sie hat Erfolg, aber dieser Erfolg hat einen Grund: Rissa sieht nicht nur elend aus, ist nicht nur spitznasig und hohlwangig, sie ist auch hochschwanger. Ihr weit hervorstehender Bauch ist unübersehbar.

»Kennst du die?« Der Mäuserich folgt Gopus Blick. Gopu nickt stumm. Er hockt sich vor Rissa hin und schaut sie an, bis sie ihm den Kopf zuwendet. Es gibt vieles, was er sie fragen möchte, aber da ist die Szene in Herrn Chandrahas' Arbeitszimmer, und da ist der Bauch des Mädchens, der alle seine Fragen beantwortet, bis auf eine: »Wo ist Bip?«

Rissa sieht Gopu an, als überlege sie, ob sie ihm die Wahrheit sagen dürfe. Dann antwortet sie: »Im Gefängnis.«

»Im Gefängnis?«

»Im Gefängnis!« wiederholt Rissa. »Er hat versucht zu stehlen.«

»Bip hat versucht zu stehlen?« Bip, der dicke, ehrliche, gutmütige Bip?

Um Rissas aufgesprungene Lippen zuckt es. Ihre Augen erinnern Gopu an jene Zeit in der Küche, als sie Bips gute Laune bespöttelte. »Das ist eine lange Geschichte.«

Gopu setzt sich auf die Erde und bedeutet dem Mäuserich, es ihm nachzutun, dann fragt er Rissa: »Wo lebst du jetzt?«
»Hier«. Rissa klopft auf das Pflaster vor sich.
Gopu überlegt. Dann schlägt er vor: »Komm mit zu uns. Es geht uns nicht viel besser, aber wir sind zu dritt.«
»Ich wäre eine Last für euch.«
Unwillkürlich schaut Gopu auf Rissas Bauch. Rissa bemerkt den Blick und schaut Gopu fest in die Augen, als erwarte sie eine Frage.
Gopu fragt nichts. »Du bist keine Last für uns«, sagt er. Dann erinnert er sich an das, was ihm einst der Vater sagte: »Arm sein ist schwer, allein sein ist schwer – beides zusammen ist zu schwer.«
»Du sprichst wie ein Brahmane«, lacht Rissa. Dann wird sie ernst. »Aber was du sagst, stimmt: Es ist schlimm, ganz allein zu sein.«
»Komm mit und wir sind zu viert«, wiederholt Gopu seine Bitte. »Wir haben sogar ein wenig Geld.«
Rissa hebt den Arm. Gopu versteht. Er steht auf und hilft ihr, sich zu erheben. Dann erschrickt er. Nun, da Rissa steht, wirkt ihr Bauch noch gewaltiger.
»Wann ist es soweit?«
»Morgen? Übermorgen? Nächste Woche? Ich weiß es nicht. Ich weiß nur eins, lange dauert es nicht mehr.« Rissa blickt den Mäuserich an. »Laßt mich lieber hier, mit mir seid ihr nicht zu viert, sondern zu fünft. Ich mache euch nur Ärger.«
»Bekommt eine Frau ein Kind, darf sie nicht allein sein«, sagt der Mäuserich ernsthaft. Er ist stolz, daß Rissa auch ihn fragt, und er ergänzt: »Meine Mutter wäre einmal fast gestorben, wenn ihr niemand geholfen hätte.«
»Kommt gar nicht in Frage, daß du allein bleibst.« Gopu weiß nun, warum Rissas Bauch so gewaltig wirkt: alles andere an ihr ist

zu dünn, zu fleischlos, zu zerbrechlich geworden. War die Mutter schwanger, bekam sie einen riesigen Busen, dicke Arme, ein richtiges Doppelkinn.

»Dann nehmt mich in die Mitte«, schlägt Rissa vor. »Manchmal wird mir schwindlig, dann ist es besser, ich kann mich aufstützen.«

Gehorsam gehen die beiden Jungen neben Rissa her. Sie gehen langsam, nehmen Rücksicht auf das schwangere Mädchen, das tatsächlich ab und zu stehenbleibt und sich auf die Jungen stützt. In der Vorstadt brennen viele kleine Feuer. Die Obdachlosen trocknen ihre Kleider. Die Feuer brennen schon den ganzen Tag. Es dauert lange, bis die Feuchtigkeit aus den Kleidern ist, und die Familien sind groß. Einige der Männer lachen, wenn sie Rissa und die beiden Jungen vorüberziehen sehen. Sie loben Gopus Tüchtigkeit, denken, er sei der Vater des Kindes. Gopu wird feuerrot, Rissa aber berühren die Zurufe nicht. Wenn sie darauf reagiert, dann nur, indem sie den Rufer spöttisch anblickt. Es ist ein seltsam ernster Spott, mit dem sie den Männern begegnet.

Als Shangji Gopu und den Mäuserich mit dem schwangeren Mädchen herankommen sieht, springt er auf. Vor Verlegenheit weiß er nicht, was er machen soll. Dann aber legt er die Hände zusammen und begrüßt Rissa, von der Gopu sagt, daß sie die Tochter Bips sei. Er kennt den Koch und seine Tochter aus Gopus Erzählungen. Rissa sieht Shangji prüfend an. Daß der dritte der Jungen bereits ein halber Mann ist, hatte sie nicht erwartet. Shangji wendet sich ab und entfacht ein Feuer, als habe er nur auf die Ankunft der Freunde gewartet, um mit dem Reisbrei beginnen zu können.

Rissa läßt sich vorsichtig nieder. »Wenn ich störe ...«, sagt sie, ohne den Satz zu beenden.

»Wen? Mich? Nein, nein!« protestiert Shangji. Noch immer verlegen stochert er im Holz herum.

»Aber ich mache bald Ärger.« Rissa deutet auf ihren Bauch. Shangji wird rot. »Wir sind Ärger gewöhnt«, sagt er ohne aufzublicken.
»Sie hat niemanden«, erklärt Gopu. »Ihr Vater sitzt im Gefängnis.«
Da vergißt Shangji sein Feuer. Nun hat er einen Grund, näher an Rissa und Gopu heranzurücken. »Was hat er getan?« fragt er.
»Ja«, bittet auch Gopu. »Erzähle uns, was geschehen ist.«
Rissa sucht nach passenden Worten. Sie spricht nicht gern über das, was hinter ihr liegt. Aber sie tut es doch, weil sie der Meinung ist, daß die Jungen ein Recht haben zu erfahren, wieso sie niemanden hat, der ihr beisteht. »Vielleicht hätte ich nicht fortlaufen sollen«, sagt sie, als sie ihren Bericht beendet hat. »Ich habe auch lange überlegt, aber dann habe ich es nicht mehr ausgehalten, ich konnte nicht anders, ich mußte einfach weg.«
Shangji schüttelt den Kopf: »Du hast richtig gehandelt. Du konntest doch nicht ewig ... so leben.«
»Und wie lebe ich jetzt?« fragt Rissa. »Und was habe ich meinem Vater angetan?« Sie erzählt von Bips Angriff auf Herrn Chandrahas und von seiner Entlassung. »Er ist ein so hilfloser Mensch. Bisher hatte er Glück gehabt. Als das Glück ausblieb, wußte er nicht, was er tun sollte. Zum Schluß wurde er auch noch bestohlen. Seine ganzen Ersparnisse - weg!«
»Trotzdem!« Shangji bleibt unerbittlich. »Einem solchen Menschen wie diesem Chandrahas darf man sich nicht verkaufen. Wärest du bei ihm geblieben, hättest du dich verkauft - und nicht nur dich.« Shangji ist bemüht, Rissas Bauch zu übersehen, dennoch weiß nicht nur Rissa, wie Shangjis letzte Worte zu verstehen sind. Sie senkt den Kopf: »Er ist kein schlechter Mensch, er ...« Sie bricht ab.
»Kein schlechter Mensch!« Shangji kraust die Stirn. »Mit euch ehemaligen Angestellten ist es immer das gleiche. Was muß einer

wie der Chandrahas denn noch tun, um ein schlechter Mensch zu sein?«
»Es war auch meine Schuld.« Rissa glüht. Sie schämt sich sehr.
Shangji aber gibt keine Ruhe: »Deine Schuld!« Er steht auf und schaut auf Rissa herunter. »Was redest du da? Was hättest du tun sollen? Es ist doch klar, daß du Angst um deine Stellung hattest.«
»Er hätte mich nicht entlassen, wenn ich mich ihm widersetzt hätte.«
Shangji steht stumm. Ungläubig sieht er Rissa an. Dann fragt er: »Und warum hast du dich ihm nicht widersetzt?«
»Das ist ihre Sache.« Shangjis Fragen erinnern an ein Verhör. Das gefällt Gopu nicht.
»Hast du ihn etwa geliebt?« fragt Shangji weiter.
Rissas Augen füllen sich mit Tränen. »Nein. Ich ...«
»Laß sie in Ruhe!« Auch Gopu steht auf. Es ist wie mit Bapti, Shangji gestattet niemandem die geringste Schwäche, jeder muß sein, wie er es sich vorstellt.
Shangji zuckt die Achseln, hockt sich ans Feuer, legt Holz nach und hängt den Topf mit dem Wasser über die Flammen.
»Wie kam es, daß Bip eingesperrt wurde?« fragt Gopu Rissa.
»Wir zogen durch die Straßen, suchten Arbeit und fanden keine«, berichtet Rissa. »Dann konnte ich nicht mehr weiter. Vater ging fort und kam nicht zurück. Als ich ihn suchte, hörte ich, daß in einem Supermarkt ein Dieb festgenommen worden war. Ich wußte gleich, daß sie von Vater sprachen.«
Rissa schweigt. Auch Gopu und der Mäuserich schweigen. Shangji schürt das Feuer, bis er nicht mehr an sich halten kann: »Da seht ihr, wie es zugeht! Da habt ihr eure Gerechtigkeit! Lehnst du dich auf, kommst du ins Rutschen. Immer tiefer sinkst du, bis du im Dreck steckst.«
Gopu denkt an etwas anderes. »Wann war das, das mit deinem Weggang und Bips Entlassung?«

»Vor drei Monaten.«
»War Bapti da schon weg?«
»Bapti weg?« Rissa versteht die Frage nicht. Als sie erfährt, daß Bapti mit Gopu, Shangji und dem Mäuserich zusammen unter den Obdachlosen lebte, ist sie erstaunt: »Das hätte ich ihm nicht zugetraut.« Dann aber sagt sie: »Als Bip entlassen wurde, war Bapti noch zu Hause.«
Bapti hat alles gewußt? Rissas Schwangerschaft, ihr Davonlaufen, Bips Entlassung – er hat alles gewußt und kein Wort darüber verloren? In den gemeinsamen Tagen und Nächten, in denen sie sich alles erzählten, kein Wort? Gopu wagt es nicht, Shangji oder Rissa anzublicken. Es ist wie ein Schlag ins Gesicht: Bapti hat ihn belogen, hat ihn drei Monate lang belogen! Noch in jener Nacht, als sie im Gartenzimmer saßen und sich verabschiedeten, hat Bapti gelogen.
»So sind sie eben«, sagt Shangji. »Wirklich trauen darf man ihnen nicht, auch wenn sie sonst ganz nett sind.«
»Er wird sich geschämt haben«, meint Rissa.
Gopu steht auf und geht davon. Er muß jetzt allein sein. Er durchquert eine Straße, eine zweite und noch eine. Er geht und geht, bis er in der Nähe des Hafens auf das Meer stößt. Dort läßt er sich auf einem Stapel Bretter nieder und schaut auf die See hinaus.
Rissa hat recht, Bapti wird sich geschämt haben, aber schämt man sich vor einem Freund? Kann man einen Freund eine so lange Zeit belügen? Darf man sagen, Bip und Rissa gehe es gut, wenn man genau weiß, daß es ihnen nicht gutgeht? Oder ist er im Unrecht, verlangt er zuviel von Bapti? Verlangt er mehr, als er selber zu geben bereit ist? Oder hatte er Bapti von dem erzählt, was er an jenem Abend, an dem Baptis Vater ihm die Gehaltserhöhung gab, gesehen hatte?
Gopu findet keine Antworten, findet nur immer wieder neue Fragen. Langsam geht er zu den Freunden zurück. Shangji, Rissa und

auch der Mäuserich tun, als wäre Gopu nur kurz fortgewesen. Der Reisbrei ist fertig. Rissa will warten, bis die Jungen gegessen haben, Shangji aber verlangt, daß sie gemeinsam essen. Es dauert lange, bis Rissa einwilligt. Als sie es tut, muß sie lachen. Auch Shangji ist auf einmal heiter. Er sucht einen Namen für Rissa. Rissa, so sagt er, passe nicht zu ihr. Schließlich findet er einen, der sogar Rissa gefällt: Kleine Mutter.

Indische Krankheiten

»Ich brauche Geld«, sagt Bapti.
»Wofür?« Der Vater greift sich ein Stück Kabab*, schiebt es in den Mund, kaut und sieht Bapti aufmerksam an.
»Für meine Freunde. Einer von ihnen ist krank.« Bapti bittet nicht, er tut, als sei es selbstverständlich, daß er Geld für Gopu, Shangji und die beiden Mäuseriche verlangt. Von den hundert Rupien, die er Gopu mitgab, weiß der Vater nichts, die stammten aus der Handtasche der Mutter.
Der Vater trinkt von seinem Nimbu Pani, dann greift er sich ein neues Kabab. »Wieviel brauchst du?«
Tausend Rupien, möchte Bapti sagen. Was sind tausend Rupien für den Vater? Wenn es ihm einfällt, bestellt er von heute auf morgen ein neues Auto für sechzig- oder siebzigtausend Rupien. Doch dann beherrscht er sich, er wird noch oft Geld vom Vater benötigen. »Zweihundert Rupien«, sagt er. »Sie sind zu viert.«
Der Vater wischt sich die Hände an der Serviette ab, nimmt die kleine Klingel, die auf dem Tisch steht, und läutet.
Topur kommt und verneigt sich. »Raj soll kommen«, sagt der Vater. »Er soll zwei-, nein, dreihundert Rupien mitbringen.«
Dreihundert Rupien! Bapti muß sich ein Lächeln verkneifen. Mit soviel hat er nicht gerechnet.
»Ich finde das gut, daß du an deine Freunde denkst.« Der Vater ißt weiter, er fragt nicht, wie das kommt, daß Gopu, der Schlangenbeschwörer, der doch nach Baptis Aussage soviel Geld verdient, Almosen nötig hat. Bapti hatte Bemerkungen in dieser Richtung erwartet, nun, da sie ausbleiben, ist er dem Vater dankbar. Erst jetzt nimmt auch er sich ein großes Stück Kabab.
»Wir helfen deinen Freunden über den Monsun«, fährt der Vater

fort, »doch dann ist Schluß. Wir tun ihnen keinen Gefallen, wenn wir sie ewig ernähren. Ist der Monsun vorüber, müssen sie sich Arbeit suchen.«

»Es gibt keine Arbeit«, erwidert Bapti.

Der Vater lächelt. »Hat einer deiner Freunde jemals Arbeit gesucht? Ich meine, richtige Arbeit, nicht bloß Handaufhalten oder Schlangen beschwören.« Als Bapti nicht gleich antwortet, fährt er fort: »Geh mal vor die Fabrik. Vor dem Eingang hängt eine Tafel, da steht drauf, wieviel Leute wir suchen.«

Auch die Mutter lächelt. Sie hat kein Verständnis dafür, daß Bapti noch immer an die Freunde denkt. Bapti weiß das. Die Mutter sieht die Obdachlosen nicht. Geht sie durch die Stadt, schaut sie durch sie hindurch. Früher folgte er ihrem Beispiel. Nun ist das anders, nun könnte er nicht mehr durch sie hindurchblicken, nun ärgert ihn das Lächeln der Mutter. Es gefällt ihr, daß der Vater sagt, es gäbe doch Arbeit. Gibt es Arbeit, bedeutet das, die Obdachlosen wollen nicht arbeiten, dann ist sie im Recht, dann darf sie sie verachten.

»Einer von ihnen hat sogar bei uns gearbeitet«, sagt Bapti. Er will das Lächeln auf den Gesichtern der Eltern zerstören. »Ihr habt ihn gefeuert, weil er ab und zu eine andere Meinung hatte.«

»Was hat er gearbeitet?« fragt der Vater.

»Er war Transportarbeiter.«

»Dann werde ich ihn kaum kennen«, meint der Vater. »Aber wenn wir ihn entlassen haben, dann nicht wegen seiner anderen Meinung. Er wird wahrscheinlich den ganzen Tag nichts anderes getan haben, als seine Meinung verkünden.« Der Vater lächelt wieder: »Es gibt da so ein paar Wirrköpfe, die wollen die Welt verändern – wenn's geht, in drei Tagen.«

»Er ist bestimmt nicht faul«, widerspricht Bapti, aber er ist sich nicht sicher, viel arbeiten hat er Shangji nicht gesehen.

Der Vater spürt den Zweifel in Baptis Stimme. »Ich werfe deinen

Freunden ihre Trägheit nicht vor«, sagt er. »Das ist eine indische Krankheit. In Europa würde unser Schild keine zwei Tage neben dem Eingangstor hängen, dort reißen sich die Leute um Arbeit.« Er hebt den Zeigefinger: »Obwohl sie als Arbeitslose soviel Geld bekommen, daß sie essen, wohnen und sich kleiden können.«
»Und wer gibt ihnen das Geld?«
»Es ist eine Versicherung. Wer Arbeit hat, zahlt einen Beitrag in eine große Kasse, verliert einer seine Arbeit, bekommt er aus dieser Kasse Geld, bis er wieder Arbeit hat.«
»Das finde ich toll«, sagt Bapti.
»Ich auch«, bestätigt der Vater. »Unsere Landsleute aber sind keine Europäer. Würden wir ihnen Arbeitslosengeld zahlen, würden sie erst recht keinen Finger mehr rühren.« Der Vater stochert mit einem Zahnstocher zwischen den Zähnen herum. »Ganz abgesehen davon, daß die, die arbeiten, die vielen Millionen, die nicht arbeiten, nicht ernähren können.«
Bapti überlegt. Macht der Vater es sich nicht zu einfach? Für ihn sind alle Obdachlosen gleich, aber ist das richtig? Sind Shangji und Mangar gleich?
Als hätte der Vater Baptis Gedanken erraten, sagt er: »Es mag Ausnahmen unter den Obdachlosen geben, aber im großen und ganzen ist es, wie ich es sage. Die meisten unserer Landsleute – und darunter natürlich aufgrund fehlender Bildung größtenteils die Obdachlosen – interessieren sich nicht für das, was in ihrem Leben vorgeht. Bei der letzten großen Wahl hatten wir nicht einmal fünfzig Prozent Beteiligung, obwohl es eine wichtige Wahl war. Sie denken an den Tod und erwarten ihr nächstes Leben, das scheint ihnen der einzige Ausweg zu sein, um aus dem Elend herauszukommen.«
Ist Shangji eine Ausnahme? Sind die meisten Obdachlosen wie Mangar, gutmütig, vertrauensvoll und voller Demut? Bapti seufzt. Er war nicht lange genug unter den Obdachlosen, um diese

Frage beantworten zu können, und als er unter ihnen lebte, hatte er andere Sorgen, als darüber nachzudenken.
»Du kannst mir glauben«, sagt der Vater. Er lächelt wieder, aber diesmal ist es ein um Vertrauen werbendes Lächeln. »Denke nicht«, sagt er unter diesem Lächeln, »ich würde unser Volk nicht mögen. Ich mag es schon, aber wie alle, die denken können in unserem Land, suche ich einen Ausweg aus dem stetigen Verfall. Mein Ausweg heißt: Wir müssen uns den Europäern und Amerikanern anpassen, müssen eine stabile Wirtschaft bekommen. Nur wenn es uns gelingt, die Leute aus ihrem Dahindämmern in der Armut herauszureißen, können wir uns von uns selbst befreien.«
Darüber muß er nachdenken, das ist zuviel, um es sofort zu begreifen, und deshalb ist Bapti froh, daß Raj kommt und dem Vater einen Umschlag reicht. Der Vater taucht erst die Hände in die Schale mit dem Zitronenwasser und trocknet sie sich an der Serviette ab. Dann steckt er sich eine Zigarre an und pafft zwei, drei Züge, ehe er Raj den Umschlag mit dem Geld abnimmt und ihn Bapti reicht.
Bapti nimmt das Geld entgegen und bedankt sich. Dann wartet er, bis Raj den Salon verlassen hat, und fragt den Vater: »Warum gibt es ausgerechnet in unserem Land so viele Obdachlose?«
Der Vater zieht an seiner Zigarre. »Dafür gibt es viele Gründe. Einer davon ist, daß viele der Harijans sich ein anderes Leben als das ihrer Vorfahren gar nicht vorstellen können, ein anderer die Überbevölkerung. Viele haben zu viele Kinder, können die Familie nicht ernähren, sich schon deshalb keine Wohnung leisten.«
»Und warum haben ausgerechnet die Armen so viele Kinder?«
»Das ist die schlimmste der indischen Krankheiten«, erwidert der Vater. »Viele der Armen wissen nicht, wie sie Kinder verhindern können, jedes Jahr bekommen sie ein neues. Dann ist da die Hoff-

nung, eines Tages von vielen Kindern besser als von wenigen ernährt zu werden, und schließlich sind da auch die vielen religiösen Sekten, die Kinderreichtum empfehlen.«
»Und haben sie zu viele, lassen sie sie im Stich.« Bapti denkt an den älteren Mäuserich.
Der Vater nickt. »Es gibt noch einen Grund, warum es so viele Kinder gibt: Das Miteinanderschlafen ist ein kostenloses Vergnügen, das einzige, das sich die Armen leisten können.«
Die Mutter nestelt an ihrem Sari, Bapti aber wendet keinen Blick vom Vater.
Auch der Vater findet Gefallen an dem Gespräch. »Das alles sind nur einige Gründe«, sagt er, »sie erklären nicht alles, erklären zum Beispiel nicht, wie es kommt, daß es immer wieder Menschen gibt, die einen Weg aus dem Elend finden. Ich kenne einen, der wurde sogar Minister. Einer aus der Kaste der Unberührbaren ein Minister!«
»Dein Gopu«, fährt der Vater nach einiger Zeit fort, »hätte auch das Zeug zu etwas. Einen Raj hätte man bestimmt aus ihm machen können. Trotzdem wird nichts aus ihm werden. Als Schlangenbeschwörer bleibt er in seinem Milieu, als Boy hätte er sich heraufarbeiten können.«
»Aber als Schlangenbeschwörer ist er sein eigener Herr«, verteidigt Bapti Gopus Entscheidung. »Als Boy wäre er das nicht.«
Der Vater sieht Bapti lange an, dann fragt er: »Eigener Herr? Ist dein Gopu das wirklich? Ist er nicht abhängig von den Leuten, die ihm etwas geben oder nicht? Ist er nicht sogar vom Wetter abhängig? Und selbst wenn er sein eigener Herr wäre, was hätte er davon?« Der Vater denkt einen Augenblick lang nach, dann sagt er: »Ich war nie mein eigener Herr, mein ›Herr‹ war und ist die Firma, der Zwang, sie zu erhalten, uns und unseren Leuten den Unterhalt zu sichern. Wir müssen für unseren Wohlstand bezahlen. Dir wird es nicht anders ergehen, es sei denn, du ziehst es vor,

zu den Obdachlosen zurückzukehren. Dort kannst du machen, was du willst, kannst betteln oder Schlangen beschwören, wenn du Lust hast oder der Hunger dich dazu treibt. Bezahlen aber mußt du auch dort, mit Unterernährung, Krankheit oder frühem Tod. Der Preis für diese zweifelhafte Art von Freiheit wäre mir zu hoch.«

»Gopu hatte keine Wahl«, entgegnet Bapti leise.

»Hatte er nicht?« Der Vater erhebt sich. »Ich denke, er hat darauf verzichtet, zu uns zurückzukehren?«

Der Vater hat recht, Gopu hatte die Wahl. Sekundenlang ist Bapti unsicher: Sieht Gopu die Nachteile nicht? Oder ist ihm seine »Freiheit« lieber?

»Und die vielen anderen?«

Der Vater schaut auf die Uhr und läßt dann den Blick auf Bapti ruhen: »Die haben keine Wahl. Deshalb mußt du froh sein, daß du eine hast.«

Da schüttelt Bapti den Kopf: »Ich habe auch keine Wahl, ich gehöre nicht zu den Obdachlosen, ich könnte unter ihnen nicht leben, selbst wenn ich wollte.«

Der Vater lächelt Bapti zu, dann fährt er ihm übers Haar: »Du hast dazugelernt. Mit dir kann man sich unterhalten.« Er wirft einen flüchtigen Blick auf die Mutter, nickt ihr zu und verläßt den Salon.

Die Mutter sitzt noch einige Zeit nachdenklich am Tisch, dann sagt sie: »Halte dich an deinen Vater, Junge. Für dich ist das das beste.«

Bapti wartet, bis auch die Mutter fort ist, dann geht er in sein Zimmer, legt sich auf sein Bett und greift unter das Kissen. Gopus Bilder! Gestern, als der Friseur ihn endlich in Ruhe ließ, suchte er sie, bis er sie bei Raj entdeckte und der Sekretär sie ihm aushändigte. Danach betrachtete er sie lange. Nun, da er sie wieder in den Händen hält, ist ihm, als träfe er gute Bekannte.

Den Mann auf dem Bild kennt er wirklich schon lange. Es ist der

Liftboy vom »Excelsior«. Ohne Uniform sieht er nicht ganz so schmächtig aus. Die Frau und die Kinder kennt er nicht. Das heißt, der ernst blickende Junge sieht aus wie der, der anstelle Gopus vor dem Gateway saß, als er, von Delhi kommend, Gopu suchte. Der andere Bruder aber gefällt ihm besser, der sieht lustig aus und scheint auch nicht dumm zu sein. Bapti läßt die Fotos sinken. Was der Vater vom Kinderreichtum der Armen sagte, ist sicher nicht falsch, trotzdem: Das Zusammenleben mit mehreren Geschwistern muß schön sein.

Und Gopus Eltern? Bapti betrachtet sich das Foto mit den beiden Erwachsenen genauer. Sie mögen sich, das sieht man. So können nur zwei beieinandersitzen, die sich gern haben.

Das Hochzeitsbild in Vaters Arbeitszimmer! Die Mutter guckt, als hätten der Vater und sie sich zufällig getroffen, der Vater guckt wie ein Besitzer. Er war stolz auf seine schöne Frau. Jetzt ist die Mutter nicht mehr schön, jetzt ist er nicht mehr stolz.

Bapti legt die Fotos beiseite und verschränkt die Arme unter dem Kopf. Er muß warten. Er will Gopu die Fotos und das Geld bringen, nachher, wenn es nicht ganz so heiß ist, wenn es aussieht, als mache er einen Stadtbummel.

Die Lüge

Die Mittagshitze ist vorüber. Bapti steckt die beiden Fotografien in den Umschlag mit den drei Einhundert-Rupien-Scheinen, schiebt den Umschlag in die Hose und geht los. Er durchquert das Geschäftsviertel rund um die Mount Road und dann die Altstadt. Das bunte Treiben der Händler auf dem Basar, die Rufe und Lockungen lenken ihn nicht ab. Er will in die Vorstadt, er ist sicher, daß die Freunde den Spalt zwischen den Häusern nicht verlassen haben.

Er läuft altbekannte Wege, sieht Obdachlose, die er kennt und die ihn nicht wiedererkennen. Der Junge in den kurzen, hellen Hosen, mit dem wenn auch etwas länger gehaltenen, so doch ordentlich geschnittenen Haar erinnert in nichts an den Jungen, der eine Zeitlang beim alten Mangar lebte. Ein wenig bedauert Bapti, daß er nicht erkannt wird, doch dann ist er froh. Was sollte er ihnen sagen? Und würden sie ihn nicht sofort anbetteln?

Bapti biegt in die Straße ein, in der die Jungen Unterschlupf gefunden haben. Tageslicht und Sonnenschein verleihen ihr ein freundlicheres Aussehen als das Grau der Regentage. Dann sieht er die beiden engbeieinander stehenden Häuser, wird langsamer – und bleibt stehen. Die Jungen sind nicht allein, ein Mädchen ist bei ihnen, ein Mädchen, das er nicht gleich erkannte – Rissa.

Im ersten Augenblick weiß Bapti nicht, was er tun soll. Wie angewurzelt steht er da. Dann tritt er zurück und versteckt sich hinter einem mit bunten Plakaten beklebten Zaun. Doch er lugt hinter dem Zaun hervor, läßt Rissa nicht aus den Augen. Sie ist unförmig geworden, ist fast nur noch Bauch.

In diesem Bauch ist das Kind des Vaters.

Bapti rutscht am Zaun herunter, hockt auf der Erde und preßt die

Fäuste an die Stirn. Er hockt lange so da, überlegt und weiß nicht, was er tun soll. Dann erschrickt er wieder: Rissa wird Gopu alles erzählt haben! Das von dem Kind und von Bips Entlassung! Sie muß es ihm erzählt haben, mit dem dicken Bauch blieb ihr gar nichts weiter übrig.

Bapti steht auf und schaut erneut zu den vier hinüber. Shangji und Rissa lachen, der ältere Mäuserich grinst ohne Pause, nur Gopu ist ernst, ist viel zu ernst für ein so heiteres Gespräch. Es gibt keinen Zweifel: Er weiß es!

Bapti dreht sich zurück. Erst jetzt sieht er, daß er in einem Hof steht, daß mehrere kleine Kinder in dem Hof spielen und ihn neugierig ansehen.

Was soll er tun? Einfach hingehen? Aber was wird Shangji, der nie viel von ihm hielt, jetzt von ihm denken? Würde er nicht ausspucken? Und Gopu? Kann er verstehen, warum er ihm verschwieg, was zu Hause geschah, warum er ihn so oft belog? Versteht er sie denn selbst, diese Angst, Gopu könne in ihm das sehen, was Shangji im Vater sieht?

Wieder schaut Bapti zu Shangji, Gopu, dem älteren Mäuserich und Rissa hinüber. Noch immer reden sie, lachen sie. War er nach drei Monaten so von ihnen aufgenommen worden wie Rissa in dieser kurzen Zeit? War da nicht ständig eine Barriere zwischen Shangji und ihm und sogar zwischen den Mäuserichen und ihm gewesen?

Der kleine Mäuserich! Erst jetzt bemerkt Bapti das Fehlen des kleinen Jungen. Ist er gestorben? Kam alle Hilfe zu spät? Ist es so, dann ist auch das seine Schuld. Er hätte viel eher nach Hause zurückkehren müssen. Vielleicht hätte der Vater einen Arzt geholt, wäre der Junge in ein Hospital gekommen. In Bapti steigen Tränen auf. Er weint nicht um den kleinen Mäuserich, der ja nur seinen Körper verlassen hat, um in einer anderen Form weiterzuleben, er weint um den Verlust einer Hoffnung; der Hoffnung, daß Gopu und er, wenn sie schon nicht zusammenbleiben können, als Freunde voneinander scheiden. Das ist ihm nun klar: Er wird nicht zu den Jungen hinübergehen, wird sich nicht mit Gopu treffen, solange er noch in Madras ist; er wird nach Hause gehen, wird ...

Die Fotografien! Er muß Gopu die Fotografien geben. Und das Geld! Die Freunde werden es jetzt, da Rissa bei ihnen ist, noch dringender benötigen. Unentschlossen schaut Bapti zu den drei Jungen und dem Mädchen hinüber. Er kann nicht gehen, ohne den Umschlag mit dem Geld und den Fotos zurückgelassen zu haben, er will aber auch nicht zu ihnen hinübergehen; er kann nur warten, hoffen, daß Gopu oder der Mäuserich für kurze Zeit allein bleiben oder einer der beiden fortgeht.

Bapti wartet. Er schaut zu dem Mäuserich hin, wünscht sich, der Junge möge aufstehen, fortgehen. Doch der Mäuserich sitzt und sitzt, grinst und grinst.

Die Dämmerung setzt ein. Bapti wird das Stehen schwer, doch er läßt die drei Jungen und das Mädchen nicht aus den Augen. Es wäre ihm nun auch recht, würde Rissa aufstehen, Rissa wäre ihm sogar lieber als Gopu. Je länger er steht und nachdenkt, desto weniger liegt ihm daran, noch einmal mit Gopu zusammenzutreffen. Träfe er ihn, wüßte er nicht, was er ihm sagen sollte. Doch es ist wie verhext, als sich endlich einer der Jungen erhebt, ist es Gopu. Er wechselt noch einige Worte mit Shangji, nimmt dann den Krug und geht fort.

Bapti zögert nur kurze Zeit, dann folgt er ihm. Er geht hinter Gopu her, bis er sicher ist, daß Gopu auf dem Weg zum Basar ist, dann läuft er los. Er läuft durch Nebenstraßen, läuft im weiten Bogen um Gopu herum und geht ihm dann entgegen. Als er Gopu sieht, versteckt er sich in einem Tor. Erst als der Junge mit dem Krug heran ist, tritt er hervor.

Gopu erschrickt, so plötzlich taucht Bapti vor ihm auf. Dann run-

zelt er die Stirn und schaut in den Krug, als gäbe es darin etwas zu sehen, geht aber nicht weiter.
Erwartet Gopu Erklärungen? Bapti kann nichts erklären, will nichts erklären; er reicht Gopu den Umschlag: »Deine Fotos.«
Gopu nimmt den Umschlag, hält ihn unschlüssig in der Hand und steckt ihn dann ungeöffnet ins Hemd.
Hatte er gehofft, Gopu würde nachsehen, das Geld finden und sich bedanken? Bapti weiß es nicht. Er legt die Hände zusammen, sagt: »Namasté« und läuft davon.
Bapti läuft schnell, er weiß, daß Gopu ihm nachblickt, spürt die Blicke im Rücken. Erst als er in einer Seitenstraße einbiegt, wird er langsamer, nimmt er sich die Zeit, die Tränen fortzuwischen.
Zu Hause liegt ein Telegramm. Ein Telegramm von Ayesha an Bapti: Freuen uns, daß du zurück bist. Kommen dich besuchen. Ayesha und Bihari.

Der kleine Gopu

In den Abendstunden kommt Wind auf. Vom Bengalischen Golf weht er heran, wird immer heftiger, wird zum Sturm. Der Sturm fegt durch die Straßen, biegt die vereinzelten Palmen zu Bögen, reißt von den Obdachlosen mühselig Errichtetes nieder, treibt Papier, Bretter und Kleidungsfetzen vor sich her und schiebt Wolken über die Stadt.
Die Obdachlosen ziehen die Köpfe ein und kriechen zusammen: Was sich über ihnen zusammenbraut, sieht nicht nach einem normalen Monsunregen aus.
»Jetzt geht's richtig los, jetzt macht der Monsun ernst.« Shangji hat die Worte noch nicht zu Ende gesprochen, da zuckt ein Blitz über den Himmel, da folgt ein Donnerschlag, der die Menschen erbeben läßt. Dann rauscht es vom Himmel herab, übergangslos zerplatzen Wasserblasen auf dem Pflaster.
Still schauen Shangji, Rissa, Gopu und der Mäuserich zu, was sich auf der Straße abspielt. Die Obdachlosen auf der anderen Straßenseite sind nicht mehr zu erkennen, so dicht ist der Vorhang aus Regen. Shangji erhebt sich als erster und zündet ein Feuer an. Der Sturm ist dem Regen gewichen, aber trotz der feuchten Luft gelingt es ihm, das Feuer am Leben zu erhalten. Dann nimmt er die Hirse, die Gopu auf dem Basar gekauft hat, und beginnt mit den Vorbereitungen zu einem Brei.
Rissa nimmt Shangji den Topf mit dem Wasser aus der Hand. Solange eine Frau da sei, brauche keiner der Männer kochen, sagt sie. Der Mäuserich grinst. Mit den Männern meint Rissa auch ihn.
Gopu schaut den Freunden zu, in Gedanken aber ist er woanders. Shangji, Rissa und der Mäuserich wissen nichts von Baptis Auf-

tauchen und dem Geld, das er ihm gab. Hätte er ihnen davon erzählt, hätten sie laut darüber nachgedacht, was Baptis Verhalten zu bedeuten habe. Das wollte er nicht. Das zwischen Bapti und ihm ist ihre Sache, das kann kein Unbeteiligter verstehen.
Auf dem Weg zum Basar und zurück war Gopu sich schlecht vorgekommen. Bapti hatte sie nicht vergessen, hatte ihnen dreihundert Rupien gebracht, Geld genug, um den Monsun zu überstehen. Er aber hatte ihn sofort verurteilt, als Rissa die Lüge aufdeckte. Wer war nun im Unrecht – Bapti oder er?
»Ist dir nicht gut?« Shangji steht neben Rissa. Das Mädchen lehnt an einer Wand, preßt beide Hände unter den Bauch und schaut verstört vor sich hin: »Ein Ziehen!«
Gopu erwacht aus seinen Gedanken. »Dann geht es los«, sagt er. »Bei meiner Mutter fing es auch so an.«
Eine Zeitlang weiß keiner der vier, was nun zu tun ist, dann bittet Shangji das Mädchen: »Laß den Brei, leg dich hin.« Er nimmt sie und hilft ihr, bis sie auf dem Rücken liegt und den Kopf von ihnen wegdreht: »Ich habe euch gesagt, daß ich euch Ärger mache.«
»Ärger!« Shangji guckt unwillig. »Bei wem wärst du, wenn du nicht bei uns wärst?« Er nimmt den Topf und rührt in dem Hirsebrei herum. »Gleich kriegst du was Warmes zu essen. Das ist das einzige, was im Moment wichtig ist.«
»Ich kann jetzt nicht essen.«
»Du mußt!« Shangji bleibt hart. »Du brauchst Kraft.«
»Du gibst an, als wärst du mein Vater.« Rissa gefällt Shangjis Sorge.
»Kleine Mutter – kleiner Vater!« lacht der Mäuserich.
Shangji wird rot, bringt den Brei, pustet hinein und sagt: »Macht ihr nur eure Witze. Eine Geburt ist kein Kinderspiel.«
Rissa nimmt von dem Brei, ißt ein wenig und erzählt dann von Bip: »Er will, daß es ein Junge wird, einer, der seine ledige Mutter ernähren kann, wenn er mal nicht mehr ist.«

»Willst du denn keinen Mann?« fragt der Mäuserich.
»Wozu? Um noch mehr Kinder zu bekommen?« fragt Rissa zurück.
»Aber ein Kind allein kann dich nicht ernähren.«
»Darüber mache ich mir keine Gedanken«, erwidert Rissa. »Meine Mutter starb jung, vielleicht sterbe ich auch jung. Vielleicht sogar ...«
»Sag nicht so etwas«, schimpft Shangji. Vielleicht sogar diese Nacht, hatte Rissa sagen wollen. »Ein Kind kriegen ist keine Kleinigkeit, aber auch keine große Sache. Jeden Tag werden Tausende von Kindern geboren.«
Rissa sieht Shangji mit großen Augen an, schweigt aber.
»Wie soll dein Kind denn heißen?« fragt der Mäuserich mit vollem Mund. Er hat in den Hirsebrei gegriffen und ißt, daß es weithin zu hören wäre, rauschte nicht noch immer der Regen, prasselte das Wasser nicht mit solcher Heftigkeit auf das Straßenpflaster, daß es alle anderen Geräusche übertönt.
Rissa schaut Gopu an. »Gopu ist ein schöner Name.«
Gopu senkt den Kopf. Es wäre eine große Ehre, würde Rissa ihren Sohn nach ihm benennen.
»Gopu eins und Gopu zwei«, grinst Shangji. »Da haben wir zu tun, euch auseinanderzuhalten.«
Das Wasser überflutet die Straße. Der Mäuserich entdeckt es als erster. Es sieht aus wie wenige Tage zuvor: Unrat treibt vorbei, Echsen und Ratten und ab und zu eine Schlange.
»Das fehlte uns noch«, sagt Shangji. Er nimmt ein Brett und hindert eine im Wasser treibende Ratte daran, bei ihnen Zuflucht zu suchen. Dann sieht er eine Viper, eine der giftigsten Schlangen. Dann eine Otter. Gopu hilft dem Freund, gemeinsam schlagen sie nach den Schlangen. Der Mäuserich baut einen Wall. Mit einem Brett kratzt er Erde zusammen, schüttet sie auf, steckt dann die Bretter längs in die Erde.

»Das wird nicht helfen«, meint Shangji. Er steht unschlüssig herum. Die ersten Schatten huschen durch den Regen: Obdachlose, die erneut vom Wasser vertrieben wurden.
»Wir müssen Wache halten«, sagt Shangji. Er gibt dem Mäuserich sein Brett. »Kommt das Wasser über den Wall oder wirst du mit irgend etwas nicht fertig, rufe uns. Ich löse dich nachher ab.« Dann geht er zu Rissa, legt sich neben sie und fragt: »Wie geht es?«
»Gut«, antwortet Rissa.
Auch Gopu legt sich nieder. Er legt sich so, daß Shangji und er Rissa zwischen sich haben. Er will nicht schlafen, er will nachdenken; er hat über vieles nachzudenken. Aber während er nachdenkt, lauscht er dem Regen. Das eintönige Rauschen schließlich macht ihn müde, bringt ihn dazu, die Augen zu schließen und einzuschlafen.
Im Schlaf sieht Gopu den Vater. Der Vater sitzt auf der Bank im Hof, trägt nur seinen Dhoti, kaut ein Pan und schüttelt mißbilligend den Kopf: »Wo steckst du? Du schickst kein Geld, kommst nicht zurück. In Madras ist Monsun, wir machen uns Sorgen. Sind dir unsere Sorgen nicht wichtig?«
»Ich komme«, erwidert Gopu. »Wenn Rissa ihren Sohn hat, hole ich mein Geld, komme zu euch zurück und erkläre euch alles.«
»Versprichst du mir das?« Der Vater guckt mißtrauisch, aber nicht böse. »Deine Geschwister glauben, man könne dir nicht mehr trauen.«
Die Geschwister trauen ihm nicht mehr? Fühlen sie sich im Stich gelassen? Denkt er zuviel an andere, zuwenig an die Familie? Gopu wälzt sich so lange unruhig hin und her, bis er erwacht. Er benötigt einige Zeit, um zu sich zu kommen, dann schaut er nach Rissa.
Rissa liegt neben Shangji, zuckt ab und zu zusammen und krümmt sich vor Schmerzen. Shangji, der ebenfalls wach ist, beobachtet sie stumm. Der Mäuserich hält noch immer Wache.

Er sitzt auf seinem Wall und schiebt, was herantreibt, mit seinem Brett fort. Gopu schließt die Augen, schläft aber nicht wieder ein. Wie oft hatte er sich selbst versprochen heimzukehren, immer gab es einen Grund, die Heimkehr hinauszuschieben. Es gibt auch jetzt genügend Gründe hierzubleiben, doch es hat sich etwas geändert: Keiner davon ist stark genug, ihn nun noch von der Heimkehr abzuhalten.

Bombay! Gopu starrt in die Dunkelheit hinein. Werden die Abende sein, wie sie waren? Im Traum sah er den Vater auf der Bank im Hof, aber wohnen die Eltern tatsächlich noch in dem dahinterliegenden Raum? Was, wenn sie inzwischen obdachlos wurden, wenn die Geschwister ihm nicht mehr trauen, wie der Vater sagte? Gopu sieht sie alle vor sich: Den Vater, die Mutter, Odini, Jagganath, Sridam, Bidiya, Rabi. Odini und Jagganath sind ernst, Sridam grinst, Bidiya weint, Rabi streckt die Arme aus und die Mutter lächelt traurig. Gopu wischt sich über die Augen. Die Familie wird ihn nicht zurückweisen. Sollte er sie enttäuscht haben, wird man ihm verzeihen.

Rissa stöhnt, erst leise, dann lauter. Gopu dreht sich um. Rissas Gesicht hat sich zu einer Grimasse verzogen, die Augen weit aufgerissen, starrt sie irgendwohin. Sie preßt die Hände auf den Bauch, bäumt sich auf, atmet hastig und pendelt mit dem Kopf hin und her. Shangji kniet neben ihr, wickelt sie aus dem Sari und zerreißt den morschen Stoff, wenn es ihm nicht schnell genug geht. »Hilf mir! Halte sie fest!« bittet er Gopu.

Gopu kniet ebenfalls neben Rissa nieder, packt ihre Arme und hält sie fest. Rissas Lippen zucken, ihr Mund verzerrt sich - ein Schrei bricht sich Bahn. Der Mäuserich vergißt seine Ratten und Schlangen, kommt heran und schaut mit großen Augen auf das herab, was sich zu seinen Füßen abspielt.

Rissa krallt sich in Gopus Armen fest. »Eine Frau!« flüstert sie. »Holt eine Frau!«

»Los!« ruft Shangji dem Mäuserich zu. »Hol irgendeine Alte.«
Der Mäuserich blickt verständnislos, dann aber versteht er und läuft in den strömenden Regen hinaus.
Shangji hat Rissas Unterkörper freibekommen. Er nimmt ihre Beine und beugt die Knie. Rissa spreizt die Beine, ihr Gesicht schwillt an, wird dunkelrot unter der Anstrengung. Die in der Luft schwebenden Beine zucken. Sie stöhnt laut und greift um sich. Gopu hat Mühe, sie festzuhalten.
Der Mäuserich kommt. Eine Frau hastet hinter ihm her. Beide sind sie naß. Der Weg über die Straße reichte aus, sie völlig zu durchnässen. Die Frau befiehlt Shangji, das Hemd auszuziehen. Sie legt es unter Rissas Gesäß, horcht an ihr herum und betastet sie. Dann verlangt sie: »Macht ein Feuer. Ich muß was sehen können.«
Shangji führt der noch glimmenden Glut neue Nahrung zu. Die Frau hält Rissa fest, die sich wirft, als wolle sie sich gegen das wehren, was sich in ihrem Leib abspielt. »Mach die Beine auseinander! Weiter! Weiter!« verlangt die Frau. »Und nun: Pressen! Nichts als pressen! Luft anhalten und pressen!«
Rissa hält die Luft an, preßt, stößt die Luft aus, atmet tief ein, hält wieder die Luft an, preßt. Dann schreit sie auf, irgend etwas muß ihr einen entsetzlichen Schmerz zugefügt haben. Sie beißt sich auf die Lippen, schließt die blutunterlaufenen Augen und preßt weiter.
»Tapferes Mädchen«, murmelt die Frau, fährt Rissa dann aber wieder an: »Nicht nachlassen!«
Shangji löst Gopu ab. Er nimmt Rissas Arme und hält sie fest. Gopu kümmert sich um das Feuer, legt Bretter nach, die klamm sind, qualmen und stinken.
Der Mäuserich steht drei Meter von Rissa entfernt, die weitaufgerissenen Augen sind voller Tränen. Er hat Angst um das Mädchen.

Die Frau bleibt ruhig. »Pressen!« fordert sie. »Nicht aufhören!« Gopu kennt die Frau. Ihre Familie lagert unter einer Holzveranda. Er hat sie mehrfach gesehen. Sie hat sechs oder sieben Kinder, sie weiß, was zu tun ist.
»Es kommt«, sagt die Frau. »Jetzt darfst du nicht aufhören. Du mußt weitermachen, immer weiterpressen.«
Zwischen Rissas Beinen erscheint etwas. Die Frau drückt die Beine noch weiter auseinander. Sie redet auf Rissa ein, bittet sie, nur ja nicht nachzulassen. Rissa beißt die Zähne zusammen. Ihr Gesicht ist entstellt, ist so geschwollen, so dunkel, als wollte es platzen. Tränen der Anstrengung laufen ihr über das Gesicht. Sie atmet ein, preßt, stößt keuchend die Luft aus, atmet erneut ein, preßt wieder.
Die Frau streckt die Hände aus, stützt das kleine, blutverschmierte Runde zwischen Rissas Beinen. »Jetzt etwas langsamer«, sagt sie. »Geht es zu schnell, reißt du ein.«
Rissa wird ganz von allein ruhiger, sie hat eine Technik entwickelt. Sie hält sich an Shangji fest, holt Luft, preßt und stößt die Luft aus. Sie wiederholt diesen rhythmischen Vorgang, bis das Kind blutig wie ein rohes Stück Fleisch in den Händen der Frau liegt.
»Ein Messer«, sagt die Frau. »Ihr habt doch hoffentlich ein Messer?«
Shangji läßt Rissa los und zieht das Messer aus der Tasche. Die Frau zeigt ihm die beiden Stellen, an denen er die Nabelschnur, die das Kind mit Rissa verbindet, durchtrennen soll. Als das geschehen ist, greift sie in ihren Sari, findet ein Stück Band und bindet den Nabel des Kindes ab. Dann hebt sie das glitschige Wesen in die Höhe. Wie ein großer, nasser Frosch hängt das Kind in der Luft. Die kleinen Ärmchen greifen um sich, rudern ziellos in der Luft umher. Mit der einen Hand hält die Frau das Kind, mit der anderen versetzt sie ihm einen Klaps auf den Hintern. Als nur ein leises Wimmern zu hören ist, schlägt sie noch einmal zu. Da

schreit das Kind, schreit, verkrampft und windet sich. Die Frau nickt zufrieden. Sie winkt Gopu: »Jetzt brauche ich dein Hemd.«
Gopu räumt die Brusttaschen leer, zieht das Hemd aus und gibt es der Frau. Die Frau wickelt den kleinen Menschen darin ein. Dann beugt sie sich zu Rissa herunter. »Dein Fresser lebt«, sagt sie und wischt dem Mädchen den Schweiß von der Stirn. »Es ist ein Junge. Kommt er durch, wird er dir eines Tages dein Leid vergelten.«
Rissa nickt schwach. Ihre Lippen sind blau und blutig gebissen, ihr Gesicht ist grau; sie hat viel Blut verloren.
»Denk nicht, daß alles vorüber ist«, warnt die Frau. »Nicht lange und der Spaß geht von vorne los. Da ist noch was in dir, das muß raus.«
Wieder nickt Rissa. Und dann bäumt sie sich auch schon auf: Die Wehen der Nachgeburt setzen ein.
»Das geht ja schnell!« freut sich die Frau. Dann redet sie auf Rissa ein: »Immer schön pressen! Nicht nachlassen!«
Ein leiser Schrei entfährt Rissa, dann liegt ein feuchter, blutiger Klumpen zwischen ihren Beinen. Die Frau knüpft Shangjis Hemd über dem Klumpen zusammen und reinigt Rissa mit den Zipfeln. »Das wirst du nicht mehr anziehen können, du Vater, du!« sagt sie und lacht über den hilflos dastehenden Shangji, der die Arme baumeln läßt und nicht widerspricht.
»Bevor du ihr wieder ein Kind machst, schone sie ein Vierteljahr«, sagt die Frau zu Shangji. Sie schaut zu, wie Gopu und der Mäuserich den in Shangjis Hemd gewickelten Klumpen vergraben und geht dann, jeden Dank ablehnend, davon.
Eine Zeitlang stehen die drei Jungen da und schauen Rissa an, die naßgeschwitzt und mit geschlossenen Augen daliegt. Sie wissen nicht, was sie sagen sollen. Dann fahren sie herum: Hinter ihnen steht ein Hund, ein nasses, halbverhungertes Tier. Er nähert sich

dem Bündel in Gopus Hemd. Die Nase vorgestreckt schiebt er sich näher und näher, nur das Feuer schreckt ihn ab.
Gopu nimmt das Kind hoch, der Mäuserich ergreift sein Brett, Shangji tritt dem Hund mit dem Fuß in die Seite. Doch der winselt nur, weicht nicht, steht da, als wolle er lieber totgeschlagen werden, als auf die Beute zu verzichten.
Ein zweiter Hund! Ebenso dürr, ebenso räudig.
»Sie riechen das Blut«, sagt Shangji. »Da hilft nur eins – eine Abschreckung!« Er packt den Hund, der nur Augen und Nase für das Bündel in Gopus Armen hat, an den Hinterläufen und stößt ihn ins Feuer. Der Hund jault laut auf und läuft winselnd davon. Der zweite Hund steht einen Augenblick still da, dann verzieht auch er sich.
»Tut mir leid«, sagt Shangji, »aber gutes Zureden hätte nichts genützt.«
Rissa, die die Szene beobachtete, legt den Kopf zurück und bittet leise: »Gebt ihn mir.«
Vorsichtig legt Gopu Rissa das kleine Bündel Mensch in die Arme. Rissa sieht ihrem Sohn ins Gesicht, mit unbewegter Miene betrachtet sie ihn. Erst nach einiger Zeit lächelt sie zaghaft. »Er sieht komisch aus«, sagt sie.
»Warum öffnet er nicht die Augen?« fragt der Mäuserich.
»Weil er dann dein dummes Gesicht sehen würde«, antwortet Shangji.
Der Mäuserich überlegt: »Ich bin so was wie sein Onkel, nicht wahr?«
»Wenn du für ihn sorgst wie ein Onkel, bist du sein Onkel«, bestätigt Shangji.

Auf der Veranda

Der Regen hüllt die Stadt in ein glänzendes, eintöniges Grau. Er fällt nicht mehr so heftig, dafür gleichmäßig.
Rissa hält den kleinen Gopu im Arm, legt eine Brust frei und schiebt dem Säugling mit zwei Fingern die Brustwarze in den Mund. Der Kleine greift danach, als wolle er die Brust festhalten, und beginnt zu trinken.
Wie auf Kommando müssen Shangji, Gopu und der Mäuserich lächeln. Der kleine Gopu ist nun schon drei Tage alt, aber wenn er trinkt, das Fäustchen ballt oder auch nur das Gesicht verzieht, machen sie sich darauf aufmerksam, als gelte es, ein Wunder zu bestaunen. Und ist es nicht auch ein Wunder, auf der Straße geboren, in Regenwasser abgespült, nur mit dem Notdürftigsten versorgt noch immer am Leben zu sein?
Der kleine Gopu windet sich. Er will nicht mehr trinken. Rissa bedeckt ihren Busen, behält den Kleinen aber noch im Arm, wartet darauf, daß er aufstößt. Mit dem Zeigefinger fährt sie ihm über die Nase und kitzelt ihn, bis er das Gesicht verzieht.
Die Jungen lachen. Rissa lacht mit. Sie hat sich erholt, hat sich im Fluß gewaschen, das Haar gekämmt. Auf eine andere, frauliche Art ist sie hübscher, als sie es vor der Schwangerschaft war.
»Eigentlich müßte er Bapti heißen.« Auch Shangji fährt dem Kleinen mit dem Zeigefinger über das Gesicht. Der kleine Gopu ist in allem Baptis Bruder. Die dichten, buschigen Augenbrauen, die aufgeworfenen Lippen und das schwarze, schon jetzt recht kräftige Haar der Chandrahas, alles ist bereits deutlich erkennbar.
Was würde Bapti sagen, wenn er den kleinen Gopu sähe? Diese Frage stellt Gopu sich immer wieder, und immer wieder gaukelt ihm sein Hirn eine Szene vor: Ein Bettlerjunge bettelt einen

gutangezogenen jungen Mann um ein Almosen an. Der Bettlerjunge ist der kleine Gopu, der junge Mann Bapti. Gopu sieht den erwachsenen Bapti in die Tasche langen, dem Bettlerjungen Geld geben und weitergehen - ohne zu wissen, daß der abgerissene, schmutzige Junge sein Bruder ist. Gopu sieht diese Szene so oft, daß ihm ist, als hätte er sie in Wirklichkeit gesehen. Er muß sie jedesmal abschütteln, doch nie gelingt es ihm ganz.
Shangji läßt sich neben Rissa nieder. Er beginnt Pläne zu schmieden. Seit Tagen spielt er dieses Spiel: mit einem Stöckchen skizziert er Umrisse auf der Erde, entwirft Zukunftspläne. Er will sich mit Hilfe des Mäuserichs Mangars Winkel ausbauen. Rissa und dem kleinen Gopu bot er ebenfalls dort Unterschlupf an.
Rissa hat das Angebot angenommen. Sie mag Shangji, und sie ist ihm dankbar für die selbstverständliche Art und Weise, in der er sie und ihren Sohn in seine Pläne mit einbezieht. Aber noch ist es nicht so weit, noch ist der Monsun nicht vorüber, noch sind Shangjis Zukunftspläne nichts weiter als Zeichnungen im Sand.
»Und wovon wollt ihr leben?« fragt Gopu. Er hat sich entschlossen heimzukehren, die Freunde wissen es: Morgen früh geht sein Zug.
»Mach dir keine Sorgen«, Shangji kennt Gopu zu gut, um nicht zu wissen, was in ihm vorgeht, »noch gibt es die Marina und die Touristen.«
»Und die Mäuse«, lacht der Mäuserich. Shangji aber winkt ab: »Damit fangen wir gar nicht erst wieder an.« Dann wendet er sich wieder Gopu zu: »Und du bist sicher, daß dein Geld noch da ist?«
Gopu nickt. Dann wird er rot, greift in die Hosentasche und hält die drei zusammengerollten Einhundert-Rupien-Scheine in der Hand. Shangji, Rissa und der Mäuserich starren auf das Geld, als erwarteten sie, die Scheine würden sich jeden Moment in Luft auflösen.

Gopu erklärt die Herkunft des Geldes. Er schämt sich, so lange darüber geschwiegen zu haben. Dann legt er das Geld vor Shangji auf die Erde: »Ich habe genug, um heimzukehren.«
»Er hat es dir gegeben.« Shangji rührt die Geldscheine nicht an.
»Er hat es mir für uns gegeben.«
»Aber wir bleiben nicht zusammen.« Shangji zieht die Augenbrauen hoch.
Eine Zeitlang schweigen die vier, dann schlägt Rissa vor: »Teilen wir es auf. Wir können es alle gebrauchen.«
Der Mäuserich strahlt: »Teilen wir es durch vier. Dann haben wir ein Startkapital.«
»Teilen wir es«, meint schließlich auch Shangji.
»Aber nicht durch vier, durch fünf!« ergänzt Gopu. »Der Kleine braucht am meisten.«
Damit sind alle einverstanden. Dennoch wagt niemand, die Geldscheine aufzuheben, sieht keiner den anderen an. »So gehen wir also auseinander«, sagt Shangji schließlich. Er legt Gopu die Hand auf die Schulter, als wolle er ihm sehr viel sagen, sagt dann aber nur: »Auch wenn wir zuletzt oft gestritten haben, du weißt, daß wir Brüder sind?«
»Wärst du nicht gewesen, wäret ihr alle nicht gewesen, ich wäre längst heimgekehrt«, erwidert Gopu leise.
Shangji schüttelt die Beklemmung ab, die ihn erfaßt hat. »Wir werden dich würdig verabschieden«, sagt er. »Ich gehe jetzt zu Onkel Ramatra, wir treffen uns mit seinen Genossen. Sie wollen etwas organisieren, um den Leuten auf dem Land, die am härtesten von den Regenfällen betroffen wurden, zu helfen.« Er lächelt stolz: »So sind sie: Sie haben selber nichts, denken aber auch an andere.« Er nimmt die Geldscheine auf, steckt sie ein und erhebt sich. »Auf dem Rückweg wechsle ich das Geld in kleine Scheine, kaufe etwas zu essen und zu trinken.«

Gopu greift in die andere Tasche und gibt Shangji den Rest der ersten hundert Rupien, die Bapti ihm gab. »Nimm das mit. Kaufe etwas Schönes, den Rest teilen wir dann.«
Der Mäuserich ist begeistert: »Wir feiern ein richtiges Fest, und Rissa muß für uns tanzen.«
»Ein Fest im Regen!« spottet Rissa.
Shangji steckt dem kleinen Gopu den Zeigefinger in das zur Faust geballte Händchen, freut sich über den festen Griff des Säuglings und geht dann los. Wie ein Vorhang schließt der Regen sich hinter ihm.
Rissa hält Gopu den kleinen Namensvetter hin: »Willst du ihn nehmen? Bald hast du ihn nicht mehr.«
Gopu nimmt Rissas Kind. Sehr vorsichtig legt er es so, daß das Köpfchen in seiner Armbeuge zu liegen kommt. Er schaut dem Kleinen ins Gesicht und lächelt. Ein wenig fühlt er sich als Vater, ein wenig als Freund.
»Es ist richtig, daß du nach Bombay zurückkehrst«, sagt Rissa. »Die Familie ist das Wichtigste, was es gibt.«
Den ganzen Nachmittag über behält Gopu den kleinen Gopu im Arm. Ab und zu singt er ihm Kinderlieder vor, Lieder, die die Mutter den Geschwistern und ihm vorsang. Die heimatliche Sprache kommt ihm vertraut und doch fremd vor, so lange hat er nur Tamil gesprochen.
Shangji kommt zurück, als der Tag in den Abend übergeht. Er hat Obst mitgebracht, Obst, Gemüse, Milch, Mais und Reis. Aber er ist still. Als Rissa beginnt, einen Obstreis zu kochen, erzählt er von den Verheerungen, die die Regenfälle auf dem Lande angerichtet haben. Von verschlammten Feldern, geknickten Bäumen und vom Sturm hinweggefegten Hütten berichtet er. Und vom Hunger, von Menschen, die sich von Hunden, Echsen und Ratten oder – sind sie gläubige Hindus – von Wurzeln, Blättern und Gras ernähren.

Still hören Rissa, Gopu und der Mäuserich zu. »Und?« fragt Rissa, als Shangji seinen Bericht beendet hat. »Werdet ihr ihnen helfen?«
»Wir werden es versuchen«, antwortet Shangji. Doch er sieht nicht sehr hoffnungsvoll aus. »Das Problem ist, wir haben nicht genug Geld.«
Das Essen, das Rissa bereitet, ist tatsächlich ein Festmahl: gerösteter Mais, Obstreis, Gemüse. Die Jungen greifen zu, lange haben sie nicht mehr so leckere Dinge gegessen. Als sie ihr Mahl beendet haben, teilen sie das Geld. Shangji steckt auch Rissas und des kleinen Gopus Anteil ein. Der Mäuserich sucht nach einem sicheren Versteck, findet keins, seufzt und gibt schließlich auch sein Geld an Shangji weiter.
Dann schweigen Rissa und die Jungen, bis Rissa seufzt: »Es ist schwer, ein Fest zu feiern, wenn einem nicht danach zumute ist.« Die Jungen lachen, aber auch dieses Lachen klingt nicht sehr fröhlich. Dann steht Gopu auf. Es ist nun völlig dunkel, er kann sich auf den Weg zum Haus der Chandrahas machen. Auch Shangji erhebt sich. Er will den Freund begleiten. Doch Gopu lehnt ab: »Mich kennen sie dort, wenn sie mich erwischen, kann ich nachweisen, was ich in ihrem Garten suche.«
Es gibt noch einen anderen Grund, weshalb Gopu Shangji nicht dabei haben möchte: Trifft er Bapti, will er ihm sagen, daß sie trotz allem Freunde sind, will er ihm auch von Rissas Sohn erzählen. Das kann er nur, wenn er mit Bapti allein ist, Shangji würde stören.
Gopu geht den Weg, den Bapti und er in ihrer letzten gemeinsamen Nacht gingen. Wie in jener Nacht regnet es, und die kurze Hose, das einzige Kleidungsstück, das ihm geblieben ist, ist in kurzer Zeit klatschnaß. Morgen früh, bevor er zum Bahnhof geht, wird er sich auf dem Basar ein Hemd kaufen. Es geht nicht, daß er ohne Hemd in Bombay eintrifft, das sähe zu armselig aus.

Dann steht Gopu vor dem Haus der Chandrahas. Im Garten ist alles ruhig, in den Räumen aber brennt Licht. Gopu wartet einen Moment, dann steigt er über den Zaun. Geduckt schleicht er um das Haus herum – und bleibt stehen: Baptis Stimme! Ganz deutlich hört er Baptis Stimme. Sie kommt von der Veranda.
Bapti spricht englisch. Es klingt, als erzähle er eine Geschichte. Dann ein leises Lachen, eine junge Männerstimme antwortet ihm, ebenfalls auf englisch. Eine Zeitlang lauscht Gopu den beiden Stimmen, dann schleicht er weiter. Von Busch zu Busch arbeitet er sich vor, bis er unter dem Holzapfelbaum zu liegen kommt.
Die beiden auf der Veranda sitzen vor dem riesigen, erleuchteten Salonfenster, Gopu kann ihre Schatten ausmachen. Doch er hat keine Zeit herumzuraten, wer der Mann ist, mit dem Bapti sich unterhält, er muß das Kästchen ausgraben und verschwinden. Er kratzt ein Loch, schiebt die Hand unter die Grasdecke und hebt ein Stück Rasen heraus. Dann gräbt er mit beiden Händen weiter. Die Finger tasten, suchen etwas Festes – finden nichts.
Die beiden auf der Veranda verstummen. Haben sie ihn gehört? Doch da sagt Bapti wieder etwas, seine Stimme übertönt hell das leise Rauschen des Regens. Gopu gräbt weiter, verbreitert das Loch. Da! Endlich! Sein Kästchen! Gopu zieht es hervor, preßt es an die Brust und läßt die Aufregung abklingen. Er hatte nie daran gedacht, sein Geld nicht mehr vorfinden zu können, um so tiefer saß der Schreck, um so erleichterter ist er nun.
Mit beiden Händen schiebt Gopu die Erde in das Loch zurück, legt das Stück Rasen darüber und drückt es fest. Dann schaut er zur Veranda hin. Soll er oder soll er nicht? Einen Augenblick zögert Gopu, dann legt er sich flach auf den Bauch und schiebt sich auf dem nassen Rasen vorwärts. Stück für Stück nähert er sich dem Haus, bis er die Veranda erreicht hat. Dort bleibt er still liegen. Er hofft, daß der Mann Bapti allein läßt, damit er sich dem

Freund zeigen kann. Doch der Mann neben Bapti geht nicht fort. Die beiden reden und reden und finden kein Ende. Bapti lacht mehrmals leise. Gopu kennt dieses Lachen, so lacht Bapti, wenn ihn etwas interessiert, wenn er Gefallen an einem Gespräch findet. In den milden Sommernächten in Mangars Winkel lachte er oft so.
Dann lacht Bapti laut. Der junge Mann neben ihm hat einen Scherz gemacht. Bapti lacht so laut, so vergnügt, daß es Gopu schmerzt. Kann er einem so fröhlichen Bapti vom kleinen Gopu erzählen? Ist es diesem Bapti wichtig, daß er nicht böse auf ihn ist, daß er ihn sogar ein wenig versteht?
Die Tür wird geöffnet, leise Schritte nähern sich den beiden über Gopu. Dann ertönt eine Mädchenstimme: Ayesha! Wenn Baptis Schwester bei den Eltern ist, dann ist der Mann auf der Veranda jener Bihari, der Ayesha heiratete, ohne sie zu mögen.
Der junge Mann beantwortet Ayeshas Frage. Beider Stimmen klingen freundlich. Mögen sie sich doch? Hat Bapti übertrieben? Oder haben sich die beiden aneinander gewöhnt? Gopu lauscht den drei auf der Veranda, bis sie sich in das Haus zurückziehen.
Gopu könnte aufstehen und davongehen, doch er geht nicht. Er hockt unterhalb der Veranda auf der Erde und rührt sich nicht. Er sagt sich, daß es gut ist, wenn Bapti lacht, wenn Ayesha nicht unglücklich ist, doch an der Traurigkeit in ihm ändert das nichts. Er kann sie nicht orten, weiß nicht, woher sie kommt, kann sie nicht beiseite schieben. Erst nach längerer Zeit richtet er sich auf und geht um das Haus herum. Er schaut sich um und übersteigt, als er sich überzeugt hat, nicht beobachtet zu werden, den Zaun. Auf der Straße beginnt er zu laufen. Er läuft, als hätte er das Kästchen in seiner Hand gestohlen.

Bombay

Gopu schaut zu dem viele Meter hohen Glockenturm des Hauptbahnhofs hinüber. Wie oft, wenn er hier oder auf der anderen Seite des Kanals vorüberging, dachte er daran, daß er eines Tages von diesem Bahnhof aus die Heimreise antreten würde! Nun ist es soweit: Im neuen Hemd steckt Vayu, in der rechten Hand hält er den Korb mit Kama, in der linken die Fahrkarte. Er fährt dritte Klasse, eigentlich vierte, letzte Klasse; vor der ersten gibt es noch die klimatisierte Klasse.

Nur Shangji ist bei Gopu, von Rissa, dem kleinen Gopu und dem Mäuserich hat er sich bereits verabschiedet. Rissa und der Mäuserich dürfen den regengeschützten Platz nicht aufgeben, auch wenn dieser Vormittag nicht verregnet, sondern blau und sonnig ist.

Der Abschied von Rissa und dem kleinen Gopu war Gopu besonders schwergefallen, aber auch der Mäuserich, dem die Tränen kamen, war ihm in der letzten Zeit sehr ans Herz gewachsen.

»Wie lange fährst du?« fragt Shangji.

»Nicht ganz dreißig Stunden«, antwortet Gopu. Der Mann hinter dem Fahrkartenschalter hat ihm das verraten und ergänzt: »Es sind aber auch fast 1.300 km.«

»Dreißig Stunden!« Shangji weiß nicht, was er noch fragen soll, deshalb wiederholt er die Zeitangabe respektvoll.

»Mit dem Flugzeug dauert es nur zwei Stunden«, sagt Gopu. Auch er weiß nicht, was er noch sagen soll.

Dann ist es Zeit. Will Gopu einen einigermaßen guten Platz erwischen, muß er jetzt gehen. Auch diesen Tip verdankt er dem Mann hinter dem Fahrkartenschalter.

Shangji tritt auf Gopu zu, legt die Hände zusammen und verneigt sich. Als er Gopu auf die Wange küßt, guckt er weg. Gopu geht es nicht besser. »Wenn Rissas Vater aus dem Gefängnis kommt, grüße ihn von mir«, bittet er. »Sag ihm ...« Er möchte, daß Bip weiß, wie dankbar er ist, soviel bei ihm gelernt zu haben, doch er bringt die letzten Worte nicht heraus. Er dreht sich um und läuft davon. Auf der anderen Straßenseite dreht er sich noch einmal um, stellt den Korb ab und verneigt sich tief. Shangji schüttelt nur den Kopf, dann wendet er sich ab und geht davon, als sähe Gopu ihm nicht nach.

Der Zug steht bereits im Bahnhof. Die Abteile der dritten Klasse bestehen aus leeren Waggons, nur einige rohgezimmerte Sitzbänke sind an den Waggonwänden angebracht. Der Waggon, den Gopu betritt, ist voll. Er hat die Wahl zwischen einem Platz auf der Bank, mitten zwischen vielen Männern, oder einem Platz auf dem Boden. Er entscheidet sich für den Boden und findet eine Ecke, in die er sich verziehen kann.

Das Stimmengewirr, das leiser wurde, als Gopu den Waggon betrat und alle den Neuankömmling musterten, wird wieder lauter. Die Männer rauchen, die wenigen Frauen im Waggon breiten ihr Bettzeug aus, stellen Eßkörbe, Wasserflaschen und Trinkgefäße auf. Es wird eine lange Fahrt werden, sie richten sich häuslich ein.

Gopu kauert sich in seine Ecke und stützt den Kopf in die Hände. Wie schwer ihm zumute ist! Als verließe er eine Heimat, nicht als kehre er heim. Er stellt sich vor, wie das wäre, wenn er wieder aussteigen und in Madras bleiben würde, und er schließt die Augen, als könne er so die erneut in ihm aufsteigenden Tränen unterdrücken. Er wird nicht aussteigen, aber er wird die Tage von Madras, wird Shangji und Rissa, Bapti, Mangar, Bip und die beiden Mäuseriche nie vergessen. Und immer, wenn er sich an jene Zeit erinnert, wird ihn dieses bittersüße Gefühl befallen, das jetzt von ihm Besitz ergriffen hat.

Es gibt einen Ruck, der Zug fährt an. Die Menschen im Abteil werden noch lauter. Als müßten sie das Rattern der Räder auf den Schienen übertönen, reden sie durcheinander. Sie sind aufgeregt: die Reise hat begonnen.

Gopu vertreibt die Gedanken an die, die er zurückließ, er zwingt sich, an die zu denken, die er bald wiedersehen wird, und ist überrascht, wie leicht das geht. Da ist das gütige Gesicht der Mutter, da das nachdenklich blickende des Vaters, da sind Odini, Jagganath, Sridam, Bidiya und Rabi, Bhombal, Gauri und Jagdish, sind all die Gesichter derer, von denen er annimmt, daß seine Rückkehr sie erfreut. Dieses neue Gefühl, die Freude auf das, was ihn erwartet, verdrängt die Schwermut des Abschieds. Hat er die Familie enttäuscht, wie der Vater es ihm im Traum verkündete, wird er wiedergutmachen, wird Kama vorführen, vom frühen Morgen bis spät in die Abendstunden hinein! Nicht vor dem Gateway sitzen und Makkhu Konkurrenz machen wird er, der Strand wird sein Revier werden. Nicht weit von Bhagwans Getränkestand wird er sich niederlassen, den Touristen zeigen, was einer kann, der bei Mangar gelernt hat.

Gopu greift in die Hosentasche. Er besitzt noch einen Fünfzig-Rupien-Schein und einige kleinere Münzen. Mit einem Fünfzig-Rupien-Schein begann sein Abenteuer, mit einem Fünfzig-Rupien-Schein endet es. Fünfzig Rupien sind ein Anfang, garantieren der Familie eine Woche Lebensunterhalt.

So plant Gopu, während der Zug mit ihm durch Dämmerung, Nacht und neuem Tag rattert. Er sieht nicht die Ebenen, Täler, Berge und Flüsse, die an dem Zug vorüberziehen, sieht nur Szenen einer Zukunft, die für ihn bereits begonnen hat.

Die Menschen im Abteil liegen auf den Bänken oder auf dem Waggonboden, schlafen oder dösen. Während der Nacht ist es dunkel im Abteil. Ab und zu macht jemand einen Scherz, lobt die Bequemlichkeit der Reise. Hält der Zug, steigen die Passagiere

aus; einige, weil sie ihr Ziel erreicht haben, andere, um sich bei den Bahnhofshändlern, die auch in tiefster Nacht ihre Waren feilbieten, mit Eiern, Kokosnüssen und Obst einzudecken oder sich auf der Bahnhofstoilette zu erfrischen. Gopu steigt nur dann mit aus, wenn er auf die Toilette muß. Er kauft nichts, er hat Obst dabei: die Reste ihres Abschiedsessens. Er hebt es sich auf. Kurz vor Bombay wird er es essen: Er möchte, wenn die Mutter ihm Essen vorsetzt, keinen allzugroßen Hunger zeigen.
Je weiter der Zug nach Nordwesten vordringt, desto mehr erinnern die Zusteigenden Gopu an Bombay, ihre Sprache wird der seinen immer ähnlicher. Gopu denkt an jenen Tag, an dem er Bombay verließ. Hätte die Familie Chandrahas Bombay im Zug verlassen, wie schwer wäre ihm der dreißigstündige Abschied geworden! Jetzt ist er froh, im Zug zu sitzen, Zeit zu haben, Abstand zu gewinnen, sich auf die Ankunft vorbereiten zu können.
Mittags ist es heiß im Abteil. Der Zug steht auf freier Strecke, wartet ein Signal ab. Die Menschen im Abteil werden unruhig und beginnen, ihren Proviant auszupacken, als müßten sie die Wartezeit nutzen. Auch Gopu ißt sein Obst. Es ist nicht mehr weit bis Bombay, die Unruhe steckt an.
Dann fährt der Zug weiter, wird nicht mehr so schnell wie er war, hält öfter. Am späten Nachmittag hat er die Vororte Bombays erreicht. Die Passagiere erheben sich, raffen zusammen, was sie ausgebreitet haben, und verschnüren ihre Reiseutensilien zu Bündeln. Sie setzen sich nicht mehr, sie bleiben stehen, als müßten sie den Waggon jeden Augenblick verlassen.
Auch Gopu steht auf, überprüft, ob Vayu fest im Hemd steckt, ob ihm der Fünfzig-Rupien-Schein nicht aus der Tasche gefallen ist, nimmt den Korb mit Kama und wartet. Der Zug wird im Victoria-Bahnhof einlaufen. Er kennt die Gegend um den Bahnhof, betreten aber hat er das riesige Gebäude noch nie.
Es wird dunkel im Abteil, der Zug läuft in den Bahnhof ein, der

Lautsprecher kündigt die Ankunft an. Dann steht der Zug, und die Passagiere drängen hinaus. Gopu folgt ihnen, steht dann auf dem Bahnsteig und schaut sich um: Der Bahnhof ist nicht Bombay, der Bahnhof ist ihm fremd.
Den Ausgang findet Gopu, indem er den anderen Passagieren folgt. Vor dem Bahnhof empfängt ihn die milde Luft der Dämmerung, die ihm nach der Schwüle der Monsuntage angenehm frisch und klar erscheint. Er bleibt stehen, erkennt die vertrauten Gebäude wieder und spürt ein heißes Gefühl in sich aufsteigen: Die geschäftige Stadt, das Leben und Treiben, die Rufe, das Hupen, all der Verkehrslärm – das ist Bombay!
Es ist einer der Tage des Diwali-Festes*. Die Häuser, Gärten, Tore und Türen sind mit kleinen irdenen Öllämpchen oder bunten Lichterketten geschmückt. Vor den Häusern und in den Höfen sitzen die Menschen, die sich gegenseitig besuchen und beschenken. Am Abend wird es viele kleine Feuerwerke geben. Als sie klein waren, liefen Odini, Jagganath, Sridam und er an diesen Tagen durch die ganze Stadt, von einem Feuerwerk zum anderen, sahen sich überall um, um ja nichts zu verpassen.
Gopu geht durch die festlich geschmückten Straßen und denkt daran, daß er zu keiner besseren Zeit hätte heimkehren können, das Fest des Lichtes ist auch das Fest der Familie. Doch je näher er dem Haus kommt, in dem die Eltern und Geschwister zuletzt lebten, desto mehr weicht die Wiedersehensfreude der Unruhe. Er verspürt Angst vor dem, was ihn erwartet. Geht er an Obdachlosen vorüber, schaut er nicht hin. Die Furcht, die Frau oder der Mann könnten die Mutter oder der Vater, das bettelnde Kind eines der Geschwister sein, ist zu groß. Und dann steht er vor dem niedrigen Zaun, der den Hof von der Straße trennt, der Zaun, an dem Gauri und Jagdish ihn Morgen für Morgen erwarteten. Er schaut in den Hof hinein, aber er betritt ihn nicht, er zögert.
Der Hof liegt im Dunkeln, nur aus den Türen der angrenzenden

Wohnräume dringen Licht, Stimmen und ab und zu ein Lachen. Es ist wie an den Abenden, an die Gopu sich so gern erinnerte. Er stößt die Tür auf und betritt den Hof. Leise, als könnte er stören, nähert er sich dem elterlichen Wohnraum. Dann bleibt er stehen. Er hatte es geahnt, doch nun, da er es sieht, trifft es ihn härter als erwartet: Auf der Bank neben der Tür sitzen fremde Kinder, in der Tür steht eine Frau in einem altmodischen Hosen-Sari und fegt Schmutz in den Hof hinaus.

Den Korb mit Kama in der Hand steht Gopu da, als warte er darauf, daß sich das Bild, das sich ihm bietet, als Einbildung erweist, daß jeden Moment der Vater aus der Tür tritt, die Arme um ihn legt und ihn an sich zieht.

»Gopu?«

Gopu fährt herum. Gauris Mutter steht hinter ihm. Ihre älteste Tochter ist bei ihr.

»Du bist groß geworden.« Gauris Mutter legt eine Hand auf Gopus Schulter, schiebt ihn von sich fort und betrachtet ihn. »Bist ein Mann geworden.«

»Meine Eltern? Wo sind sie?« Nur diese eine Frage ist in Gopu, mehr bekommt er nicht heraus.

»Als kein Geld mehr kam, mußten sie ausziehen. Wohin weiß ich nicht. Ob sie überhaupt eine Wohnung haben?« Gauris Mutter zuckt die Achseln. »Warum hast du nichts mehr geschickt? Sie haben so gewartet. Jeden Tag haben sie gesagt: Heute bestimmt!«

Gopu beißt sich auf die Lippen, doch er kann die Tränen nicht aufhalten. Die Eltern haben gewartet, gehofft, gebangt. Wäre er doch gleich zurückgekehrt! Warum sah in der Ferne alles anders, leichter aus?

»Dein Vater verkauft Pans«, sagt da Gauris große Schwester. »Gestern habe ich ihn gesehen. Er sitzt auf deinem Platz, neben Bhagwans Getränkestand.«

Gopu vergißt, sich zu bedanken, er läuft los, läuft den Weg, den er so oft gegangen ist. Es ist inzwischen schon sehr dunkel geworden, eigentlich dürfte er den Vater nicht mehr antreffen, doch der Hinweis des Mädchens ist die einzige Möglichkeit, die Familie noch an diesem Abend wiederzufinden.
Der Strand ist leer. Einzig Bhagwans Stand ist erleuchtet. Der Getränkeverkäufer ist damit beschäftigt, ihn dichtzumachen.
»Du?« Bhagwan kann es nicht fassen. »Ich denke, du bist krank?«
»Krank?«
»Dein Vater hat erzählt, du wärst erkrankt und entlassen worden. Deshalb könntest du kein Geld mehr schicken, deshalb hätte er die Wohnung aufgeben müssen.«
Gopu schweigt. Dann fragt er leise: »Wo ist er? Wann hast du ihn zuletzt gesehen?«
»Vor fünf Minuten.« Bhagwan ist noch immer verdutzt. »Er bleibt jeden Tag bis zuletzt.«
»In welche Richtung ist er gegangen?«
»Dort entlang!« Bhagwan streckt den Arm aus. »Deine Familie lebt jetzt im Cheetah-Camp.«
Im Cheetah-Camp? Die Familie lebt in den Slums* am Meer? Gopu läßt Bhagwan mit seinen Fragen allein, läuft über den Strand und dann die Marine Drive entlang.
Im Cheetah-Camp! Fast einhunderttausend Menschen leben dort. In notdürftigen, selbsterrichteten Behausungen ersticken sie fast in Unrat und Ungeziefer. Während des Monsuns versumpft das Gelände, dann sterben die Kinder und Greise wie die Fliegen. Wie oft schüttelte der Vater entsetzt den Kopf, wenn er vom Elend in diesen und anderen Slums hörte! Die letzte Station vor der Obdachlosigkeit, sagte er.
Ein Schatten vor einem erleuchteten Fenster: ein Mann in einem Dhoti mit einem Tablett. Die leicht vorgeneigten Schultern, der Gang – der Vater!

»Vater!« ruft Gopu und bleibt stehen.
Der Vater dreht sich um und steht einen Augenblick regungslos da. Dann stellt er das Tablett ab, geht mit ausgebreiteten Armen auf Gopu zu, umarmt und küßt ihn und schaut ihm prüfend ins Gesicht.
Gopu will dem Vater alles erklären, will sagen, warum er kein Geld mehr schickte, doch der Vater schneidet ihm das Wort ab: »Du bist zurück. Alles ist gut.«
Es ist das dritte Mal an diesem Tag, daß Gopu die Tränen kommen, diesmal aber weint er gern. Eine große Last ist von ihm genommen worden.
Einige Zeit stehen Gopu und der Vater so da, schauen sich an und freuen sich. Dann nimmt der Vater das Tablett auf und setzt seinen Weg fort. Gopu geht neben ihm her und betrachtet ihn. In den acht Monaten, in denen er fort war, ist der Vater gealtert. Er sieht müde aus, müde und verzagt. Auch der Vater sieht Gopu an. »Du bist groß geworden, hast etwas erlebt«, stellt er fest. Dann berichtet er über die letzten Monate: »Jagganath arbeitet wieder in der Fischbraterei. Du hattest recht gehabt: Er ist kein guter Verkäufer.«
Gopu erinnert sich an das Gespräch, das der Vater und er führten. Ihm ist, als läge es sehr weit zurück, der Vater aber spricht davon, als wäre es gestern gewesen.
»Sridam ist mit Bidiya unterwegs. Mahin ist verstorben. Seine Lunge, du weißt ja! Er hat den Monsun nicht überstanden.«
Gopu sieht den Bruder mit der kleinen Schwester über den Basar laufen, nach Touristen Ausschau halten. Spuckt Sridam oder Bidiya? »Und Odini?« fragt er dann.
»Sie arbeitet als Putzfrau«, antwortet der Vater. »Sie hat wieder Pech, ihre Hände vertragen auch die Seifenlauge nicht.« Er legt Gopu die freie Hand auf die Schulter. »Sie ist nun dreizehn. Es wird das beste sein, wir verheiraten sie bald.«

»Und Mutter?«
Gopu fragt absichtlich zuletzt nach der Mutter, und als fürchte er des Vaters Antwort, fügt er eine weitere Frage hinzu: »Und Rabi? Geht es ihm gut?«
Der Vater zögert einen Moment, ehe er Gopus Fragen beantwortet.
»Rabi ist nicht mehr lange das jüngste deiner Geschwister«, sagt er dann und fügt hinzu: »Es geht ihnen gut.«
Die Mutter erwartet ein Kind.
Das ist es, was Gopu befürchtet hat.
Er holt tief Luft und sagt: »Wir kommen schon durch. Ich habe ja Kama.«
»Kama?« Der Vater bleibt stehen. Gopu langt in die Hosentasche, gibt dem Vater erst einmal den Fünfzig-Rupien-Schein, dann zeigt er ihm Kama und läßt ihn Vayu begutachten. Danach erzählt er von seinem neuen Beruf und wie es dazu kam. Die Worte und Ereignisse seines Berichts überstürzen sich, er möchte alles erzählen, nichts auslassen. Er berichtet, bis der Vater die Hand hebt und ihn lächelnd bittet aufzuhören: »Erzähle später, sonst mußt du zweimal berichten.« Doch es ist, als hätte Gopus Bericht den Vater verjüngt. Er geht nun zügiger, straffer, der müde Ausdruck in seinem Gesicht ist einer lebhaften Nachdenklichkeit gewichen.
Dann sind Gopu und der Vater außerhalb der Stadt und nähern sich dem Cheetah-Camp. Gopu wird langsamer. Er betrachtet die Hütten rechts und links des Weges. Einige sind unerleuchtet, in anderen funzelt ein Öllämpchen.
»Kein Wasser?« fragt Gopu. Er sieht weder Leitungen noch Kanalisationen.
»Kein Wasser, keine Müllabfuhr, dafür Seuchen, Krankheiten, Hunger, Selbstmörder!« antwortet der Vater bitter. Er bleibt stehen und legt Gopu erneut die Hand auf die Schulter. »Du hast

mir Mut gemacht. Versprich mir, alles zu tun, damit wir hier wieder herauskommen.«
Gopu nickt. Ein Kloß sitzt ihm im Hals. Das Vertrauen des Vaters wiegt schwer.
»Wenn du siehst, wie wir hausen, fürchte dich nicht«, bittet der Vater. »Nehmen zwei Männer sich etwas vor, läßt Shiva sie nicht im Stich.«
»Ich fürchte mich nicht«, sagt Gopu.

1980 wurden in Indien 626 Millionen Einwohner gezählt. Das durchschnittliche Monatseinkommen pro Einwohner beträgt 16 Rupien = 4 Deutsche Mark. Der »Durchschnitt« aber - so niedrig er ist - trügt noch immer. Es gibt wenige, deren Einkommen weit darüber liegt, und es gibt viele, die kein Einkommen oder nur ein paar Rupien haben.

In der Sechs-Millionen-Stadt Bombay, in der Gopu aufwuchs und in die er zurückkehrt, leben zwei Millionen Menschen in Elendsvierteln, zwei Drittel davon sind Kinder. Anderthalb Millionen Bombayer teilen sich die 200.000 Einraumwohnungen, von denen auch die Familie Advani eine bewohnt hat, bevor sie ihre Wohnung aufgeben und in einen der Slums ziehen mußte - ein unausbleiblicher Niedergang, wenn der Ernährer der Familie seine feste Stellung verliert. Und auch von den Slums bis zur völligen Obdachlosigkeit ist es nur ein kleiner Schritt.

Menschen wie die Familie Chandrahas gibt es - im Verhältnis zu der riesigen Zahl der Armen gesehen - nur wenige in Indien, sie aber bestimmen in Europa und Amerika das Bild vom modernen Inder, denn nur sie kommen ins Ausland, nur sie haben Gelegenheit, sich mit uns zu unterhalten. Jungen wie Bapti, auch wenn sie oft etwas älter waren, habe ich viele kennengelernt. Es sind sympathische Menschen, die weltaufgeschlossen und freundlich sind, von den Gopus, Mangars, Shangjis oder solchen wie den beiden Mäuserichen aber sprechen sie nicht gern. Sie haben kein schlechtes Gewissen, weil es ihnen bessergeht, sie stehen der Armut ihres Landes nur sehr hilflos gegenüber.

Und Shangji? Es gibt Shangjis, es gibt sie häufiger, als viele Europäer oder Amerikaner annehmen. Dennoch: Um ihre Ideen in die Tat umzusetzen oder um auch nur Anstöße dazu zu geben, sind sie in den meisten indischen Bundesstaaten zu schwach. Ob sie etwas Positives bewirken könnten, wenn sie stärker wären? Ich weiß es nicht.

Indien wird häufig noch immer als das Land der Gegensätze bezeichnet. Das ist eine Verallgemeinerung, die nicht die volle Wahrheit trifft. Natürlich gibt es Gegensätze, aber wo gibt es die nicht? Indien ist mehr, Indien ist eine andere Weltanschauung. Vielleicht mag ich den indischen Menschen, weil er vielem von dem, was wir Europäer für so wichtig halten, keinerlei Bedeutung zumißt. Die uns Europäer oder Amerikaner nachahmen möchten, das sind Männer wie Herr Chandrahas. Sie leiten Firmen und informieren sich darüber, was die Firmen in unserer Gesellschaftsordnung leisten. Bezeichnet man ihre Firmen als dem europäischen Standard entsprechend, sind sie stolz. Für solche wie Herrn Chandrahas sind wir Fortschritt.

Die Geschichte um Gopu und Bapti ist der Versuch, einen Einblick in das heutige Indien zu geben, in dieses vielen immer noch geheimnisvoll erscheinende Land, das eigentlich mehr ein Kontinent ist. Für einen Europäer wird Indien letztendlich immer unergründlich bleiben, egal wie lange er sich in diesem Land aufgehalten, egal wie intensiv er geforscht hat. Dessen bin ich mir bewußt.

Bei der Erarbeitung dieses Romans habe ich eigene Erlebnisse und Beobachtungen sowie die Berichte von indischen Freunden und Bekannten anhand folgender Werke überprüft und ergänzt:

»5 x Indien«	von Dietmar Rothermund Piper & Co. Verlag 1979
»Neues Licht aus Indien«	von Gisela Bonn Brockhaus-Verlag 1958
»Hinduismus«	aus der Reihe Weltreligionen Verlage Diesterweg/Kösel 1979

Wer mehr über Indien wissen möchte, als in einem Roman erzählt werden kann, dem empfehle ich diese Werke, bei deren Autoren ich mich bedanke.

Klaus Kordon
Schwalbach/Ts. 1980

Schreibweise und Aussprache indischer Wörter und Namen

Bis auf den Titel Maharadscha, ein seit langem eingedeutschtes Wort, habe ich mich bei dem indischen »j« – das in der deutschen Wiedergabe »dsch« gesprochen wird, was nicht ganz korrekt ist – an die englische Schreibweise gehalten, wie es in allen neueren wissenschaftlichen oder belletristischen Werken der Fall ist. Das englische »j« unterscheidet sich auch in der Aussprache kaum vom indischen.

Ortsbezeichnungen wie Gopalpore habe ich, wie das international gebräuchlich ist, in der obigen englischen Schreibweise wiedergegeben.

Was die Namen der indischen Götter (z.B. Shiva oder Schiwa) oder Feste (Diwali oder Divali) betrifft, so habe ich die jeweils zur Zeit häufigste Gebrauchsform übernommen.

Worterklärungen

Brahmane/Brahma – Brahma ist der Hauptgott der hinduistischen Religion, der Weltschöpfer. Die Brahmanen waren früher hauptsächlich Priester, heute sind sie ebenfalls häufig Priester und Lehrer, aber mit Brahmanen wird zumeist – wie auch hier – ihre Zugehörigkeit zur obersten Kaste gemeint (siehe auch unter »Kaste«).

Brahmin – Priester.

Brüder – Angehörige gleicher Kasten nennen sich untereinander Brüder.

Buddha – Begründer einer religiösen Lehre (Buddhismus). Historische Person (ca. 560 v. Chr. bis ca. 480 v. Chr.). Der Buddhismus ist heute in Indien eine untergeordnete Glauenslehre, in vielen anderen asiatischen Staaten jedoch Hauptreligion.

Chapatti – Brotfladen aus Wasser und Mehl.

Dhoti – Bekleidungsstück für Männer. Meist aus weißer Baumwolle, wird es um die Hüften geschlungen und zwischen den Beinen hindurchgezogen.

Dhow – Zweimastiges Segelboot.

Diwali – Mehrere Tage und Nächte andauerndes Fest des Lichtes.

Durga – Meist häßlich dargestellte Gemahlin des Gottes Shiva.

Extra – Bezeichnung für Trinkgeld.

Ganesha – Sohn des Gottes Shiva. Stellt die Verbindung der Menschen mit der göttlichen Allmacht her, gilt als Überwinder und Vernichter von Hindernissen.

Go-Pudscha-Tag – Jahrhundertealtes Fest der Hindus (Go Pudscha = Kuh-Ehrung). Sie ehren die Ochsen und Kühe, weil diese ihnen mit ihrer Arbeitskraft bzw. Milch- und Dungleistung das Leben erleichtern.

Harijan – Früher: Paria, Unberührbarer; unterste, kastenlose Schicht. Das Wort Harijan stammt von Mahatma Gandhi. Der Führer der indischen Unabhängigkeitsbewegung setzte sich für die Parias ein, nannte sie Harijans – Kinder Gottes – und trat für ihre Gleichberechtigung und Gleichbehandlung ein. Bisher jedoch hat sich für die meisten der Harijans, besonders in den weit ab von den Städten gelegenen Dörfern, nicht viel geändert, wenngleich es einzelne von ihnen zu hohen Positionen in der Regierung oder in Beamtenverhältnissen brachten.

Hindi – Indische Staatssprache, die in einigen Teilen des Landes jedoch noch immer als Fremdsprache gilt und von der Bevölkerung wie von den Behörden abgelehnt wird.

Hindu – Ein der hinduistischen Religion angehörender Inder.

Holi-Fest – Eine Art indischer Karneval, während dem die Inder sich mit buntem Puder und gefärbtem Wasser überschütten. Ursprünglich sollte das rote Puder einen Fruchtbarkeitszauber bewirken.

Jelabis und Jehangiris – Süßes Gebäck.

Kabab – Mit scharf gewürztem Joghurt und Papaya-Paste bestrichene und dann über Holzkohlenfeuer gegrillte Lammfleischstücke.

Kaste – Ursprünglich rassisch begründetes Klassensystem. Die vier Ursprungskasten:

1. Brahmanen (ursprünglich Priester, heute oberste Schicht der Bevölkerung)
2. Kshatriyas (Krieger)
3. Vaishayas (Bauern, Handwerker, Händler)
4. Shudras (Arbeiter, landlose Bauern).

Durch ständige Spaltungen verwandelte sich das rassische Klassensystem in ein soziales. Heute gibt es etwa 3.000 Kasten, darunter 15 Millionen Brahmanen, 11 Millionen Krieger, aber auch 70 Millionen Harijans (siehe dort) und allein 4 Millionen Angehörige verschiedener Friseurkasten.

Kerala – Indischer Bundesstaat an der Südwestküste, Nachbarstaat Tamil Nadus.

Khajuraho – Berühmte Tempelstadt im Bundesstaat Madhya Pradesh.

Koraninschrift – Auszug aus dem Koran, dem heiligen Buch des Islams.

Krishna – Wiedergeburt des Gottes Vishnu, der immer wieder und in verschiedenen Gestalten auf die Erde zurückkehrt. Krishna gilt als Gott der Hirten und Bauern, der die Menschen und die Tiere liebt.

Kuchen aus Kuhmist – Zum Trocknen aufgehangener Kuhmist, in trockenem Zustand billiges Brennmaterial.

Lepra – Deutsch: Aussatz. Bei rechtzeitiger Behandlung heilbar. In vielen Ländern Asiens, Afrikas und Südamerikas jedoch ist die Lepra, da es an Behandlungsmöglichkeiten fehlt, noch immer eine häufig auftretende, durch Mangel- und Fehlernährung sowie schlechte hygienische Lebensbedingungen geförderte Hautkrankheit. Jährlich infizieren sich in den Ländern der Dritten Welt mehr als eine Million Kinder an dieser Krankheit.

Lungi – Vier Meter lange, meist karierte Stoffbahn, die um die Hüften gewickelt und, im Gegensatz zum Dhoti, nicht zwischen den Beinen hindurchgezogen wird.

Maharani – Frau eines Maharadschas. Die Maharadschas waren die Großkönige Indiens, wurden nach der Erlangung der Unabhängigkeit jedoch enteignet.

Marathe – Einwohner des Bundesstaates Maharashtra, dessen Hauptstadt Bombay ist. Die Marathen gelten als gutaussehende, freundliche, großgewachsene Menschen.

Marathi und Gujarati - Sprachen der Marathen und Gujaratis, zwei der großen Volksgruppen, aus denen sich - gemeinsam mit den Parsen und Moslems - die Bevölkerung Bombays zusammensetzt.

Mohammedaner - Anhänger des Islams, benannt nach dem Propheten Mohammed, der den Islam verkündete. Die Mohammedaner - auch Moslems oder Muslims genannt - haben noch immer einen Anteil von etwa 10 Prozent der Bevölkerung des heutigen Indiens. Im Mittelalter beherrschten sie die indische Halbinsel. 1947 wurde Indien von den Engländern in zwei selbständige Staaten, dem mohammedanischen Pakistan und dem hinduistischen Indien, geteilt. Hindus aus dem neuen Pakistan strömten in das neue Indien, und Moslems aus Indien wanderten nach Pakistan aus.

Monsun - Es gibt den Sommer- und den Wintermonsun, der Inder aber bezeichnet nur den Sommermonsun (= Regenzeit) als Monsun. Das Wort Monsun kommt aus dem Arabischen (*Mansim* = Jahreszeit) und bezeichnet die Jahreszeitenwinde, die im Sommer die feuchtwarmen Luftmassen heranbringen.

Mysore - Bundesstaat an der Westküste Indiens, einer der Nachbarstaaten Tamil Nadus. Ebenfalls Name einer Stadt in diesem Staat.

Namasté - Indische Grußformel.

Neera - In Bombay häufig getrunkenes Getränk aus ungegärtem Palmsaft.

Nicken - Der Inder nickt, indem er den Kopf wiegt. Die Stärke seines Einverständnisses gibt er durch heftiges - was von Europäern häufig als Kopfschütteln mißverstanden wird -, bedächtiges oder zögerndes Wiegen des Kopfes bekannt.

Nimbu Pani - Getränk aus frischen Limonen und Sodawasser.

Pan - In Gewürzen getränkte Betelnußsplitter, die in die Blätter der Betelpfefferpflanze gewickelt und in Silberfolie gelegt werden. In Indien sehr beliebtes Genußmittel.

Prasat - Geschenk. Bei der indischen Form des Schenkens bedankt sich der Schenkende bei dem Beschenkten für die Annahme des Geschenks.

Pudscha - Verehrung, Gottesdienst. In den Wohnräumen gläubiger Hindus gibt es Ecken mit Heiligenbildern, in denen die Hindus ihre Andachten verrichten.

Rasmalai - Aus Milch bereitete Süßspeise, eine berühmte bengalische Delikatesse.

Rupie - Indische Landeswährung. 1 Rupie = 100 Paise.
Umrechnungsquote Juni 1980: 1 D-Mark = ca. 4 Rupien.

Saddhu - Bettelmönch, der durch ein Leben der Entsagung zu höchster Weisheit gelangen möchte.

Sari - Wickelgewand der indischen Frauen und Mädchen, bestehend aus einer sechs Meter langen Baumwoll- oder Seidenbahn, deren Ende über die Schulter geworfen wird.

Shangji – Die Endung -ji ist eine Respektbezeichnung. Sie bedeutet, daß jemand innerhalb eines Kreises von Menschen sehr angesehen ist.

Shiva – Indischer Gott des Wandels und der Zerstörung. Lieblingsgott vieler Inder.

Sikh – Angehöriger einer aus dem Hinduismus hervorgegangenen, besonders strengen moralischen und religiösen Gesetzen unterworfenen Sekte, zumeist in Nordindien beheimatet.

Slums – Elendsviertel.

Tamil – Landessprache der Einwohner des Bundesstaates Tamil Nadu.

Tagore – Rabindranath Tagore, bekanntester indischer Dichter, 1861–1941.

Vishnu – Der Welterhalter. Einer der Hauptgötter.

Witwe – Für Witwen besteht nach der hinduistischen Religion ein Wiederverheiratungsverbot. Die in der Vergangenheit gebräuchlichen Witwenverbrennungen sind verboten. Nur noch in äußerst seltenen Fällen kommt es vor, daß eine Witwe sich – freiwillig oder von den Familienangehörigen dazu gezwungen – mit dem Leichnam ihres Mannes verbrennen läßt. Dennoch ist das Leben der Witwen, die ohne Ernährer auskommen müssen, an europäischen Verhältnissen gemessen, noch immer ein menschenunwürdiges, kaum lebenswertes Leben.

Inhalt